Extrañas

Guillermo Arriaga

Extrañas

ALFAGUARA

El papel utilizado para la impresión de este libro ha sido fabricado a partir de madera
procedente de bosques y plantaciones gestionadas con los más altos estándares ambientales,
garantizando una explotación de los recursos sostenible con el medio ambiente y beneficiosa para las personas.

Extrañas

Primera edición: febrero, 2023

D. R. © 2023, Guillermo Arriaga

D. R. © 2023, derechos de edición mundiales en lengua castellana:
Penguin Random House Grupo Editorial, S. A. de C. V.
Blvd. Miguel de Cervantes Saavedra núm. 301, 1er piso,
colonia Granada, alcaldía Miguel Hidalgo, C. P. 11520,
Ciudad de México

penguinlibros.com

ISBN: 978-607-382-620-4

Impreso en México – *Printed in Mexico*

A Ignacio Armendáriz, mi otro padre

Quien con monstruos lucha, cuide de convertirse a su vez en monstruo. Y si durante largo tiempo miras un abismo, el abismo también mirará dentro de ti.

FRIEDRICH NIETZSCHE

La locura a menudo acierta, cuando la razón y la sensatez no son capaces de brindar respuestas.

WILLIAM SHAKESPEARE

Estoy privado de la justa proporción,
Despojado de una grata presencia por una distraída
    naturaleza,
Deforme, inacabado, enviado antes de mi tiempo
Al aliento de este mundo, apenas hecho a medias,
Y de tan tullido y de tan desfigurado,
Los perros me ladran al pasar frente a ellos
¿Por cuál razón
En esta débil época de paz
Solo disfruto del paso del tiempo
Si espío mi sombra bajo el sol
Para disfrazar mi deformidad?

WILLIAM SHAKESPEARE

Para evitar la fuga de un prisionero, nunca debe saberse en una cárcel.

FIODOR DOSTOIEVSKI

Los hechos reales e históricos en los cuales está basada esta novela jamás sucedieron.

INGLATERRA
1781

Conservo claros los recuerdos de esa mañana como si recién acabasen de suceder y no varios años atrás, ese día mi madre ordenó a las criadas vestirme de negro, en cuanto amaneció mi padre me pidió acompañarlos, en el camino descubrí hacia dónde nos dirigíamos, al lugar prohibido, aquél donde ni yo ni mis hermanos, ni ninguno de los sirvientes, estábamos autorizados a ir: al cementerio del castillo, por boca de las cocineras y de las ayas había escuchado relatos estremecedores sobre fantasmas, sobre seres infernales con dientecillos filosos aguardando entre las tumbas, sobre fuegos fatuos en cuyas flamas se dibujaban los rostros de quienes se hallaban ahí enterrados, cuando se lo comenté a mi madre me regañó, «por eso no es bueno convivir con la servidumbre, te llena la cabeza de tonterías, en ese lugar descansan tus antepasados, debes venerarlo», lo acontecido esa mañana, a mis ocho años, aún hoy me causa angustia, fui a solas con mis padres, tomamos la senda hacia la colina, el silencio sólo era roto por el ruido del viento al rasgar los matojos, entre la niebla aparecieron las tumbas, deseé coger la mano de mi madre para sentirme protegido, fiel a su costumbre o más bien a la costumbre heredada desde tiempos inmemoriales, no me tocó ni una sola vez, hacerlo era signo de debilidad y nosotros pertenecíamos a una casta fuerte y dominante, avanzamos entre las sepulturas, en las lápidas venían labrados con cincel, en letras góticas, los nombres y las fechas de nacimiento y de muerte de quienes se hallaban allí enterrados, arribamos a un solar delimitado por una barda, mi padre abrió una pesada reja de hierro, «aquí reposan quienes han gobernado nuestra dinastía, sólo ellos y nadie más», dijo y apuntó hacia una losa carcomida, «acércate», ordenó, «ésta es la tumba de quien empezó nuestra estirpe», en la piedra se distinguían apenas la B, la R y la T de nuestro apellido, «Burton» y una fecha, 971, bajo dos metros de tierra se encontraba mi sanguinario ancestro, el guerrero fundador de un dominio extendido por siglos, recorrimos sepulcro por sepulcro, en cada uno mi padre me explicaba quiénes habían sido los hombres ahí sepultados, todos ellos patriarcas, primogénitos como lo era yo, al extremo del panteón nos detuvimos frente a dos profundas fosas, mi padre señaló una de ellas, «en ésa seré enterrado», se me encogió el estómago, no imaginaba la vida sin él, aún era joven y fuerte, luego indicó hacia el obscuro hoyo contiguo, «y ahí tú serás enterrado», de golpe me enfrenté a la ferocidad de mi propia muerte, apenas me desembarazaba de mi niñez y mis padres ya me confrontaban con mi fin, por años me acosó la imagen de esa boca desdentada y bruna donde mis despojos serían devorados para acompañar a perpetuidad a los demás legatarios de nuestro linaje, fue una vana angustia, al final esa huesa no terminó reservada para mí. El castillo, nuestro castillo, si a ese cascote de roca y de musgo era posible denominarlo como tal, se ubicaba en medio de una llanura, lo erigieron mis antepasados nueve siglos atrás, cuando éstos eran territorios tribales en vías de convertirse en naciones, la mayor parte del año la bruma cubría estas comarcas lúgubres y entre la niebla el castillo parecía un barco encallado, de esa construcción derruida mi familia logró rescatar trece habitaciones, las unía un largo corredor de techos caliginosos y húmedos con algunos muros derrumbados por entre los cuales penetraban la nieve y la lluvia, las paredes del salón principal las adornaban cuadros donde se relataban pasajes de nuestra casta, de niño me aterraba aquél en donde sendos mastines se alimentaban con trozos de cuerpos humanos, pies, brazos, piernas, restos de enemigos arrojados a canes descendientes de los traídos a estas tierras por las legiones romanas, quien pintó la obra hizo notar la fiereza de estos perros, los ojos desorbitados mientras engullían manos o deglutían entrañas, mas no todos los lienzos versaban sobre sangre y destrucción, había también retratos de mis ascendientes con un aura benévola, mentira, en la mayoría de ellos no había ni bondad ni munificencia, si algo caracterizó a mi antigua progenie fue la codicia, la venganza y la apropiación violenta de tierras, de almas y de cuerpos, barbaridad matizada hoy por los buenos modales y la falsa cortesía, desde niño fui educado en el «nosotros» versus «ellos», el «nosotros» denotaba pertenencia a un ambiguo clan unificado por la vaga noción de la sangre en común sólo abierto a miembros ajenos con el afán de no degenerar la descendencia por vínculos de parentesco y quienes, claro está, debían provenir de alcurnias tan poderosas como la nuestra, mi familia gozaba de una fortuna descomunal, ni siquiera un ejército de tenedores de libros podría calcular el monto ni tampoco topógrafos delimitar la extensión de nuestras propiedades, mi padre se rehusó a construir un castillo más confortable o más lujoso, el nuestro no era sólo una edificación sino un símbolo, mantener en pie ese morro ruinoso coadyuvaba a fabular la leyenda de nuestra prosapia, la de descender de indómitos combatientes tocados por la gracia de Dios, para someter a los pobladores bajo nuestra égida los alimentábamos con esa bazofia, anteponíamos la divinidad como justificante de nuestra privilegiada posición y escudábamos nuestros abusos en la «voluntad del Señor», quienes se rebelaron contra nosotros sufrieron represalias, ya no fue necesario descuartizarlos y lanzar los pedazos a los mastines, bastaba con quitarles los medios de subsistencia y enviarlos al destierro para empujarlos a la mendicidad y al deshonor, éramos sucesores de una cultura edificada a lo largo de siglos, como primogénito me veía obligado a preservar esos códigos impuestos de generación en generación, decepcionar a mi padre significaba decepcionar la silenciosa mirada de mis antepasados, mi presente fue esculpido en batallas míticas, en territorios arrebatados a sangre y fuego, en decapitaciones, en lodo, en caballos, en lanzas, en matrimonios arreglados, en pactos obscuros, no había nacido aún y ya pendían sobre mí expectativas, vigilancia, recelo, como hijo primogénito no sólo recibiría el título de conde, heredaría también la propiedad de miles de acres, la posesión de minas carboníferas, de cientos de cabezas de ganado vacuno, de cerdos y de ovejas, regiría la vida de decenas de habitantes, mis padres me enseñaron a fingir simpatía por nuestros campesinos y trabajadores, a pronunciar palabras pomposas para impresionarlos, a regalarles unos cuantos peniques en Navidad, a acariciar la cabeza llena de liendres de sus vástagos, a halagar la belleza de sus rubicundas y cariadas hijas para pasar entre ellos como un magnánimo señor, como parte de mi formación, al cumplir los quince años, mi padre me obligó a visitar todas las aldeas de Evergreen, «necesitas ser conocido desde ahora para ser respetado, no requerirás bajar de la carroza, bastará detenerte unos minutos frente a sus casas y saludarlos desde las ventanillas, te escoltarán los jinetes, estarán pendientes de ti para evitarte desaguisados», de ese fardo de responsabilidades quedaban exentos mis hermanos menores, Frank, Stewart y Lloyd, ellos recibirían monedas, joyas, quizás un pedazo de tierra, no gobernarían, pero serían más libres, como con seguridad lo fueron los no primogénitos de nuestros antecesores, mis hermanas, Louise, Helen y las gemelas Ethel y Daisy, igual heredarían fortuna, pero serían, con o sin su aquiescencia, valiosas piezas de cambio, trocadas por más tierras, más poder, más caudales. A esa edad recorrer las interminables trochas de nuestros terrenos me resultó poco atractivo, por efectos prácticos partí de la casa de Calvert, nuestro mayordomo, una casa modesta, cómoda, luminosa, contraria a nuestro castillo, umbrío, lóbrego, con aire viciado, casi irrespirable, un despropósito vivir en una pocilga rocosa sólo por simbolizar señorío y legado, alguna vez pedí anuencia a mi madre para pernoctar en casa de uno de nuestros sirvientes, solía jugar por las tardes con su hijo, un muchachillo de mi edad, quien, con candidez, me invitó a dormir para despertarnos temprano e ir a cazar perdices apenas despuntar el alba, él moraba en los lindes de los barbechos donde abundaban las aves y nos pareció buena idea, mi madre enfureció, «¿quién te crees para degradarte al nivel de esa gentuza?, una cosa es permitirte convivir por momentos con ellos y otra muy distinta consentir la bajeza de acostarte donde duermen, aprende cuál es tu lugar y cuál es el suyo», mi madre, desafecta y distante, digna hija de estos parajes lluviosos y helados, mujeres como ella pululaban en la nobleza inglesa, parecían gestadas por el mismo molde, la ambición las rebasaba, las espoleaba el poder, la fastuosidad, la prerrogativa de dominar a los demás, la convicción de ser merecedoras de riquezas, de exigir trato servil, de defender los privilegios de su posición aun a costa de los suyos, por sugerencia de Peter, el administrador de la propiedad, inicié mis travesías en un carruaje cerrado para evitar salpicaduras al transitar por los barrizales, quienes viajaban en calesas o carretas quedaban con los vestidos manchados de lodo y eso diferenciaba a los de mi categoría del resto, nosotros debíamos siempre mantener los trajes inmaculados, el rostro y las manos limpias, la regla ordenaba sólo ensuciarnos en los campos de batalla, en las batidas de caza o cuando el honor personal de la familia estaba de por medio, salimos a la alborada seguidos por el contingente de escoltas, la niebla aún no levantaba y los caballos avanzaban casi a ciegas, a menudo se escuchaba el aleteo de patos espantados por nuestro paso, decenas de charcas se habían formado en las orillas del camino por las persistentes tormentas de dos semanas atrás y en éstas se congregaban parvadas de ánades, nos detuvimos en el primer caserío, el humo de las chimeneas se elevaba por encima de los techos, los aldeanos cocinaban el desayuno, uno de ellos se asomó al vernos llegar, apenas distinguió el emblema en las puertas de nuestro vehículo llamó a los demás, salieron varias familias, algunas jóvenes de mi edad llevaban críos entre los brazos, Peter me indicó no descender, se acercó a ellos para conversar, después de unos minutos regresó al carruaje junto con un hombrón robusto, de pelo rojo, ensortijado, inclinó la cabeza al verme, «mi señor, sea bienvenido, es un honor conocerle», tanta afectación en un labrador me incomodó, «buenos días», le respondí con sequedad, contó sobre sus labores, su grupo se encontraba a cargo de talar y conservar los bosques de la propiedad, la madera era un negocio secundario, aun así, redituable, el serrar árboles explicaba el físico musculoso de los hombres a mi rededor, un par de muchachas me miraban con coquetería y cuchicheaban entre ellas, serían ilusas si pensaban llamar mi atención, absurdo siquiera una breve charla con ellas, mi padre me había advertido desde niño nunca relacionarme con una campesina, «sólo te utilizará para preñarse, reclamará dinero y hasta títulos para su hijo, no te prestes a sus juegos», una de ellas se volvió a mirarme y luego de un rato bajó los ojos, sonrojada, era fea y carecía de varios dientes, no tardaría en ayuntar con uno de los suyos, embarazarse y dar a luz a otro leñador pelirrojo y anodino, continuamos la fatigosa peregrinación de villorrio en villorrio, el protocolo se repetía, Peter descendía del carruaje, anunciaba mi presencia a los trabajadores y uno de ellos, en representación de los demás, se acercaba a relatarme sobre sus tareas, la mayoría se portó sumisa y reverencial, sólo un par empezó a alegar sobre lo exiguo de los salarios, pero fueron atajados por Michael, el jefe de los escoltas, «el señor William viene a presentarse, no a recibir quejas», frente al amenazador grupo de jinetes, los tipos enmudecieron, «faltan tres aldeas más», dijo Peter, debió notar mi cara de fastidio, «con tu padre fue igual a tu edad, pero con el tiempo agradecerás cada minuto dedicado a este engorroso deber», Peter conocía como nadie los entresijos de la propiedad, había nacido en el seno de una familia de nuestros quinteros, hijo de padres ignaros, él solo se enseñó a leer y a escribir, su inteligencia natural y su astucia impresionaron a mi bisabuelo, lo contrató primero como caballerizo a cargo de los corceles más finos, un trabajo en suma exigente, para un noble ir montado sobre una bestia vigorosa, fornida, bien cuidada, era distintivo de señorío, Peter fue notable en su trabajo, poco a poco mi bisabuelo lo ascendió de puestos y al cumplir los veintisiete años lo elevó a administrador general de Evergreen, al tomar posesión mi abuelo lo reconfirmó en el cargo y mi padre hizo lo mismo, a sus ochenta y dos años Peter se mantenía atlético y activo y presumía saberse los nombres de cada morador de la propiedad, desde el niño recién nacido hasta la anciana más vieja.

En cuanto me vio entrar mi padre me ordenó alistarme para la cena, de tan exhausto yo deseaba apurar una hogaza de pan con queso e irme a acostar, pero ni siquiera lo insinué, las cenas formales en familia eran una tradición heredada desde hacía siglos y más valía presentarse con nuestras mejores prendas, en la mesa nadie podía hablar sin contar con su aval, él otorgaba la palabra y quien rompiera la regla era corregido con severidad, aun cuando Ethel y Daisy, mis hermanas pequeñas, sus obvias favoritas, con frecuencia trasgredían la norma, me presenté en el comedor cuando el resto de la familia ya se encontraba en sus lugares, «te perdonamos la tardanza», me reconvino mi madre, «pero ocupaste tiempo en exceso en lavarte y mudarte de vestidos», pedí disculpas y ocupé mi asiento, mi padre ordenó a Louise pronunciar la oración de gracias, ella era dulce y con un carácter reservado, dos años nos separaban y, de mis hermanos, era con quien más congeniaba, a ambos nos apasionaban los caballos y a menudo recorríamos juntos la propiedad, poseía un talento de excepción para el dibujo y con trazos de carboncillo podía retratar con fidelidad a una persona, al finalizar la oración mi padre se dirigió a mí, «cuéntanos tu experiencia de hoy», con mi mejor esgrima verbal traté de pintar como interesante el tedioso ir y venir entre los caseríos, «estos días los recordarás como los más importantes de tu educación, el contacto con la tierra y con nuestros trabajadores se convertirá en la herramienta más eficaz para poder imperar sobre la propiedad, atiende cada detalle, cada mirada, cada silencio, la verdad no la hallarás en sus palabras sino en el lenguaje de su cuerpo, es en lo no dicho, William, donde podrás percatarte si un labriego te será fiel», sentenció mi padre y me brindó un último consejo, «sé cuán

21

entumido debiste sentir el trasero y las piernas durante el viaje», al escuchar «trasero» Ethel y Daisy soltaron una risilla, bastó una mirada suya para silenciarlas, «baja del carruaje de vez en cuando y agita los brazos para activar la circulación de la sangre», al retirarse mis padres soporté las bromas de Stewart, quien imitando movimientos de micos, meneaba los brazos de un lado a otro, «mira, William bajándose del carruaje», dijo burlón, las gemelas rieron de buena gana y hasta Frank, de talante retraído y taciturno, sonrió. Desperté aún aporreado por el viaje del día anterior, si por mí fuera me hubiese quedado en la cama, helaba y un viento frío se colaba por los resquicios de las ventanas, pero había convenido con Peter partir antes de la aurora, estaba lejos de saber cuánto se trastocaría mi vida esa mañana, visitamos dos caseríos, uno de ellos lo conocía bien por hallarse ahí la parroquia de Evergreen, ir a los servicios los domingos era imprescindible para la familia, sólo en ese día nos mezclábamos con gente del pueblo, por órdenes estrictas de mi padre ninguno de ellos estaba autorizado a dirigirnos la palabra, excepto el presbítero, con quien manteníamos una relación de conveniencia, no debíamos olvidar la coartada «divina», fuente de nuestro poder y nuestro rango, saludé a los trabajadores y a su prole, Peter me presentó como «nuestro futuro guía» y luego de una ristra de lisonjas nos dirigimos hacia uno de los puntos más remotos de la propiedad, uno desconocido para mí, conforme nos acercamos un olor acre y desagradable llegó a mi nariz, Peter notó mi disgusto, «en las cercanías se hallan las porquerizas y los establos, en un rato más te acostumbrarás al hedor y hasta puede llegar a agradarte», no se equivocó, una vez habituado a la fetidez le tomé cierto gusto, éste era el villorrio más poblado, numerosas personas rondaban por sus calles, Peter bajó del carruaje y saludó de nombre a varios, tres hombres se desprendieron del grupo y vinieron a presentarse conmigo, tal y como me lo sugirió mi padre observé su lenguaje corporal, éstos eran más francos y desenfadados, carecían de las miradas de soslayo de los habitantes de otras aldeas, eran más proclives a sonreír y se expresaron con entusiasmo de su faena como ordeñadores, nos despedimos de ellos y nos encaminamos hacia los corrales, pasamos a un lado de las porquerizas, los cerdos gruñían entre los lodazales y asomaban sus trompas entre los maderos para olfatearnos, nos seguimos de largo y arribamos a los establos, decenas de vacas Short Horn deambulaban por entre los cercados, a diferencia de las reses criadas para carne, dejadas a su libre albedrío para pastar, éstas eran alimentadas con heno en un entorno cerrado, la separación de razas para carne y para leche había sido propuesta por Peter a partir de los experimentos en cruzas de Robert Bakewell, el acreditado experto en producción animal, me apeé del carruaje cuidadoso de no ensuciar mis ropas y caminé hacia los rediles, al verme las reses se acercaron a olfatearme, apoyé la mano sobre los tablones y una estiró los belfos para investigar si en la palma llevaba un puñado de pastura, la mordisqueó con suavidad y al saberla vacía se alejó, mientras la observaba reunirse con el resto de la vacada distinguí a lo lejos una silueta blanquecina, agucé la mirada, era un cuerpo tirado en el frío lodo, pensé en un becerrillo recién nacido, pero la textura de la piel y el contorno no correspondían, «¿y eso?», pregunté y señalé el bulto, Peter echó un vistazo, «nada importante, William», trepé sobre los travesaños para tener una mejor perspectiva, distinguí contornos humanos, brazos, piernas, me volteé hacia Peter, «¿es una persona?», negó con la cabeza, «no, no lo es, vámonos, aún falta mucho por recorrer», giró y comenzó a enfilarse hacia nuestro vehículo, las vacas merodeaban alrededor del cuerpo y cuando las pezuñas de una res lo rozaron comenzó a sacudirse con movimientos desarticulados, salté las trancas para verlo más de cerca, Peter trató de atajarme, «te vas a manchar las ropas y tus padres nos llamarán la atención, por favor, sal de ahí», no le hice caso y continué hacia el ser yacente en el fango, con agilidad poco común para alguien de su edad Peter pegó un brinco para ir detrás de mí, me detuvo del codo, «William, regresa», me zafé de su agarre, «suéltame», le exigí, di un paso más hacia la figura, era un ser humano o al menos parecía uno, se hallaba desnudo, encadenado a un poste, sus manos se hallaban crispadas, su pecho contraído, la curvatura de su espalda como si fuera la de un perro flaco, en su piel transparente asomaban venas azuladas, al sentirme volteó hacia mí, tuve miedo, no sabía si podría morderme, retrocedí, «¿por cuáles razones está aquí?», interrogué a Peter, «a veces de mujeres de nuestros pueblos nacen estos engendros, no los dejamos morir por ignorar si hacerlo es o no pecado, el mismo párroco lo ignora y ante la duda, son criados entre las bestias», me horroricé, no sabía si ese ser pensaba, si manifestaba emociones, si poseía algún lenguaje, en un acto impulsivo me quité el abrigo y lo cubrí, «necesitamos sacarlo de aquí», decreté, Peter se rehusó, «a tu padre le gusta mantener esto así», me sorprendí de sus palabras, «¿mi padre está al tanto?», inquirí, «sí», respondió Peter, «y pronto entenderás los motivos, recoge tu abrigo y vámonos, con calma te explicaré en el camino», no pude quitar los ojos del miserable retorciéndose frente a mí, «¿cuántos años lleva aquí, encadenado?», interrogué, «muchos», añadió Peter, «¿cuántos son muchos?», pregunté, «desde niño», «esto es inhumano», repliqué, «son bestias», acotó, «de no serlo habría muerto de frío desde hace tiempo, una persona no habría aguantado esas condiciones», pregunté quién lo alimentaba, «a veces la familia, en otras los ordeñadores», comía pan, lonjas de jamón, algunas frutas, en un cazo le colocaban agua para beber, demandé liberarlo y traerlo con nosotros, «imposible, no tenemos la llave de los candados», explicó Peter, «consíganla», ordené, no había medio de hacerlo, los padres eran custodios de las llaves y Peter se negó a revelarme quiénes eran, se consideraba una vergüenza procrear esos seres aberrantes, por «respeto» no se revelaban sus nombres, la solución para las familias era evidente, criarlos en los establos, lejos de miradas indiscretas, si Dios decidía llevárselos o les permitía sobrevivir ésa era Su voluntad, me acuclillé para hablar con el muchacho, «¿estás bien?», le pregunté, me observó por unos instantes, «¿me entiendes?», sus ojos denotaron falta de comprensión, no hubo en él un gesto expresivo, un asentimiento, «pronto te voy a sacar de aquí», le prometí sin importar si podía entenderme o no, montamos en el carruaje, «vamos ahora a otras dos aldeas», me anunció Peter, no le presté atención, mi mente se hallaba en la imagen de ese niño o adolescente estremeciéndose entre las patas de las vacas, la suya era una lenta condena a muerte, una inmerecida prisión perpetua, ¿cuánta humanidad existía dentro de él?, ¿cuánto era capaz de percatarse de su situación?, miré por la ventanilla, el paisaje adquirió otro cariz, en las entrañas de la propiedad se disimulaba un secreto abominable y mezquino, ¿cómo digerir este espanto?, a lo lejos se vislumbró el siguiente caserío, asomé la cabeza por la ventanilla y le ordené al cochero parar, nos detuvimos a mitad del sendero, el grupo de jinetes comandado por Michael nos rodeó, el carruaje siempre debía ir protegido, «¿hay más engendros como ése en la propiedad?», confronté a Peter, «esas preguntas debes hacérselas a tu padre», respondió, «¿sí o no?», insistí, Peter tomó aire antes de contestarme, «algunos», confesó, «algunos» era una vaguedad inadmisible en Peter, «¿cuántos y en dónde?», lo presioné, intentó sortear mi pregunta, «es una práctica común en estas tierras, William, no hay cura y son una carga para sus familias, ni siquiera sabemos si en verdad son seres humanos, acepta esta realidad tal cual es», imposible tolerarlo, «pregunté cuántos y en dónde», Peter, siempre rápido en sus réplicas, dilató unos segundos, «son cinco, William, tres machos y dos hembras», clasificar su género como si fueran animales me irritó, «quiero ir a verlos», exigí, «no vale la pena», respondió, estaba corroído por la indignación y no me hallaba dispuesto a ceder, «seré el heredero de esta propiedad y quiero conocer todo cuanto aquí acontece», Peter recusó, «ya bastante difícil es para la comunidad lidiar con esto», él, la persona más anfibia en la propiedad, con un pie en «ellos» y otro en «nosotros», complicada su posición, proteger nuestros intereses a costa de los suyos, proteger a los suyos de nuestros intereses, le demandé ir a ver a los demás «engendros», aun mostrándose reacio, accedió, no sin antes advertirme, «tu padre sabrá de esto», descendió del carruaje a conferenciar con Michael y luego se acercó a darle órdenes al cochero, montó y cerró la portezuela, por la ventanilla logré ver a uno de los jinetes cabalgar en dirección del castillo, dimos vuelta hacia el sur y por un sendero nos adentramos en la parte más fértil de la propiedad, extensiones infinitas de tierra labrada se desplegaron frente a nosotros, entre el bagazo de los trigales se alimentaba una bandada de gansos, levantaron la cabeza al sentirnos y alzaron el vuelo, nos aproximamos a una aldea de unas treinta casas, en la entrada jugaba un grupo de niños, sus risas, su alegría, contrastaba con el obscuro secreto pronto a ser revelado, cruzamos el pueblo y avanzamos hacia unos patios destinados como gallineros, se hallaban cubiertos por lonas para evitar la entrada de aire frígido, las aves de corral tienden a padecer de infecciones pulmonares en los meses invernales, bastaba una gallina enferma para empezar un contagio letal, en diez días se diezmaba una parvada, peste le llamaban a esta infame epidemia, de niño atestigüé la muerte de cientos de gallos contaminados por el germen, de la noche a la mañana quedó un regadero de cuerpos, los trabajadores los recogieron y los incineraron en una gran hoguera, me impregné de la hediondez a plumas chamuscadas, un olor nauseabundo imposible de suprimir de la memoria, le tomé aversión a esas aves domésticas, me repelían sus crestas, sus patas rugosas, sus espolones antediluvianos, la perversa mirada de sus ojos fijos, por años la repulsión me impidió comer un ave de corral. Los patios se hallaban al final de la aldea donde habían sido los terrenos de una iglesia destruida, de ésta sólo quedaba en pie la fachada y lo demás eran piedras dispersas entre enredaderas y matorrales, según me contó Peter, se edificó en la misma época del castillo y fue arrasada por las múltiples incursiones de clanes enemigos, el portón, de gruesa madera y goznes de hierro oxidado, daba testimonio de estas batallas, en algunas de sus partes se veían aún maderos humeados y vestigios de hachazos, frente a la iglesia se hallaba una plazoleta confinada por una barbacana y a los patios los circundaba un muro alto de piedra, dentro habían construido los gallineros, la pura idea de entrar me provocó arcadas, tanto me repugnaban esas aves, pero la indignación por descubrir a otro de esos muchachos condenados a vivir como bestias, o quizá, una insana curiosidad, me llevó a reprimir mi asco y decidirme a entrar, Peter abrió la puerta y me cedió el paso, me detuve en seco cuando vi el oleaje de plumas pardas frente a mí, el sordo cacareo de las gallinas me aturdió, no desfallecí para no verme débil frente a los demás, Peter me guio hacia la parte trasera de la galería, ahí, entre cagarrutas, al lado de una hornilla, se encontraba desnuda una niña regordeta de ojos rasgados atada de un pie a un poste, pliegues rollizos se pronunciaban en el vientre, sus enormes senos y sus piernas rechonchas llenas de estrías, al menos no estaba mal alimentada como el otro muchacho, varios pedazos de su mierda se encontraban a su alrededor, aparentaba trece años, al preguntarle a Peter afirmó rondaba los veinte, al reparar en nuestra presencia la mujer soltó un aullido y retrocedió hasta donde alcanzaba la cuerda, di dos pasos hacia ella y volvió a bramar, sus gritos excitaron a las gallinas, el cacareo subió de volumen hasta extremos insoportables, empecé a temblar, una quemazón de ácido subió por mi esófago, la muchacha se pegó al poste observándonos con terror, traté de calmarla hablándole, pero suscité en ella otro ataque de chillidos, pregunté a Peter las razones de su conducta, «ha sido siempre así, una fierecilla indomable», tiempo después supe la verdadera razón, en ella los jóvenes de la comunidad desfogaban sus ansias sexuales, por las noches, inflamados por un par de tarros de cerveza, ingresaban en grupo a los patios y tres o cuatro de ellos la montaban hasta vaciar sus ganas, le tapaban la boca para acallarla y así evitar el alboroto de las aves, habían convertido en su meretriz a esa pobre «fierecilla indomable», di vuelta y, a punto de enloquecer, salí tan rápido como me fue posible, trepé en el carruaje, lívido, me dejé caer sobre el asiento, deseé ir directo a la parroquia y preguntarle al diácono las razones de Dios para permitir, no sólo la existencia de seres como ella, sino también la degradación de la cual eran sujetos, demandé a Peter volver a casa, no me interesaba, en lo absoluto, continuar con las visitas de cortesía en los villorrios restantes.

Al volver al castillo, Calvert me aguardaba en la entrada, «el patrono lo espera en el salón», me avisó apenas me apeé, me pidió mi abrigo sucio para lavarlo, «no puede presentarse así con él», advirtió, me dirigí a buscar a mi padre con la certeza de una reprimenda, lo hallé sentado en una butaca en la esquina del recinto, su lugar preferido desde donde abarcaba el área completa, en cuanto me vio señaló un sillón a su lado, «siéntate», además de amarlo le temía, en su semblante se dibujaba un permanente gesto airado, me contempló por unos segundos y apuntó hacia una botella de escocés sobre la mesa contigua, «sírvete», ordenó, escancié un poco en el vaso, «me enteré de tu ofuscación con los engendros», me dijo sin preámbulos, apuré el whisky de lapo y sentí el ardor en mi garganta, necesitaba de sus bondades para poseer el valor de confrontarlo, «te entiendo», continuó, «a tu edad también me conturbé al verlos, pero comprendí lo irremediable de la situación», el efecto del escocés me animó a argüirle, «¿no hay lugares especiales o refugios para gente como ellos?», mi padre negó con la cabeza, «los refugios se hallan en las grandes ciudades, Londres, Manchester, Glasgow, traté de ingresar a tres de ellos en una institución en Manchester, pero no los aceptaron ni aun donándoles buenos montos, sólo atienden a sordos, ciegos, lisiados, a aquéllos capaces de aprender labores para mantenerse a sí mismos, además, después de cierto tiempo, a esa caterva de tullidos la botan a la calle, como provocan repulsa, nadie les da trabajo, terminan como mendigos, infestados de pulgas y de chinches, peleando por comida con las ratas en los basureros, esos "refugios" sólo sirven para purgar sentimientos de culpa de los parientes o para liberarlos de la carga de su cuidado», agitó el whisky en el vaso, le dio un pequeño sorbo y prosiguió, «nada se puede hacer con esos fenómenos, son incapaces de comunicarse, no razonan, no sienten, su intelecto es cercano al de los animales, acaso propiciarles la muerte sería lo más indicado, pero ninguno de nosotros se atreve a tentar la cólera de Dios», estiró el brazo, tomó la botella y vertió más whisky en mi vaso, «te hará bien, el alcohol ayuda a curar los sobresaltos», lo mío no había sido un sobresalto, sino un estrépito, bebí un trago y lo dejé reposar en mi boca, el sabor meloso y afrutado disipó un poco la fetidez del gallinero, el escocés era elaborado en exclusiva para nuestra familia por destiladores de Dufftown, mi padre exigía al menos un añejo de veinte años, éste, por su cuerpo y sabor, debía ser de los más añosos, lo cual resaltaba lo especial de la ocasión, «hijo, cede en tu propósito de ver al resto de los engendros, los cuales, por cierto, son tres más de cuantos te mencionó Peter, presenciaste a los más semejantes a un ser humano, los otros son pavorosos, uno de ellos, por infortunio, fue mordisqueado por los cerdos cuando niño, resaltando aún más su deformidad, carece de una mano y de ambos pies, además de un cuerpo grotesco, sus ojos son dos bolas grises, los otros engendros son de similar fealdad, espantajos repugnantes, no te impliques más en el asunto, no podrás hacer nada y te flagelará la impotencia como me ha flagelado a mí», era justa su inquietud, si dos de esos individuos se habían apoderado de mi mente, los otros tres o cuatro o diez la consumirían entera. Decretó clausurar para mí los sitios donde moraban los engendros, instruyó a sus subordinados sobre la prohibición y el cumplimiento de la orden quedó en manos de Peter, pasaron casi dos años sin saber de ellos y aun cuando quise dar por zanjado el tema, nunca me abandonó, por algún motivo, la experiencia con los engendros germinó en mí un insólito sentimiento de simpatía por los demás, en adelante ya no me impacienté al reunirme con los pobladores y procuré escucharlos atento, día a día resonaba en mí el consejo paterno, «examina su lenguaje corporal, ahí se encuentra la clave de su carácter», con el tiempo empecé a desarrollar la habilidad de traducir las contradicciones entre sus frases y sus posturas, un gesto hosco no siempre significaba molestia, así como una sonrisa no representaba alegría, llegué a aplicar el método con mis hermanos, el más complejo de descifrar era Frank, su talante retraído, de una timidez severa, lo hacía impenetrable, lo comprobé cuando le pedí acompañarme a uno de mis viajes, hablaba muy poco y jamás vio a los ojos a ninguno de los trabajadores, si para mí había sido fastidioso ir de aldea en aldea y entablar conversaciones superfluas, para él fue un suplicio, no soportó y al medio día imploró regresar a la casa, con Stewart y Lloyd sucedió lo contrario, a la mañana siguiente los convidé a acompañarme, tomaron el viaje como pretexto para un jolgorio, durante el recorrido no dejaron de bromear distrayéndome de las explicaciones de Peter, si Frank se hundía abismado en su asiento en el carruaje, ellos eran una tarabilla multiplicada, a decir verdad prefería el desparpajo de estos dos a la tibia pasividad de Frank, quien parecía al margen de la vida, para mis padres mi educación primaba, los preceptores más avezados me impartían clases a solas cuando a mis hermanos los instruían en grupo, se me ilustró en una variedad de rubros, matemáticas, latín, agricultura, mi padre se oponía a mandarme a la universidad, lugar donde tanto profesores como compañeros de clase podían inocularme «malas ideas», «no es bueno juntarse con gente diferente a nosotros, pueden juzgarnos por nuestro estilo de vida o ilusionarnos a resolver situaciones irremediables», los profesores elegidos por mis padres provenían de la región, ellos tampoco habían concurrido a la universidad y, como yo, habían sido instruidos en sus domicilios, eran cultos y versados, no sólo abrevaban del conocimiento académico sino también de la sapiencia adquirida por el trabajo en el campo, la religión, por supuesto, era una materia indefectible, tres veces a la semana venía al castillo Johann, un teólogo holandés experto en la Biblia, su inglés era precario, pero lo compensaba con su pasión para exponer cuestiones éticas o para recitar parábolas cristianas, mientras discurría sobre el sermón de la montaña lo aticé con mi duda más acuciante, «un ser incompleto, carente de forma, sin capacidad de expresarse, nacido de mujer, ¿puede considerarse humano?», me miró confundido, «no te entiendo», describí los adefesios y detallé sus terribles características, no vaciló en su respuesta, «son animales, William, espantajos los llamamos en mi país y aun bestias, se les debe brindar caridad cristiana», narré las horrendas condiciones en las cuales los mantenían, no le pareció una práctica deplorable, «debemos procurarles atenciones como se las prestaríamos a un gato o a un perro, animales cercanos a nosotros, no te preocupes por ellos», terminé por admitir la noción de «espantajos», seres vacíos de emociones o de raciocinio humanos, seguiría pensando igual si no hubiese sido por Matthew Rockwell, el profesor encargado de enseñarme la cura de enfermedades del ganado vacuno, de veintiocho años, era el más joven de mis preceptores, le apasionaba la ciencia, pero creía limitado el conocimiento humano frente a los grandes enigmas, consideraba a Dios como la causa primera, el Alfa y Omega, el Verbo, creer en Él no impedía a los hombres realizar un intento, la mayor de las veces fútil, por desentrañar las incógnitas de la vida, a Johann por el contrario la ciencia le parecía un acto de soberbia, una petulante suplantación de la voluntad divina, Matthew estimaba la ciencia como un complemento de la teología, «si Dios nos otorgó discernimiento y juicio, espera de nosotros iniciativa y audacia, nos hizo a su imagen y semejanza para obligarnos a parecernos cada vez más a Él», si Johann era animoso, Matthew era un torbellino, su curiosidad, su energía, su fervor por estudiar la vida en cada una de sus variedades, eran contagiosos, procuraba aprenderse los nombres de todos los animales, de todos los insectos y de todas las plantas, tanto en su denominación común como en latín, se definía a sí mismo como un «naturalista» y Linneo era su modelo a seguir, a su lado recorría la campiña a caballo mientras me explicaba las virtudes minerales de tal o cual pasto o los ciclos de reproducción de diversas especies, a pesar de su juventud era viudo, su mujer había muerto de una dolencia desconocida, lo cual lo llevó a interesarse aún más por la ciencia, «vencer las enfermedades es el mejor homenaje a Dios», Johann estaba en desacuerdo, se inclinaba por aplicar paliativos a los enfermos graves, no buscar su cura, «Dios es quien debe decidir», sentenciaba, en uno de nuestros paseos le pregunté a Matthew su opinión sobre los engendros, se volvió a verme, azorado, «¿cuáles engendros?», le conté sobre los «espantajos» criados entre bestias, «¿quién los obliga a vivir así?», inquirió, «es una práctica común en la zona», respondí, «no pueden hacer eso, es una barbaridad», protestó, «no piensan ni poseen sentimientos como nosotros», afirmé, refrendando lo dicho por Johann, «¿y cómo lo saben?», preguntó, «no pueden comunicarse, no nos entienden», contesté, «ello no los invalida como seres humanos», replicó, «debe existir algún derrotero para rehabilitarlos», después de verlos desnudos entre el lodo, con miradas ariscas, dudaba de cualquier posibilidad de devolverles una traza de humanidad, «nunca has visto a uno», espeté, «quiero conocerlos», pidió, le manifesté cuán duro era confrontarlos y de la prohibición explícita de mi padre para ir a verlos, no se inmutó, «organízalo para mañana a las seis, vendré preparado para lo peor», me quedé preocupado, no sólo requería mentirle a Calvert y a Peter, debía padecer de nuevo el dolor de encarar a los engendros, ordené a Calvert preparar el carruaje a temprana hora, inquirió sobre mi destino, mi padre exigía a la servidumbre no atender nuestras solicitudes sin motivos claros, no consentía el uso superfluo de los recursos de la propiedad, revelarle mis planes de ir a los corrales o a los gallineros le causaría suspicacia y avisaría a mi padre, era necesario esconder mis propósitos, «voy a los establos, el profesor Matthew desea instruirme sobre infecciones en las ubres», por suerte no sospechó, «mañana a las seis estará listo el carruaje». Matthew se presentó cuando los gallos comenzaban a cantar, el viento helado calaba y la lluvia persistente lo había empapado, Calvert tomó las riendas de su aterido caballo y mandó llevarlo a las caballerizas a secarlo, ordené a Anna, el ama de llaves, traerle al invitado una muda de ropa, en el castillo se contaba con un variado ajuar dispuesto para contingencias como ésta, protegidos por la escolta nos dirigimos hacia los establos, unas leguas más allá se encontraba el laberinto de ese Minotauro enclenque y exangüe, el carruaje se detuvo frente a la tranquera de los corrales, asomé la cabeza por la ventanilla y sentí náuseas, allá, en medio de las vacas, se hallaba la némesis de lo humano, Matthew pareció contagiarse de mi nerviosismo, se apoyó del estribo y brincó hacia el terreno lodoso sin importarle manchar sus botines, yo descendí precavido, atento al fango resbaladizo, abrimos las trancas e ingresamos, las vacas se abrieron a nuestro paso mientras nos observaban con cautela, «¿dónde está?», preguntó, señalé hacia donde lo había visto la primera vez, obstruido por decenas de reses apiñadas a nuestro alrededor, Matthew marchó con fingida determinación delante de mí, avanzaba con rapidez cuando de pronto se detuvo en seco, contempló hacia abajo y lívido señaló con el dedo índice, «¿eso es?», caminé dos pasos hasta llegar a su lado, cerré los ojos antes de contemplarlo y cuando los abrí mi vida cambió para siempre, vi en ese cuerpo contrahecho a un ser humano sin terminar, un ser suspendido en una etapa embrionaria, lejos de turbarme me acuclillé para inspeccionarlo, en sus pupilas encontré un brillo, un primer puente para comunicarme con él, Matthew, aún sin reponerse, me jaló del hombro para alejarme, «puede hacerte daño», advirtió, imposible, no había en ese ser un solo músculo para tensar, era una masa espirante, inocua, desdentada, continuamos mirándonos a los ojos, ¿había en su atisbo un ruego o sólo era un cuenco vacío donde rebotaba la luz del amanecer?, le formulé una pregunta absurda, «¿estás bien?», la criatura no respondió, era evidente su desconocimiento del lenguaje, Matthew me tomó del codo, «de verdad puede atacarte», me incorporé, «¿es un animal o una persona?», le pregunté como si sus estudios caseros fueran suficiente para responder a una interrogante más allá de la ciencia y de la teología, «no lo sé», respondió con sinceridad, «nunca he visto algo tan espantoso, parece un demontre del Apocalipsis, quisiera traer a un dibujante a retratarlo y luego consultar a algunos de mis colegas, con seguridad en coloquio podremos hallar una explicación», ésa era una tarea imposible de cumplir, los familiares de los engendros se ofenderían de saberlos objeto de curiosidad malsana, «no», respondí tajante, «guarda en tu memoria sus características y detállaselas a alguien hábil en el dibujo», Matthew se inclinó hacia el engendro para examinarlo, al sentir su cercanía el avechucho se volteó hacia nosotros, sus ojos traslúcidos se clavaron en los nuestros, se arrastró sobre sus garras disformes y profirió un áspero sonido, Matthew tropezó al intentar alejarse de él, «cuidado» gritó mientras caía de culada, me mantuve firme, sin temerle, el engendro abrió la boca de par en par, sus labios se notaban resecos, sus ojos hundidos, jadeaba como había visto jadear a animales cuando están sedientos, emitió una especie de maullido, lo cual desató un ataque de pánico en Matthew, «es un ser sobrenatural», advirtió, me avergoncé de él, tan inmerso en la ciencia y ahora temeroso de un espantajo no mayor a un duende, «quiere agua», afirmé, señalé una pila al fondo de los corrales, «trae una poca en ese balde», Matthew retrocedió de espaldas sin quitarle la vista a la criatura, «¿tienes sed?», le pregunté, el engendro siguió sin responder, necedad la mía de querer arrancarle palabras a quien se hallaba vedado de ellas, en su rostro se delineaban facciones humanas, pero su corporalidad lo remitía a la carcasa de animales muertos, eran legítimos los reconcomios de Matthew, esa criatura podía poseer una naturaleza maligna, así habían pintado a los demonios desde épocas remotas, seres con aura de cadáveres, rastreros, de miradas felonas, mas éste a mis pies carecía de la vileza de esos retratos, parecía un náufrago resecado por el sol, retornó mi preceptor con la palangana repleta de agua, derramándola por culpa de su andar tembleque, colocó el cubo a dos pasos de nosotros, humedecí mi pañuelo en el balde y exprimí unas gotas sobre la boca abierta del engendro o ¿debería llamarlo hocico?, desplegó los belfos y relamió el líquido, daba la impresión de un aguilucho alimentado por sus padres, repetí la maniobra cinco o seis veces vertiendo cada vez más agua sobre su oquedad de polluelo, el espantajo bebió hasta las últimas gotas, saciado se recostó sobre el fango y me dirigió una mirada y, por fin, pude vislumbrar en él un dejo de catadura humana, antes de partir alcé la mano y lo bendije en voz alta.

Durante días fui consumido por la figura lagañosa y escuálida del muchacho, me pesaba el maltrato al cual era sometido y me prometí ayudar por siempre a seres en su circunstancia, resolví ir a verlo de nuevo para conjurar la obsesión por él, como era difícil escaparme de la vigilancia de Peter y de Calvert, pretexté un paseo a caballo, me esperancé en la reserva de quienes me custodiaran, impensable salir sin escoltas, a mi padre le preocupaba la posibilidad de un atentado contra nosotros, «nunca se sabe cuándo pueden surgir los rencores o la codicia de la gente», invité a Louise a venir conmigo, ella no haría preguntas de más y su compañía era una coartada ideal, informé a Calvert de nuestra excursión y solicitó nuestra ruta, inventé explorar zonas propicias para la futura temporada de caza de perdices, nos asignó cuatro guardias, tipos a quienes apenas conocía, monté a Sam, mi potro favorito y Louise a Kay, su yegua predilecta, como norma los escoltas no podían dirigirnos la palabra si nosotros no lo hacíamos primero, debían mantenerse en silencio y a la distancia, sin estorbar, no estaban obligados a relatarles a Peter o a Michael los pormenores de nuestras correrías, a menos de ser interrogados al respecto, atravesamos varias praderas, docenas de perdices levantaron vuelo a nuestro paso, campear adelante por ese sitio aseguraba una caza venturosa, Louise galopaba para espantarlas y en uno de sus giros casi atrapa una al vuelo, alegraba verla tan vital, tan diestra sobre la cabalgadura, después de un par de horas tomamos un momento para darle reposo a nuestras bestias, bajo la mirada alerta de nuestros guardias nos sentamos sobre la hierba a conversar, Louise pronto empezaría a frecuentar fiestas para conocer a candidatos a marido entre los hijos de familias nobles, ella no quería marcharse de la propiedad, disfrutaba de los extensos campos y manifestó añorarme si al casarse se mudaba a un sitio lejano, prometí donarle una extensa parcela en la finca cuando yo tomara posesión, donde ella podría vivir con su esposo e hijos, «no nos separaremos», le aseguré, nos propusimos continuar con el paseo, ella se disponía a montar a Kay cuando la detuve del hombro, «necesito pedirte un favor y te pido no me interrogues al respecto», ella me miró con curiosidad, «sí, dime», respondió, «requiero ir a solas a ver un asunto y no quisiera a los guardias inmiscuidos en esto», dejarla a solas con hombres, aun siendo nuestros custodios, era impropio, su honor de dama quedaba en peligro y mi petición era riesgosa, «necesito ir a una aldea lejos de aquí, tú me esperarás en el poblado mientras ya resuelvo una cuestión, nadie puede saber de esto», Louise accedió con una sonrisa a medias, nos dirigimos a los corrales, en las proximidades comenzó a percibirse el hedor de las porquerizas, Louise hizo un gesto de disgusto, «huele espantoso», se quejó, «después de un rato te acostumbrarás», le dije, tampoco ella había venido hasta estos parajes y le animó conocer nuevos rumbos, entramos a la calle principal bajo la mirada intrusa de los pobladores, no era común para ellos ver a los hijos de los patronos recorrer el caserío, al final de la calle le pedí esperar, «vuelvo en unos minutos», le dije y sin avisar a los jinetes arranqué a los establos, los escoltas se miraron unos a otros, confundidos, dos de ellos, uno larguirucho, de nariz pronunciada y otro regordete, de baja estatura, resolvieron seguirme, arribé a los corrales, amarré las riendas de Sam a uno de los postes y entré por el portón sin esperar el arribo de mis guardias, decidido caminé entre las vacas hacia donde se hallaba el muchacho, el día era soleado y su piel pálida refulgía entre el lodo, me aproximé con pasos firmes y al verme sucedió lo inesperado, como si me hubiese reconocido sonrió, su reacción me consternó y apenas atiné a pronunciar un «hola» él sonrió aún más, me acuclillé para quedar a su altura, «¿cómo estás?», le pregunté a sabiendas de su nula comprensión, su respuesta fue otra sonrisa, tuve ganas de abrazarlo, de pedirle perdón por el humillante trato al cual había sido sometido a lo largo de su vida, había sonreído y eso lo tornó más humano, de nuevo lo noté sediento, fui por un cubo de agua y le di de beber humedeciendo un paño, tragó cuanta agua vertí sobre su boca, al terminar otra vez volvió a sonreír, una sonrisa inocente, cálida, acaricié su frente y le quité un poco de lodo de la nariz, «prometo ayudarte», le dije y me incorporé, a unos metros descubrí al jinete flaco mirándonos con una expresión demudada, sin decirle nada crucé frente a él y marché rumbo a mi caballo, sentí una bola espesa en la garganta, como si un absceso creciera dentro de mí infectando mi espíritu, sí, debía ayudarlo, a como diera lugar y no sólo a él, sino a todos quienes en su condición habitaran la propiedad, el trote de vuelta me pareció largo y tortuoso, Louise y yo no hablamos durante el camino, abstraídos, estuve tentado a contarle sobre los engendros, sobre el obscuro secreto escondido entre bestias, la fístula de la propiedad, me mantuve callado, ignoraba cómo respondería frente a tan brutal evidencia, nos apeamos de nuestros caballos y le entregué las bridas al caballerizo, antes de retirarse Louise se volvió hacia mí, «me duele no saberme amiga tuya para conocer tus "cuestiones", cuando yo te comparto todo lo mío», se alejó sin dar oportunidad de explicarme, me disponía a alcanzarla cuando uno de los jinetes desmontó deprisa y se me acercó, «perdone, señor», me giré hacia él, era el tipo flaco y alto, pensé me comunicaría algo grave, sólo así se justificaba el dirigirme la palabra, «sí, dime», le respondí, se tomó un momento antes de hablar, se notaba tenso, «quería agradecerle…», musitó, y de nuevo hizo otra pausa, parecía costarle trabajo encontrar las palabras adecuadas, tomó valor y continuó, «agradecerle el trato dispensado a mi primo», «¿cuál primo?», el joven contestó mirando hacia el suelo, «el muchacho en el establo es hijo de una hermana de mi madre», explicó, «¿cómo se llama?», le pregunté, «no tiene nombre, señor, según indicó el párroco a los animales no se les bautiza», respondió, «cuando nació mis tíos no supieron cómo atenderlo, yo era muy niño en ese entonces, pero recuerdo el sigilo y el miedo de la familia, mi tío no soportó más y lo llevó a vivir al establo, sus hermanos son quienes le procuran alimento y agua», sentí la pústula dentro de mi garganta al borde de reventar, le pedí guardara reserva sobre mi visita, «mi compañero y yo no diremos nada», aseveró, le di las buenas noches y me retiré a mis aposentos, a mitad de camino recordé no haberle preguntado su nombre, cuando volví a buscarlo ya no se encontraba en las caballerizas, por la noche otra vez me barrió el oleaje de imágenes, no me quedaba duda, un alma habitaba en el engendro, me había sonreído y esa sonrisa me carcomía, ¿quiénes nos sentíamos para darle semejante trato?, ¿bajo cuál justificación los hombres éramos capaces de tal atrocidad? Busqué a Louise a la mañana siguiente, al principio se negó a hablar conmigo, pero ante mi insistencia aceptó escucharme, «hermana, dudé en contarte lo acontecido ayer por ser un hecho doloroso, es un cruel secreto de los pobladores, pero encubierto por nuestro padre», expliqué, «pensé en un amorío clandestino y me sentí relegada, por lo visto es un tema serio y te pido disculpas por mi ligereza», dijo, le pedí discreción absoluta, «nadie puede saberlo», advertí, «cuenta con mi silencio», respondió, le relaté de los engendros y de la situación espantosa en la cual eran mantenidos, «¿cómo mi padre puede consentirlo?», preguntó incrédula, «es complejo, ni siquiera la Iglesia ni la ciencia saben cómo abordarlos, nuestro padre se encuentra tan abatido como nosotros pero, frente a la falta de soluciones, se ha rendido», ella se negó a aceptarlo, «debemos hacer algo por ellos, sacarlos de ahí», propuso, ingenua, «no, no podemos actuar sin el consentimiento de sus padres», no los había visto aún y ya se atormentaba por su suerte, «Dios nos va a castigar si no los ayudamos», cándida su postura cuando el párroco mismo avalaba el trato de bestias, «puedes ayudar ahora mismo», dije, ella se volvió a verme, perpleja, «¿cómo?», inquirió, «Matthew, mi preceptor,

38

pertenece a un grupo de científicos, si llevamos dibujos de estos seres podrán discutir entre ellos y proponer una solución, quizá no la definitiva, pero será un paso hacia delante, si te los describo, ¿podrás retratarlos?», de inmediato Louise accedió, en su habitación, a solas los dos, puntualicé sus físicos, ella me escuchaba concentrada mientras en el pliego trazaba sus fisonomías, rebusqué en mi cerebro la imagen de la muchacha, le conté sobre los ojos rasgados, las carnes blanquecinas y fofas, el rostro redondo, la lengua gorda y a menudo fuera de la boca y de los gestos aterrados al aproximarnos a ella, Louise se detenía espeluznada por los detalles, «no puedo seguir con esto», yo la incitaba a continuar, «necesitamos sus retratos, sólo así podremos auxiliarlos», volvía al papel, las manos manchadas de carbón, la expresión compungida, «no puede ser, no puede ser», se lamentaba y rompía los bosquejos, desconsolada, pero se reponía para seguir con el trabajo, luego de innumerables intentos terminó y me mostró los dibujos, quedé sorprendido, los había plasmado tal cual, con sensibilidad captó sutilezas, como la mirada feroz de la muchacha entre las gallinas o el espinazo saliente del otro, eran cuadros pavorosos, Louise los había ilustrado como si en verdad hubiese sido testigo de esa barbarie, sin duda era material de primera calidad para presentarlo en la sesión con los colegas de Matthew, ni ella ni yo mencionaríamos jamás el tema con nadie y bajo ninguna circunstancia yo revelaría quién había sido la autora de los dibujos, nuestra furtiva alianza nos unió aún más y la fraternidad se consolidó. A los dos días regresó Matthew a darme clase, al final, con extrema cautela, le mostré los dibujos, los contempló azorado, «es exacto al muchacho, serán de gran utilidad», con antelación había avisado a los miembros del grupo de una próxima tertulia para discutir «casos asombrosos y terríficos», según me reveló se veían el primer lunes de cada mes, había entre ellos médicos, naturalistas, botánicos, farmacéuticos, anatomistas y albéitares, como él mismo, el grupo lo componían quince integrantes, la mayoría no rebasaba los treinta y cinco años de edad, además de ingleses había un escocés, un irlandés, un par de galeses y hasta un alemán morador en estos parajes por estar matrimoniado con una mujer de un pueblo cercano, se llamaban a sí mismos Los Racionales y su lema era «Dios, Luz, Ciencia», podía sospecharse cercanía a los masones, pero estaban lejos de ello, centraban su interés en el debate científico siempre y cuando las inferencias no contradijeran a las Sagradas Escrituras, para ellos la Biblia era un sumario de sabiduría y la ciencia sólo debía agregar una mejor comprensión de ésta mas nunca cuestionarla, cada descubrimiento: un nuevo músculo, un hueso ignoto o la desaparición de una estrella en el firmamento, venía a confirmar los designios de la inteligencia suprema de Dios, la ciencia no debía disputar los teoremas divinos sino, con el uso de la razón, comprender cada uno de los metódicos actos de Dios, según confesó Matthew nadie en el grupo había confrontado «espantajos» y se hallaban deseosos de conocer su situación, consentí deliberaran en torno a ellos bajo el juramento de no revelar una sola palabra a individuos ajenos a su cofradía, Matthew me invitó a la tertulia «científica» con sede en casa del hijo de un prestigiado farmacéutico, no conocía a ninguno de los socios, pero ellos bien sabían quién era yo, me recibieron con afabilidad y hasta efusivos, después de los saludos pasamos a un salón donde los sillones se hallaban dispuestos en círculo para facilitar el diálogo, a mí me cedieron el lugar de honor, una poltrona junto a la chimenea, al inicio de la sesión Matthew sacó los retratos de la carpeta y alzándolos a la altura de la cabeza los mostró a los demás, algunos exclamaron con asombro, otros se mantuvieron pávidos, «¿son bocetos para gárgolas?», preguntó Robin, un galés fabricante de gafas, «no, son seres nacidos de vientre de mujer, pero ignoramos cuál es su naturaleza y si pertenecen o no al género de lo humano», respondió Matthew, Robin lo miró con gesto estupefacto, «¿procreado con semilla de hombre?», indagó, «así es, son hijos de hombre y mujer», se hizo un silencio en la sala, Mark, primo de Matthew, también albéitar, pidió permiso para hablar, Matthew le cedió la palabra, se tomó un largo tiempo, carraspeó y con notoria torpeza comenzó a articular una tesis, «sabía de seres como ésos, confieso nunca haber visto uno, pero un par de mis preceptores me los describieron, según mi entender son engendrados por…», dijo e hizo una larga pausa, se le notaba dificultad para continuar, «ruego disculpen mi atrevimiento, no quisiera ofender la sensibilidad de ninguno de los aquí presentes, pero estos seres…», de nuevo se detuvo, los demás lo miraron con impaciencia, «no nos ofenderás si tu postura está sustentada en una base científica», señalé, «lo está», se apresuró a responder, «siento una enorme vergüenza al hablar de estas particularidades, estos individuos, o como quieran llamarlos, son procreados cuando los padres practican coito por el ano, la ascorosa práctica de la sodomía contamina el semen con excremento y por lo tanto se gestan estos atroces seres, no en balde la Biblia considera la sodomía como pecado capital», dijo con voz trémula, «la escasa educación de los campesinos y su falta de valores los lleva a estas mañas, por ello estos deformes sólo nacen en familias de bajos estratos», su postura sonaba convincente, maguer extravagante, en la nobleza también se habían visto tipos de gran fealdad, de mandíbulas prominentes y algunas taras debidas al ayuntamiento entre consanguíneos, Patrick, un pelirrojo avecindado en una pequeña aldea en la frontera con Escocia, expuso otra teoría, «esto debe suceder por una degeneración provocada por la falta de nutrimentos adecuados, esta gente se alimenta mal y es propensa al consumo exagerado de bebidas embriagadoras, los seres procreados por estos individuos mal alimentados no llegan a desarrollarse lo suficiente dentro de la matriz para alcanzar el grado de humanos», esta última consideración mereció una airada respuesta de Günther, el colega alemán y el más apegado a los preceptos religiosos, «Dios no permitiría un yerro de ese tamaño», objetó, «la mala alimentación no debe ser causante de tal descarrío, he visto a ciervas dar a luz a cervatillos sanos después de sequías feroces o hambrunas prolongadas, en las rúas de Berlín o de Londres he visto perros

41

callejeros comer sobras, beber agua de charcos inmundos, flacos y casi al borde de la inanición y jamás los he visto dar a luz a cachorros deformes y contrahechos como los engendros retratados en esos dibujos, me suena más a una lección de Dios para dar ejemplo de cuán atroces pueden ser las desviaciones sexuales, yo coincido con Mark, esos seres son gestados en la inmundicia y por tanto merecen nacer así», quien refutó ahora fue Conan, un vendedor de ungüentos caseros, «¿y cuál culpa deben pagar ellos por los pecados de los padres?», dijo, «purgan un castigo sin merecerlo, Dios debería ser en extremo perverso para permitir algo tan terrible», Matthew intervino, «ignoramos si cuentan con conciencia, a mi juicio, después de haber visto uno de cerca, carecen de ésta y por tanto se hallan privados de intelecto para percatarse de sus graves deficiencias, sin duda es un castigo a los padres por sus actos impuros y debe abrumarlos el remordimiento por dar a luz a tan despreciables seres», la postura de Matthew me desconcertó, no lo imaginaba tan apegado a posturas religiosas y tan severo para juzgar los actos de otros, la polémica alcanzó su nivel más acre cuando Jeremy expuso su tesis sin importarle la presencia de Ryan, un mocetón de gran altura a quien, según me reveló Matthew, lo expatriaron de su pueblo natal en Irlanda por empreñar a una muchacha y resistirse al matrimonio con ella, «esas anomalías suceden sólo en razas débiles o blandas como la irlandesa, la negra o la judía, los padres de esos míseros seres, puedo apostarlo con la más absoluta convicción, descienden de razas mezcladas con pueblos orientales, razón por la cual la muchacha, si se le puede llamar así a ese monstruo, posee ojos rasgados y el rostro redondo semejante al de los niños chinos, el otro es como un perro sarnoso y macilento, la impureza de su ascendencia es la causante de tales deformidades», a Ryan le caló la majadería de Jeremy, los ingleses consideraban a los irlandeses como un pueblo perezoso, necio, de miras cortas, pero dichas afrentas, proferidas por un compañero, lo espolearon, «podemos ir afuera a dilucidar si los irlandeses somos una raza débil», a decir verdad Jeremy no tendría ni la menor oportunidad en una pelea frente al forzudo, sus puños eran del tamaño de una bala de cañón y su cuello, hinchado de venas, parecía el de un bisonte, «no lo tomes personal», añadió Jeremy con parsimonia, «es mi pensar y de ti espero una disertación seria para contradecirlo, no una bravata de taberna», podía no estar de acuerdo con Jeremy, sin embargo, en algo tenía razón, la muchacha lucía rasgos chinescos y éstos podían provenir de algún antepasado de esos lares, «no creo en razas inferiores ni superiores, cada una posee virtudes y defectos», terció Matthew en un intento por conciliar, Jeremy rebatió, «me remito a los hechos, mientras Inglaterra es una potencia mundial, Irlanda es apenas un territorio provinciano sin riquezas de ningún tipo ni pensadores de altos vuelos, los judíos parasitan a las sociedades donde se establecen y su desmesurada ambición los convierte en viles usureros, buitres detrás del dinero bien habido, de los negros, ni hablar, están por siempre condenados a vivir como bestias, sin capacidad intelectual y destinados a trabajos manuales, son raleas agrestes, vulgares, con escasos méritos, no digo esto con ánimo de provocar, a mí me parecen verdades incontrovertibles», Ryan se acomodó en su asiento y brindó una respuesta brillante, «la historia nunca es del todo acabada, se halla en perpetuo movimiento, culturas antaño poderosas quedan a merced de contradicciones inherentes a su propia conformación y acaban devorándose a sí mismas, basta revisar los "hechos", como bien lo propones, mientras Inglaterra era un territorio habitado por bárbaros, Egipto fue cuna de formidables cotas de intelecto humano, he tenido la inmensa fortuna de visitar ese país, los aquí presentes se maravillarían frente a las magnas construcciones, ante el arte sin par conseguido por, y aquí desbarataré tu frágil tesis, Jeremy, una sociedad de negros, quizás en cien años Inglaterra sea de nuevo una nación de salvajes chapoteando en lodo e Irlanda se convierta en faro de ciencia, conocimiento y poder, con la historia nunca se sabe y no olvides, querido amigo, Cristo era el rey de los judíos, no escupas hacia arriba, el gargajo puede estallar en tu cara», nunca imaginé al irlandés con complexión de herrero arrollar con tal habilidad las especulaciones de Jeremy, estaba en lo cierto, la historia es materia irresoluta capaz de dar vaivenes inesperados y no podía achacarse a una raza o una nación virtudes o defectos permanentes, Ryan se levantó y señaló los retratos colocados sobre el atril, «debemos hacernos varias preguntas al respecto, ¿nacen así o algo en su crecimiento los tuerce hacia la deformidad?, ¿algún bicho en la sangre de la madre inducirá estas rarezas?, las emociones vividas por la madre durante el embarazo, ¿pueden provocar la segregación de substancias dañinas para el feto?, ¿habrá alguna variante correlativa entre la duración del parto y la mengua subseqüente del bebé?, ¿las alteraciones surgen de la misma causa o cada una responde a problemas distintos?, ¿tendrán pensamientos racionales, pero son incapaces de expresarlos?, ¿podrán, con la debida estimulación, superar su dialecto de simios y ser capaces de elaborar un lenguaje comprensible?», con el índice recorrió la curvatura de la espalda del muchacho, «si lo observan bien, se encuentra encogido, como si las articulaciones y los músculos fueran estrechados por una fuerza desconocida, la suya es una posición fetal, indicativa de falta de completo desarrollo, no pudo, por así decirlo, terminar su maduración dentro del vientre», las interrogantes formuladas por el irlandés me parecieron acertadas y suscitaron una fogosa discusión, cada uno arguyó sus puntos de vista y no se llegó a conclusiones pero, como bien anotó Matthew al término de la reunión, «la verdadera ciencia se origina en las preguntas», los participantes se despidieron de mí con gentileza y prometieron invitarme a otras de sus tertulias, Matthew me tomó del brazo para conducirme por la vereda más seca, pues llovía y deseaba evitarme los caminos anegados, monté en el asiento de mi carruaje y di la orden de partir, al avanzar unos metros descubrí a Ryan esperando cruzar la calzada, pedí al cochero detenerse, «¿te llevo?», le pregunté, «no, gracias, me hace bien el ejercicio», insistí, anochecía y la lluvia continuaba pertinaz, pero se rehusó, «no quisiera dar molestias», mi interés era egoísta, me había impresionado su retórica y deseaba conocerlo más, «por favor, permíteme llevarte a tu domicilio», el macizo irlandés por fin consintió, le dio instrucciones al cochero de cómo llegar al pueblo de Shields donde moraba y subió al carruaje, sin cortapisas pregunté de dónde derivaba su interés por la ciencia, cuál era su ocupación y las razones de su estadía en la comarca, Ryan respondió sin ambages, procedía de una familia de ovejeros, bastante acomodada, dueña de grandes extensiones de tierra en la región central de Irlanda, desde pequeño trabajó en el negocio familiar y le maravillaron las cuestiones referentes a la anatomía de los animales, él ayudaba en los partos de las ovejas y practicó varias cesáreas por el mal acomodo de los fetos, también era responsable de desollar y trozar los corderos, «desde niño me fascinó ver las entrañas de los animales, entender cómo la vida se desarrollaba en ese cúmulo de sangre, vísceras y músculos», lo envidié, por prejuicios mi familia nos impedía cualquier trabajo manual o a la intemperie, ello significaba degradarse a la altura de los peones, lo nuestro era gobernar, no manosear animales o ensuciarnos con excremento, a mí me habría encantado explorar las entrañas de un animal, su interés por la albeitería, continuó relatándome, lo llevó a estudiar medicina, «en los poblados vi morir a niños por enfermedades, a mi parecer, curables y me parecía injusta su temprana partida, los conocimientos adquiridos por tantos años de trabajo con animales bien podría aplicarlos al alivio de seres humanos, mis padres me animaron a seguir por ese camino y contrataron preceptores instruidos en las ciencias naturales, luego estudié un año de medicina en el Colegio de la Trinidad, en Dublín, pero surgió un acontecimiento imprevisto y de un día para otro me vi en la necesidad de irme», por boca de Matthew me enteré del problema en el cual se había embrollado, pero Ryan, con una honestidad inusual, me confesó la real razón, «me achacaron la preñez de una muchacha a quien apenas conocía, sí, era muy hermosa y hubiese sido una acertada elección para esposa, pero no fui yo quien la preñó, de serlo habría asumido como hombre mi compromiso y me habría casado con ella, por diversas razones terminé aceptando la responsabilidad, pero me negué al matrimonio, no sería yo padre de mi propio hermano», al principio me confundieron sus palabras, poco a poco se asentó en mí la inicua verdad, fue su padre quien fecundó a la muchacha y el hijo se echó la culpa para no arruinar la reputación de la familia, al negarse Ryan al casamiento, el padre de la muchacha lo amenazó de muerte, razón por la cual hubo de huir, molesto con su progenitor abordó un barco sin revelar a nadie hacia dónde iba, fugitivo, se estableció en Shields sin llevar consigo ningún peculio, como consecuencia su meta de convertirse en médico se fue por la borda, sabedor de las artes de la crianza de ovejas se forjó cierta reputación como albéitar, sus ingresos eran muy modestos y sólo le alcanzaba para alquilar un espacio en un granero, donde entre sacos de cereales y pajares se había construido un hogar, a pesar de ser un irlandés pobre y sin relaciones entre la comunidad ingresó al grupo de Los Racionales gracias a su erudición en materia científica, le ofrecí trabajo como preceptor, convencido de cuánto me ilustrarían sus saberes, «sólo soy un ovejero», respondió con humildad, «y tienes en Matthew a un maestro con sapiencias superiores a las mías», «no deseo reemplazarlo, él no sólo es un maestro para mí sino también un amigo, anhelo expandir mis horizontes y tú bien podrías ayudarme en ello», aclaré, «lo pensaré», me dijo y se apeó. En el desayuno les hablé a mis padres de Ryan como un maestro recomendado por Matthew para ahondar en el manejo del pastoreo de praderas pues era considerado un experto en el tema por los años dedicados a la granja familiar, a mi padre le pareció una buena idea y accedió a contratarlo, redacté una carta para Ryan y la envié con el cochero, en la misiva le especifiqué cuánto se le pagaría por las clases impartidas, lo cual rebasaba por mucho sus ganancias como albéitar, «deseo abrevar de tu erudición y de tu pensamiento crítico, empecemos cuanto antes, mañana mismo si es posible, lunes, martes y jueves, a partir de las diez tengo espacios libres, espero ansioso tu respuesta, William», a mediodía volvió el cochero con su respuesta por escrito, «acepto, tu ofrecimiento es en suma generoso, pero por encima del dinero me motiva tu entusiasmo y tus deseos de aprender, mañana llegaré a las diez de la mañana, gracias, Ryan», al día siguiente llegó puntual y lo más sorprendente, había cabalgado las cuatro leguas desde el granero hasta el castillo, no se le notaba extenuado, al contrario, pareciese llegado de un breve paseo por la campiña, su vestimenta era poco apropiada para apersonarse en el castillo, el terno descosido, raída la tela en la zona de los codos, el pantalón con desgarrones y los botines al borde de desbaratarse, le llamé a Anna y le pedí consiguiera ropajes a la medida de mi nuevo preceptor, afán complejo de resolver por la dimensión de sus espaldas y de su elevada estatura, «desde hace muchos años no recibimos huéspedes de tal tamaño, desde tu bisabuelo no se han visto aquí personas de esa anchura», mi bisabuelo paterno, el gran patriarca, era una mole de músculos y se rumoraba medía cerca de siete pies, uno de sus ojos era color gris y el otro verde, lo cual favorecía su aura legendaria, «veremos si podemos ajustar un viejo traje suyo», Anna se retiró y con una seña le indiqué a Ryan el sillón donde solían sentarse mis preceptores, él apuntó a otro, «¿podemos ir allá?, necesito la mesa para la clase», accedí curioso por saber hacia dónde dirigiría su instrucción, en cuanto nos sentamos sacó de su bolso un tablero y lo colocó encima de la mesa, «¿sabes jugar ajedrez?», asentí, parte importante de la educación de los jóvenes nobles consistía en aprenderlo, ejercicio necesario para fraguar tácticas, Ryan acomodó las piezas sobre el tablero, él con las blancas, yo con las negras, «el ajedrez es fundamental para entender la ciencia», afirmó, «nos obliga a cuestionar cada decisión», comenzó con una salida desconocida para mí, peón cuatro de la torre del rey, una jugada novedosa, mi instructor me había enseñado a dominar el centro, por lo cual sin variaciones debía empezar con peón cuatro del rey o peón cuatro de la dama, para luego reforzar la posición con los caballos, o bien protegiéndolos con tres peón del alfil de la reina o del rey, su lance me desconcertó, continué con el criterio aprendido y abrí con peón cuatro del rey, él siguió con peón cuatro de la torre de la dama, una apuesta aún más arriesgada, jugaba en los extremos del tablero sin interesarle apropiarse del centro, respondí con caballo tres del alfil del rey, Ryan sonrió, «el ajedrez revela la personalidad de quien lo juega, o peor aún, los vicios aprendidos», la confusión provocada por su bizarro comienzo me desconcentró al punto de ser masacrado sin piedad, pedí la revancha, nadie me había vencido así y menos con una táctica tan poco convencional, «más tarde», respondió Ryan, «por ahora analicemos la enseñanza de esta partida», a continuación desentrañó cada uno de mis conceptos sobre el ajedrez y al hacerlo hizo un paralelismo con la ciencia, «acostumbramos a ver el mundo desde una determinada perspectiva y en la mayoría de las veces esa perspectiva es el principal obstáculo para resolver un problema, tú jugaste con un planteamiento conservador y sabía cuán primordial era para ti hacerme intransitable el centro del tablero, pero te forcé a abrirte a los extremos y caíste en mi trampa, el científico debe pensar fuera del centro, cuestionar cada conocimiento, sobre todo aquellos cuyas bases creemos más sólidas, podrá parecerte absurdo, pero para alcanzar respuestas inteligentes debemos formularnos preguntas estúpidas», sentenció y con el dedo mostró los escaques de las orillas del tablero, «la ciencia obliga a mirar hacia donde nunca imaginamos, en esta partida te empujé a voltear hacia una parte del tablero poco contemplada, tu cerebro, ofuscado, no logró ajustarse, seguiste machacando con tu sistema y al final te ahogaste con el amontonamiento de piezas en el centro, el análisis crítico exige repensar, innovar, jamás dar algo por hecho», su lógica me sorprendió, ¿cómo un ovejero irlandés contaba con tal capacidad intelectual?, una hora de clase con él y ya había revolucionado mi manera de deliberar, cuestionó mi furor por los «engendros», «¿te provocan curiosidad, compasión, horror?», inquirió, «no lo sé», respondí,

«Matthew me contó cuánto arriesgaste para llevarlo a conocer al muchacho a los corrales y para ir a la reunión de Los Racionales, alguna emoción poderosa despiertan en ti para meterte en tantos líos», no se equivocaba, estaba trastornado con ellos, aun cuando quisiera sacarlos de mi cabeza volvían una y otra vez a mí, «indaga dentro de ti cuáles resortes disparan esa fijación y úsalos para cuestionar quién eres y hacia dónde te diriges», me dio una tarea, discurrir cuatro combinaciones de salidas en el ajedrez con diez movimientos posibles para cada una de ellas y advirtió, «en el ajedrez ensaya lo inesperado, sigue tu instinto», antes de partir Calvert llegó con el traje confeccionado por el sastre para Ryan, no entendió el motivo por el cual se le ofrecía y el mayordomo hubo de explicarle las reglas de cortesía de la casa, el irlandés lo recibió sin saber cómo proceder, «es un obsequio, profesor, y si nos hace favor de ponérselo para indicarle al sastre los ajustes requeridos», Ryan entró a una habitación a probárselo y salió vestido con éste, «me queda a la perfección», explicó con una sonrisa y ataviado con su nuevo traje, montó su caballo y emprendió el camino de regreso.

Me retiré a mis apartamentos, saqué el tablero de ajedrez y lo coloqué sobre mi pequeña mesa de trabajo, un mueble antiquísimo sobre el cual alguna vez, aseguraba la leyenda, había comido el mismo rey Arturo, mi juego de ajedrez también gozaba de un origen mirífico, las piezas talladas en marfil y el tablero de alabastro blanco y negro los había labrado un artesano florentín para Leonardo da Vinci, cada pieza era un placer al tacto, podía pasar horas recorriendo con los dedos la lisura de sus formas, en especial los caballos y los alfiles, forjados con evidente cuidado por el anónimo artífice, medité sobre las distintas posibilidades de abrir el juego, mientras más profundizaba en los sesenta y cuatro escaques del tablero más me maravillaba de las miles de opciones, cada decisión abría una gama de flancos y me afligía cederle el centro a mi rival, «no pienses como militar», me había indicado Ryan, «piensa como poeta, las grandes batallas, como Troya o Jericó, fueron ganadas por quienes procedieron con una aproximación creativa, no por quienes obedecieron los cánones, la ciencia debe ser cercana a la poesía, no al imperturbable orden», aborrecía la probabilidad de ser derrotado por mis yerros y no por los aciertos del contrario, me enseñaron a ser cauteloso, a atraer al enemigo a la trampa, Ryan me animaba a la aventura, a ser yo quien arriesgara y no el otro, «en el fondo no se trata de ganar o perder, sino de descubrir», luego de horas con la vista clavada en las piezas decidí darle vuelta al tablero y contemplarlo desde una perspectiva lateral, parecía una estratagema boba, al fin y al cabo son los mismos cuadros vistos desde otro ángulo, pero bastó esa simple acción para destrabarme, infinidad de jugadas se generaron en mi cabeza, peón cuatro del caballo de la reina, peón tres del alfil del rey, incluso llegué a pensar en el rey como arma de ataque, algo prohibido por mis instructores quienes consideraban sacrílego desplazarlo de su casilla e indicaban sólo moverlo para enrocar, una tras otra se sucedieron las jugadas, mientras las anotaba manaron en mi cabeza imágenes de los engendros y con ellas una cascada de palabras inconexas: corazón, calor, ruido, viento, sol, dolor, expresión, humanidad, auxilio, el ejercicio condujo a interrogarme, ¿quién era yo?, ¿de verdad anhelaba el destino al cual se me reservó?, los engendros me habían perturbado, no por ser quienes eran sino quien era yo frente a ellos, esa clave partió en dos el candado de mis certezas, descubrí cuán exhausto me hallaba por el desapego, la formalidad, el lenguaje pulcro, los artificiosos modales, lo exquisito, la división entre «ellos» y «nosotros», la bambolla, el boato, el borbotón de palabras continuó imparable, luz, río, huesos, ojos, miradas, tomé la péñola y garrapateé las palabras en el mismo pliego donde antes había anotado mis jugadas de ajedrez, un caos sin sentido y a la vez liberador, la tarea no resultó inocua, iluminó las cavernas más obscuras de mi carácter, no estaba a gusto conmigo mismo ni con mi futuro deparado, me pregunté si valdría la pena comentar con Ryan mis desvaríos y mostrarle el mapa borrajeado donde garabateé jugadas y palabras y si ello no le provocaría burlas e ironías, desestimé mis hesitaciones, al fin y al cabo, ese desorden mental él lo alentó. Cegado como estaba con los espantajos resolví volver con la muchacha de los patios, era una atracción inevitable, poderosa, quizá como sucedió con el engendro de los establos podría comunicarme con ella, me bastaba una sonrisa, un gesto, pretexté un paseo y le pedí a Calvert ser acompañado por los mismos jinetes de la vez anterior, «¡ah!, Colton y Sean», dijo, «¿cuál es cada quién?», inquirí, «Colton, el bajito regordete, Sean, el alto y flaco», Calvert insistió en cuatro guardias, decliné con la excusa de una corta travesía, «está bien, pero no te alejes en demasía del castillo», en las caballerizas avisé a Sean sobre el auténtico destino de nuestro viaje y le demandé reserva tanto a él como a Colton, «nadie sabrá adónde vamos, señor», aseguró, cabalgamos hacia el sitio, nos detuvimos frente a la barbacana de la plazoleta a la entrada de los patios y sujetamos los caballos a los amarraderos, escuchar el mero cacareo de las gallinas me provocó angustia, penetramos el ondulado mar de plumas y patas, otra vez me aterró cruzar entre ellas, Colton avanzó al frente, espantándolas, las aves abrieron paso, llegamos hasta la prisionera desnuda y atada, sus piernas bañadas en excremento de gallinas y con huellas de mordidas de ratas, no aulló al vernos ni intentó huir, permaneció pasmada viendo al vacío, en sus senos se advertían marcas de mordiscos con forma de dentadura humana, «hola», la saludé, se mantuvo silente, «hola», repetí, no se movió un ápice reconcentrada en un punto indefinido, me volví hacia mis guardias, habían retrocedido, en sus rostros se reflejaba un gesto de horror, ¿cómo temer a un ser indefenso y maniatado?, me acerqué a ella y al hacerlo mi rodilla rozó su cadera, brincó para alejarse y pegó un alarido de bestia herida, caí de espaldas y asustadas las gallinas comenzaron a revolotear, la muchacha pataleó en un infructuoso esfuerzo por apartarse de mí, luego me miró amenazante y me gruñó, comprendí el pavor de Sean y Colton, reculé sin quitarle los ojos de encima,

51

«tranquila, no te voy a hacer nada», su expresión se ensombreció y me mostró los dientes, con lentitud me aparté de ella y di vuelta para salir del gallinero, apenas traspasé la puerta me detuve a tomar aire, el encuentro con la muchacha y el aleteo de las aves me provocaron una sensación de pánico, me costó recuperar el aliento, me recargué en un poste y Colton se me acercó, «señor, ¿me permite?», «dime», le contesté, asombrado por su falta de respeto a la norma, «esa muchacha es un peligro, no vale la pena mantenerla con vida, sería bueno adelantar su fin», su rudeza me pareció fuera de lugar, «quizá nosotros seamos el peligro para ella», le respondí, cortante, «como quiera, señor, sólo piénselo», dijo y se alejó hacia los caballos, durante la cena procuré disimular mi agitación, por fortuna Ethel y Daisy no cesaron de hablar de los cachorros de nuestra perra, nacidos un par de días antes, su locuacidad distrajo a mis padres, evitándome la obligación de dar cuentas de las actividades del día, Frank en su enajenamiento perenne ni las volteó a ver, Helen parecía atenta a las gemelas, pero en su mirada se apreciaba fastidio, Stewart y Lloyd mostraban interés dado su gran amor por la perra, Louise debió notar mi desazón y me observaba, preocupada, el relato de las niñas condujo a incómodas preguntas sobre la procreación y para sortearlas mis padres nos mandaron a dormir, «¿volviste con el muchacho de los establos?», inquirió Louise camino a nuestros aposentos, «no, con la muchacha de los gallineros», aclaré, «la próxima vez voy contigo», pidió, «no, verla te jalaría a un pozo muy obscuro, no encontrarás la salida», ella iluminó mi rostro con la lámpara, «quizá podamos hallarla juntos, no menosprecies mis capacidades», dijo y giró rumbo a su habitación. Por la mañana me impartió clase Johann, como si hubiese leído en mí la necesidad de una parábola bíblica para confortarme, narró la historia de Jonás y la ballena, Dios envía a Jonás a la ciudad de Nínive a predicar su palabra, Jonás, sin ánimo de hacerlo, se desvía y huye en un barco hacia otro lugar, su acción provoca la ira del Supremo, los marineros no entienden la razón de una súbita tormenta, las gigantescas y furiosas olas auguran una muerte segura, Jonás sabedor de ser él quien causó la cólera del Altísimo decide arrojarse al mar para salvar la vida de los demás, Dios manda una ballena y ésta lo devora para mantenerlo vivo dentro de su estómago, tres días después lo arroja en las playas contiguas a Nínive, Jonás agradece a Jehová por perdonarlo y cumple con pregonar la palabra divina en la ciudad elegida, «Dios nos ama», concluyó Johann, «si por acaso tomas una mala decisión y te alejas de Él, siempre tendrás la oportunidad de arrepentirte y volver a Su seno donde te recibirá con Su amor infinito y Su misericordia, en cambio, si persistes en apartarte, tientas Su poder y Su furia celestial», sus palabras me dieron valor para tomar riesgos, en caso de fallar Dios alumbraría mi ruta de vuelta, «hace tanto tiempo no prestabas tanta atención», dijo al notarme interesado, «se percibe tu madurez, ya en unos meses cumplirás dieciocho años, edad perfecta para pensar en un futuro matrimonio», no contemplaba casarme todavía empero mis padres no cesaban de lanzarme insinuaciones, «las muchachas casaderas no estarán libres cuando tú quieras», advertía mi madre, las hijas de los amigos y de los conocidos de mis padres, cada una de ellas de abolengo y apegadas a las convenciones aristocráticas, me daban pereza, eran anodinas, de charla insulsa y me cansaba su excesivo afán por el arreglo, con excepción de Mary, una hermosa trigueña de ojos verdes, nieta de un marqués alemán residente en Inglaterra, ella era dueña de una inteligencia aguda, de porte sobrio y poco afectado, le gustaba leer y en una confesión indiscreta me reveló su pasión por escribir poemas, actividad desalentada por su padre, «déjate de tonterías y concéntrate en hallar un buen partido», Mary hubiese sido mi cónyuge ideal, pero enfermó de tisis y para cuidar de sus debilitados pulmones sus padres la llevaron a vivir al sur de Italia, donde el aire marino y cálido le brindaría cierto alivio, no volví a saber de ella sino hasta algunos meses después de su partida cuando me anunciaron su muerte acaecida en el poblado de Riaci, en la costa calabresa, había experimentado intensos sentimientos por ella, con ventura correspondidos pues reciprocamos cartas en las cuales cada uno relató las emociones suscitadas por el otro, Mary se convirtió en mi referente, en comparación con ella las demás muchachas me parecían aburridas y sosas, «dedicaré mis próximos meses a elegir a alguna joven», le dije a Johann para zafarme de sus insinuaciones, «con certeza tus padres optarán por la muchacha adecuada para ti, lo de compartir gustos en realidad no importa, valen los nexos entre las familias y doblar los caudales», en boca de un teólogo la recomendación sonaba hipócrita, casarse para incrementar el poder de las familias y olvidarse de si los implicados en el matrimonio congeniaban o no, terminó la clase y a continuación, con contento y nerviosismo, me apresté a recibir a Ryan, sobre la mesa acomodé mi juego de ajedrez y al llegar mi preceptor se reveló sorprendido, «me entusiasma tu disposición», dijo, «espero con fervor tus propuestas», se sentó frente a mí y ponderó la belleza del tablero de alabastro y las piezas de marfil, le conté la historia de Da Vinci y del anónimo artesano florentín, «laudable trabajo, a la altura del genio», pronunció con entusiasmo, «ahora expón tus jugadas», moví las piezas acorde a mis notas de la tarde anterior, Ryan las analizó sin perder detalle, «valiente», pronunció, el adjetivo me llenó de orgullo, se volvió a mirarme con gesto áspero, «antes de henchirte de ti mismo, enséñame cuánto más traes», ejecuté otra salida, aún más arriesgada y continué con el desarrollo de las jugadas, «vaya, lo hiciste mejor de lo esperado, no te creí con la audacia necesaria para romper paradigmas, pero debes aprender una regla básica, la confianza excesiva es ponzoña para el pensamiento crítico, debes cuestionar hasta tu misma existencia», sus palabras me causaron mella y me hicieron formular una pregunta cuya mera enunciación debía de ser pecado, «¿cuestionar, incluso, la existencia de Dios?», apenas lo dije quise retractarme, Ryan me miró serio, pero no noté en su rostro un intento de reproche, «vivimos rodeados de atrocidades, piensa en el engendro, un cadejo de huesos y carnes, vale preguntarse si Dios lo permitió o hasta si lo propició, un sacerdote me dijo, "quien no se enoja con Dios, quien no llega a dudar de su existencia, no merece Su amor, Dios no está para ser adorado por el simple hecho de serlo, se llega a Él por lo profundo de Su obra", y a tu pregunta te respondo, sí, debemos cuestionar hasta si existe», sentenció, «¿no es ello una herejía?», lo interrogué, «no lo es para nosotros», su respuesta abrió un nuevo «nosotros» en mi vida, la pertenencia a una tribu única y distinta: la de los pensadores críticos, le conté sobre la anárquica ebullición de palabras mientras ejecutaba las partidas, «el lenguaje es una faca filosa capaz de rebanar la realidad para asomarnos al fondo de las cosas, lee en voz alta y de improviso, pon una palabra tras otra hasta hallar su significado oculto», las leí al azar, «huesos, sangre, corazón, humanidad, compasivo», de pronto ese fárrago cobró sentido, «deseo ser médico y curar los males de estos seres», dije por impulso, como si un relámpago hubiese descascarado un anhelo íntimo y reprimido, me quedé atónito como si la respuesta la hubiese pronunciado otro ajeno a mí, Ryan sonrió, «lo tuyo es un arrebato, en un par de días te olvidarás de ello», me sentí traicionado, de él esperaba aliento, no había pensado antes, ni un solo minuto, en el deseo de convertirme en médico, sin embargo ahora pulsaba como la única opción para mi vida futura, «lo mío no es un capricho, esta determinación se cocinó dentro de mí durante dos años de zozobras, ya no puedo negar cuanto es evidente», Ryan se mantuvo escéptico, «no será fácil», arguyó, «no he sabido de un solo noble exitoso en su intento por cambiar, de modo radical, su destino, sopesa con calma y reconsidera tu decisión», había en él una legítima inquietud por mi ventura, él había sufrido un violento golpe de timón y su vida se torció hacia un rumbo imprevisto, sabía de las consecuencias y quería evitármelas, no tomé a mal sus consejos y lo despedí con agradecimiento. Me encerré en mi cuarto a meditarlo, ¿de verdad se hallaba en mí un maderaje sólido para embarcarme en un lance de consecuencias inesperadas?, ¿poseía los arrestos para adentrarme en el laberinto de esos cuerpos deformes?, ¿tendría las agallas para confrontar a mis padres?, y si la medicina no me cautivaba y acabara por repelerme, ¿habría vuelta atrás?, las preguntas se agolpaban una tras otra, pero mientras más acerbas eran más se avecinaba una resolución, bien lo había dicho Ryan, el lenguaje rebana la realidad para revelarnos el fondo de las cosas, la respuesta llegó pronta y cristalina, sería médico, no le daría más vueltas al asunto, desenterraría por fin el callado germen de mi rebeldía, así llevara en sí visos de catástrofe no pensaba asumir ni un minuto más un designio impuesto, por primera vez pude ver en el espejo a mi verdadero yo y no aquél construido por obra de mi linaje, me senté frente al tablero de ajedrez, debían brotar más interrogantes y por tanto más respuestas, lo analicé desde diversas perspectivas, ya no me bastó observarlo de lado, lo hice desde arriba y en diagonal, quien lo inventó diseñó un artificio avieso, si bien el rey es la pieza más importante y su capitulación significa la derrota total, es la reina la más movible, la más agresiva, la dominante, la dama como la gran táctica, la demoledora, aquélla cuyas acciones determinan los caminos más mortíferos, me pregunté si, siguiendo la filosofía del ajedrez, convenía más dialogar antes con mi madre y ver si se convertía en intercesora con mi padre o en enemiga de mis objetivos, durante infructuosos días intenté hablar con ella, mas fue inasequible, día y noche se encontraba o rodeada por mis hermanos o por la servidumbre, una mañana por fin pude hallarla a solas, la intercepté en el corredor, «necesito hablar contigo», dije, «¿acerca de?», inquirió, «¿podemos hablarlo en el salón?», le pedí, «si es algo serio no soy la persona indicada, para eso está tu padre», advirtió, «eres la indicada», señalé, «y te he elegido a ti para desahogar mis desvelos», «si es para quejarte de algo no tengo tiempo, posees la edad suficiente para afrontar tus problemas y no me interesa saberte sin temple», se disponía a partir, pero me interpuse en su camino, «deseo ser médico», aseveré, me miró con la frialdad reservada sólo a la servidumbre más impertinente, «¿médico?», preguntó en

56

voz alta como si deseara ser escuchada por todo el castillo y repitió «¿médico?», asentí, «los médicos son criados, gente menor a nuestra disposición, sirvientes mejor pagados y sólo un poco más instruidos, ¿eso deseas ser?, ¿un lacayo llamado a deshoras para atender partos o sofocos de ancianos?, ¿quieres dedicar años de estudio sólo para aplicar compresas, dar sugerencias ridículas, suministrar brebajes inservibles?, aire puro, trabajo y sentido común bastan, no te conviertas en uno de esos inútiles disfrazados de erudición», no me arredré, «en nuestra propiedad languidecen infelices seres, hijos de padre y madre, tratados como animales, no duermo pensando en ellos y en la medicina se pueden hallar soluciones para evitar su sufrimiento», mi madre sonrió con un gesto despectivo, «¿cuál de tus preceptores te convenció de tal estupidez?», preguntó con sorna, alguno de ellos sería culpado, no sólo lo despedirían, lo expulsarían de la comarca y su prestigio, enlodado, «ninguno, de hecho, ellos mismos me han tratado de convencer de lo contrario», aclaré, «¿de cuál prerrogativa gozan para ser ellos quienes escuchen primero tus necedades?», me arrepentí de no hablar antes con mi padre, ella resultó más intolerante y rígida, ahora mi propósito naufragaba, «no se te ocurra mencionar esto a tu padre si no deseas ser desterrado para siempre de la familia, no soportaré a un afeminado dormir bajo el mismo techo ni permitiré malos ejemplos para el resto de mis hijos, retírate a tu habitación, no te presentes a la cena y nunca más vuelvas a mencionar este nefando tema», dijo, prosiguió por los ruinosos pasillos y se perdió entre las sombras, su dureza era sólo un caparazón detrás del cual se traslucía el más honesto de los amores, una leona pegando de zarpazos a su cría para rectificar lo errado de su proceder, su respuesta, concluyente y virulenta, me sacudió, quizá no se equivocaba, los médicos eran sólo una variante sofisticada de servidumbre cuyos remedios resultaban, por lo general, infructíferos, pero al menos su labor conllevaba hidalguía y devoción por ayudar a otros, ¿dónde prevalecía más dignidad, en la aristocracia o en la medicina?,

¿quiénes merecían más honores, los caballeros andantes o los médicos rurales?, los primeros construyen naciones, los segundos velan por la salud de los pueblos, ¿pueden existir naciones sin pueblos vigorosos?, decidí no ausentarme de la cena, le demostraría a mi madre cuán resuelto me hallaba, no ahogaría la justeza de mi petición sólo por temor a sus gatuperios, en mi defensa invocaría la sensibilidad de mi padre frente a la suerte de los engendros y su legítima congoja por ellos, en ese punto débil requería concentrarme, me presenté a la mesa, al verme mi madre lució una expresión de enfado y mi padre ostentó un gesto severo, me senté en mi sitio, como era costumbre, las gemelas, sin recato alguno, comenzaron su guirigay, se atropellaban una a la otra para contar sus trivialidades infantiles, a mí me convino, distrajeron a mis padres y me permitieron calmar mi nerviosidad, aceché el instante preciso para exponer mi plan a mi padre, sólo presentaría a grandes rasgos mis intenciones para así compelerlo a reunirse más tarde conmigo en el salón, la algazara de las gemelas disminuyó cuando fue servido el plato principal y vi mi oportunidad, «padre, disculpa interrumpir tus alimentos, pero necesito hablar con ustedes de un asunto perentorio», mi madre me clavó la mirada con ánimo de callarme, «sí, lo sé», dijo mi padre, «ya tu madre me comentó al respecto y la mesa no parece lugar para discutirlo», hice caso omiso y comencé a narrar, con el mismo tono didáctico de Johann, la historia de Jonás y la ballena, mis hermanos me escucharon atentos, sobre todo Louise, quien, sabedora de los secretos, me observaba interesada, rematé mi relato con «todos poseemos el derecho de ir hacia otra dirección y si no es la correcta, volver sobre nuestros pasos y ser aceptados de vuelta por aquellos quienes nos quieren, como Dios admitió a Jonás», no hubo en los ojos de mi padre ni un fulgor de comprensión y sí un gesto gélido, bien lo exponía Shakespeare, de los lazos de sangre brotan las inquinas más feroces y un padre o una madre decepcionados pueden matar en vida al ser más querido y borrarlo como si nunca hubiese existido, al terminar la cena mis padres se incorporaron y sin dar las buenas noches se retiraron, mi garganta quedó atenazada por el presentimiento de un desastre irrevocable, con pesadumbre me despedí de mis hermanos quienes intuyeron también una calamitosa situación y me dirigí a mi apartamiento, Louise me alcanzó, «¿estás bien?», inquirió alarmada, «sí, muy bien», le contesté, pero mi rostro debió expresar lo contrario, «¿es parte del secreto?», preguntó, no me atreví a mentirle, a ella, mi cómplice, «sí, hermana, y de otros, de los cuales en su momento te enterarás», ella se mostró angustiada, «por favor explícame cuanto sucede», suplicó, «no ahora, necesito ordenar mis pensamientos, te prometo revelarte cada detalle cuando sea oportuno», la tomé de las manos, «estaré bien, no te preocupes», poco convencida se encaminó hacia su recámara, antes de entrar me volteó a ver, le sonreí y cerró la puerta.

La discordia con mis padres me causó insomnio, no se sabía, en la historia de nuestro linaje, del abandono de un sucesor de sus obligaciones para tomar otro camino, era inconcebible renunciar al poder, a la vastedad de la fortuna y de las propiedades, había cometido un error al plantear mis aspiraciones, mas no por ello podían juzgarme, ambicionar ser médico no era un dislate, si hubiese una profesión bendecida por Cristo debía ser ésa, dedicada a servir y a sanar, temprano por la mañana tocaron a mi puerta, al abrirla me encontré con Anna, quien en tono grave me pidió acompañarla al salón, «su padre lo espera», dijo, sentí estremecimientos, nunca antes la solicitud de verlo me había causado tal angustia, con un gesto de mi brazo apunté hacia el pasillo, «vamos», dije resuelto, una espesa neblina había penetrado en el corredor por entre los huecos de las paredes, el manto blanquecino parecía anticipar un lóbrego encuentro, entré al salón y para mi estupor mi padre me aguardaba junto con Matthew y Ryan, los tres serios, en silencio, cuando Ryan intentó ponerse de pie para saludarme mi padre lo detuvo del antebrazo, los años de mandar y dictar órdenes le otorgaban un aire augusto, era patente cuánto amedrentaba a mis preceptores, «siéntate», ordenó y señaló, no uno de los mullidos sillones a su lado, sino un modesto banco de madera, mi degradación iniciaba con ese pequeño acto, me vi en un dilema, obedecer a mi padre y con mansedumbre sentarme en el modesto banco o arrellanarme en el sillón contiguo al suyo y así mostrarle fortaleza de carácter, sin titubear me dirigí al sillón y me senté, mi padre me clavó la mirada, amenazante, había retado su autoridad frente a extraños y eso era imperdonable, también sería vergonzoso someterme justo frente a quienes me enseñaron a ser crítico y rebelde, «invité a tus amigos», dijo mi padre con tono despectivo, como si fueran mis iguales y no mis maestros, «para saber cuántas futilidades rondan por tu cabeza», lo mío podría ser un desbarro, un error grave, jamás una frivolidad, «no puedes juzgar a la ligera, la compasión es una de las virtudes cristianas más loadas», alegué, mi padre continuó como si yo no hubiese pronunciado una sola palabra, «la ciencia, y por ende la medicina, son sólo una pantomima para deslumbrar a incautos y, te lo digo de una vez, ningún esfuerzo mejorará la salud y la condición de esos desventurados engendros, por años lo intenté, traje a médicos y a albéitares, ninguno supo la causa de su aberración y menos los métodos para curarla, sólo alguien lleno de petulancia, como tú, cree poder solucionar su grave estado», dijo y con un gesto de su mano abarcó el salón, «mira este lugar, medita por un instante el privilegio de quién eres, el orgullo de representar a una dinastía de guerreros y de edificadores de esta nación, respeto tu apetito por encontrar tus propias sendas, los primogénitos de esta familia, incluido yo, en algún momento nos planteamos ir en otro sentido, pero tarde o temprano la sensatez impera y uno corrige el rumbo, guardo esperanza sobre ti y ansío el apremio de tus profesores para hacerte rectificar», ceder no sólo me achicaría frente a Matthew y Ryan sino con el juez más severo, yo mismo, no podría vivir con la sensación de derrota, «mi empeño puede parecerte un arranque impulsivo, pero fue obra de una epifanía a la cual no pude darle la espalda, no culpes a mis maestros, ellos se limitaron a enseñarme a pensar y a mostrarme los alcances del análisis crítico, no asumas animadversión contra ellos, eso demeritaría mi voluntad y me convertiría en mero títere de otros, esta decisión fue sólo mía, no menosprecio el futuro previsto para mí, pero como Jonás tengo derecho a buscar otros rumbos y volver a casa si me he equivocado», creí conmoverlo o al menos incitarlo a contemplar mi punto de vista, «la vida», prosiguió mi padre, «te asignó una responsabilidad magna, no canceles tu futuro por ese oficio de charlatanes», no veía en él voluntad de conceder, la tradición pesaba y no admitía quebranto, mi padre se levantó y fue a traer una garrafa de whisky, esta vez no seleccionó un añejo, sirvió en cuatro vasos, «hace frío, necesitamos calentarnos», dijo, lo interpreté como una tregua para aligerar el encuentro, agitó el líquido ambarino y paladeó el trago, vi en su relajación una oportunidad para presentar mis propuestas, «la ciencia fue oficio de charlatanes cuando aún no se desprendía de su hálito de hechicería, pero ha avanzado mucho, por ejemplo, gracias a las tesis de Bakewell hemos creado cruzas de ganado para carne y para leche, esto, has de reconocerlo, ha beneficiado nuestros caudales, igual sucede con la medicina, año a año se acrecientan sus logros», Matthew y Ryan nos observaban en silencio sin tocar sus vasos, mi padre se notaba tranquilo, «estudia aquí en casa cuanto desees, este par de amigos puede traer gente docta en el asunto, consentiré, aun contra mi renuencia, atiendas a cuanto engendro more en la propiedad, será un pasatiempo, no una profesión, y cuando llegue el momento, no más de tres años, dejarás de lado cualquier actividad relacionada y te concentrarás en la posición destinada para ti», no, no podía aceptar su oferta, yo aspiraba a otros vuelos, «padre, mi ambición es ingresar a la universidad, codearme con los nombres más ilustres en el campo médico, aprender de ellos en las aulas de mayor prestigio, convivir con alumnos hambrientos, como yo, de sapiencia, disecar cuerpos bajo la guía de expertos para descubrir sus más recónditos secretos», mi padre revolvió de nuevo su bebida, olió su aroma y bebió con calma su contenido, «¿deseas ir a la universidad a contaminarte de ideas, no sólo peregrinas sino también perversas?», inquirió apretando la mandíbula, «la universidad es un centro de pensamiento, de diálogo, de encuentro de posiciones diversas, de donde pueden surgir decenas de malas ideas, pero basta una buena para cambiar la substancia de las cosas», le dije, mi padre miró a mis preceptores, «¿ustedes le metieron eso en la cabeza?», Matthew se apresuró a negarlo, «no, mi señor, no creo en el valor de la universidad, deprava mentes jóvenes», me repelió su medrosa respuesta, lo tomaba por un hombre de firmes creencias, no un cobarde acomodaticio, «¿y tú?», cuestionó a Ryan, «tuve la fortuna de asistir durante un año al Colegio de la Trinidad y puedo asegurar cuánto enriquece la universidad la vida de un joven, un país donde no se ventilan las ideas, donde no se expresa el conocimiento, donde los jóvenes no se abren al mundo, se convierte en un territorio yermo y rancio», sentenció, la expresión de mi padre se endureció, destellaron sus ojos, «permíteme, padre, asistir a la universidad por un lustro, consumar los requisitos para recibirme como médico, ejercer la profesión por doce años y a los treinta y cinco años de edad, volver a casa, prometo cumplir con cada una de mis obligaciones y educar a mi primogénito con tu mismo fervor, ésta me parece una propuesta razonable, padre, y espero tu beneplácito», su rostro se tornó más áspero, en su boca se dibujó una mueca de desprecio, «mi querido hijo, me has desilusionado, a partir de este momento te relevo de tus compromisos y derogo tus privilegios, da por perdido tu acceso a nuestros bienes, a nuestras posesiones y a nuestra familia, a partir de mañana tu hermano Frank te substituirá, no te abandonaré a tu suerte, recibirás a perpetuidad una mesada, suficiente para vivir con desahogo y hasta con suntuosidad, el resto de tus años, Frank estará obligado a cumplir con este acuerdo y estos dos caballeros son testigos de mis palabras, no podrás volver jamás a estas tierras ni comunicarte con miembro alguno de la familia, hacerlo romperá este pacto, si cualquiera de tus hermanos

Dale Favier

IBM
XPS

2 chode ships
milkshle
classic

o de tus hermanas responde a una de tus misivas será por igual expulsado, en el momento oportuno ellos serán avisados de tu destierro, deberás residir al menos a tres leguas de distancia de la propiedad, si rompes con esta regla me encargaré de dejarte en la miseria, partirás antes del amanecer, esta noche, en la cena, te despedirás de tus hermanos y de tu madre, nunca más volverás a verlos, podrás asistir a la universidad de tu elección, yo sufragaré los costos, satisface tus insensatas ambiciones y dedícate al trivial ejercicio de la medicina, no te doy más de dos años para desengañarte de tu decisión, no proscribiré a tus amigos pero, se los advierto, no se atrevan a cruzar los linderos de esta propiedad, sobre su cabeza penderá una sentencia de muerte si lo intentan, podrán laborar en cuanta actividad prefieran, nunca más de preceptores, hijo mío, ésta será nuestra última oportunidad de vernos, estrecha mi mano, luego enciérrate en tu habitación y no salgas sino hasta la hora de la cena, Calvert se hará cargo de arreglar tu viaje», quise arrepentirme y de rodillas pedirle indulgencia, mas un hondo sentido del decoro me contuvo, mi hombría estaba a prueba y si decepcioné a mi padre al menos no me decepcionaría a mí mismo, me levanté del sillón y fui a darle la mano, las apretamos unos segundos y durante éstos pude apreciar la magnitud de su dolor, su antebrazo temblaba y su rostro palideció, lo juzgué a un instante de desdecirse de sus duras frases y de darme una bienvenida de vuelta aún sin haberme ido, su orgullo y su altivez de patriarca se lo impidieron, soltó mi mano, «hasta nunca, William», dijo, con un ademán de su cabeza se despidió de Matthew y de Ryan, se dio la vuelta, salió de la estancia y, tal y como lo advirtió, jamás volví a verlo, permanecimos los tres en silencio, yo con una enorme sensación de vacío, un abismo se había abierto frente a mí, Matthew, con la cabeza gacha, sin atreverse a mirarme, no sólo me dio la espalda, validó los prejuicios de mi padre y alimentó su inquina hacia mí, por el contrario, Ryan reveló el material del cual estaba hecho y me brindó una lección de vida y de bravura, aun cuando ambos fueron lúcidos maestros y me trasmitieron extraordinarios conocimientos, aprendí a distinguir con cuál tipo de persona prefería relacionarme en el futuro, a Ryan lo buscaría para guiarme con su luz, con su coraje, con su congruencia y predije una amistad para siempre, con el tiempo Matthew se perdería en los obscuros recodos de mi memoria, Calvert se presentó en el salón, «William, tu padre ordena recogerte en tu recámara, yo acompañaré a la puerta a tus invitados y les aseguraré un transporte a sus casas», Matthew se despidió con un «lo siento mucho» y sin esperar a Ryan se encaminó hacia la salida, el irlandés se me acercó, «se acabó un William, hoy empieza otro, si necesitas un lugar donde hospedarte serás bienvenido a mi modesta morada, no ostenta ningún lujo, pero te sentirás en casa», me estrechó la mano, me palmeó la espalda y partió. Entré a mi habitación y cerré la puerta, las venas de la sien me pulsaban, las piernas al borde de doblarse, ¿y si mi padre estuviera en lo correcto y en un breve plazo la medicina me resultara sosa e insubstancial?, ¿hacia dónde dirigiría mi vida?, así como hay quien halla respuestas en la nigromancia o en la lectura de los naipes, yo recurrí al ajedrez, quizá podía encontrar los senderos hacia el «otro William» en las infinitas posibilidades ocultas en el tablero, ordené las piezas conforme a lo establecido, pero dejé libre el escaque del rey, fue liberador jugar sin la necesidad de defender la pieza principal y disponer el resto a atacar al monarca contrario, la mía sería una vida sin jaques mate, en otras palabras, sin nada por perder, por primera vez construiría mi destino desde mis propios cimientos y no desde el andamiaje armado por otros, Calvert me hizo llegar tres baúles, guardé tinteros, pliegos, libros, el cuchillo forjado en especial para mí por los herreros de la realeza, una cruz obsequio de mi abuela, las cartas de Mary, el escudo heráldico de la familia, la lupa con la cual de niño revisé insectos, el sello con mi nombre, la calavera descubierta junto a un sable oxidado en medio de la pradera, diecisiete años de vida expresados en una colección disímil, me hallaba inmerso acomodando mis pertenencias cuando tocaron a la puerta, «es hora de la cena, William», dijo Calvert al abrir, «no comentes con tus hermanos acerca de tu partida, tu padre no quiere perturbarlos antes de dormir, despídete de ellos como cualquier noche», la petición me lastimó, no sólo sería exiliado, debía desaparecer en la negrura de la noche como un criado ingrato, al día siguiente enterarían a mis hermanos de mi destierro y mi padre nominaría a Frank como futuro patriarca, no habría preguntas ni quebrantos ni lágrimas y por supuesto no habría explicaciones, me pregunté si en mi madre cabía algún lamento por perder para siempre al mayor de sus hijos, había sido inflexible conmigo, con frases hirientes y una admonición despiadada, me amaba, pero había subordinado su amor al sentido del orden, llegué al comedor, mis hermanos se encontraban de pie en espera del arribo de nuestros padres, me dirigí a mi sitio, la cabecera contraria a la de mi padre, el segundo lugar de honor en la mesa, en las cenas subseqüentes sería Frank quien la ocupara, mi madre se presentó sola, se colocó frente a su puesto y excusó a mi padre, «se halla resolviendo unos negocios importantes y no cenará con nosotros», dijo sin ahondar en detalles, sus ojos denotaban llanto, a pesar de su frialdad era palpable cuánto le mortificaba mi destierro, ordenó a Frank dar las gracias, ella y mis hermanos oraron con los ojos cerrados, yo los mantuve abiertos, deseaba grabar en mi memoria su imagen, recorrí con la mirada los detalles de cada uno de ellos, el tamaño de sus manos, el largo de su cabello, el perfil de su cabeza, añoraría la cháchara de las gemelas, la callada presencia de Frank, el carácter bullicioso de Stewart, las bromas de Lloyd, la alegría de Helen, la confabulación con Louise, extrañaría la convivencia con ellos, los juegos, los paseos a caballo, los días de campo, las celebraciones de cumpleaños, los baños en los helados ríos, las expediciones de caza, todo al borde de desvanecerse, como si se apagara un fósforo en medio de la obscuridad, la cena transcurrió como muchas otras, las gemelas contaron las vicisitudes de su día, yo intenté portarme con compostura y sonreí ante sus bufonadas, comí cuanto se sirvió en mi plato y procuré no cambiar miradas con mi madre, al término de la cena nos demandó silencio y sin prolegómenos elevó una oración final en la cual pidió por la felicidad de la familia, sin decir más y sin mirarme por última vez se retiró hacia su dormitorio, mis hermanos se desperdigaron hacia sus alcobas y sus adioses, como era costumbre cotidiana, fueron breves y circunspectos, con tristeza los vi perderse por el pasillo, quise detenerlos y advertirles de mi situación, pero el grito se quedó ahogado en mi garganta, no pude más y alcancé a Louise, la tomé del brazo, «hermana, no volveré a verte», le dije, ella me miró desconcertada, «nuestros padres me han expulsado de la familia, pronto sabrás las razones y ya no podré tener contacto contigo», ella se quedó demudada, «no…», dijo y se encontraba a punto de decir algo más cuando fuimos interrumpidos por un carraspeo, Calvert se encontraba a unos pasos de nosotros, «William, tu padre me pidió escoltarte a tu habitación», dijo, Louise se giró a verlo, confundida, «dame un minuto más con ella», le pedí, «no provoques a tu padre, las consecuencias pueden ser graves para ambos», avisó, me encaminé hacia mis aposentos vigilado por él, me viré, Louise se había quedado estupefacta en el pasillo, alcé la mano e hice un gesto de despedida.

Terminé de empacar mis cosas, dejé el ajedrez al último, lo envolví con varios paños y lo coloqué al fondo de un baúl para protegerlo, a las cuatro de la mañana Calvert me despertó, «es hora de partir», anunció, «nieva y la escarcha cubre los caminos», los mozos se llevaron mi equipaje y salí vestido con una capa de lana y un gorro de piel de zorro, en el patio, con antorchas en las manos, me esperaba la escolta montada sobre los caballos, distinguí entre ellos la larguirucha figura de Sean y la regordeta de Colton, me alegré de saberlos compañeros de mi viaje final, habían sido partícipes de mis andanzas entre los engendros y se habían mostrado leales, Peter me condujo a un rincón alejado, «tu padre me pidió darte esto», dijo y me entregó tres talegas, «dentro vienen monedas de oro suficientes para vivir con desahogo por lo menos dos años, cuando te encuentres establecido, notifícame tu dirección y yo me encargaré de hacerte llegar tu mesada», estiró su brazo hacia el carruaje, «anda, te esperan», la nevisca arreció, cientos de copos eran iluminados por la luz de las teas, dentro de poco un manto blanco cubriría la pradera y precisaba apurarme para evitar el atasque del vehículo, arrancamos seguidos por los jinetes, dos al frente, cuatro a cada lado y dos en la retaguardia, aun en la mullida cabina donde iba aislado podía escuchar las ruedas romper las lajas de hielo, miré hacia atrás, en la obscuridad se distinguía la mole del castillo como un barco fantasma a la deriva en el océano, avanzamos en medio de la intensa nevada, el carro se atoraba a menudo y era necesario amarrar cuerdas a los caballos de los guardias para sacarlo, ventiscas levantaban remolinos y su fuerza escoraba el carruaje de un lado a otro, a punto de amanecer, por fin amainó la tormenta, aun cuando el cielo se despejó y un sol radiante iluminó el campo por completo albo, los bancos de nieve tornaban imposible el paso, el cochero perdió la vereda, oculta por el manto níveo, y el carruaje golpeó con una roca partiéndose una de las ruedas, el daño fue severo y no se pudo arreglar, quedamos atollados a mitad de la planicie, lejos de cualquier aldea, apuntaba a estar varados por horas, exigí un caballo para continuar mi viaje, Michael se opuso, llevaba como mandato resguardarme y prefería esperar a la compostura de la rueda, yo ignoraba si mi exilio menoscababa mi autoridad para revertir órdenes, pero insistí en proseguir, «quédense ustedes a vigilar mis posesiones y si tu preocupación es mi seguridad, Sean y Colton podrán custodiarme», Michael me pidió hablar a solas dentro del habitáculo del carruaje, «Peter me informó de la fortuna en sus manos», dijo y señaló las talegas repletas de dinero, «y sin el amparo de su antigua jerarquía se convierte en presa fácil, le sugiero mantener este grupo unido, ustedes quizá no se han percatado, pero la pobreza golpea al pueblo y el hambre y la frustración comienzan a irritarlos, ya descubrirá cuán peligrosos se han tornado los caminos», valía ejercer prudencia, pero me apuraba ir hacia mi nueva vida, «me fío de Colton y de Sean, si así lo deseas acompáñame con ellos y alguien más y deja a los otros a cuidar los baúles, al regreso ustedes podrán traerles abastos y refacciones para arreglar los rayos rotos», Michael consintió mi propuesta, en las alforjas de mi corcel guardé las talegas, el juego de ajedrez, mi cuchillo, mi sello, mi cruz y las cartas de Mary, mis posesiones más valiosas, nos lanzamos los cinco a Shields, donde moraba Ryan y de quien decidí aceptar su invitación para mudarme con él. Luego de varias peripecias arribamos al granero ubicado en los límites del pueblo, encontramos a Ryan en camisa leyendo en una silla afuera del portón como si no hiciera un frío tremebundo, al vernos se levantó y mostró regocijo, «un honor tu visita», me dijo, pregunté si seguía en pie su oferta y abrió los brazos, «éste será tu hogar cuanto tiempo lo desees», su carácter jovial, devenido de su sangre irlandesa, contrastaba con el de nosotros, los ingleses del norte, tan mesurados y parcos en nuestros afectos, aseveró no contar con viandas suficientes para convidar al grupo a un almuerzo, «pero racionamos cuanto guardo en mi alacena», en mi familia no estilábamos compartir mesa con los empleados ni ellos con nosotros, era una norma manifiesta, Ryan, a quien tales criterios debían serle ajenos, los instó a pasar, «anden, bajen de esas bestias y vengan a comer», Michael buscó aprobación en mi mirada y asentí, dudosos los guardias desmontaron, llevaron los caballos a los establos y con timidez entraron a la casa, el alojamiento, un espacio ganado a las pacas de paja y a los costales de cebada, contaba con un cuarto delimitado por telas, una cama, una mesa, cuatro sillas, un librero, un sillón, una alacena, un nevero y una estufa, el lugar era amplio, pulcro, bien iluminado y cálido, un buen sitio y una entrañable compañía para recomenzar mi vida, las porciones «insuficientes» nos alimentaron a los cinco, comimos hasta el hartazgo, hogazas de pan, tres libras de un queso maduro y lonjas de una descomunal pierna de cerdo, los modales de mis guardias no eran un dechado de propiedad, eructaban, masticaban con la boca abierta y se limpiaban el pringue de los dedos en el borde de sus camisas, mi madre se habría horrorizado de verlos, satisfechos y bien nutridos decidieron volver a rescatar a sus compañeros, antes de partir llamé a Sean a solas, «¿puedo confiar en ti?», le pregunté, «cuando me necesite, señor, no lo defraudaré», saqué unos chelines de las talegas, una pequeña fortuna, y se los entregué, «¿y esto, señor?», inquirió con sorpresa, «emancipa de su prisión a tu primo y a los demás engendros, consígueles un hogar decente y bríndales sustento, si llegases a requerir más, me buscas», Sean rechazó el dinero, «señor, pone en mis manos una responsabilidad ingente, mi trabajo exige tiempo completo y Peter y Michael son jefes celosos, además deberé enfrentar la resistencia de las familias, no acogen el tema de los engendros con gracia», se excusó, «a partir de mañana renunciarás a tu empleo y laborarás para mí, si es necesario reparte dinero entre los parientes para facilitar la aceptación a tu labor», Sean me devolvió las monedas, «no puedo, señor, incordiar a los míos, su enojo superará por mucho el pago entregado», era comprensible su negativa, le solicitaba una tarea imposible, «no te preocupes, entiendo», dije y le permití retirarse. «Necesitamos arreglar un dormitorio para ti y ubicarlo distante del mío, quienes me han escuchado dormir hablan de mis ronquidos como un martirio insoportable», dijo Ryan con voz estentórea, nos pusimos manos a la obra, escondimos las talegas con mis caudales y mis pertenencias entre los sacos de cereales, limpiamos y ordenamos un sitio y luego acudimos con un mesonero cuyo establecimiento estaba en decadencia y remataba sus muebles, le compré una cama, quinqués, una mesa, sillas y otros enseres, en la abacería nos proveímos de mermeladas, cuajadas, carnes, piezas de caza, panes, mantequilla, los esportilleros llevaron las despensas al cobertizo y los porteadores mudaron los menajes, para el atardecer ya contaba con un apartamiento propio, para la cena asamos liebres en el fogón, la leña impregnó con sus humos la tierna carne y le brindó un toque suculento, lejos de los afectados sazones de las cocineras del castillo, al caer la noche el frío caló aún más y nos sentamos alrededor del brasero a charlar, las reflexiones y la erudición de Ryan me otorgaron material para cavilar por horas, su privilegiado sentido del humor me hizo reír y olvidarme de mis cuitas, al término de la velada tocó un tema para mí trascendental, me habló de Robert Black, un afamado médico londinense especializado en gente «extraña», «es el único experto, conocido en el mundo, en tratar condiciones raras, su prestigio rebasa fronteras y atiende a pacientes del orbe entero, justo cuando llegaron, leía su libro *Los otros casos, una disertación filosófica y médica sobre la diferencia y los fenómenos*», el libro lo había descubierto Ryan en el estante de la botica del único farmacéutico del pueblo, un viejo paparrabias a punto de retirarse, se lo pidió prestado y el hombre se lo regaló, «me queda poco de vida, llévatelo y si quieres otros libros, también», así mi amigo se hizo de una interesante y vasta colección de textos sobre ciencia médica, «¿puedo leerlo?», inquirí, me apremiaba saber lo más posible sobre esos «otros casos», «claro», contestó Ryan, «se lo pedí pensando en ti». Esa noche me enfrasqué en el tratado del doctor Black, un atisbo al seductor universo de lo «diferente», describía seres casi mitológicos: gigantes, enanos, cíclopes, jorobados, individuos con cráneos minúsculos, niños con semblantes de adultos, sujetos con elefancia, otros con un par de piernas de más, hombres «pulpo» en cuyos rostros crecían apéndices como tentáculos, seres cuyas espinas parecían ramas torcidas, mujeres sin extremidades, en uno de los capítulos concibió un término para describir con exactitud la fisonomía de personas como la muchacha encerrada en el gallinero: idiotismo asiático, el libro venía repleto de ilustraciones con gran detalle y si a algunos podría causarles horror, a mí me provocó fascinación, lo grotesco, lo feo, lo espantoso era examinado con la noble pretensión de aliviar y no por curiosidad insana, el doctor Black había recorrido territorios remotos y observó, de primera mano, infinidad de estos casos, «en algunos lugares los deformes son venerados como semideidades, se les cuida y protege, en la mayoría, por desgracia, se les excluye de la comunidad, son encerrados o peor aún se les apedrea hasta la muerte, la diferencia causa rechazo, pavor, recelo, a los monstruos se les relega a lo más bajo de la jerarquía social», Robert Black reseñaba casos de pacientes a quienes ayudó a restablecerse, ya fuera a través de procedimientos quirúrgicos, como cortar apéndices óseos, extirpar carnosidades, eliminar adiposidad, recomponer rostros, amputar extremidades parásitas, o por métodos mecánicos, como enderezar espaldas ajustándolas con tablones, tirantes para alargar huesos, prensas para amoldar cráneos, con ilustraciones presentaba el antes y el después de quienes había atendido, en gran parte de los casos la mejora era palpable y la deformidad se notaba poco, la medicina no era un ejercicio trivial como sostenía mi padre, cambiaba vidas, esperanzaba futuros, preferible dedicarme a investigaciones y trabajos como los del doctor Black, a sentarme en un escritorio a dictar órdenes para acrecentar una fortuna inmensa.

Cerré el libro cuando los gallos anunciaban el fin de la madrugada, fue el insomnio más productivo de cuantos había padecido y lejos de sentirme pesaroso por mi exilio, me sentí pleno de energía, listo para afrontar los retos venideros, estudiaría medicina, no había ya dubitaciones al respecto, me propuse como objetivo colaborar un día con el doctor Black y explorar bajo su guía los misterios de la diferencia, me urgía comunicarle a Ryan mi entusiasmo, discutir con él la elección del colegio más adecuado y determinar la vía más oportuna para acceder a Robert Black y convertirme en su discípulo, espié su habitación, dormía profundo, lo de sus ronquidos no era un mito, reverberaban entre las paredes del granero, luego de fingir una serie de estornudos con la intención de despertarlo por fin abrió los ojos, «buenos días», le dije, somnoliento se incorporó sobre la cama, «buenos días», respondió mientras se estiraba, se levantó, fue hacia una jofaina a lavarse la cara y luego, con absoluto descaro, orinó en un rincón del granero, «aquí es el baño», dijo con una sonrisa, «sólo para meados, para lo otro, allá afuera», terminó de acicalarse y nos dispusimos a almorzar, atrabancado y sin ningún orden de ideas le conté cuánto me impresionó el libro de Robert Black y mi deseo de entrar cuanto antes a la universidad, «me alegra saberte tan fervoroso, mas he de advertirte, el estudio de la medicina es exigente, visitemos a los amigos de Los Racionales cuando se reúnan en tres semanas, les preguntaremos cuál universidad les parece la más conveniente para instruirte», reflexionó sobre su experiencia en el Colegio de la Trinidad, «la academia no es entorno propicio para débiles de carácter, prevalece un feroz ambiente de competencia, cada estudiante desea superar al otro, incluso entre los maestros hay livores y caloñas, cada uno ambiciona descubrir soluciones revolucionarias, desde erradicar epidemias hasta curar cánceres, mas, te confieso, encuentro sanas estas pugnas, estimulan la inspiración y el deseo de innovar, enfrentarás experiencias fuertes, la más, para mí, fue disecar cadáveres, algunos de ellos llegaban frescos, aún con una expresión en el rostro, la mayoría eran canallas, ladronzuelos o asesinos, muertos en la cárcel o ejecutados por sus crímenes, a veces traían cuerpos de niños fallecidos por accidentes o por enfermedad, era tremendo contemplar sus caras angelicales mientras manoseaba sus órganos, más de un alumno desfalleció, a ésos se les expulsó del colegio, la medicina no tolera blandos», Ryan poseía la habilidad de tambalear mis certidumbres y, a la vez, incitarme a pelear por ellas, a mi destino lo guiaba ahora el faro iluminador del trabajo de Black, colaborar con él era una meta, no un sueño, los soñadores acababan perdidos en fantasías bobaliconas y yo estaba decidido a hallarlo, Robert Black, Robert Black, Robert Black se convirtió en mi rezo y, sin importar la dimensión del sacrificio, tarde o temprano llegaría a él. Faltaban aún semanas para reunirnos con Los Racionales, Ryan me propuso consultar el tema de las universidades con el señor Wright, el viejo boticario, «parecerá regañón, pero es buena persona y su conocimiento en materia médica es considerable, él sabrá guiarte y, con fortuna,

instruirte, ha tratado con grandes eruditos, además de farmacéutica, estudió medicina y cirugía con los mejores, acabó en
Shields por cuestiones de matrimonio y se quedó aquí aun
después de enviudar, el grupo de Los Racionales lo confor-
man personas serias y rigurosas, pero ninguno de ellos ha estado expuesto a universidades ni ha sostenido amistanza con
las mentes más preclaras de este país como lo ha hecho él»,
decidimos visitarlo, en el trayecto adquirimos unas raciones y
una damajuana de vino para obsequiarle, no sería de buen
gusto pedir favores sin ofrecer nada a cambio, la botica se hallaba en un amplio local en la parte baja de la casa del señor
Wright, al entrar quedé fascinado, en tarros de cerámica guardaba polvos, extractos y bálsamos, en redomas, pociones y
ungüentos, al fondo, en otra habitación, había montado el
laboratorio, asomaban alambiques, destiladores y serpentines, el viejo no se encontraba y exploré a mis anchas mientras
Ryan me explicaba las benignidades de tal o cual potingue,
por un momento me dejó a solas y yo continué el recorrido por los estantes, embelesado no me percaté de la llegada
del dueño, «buenos días, ¿puedo servirle en algo?», me volteé
y descubrí a un hombrecillo de aspecto hosco, en cuya nariz
aguileña colgaban unos espejuelos, sólo atiné a tartajear, «perdón… yo…», Ryan entró al rescate, «buenos días», saludó al
boticario, «traje a este joven amigo a visitarlo, desea charlar
con usted», el hombrecillo se despojó de sus gafas, me observó con detenimiento y sonrió, «muy bien, muy bien, pero si
es visita pasemos a sentarnos», dijo con gentileza, quizá Ryan
había exagerado al describirlo como antipático, nos condujo a
una mesa y nos invitó a tomar asiento, le entregué los regalos,
«estos manjares le caerán bien a mi estómago, y este vino,
maguer francés, parece bueno», dijo con contento, abrió los
paquetes y los colocó al centro para compartirlos con nosotros, «a los viejos a veces se nos olvida desayunar y, cuando
uno vive a solas, se pierde la medida del tiempo, al darnos
cuenta ya pasa de mediodía, por eso las tripas rugen y dismi-
nuyen los bríos», Ryan le planteó mis intenciones, «¿deseas

ser médico?», preguntó el boticario con sorna, «¿de cuáles?, ¿de aquéllos cuyos pacientes se mueren o de los otros?», Ryan festejó la ocurrencia, a mí no me pareció gracioso, al notarme molesto el viejo cambió su tono, «mira, muchacho, la muerte es un animal hambriento, nos roe hora por hora, una día nos arranca algo, al otro una cosa más y así va mermando nuestra salud hasta vencernos, el buen médico debe atajarla, ser un dique contra ella», Ryan le manifestó quién era yo y cuánto había sacrificado en aras de convertirme en médico, Wright me miró, demudado, «¿tú eres el primogénito de los Burton?», asentí, «perdona mi liviandad de hace rato, has sido valeroso, muchacho, la mayoría de quienes nos dedicamos a esto fuimos campesinos sin horizontes quienes vimos en la farmacéutica y en la medicina una salida a nuestras miserias, jamás me había tropezado con alguien como tú, dispuesto a abandonar una vida de privilegios en aras de dedicarse a esta ardua actividad, ahora con más razón me esforzaré en ayudarte», dijo y, cariñoso, me oprimió el antebrazo, le conté sobre la sensación arrebatadora de leer el libro de Robert Black y mi empeño en convertirme en su discípulo, «lo conocí hace algunos años», rememoró, «en un encuentro propiciado por la Sociedad de Cirujanos, deseaban ser reconocidos por nosotros, los farmacéuticos, a ellos se les tenía por embaucadores, barberos especializados en amputar extremidades, quienes abusaban de la buena fe de los enfermos para convencerlos de ser abiertos en canal, las cosas cambiaron cuando aparecieron tipos más serios y dedicados, entre ellos, el mismo Black y los hermanos William y John Hunter, en ese encuentro Black expuso casos rarísimos, quedé maravillado y quise entablar contacto con él, pero es un hombre con…», Wright calló, se quedó meditabundo por unos instantes y continuó, «particularidades», cuando le pedí puntualizar, alegó, «minucias de su temperamento», según narró, Black atendía a sus pacientes en un despacho en Londres y hasta donde sabía no aceptaba internos ni poseía disposición para discutir sus métodos con principiantes, «sólo respeta a quien goza de un alto nivel científico y de una probada experiencia en procesos quirúrgicos», lo dicho por Wright me desalentó, yo carecía de cualquiera de los requisitos solicitados por el doctor Black y vi lejana la posibilidad de colaborar con él, «si deseas aprender medicina, muchacho, yo te recomiendo dos caminos, o inscribirte en la Universidad de Edimburgo, por mucho la mejor en ese campo, o relacionarte con uno de los cirujanos de mayor prestigio y con voluntad para aceptar educandos», de acuerdo con él, quien más se prestaba para ello era John Hunter, uno de los más audaces y prestigiosos médicos, «John es de una munificencia sin límites, lo conozco bien, es un hombre lleno de energía, con un afán por descubrir, al grado de inocularse morbo gálico y gonorrea para demostrar la incompatibilidad de ambas infecciones, a Hunter le acompañan de cuatro a seis discípulos, cada uno elegido por sus méritos, quien aprende de él aprende del mejor», Ryan juzgaba más importante mi incorporación a una universidad, «este muchacho necesita del aire de otros, ha vivido al margen de los acontecimientos, encerrado en un mundo estrecho, entiendo su predilección por Edimburgo, señor Wright, pero ¿considera como meritorias instituciones como Oxford, Cambridge o mi *alma mater*, el Colegio de la Trinidad?», para el boticario las tres eran espléndidas opciones, «pero los escoceses son, hoy por hoy, los reyes de las ciencias y las artes de la medicina», el mayor obstáculo para ingresar consistía en el examen de admisión llevado a cabo por un jurado de estrictos profesores, quienes en un riguroso interrogatorio cuestionaban a los aspirantes sobre sus conocimientos en la materia y, sin contemplación, desechaban a los más bisoños, Wright se comprometió a instruirme en herbolaria y en farmacéutica, a enseñarme principios básicos de cirugía, a introducirme en el estudio anatómico y a prepararme para descifrar enfermedades, «saldrás rumbo a Edimburgo filoso como navaja».

Al salir de casa de Wright, Ryan me invitó unos tragos en una taberna, varios lugareños se resguardaban del frío y, un poco borrachos, se comunicaban a gritos unos con otros como si estuvieran a dos leguas de distancia, Ryan se notaba inmutable después de varios vasos de un whisky cuyo contenido de alcohol era capaz de tumbar a un mulo, yo a punto de la beodez con sólo dos tragos, entre los parroquianos se hallaba Mark, el primo de Matthew, quien entre Los Racionales achacaba a la sodomía la procreación de los engendros, ebrio, no me reconoció cuando me acerqué a saludarlo, Ryan se burló de él, «hasta un topo puede identificar a un noble», Mark escrutó mis facciones, «no tengo idea de quién eres», dijo, me alegró pasar inadvertido, mientras menos personas supieran de mí en el pueblo, mucho mejor, eludía cotilleos y hasta extorsiones, le pedí a Ryan no revelarle mi identidad y continuamos charlando con él como si yo fuera sólo un forastero más, salimos de la taberna luego de un par de horas, Ryan, fresco y radiante, como si en su cuerpo no circularan varias onzas de alcohol, yo al contacto con el exterior sufrí mareos y a los pocos pasos me fui de boca, por suerte caí en un algodonal de nieve y no golpeé con una piedra, Ryan me levantó entre risas y me abrazó para ayudarme a caminar, varias veces estuve a punto de volver el estómago, con cada arcada mi amigo colocaba la palma de la mano en mi frente, la oprimía y por arte de magia la náusea desaparecía, arribamos al granero y encontramos las puertas abiertas, Ryan recordó asegurarlas con candado, nos pareció sospechoso, apenas entramos descubrimos el mobiliario tirado, las cosas revueltas, las pacas de paja desmenuzadas, los sacos de cebada rajados a cuchillo, se esfumó mi borrachera y corrí a buscar las talegas, encontré dos de ellas, pero no hallé la tercera, hurgué entre mis pertenencias y para mi dolor los ladrones se habían llevado mi juego de ajedrez, el vaticinio de Michael comenzaba a cumplirse, sin el escudo familiar y sin un sitio seguro donde proteger mi fortuna y mi persona, los truhanes se aprovecharían de mí, terrible sentirse vulnerable, terrible saberse a merced de otros, terrible la fragilidad, la rabia, unos minutos antes, frente a Mark, me había creído anónimo y me alegraba pasar como un aldeano más, imposible, voces sobre mi presencia en Shields debieron correr rápido, más de uno debió saber de mi estancia en el granero, con seguridad, mezclado entre el gentío, un rufián nos siguió durante el día y, al vernos entrar a la taberna, avisó a sus compinches para saquear nuestra morada, Ryan también tuvo pérdidas, extrajeron sus pocos ahorros ocultos en una vasija y se llevaron su objeto de más valor: un crucifijo celta, forjado en plata desde tiempos centenarios y signo heráldico de sus antepasados, debió arrepentirse de invitarme a su refugio, pero lo tomó con elegancia y no me reprochó, «estas cosas pasan», musitó, «seguimos vivos y con salud, debemos tomar algunas precauciones, esconder mejor las cosas, afianzar las puertas con doble candado y evitar salir por largos periodos», ave de mal agüero debía ser yo para él, «no puedo arriesgarte a otro crimen, cuento con dinero para contratar a una docena de guardias y para alquilar una propiedad más segura donde ambos podemos vivir con tranquilidad», mi amigo se negó, no por un desaguisado debíamos abandonar nuestro plan original, además, aseveró, me vendría bien afrontar los riesgos y peligros de los ciudadanos comunes, «gente como ellos serán tus pacientes y tus compañeros en la escuela, estas experiencias de vida te servirán», estaba en lo cierto, pero aun deseándolo yo nunca sería un ciudadano común, ni siquiera en la más mísera de las circunstancias, la aristocracia es una condición indeclinable y cualquiera con un ojo entrenado, con sólo ver cómo me movía o me expresaba, podría determinarlo, la talega robada no mellaba mis finanzas, de las tres, ésa contenía el caudal menor, pero suficiente para sacar de la pobreza a una decena de personas, los ladrones debieron vernos llegar y no les dio tiempo de escudriñar en todos los costales, de haber sido así habrían dado con las otras dos talegas, el rastro en la nieve mostraba huellas claras de dos maleantes, lo seguimos por trescientas yardas hasta llegar a un paraje donde aguardaba alguien más con caballos, la estela de su trote se adentró en un espeso bosque y de ahí huyeron hacia los obscuros páramos del sur, era un absurdo intentar alcanzarlos, no sólo nos llevaban una ventaja insuperable, comenzaba a nevar y sus huellas pronto se borrarían. Di por perdidas mis pertenencias, si los ladrones fuesen conocedores habrían sabido de la inmensa valía del juego de ajedrez, aún mayor a la de la talega robada, esas piezas iban todavía impregnadas de las trazas de los dedos del gran Leonardo da Vinci, sólo por ese dato histórico, decenas de coleccionistas se pelearían por poseerlo, con el ajedrez no sólo se fue un atesorado regalo de mi abuelo, se fue también el mapa de mis emociones recientes, el vínculo más poderoso entre quien fui y quien era ahora, como Shields carecía de un banco en el cual depositar mis caudales, Ryan propuso esconder las monedas en diferentes sacos e incluso dentro de las pacas, mas también había riesgos, el dueño del granero recogía cada quince días la paja para alimentar al ganado, sería una pena encontrar las monedas esparcidas por el campo entre las majadas de las vacas, ocultamos mi patrimonio en diversos lugares y al final le obsequié a Ryan unas cuantas monedas de oro, «para resarcirte de tus pérdidas», le dije, mi amigo se resistió a tomarlas, pero terminó por aceptar con rezongos, no le quedó de otra, lo habían despojado de su exiguo capital y no podría solventar sus futuras expensas, el irlandés se la pasó en vela ideando un sistema para proteger la casa de hurtos, pensó clausurar las puertas del granero excepto la principal, en la viga superior apostaría pesados costales de granos atados a la aldaba por una larga cuerda, a quien forzara la puerta e ingresara, los sacos le caerían encima aplastándole la cabeza, la idea era ingeniosa y, a la vez, un peligro, si acaso entrábamos al granero sin recordarla, ya fuese por venir cansados, por ebrios o por olvidadizos, cuatro quintales se desplomarían sobre nosotros matándonos, por otro lado, saboreaba hallar a un malandrín con el cráneo partido. Ryan se quedó en el granero a montar la trampa y yo me dirigí a casa del señor Wright a recibir mi primera lección, lo hallé acomodando una serie de elementos sobre una mesa, «buenos días», sin responder a mi saludo mandó sentarme frente a él, «te voy a enseñar las clasificaciones de los ingredientes y cómo mezclarlos, debes estar atento, un error puede causar efectos fatales», señaló las hileras sobre la tabla, «las substancias se dividen de acuerdo a su origen en orgánicas y en no orgánicas, se les llama orgánicas cuando derivan de seres vivos y éstas se clasifican en cinco: las procedentes de plantas, de insectos, de hongos, de animales marinos y de animales terrestres, las substancias derivadas de plantas se clasifican en ocho: resultantes de frutas, de hojas, de raíces, de flores, de semillas, de cortezas, de ramas y de tallos, los insectos se clasifican en cuatro: voladores, saltarines, nadadores y rastreros, de aquí se subdividen en: babosos, con ocho patas, con seis patas, sin caparazón, con caparazón, con tenazas, con aguijón, con alas, ponzoñosos, venenosos, solitarios, de grupo…», las listas eran interminables, imposible aprenderlas de memoria, le pedí un momento para anotarlas, «un buen médico las recuerda todas», señaló, «de ello depende tu destreza para combinar y recetar», jamás imaginé lo complejo de la tarea de boticario, yo los pensaba como hombres simples cuyo trabajo consistía en colocar en sobrecitos los polvos prescritos, las mixturas debían ser exactas, si no se corría el riesgo de enfermar más al paciente o, peor aún, de matarlo, de cada insecto debía usarse una parte en especial, en algunos las antenas, en otros las viscosidades, en unos más las alas o los aguijones o las patas o las carcasas, para disolver las piedras en el riñón, por ejemplo, se debían tostar, en partes iguales, conchas de caracoles de tierra con abejas sin aguijón, luego molerlas para obtener un fino polvo y éste combinarlo con caldo de hueso, era preciso beberse una taza en ayuno por tres días consecutivos, Wright se sabía miles de recetas, en un solo día me mencionó al menos cincuenta e, ingenuo, me creyó con la suficiente habilidad para recordarlas, volví exhausto a casa, con ganas de meterme a la cama, pero Ryan me aguardaba con la cena lista, me senté a comer con él para no mostrarme descortés, me preguntó sobre las lecciones, «quedé atiborrado de información, sólo pude memorizar tres recetas y Wright me va a examinar mañana, necesito estudiar», le revelé, «no trates de aprendértelas de memoria», me aconsejó, «analiza las secuencias, las razones por las cuales un ingrediente actúa en consonancia con otro», fue inútil, tan sólo la descripción de las substancias derivadas de tallos llenaba diez pliegos, imposible retener tal cantidad de datos, al día siguiente sólo pude responder a dos de las cien preguntas formuladas por Wright, contrario a mis expectativas, no me despidió como su alumno, con paciencia me explicó una a una las respuestas correctas, hizo notar la diferencia entre tallo y bulbo, entre raíz y rejo, entre borrajo y cogollo, «la herbolaria es fundamental, muchacho, y es, junto con la mineralogía, la más antigua base de la medicina, desde los sumerios, pasando por los griegos, los hindúes, los árabes y los romanos, han dado alivio a generaciones, si no ahondas en ella no serás un médico de verdad», las divisiones y las subdivisiones de las plantas me parecieron un laberinto infinito, para asimilarlas requeriría de al menos tres años de lecciones diarias, no me quejaba, al contrario, me sentía privilegiado y agradecido, no cualquiera podía acceder a la erudición de un sabio como Wright, en su botica guardaba substancias traídas desde remotas naciones, extractos de flores cosechadas en lo alto de los Alpes, raspaduras de insectos grotescos hallados en cavernas, minerales sólo encontrados en ríos subterráneos, guano de cuervos marinos recogido de altísimos acantilados de las costas de Islandia, «somos ciudadanos de un gran imperio, pero vivimos en una diminuta isla, el mundo es ancho, William, y allá, en los confines de la tierra, nos aguardan caudalosas avenidas de conocimiento».

Wright me reveló recetas secretas de la herbolaria, cocer semillas de manzana con tallos de ajo y ramas de arce ayudaba a los enfermos de males estomacales, la talladura de corteza de pinos y de robles hervida con hojas de sauce resultaba ideal para curar las cefaleas, un té hecho con los pelos de las mazorcas traídas de América y con hojas de laurel brindaba alivio a los dolores de hígado, de entre todas las plantas, con dos Wright mantenía extrema cautela: la amapola y la mandrágora, «son quizá las más benéficas, mas debes de ser en extremo cuidadoso, sus efectos son tremendos sobre el cuerpo y si equivocas el cálculo puedes matar a una persona», la mandrágora provocaba alucinaciones y aceleración del ritmo cardíaco, por el aspecto de su raíz, semejante a piernas y a brazos humanos, también se utilizaba en hechicería, igual de controvertida era la amapola, de ésta derivaba el opio, substancia esencial para la cura de diversos padecimientos: reumatismo, tisis, diarreas, pero por causar estados de placenteros adormecimientos algunos individuos se hacían adictos y abandonaban sus obligaciones familiares y sus labores para dedicarse a consumirlo, ambas plantas eran codiciadas por los ladrones, quienes a menudo violentaban la botica para robárselas, cansado de los hurtos Wright las guardaba en una habitación atrancada con cerrojos. Una mañana fue preciso interrumpir las lecciones, mi mentor sufrió un ataque de gota y se sintió indispuesto, al volver a casa encontré el portón abierto, revisé el mecanismo de la trampa y no estaba activado, temiendo tropezar con un caco entré con cautela, escuché ruidos extraños en la habitación de Ryan, tomé una pala para defenderme, me acerqué sigiloso y descorrí la cortina, hallé a mi amigo con una mujer a medio vestir, sentada a horcajadas sobre él, era ella quien hacía la bulla, poco agraciada, de carnes rollizas, rostro marchito y edad no menor a cincuenta años, cuando quise apartarme para no interrumpir su coito ella me descubrió y soltó una carcajada, «¿y ese jovencito?», exclamó, con la cara enrojecida, Ryan se asomó por entre el voluminoso cuerpo, «William, llegaste temprano», ella se giró hacia mí y sus enormes senos se bambolearon, no podría describirla como fea, pero sí de una belleza ajada, reminiscencia de mejores tiempos, «¿nos esperas?», inquirió, sólo atiné a musitar un sí en voz baja y, pudibundo, me retiré a mi cuarto, apenas me fui los gemidos de la doña incrementaron su volumen, con cada uno mi sexo se estimulaba, Ryan comenzó a bufar y terminó con un gruñido, jamás había escuchado tal concierto de jadeos, mi abdomen comenzó a arder y cuando estaba a punto de satisfacerme oí unos pasos dirigirse hacia mi estancia, tragué saliva y coloqué una almohada en mi entrepierna, ella apartó la tela y aún con los pechos al aire me saludó, «hola, William», Ryan apareció detrás suyo abotonándose la camisa, la mujer se sentó a mi lado en la cama, volteé la cara para no contemplar sus abultados senos, Ryan y ella se miraron uno al otro y sonrieron con complicidad, «¿has estado con mujer?», preguntó ella, sí, había bailado, conversado y convivido con algunas, en cuanto a temas amorosos, sí, me había carteado con Mary y en un par de encuentros ambos nos sonrojamos con el roce de nuestras manos, ahora, si a copular se refería, estaba lejos de ello, «por supuesto», contesté, la doña sonrió, «no te creo», dijo, con descaro me tomó de la barbilla y giró mi cabeza para verme a los ojos, su desnudez me obligó de nuevo a bajar la mirada, «William, voy a estar afuera de la casa, tómate tu tiempo», dijo Ryan y salió de mi cuarto, si un inocente rozamiento con Mary me había sonrojado, con la cercanía de los senos de la mujer sentía mi cara explotar, «¿quieres hacer algo conmigo?», preguntó ella con sinceridad, «tu amigo ya pagó y a mí me da lo mismo hacerlo una, dos o cinco veces», mi ilusión fue siempre perder mi castidad con Mary o con la mujer a quien amara, un sueño alimentado por las novelas caballerescas, pero el volcán en mi bajo vientre no me permitía pensar con claridad, los latidos retumbaban en mis sienes y me sentía al borde de desparramar mis líquidos, murmuré un «quiero», eso le bastó a la matrona para meter su lengua en mi oreja, el volcán alcanzó una intensidad aún mayor y sí, deseaba como loco entrar en ella, besarla, chupar sus pezones, no obstante me quedé alelado, lamió mi cuello y mi nuca, mientras con la mano derecha acariciaba mi pierna con la otra desanudaba mi pantalón, retozona, talló sus senos contra mi brazo, de sólo sentirlos se produjo un vacío en mi estómago, bajó mi pantalón hasta las rodillas y con los dedos, las puntas candentes de una fisga, hurgó en mi sexo, se alzó la falda y, semioculto entre una selva de vello, dejó ver el caracol entre sus muslos, me tumbó sobre la cama y cuando se disponía a montarme mi pubis dio varias sacudidas y un chorro cálido empezó a brotar, preví su burla por haber sido incapaz de penetrarla, pero me acarició el rostro con ternura, «no te preocupes, chico, les pasa a muchos, la próxima vez veremos si puedes meterla y si no...», dijo y acto seguido se inclinó sobre mi miembro y sorbió a chupetones cuanto había surgido de mí provocándome aún más deliciosos estremecimientos, se llamaba Beth, una meretriz nómada como ella misma se calificaba, conoció a Ryan a la entrada de la taberna donde ella se apostaba para pescar clientes, su figura no era en particular atrayente y debía competir con damiselas más jóvenes y cuerpos más esbeltos, ella se ofrecía por cuatro veces menos y su lema para venderse era «pero con cuatro veces más experiencia», para desgracia de Ryan uno de sus conterráneos llegó a morar a Shields, chismoso, divulgó la falsa versión de su fuga de Irlanda, mi amigo, para no perjudicar a su padre, no lo desmintió, las buenas familias del pueblo, a sabiendas de su «deslealtad» a una mujer embarazada, advirtieron a sus hijas de no tratar con el forastero y Ryan sufrió el abierto desdén de las muchachas de la comarca pero, por fortuna, encontró en Beth a la aliada ideal, una mujer fogosa, sin complicaciones y a buen precio, hábil negociador, llegó a un acuerdo con ella: darle una mesada a cambio de mantener relaciones con nosotros dos cuantas veces lo deseáramos, de ordenar nuestras habitaciones, de lavarnos la ropa y cocinarnos, fue una opción perfecta, ella resultó no sólo ser una brillante preceptora en las artes amatorias, sino, además, una mujer obstinada con mantener limpia la casa y con una estupenda sazón, Ryan sustrajo a Beth del alojamiento donde se hospedaba, una pocilga comparada con el granero, y la llevó a pernoctar con nosotros, le destinamos un espacio propio, pero a menudo pasaba la noche en la cama de mi amigo y no se sabía quién de los dos poseía un ronquido más potente, varias veces pretendí penetrarla sin resultado, cuidadosa de no lastimar mis sentimientos procedía con el ritual acostumbrado, una caricia en el rostro, palabras dulces, beberse mis jugos y abrazarme desnuda, con los días llegó a sentirse a sus anchas y, a pesar de los tremendos fríos, le daba por pasear sus carnes por el granero sin pudor alguno, cuando por fin logré entrar en ella y culminar después de unos minutos brindamos con un whisky barato y nos emborrachamos al grado de quedarnos dormidos los tres en la misma cama, a partir de esa ocasión pude controlar mejor mis instintos y complacerla un poco más, era un disfrute su presencia, no sólo por su rampante desnudez sino, también, por su alegre carácter, silbaba al guisar o al barrer y hasta cuando ayuntaba con nosotros, acostumbré liarme con ella por las mañanas, prefería no distraerme por las noches y dedicarlas a repasar las enseñanzas de Wright. Después de cuatro meses de intensivas lecciones sobre herbolaria, mi mentor pasó a instruirme sobre las virtudes de los metales y los minerales, «química se llama y cuidado la confundas con la alquimia, ésa es de gárrulos», me llevó al laboratorio, estaba equipado con un fárrago de atanores, alambiques, serpentines, marmitas, morteros, amarices, destiladores, en decenas de tarros guardaba oro, plata, cobre, hierro, azufre, fósforo y muchas substancias más, la química me resultó fascinante, era imprescindible ser meticuloso, de las fusiones entre elementos podían emanar gases de alto riesgo ya fuera por volátiles o por venenosos, me familiaricé con procesos como la oxidación, la combustión, la destilación, la cristalización y comencé a preparar mis propios productos medicinales, «pronto estarás listo para recetar a pacientes», dijo Wright, lo cual me llenó de orgullo.

La vida en casa empezó a tomar un cariz de familia, con Ryan y Beth como unos extravagantes padres adoptivos, en la cual el sexo se asociaba con las labores domésticas y con agradables charlas, las anécdotas de ella eran formidables, se había prostituido desde muy temprana edad, su vocación, ella se negaba a llamarla «trabajo», la llevó a lugares disímiles y a clientes variopintos, cuyas descripciones a menudo nos hacían reír, había nacido en la más absoluta pobreza y la narración de su niñez hizo parecer como nimias mis cuitas de noble en desgracia, su padre los abandonó cuando ella sólo contaba con nueve años, sin medios para procurarse la vida, la pequeña encontró en el sexo una veta de posibilidades, a los diez empezó a cobrar por realizarles «servicios», la forma amable de decir «chupársela», a los pastores, campesinos y mineros de la región donde creció, por sí misma logró pagar los gastos de su casa y ni una sola de sus tres hermanas necesitó dedicarse a la prostitución y terminaron «bien casadas», adolescente, Beth procreó dos hijos varones sin idea de quiénes eran los padres, «eran mi luz y mi dicha, pero a los dos me los mataron las heladas antes de cumplir los cinco años de edad, continué como puta en los pueblos de mi comarca, pero empecé a ponerme carnosa y mis antiguos clientes prefirieron a otras, por eso viajo de una aldea a otra, con ustedes llevo viviendo tres meses y ése es el mayor tiempo de estancia en un solo lugar desde mis veintiuno», así como era de esmerada en la limpieza de la casa era negligente con su aseo personal, se rehusaba a lavarse y nunca se bañó, el coño le apestaba, sobre todo en las mañanas, cuando le tocaba ayuntar conmigo, ella se solazaba con su fetidez, «coño sin olor es como vino sin sabor», gracias a ella mi habilidad erótica gozó de una mejoría considerable, contaba borregas mientras la poseía para no culminar y con el tiempo la potestad sobre mi instinto comenzó a darse de forma natural, un logro del cual me jactaba tanto como de mi incipiente dominio de la farmacéutica, otra ventaja de mantener a Beth en casa era la de disuadir a los rateros, no era lo mismo entrar a robar en un sitio deshabitado a uno donde alguien moraba día y noche, pero en un momento dado, no difícil de vaticinar, Beth nos pidió permiso para salir por las tardes a tomar una cerveza y, si se le presentaba la oportunidad, agenciarse un cliente, no estábamos en condición de prohibirle nada, el acuerdo era por copular, limpiar y cocinar, no estipulaba la residencia forzosa en el granero, ello complicó las cosas, nuestra morada se tornó de nuevo vulnerable, le advertimos de la trampa y le enseñamos cómo inhabilitar el dispositivo, «si los sacos te caen encima, te pueden matar», le indicó Ryan, la única limitación para sus salidas era la de no traer a casa, bajo ninguna circunstancia, a un forastero, de hacerlo así se rompía el trato, ella prometió ni siquiera intentarlo, quedó en llevarlos, ya fuera al mesón donde antes posaba o, como solía hacerlo, fornicar con ellos a espaldas de la taberna, al lado de los postes donde amarraban los caballos. Una mañana arribé a la botica y me encontré al señor Wright en el cobertizo contiguo a su casa, departiendo con tres hombres vestidos con túnicas y con turbantes, ropa poco adecuada para soportar los últimos embates de la temporada invernal, Wright me presentó con ellos, «Muhammad, Yusef, Ahmad, mi discípulo, el señor William Burton», los tres se pusieron de pie y me saludaron con una ligera reverencia, «buenos días», dijo Muhammad, el de estatura más elevada, de piel morena y ojos verdes, una mezcla de colores en un ser humano a la cual antes no me había enfrentado, «trae una silla y siéntate con nosotros», propuso el señor Wright, fui por ella al extremo del cobertizo y en el camino tropecé con varios cestos y serones tejidos con una fibras ignoradas por mí, y con bolsos de diversos tamaños, de cuero gastado y adornos de turquesas y de plata, por la puerta trasera del cobertizo, abierta de par en par, alcancé a ver una carreta sobre cuya batea se hallaba una caja de grandes dimensiones, regresé a la mesa con la silla, Ahmad había recogido uno de los bolsos y se disponía a abrirlo, con curiosidad me acerqué a ver, pero el hombre me contuvo con el brazo y me apremió a retroceder, inspeccionó con la mirada dentro de la alforja, con lentitud metió la mano y de súbito la lanzó al fondo, acto seguido extrajo una serpiente de cabeza pequeña y cuerpo marrón, no daba la impresión de ser amenazante, el réptil se le enroscó en el brazo, «William, te presento a madame Cobra, uno de los animales más venenosos del planeta», me dijo Wright, nunca había escuchado de ellas, me costó trabajo suponer venenosa a una criatura en apariencia indefensa, «sólo cuatro sobrevivieron al viaje», explicó Yusef, los hombres provenían de Egipto y su trabajo consistía en abastecer a hospitales, universidades, científicos y boticarios de substancias, plantas y animales de difícil consecución, a menudo se presentaban en su local en El Cairo comerciantes venidos de lugares exóticos, desde el Lejano Oriente hasta el sur de África, a ofrecerles sus productos, ellos los adquirían después de arduas negociaciones y luego viajaban a ofertarlos por Europa y por las islas británicas, las cobras se hallaban entre los animales más procurados, su venino, manejado en dosis exactas, poseía extensas virtudes medicinales, desde la cura de enfermedades infecciosas hasta la capacidad para inducir a estados de relajación profundos, necesarios para cirugías, su mordedura, según me explicó Muhammad, podía matar a un hombre en minutos, era un animal traicionero, «aun decapitándolas, su cabeza sigue viva por un largo tiempo y si tiene la oportunidad te clavará los colmillos», las cobras muertas también poseían gran valor, sus huesos, su piel y su carne eran considerados curativos, pero el precio de una viva era veinte veces mayor, además de las cobras traían otros animales ponzoñosos, en frascos guardaban enjambres de escorpiones de distintos tamaños y colores, corpulentos y negros, pequeños y amarillos, algunos casi transparentes, otros de color dorado, los repugnantes arácnidos se enmarañaban dentro del frasco y trataban de trepar por las paredes, su ponzoña era de utilidad en la preparación de medicinas y el piquete de las especies menos tóxicas ayudaba a la cura de la gota, de la artritis, de reumas y de males articulares, los mercaderes mostraron escarabajos, avispas, hormigas, caracoles, sanguijuelas, ofrecieron diversidad de frutos, flores, semillas, entre ellas, por supuesto, goma de amapola y dos plantas por completo desconocidas para mí: el khat y el cáñamo índico, el señor Wright las examinó con entusiasmo, «en estas hojas y en estas ramas, William, abundan propiedades extraordinarias, prestas ahí para ser explotadas por la ciencia», según Muhammad habían ayudado a aliviar enfermedades durante siglos y se sentía orgulloso de traerlas a Inglaterra a personas como Wright, capaces de valorar sus bondades, de los cestos sacaron pieles, plumas, carne y huesos desecados de animales tan variados como leones, avestruces, elefantes, rinocerontes, gacelas, cebras, a pesar de la belleza de algunas de las pieles o de las plumas, no atrajeron la atención del señor Wright, quien las consideró poco útiles para la elaboración de remedios, los egipcios no se dieron por vencidos, «la carne de león levanta el ánimo sexual y brinda valentía a quien la consume», afirmó Ahmad, pero el encomio de los filetes de tan magnánima bestia no conmovió en lo absoluto a mi mentor, quien se rehusó a adquirir ese lote, Yusef se levantó y fue por «las joyas de la corona», recogió dos sacos y los colocó a un lado de la mesa, «querido amigo», le dijo al señor Wright, «el valor de estas piezas sólo podrá ser apreciado por alguien de su sabiduría», era pintoresco cómo estos hombres, en un inglés limitado, pero meloso y lleno de rendibúes, trataban de convencerlo de comprar, siempre iniciaban sus frases con un «querido amigo», Yusef extrajo una plancha de arcilla en cuyo centro se perfilaba el fósil de un pez, «extinto ya en nuestro sagrado río, el Nilo, debe encerrar el milagro de la vida pues ha resistido por siglos enterrado en tierras áridas, antes fértiles, su ralladura transformada en piedra, cocida con khat y con caparazones de escarabajos, insecto sagrado para nosotros, podrá aliviar las enfermedades más graves», a Wright le atrajo la idea, jamás había pasado por su mente estudiar las propiedades curativas de los fósiles y decidió quedarse con la placa, de la otra bolsa, Yusef sacó una piedra negra, lisa, «querido amigo, hace tres años vimos una luz cruzar por encima de nuestras casas, una luz en exceso brillante, una estrella fugaz», vestidos con tal atuendo y describiendo la estrella atravesar los cielos, a mi juicio usaban el barato recurso de semejarse a los Reyes Magos, me equivocaba, su historia provenía de una experiencia real, «desde las callejuelas de El Cairo varios contemplamos una luz cruzar los cielos y la vimos desplomarse a la distancia, por fortuna, en pleno desierto, luego escuchamos un estruendo, había caído un meteoro, al día siguiente fuimos a la zona a explorar y encontramos un inmenso cráter con piedras aún humeantes diseminadas a la redonda, ésta es una de esas piedras, contiene minerales desconocidos en este planeta, ningún experto ha logrado identificarlos y su valor debe ser incalculable para la ciencia», Wright acarició la piedra, «¿cuánto quieren por ella?», preguntó, Yusef soltó una cifra exorbitante, «no tengo para pagar esa suma», aseveró mi maestro, Yusef se inclinó hacia él, «querido amigo, hágame una oferta», Wright se quedó pensativo por un momento y mencionó una cifra bastante menor a la exigida, regatearon por varios minutos, los tres egipcios actuaban como si Wright los hubiera ofendido, el farmacéutico se mostraba displicente y amenazaba con pararse de la mesa y acabar con la negociación, luego de un largo ir y venir se selló el trato con un apretón de manos, el acuerdo incluyó el meteoro, el fósil, bolsas de khat y de cáñamo, diversos insectos, entre ellos el bote con escorpiones, dos cobras, metales, minerales y mucho más, Wright pagó una parte en efectivo y el resto lo trocó por algunas de sus elaboraciones, apreciadas entre los conocedores como las más efectivas y curativas y cuyo precio los comerciantes egipcios podían elevar hasta el triple al ofertarlas en urbes más populosas, como Manchester o París. Seleccionamos los cestos, serones y bolsos convenidos y una vez en nuestro resguardo, Muhammad ordenó en voz alta «recojan», aparecieron varios cargadores, algunos de ellos también vestidos con turbante y túnica, empezaron a trasladar el resto de las mercancías a la calle, salimos a acompañarlos, la suya era una caravana compuesta de ocho carretas, cuatro carromatos, cuatro carruajes y un séquito de gente a su servicio, no eran mercaderes comunes y corrientes, el boato presumía su alto poder económico, en El Cairo debían pertenecer a alguna clase de nobleza, camino hacia sus carruajes volteé hacia la enorme caja sobre la carreta, era una jaula y en su interior, sentado detrás de los barrotes, se encontraba un chimpancé, Ahmad se detuvo a mi lado, mientras yo lo contemplaba con azoro, «traído desde lo más profundo del África Negra», dijo con orgullo, «es un pedido especial de la Universidad de Edimburgo, adonde ahora nos dirigimos», el simio parecía un viejo meditabundo, su mirada perdida en un punto remoto de la calle, sin prestar atención a la barahúnda de los cargadores, como si su cerebro, su ser entero, permaneciera aún en la nostalgia de la selva, Wright lo contempló como quien contempla un objeto, «este mono lo llevan con el doctor Whitney, la persona más acreditada en el mundo en enfermedades contagiosas, lo inoculará con gérmenes para estudiar su respuesta, con seguridad le inyectará pus de algún marinero con gonorrea, los fluidos de las llagas de algún carbonero o la expectoración de una prostituta tísica, para determinar cuánto resiste con vida, al morir le practicará un examen anatómico aprovechando la semejanza de su cuerpo con el nuestro», luego sonrió, «si sobrevive quizá lo inscriban en la Facultad de Medicina y resulta un extraordinario alumno», su broma me pareció fuera de lugar, me dolió por el trato despectivo hacia ese primate taciturno y humillado, regresó Ahmad a su tarea de inspeccionar la carga y Wright se dirigió a conversar con Muhammad, me quedé a solas frente al mono y aun cuando agité mi mano para apelar a su atención se mantuvo absorto sin mover un solo músculo de su cuerpo, lo llamé como si de una persona se tratara, continuó impávido, aún perdido en el recuerdo de su antigua jungla, no me di por vencido y traté de nuevo, más me hubiera valido no intentarlo, volteó a verme, en sus ojos se reflejó una tristeza jamás vista, movió un poco su mano, como si tratara de decirme algo, en su mirada fulguró un sordo grito de auxilio, vinieron a mí las imágenes de los engendros, igual de sojuzgados, el mismo trato vergonzoso, la misma expresión suplicante, cerré los ojos en un vano intento por contener las lágrimas, no, no había llorado ni con el muchacho del establo, ni con la muchacha de los gallineros, pero en el mono se concentraron todas las injusticias de esta, nuestra sombría y, a la vez, luminosa especie, vislumbré el futuro de ese chimpancé frágil y lánguido, lo imaginé ahogándose con sus esputos o palpando su miembro enrojecido e hinchado por la gonorrea o ulcerado por una llaga sangrante sin poder explicarse lo sucedido, despojado de su dignidad de simio, atónito por un mal extraño para los suyos, lo entreví en una cama de disección, su cuerpo peludo atasajado para explorar los efectos de la enfermedad, su alma rota en un amasijo de sangre y órganos, volví a pensar en los engendros, tratados quizá como bestias, castigados por el mero hecho de la desavenencia de sus cuerpos con los nuestros, abandonados por un Dios distraído o quizá furibundo, de nada serviría saber de las propiedades de tal o cual substancia o elaborar productos curativos si esos seres continuaban al margen de lo humano, estuve a poco de ir con Ahmad a ofrecerle una cifra de proporciones ridículas para comprarle el mono y llevarlo a vivir conmigo mientras hallaba a otro mercader dispuesto a regresarlo a su bosque, no me atreví, no sabría cómo tratarlo, ignoraba si era un animal feroz con la fuerza suficiente para matarme o un ser dócil capaz de comprender el cariño de un humano, dejé correr su destino con la excusa de su probable utilidad para la ciencia, el mono, en un último esfuerzo de imploración, clavó su mirada en mí, nunca vi ojos capaces de expresar tanto, su boca parecía al borde de prorrumpir un clamor o lo profirió en una lengua antigua e indescifrable y no llegué a escucharla o, peor aún, no quise hacerlo, al no notar respuesta bajó con lentitud la cabeza sin dejar de observarme y volvió a perderse en sus pensamientos, ajeno a cuanto sucedía a su alrededor, el doctor Wright me tomó del codo y sin percatarse de mi abatimiento por el mono me impelió a volver a la botica, «hay trabajo por hacer, muchacho, debemos acomodar lo comprado», depositamos las hierbas y los minerales en las gavetas y los animales en bodegas con cerrojos para evitar la curiosidad de cacos y así salvarles la vida, pues vaya sorpresa se llevarían al toparse con una cobra o con un hervidero de escorpiones, el khat y el cáñamo los almacenamos en el mismo armario donde el señor Wright resguardaba la mandrágora y la goma de amapola, «puedes probarlas un día», me dijo, «sólo aprende bien las medidas, son en sumo peligrosas», mi mentor me explicó cómo los efectos parecían arrancarlo a uno de esta realidad y eso justo deseaba, irme tan lejos como fuera posible de la dolorosa presencia del chimpancé, del recuerdo hiriente de los engendros y de la nostalgia por mi familia perdida para siempre, Wright, enérgico y con voz estentórea, me sacó de mi embebecimiento, «en cuanto acabes, ordeñamos a las cobras», me estremecí, no me encontraba en condiciones de hacerlo, «no podrás cometer un solo error, muchacho, las cobras parecen reptiles inermes, pero poseen la velocidad de un rayo, ni siquiera sentirás su mordida de tan delgados sus colmillos, cuando voltees a ver el dorso de tu mano verás dos pequeños orificios, son los rojos ojos de la muerte, William, no hay antídoto conocido», a la abertura de un bote de cristal Wright le ciñó una delgada tela, «aquí van a depositar el venino», explicó, tomó una horqueta alargada y me pidió abrir el bolso donde se hallaban los malignos reptiles, lo hice con movimientos lentos para evitar atraer la atención de las cobras, «fíjate cómo lo hago», dijo, se asomó al fondo y con el palo presionó la cabeza de una de las dos serpientes, me hizo sostenerlo mientras con otro procedía igual, inmovilizó a ambas cobras, metió el brazo, de la cabeza cogió al viperino reptil y lo levantó hasta tenerlo a la altura de sus ojos, «buenas tardes, querida amiga, no te dolerá», dijo, la acercó a la abertura del bote, la oprimió para hacerle abrir las fauces y la cobra, sulfurada, mordió la tela, varias gotas se deslizaron por el vidrio, ahí, en cada una, iba el elixir de la muerte, quedó en el fondo un espejo de líquido ambarino, Wright lo agitó con satisfacción mientras mantenía a la serpiente bien asida en la otra mano, «te toca hacerlo», me dijo, «ya viste cómo», sin dejar de presionar la horqueta me agaché a coger la serpiente, en el momento de tomarla de la cabeza aflojé sólo un poco y con habilidad la cobra se deslizó por debajo y quedó libre, por instinto me rodé lejos del bolso, apenas a una fracción de segundo de ser atacado, la cobra, encolerizada, se irguió, en su cabeza se formó una capucha, sus ojos centellantes fijos en mí, «para atrás», gritó Wright, retrocedí justo cuando la cobra embistió de nuevo, recogí la horqueta y traté de sujetarla, esquivó las puntas soltando mordidas contra el palo, cuando creí dominarla, serpenteó con una velocidad endemoniada y se escabulló debajo de unos lavadores, había cometido una estupidez y esperaba un severo reproche de Wright, pero éste, con la otra serpiente enroscada en su brazo, sonrió, «el error te salió barato, muchacho, pero al menos arrestos no te faltaron», dijo y señaló hacia donde se había perdido la víbora, «vamos a dejarla ahí sin molestarla, el frío nocturno la aletargará y será más fácil atraparla», me pidió desenredarle la serpiente retorcida en su antebrazo, la piel del reptil se sentía viscosa, como si sudara, intenté quitarla mas la cobra era fuerte, apenas lograba desprender una parte se volvía a enrollar, luego de unos minutos de lucha conseguí mi objetivo y la cobra quedó colgante, Wright me pidió tomarla de la cabeza, cambiamos de mano con sumo cuidado, abrió el bolso, la metí hasta abajo, la solté y Wright cerró de inmediato, «para ser tu primera vez, no estuvo mal», avergonzado le pedí disculpas por mi distracción, «mañana madruga y ven a buscarla, ojalá el frío no la mate», el cielo nublado y una ventisca anunciaba un clima helado, «te espero a las cuatro».

Regresé a casa consternado por el mono y afligido por mi desatino con la cobra, no sólo había puesto en riesgo mi vida, sino también la de Wright, para la cena Beth cocinó un puchero de res con verduras, la receta exacta para contrarrestar mi mal día, un caldo para asentar el estómago y calmar las alteraciones, Ryan contó sobre Trisha, una linda joven, hija de un tendero, con quien había cruzado miradas de soslayo, ella era de mi edad, pero eso no pareció preocuparle a mi amigo pues la juzgaba ideal para él a pesar de doblarle los años, faltaba ver si el padre sancionaría su relación, pesaba aún sobre mi amigo la falsa leyenda de su vileza y ninguna mujer en su sano juicio se casaría con quien a futuro pudiese abandonarla, Beth le brindó consejos para seducirla, «cuando atraviese frente a ti en la calle no escondas tu interés, mírala a los ojos, sólo a los ojos y no los quites de ahí, si pasa muy cerca, inclina la cabeza en saludo y continúa tu camino pero, y escucha bien esto, si al día siguiente vuelves a verla, no la mires ni por un instante, finge no reconocerla y sin dubitación prosigue indiferente a ella, actúa como te digo, alterna estas actitudes y verás cómo su corazón pronto será tuyo», a Ryan el consejo le provocó dudas, «¿y si tomara a mal mi proceder?», Beth sonrió, «hasta las putas caemos en ese juego, hazlo y verás los resultados», mi amigo, tan seguro de sí mismo en cuestiones intelectuales, tan incierto en el amor, Beth le aseguró la eficacia de su táctica, «cree en mí, en estos asuntos soy experta», la reparadora sopa me reanimó, pero me hacía falta algo, «amiga querida», me dirigí a Beth, «nunca te he pedido un favor y éste te ruego me lo cumplas», ella me miró con ánimo de complacerme, «por supuesto», respondió, «báñate hoy, limpia a fondo tu cuerpo, tu coño y tu trasero, lo deseo oloroso a jabón, y duerme conmigo esta noche», la solicitud le pareció extraña, su aroma a «hembra» era una de sus virtudes, consideraba su hedor como la martingala más efectiva para volver locos a sus clientes, muy a su pesar condescendió, hirvió agua en un perol, lo vació en la tina, con morosidad se despojó de su ropa, entró en la bañera y se sentó, jalé una silla y me arrellané frente a ella, deseaba contemplar su desnudez mientras se tallaba el cuerpo, debió ser hermosa a la edad de Trisha, con buena silueta y un caminado sugerente, la nariz respingada, los labios pulposos, ojos color violeta, decenas de hombres debieron desembolsar un jornal completo por pasar un momento a su lado, según contó varios perdieron la virginidad con ella, «a mi lecho llegaban mozalbetes y salían príncipes», en su buena época debió ser pretendida por campesinos y por nobles por igual, «cometí el error vedado para quienes nos dedicamos a esta vocación, me preñé, se me abultaron los muslos, se me aflojaron los senos, se me ensanchó la cintura, me brotó paño en el rostro y tanto estrago para perder a esas dos infaustas criaturas», en sólo tres años pasó de ser una prostituta de cierta jerarquía a una ramera relegada a fulanos sin clase, salvaron a Beth su habilidad amorosa, su talante cálido, su alegría y su sonrisa, gracias a ello siempre consiguió clientes. Pasamos la noche juntos, ella debió intuir mi tristeza, me abrazó sin decir palabra y me besó en la boca con cariño, en la garganta se me atoraron los sollozos y uno por uno Beth los fue sacando hasta tornarlos neutros e inofensivos, esa noche ella me amparó en su ternura, a pesar de mis esfuerzos no tuve vigor suficiente para penetrarla, cuando me quise excusar ella musitó un «sh» y abrigado en sus caricias se silenciaron mis temores, se silenciaron el sonido y la furia, se silenciaron los mudos gritos del simio, se silenciaron las miradas del muchacho en el establo, se silenciaron los aullidos de terror de la muchacha en el gallinero, se silenció mi nueva condición de huérfano, se silenció mi abandono, se silenció la nostalgia por mis hermanos, en su abrazo remendé lo roto por la tarde, lo roto antes de esa tarde, lo roto antes de lo roto, extrañas reacciones provocaba esa señora, deseo y repugnancia, paz y excitación, calma y desasosiego, Beth sonreía a pesar de su condición de mujerzuela errante, de haber dormido varias noches en la calle a la intemperie, de padecer hambre por meses, de abrirle las piernas a tipos mezquinos propensos a pagar poco y a exigir mucho, de perder a sus dos hijos, de ser objeto de golpizas gratuitas, muchas veces propinadas por quienes recién habían gozado de sus placeres, «las putas encarnamos el pecado original», dijo con una lucidez poco común para una mujer de tan escasa educación, «por ello, para muchos, merecemos ser lapidadas», a pesar de las humillaciones y de los maltratos, Beth consolaba con dulzura a sus clientes, «mi trabajo es también escuchar», nos expuso en una ocasión, «los hombres aparentan buscar un coño, en realidad, claman por un oído», y esa noche, en silencio, me escuchó, me quedé dormido sobre sus pechos acolchados y de tan plácido no me despertaron sus sonoros ronquidos sino hasta despuntar el sol, somnoliento, tardé en caer en cuenta de cuán retrasado llegaría a buscar la cobra perdida, Wright debía tenerme por malagradecido y grosero, cuando intenté levantarme de la cama Beth me apresó con sus regordetes brazos, me jaló hacia su boca y me besó con un beso más a sabor de una madre despidiéndose de su hijo y no al de una amante con quien se ha pasado la noche, «suerte», me dijo, me soltó, volvió a cerrar los ojos y en un par de minutos ya estaba roncando de nuevo, apresurado me dirigí a la morada del señor Wright, en el camino discurrí un pretexto tras otro, bastante serio había sido mi error de la tarde anterior y mi tardanza podría interpretarse como un subterfugio para evadir mi responsabilidad, decidí no mentirle y confesar la verdad, bueno, media verdad, no le revelaría mis goces nocturnos con Beth, mi mentor se hallaba en el laboratorio, el mechero de uno de los alambiques se encontraba encendido y un líquido verdoso hervía dentro de un matraz, lo saludé, pero Wright ni siquiera se dignó a voltear a verme, «disculpe la demora, maestro, le confieso, las sábanas se me pegaron y…», inútiles mis excusas, el hombrecillo no me dirigió la palabra, no por enojo ni por reprenderme con una ganada indiferencia, sino por hallarse inmerso en un experimento de alto riesgo, antes de mentor era un farmacéutico escrupuloso y no por atender a un jovenzuelo impertinente íbamos a volar ambos en pedazos, en la cocción había mezclado el venino de la cobra con pólvora, con agua y con alcohol, con la finalidad de encontrar un remedio para la acentuada epilepsia de uno de sus pacientes, cuyos convulsos movimientos provocaban en algunos espanto y en otros risa, en teoría la ponzoña de la serpiente debía entumecer los músculos, el alcohol relajarlos y la pólvora acelerar la reacción, bajó la intensidad de la llama, el burbujeo dentro del alambique disminuyó y por los tubos destiladores empezó a gotear la poción, hasta entonces Wright se dignó a girarse hacia mí para explicar su experimento, respiré aliviado, por nada en el mundo quise ofenderlo ni mostrarme majadero, aun cuando mi maestro no fue severo conmigo le bastó un comentario para hacerme sentir mal, «pasé dos horas agachado tratando de sacar a la cobra de su escondite, no sabes el dolor de espalda y de rodillas, hubiese sido bueno contar con tu ayuda», la víbora se había refugiado en una cañería y, tal como lo previó Wright, el frío la atolondró, pero se hallaba bien adentro y el viejo requirió acostarse pecho tierra para poder sacarla, aún aturdida la cobra podía soltar un mordisco y matarlo, si eso hubiese acaecido jamás me lo habría perdonado, me ordenó extraer el venino a la cobra rescatada, con el calor del sol debía de hallarse desadormecida, esta vez me exigió actuar con mayor esmero, «te salvaste de milagro ayer, muchacho, pero la diosa cobra no perdona la vida dos veces», Wright la había metido en un bolso separada de la otra, no verme obligado a dominar a las dos facilitó su manejo, procedí a ordeñarla, la contuve con la horqueta, sujeté su cabeza, la alcé, estrujé sus fauces para forzarla a mostrar los colmillos, la acerqué al vaso y, furiosa, encajó ambas navajas en la tela, un borbotón amarillento llenó un cuarto del pote, casi el triple del día anterior, Wright festejó la cantidad y adujo el exceso de venino a la tensión de sentirse hostigada, regresé la cobra al bolso y lo cerré con cuidado, feliz por la muda aprobación de mi maestro. Nos reunimos con Los Racionales unos días después de la visita de los comerciantes egipcios, he de confesar cuán incómodo me resultó el reencuentro con Matthew, me saludó con cortesía ratonesca a sabiendas de su defección como amigo y de su carencia de integridad frente a mi padre, yo le devolví el saludo con frialdad, pasamos a la sala, les planteé mi deseo de educarme como médico y les pedí su consejo, hubo opiniones encontradas, unos respaldaban la opción de inscribirme en una universidad y coincidían en Edimburgo como la mejor alternativa, otros, después de saber del progreso obtenido bajo la tutela del admirado señor Wright, sugirieron continuar bajo su instrucción un año más para luego incorporarme al grupo de discípulos de algún médico acreditado, como uno de los hermanos Hunter o, por supuesto, con Robert Black, Günther me sugirió renunciar a mis intenciones y dedicarme a una profesión de mayor provecho, «las enfermedades son reacias y no vemos avances sustantivos», aseguró, «alguna razón debe detentar la naturaleza o Dios mismo para impedir su cura, sufro de achaques y no ha habido médico capaz de aliviarlos», lo rebatí ponderando los logros del señor Wright con sus pacientes, pero fuera del uso de algunos calmantes para enfermos graves Günther no se esperanzaba en la medicina, el intenso diálogo reforzó mi decisión de asistir a la Universidad de Edimburgo para, al finalizar mis estudios, ir en búsqueda del doctor Black, a quien varios de ellos admiraban con arrebato, «no pudiste elegir mejor», sostuvo Conan, «Black es un científico serio y el único dedicado a reformar las condiciones de la gente extraña», «gente extraña», murmuré para mí mismo, la asociación de ambas palabras resonó en mi cabeza, ¿quiénes eran los extraños, ellos o nosotros?, ¿ellos por la mala fortuna de nacer con deformidades ajenas a su voluntad o nosotros por nuestra incomprensión para entenderlos?, más tarde salió a colación el tema de la visita de los mercaderes egipcios al local de Wright, había corrido el rumor de su presencia y les comían las ansias por saber acerca de las exóticas mercancías traídas por los extranjeros, presuntuoso, exageré mi intervención con las cobras para darme aires de importancia y enaltecer mi imagen ante ellos como la de un hombre sagaz y valeroso, omitiendo, por supuesto, la ineptitud con la cual había actuado, las pinté como bravías e indomables y mentí con desvergüenza, «me llevó dos horas batallar con ellas para extraerles una mísera gota de venino», les hablé de los escorpiones refulgentes, del meteoro imposible de cargar por su tremendo peso y en cuya composición se hallaban minerales ignotos capaces de ejercer beneficios asombrosos en la salud, del fósil de un pez cuyo olor aún se percibía al limarlo y cuya raedura podría nutrir los cuerpos más exangües, de los escarabajos cuyas alas de colores miríficos al molerse producían un polvo milagroso idóneo para tratar la demencia, de hierbas susceptibles de inducir la psique a estados profundos del conocimiento, Günther se vio impelido a reconsiderar su descrédito por la medicina, la llegada al país de substancias insólitas, traídas de remotas y arcaicas civilizaciones, abría nuevas veredas, «me retracto de mis dichos»,

expuso con cierto sonrojo, «ignoraba la existencia de tan novísimos ingredientes y de sus usos prodigiosos», salí de la velada
henchido de aire triunfal, yo anhelaba el asenso de Ryan, pero
se mantuvo en silencio en el camino de regreso al granero, se
detuvo luego de un rato y se giró hacia mí, «no soy de dar
consejos no pedidos, mas en esta ocasión lo considero necesario, seduce perorar con grandilocuencia y erigirte en prota-
gonista, no te juzgaré por ello, no obstante, en cuestiones de
ciencia, la fanfarronería es nuestra enemiga, causa expectativas falsas, suscita diálogos estériles, debilita propuestas y, al
final, se revierte contra el más noble de sus propósitos: crear
confianza, cada uno de los ahí presentes saldrá vehemente a
divulgar tus comentarios y pronto correrá la voz de tus false-
dades cuando las pociones del señor Wright no cumplan con
lo esperado, entonces él quedará como un fantoche y la gente
dudará, una vez más, de las virtudes de la medicina, vuelve y
con valentía revela cuán ligeros y falsos fueron tus dichos
y pronúnciate, ahora sí, con estricto apego a la verdad», como
quien entra a la tienda de un abacero pobre y roba, para después sufrir de resaca moral y regresa a devolver el producto
hurtado, pedí al cochero retornar a la casa donde se reunía el
grupo, los hallé a todos en el acto de despedirse, les solicité
volver a entrar, se acomodaron en sus lugares, creyentes de
escuchar nuevas maravillas, pero bajo la mirada escrutadora
de Ryan decidí confesar, «las substancias y los productos de
los cuales les hablé gozan de amplias probabilidades de convertirse en soluciones para infinidad de males, pero están lejos de confirmarse sus beneficios, el señor Wright, con rigor y
prudencia, se halla en proceso de investigarlas sin apresurar
los resultados, las ponderé en exceso con el ánimo de darme
importancia, el motivo de mi regreso es pedirles una disculpa
por mi ligereza», se hizo un silencio, el primero en alzar la voz
fue Matthew, «sé cómo te sientes, yo mismo, en tu presencia,
cometí un error de mayor magnitud, no sólo traicioné tu
lealtad sino también mis principios, te disculpo y con esta
disculpa no espero la tuya, mi falta es, por mucho, más grave»,

agradecí la honestidad de Matthew, llevaba en mi corazón una daga por su cobarde acto y sus palabras me ayudaron a sanar la herida, los miembros del grupo fueron generosos y me perdonaron, pero Günther advirtió sin miramientos «una más de estas mentiras y serás vetado de nuestro grupo, causaste en mí un contento sin igual y es decepcionante percatarse cuánto de postizo hubo en tu relato, paraste a tiempo y sólo por eso te respeto», caí en cuenta cuán serias habían sido mis mentiras, la ciencia sólo podía progresar si la sociedad creía en ella, muchos la veían como una contraposición de la verdad divina y sus varios enemigos esperaban cualquier pifia para desacreditarla, si hombres de ciencia, como Matthew y Günther, convencidos de su necesidad y de su porvenir eran capaces de someterla a criterios religiosos, con mayor razón sus detractores, quienes la consideraban fuente de herejías cuyo propósito era alejar a los hombres de la verdad cristiana, me prometí nunca más dar un paso en falso, me despedí de cada uno de los miembros, algunos me estrecharon la mano con genuina amistad, unos condescendientes y otros aún disgustados, llegó el turno de Matthew, corrió entre nosotros un deseo de reconciliarnos y el anhelo de un perdón sincero, quizá la amistad no volvería a ser la misma, pero no se mermaría más el afecto ni le guardaría resentimientos, por el contrario, la admiración por Ryan creció dentro de mí, sus cuestionamientos feroces, su guía implacable, unidos a un cariño desmedido, me hacían valorarlo cada vez más, igual me sucedía con Wright, sin nada a cambio el viejecillo me compartía secretos forjados por una vida dedicada a la farmacéutica y, aun a sabiendas de la riqueza de mis caudales, jamás osó pedirme dinero ni aceptarlo, cuando le ofrecí ayudarle a sufragar los costos del lote comprado a los mercaderes egipcios se enfadó, «muchacho, no me ofendas, no soy ramera del conocimiento, el conocimiento, apréndelo de una buena vez, o se lo reserva uno para sí mismo o lo regala, pero no se vende, sólo hay una manera de pagarme, comparte tú con otros lo aquí aprendido, debes saberlo también, he determinado en mi testamento heredarte mi tienda, mi casa, mi laboratorio, a mis hijos, a quienes no veo desde hace años, poco les importó mi profesión y, sin juzgarlos, se alejaron de mí, ellos no necesitan de mis bienes, gozan de fortuna y aun cuando estoy consciente de cuán rico eres, no me importa, con certeza les darás a mis pertenencias el uso adecuado, no intentes renunciar a esta herencia, es decisión tomada y las últimas voluntades nunca deben ser cuestionadas», acepté honrado y cuando mi agradecimiento se hallaba al borde de lo sentimental, Wright me paró el alto, «William, hay mucho trabajo por hacer y poco tiempo para prestarnos a tonterías, coloca en el alambique cinco escorpiones vivos, vierte cuatro onzas de alcohol, una pizca de polvo de mandrágora y enciende el mechero a fuego bajo», acto seguido se dirigió hacia las gavetas del ojo del boticario, «y le agregaremos limaduras de meteoro para ver cómo funcionan».

Los cupos para la universidad abrían cada dos años y faltaban meses para ello, mi vida continuó con un ritmo similar, Beth cada vez más integrada a nuestros hábitos cotidianos a veces no llegaba a dormir a casa por razones propias de su vocación, como ignorábamos la salud venérea de los feligreses de su cuerpo, decidí crear una pomada para untarla en nuestro pene después de ayuntar con ella, combiné azufre con aguijones de abeja, hormigas asadas, colas de escorpión azul, alcohol, polvo de cobre, mezclados con aceite de arce, al parecer el remedio fue efectivo, ni Ryan ni yo nos contagiamos de infecciones de coito, mi amigo aplicó los consejos de Beth, y Trisha, tal y como lo previó nuestra experimentada compañera, cayó en el garlito, fue ella la primera en escribirle una nota, lo celebramos los tres con una pródiga cena y brindamos con varias cervezas, por fin se vislumbraba para el irlandés un horizonte promisorio en las artes del amor y, si se casaba con ella, una posible y definitiva aceptación por parte de la comunidad de Shields, el señor Wright me permitió acompañarlo a visitar pacientes, era prodigiosa su habilidad para determinar el carácter de las enfermedades y para recetar los medicamentos adecuados, complacía ver a ancianas caminar de nuevo después de meses con las piernas tullidas, a niños resucitar de morbos fatales, a mujeres tísicas volver a respirar sin problemas, a hombres febriles y debilitados retornar a sus labores plenos de energía, Wright no era infalible, él mismo lo admitía y, a veces, a pesar de sus denuedos, los pacientes morían, lo cual le ocasionaba tremenda frustración. Una tarde de otoño, al regreso de una de esas visitas, descendía sobre las calles una espesa bruma, dotando al pueblo de un aura sombría, me encontraba por llegar al granero cuando entre la neblina escuché sollozos, aun sin verla identifiqué a Beth, le pregunté si se hallaba bien y respondió con más gemidos, al creerla malherida, tal vez golpeada por uno de sus clientes quien quizás aún rondara por ahí, tomé una piedra y me acerqué con sigilo, poco podía ver en el manto blanco de la niebla, pero distinguí a Beth sentada en la entrada de nuestro hogar, inconsolable, «¿estás bien?», repetí, ella volteó a mirarme como si de su salvador se tratara, asintió sin cesar su llanto, no se notaba, ni en su rostro ni en su cuerpo, muestra alguna de violencia, señaló hacia el portón abierto de par en par, di dos pasos y descubrí unos pies, al aproximarme vi el cuerpo de un tipo tumbado boca abajo con los sacos de cereales aplastando su cabeza y su nuca, el ladronzuelo intentó irrumpir en nuestra casa y la trampa había funcionado a la perfección, con el dorso de los dedos rocé su mano, su cadáver se sentía aún caliente, había muerto apenas unos minutos antes, revisé las huellas en el barro, igual al robo anterior, se distinguían pisadas de dos fulanos en el camino al granero y seguían la ruta hacia el bosque, sin duda se trataba de los mismos rateros, grandísima sorpresa debieron llevarse al entrar y ver caer los sacos letales, el rastro de venida denotaba pasos cautelosos, luego pisadas frenéticas alrededor del hombre muerto y, en la huida, la carrera rauda de quien se sabe en peligro, el golpe fue brutal, en torno a la nariz y a la boca del ladrón se había formado un charco de sangre todavía líquida y sin coagularse, abracé a Beth para calmarla, pero no dejó de sollozar, le pregunté la razón de su congoja e hipando contestó «era casi un niño», aplastado debajo del bulto de cereales pude entrever el rostro de un muchacho no mayor a catorce años, saberlo un malandrín avivó mi coraje, sí, era joven, pero su muerte no me causó la menor pena, después de ver fenecer a gente de buena fe no había razón para condolerme de quien quiso arrebatar mis bienes, decidí dejar el cadáver tal cual, el alguacil y sus hombres debían corroborar su condición de intruso y la causa de su muerte, «ve a buscar al alguacil, cuéntale lo sucedido y no dilates en traerlo», le pedí a Beth, desconsolada, se levantó, se enjugó las lágrimas y echó a andar entre la densa niebla a cumplir con el encargo, examiné el cadáver, vestía ropas campesinas, no obstante, de buena calidad, botines nuevos, un abrigo ligero y pantalones de paño, su rostro no me pareció conocido, su aspecto anodino era como el de cualquier jovencito del pueblo, en sus tratados sobre el lenguaje del rostro criminal el doctor Benjamin Blythe, una eminencia en la descripción de la fisiognomía de los delincuentes, estipulaba sus particularidades: frente estrecha, cejas pobladas, ojos torvos, mentón pequeño, orejas dispares, dedos alargados, el adolescente ahí tirado, al menos a primera vista, no mostraba ninguna de estas señas, era regordete, de ojos grandes, mentón oculto por una gruesa papada, dedos rechonchos, me acució una duda, ¿y si en realidad no era un criminal?, podía ser pariente o trabajador de quien nos rentaba el granero y venía a retirar unas pacas o, peor aún, un joven cliente de Beth y eso podría explicar las lamentaciones de mi amiga, contemplé los restos con otro matiz y me invadió la culpa, ¿habíamos causado el deceso de un inocente?, volví al cadáver y me arrodillé para estudiar de nuevo su rostro, sus ojos azules miraban hacia arriba, la boca abierta, como si intentase clamar ayuda antes de fenecer, las huellas en torno suyo se notaban desesperadas, iban de un lugar a otro, incesantes, el surco de dos manos se dibujaba con claridad junto a su cabeza aplastada por los sacos, alguien se arrodilló a tratar de ayudarlo, si el muchacho

103

hubiera sido un individuo de bien, sus camaradas no habrían huido, ¿o acaso habrían corrido a buscar auxilio?, Ryan apareció de súbito entre la neblina y me saludó con godeo, al notar mi expresión atribulada me preguntó si estaba bien, le señalé el cuerpo tendido bajo la puerta, se acercó a contemplarlo, «la trampa», musitó, dejó a un lado su maletín de albeitería y se agachó a inspeccionarlo, «¿sabes quién es?», interrogó, negué con la cabeza, le expuse mi hipótesis sobre una posible equivocación, le mostré las pisadas alrededor del cadáver y fuera del granero, salió a revisarlas y después de unos minutos regresó con una conclusión, «este tipo era un granuja, seguí el rastro, se dirigía al mismo lugar donde los felones anteriores montaron sus caballos, esta escoria no merece tus cuitas», le planteé si el muchacho habría robado por necesidad, «no seas ingenuo, William, antes te hurtaron una fortuna, su ropa no es la de un campesino hambriento, este tipo era un zanguango sin oficio ni beneficio», cuando Ryan vivió en la granja familiar en Irlanda, a menudo cuatreros sustraían ovejas ocasionándole severas pérdidas a su familia, alguna vez él y su hermano, en ese entonces de apenas diez y once años, se toparon con un grupo de abigeos, se les enfrentaron para evitar el robo de un rebaño de corderos y ocho de ellos les propinaron una violenta tunda, desde ese día, para Ryan, el mejor ladrón era el ladrón muerto, «esta gentuza merece la horca», afirmaba, «yo llegué aquí sin un penique y arrastrando una reputación nefasta, ¿me convertí en salteador?, ¿atraqué casas?, no señor, Beth también pasó hambres, ¿se dedicó a robar?, no señor, se ganó el sustento de manera, quizá no honrosa, pero sí honrada, no hay justificación para truhanes como éste», Beth arribó acompañada del alguacil y de dos de sus oficiales, los tres hombres saludaron escuetos sin voltear a vernos y, de inmediato, examinaron el teatro de los hechos, «¿quiénes viven aquí?», indagó hosco el alguacil, Ryan y yo alzamos la mano, en el camino Beth los había puesto al tanto del ladrón muerto, pero no les mencionó mi nombre, el alguacil me miró con fijeza, «¿es usted quien creo o sólo se le parece?», al hombre lo vi apenas unos segundos cuando asistió al castillo a una reunión con mi padre, «no sé en quién piensa», le respondí, el alguacil escrutó mi rostro, «¿es usted el señor William Burton?», inquirió, «sí, soy yo», respondí, su actitud cambió, su trato brusco cobró un tono rozando lo cortesano, «su amiga no tuvo a bien advertirme con quién me encontraría, es un enorme placer volver a verlo», dijo, si algún remanente de anonimato me quedaba en Shields, lo perdí en ese instante, el alguacil y sus oficiales investigaron la dirección de las huellas, «sin duda, ladrones, pronto hallaremos a los otros dos responsables», felicitó a Ryan por la ingeniosa idea para atrapar al ratero, «mostraremos sus restos durante tres días en la calle principal del pueblo en espera de ser identificado por familiares o amigos y, en una de ésas, por sus compinches», los ayudantes del alguacil cargaron el cadáver hasta un carromato, lo arrojaron sobre la caja del vehículo como si de un bulto de harina se tratara y partieron perdiéndose entre la niebla, en la arena quedó un viscoso y ancho círculo escarlata, «nunca volveré a pisar ahí», sostuvo Beth, Ryan se burló, «pues requerirás pegar un salto», ella reviró, indignada, «o quizá nunca más vuelva», hasta ese momento no había contemplado mi vida sin su presencia, perderla me dolería en lo más hondo, intenté suavizar la tensión, «abriremos una de las puertas laterales sólo para ti», le ofrecí, «pero no abandones esta casa», para borrar de una buena vez los residuos de sangre tomé un balde, lo llené con agua y con una bruza cepillé hasta casi desaparecer los vestigios, a propósito no borré un par de rastros de pisadas para cotejarlas con las de posibles sospechosos.

El cadáver del ladronzuelo fue colocado de pie en un desvencijado ataúd de madera frente a la oficina del alguacil, prendieron agujas en los párpados para dejarle los ojos abiertos y así facilitar su identificación, la gente se remolinó a observarlo, pero pasaban las horas y nadie lo reconocía, crucé frente al cadáver varias veces por hallarse en mi camino hacia la apoteca, me apenaba verlo, tan joven, tan imbécil como para buscarse la muerte creyendo sencillo atracar nuestra casa, la rigidez cadavérica aniñó más sus facciones y lo situó en una ambigua meseta entre los doce y los catorce años de edad, a su mudo cadáver deseé preguntarle sobre el destino de mi ajedrez, exigirle la dirección donde se hallaba a cambio de devolverle la vida, pero no había técnica alguna para revivir a ese pobre bruto, al día siguiente le conté al señor Wright lo sucedido, lejos de apesadumbrarse por la muerte del muchacho, le brillaron los ojos con una chispa nunca antes vista, «vamos a verlo», dijo con alborozo, con joviales pasos se dirigió hacia donde se hallaba, me obligó a seguirlo por entre la muchedumbre hasta situarnos en primera fila, se detuvo frente al cadáver, lo contempló con expresión rayana en lo enfermizo, se volvió hacia mí, «es perfecto», dijo, «magnífico volumen, extremidades completas, ligera fractura de cráneo, sólo un par de vértebras descoyuntadas, piel sin excoriaciones, ojos, nariz y orejas en buen estado, grasa abundante», quedé estupefacto por su descripción, a todas luces fuera de lugar, «ven conmigo», ordenó y con paso firme entró a la oficina del alguacil, «buenas tardes, Nicholas», el otro se levantó en señal de respeto, «¿cuántos días lo vas a exhibir?», preguntó el viejo sin mediar más salutaciones, «lo indicado por la ley, tres días con sus noches», respondió el alguacil, «si nadie lo reclama, nosotros lo queremos», demandó Wright, no entendí las razones por las cuales mi mentor lo solicitaba, el alguacil se mesó el bigote, «la ocasión anterior tuvimos un problema con los familiares de un asesino, ¿recuerda?, aparecieron a las dos semanas y exigieron la entrega íntegra del cadáver», el señor Wright sonrió, «vamos, Nicholas, eso sucedió hace veinte años, un ejemplar de esta calidad no siempre se consigue, es perfecto para el aprendizaje de este muchacho», para mi horror comprendí las intenciones de mi maestro, deseaba el cadáver para abrirlo e impartirme lecciones de anatomía, al percatarse de mi ofuscación Wright me tomó del brazo y me llevó afuera, «mira, muchacho, es raro topar con una oportunidad como ésta, en las universidades y en los colegios se pagan altas cuantías a profanadores de tumbas para obtener cadáveres y hasta algunas autoridades subastan los restos de asesinos ejecutados en la horca, abramos a este rufián y exploremos juntos sus entrañas, es más provechoso a arrojarlo a una fosa común como alimento para larvas, no desperdiciemos esta ocasión», Wright pactó con el alguacil, si para las dos de la tarde del tercer día continuaba incógnito, su cuerpo pasaría a nuestras manos, a mí aún me repulsaba la idea de tajar las carnes de un tipo cuyo cadáver yació apenas unas horas antes en la puerta de mi casa, pero mis pruritos no menoscabaron el entusiasmo de Wright, en cuanto llegamos a la apoteca preparó una tabla y el instrumental necesario para la disección: cuchillos, facas, bisturís, tijeras, alicates, tenazas, sierras, martillos, mazos, mi maestro deseaba separar órgano por órgano, desprender cada músculo, extraer las nervaduras, exponer los ligamentos, deshilachar los cartílagos, limpiar los huesos, revelar los surcos del cerebro, me nombraría cada parte y me obligaría a aprendérmelas de memoria «un buen médico debe saber cuál es con sólo palparla a ciegas», sin duda, Johann nos reprobaría, «los hombres no debemos profanar los cuerpos engendrados por Dios, es menester permitirles descansar enteros en sus tumbas», esa misma admonición debieron aconsejársela a mis antepasados, felices carniceros de sus enemigos y con poca cortesía a su reposo eterno al dárselos de comer a los perros, al regreso a casa, ya entrada la noche, apresuré el paso para atravesar lo más rápido posible frente al cadáver del muchacho, caía un cernidillo y ya no había curiosos alrededor de él, sólo una mujer de porte elegante con dos niñas pequeñas tomadas de sus manos contemplaba absorta el cuerpo, se hallaba erguido dentro de la caja, los ojos abiertos, desecados, la gesticulación de su boca aún más marcada, sus mejillas mofletudas de campesino bien nutrido se habían amarilleado, «¿lo conoce?», pregunté, la mujer, sobresaltada, se giró hacia mí, me miró pávida y partió deprisa, ¿habría sido familiar suyo?, ¿un hermano, un hijo?, ¿cuál había sido la razón de su espanto?, anhelé lo reclamara y se lo llevara

107

a sepultar lejos para librarme de atasajarlo, la mujer y las niñas se perdieron entre las calles obscuras y, sin darle un último vistazo al rubicundo cadáver, di vuelta y, casi trotando, regresé al granero, cuando llegué Ryan se encontraba dormido y Beth, esa noche, no pernoctó en casa.

El alguacil no esperó a las dos de la tarde para dar por terminada la exhibición pública y llamó a la puerta del señor Wright a mediodía para entregarnos el cadáver, «este muchacho no tiene parentela aquí, debe ser de otro pueblo, además, si alguien lo conoce no querrá ensuciar su honor al vincularse con un bribonzuelo o, peor aún, terminar aprehendido por cómplice, ténganlo de una buena vez», dijo, Wright condujo a los cuatro cargadores hasta la mesa de disección dentro del cobertizo contiguo a la casa, sacaron el cuerpo del modesto féretro y, sin contemplaciones, lo aventaron sobre la tabla, casi cae del otro lado, «antes de irse, ¿podrían ser tan amables de quitarle la ropa?», pidió mi mentor, los hombres se vieron uno al otro, movieron la cabeza en señal de desagrado y, con mala actitud, cumplieron con la tarea, quedó sobre la plancha el cuerpo blancuzco y fofo, parecía un chiquillo asoleándose después de nadar en un arroyo y no el execrable ladrón aplastado por los sacos, el clima frío había ayudado a conservarlo, la piel aún se mantenía tersa, no había rastro de larvas de moscas en la boca, aún no se hinchaba con los gases, pero algunas partes del cuerpo se notaban amoratadas, «ahí se le estancó la sangre», explicó Wright, «ojalá podamos disecarlo solos, hay partes del cuerpo difíciles de trozar, como el esternón o los fémures, si no lo logramos, mañana podríamos llamar a Ryan a ayudarnos», no había pensado en la disección como un trabajo en el cual se requiriera fuerza, lo imaginaba delicado y sutil, pero pronto me daría cuenta de cuán equivocado me hallaba, Wright dio un par de vueltas alrededor de la mesa estudiando el cadáver, humedeció un trapo en un balde con agua y limpió desde el bajo vientre hasta la base de la garganta, «pásame el bisturí», ordenó, no supe cuál era, «el filo pequeño», indicó, lo tomé, se sentía frío al tacto, se lo

108

entregué, con la mano izquierda estiró la piel alrededor del ombligo y con la derecha empezó a cortar, se vislumbró una gruesa capa amarillenta, «gordito, el muchacho», bromeó Wright, «debes tener cuidado en no picar el bandullo para no sufrir una explosión de mierda», rebanó hasta el vértice de la voluminosa panza, «las tenazas», ordenó, con éstas fue separando las lonjas, un hilillo de sangre se deslizó con lentitud en ambos lados, «ésa es la grasa ventral», dijo y apuntó hacia los pliegues ambarinos, ahora veteados de bermejo, «y más abajo, detrás de la grosura, se encuentran los músculos», fibras rúbeas asomaron debajo del sebo, me hizo jalar con las tenazas mientras con el bisturí desprendía las capas sobejanas, terminó de escindir los rollos de ambos lados del vientre y los depositó en una bandeja, «con esta manteca bien podríamos freír una vaca», dijo, sin ánimo de ser jocoso sino como punto de comparación, «viene lo más complicado», indicó, «apenas rebane esa membrana, las vísceras saldrán liberadas de su yugo y, con ellas, se expelen gases pestilentes, toma aire y suéltalo hasta dejar de escuchar silbidos», tal como lo advirtió, los intestinos se desparramaron hacia los lados, eran blanquecinos, cruzados por venas azuladas, por desgracia, Wright pinchó de más y del orificio borbotó una masa marrón acompañada de un prolongado silbo, la fetidez inundó el cobertizo y aun aguantando la respiración el hedor penetró por mis fosas nasales, «perdón», se disculpó, el intestino se vació de gases, con el trapo húmedo Wright limpió el bolo de excremento y al terminar metió la mano, extrajo la culebra intestinal y la estiró hasta desenredarla, era un trozo de unos seis pies de largo, lo colocó a un lado y apuntó a una bola ancha, «ése es el estómago», dijo, «pálpalo con los ojos cerrados y siente su textura y su forma, luego sigue hacia abajo y recorre el resto de los intestinos», me invadió el asco, pero no podía rehusarme, la lección era sólo para mí, tenté el globo a ciegas, su superficie era lisa, curvada y elástica, se sentía inflada y al oprimirla rebotaba en mis dedos y volvía a su tamaño original, continué hacia abajo sin abrir los ojos, la textura se tornó viscosa, sentí la mano chorreada, había llegado a la parte donde Wright perforó y una pasta se me pegó en los dedos, abrí los ojos: mierda, retiré la mano, repelido, mi mentor me miró con censura, «es bolo alimenticio fermentado, no te alarmes», dijo y me extendió el lienzo húmedo, «límpiate», mis padres tan preocupados por no mancharme la ropa de barro y ahora había bañado mis dedos de excremento humano, mi madre me habría clavado la mirada y con certeza me preguntaría: «¿para eso querías ser médico?», proseguimos con la exploración del vientre, detrás del estómago apareció un bulto cárdeno con tres protuberancias, «tócalo con los ojos cerrados», ordenó Wright, lo tenté, la faz se sentía agradable al tacto y al apretarla se percibía carnosa y, en algunas zonas, grasienta, era el hígado, «la crasitud en el órgano», me explicó Wright, «se debe a lo obeso del muchacho, este tipo estaba destinado a vivir con serios problemas de salud», mi mentor extirpó cada uno de los órganos y antes de depositarlos en bandejas los puso en mis manos, «sopésalos, fíjate en la diferencia de peso entre el estómago y el hígado, el hígado es más denso, pulposo, sin alimento en su interior el estómago es como una bolsa vacía», me hizo balancear cada pieza y volver a palparlas, sobre todo las pequeñas, como la vesícula biliar y el páncreas, ambos de consistencia parecida a la de las babosas, el señor Wright desalojó el vientre hasta dejarlo sin tripas, la oquedad se veía de color escarlata obscuro, los músculos de la espalda y la espina a la vista, Wright me mostró una membrana carnosa y plateada, con aspecto de hoja, al final del vientre, «ése es el diafragma, muchacho, separa los órganos del pecho de los de la barriga», lo cortó con habilidad, como quien corta una tela y lo extendió sobre la mesa, detrás aparecieron dos masas rosadas, «cierra otra vez los ojos y tiéntalas», las pulsé, se percibían esponjosas, con la forma de escarcelas, al oprimirlas el cadáver exhaló por la boca, «¿los pulmones?», pregunté, «exacto, William, los pulmones y si introduces más al fondo la mano, encontrarás el corazón», abrí los ojos, no quería descubrir el corazón por casualidad, deseaba llevar mis dedos directo a él, colocarlo en mi palma, sobarlo, sentir el centro de la vida, metí el antebrazo hasta el fondo y pude tocarlo, su consistencia era sólida, firme, no poroso como los pulmones, ni maleable como el estómago, ni carnoso como el hígado, el corazón era, sin duda, el rey de los órganos, para sacarlo era necesario cortar el esternón en dos y con las pinzas ensanchar los costillares, me tocó a mí partirlo, una tarea cansina y sobrecogedora, no debía olvidarlo, a quien serraba era a un ser humano, la mera noción me hizo detenerme en seco, apenas cuatro días antes ese muchacho hablaba, caminaba, soñaba, respiraba y ahora me hallaba encima de él con sus resecos ojos azules frente a mi cara mientras lo hendía con la sierra, «te acostumbrarás», me dijo Wright, antes de dirigirme esa mañana al examen anatómico Ryan me brindó un consejo, «concéntrate en tu labor y jamás lo veas a la cara», ésa era la fórmula secreta, saltarse el rostro, no entablar contacto con la expresión, quité la mirada de los dos vidrios azules de sus ojos y me centré en el esternón, serré con ímpetu y al hacerlo desgarré el corazón y destrocé la parte superior de los pulmones, mi maestro me detuvo, «tranquilo», observé los estragos, el aserrín del hueso se había esparcido por la caja torácica, el corazón casi desgarrado a la mitad, los pulmones, desmenuzados, ¿cómo lo hacían los cirujanos con personas vivas?, ¿cómo penetrar los secretos del cuerpo para curar la zona enferma y luego zurcir la herida?, en su libro Robert Black mencionaba cirugías exitosas en casos de enorme dificultad, era admirable su sangre fría, su pulso firme, decidido, yo por mi torpeza recién había trizado dos de los órganos más relevantes, Wright no dio importancia a mi estropicio y señaló las zonas desbaratadas, «aprovechemos para observar los sacos pulmonares y las cavidades del corazón», señaló la infinidad de celdillas en los pulmones, «ahí se guarda el aire y se purifica la sangre», dijo, del corazón partido mostró cuatro cavidades, dos de cada lado, una inferior y una superior, «la sangre llega limpia de los pulmones y el corazón la envía al resto del cuerpo, en ella va el alimento, el agua, lo necesario para vivir», cuando quedé en volver al día siguiente, Wright me congratuló, «la mayoría se acobarda, se necesitan agallas para resistir una disección, mañana terminaremos con los órganos y te enseñaré los músculos y sus nombres».

Por segunda noche consecutiva, Beth no llegó a dormir, temí nos hubiera abandonado aun cuando sus pertenencias seguían intactas en el dormitorio, no podía irse así, sin despedirse, quizás halló un buen cliente dispuesto a pagarle por quedarse con él por las noches o topó con las talegas y se las robó, revisé entre los sacos donde las había ocultado, no faltaba ni un penique, no, Beth no era una ladrona, le pregunté a Ryan sobre el paradero de nuestra amiga, se encogió de hombros, «no es mujer hecha para la vida doméstica, debimos aburrirla y salió en busca de aventuras, ya regresará», eso era innegable, el mundo de torbellino de Beth no se comparaba a nuestra vida sosegada de hombres caseros, debía de palpitar en ella un afán de correrías, pero Ryan no deseaba hablar de Beth, traía otro tema más urgente por contarme, «hoy, el aya de mi amada», le llamaba ya «amada» a Trisha, «me entregó una nota y me ha hecho feliz», con letra fina, ella le había escrito, «señor, cuando lo veo, aun de lejos, me quita el aliento», a pesar de tan favorable respuesta Ryan se mostraba nervioso y se debatía en cómo responderle, si con un «quisiera verla a solas» o «usted me contenta el corazón», la primera opción le parecía en extremo atrevida, Trisha podía asustarse y no hablarle más, la segunda prolongaba el juego y el galanteo, para un hombre de su edad las medias tintas podrían resultar contraproducentes, develarían falta de arrestos y la muchacha se desilusionaría de él, después de varios minutos de rumiar su respuesta escribió con decisión en un pliego, «quisiera verla a solas», suspiró hondo y para no arrepentirse dobló la nota, la metió en un sobre y la lacró, «mañana la entrego, ya veremos si resulta o no», le conté del examen anatómico y de cuántas emociones contradictorias me había suscitado, «igual me sentí yo la primera vez», confesó, «estaba acostumbrado a destripar y a desollar corderos, pero cambia por completo cuando se trata de un ser humano, mi primera disección fue la de una joven mujer, la encontraron muerta en un páramo, sola, no había huellas de violencia ni explicación alguna para su deceso, su cadáver no fue reclamado y el profesor vio en ella una oportunidad no sólo para realizar una exploración sino para precisar la causa de su muerte, de ocho alumnos sólo dos soportamos el procedimiento, examinamos su corazón para descartar un probable ataque, el hígado para precisar si había rastros de envenenamiento, y el intestino para ver si algo lo había obstruido o perforado, los resultados fueron negativos, después de horas de incierta búsqueda encontramos la causa, un pedazo de carne se le había atorado en la garganta y la ahogó, ello explicaba los labios amoratados, las manos crispadas, la boca abierta de par en par, debió ser la suya una muerte espantosa, un manoteo desesperado por encontrar aire, vida, intentamos establecer sus últimos momentos, al parecer ella comía un pan con carne mientras subía una empinada cuesta, agitada por el esfuerzo jaló aire y al hacerlo el trozo de carne, aún sin masticar, se deslizó hacia su garganta y ahí quedó, muerta», contó y luego añadió, «los profesores de medicina de la Universidad de Edimburgo, sin excepción, y contra el sentir de sus seres queridos, han dejado un documento donde expresan, como última voluntad, donar su cuerpo para ser disecados en cuanto fallezcan», yo no podría, lo acepto, saberme hurgado por manos ajenas, ser descuartizado como res, se requería valentía para entregar el cuerpo a la investigación, Ryan quedó en acompañarme al día siguiente con el señor Wright y acordamos partir a las ocho de la mañana, cada quien se dirigió a su recámara, las emociones de la disección seguían pulsantes y preví un largo insomnio, resolví leer un capítulo del libro del doctor Black, trataba sobre una compleja cirugía realizada a un muchacho de Bengala, había crecido con un par de piernas extras, un pequeño brazo, del tamaño del de una muñeca de porcelana, sobresalía en su cadera, el hombre, un paria, había sido objeto de reverencia y se le consideraba una figura sagrada por poseer una fisonomía semejante a Vishnu, la deidad india, representada como un ser con varias extremidades, los aldeanos lo colmaban de regalos y de honores, largas filas de feligreses se formaban en espera de recibir sus bendiciones, un buen día sus piernas parásitas, por una razón no comprendida, empezaron a gangrenarse, primero apareció una pequeña llaga en el diminuto pie izquierdo, ésta creció con rapidez y pronto se extendió como una marejada púrpura en ambos apéndices, cuando varios de los espléndidos médicos indios se dieron por vencidos, Black, quien en ese entonces se hallaba por casualidad en la India, fue llamado a atenderlo, en cuanto lo vio dictaminó la única alternativa: cercenar las extremidades sin demora, existía un alto riesgo de muerte si no actuaba con prontitud, el hombre se negó, perdería su ascendencia sobre el populacho al convertirse en una persona normal, sería objeto de burlas y retornaría a su condición de paria, el médico le dio a elegir: muerte o vida, pero necesitaba apurarse, la putrefacción avanzaba vertiginosa, el individuo accedió y Black, con el escaso instrumental a su alcance, realizó una exitosa operación, no sólo amputó las diminutas piernas sino también el desagradable bracito, por fortuna lo hizo a tiempo, la gangrena estaba por propagarse al bajo vientre, el hombre tardó dos meses en recuperarse, cuando por fin salió a las calles no fue despreciado como llegó a pensar, la gente lo veneró aún más, luego de ser casi un santo, se había hecho humano, doble atributo de la divinidad, y siguió usufructuando del rango de ente sagrado, en agradecimiento el hombre le regaló a Black dos rubíes.

Wright ya se hallaba listo para seguir con la disección cuando Ryan y yo llegamos, el cadáver se hallaba desflorado sobre la mesa y, bajo la luz de la soleada mañana, se veía aún más grotesco, Ryan propuso colocarle una venda negra en el rostro, «sin fisonomía humana, el trabajo se torna más fácil», ese truco lo había aprendido de sus maestros cuando él y sus compañeros eran jóvenes aún propensos a impresionarse, enmascararlo no facilitó el examen como mi amigo pensaba, lejos de brindarme ecuanimidad, el trapo negro añadió un toque siniestro, después de narrarme Ryan la historia de la joven sofocada, les pedí a ambos me señalaran la tráquea y la laringe y me explicaran cómo alguien podía ahogarse con un trozo de carne, con el bisturí Wright separó un cilindro alargado de la base de los pulmones hacia la boca, «ésta de aquí es la faringe y esta otra es la tráquea, como puedes ver, son tubos de una dimensión determinada, cuando se obstruyen, como le sucedió a esa mujer con el trozo de carne, deja de pasar aire hacia los pulmones», sacó el tubo y me lo pasó, «siéntelo, su flexibilidad permite deglutir los alimentos, pero hay un momento en donde no se ensancha más», me hizo recorrer los dedos a lo largo del tubo, desde la faringe a la tráquea, contenía varios anillos, «de la laringe, el bolo pasa al esófago y de ahí, al estómago, el aire, en cambio, pasa de la tráquea a los pulmones», explicó y enseguida cortó un extenso conducto de consistencia viscosa, «éste es el esófago», Ryan decidió indagar cuál había sido el último alimento del muchacho, con una faca rasgó el esófago y siguió hasta las paredes del estómago, la peste expelida fue una de las más desagradables de mi vida, mi maestro y mi amigo, sin el menor asco, empezaron a palpar con los dedos cada residuo fétido y al final Wright concluyó: pan, papas, carne de res o de cerdo, cerveza y remolachas, «el muchacho no se nutría nada mal, trae el estómago lleno y residuos de alimento en el esófago, el muy cínico se zampó la merienda en camino a robarlos», durante el resto del día Wright y Ryan desollaron las extremidades para mostrarme músculos, huesos, ligamentos y nervios, paradójico cómo la carne humana era similar a la carne de los animales colgados en los ganchos de las cocinas, fue una suerte contar con el irlandés, a momentos, entre los dos, debíamos aplicar gran fuerza para toller cartílagos o quebrar articulaciones, el señor Wright abrió una de las muñecas, «mira esto», tiró de ciertos tendones y los dedos se contrajeron como si quisieran agarrar algo, «los músculos interactúan con los ligamentos, hay una correlación mecánica entre unos y otros, a través de las fibras nerviosas, el cerebro envía las señales a los músculos para estirar o para cerrar, es un acto a voluntad, como también lo son comer, beber, sonreír; la mayoría de los órganos, entre los cuales se encuentran el corazón, el estómago, el intestino, el hígado, el páncreas y el sistema vascular, actúan independientes», nos pidió voltear el cadáver boca abajo, sin vísceras el cuerpo pesó menos, «la liga entre el cerebro y el resto del cuerpo», continuó el señor Wright, «se encuentra dentro de la columna y se denomina médula espinal, de ésta derivan las ramas nerviosas», Ryan tajó con un cuchillo los lomos en la espalda, los colocó a un lado y con el filo rascó la carne hasta dar con las vértebras, ahí me mostró unas tiras blancas, fibrosas, con figura de raíces, «si tú mutilas una de estas ramas», me explicó mi amigo, «inutilizas una o varias zonas del cuerpo, mientras más arriba se rompan, más daño se provoca», prosiguió y con el cuchillo abrió la nuca, en el área había un extenso coágulo, dos de las vértebras se hallaban fuera de su lugar, la caída de los costales las había empujado hacia la garganta, «es como si lo hubiesen decapitado, duró vivo unos segundos», dijo con frialdad, «al desplazarse las vértebras se cercenó la médula espinal», dejamos para el día siguiente al cerebro, el órgano más misterioso, cuya exploración debíamos realizar atentos y sin cansancio, sobre la tabla quedaron hilachas de músculos y tendones, grumos sanguinolentos escurriendo por los costados, vísceras hediondas repartidas en vasijas, marañas de nervios a flor de piel, serrín de huesos y moscas revoloteando por encima del pestilente amasijo, en la palangana los tres nos lavamos manos, muñecas, antebrazos, cara, refregamos entre las uñas de los dedos y en las cutículas para eliminar rastros de sangre, además Ryan talló con jabón las partes de su ropa salpicadas de fluidos y se aromatizó con un perfume para quitarse cualquier traza del infecto olor a cadáver, al salir buscaría al aya de Trisha para entregarle la nota y quería ir lo más presentable posible, en el camino tomó hacia su derrotero y yo me desvié hacia la taberna, precisaba de dos o tres tragos para amansar las conmociones, una decena de hombres, aún portando sus polvorosos trajes de jornaleros, bebían en corros y al verme llegar se silenciaron, ya no era un joven desconocido para ellos, la mayoría estaba al tanto de mi nombre y de mi linaje, saludé con un sonoro «buenas noches», varios inclinaron la cabeza en señal de respeto, pedí una cerveza en la barra y me dirigí a beberla a una mesa vacía al fondo del local, la ingería en silencio cuando un parroquiano se acercó, «señor William, buenas noches», era un hombre viejo, el rostro rugoso, el dorso de su mano cubierto por infinidad de manchas de sol, la ropa remendada, todo en él señalaba pobreza, «quizás usted no me recuerde», dijo, lo escruté con la mirada, no tenía idea de quién se trataba, «soy Merrick Brown, le enseñé a montar cuando usted era niño», vino a mí la vaga imagen de un hombre ayudándome a subir a un caballo, un hombre recio y fuerte, «usted era un jinete diestro, lástima del accidente», dijo, «el accidente», recién había cumplido los siete años y en una carrera a campo traviesa el caballo saltó unas rocas y caí de cabeza, perdí la conciencia por varias horas, «fui despedido por esa vicisitud, señor William, a pesar de no tener la culpa, su padre me vetó y no pude trabajar de nuevo en la comarca, mi esposa y mis hijos me abandonaron, vengo de vez en vez a la taberna y gente generosa me paga los tragos y la comida», conforme el viejo hablaba volvía a mí con más claridad su figura, había sido un instructor amable, paciente, lamenté la injusticia de mi padre, «lo recuerdo ahora, Merrick», le dije, sonrió con un dejo nostálgico, «se lo agradezco, yo a usted lo estimaba mucho», se dispuso a partir, lo detuve del antebrazo, «¿quiere beber o algo de cenar?», le ofrecí, «no, señor, no era ése el motivo de venir a su mesa, sólo deseaba saludarlo», dijo y se retiró con pasos lentos, su aparición me devolvió a mi vida pasada, no había vuelta atrás y aun feliz con el rumbo de mi futuro no dejaba de dolerme la irremediable ausencia de mi familia, llamé al tabernero y le pedí darle a Merrick cuantos tragos y cuanta comida pidiera a cargo mío, a la taberna llegó Ryan, me descubrió entre el gentío y se dirigió a mi mesa, «no te esperaba por aquí», expresó, se sentó a mi lado, se le veía en extremo contento, «vengo a celebrar», dijo, «¿celebrar?», inquirí, cuando recién habíamos desmembrado al infeliz muchacho, «sí, celebrar, logré ver a Trisha, sólo un instante y vigilada por su aya, pero pude decirle de viva voz cuánto me interesaba y, lo mejor, soy correspondido, nos veremos un par de veces más antes de formalizar», sin duda era una noticia motivo de festejo, «tú eres mi familia ahora, seguiremos juntos siempre, no importa adonde nos lleve la vida», levantó su tarro y lo chocó con el mío, «salud», dijo, «salud», le respondí, esta vez bebimos con moderación y ninguno de los dos se emborrachó, regresamos temprano a casa y al arribar escuchamos un ruido en la obscuridad, nos pusimos en guardia, podrían ser ladrones emboscándonos, «señor William», dijo una voz, pensé en Merrick, pero de la negrura surgió una figura alta y delgada, Ryan, desconcertado por la súbita aparición del hombre, lo confrontó con ánimo rijoso, «¿quién eres?», «soy Sean», respondió el otro, con mi mano contuve a Ryan, «lo conozco bien», aseguré, Sean se acercó, medroso, «no era mi intención sorprenderlos, desde la mañana estoy esperándolo», lo invité a pasar, se rehusó, en su negativa percibí inquietud y me preparé para recibir noticias infaustas, el anuncio de la muerte de uno de mis padres o un incidente grave en la propiedad cuya urgencia requiriera mi atención inmediata, «¿cuál es el motivo de tu visita?», lo interrogué ansioso, «¿puedo darle un aviso con él presente?», inquirió y con la mirada señaló a Ryan, le hice saber de mi confianza absoluta en él, Sean respiró hondo antes de responder, preví, ahora sí, una noche aciaga, «señor William, vengo de parte de Colton MacEnchroe, ¿lo recuerda?», sí, lo recordaba, juntos me habían escoltado en mis últimas visitas a los engendros y en el viaje al granero, «por supuesto», le respondí, Sean volvió a mirar hacia Ryan, dudoso en continuar, me impacientó su dubitación, «puedes hablar con total franqueza», reiteré, bajó los ojos como si una intensa verecundia le impidiera hablar, «señor William, antes

118

de empezar, quisiera hacerle una aclaración, no estuve implicado ni tuve conocimiento de esto sino hasta ayer por la tarde», empecé a vislumbrar hacia dónde iba, «Colton y sus dos hermanos atracaron su casa hace unos días y ellos, me lo confesó él mismo, fueron quienes la robaron antes, asimismo, reveló cómo murió su hermano menor y cuánta rabia le provocó, según me dijo, su hermano era un buen chico y él lo convenció de sumarse al robo, razón por la cual siente una profunda culpa, vio su cadáver expuesto en la calle principal del pueblo y mirarlo así le provocó una cólera aún mayor, pues según él, no es de Dios tratar así a los muertos y menos partirlos como reses, pues se enteró de la disección realizada por ustedes», fue a mí a quien invadió la furia, me había traicionado en quien había depositado mi seguridad y, por tanto, mi vida, con razón sabían de mis tesoros, ese tipo de deslealtad mi padre la castigaba con la muerte, «juro, mi señor, yo era ignorante de sus fechorías, aun cuando lo contaba entre mis mejores amigos me mantuvo al margen de sus actos, consciente de cuánta confidencia usted me tiene, me envió a proponerle un trato, le devuelve sus objetos robados y cuanto dinero sobra en la talega, algo tomó y lo ha gastado, a cambio de entregarle mañana el cuerpo de su hermano, como condición, usted se comprometerá a no denunciarlo, ni a perseguirlo y el de ustedes se considerará un pacto de caballeros», medité mi respuesta, me hervía la sangre y no deseaba contestar apresurado, si bien ese individuo traicionero merecía la horca, acepté el trueque, «el acuerdo», siguió Sean, «debe respetarse sin excusas», Ryan terció en la conversación, «el cuerpo del hermano es ahora un revoltillo, verlo así enfurecerá al tal Colton y quizá quien no cumpla sea él», «esto Colton lo sabe, entró a ocultas la noche anterior al recinto del farmacéutico y constató su horrible destrozo, intentó llevarse el cuerpo, pero de tan roto y tan desgarrado no lo logró, quiere los restos para brindarles cristiana sepultura», me sentí vulnerado, durante los últimos días Colton y su otro hermano habían espiado mis movimientos e invadieron espacios cuya seguridad creía inviolable, bien pudieron enterrarme un cuchillo por la espalda o pegarme un balazo en la cabeza, «está bien, mañana mismo enviaremos el cadáver de su hermano adonde nos indique y me comprometo a no levantar denuncia en su contra ni ordenar su prosecución», aseveré, de una alforja Sean sacó la talega y mis pertenencias y me las entregó, las revisé, Colton se había quedado con dos terceras partes del dinero, suficiente para mantener por décadas a su parentela, devolvió también la cruz de plata de Ryan y, para mi alivio, mi valioso ajedrez, entré a la casa, sobre la mesa acomodé las piezas en el tablero para confirmar si venía completo, faltaban el alfil blanco y la torre negra, le hice notar a Sean la carencia de ambas, «señor, Colton me entregó la alforja tal cual usted la recibe, desconozco dónde se encuentren», sin el alfil y sin la torre, el ajedrez adquiría otra configuración, dolorosa por ser piezas irrecuperables, ni aun copiadas por el más dotado artesano florentín podrían poseer el aura de leyenda de las originales, mutilado, mi ajedrez me brindaría señales imprevistas, «cumpliré el pacto, Sean», aseguré, el larguirucho me miró con una expresión aún más grave, «señor, falta por contarle», dijo, de su morral sacó un pergamino enrollado y me lo entregó, «es un mapa, señor», explicó, «lo dibujó Colton frente a mí», se quedó callado de nuevo, su silencio me exasperó, «continúa, no hagas pausas», ordené, tomó aire y prosiguió, «ahí viene determinado el lugar donde puede encontrar a quien Colton nombró como "la gorda", "ojo por ojo", me pidió decirle», sentí un golpe de sangre en las sienes, una ira jamás experimentada, «¿se trata de Beth?», lo interrogué, «lo ignoro, señor, sólo repito sus dichos», ello explicaría la ausencia de nuestra amada amiga, Colton MacEnchroe la había elegido para cobrar la vida de su hermano, ella, la más inocente en este trágico suceso, estudié el mapa, el sitio precisado se encontraba en un bosque limítrofe con el norte de la propiedad de mi familia, debió elegir ese lugar para acercarme al territorio prohibido por mi padre, a todas luces una provocación, «esto anula el pacto», le aseveré a Sean, quien en un momento de lucidez me recomendó cumplirlo, «señor, MacEnchroe es un tipo de peligro y conociéndolo bien es capaz de muchas cosas más, si no respeta el acuerdo se desatará una espiral de venganzas y muertes, cada uno perdió a uno de los suyos y ahí deben parar», no, no podía admitir su propuesta, su hermano había muerto en el acto de cometer un delito, ante la ley era culpable, Beth no había hecho nada, «si Beth está muerta, eso cambia las cosas», espeté, esta vez al borde de la desesperación, «debemos ir a casa del alguacil, tocar a la puerta hasta despertarlo, pedirle organice un escuadrón para ir en su búsqueda y ahorcarlo ahí mismo, donde lo encuentren», planteó Ryan con el rostro encendido, «señor, antes de actuar, les pido lean la nota atrás del mapa», volteamos el pliego, las líneas venían escritas con notables faltas de ortografía y de redacción, «*William*», había escrito mi nombre a secas, sin precederlo del «señor», una muestra de total altanería, «*del dinero estraido de la talega, pagué por adelantado a barios sicarios para azesinarte, a ti, cualquiera de tus ermanos o a tus amigos en cazo de mi captura o de mi muerte, una persona de mi confiansa vigilará la observanzia de mis órdenes y si no cumples el acuerdo, el primer azezinado será Sean, yo perdí al más querido de mis ermanos y lo hisiste picadiyo, tú zolo pierdes a una puta, ya sabrás si bale la pena inisiar un reguero de muertes*», maldito, la suya era una declaración de guerra, quise contestarle con un «yo perseguiré a los de tu sangre hasta el final de los siglos y, si no lo hago yo, lo harán los míos, hasta exterminar la última gota de los tuyos», mas no cometería tal barbaridad, no anidaba en mí un espíritu belicoso, ni me sentiría en paz mandando a matar inocentes, «consumaré mi parte del acuerdo, le devolveré a su hermano si Colton promete largarse de esta región con su parentela, si no lo hace, gastaré hasta el último penique de mis caudales para contratar un ejército para aniquilarlos, no le tendré miedo ni a mi muerte ni a la de los míos, ni me tentaré el corazón para ordenar la masacre de los suyos, dejaré el cadáver de su hermano envuelto en una sábana en la planicie al final del pueblo, ahí

121

podrá recogerlo a las seis de la tarde, deberá desaparecer con su familia a más tardar pasado mañana por la noche», le entregué unas monedas a Sean para pagarse hospedaje en un mesón del pueblo, el pobre se notaba lívido y asustado, era decente permitirle reposo, no sería lícito matar al mensajero, el malhadado muchacho partió con el compromiso de llevar mi aviso a Colton al día siguiente. Ryan y yo decidimos seguir, de inmediato, las indicaciones del mapa, ensillamos los caballos, encendimos las teas y nos dirigimos hacia el oeste de acuerdo a las instrucciones del plano, la noche era estrellada, pero sin luna, avanzamos en medio de una gran negrura, a veces, a nuestro paso, perdices levantaban el vuelo y escuchábamos el revoloteo de sus alas en la obscuridad, más adelante nos cruzamos con una manada de caballos cimarrones, pudimos distinguir sus siluetas con el resplandor de nuestras antorchas, se espantaron y su trote retumbó en la pradera, el mapa era enrevesado y nos adentraba en terrenos desconocidos, imposible descifrar entre sombras los arroyos o las lomas señaladas, necesitamos dar varios rodeos para volver a la ruta correcta, mi ira creció con cada minuto, por primera vez la maldad asomaba frente a mí en su estado más puro, Colton era un hombre abominable, desleal, infame, tuve ganas, como lo hicieron mis antepasados, de mutilar su cuerpo y arrojarlo a mastines rabiosos, ¿estaba dispuesto a convertirme en un hombre cruel, ávido de venganza cuyo espíritu lo alimentarían la sangre y la muerte, o sería capaz de serenarme y continuar mi camino hacia el bien?, nunca antes la sentencia de Hamlet adquirió tanto sentido como en esa noche, «¿ser o no ser?», cuán sabio fue Shakespeare para con una sola frase compendiar mis tumultos, arribamos a parajes cada vez más desolados, donde no había un solo signo de civilización, ni siquiera ovejas o ganado, el suelo se tornó pedregoso y, para evitar una posible fractura de las patas de nuestros caballos, desmontamos para guiarlos de las riendas, la brea se agotaba y las mechas en poco tiempo se apagarían, si no hallábamos pronto a Beth deberíamos suspender la búsqueda y a pesar del intenso frío dormir al aire libre hasta el amanecer, luego de dar vueltas en círculos, de recorrer páramos solitarios, dimos con el punto exacto, ahí, recargada en una roca, se hallaba nuestra amiga, sus dulces ojos cerrados, atada de manos y de tobillos, de su cuerpo emanaba un fuerte olor a whisky, desmontamos y corrí a verla, quizá sólo se hallara malherida y siguiera viva, la tomé de la barbilla, le levanté la cabeza y en su cuello descubrí un tajo mortal, con certeza Colton le rebanó la garganta cuando ella se hallaba sumida en el sopor de la borrachera, ni siquiera tuvo el valor de matarla en sus cinco sentidos, en un gesto de cariño Ryan le acarició la cabellera, «perdónanos, no te supimos cuidar, querida amiga», brotó de nuevo en mí un frenesí por tomar la espada e ir tras Colton para degollarlo con la misma saña, ver escurrir un velo rojo en su pecho, mientras implorara una muerte rápida, Ryan me colocó una mano sobre el hombro sacándome de mis pensamientos inicuos, «debemos llevárnosla», dijo, la envolvimos en una manta y, con dificultad, colocamos su cuerpo rígido sobre mi cabalgadura, mi potro reparó un par de veces, nervioso por llevar la muerte en ancas, avanzamos entre la fronda de la noche, Ryan entonó una canción fúnebre irlandesa, una melodía desgarrada cuyos ecos resonaron en el obscuro pedregal. Amaneció, el sol nos pegó de frente y a menudo nos deslumbraba, fue necesario sesgar el rumbo para evitarlo, los rayos solares levantaron el frío de la tierra, el clima se tornó aún más helado y un vaho espeso flotó sobre la llanura, las liebres se desperezaban estirando sus largos cuerpos, al vernos huían veloces serpenteando entre los escasos matorrales para perderse entre la bruma, el campo se llenó de vida, ciervos, conejos, perdices, urogallos, torcazas, retozaban entre los pastos, un contraste con el cuerpo inerte de nuestra querida amiga, ¿cuál debió ser la última mirada de Beth, cuál su última palabra, cuál su último gesto?, la pesadumbre hizo aún más largo el regreso, paramos en medio de una arboleda, era apremiante dar reposo a las bestias, a esas alturas se tambaleaban por el cansancio, nosotros necesitábamos almorzar y dormir a pierna suelta para recobrar fuerzas, colocamos el cadáver de Beth a la sombra de un pino entre un manto de agujas y desensillamos los potros para aliviarles los espinazos, en cuanto acabamos de comer nos recostamos a dormir, despertamos entrada la mañana cuando una bandada de cuervos graznó en la copa de los árboles encima de nosotros, me senté a contemplar el pequeño bosque, el vaho se había disipado y los rayos del sol penetraban entre las ramas, los cuervos nos observaban con curiosidad, quizás interesados en el cadáver envuelto en la manta, varias veces los había visto picotear los restos de reses, Peter contó cómo en la guerra los campos de batalla eran invadidos por cuervos para alimentarse con los ojos de los muertos, hice espavientos para espantarlos, me horrorizaría verlos alrededor de Beth acribillando con sus sucios picos la blanca piel de mi amiga, reemprendimos el camino y después de un par de horas dimos con terrenos cada vez más conocidos hasta arribar a Shields, cruzamos sus calles ante la mirada de mirones, atraídos por el bulto envuelto en la sanguinolenta manta, depositamos a Beth en la cama donde acostumbraba dormir, acordamos darle un funeral digno en el cementerio de la iglesia, bendecida por el párroco y enterrada en un ataúd de buena madera, Ryan y yo nos avergonzamos de no saber ni su apellido ni el día de su cumpleaños, decidimos inventarle uno: «Flowers», Beth Flowers, y elegimos el 15 de marzo, día de la celebración mariana, como su fecha de nacimiento, si el prior estuviera al tanto de cómo ella se ganaba la vida no permitiría su sepultura en los terrenos de la iglesia, pero una jugosa donación a la parroquia lo haría cambiar de parecer, Ryan quedó en zanjar lo relacionado con la liquidación del derecho de fosa en el camposanto, el pago por el labrado de la lápida, la retribución por los servicios religiosos, los emolumentos de los enterradores y una limosna por quince minutos de campanadas en honor de nuestra amiga, también se comprometió a apersonarse con el alguacil para informarle del hallazgo del cadáver de Beth después de días de ausencia, sin mencionar ni mucho menos acusar a

Colton, yo me encargaría de enviar el cadáver del muchacho al punto acordado a las seis de la tarde y, para evitar verle la cara al execrable asesino, convendría con extraños su traslado y entrega, antes de dirigirnos cada uno al cumplimiento de nuestras obligaciones nos dispusimos a preparar el cadáver de nuestra amiga para el funeral, la desvestimos con morosidad, tarea embarazosa, no sólo por razones sentimentales, manipular un cadáver con avanzada rigidez implicó una seria dificultad, verla desnuda por última vez me provocó un conato de llanto, vinieron a mí las imágenes de cuando la abrazaba, de cuando la penetraba, de cuando meneaba sus caderas para hacerme culminar, cuánto apego y cariño profesaba por ella, con paños humedecidos en vinagre la limpiamos de sangre y lodo, fue mi oportunidad final para acariciarla, para hablarle, me sentía culpable de su muerte, si no hubiese morado con nosotros quizá se hallara en una mancebía haciendo gozar a sus clientes, «el destino», pronunció Ryan mientras le lavaba los pies, repletos de costras y cortadas, pues al parecer la hicieron caminar descalza entre el pedregal antes de matarla, le agradecí por ser mi amante, mi amiga, mi camarada, mi cómplice, por enseñarme las artes amatorias, por darme lecciones valiosas en mi próximo trato con mujeres, terminamos de lavarla, la ataviamos con su vestido favorito, encendimos cuatro velas y la dejamos descansar a solas en su habitación, su viaje sería largo. Me dirigí al taller de un carretero a comprar un carromato, contraté a dos de sus ayudantes para ayudarme a trasladar los despojos del ladrón y los cité en la botica a las tres de la tarde, me encaminé a la apoteca, el señor Wright, ajeno a nuestro drama, había serrado el cráneo del muchacho, despojándolo de la tapa de los sesos, el cerebro se contemplaba nítido, un grumo cárdeno cubría la parte posterior, obvia consecuencia del golpe, del cráneo emanaba un tufo repugnante, «llegas tarde, muchacho, le quité la mollera desde temprano para examinar esto», dijo y apuntó a la masa grasienta, «el centro del alma», contemplé la cabeza partida, «en este amasijo de surcos sinuosos», continuó, «habitan,

125

coacervados, los recuerdos, el lenguaje, el mal, la bondad, el hambre, el deseo, la idea de Dios, los miedos, la alegría, las congojas, el amor», el tiempo apremiaba y no quería demorar la entrega del cadáver, puse a mi mentor al tanto de los enconos de Colton, de mi amiga degollada en un remoto peñascal y sobre el pacto de devolver el cuerpo esa misma tarde para no incitar más a su vengativo hermano, Wright me escuchó atento y, como si hubiese descrito una cadena de hechos insubstanciales y no la terrible tragedia del deceso de mi amiga, me formuló una simple pregunta, «¿cuál es la hora de entrega del cadáver?», me desconcerté, ¿cuál era la importancia de saberlo?, «las seis de la tarde», le respondí, «faltan casi cuatro horas, muchacho, no desperdiciemos este valioso tiempo, sondeemos las profundidades del cerebro y una hora antes de la señalada regresamos las tripas al vientre, lo cosemos, le escurrimos los fluidos y listo, lo mandas a su destinatario», la virtud fundamental del señor Wright era, sin duda, la de ser práctico, elegía la alternativa más razonable y no se embrollaba en disquisiciones estériles, «no puedo, no me siento con el ánimo para hacerlo», expresé, Wright, cosa rara en él, palmeó mi espalda, cariñoso, «te entiendo, vives un momento difícil y lo lamento, pero se nos acaba el tiempo», dijo y sin mediar más señaló los sesos, «el cerebro debe ser disecado con espátula, es en suma delicado y un corte de más puede arruinar el trabajo», con exquisitez maniobró alrededor de los dos volúmenes separados por una larga cisura, cortó algunas membranas y venas y sacó entera la masa cerebral, semejaba a una gran nuez, con suavidad desprendió la capa coagulada sin dañar una sola de las ranuras del órgano, hizo un rebane muy fino, lo extendió en una lámina de vidrio y lo colocó en un aparato jamás visto por mí, «esto es un microscopio, muchacho», explicó, «y nos ayuda a ver con extrema cercanía», movió un pequeño espejo en la base del instrumento, observó por una abertura, dio un par de vueltas a un revólver y me pidió echar un vistazo, frente a mí se desplegó un mundo nuevo, en la tela disecada se observaba una sucesión de estrías salpicada por puntos rojos, tomó un frasco de violeta de genciana, vertió una gota en la lámina y me ordenó volver a atisbar, el color le brindó a la imagen más profundidad y más detalle, «algún día, al explorar rodajas de cerebro bajo la óptica de microscopios avanzados, la ciencia logrará descubrir memorias perdidas, pensamientos, imágenes, sabremos con exactitud en cuál parte se procesa la música, en cuál las operaciones matemáticas, en cuál se dilucidan las cuestiones filosóficas, pero estamos aún distantes de eso», si sólo por un instante mis padres se hubiesen asomado a la maravilla del microscopio habrían entendido las posibilidades de la ciencia y de la medicina y no me habrían juzgado con tanta dureza, «la malla de cada órgano es distinta», me explicó Wright, bajo los lentes colocó porciones de diversos órganos, de músculos, de nervios, de ligamentos, cada una poseía una configuración particular y una peculiar gama de colores, oscilaban entre el rojo intenso de las fibras del bíceps, hasta el amarillento de la grasa de la barriga, del lila de los pulmones al morado del hígado o el blanquecino de los huesos, volvimos al cerebro, con la espátula fue desprendiendo secciones hasta llegar a la parte nudosa, «ése es el cerebelo», explicó, «de él emana un bulbo, la raíz de los nervios», me instó a palpar con los ojos cerrados un pedazo de cerebro, era de una consistencia mantecosa y se me quedó pegada en los dedos, quizá quedaban ahí impregnados de los recuerdos de una tía, de una canción de infancia, de su miedo a la obscuridad, fue necesario frotarme con alcohol para eliminar la pertinaz grasa, luego trasteé a ciegas el cerebelo y el bulbo, se sentían macizos al tacto, el bulbo un poco más, como si se tratara de un cordón grueso, también seboso, «jálalo», ordenó Wright, obedecí, tiré con fuerza y me costó trabajo desgajarlo, «de esa cebolla dependen todos los movimientos, si la destrozas, como le pasó a este tipo al caerle los sacos, cesan por completo las funciones del cuerpo», se aproximaba la hora de entregar el cadáver, Wright, con dilación, lo cual causó en mí honda ansiedad, abrió la rodilla derecha para mostrarme cómo funcionaban las articulaciones y las uniones del fémur y la rótula, la plegó varias veces para hacer notar cómo músculos y ligamentos trabajaban en conjunto, luego hizo una larga incisión en el brazo, escindió una capa de grasa, expuso el bíceps y los músculos posteriores y me mostró sus conexiones con el codo, «algo tan simple como doblarlo requiere de la acción de un sofisticado mecanismo», explicó, faltando cuarenta y cinco minutos para cumplirse el plazo, Wright se giró hacia mí, «se acerca la hora, necesitamos arreglarlo», dijo, con calma tomó las vísceras y las comprimió en desorden dentro de la cavidad ventral, el corazón en el espacio de los intestinos, los pulmones donde debía ir el hígado y así las demás, al terminar las roció con abundante alcohol y con un burdo hilo y una larga aguja cosió el vientre, varios de los músculos, rajados en tiras y por completo escindidos de los huesos, los amarró con vendas para ceñirlos, guardó los sesos, hechos papilla, de vuelta en el cráneo, colocó los huesos de la mollera de nuevo en su lugar y apretó una banda de la cabeza a la mandíbula para asegurarlos, inyectó con bálsamos las escasas venas a la vista y al finalizar lo envolvimos en una sábana, lo atamos con correas y llamé a los hombres para ayudar a transportarlo hasta el carromato, la mezcla de alcohol, sangre, olor a vísceras pudriéndose, humores diversos, debió repelerles, gesticulantes y con muecas de asco dieron dos pasos hacia atrás al acercarse al fardo, por respeto al difunto les exigí cesaran sus muestras de aversión, pidieron disculpas y se abocaron a cumplir con su tarea, en una carretilla condujeron el cadáver hasta el vehículo, lo acomodaron sobre las tablas, les di indicaciones hacia dónde trasladarlo y arrancaron hacia el destino señalado, regresé al cobertizo, con un balde Wright arrojaba agua sobre la sanguaza, en pequeñas olas la mancha viscosa y rosada corría hacia los canalones del desagüe, al verme me ordenó asearme, «lávate bien las manos, te voy a guisar una deliciosa cena», varias veces me convidó a almorzar, pero nunca me pidió quedarme a la merienda y mucho menos cocinarla él mismo, por lo común me obsequiaba una comida frugal sin mayor elaboración, el prepararme un platillo lo consideré un afectuoso gesto para mitigar mis cuitas, me pidió sentarme en un banco mientras aliñaba unos faisanes, «los compré a un cazador, los añejé por tres semanas, mira la facilidad con la cual se les desprenden las plumas», los faisanes eran la pieza más buscada, la de sabor más exquisito, eran aves de difícil consecución por los estrictos límites establecidos cada temporada por las leyes de caza, Wright debió reservarlos para una ocasión especial y me honraba al compartirlos conmigo, colocó la cacerola con las aves en el fogón y me invitó a sentarme a su lado, «gracias por aceptar mi invitación», dijo, de la lumbre emanaba un agradable calor, Wright estiró las manos para calentarlas, «sé cuán pesaroso ha sido para ti este día y quisiera compartirte algunos pasajes de mi vida», me dijo sin quitar la vista al fuego, «cuando mis hijos eran chicos, uno de ellos aún de brazos, Susanne, mi adorada esposa, fue atracada de regreso del mercado por un grupo de bandoleros, la jalonearon entre tres para arrancarle el monedero y, como se resistió, uno de ellos la golpeó en la cabeza con un palo, Susanne cayó desmayada sobre un charco y los bribones huyeron con el exiguo botín, ella respiró el agua estancada y si bien buenas almas le ayudaron a levantarse, ya el líquido infecto había penetrado sus pulmones, el chichón en la cabeza no se miraba peligroso y le unté pomada de bromos, confiado en su pronta recuperación, ella, ignorante de cuán tóxico podía ser para sus órganos, no me contó el haber respirado la pestilencial agua, en cuestión de días empezó a presentar toses y flemas, calentura, pupas en los labios, pensé en una debilidad por la impresión del asalto, gripe común en personas sensibles, pero jamás imaginé la cantidad de bichos nocivos absorbida por su cuerpo, ninguna medicina sirvió para detener la enfermedad cada vez más aguda, salí a interrogar a los testigos del robo, ninguno me mencionó la caída bocabajo de mi mujer en el lodazal, sólo una joven hizo hincapié en ello y me dio la clave para entender sus malestares, recogí muestras para observarlas en el microscopio, aquello era un pulular de fauna diminuta, muy tarde mediqué a mi esposa con los remedios adecuados y murió un sábado mientras mis tres hijos mayores jugaban en el mismo cobertizo donde disecamos al muchacho, el dolor me paralizó, querido William, no tuve temple ni siquiera para ordenar su funeral, fueron mis hermanos quienes se hicieron responsables, yo sólo rumiaba un único pensamiento, venganza, venganza, venganza, encontrar a cada uno de esos rufianes para cortarles la cabeza, mi mente enfermó, no cabía más sino la revancha, dejé de prestarles atención a mis críos, para cuidarlos contraté nodrizas y ayas despilfarrando mis escasos ahorros, un domingo, las empleadas fueron a misa y mis hijos quedaron solos, obcecado en mi desquite no escuché el llanto del más pequeño, lloraba de hambre, de frío, de molestia por el pañal orinado y, sobre todo, por sed de amor, después de no atenderlo por horas, me percaté, por fin, de sus chillidos, lo tomé en mis brazos y en cuanto se sintió cercano a mi pecho dejó de llorar y me sonrió por unos breves instantes, en ese momento mi carácter mutó para siempre, le juré, en nombre de su madre muerta, jamás abandonarlo, ni a él ni a sus hermanos, cesó mi anhelo vengativo y entendí cuán idiota era mi propósito de ir a buscar a los maleantes para matarlos pues, con certeza, el primer muerto hubiese sido yo y habría dejado a mis hijos en la más ruinosa orfandad, les juré dedicar mi vida al alivio de enfermedades y de dolencias, ésa sería mi represalia, seguir adelante, en ungüentos, brebajes, píldoras de mi creación, podrás notar variaciones del nombre de mi esposa, "susannelis", "susannir", "susannina", ése es mi homenaje a ella y cada descubrimiento mío lleva y llevará su nombre, debes ahora estar igual de prisionero de tu ánimo justiciero como lo estuve yo, líbrate del perverso socavón de la venganza y de la tristeza y apuesta por la vida». Cuando por la noche llegué al granero, Ryan ya se encontraba dormido, había sido una jornada agotadora para ambos, pasé a la habitación de Beth, se veía serena sobre su cama, si no fuera por la rajada en su cuello parecería dormir con placidez, a pesar del tiempo transcurrido no expelía malos olores, la muerte aún no llegaba a ella del todo, apagué las veladoras y me dirigí a mi cuarto, aún abatido me dediqué a anotar cuanto aprendí en el examen anatómico, remembré la forma de cada órgano, su densidad, su color, sus funciones, anoté los nombres de cada hueso, de cada músculo, dibujé un mapa ubicando cada víscera, según Wright los cirujanos de guerra más duchos eran capaces de operar, de reparar lesiones, de coser arterias, de amputar piernas, de extraer balas en la más absoluta obscuridad, por eso su insistencia en hacerme cerrar los ojos, «el mejor adiestramiento para un médico es el campo de batalla, y más en la negrura de la noche entre cañonazos y explosiones», me habló de legendarios galenos cuya habilidad salvó la vida de innumerables soldados y hasta de mariscales, «algunos médicos llegaron a realizar cirugías mientras ellos mismos se hallaban heridos de gravedad, uno murió desangrado mientras extraía perdigones del pecho de un coronel», del señor Wright pensé adoptar su sentido práctico, su talento para valorar con prontitud el orden de las cosas, de desechar lo superfluo y las infecundas discusiones, admiraba su temperamento calmo y a la vez resuelto, al visitar pacientes no gastaba el tiempo en sutilezas, iba directo a resolver el problema, la experiencia le había enseñado a actuar con rapidez, «en términos de vida y muerte, cada minuto cuenta», solía repetirme, en mi extenuación noctívaga cruzó por mi cabeza una horrorosa idea, la de utilizar el cuerpo de Beth para disecarla, «nunca desperdicies un cadáver», me había aleccionado Wright, casi vuelvo el estómago, someterla a una cruenta carnicería rebasaba el sentido práctico y cruzaba la línea de lo atroz, ¿abrir a una mujer, explorar sus adentros, cuando con ella se hizo el amor?, conforme pasó la noche, más descabellada me sonó la noción de hacerlo, me acercaba a un lugar obscuro de mí mismo al cual nunca deseaba ir. Desperté entrada la mañana por causa de unos martillazos, me asomé por la puerta, Sean y Ryan se encontraban ensamblando un féretro de madera de roble, la más duradera de cuantas podían hallarse en estos lares, tallaron con finura el armazón, una caja

131

sólida barnizada con varias capas para evitar la rapacería de los insectos, resistente a la humedad y al efecto de los cambios de clima, penoso era hallar ataúdes deshechos y los huesos dispersos al interior de las tumbas, me acerqué a saludarlos, sorprendido por la presencia de Sean quien debió pedirle permiso a Peter para venir con nosotros, lo interrogué acerca de su encuentro con Colton, «estaba furioso por el trato dispensado a su hermano y a usted lo calificó de enfermo por despedazar el cadáver, me costó trabajo, pero logré convencerlo de irse, pidió un día para sepultarlo y uno más para salir de la propiedad, prometió marcharse con los suyos al sur del país», me contentó saber lejos a esa sabandija, en algún momento, estaba convencido, su maldad sería castigada por la Providencia, llegamos al cementerio de la iglesia a la hora acordada y condujimos el ataúd a la hoya, el cura nos aguardaba acompañado de dos sepultureros, los hombres bajaron la caja de la carreta y la colocaron sobre cuerdas encima del obscuro pozo, el párroco elevó un rezo breve y me preguntó si deseaba pronunciar una elegía, sólo había asistido antes a un funeral en mi vida, el de mi abuelo, su féretro lo trasladaron en una carroza jalada por ocho corceles negros, decenas de personas se aglomeraron alrededor de la huesa, algunas de ellas venidas del extranjero, la elegía la profirió uno de sus mejores amigos, a lo largo de cincuenta minutos enumeró virtudes de mi abuelo y concluyó con una retahíla de alabanzas lindante en lo ridículo, no quise repetir el mismo papelón y pronuncié un breve discurso, «Beth Flowers fue una mujer de bien, plena de alegría, cuya partida no sólo fue dolorosa sino injusta, Dios recibirá en su seno a una amiga bondadosa y compasiva», los sepultureros bajaron el ataúd con las cuerdas hasta depositarlo con suavidad al fondo de la cárcava, el clérigo me señaló para ser yo quien arrojara la primera paletada de tierra, «polvo eres y en polvo te convertirás», sentenció, al concluir el entierro Ryan y yo nos dirigimos a la oficina del alguacil, el asesinato sería investigado y nosotros estábamos obligados a declarar sobre nuestros andares para descartarnos como sospechosos, no podía revelar la culpa de Colton, pero tampoco podíamos terminar implicados, detallamos nuestras actividades de los días anteriores, él puso como testigo a varios en el pueblo, entre ellos a Trisha, yo cité mis lecciones diarias con el señor Wright, Nicholas aceptó como valederas nuestras coartadas y nos exoneró de cualquier participación en el homicidio, «será difícil dar con el asesino», expuso, «a las prostitutas nadie las reclama ni demanda justicia, como sus relaciones son casuales, es imposible trazar la ruta de sus movimientos o establecer la lista de con quiénes tuvieron contacto previo, poco interés suscita en la comunidad resolver sus casos, pero, para mí, son tan valiosas como cualquier otra mujer», abandonamos las oficinas del alguacil, yo enojado conmigo mismo por haber fingido ignorancia cuando el homicida ostentaba cara y nombre, terrible el sacrificio de la justicia para la salvaguarda de la paz y la concordia, igual debía sentirse Ryan, la nuestra sería una de esas decisiones cuyo lastre se arrastra de por vida, nubarrones anunciaban una tormenta, según leyendas galesas los muertos no terminan de morir sino después de varios años, aun a seis pies bajo tierra escuchan las voces de quienes les hablan, se acomodan a menudo en sus obscuros nichos y resienten los cambios de clima, habíamos construido un féretro macizo para resistir nevadas y vendavales, para cerrarle el paso a las alimañas, no deseaba a Beth aterida por la lluvia en su primera noche dentro de su gruta solitaria. Después de la cena ofrecí a Sean albergarse en casa, no tardaba en desatarse la tempestad, el larguirucho aceptó y lo acompañé a preparar la cama, la misma donde Beth había dormido, aún quedaba su aroma, una extraña combinación de humores de vieja con serosidades de hembra ávida, cuántas vivencias trae consigo el mero olor, quizás a eso se referían los antiguos galeses cuando hablaban de la demorada muerte de los muertos, Sean contaminaría con su tufo de varón los vestigios etéreos de nuestra amiga, pero no podía mandarlo a dormir al suelo después de comportarse como un caballero, cambiamos las sábanas usadas por Beth y tendimos unas nuevas, «señor William», me interrumpió Sean a mitad de la faena, «mi primo lleva varios días vomitando, ni a mis tíos ni a mis primos les importa su suerte, ¿podría recetarle algún medicamento?», la imagen del engendro enfermo entre las vacas me perturbó, le pregunté por otros síntomas, refirió diarrea, palidez, temblores, inquirí si sus heces presentaban sangre, si eran globosas o si contenían filamentos, «no las analicé, señor, pero parece pronto a entrar en agonía», era difícil brindar un diagnóstico acertado sin revisarlo, pero apuntaba a una disentería, si no se trataba con celeridad su muerte era inminente, «necesitas darle de beber sorbos de agua limpia y fresca cada quince minutos, mañana le prepararé una poción, suminístrasela cada dos horas», se notó preocupado, «me temo no poder hacerlo, si me dedico a atender a mi primo, Peter me despedirá, ahora cuido a su hermano Frank, el patrono lo obliga a recorrer la propiedad todos los días y debo custodiarlo», le pregunté cómo era laborar con él, «no nos habla, no nos mira a los ojos, es apocado y tímido», no sé cómo Frank podría manejar una propiedad tan extensa y con tan graves problemas con su talante retraído, no lo envidiaba, si mi padre me otorgara un improbable perdón y me devolviera mis privilegios de primogénito los rechazaría sin pensarlo, «si trabajas conmigo, te ofrezco el doble de cuanto te paga mi padre», le dije, «señor, mi familia vive en la propiedad y…», lo interrumpí, «no requiero tu mudanza inmediata, requiero, eso sí, cuides desde mañana a tu primo y no permitas un desenlace cruel, lo suyo es curable y abominaría su fallecimiento por falta de atención», caviló en silencio, como si escarbara dentro de sí las palabras adecuadas, «con respeto, señor, ¿no sería mejor dejarlo morir?», propuso, «no, estoy esperanzado en rescatarlo», le reiteré mi oferta de trabajar para mí, «¿me permite considerarlo por un par de días?», inquirió, aun cuando mi prioridad era la salud del muchacho también necesitaba contratar a alguien para mi resguardo y Sean cumplía con los requisitos, «consúltalo con la almohada y espero tu respuesta», anticipé su declinación, en la propiedad contaba con mayores oportunidades para desarrollarse y escalar hacia una posición de importancia y con el tiempo reemplazar a Michael como jefe de guardias. Se avecinaban cambios en mi vida, quise indagar respuestas en mi incompleto ajedrez, acomodé las piezas, era palmaria la falta del alfil blanco y de la torre negra, dejé libres los escaques correspondientes sin buscar substituirlos, las negras se hallaban en desventaja, una torre equivale a un alfil y dos peones, pero su falta podía compensarse con una mayor agresividad, observé el tablero desde diversos ángulos, alguna verdad o revelación debía encontrarse en ese inédito acomodo, se me reveló de golpe una metáfora, el ajedrez mutilado me simbolizaba, me hacía falta Beth, a quien llegué a considerar una presencia inalterable, y pronto Ryan se comprometería con Trisha, yo me encontraría de nuevo a solas, debía aprender a jugar sin ambas piezas, configurar mi futuro de acuerdo a mi nueva coyuntura, era momento de la independencia, de cumplir con mis objetivos, precisaba mudarme a Edimburgo, postularme a la universidad y hacer cuanto fuese necesario para contactar a Black, mi tiempo había llegado, a la mañana siguiente, Sean pidió hablar conmigo, había dado por hecho su rechazo a mi oferta, sería un error aceptarla dadas sus ligas a la propiedad y a mi familia, «señor William, usted demostró compasión por mi primo, actuó con justeza en el asesinato de su amiga y domeñó su deseo de venganza, no lo he escuchado hablar mal de su familia ni de ningún empleado, las suyas son cualidades no siempre halladas en otros, no trabajaré más con el bienquisto patriarca en quien se convertirá su hermano Frank, desde este instante estoy a sus órdenes, cumpliré cuanto me mande, si bien me ofreció duplicar mi sueldo me conformo con recibir el equivalente de mi salario anterior, será un privilegio trabajar con usted», nunca imaginé tal gesto de lealtad, «Sean, triplicaré tu sueldo, pues sé el significado de cuanto sacrificas, vivirás donde yo viva, te alimentarás de mi comida, tendrás caballo a tu disposición y un dormitorio para ti solo, nada te faltará mientras labores conmigo, renuncia a tu empleo en la propiedad sin anunciarle a Peter tu convenio conmigo, antes de partir iremos a la farmacia donde te daré el medicamento para tu primo», dije y estrechamos las manos para sellar nuestro acuerdo, al llegar a la apoteca le expuse a Wright los síntomas del engendro en el establo, concordó conmigo en el diagnóstico de disentería y en cómo tratarlo, elaboré un remedio de hierbas astringentes con extracto de salicaria, polvos de agrimonia y raíz de malvavisco, apenas la terminé se la di a Sean, quien raudo salió hacia los establos, era claro cuán rápido avanzaba la enfermedad y urgía administrárselo, relució en Wright su sentido práctico, «si ese joven, Dios no lo quiera, llega a morir, necesitamos reservarnos su cuerpo para disecarlo, debe llevar en sí cientos de secretos, útiles para tratar en el futuro a gente como él, llegada la hora no te enredes en dilemas éticos y alístate para reclamar su cadáver», le hice saber de mi propósito de rescatar al muchacho para curar sus males, «traté a dos engendros como él», dijo, «un muchacho y una jovencita, los dos también criados en los corrales, él con ganado, ella con ovejas, como tú quedé impresionado al verlos, no se sabe si poseen capacidad de entendimiento y asombra su resistencia, desnudos y sin techo soportan lluvias, sol a plomo y hasta nevadas inclementes, alguna vez coincidí con el doctor Black en un coloquio, le describí ambos casos y le pregunté si era posible ayudarlos, "son incurables", respondió categórico, reveló aquellos procedimientos con los cuales intentó revertir su estado: masajes, aguas termales, inoculación de pequeñas dosis de veninos, magnetos, ungüentos, cirugías, nada sirvió, quizás en algunos años, aseveró, serán curados, pero no cree verlo en vida», me resistí a darme por vencido, al menos debíamos hacer el intento, «según los Rasafra, una tribu en el Sudán», comentó Wright, «los escorpiones nunca aparecen solos, cuando descubren uno en los techos o en las paredes de sus casas buscan al segundo y no se equivocan, siempre hallan al otro, "las penas son como los escorpiones", suelen decir, jamás llegan solas, pero también tienen otro dicho, "detrás de una gota de lluvia, vienen mil más", en sus tierras eriales la lluvia es bendición y si las penas aparecen de dos en dos las alegrías llegan multiplicadas, quizás ahora vivas una racha de calamidades, la muerte de tu amiga, las amenazas de tu antiguo empleado, el probable deceso de este muchacho, pero ve hacia adelante, en el futuro llegará a ti una lluvia de cosas buenas», me invitó a acompañarlo en su recorrido a pacientes, visitamos a una mujer embarazada con malestares de náuseas y vómitos, mi mentor le recetó licor de diente de león combinado con nieve, a una viejecilla con várices abultadas en las corvas y en los muslos le prescribió frotaciones con aceite de hinojo y cataplasmas de fango volcánico, a un niño con una erupción cutánea le indicó linimento de miel de abeja revuelta con aguijones de escorpión y semillas de apio, Wright era justo en sus cobros, aceptaba cuanto las familias pudieran pagarle sin importar si era en especie, la mujer con várices, por ejemplo, le donó dos cabras, algunos, agradecidos por haberlos rescatado de la muerte, le entregaban fortunas, él no las rechazaba y las recibía con humildad, con éstas compensaba lo no cobrado a los pobres, le complacía ver pacientes sanados trabajando de nuevo con la hoz en la siega del trigo o en el arreo de las ovejas, ver a abuelas pasear, a niños jugar después de ser desahuciados, era un hombre querido, a su paso lo saludaban con cariño o lo tomaban de la mano para agradecerle sus pasados servicios. Al llegar a casa, Ryan salió a recibirme con una expresión de júbilo, «hablaré mañana con el padre de Trisha», dijo apenas desmonté, «si su padre acepta nos casaremos el mes próximo», ella provenía de una adinerada familia de mercaderes, mi amigo temía lo menospreciaran por su condición de irlandés emigrado y su escaso capital, sin importarles su alta educación y su calidad humana, me convidó a ser su padrino para abonar en su favor y dar fe de su probidad y de su solvencia moral, si bien yo era joven bastaría pronunciar mi apellido para dar peso a mis palabras, cenamos una cazuela de conejo cocido con verduras, un plato digno para celebrar la noticia, pero a la vez sencillo para no desdorar el luto por nuestra amiga, al día siguiente acudimos a casa de Trisha, Ryan llevó consigo regalos para la familia, un cuchillo de caza para el padre, un joyero para la madre, una caja de música a la hermana menor, pieles curtidas de oveja a los hermanos, aun sin saber mi apellido fuimos bien recibidos, la madre aceptó los presentes en nombre de la familia y se retiró, quedamos a solas con el padre, Ryan fue claro en sus intenciones, «poco a poco mis ahorros crecen y pronto me veré en la posibilidad de adquirir una casa, modesta, pero suficiente para iniciar nuestra vida conyugal, cuidaré bien a su hija», al hombre no le preocupó la diferencia de edades, «diecisiete años se los llevo yo a mi mujer y me parece ideal», dijo, conjurándose así una de las inquietudes de mi amigo, como padrino di fe de la honorabilidad del pretendiente y después de una breve charla concertaron el matrimonio, Ryan con una sonrisa y con un suspiro de alivio, el padre con afán de mostrarse cortés me preguntó cuál era mi profesión, «ayudo por el momento al señor Wright», le contesté, «y en un par de meses me presentaré a la universidad a estudiar medicina», el hombre soltó una carcajada, «la gente de mucho estudio trabaja poco, los libros son para los vagos», no se le notaba idea de quién era yo, me preguntó de cuál pueblo procedía, mencioné el nombre de la propiedad, «¡ah!, de los villorrios del dominio de los Burton», dijo, «conozco a varios de los aldeanos, ¿de cuál familia proviene?», inquirió, «Burton», respondí con embarazo, no deseaba incomodar a Ryan con las ínfulas de mi apellido, «no conozco a ningún Burton, pero...», hasta ese momento pareció caer en cuenta de mi origen, «¿usted es de los Burton... los...?», asentí antes de finalizar su pregunta, se mostró avergonzado, «señor, siento mucho no haberlo reconocido», se deshizo en disculpas, llamó a su esposa y le pidió cocinar un almuerzo para nosotros, sacó sus vinos de mayor calidad y su talante, de inquisidor, pasó a locuaz con exagerados esfuerzos por agradarnos, al término de la comida el hombre llamó a Trisha, quien con rubor se acercó a la mesa, «el señor y yo», dijo, «hemos llegado a un acuerdo y convenimos celebrar su

138

matrimonio el 17 del próximo mes», Ryan y ella cruzaron sonrisas, era evidente la felicidad de ambos, quizá los Rasafra tuvieran razón, las desgracias llegan de dos en dos, las bendiciones en decenas.

Pronto debía partir hacia Edimburgo, los exámenes de la universidad estaban por realizarse en fechas cercanas, además, procuraría, con afán, coincidir con Robert Black, quien con frecuencia visitaba la ciudad, al darnos las buenas noches, Ryan y yo entendimos la tácita proximidad del adiós y aun cuando mi amigo prometió compartir su hogar conmigo, sabíamos cuán ilusas eran sus intenciones, Trisha no aceptaría albergar a otro hombre en su casa ni yo lo consentiría, ya bastante había cargado mi amigo con el venino de rumores malintencionados como para además colmarlo con nuevas habladurías, la despedida era ineluctable y me llenaba de tristeza, no significaba abstenerme de su amistad, pero no contaría más con su diaria benevolencia ni con sus conocimientos, me propuse como límite para partir el día posterior a su casamiento y no lo aplazaría bajo ningún pretexto, la promisión del señor Wright de heredarme su casa, su laboratorio, su instrumental y su extenso catálogo de substancias era un gesto de una esplendidez sin límites, pero no podía aceptarlo, no deseaba anclarme en un pueblo, mi anhelo era recorrer el mundo, atender pacientes en los países más lejanos, ser reconocido como un médico de prestigio en las metrópolis más importantes, prefería depositar esta heredad en manos de mi amigo, quien con su sapiencia y su tesón le sacaría mayor provecho, distaba Wright de morir, su vitalidad no era la de un anciano en vías de retiro, al contrario, doblaba la de Ryan y la mía juntas, pero la muerte no pide permiso, pensé la táctica más sutil de proponerle el cambio de testamento, Wright ya había realizado el papeleo correspondiente frente a un notario y era engorroso renovar el acta de sucesión, ¿valía la pena molestarlo?, la permuta podía ofenderlo, no sólo rechazaba sus bienes sino su visión para mi futuro, cualesquiera fuesen sus motivos intentaría convencerlo de cambiar la herencia, me presenté con él al despuntar el día, como era su costumbre lo encontré laborando, lo saludé y el viejo masculló un «buenos días» concentrado en un perol en ebullición, vació en el hervor polvo de zinc y alas de abejorro, «con esta pasta espero curar las llagas de la señora Clancy», explicó en referencia a una mujer con varios meses postrada en cama por una fractura de cadera, mientras vigilaba la poción decidí abordarlo, «señor Wright, mi pretensión no es distraerlo, pero quisiera hablarle de un tema», dije, «¿te va a llevar mucho tiempo?, tengo en la cabeza una nueva fórmula para la cura de las migrañas y no deseo perderla», «síntesis», me aleccionó Ryan en una ocasión, «la clave para el diálogo profundo es la síntesis», estaba obligado a compendiar mi argumento en unas cuantas palabras, «maestro, usted ha sido en extremo generoso conmigo y...», Wright me cortó de inmediato, «cesa tu facundia y dime adónde quieres llegar», síntesis, síntesis, síntesis, hice un intento por ser breve, «le doy las gracias por distinguirme como su heredero, pero desearía permutar este honor a Ryan, quien lo merece más», Wright, sin expresión en el rostro, señaló hacia los estantes, «para la fórmula requiero azufre, hojas de arce, semillas de menta y corteza de roble, ve a buscarlos», ordenó y a lo largo del día no hizo una sola mención al respecto, regresé al granero acongojado, se desbarataba frente a mí el pequeño mundo creado por quienes me adoptaron con su cariño, Beth, muerta, Ryan, a punto de casarse, Wright, molesto conmigo, una vez más arrojado a la orfandad, había crecido con una idea clara de lo inmanente, de pertenecer a un lugar, a una familia, a un linaje, un horizonte fijo incapaz de ser alterado y del cual me expulsaron de un día para el otro, fue doloroso adaptarme a mi nueva realidad, en Shields alcancé de nuevo un sentido de permanencia y ahora lo perdía para empezar de cero de nuevo, aprendí la más importante de mis lecciones, estaba solo y solo continuaría hasta mi muerte. A la mañana siguiente la neblina cubrió el pueblo, una espesa gasa blanca, atosigante, me encaminé rumbo a la apoteca, el rocío impregnó de humedad mi rostro y mis ropas, avancé a tientas, las criadas del castillo siempre vinculaban la niebla con malos augurios, alegaban escuchar gritos de horror provenientes del blanquecino vacío, ese día, al transitar por las calles, sonaron diáfanos aleteos, voces, pisadas, relinchos, como si estuvieran a unos pasos de mí y, sin embargo, nada ni nadie apareció, arribé a la botica, por primera vez me encontré con el portón cerrado, el lema de Wright era «mi casa estará abierta día y noche para quien lo necesite» y hallarla con cerrojos me provocó ansiedad, no me desanimé y toqué la campanilla varias veces, pero mi maestro no abrió, me retiré con pesadumbre, quise hacer el bien y ahora Wright había cancelado nuestra amistad, resolví volver al granero, entre el cendal retumbó de nuevo el río de ruidos, campanadas, ladridos, más voces, aleteos, Ryan aducía ese fenómeno a la capacidad del agua de trasmitir el sonido con mayor claridad, «las partículas acuosas suspendidas en la niebla esparcen las ondas acústicas, por eso se perciben con tal magnitud y cercanía», sea cual fuera la razón no dejaba de impresionarme la bocanada de resonancias, me disponía a abrir la puerta de la casa cuando distinguí un lamento, agucé el oído, hubo un silencio y luego un lamento más, escuché nítida la voz de mi hermana, pedía auxilio, le grité «Louise, ¿estás ahí?», el eco de otro de sus clamores rebotó en la muralla blanca, caminé en dirección de su voz, era ella, no cabía la menor duda, «William», chilló, «ayúdame», corrí a buscarla, sus pedidos de socorro eran cada vez más frenéticos, cuando sentí tenerla a mi alcance, una mano surgió de entre el manto blanco y me atenazó del cuello, me agité para zafarme, pero los dedos me estrujaron aún más, vislumbré el flexible tubo de mi tráquea ceder ante la presión, comencé a desfallecer, los pulmones se atrancaban por la falta de aire, mi corazón latía desesperado, el cerebro sucumbía ante la falta de sangre y de oxígeno, «Colton», pensé, había usado a Louise como carnada y caí en la trampa, comencé a ver negro, «la muerte», me dije, oí un último gimo de Louise y me desplomé. Cuando abrí los ojos no supe dónde me hallaba, si había muerto, el cielo o el infierno, dado el caso, era semejante al granero, volteé a mi alrededor, era la habitación de Ryan, me encontraba acostado en su cama, intenté levantarme, pero no me fue posible, escuché voces al otro lado de la cortina, carraspeé y eso fue suficiente para llamar la atención de quienes hablaban afuera, entraron al cuarto Ryan y Wright, ver a mi mentor me serenó, daba por hecho la pérdida de su amistad y saberlo ahí me dio esperanzas de reconciliación, «¿cómo te sientes?», preguntó el irlandés, «¿está bien Louise?», inquirí, preocupado por la suerte de mi hermana, «¿cuál Louise?», no debía saber quién era ella, «¿la mató Colton?», Ryan y Wright se miraron uno al otro, desconcertados, «tuviste un síncope», explicó el viejo, «te encontraron tirado junto a unos corrales», agregó Ryan, no recordé dirigirme hacia allá, sólo había seguido la angustiada voz de Louise, «mi hermana estaba pidiendo auxilio», aclaré, «sufriste de alucinaciones», terció Wright, «mucho bulle en tu cabeza, William, un tropel de emociones te provocó una alteración del ritmo cardíaco», no podía ser, había escuchado claros los lamentos de Louise, «necesitarás reposar unos días», ordenó, le pedí a Ryan dejarme a solas con Wright, el boticario me miró inquisitivo al salir el irlandés, «¿te aqueja algún problema?», inquirió, «¿se enojó conmigo?», pregunté, Wright me miró con extrañeza, «¿por?», respondió, «fui a la botica y estaba cerrada, toqué varias veces a la puerta y nunca me abrió», sonrió, «muchacho, me pediste cambiar mi testamento y eso fui a hacer, en este pueblo no hay notario, requerí viajar a otro», sus palabras me tranquilizaron, «tenías razón», continuó, «Ryan será mejor depositario de mis enseres y de mi local, sus miras están en este pueblo y esta herencia le será útil, tú apuntas lejos, William, y la botica sería un lastre injusto para ti, a pesar de ello, decidí nombrar a ambos como mis herederos y serán dueños mancomunados de mis bienes, no sabemos si algún día requerirás de un negocio estable», le agradecí su preocupación por mi futuro, señaló unas botellas en la mesa de noche, «deberás beber esa poción seis veces al día, es un extracto de flores de valeriana, de pasionaria y de tilo, te calmará los nervios y te regenerará el ánimo, necesitas dormir y alimentarte bien, tu cerebro y tu corazón requieren descanso», Wright se despidió, el irlandés lo acompañó a la puerta y al volver se sentó a mi lado en la cama, «te encontró de casualidad un tipo llamado Merrick, quien dijo conocerte, escuchó a alguien parlotear incoherencias entre la niebla y al acercarse te encontró exangüe en el lodo, gritó para pedir auxilio y junto con un par de mozalbetes te cargó hasta acá, William, durante un día completo no despertaste», me acercó un potaje con verduras y carne y paciente y afectuoso me ayudó a comerlo, «los griegos le llamaban "muerte en vida" al exilio, William, en el corazón llevas muertos a los tuyos aun cuando los sabes vivos, te cuesta moverte por el peso enorme de tus pérdidas, no hay piernas ni brazos capaces de soportarlo, te lo dije en esa ocasión, "se acabó un William, hoy empieza otro", será largo tu proceso de cambiar de piel y, te lo digo bajo la experiencia de mi propio destierro, ello tardará años en acontecer, de vez en cuando el William del pasado te alcanzará y te sucederá esto», la poción de Wright surtió sus beneficios a medias, me permitía dormir por horas, pero a menudo me asaltaban pesadillas y despertaba preso de un desasosiego, Ryan sugirió no luchar contra ese sentimiento, «permite a los malos sueños brotar y no pretendas borrarlos durante el día, déjalos correr, si se quedan dentro no podrás deshacerte de su influjo», seguí su consejo, no contendí contra mis dolores ni traté de temperarlos, poco a poco se dragó el lodazal acumulado en mi alma y por fin, una mañana, logré levantarme, mis piernas flaquearon, con torpeza di unos pasos alrededor de la habitación, después de unos minutos adquirí de nuevo equilibrio y pude errar por el granero, agradecí mi libertad de movimiento, uno da por sentado las cosas simples, caminar, correr, pensar y cuando una de esas funciones mengua, la vida adquiere un tono acerbo, en mis pesadillas a menudo aparecía Louise, de mis heridas, ésa era la más sangrante, añoraba a mi hermana, a mi amiga, a mi cómplice, me hacían falta su viveza y su

143

escucha, empecé a escribirle cartas, le contaba sobre mis experiencias, sobre mis lecciones con el señor Wright, la convivencia con Ryan, mi fascinación con el doctor Black, las reuniones con Los Racionales, hasta la presencia de Beth, las cópulas con ella y la tristeza ocasionada por su asesinato, no me sentía seguro de enviárselas e, incluso, estuve tentado a quemarlas, revelaban mis secretos más hondos y si fueran leídas por ojos ajenos me encaminaría al desastre, resolví guardarlas, no podía destruir el relato de mi historia, aun pecaminosa y descaminada, por alguna razón la había escrito para Louise y ella merecía conocerla.

Un domingo, Sean volvió al granero, lo invité a almorzar conmigo, se resistió, era impropio sentarse a la mesa con el patrono, pero insistí, «en adelante serás un compañero, no un sirviente», abochornado y desviando la mirada con frecuencia me participó noticias varias, como era de esperarse Peter no aceptó su renuncia, tenían planes para él y deseaban conservarlo en el trabajo, Sean fue rotundo, motivos familiares de gravedad lo empujaban a no proseguir en el empleo, Peter aceptó, pero le pidió prorrogar su partida por un tiempo razonable para hallarle un reemplazo, era ya un guardia de alto nivel y requería efectuar una minuciosa búsqueda para concluir quién lo relevaría, estuve de acuerdo, no debía acabar en malos términos con mi familia, respecto a su primo me dio infaustas noticias, el medicamento había aliviado su padecimiento estomacal, pero la enfermedad lo había mermado y no presentaba mejoría, «su mirada es opaca y a su respiración le falta cadencia, un silbido se escucha en su pecho al exhalar, señor, lo creo en las últimas», lo del muchacho sonaba a pulmonía, exánime por la diarrea debió aspirar su vómito y los bronquios se inficionaron por los restos de alimentos, de ahí el silbido, tirado entre las vacas, a la intemperie, lo suyo era una condena a muerte, «lo más conveniente es trasladarlo acá», le dije, en Sean se dibujó una expresión de desaliento, «no es posible abrir los candados, señor, no tenemos las llaves y tampoco lo veo en capacidad de soportar un viaje, está muy débil, señor, debemos estar en paz con su partida», la vida se le escurría al muchacho, si se le podía llamar vida a su horroroso tránsito por este mundo, pero no cedería, «prepararé una pócima contra la pulmonía, lo vamos a salvar», aseguré, «señor, ya no puedo cuidarlo, Peter me ha asignado nuevas tareas y demanda mi día completo», explicó, «ya lo arreglaré», le dije para tranquilizarlo, «por ahora, finaliza tus obligaciones en la propiedad y regresa en cuanto puedas a trabajar conmigo, trata de averiguar sobre la muchacha en los gallineros y dame razón de ella», ¿debía, en verdad, salvar al muchacho?, esa interrogante me abrumó, ¿había sentido en prolongar su vida?, por una parte, confiaba en un súbito brinco de la ciencia, en un encadenamiento vertiginoso de conocimientos capaz de brindar una solución a su caso, Black lo mencionaba en su libro, «gracias a los avances médicos, al instrumental recién diseñado, a la experiencia de múltiples colegas compartidas con generosidad, pude realizar cirugías impensadas apenas cinco años atrás, la medicina se encamina, día a día, a erradicar el dolor, la agonía, la enfermedad, a vencer a la vejez y, quizás, a la muerte», no había razón para perder la esperanza, bien podía la ciencia apresurar una cura para enderezar su espina corcova, para regenerar su cuerpo famélico y hasta para permitirle comprender el lenguaje y poder hablarlo, pero por otra parte, el mismo Black había sentenciado su incurabilidad, ¿cuál de los dos era el camino?, sin contar con Sean no podría salvar al muchacho de la muerte, aun así me resistí a su inminente deceso. Por consejo de Wright comencé a dar paseos, «el aire libre y el ejercicio te harán bien», indicó, al principio realicé recorridos cortos, con frecuencia me faltaba el aire y me mareaba, pero a los pocos días me sentí fortalecido y deambulé hasta el centro del pueblo, al pasar por la taberna me sobrevino un destello, Merrick podría ser quien me ayudara con el muchacho, conocía bien Evergreen, mantenía aún contacto con algunos lugareños y por su avanzada edad no llamaría la atención de los guardias, ni después de tantos años mi padre tomaría represalias contra él por ingresar a la finca, me dirigí al local, se hallaba vacío y el tabernero limpiaba las mesas, le pregunté si podía dejarle una nota a Merrick, accedió de buena gana, «no tarda en aparecerse, ¿no gusta esperarlo?», permanecí un rato en la taberna con la esperanza de verlo, pero el cielo plomizo presagiaba una tormenta y preferí volver, escribí unas líneas en un pliego, «Merrick, por favor búsqueme, deseo hacerle una propuesta de trabajo, William Burton», le dejé la nota al propietario para entregársela y eché a andar hacia el granero, miles de estorninos volaban hacia los árboles en oleajes negros, en la distancia se vislumbraban arañas de relámpagos, la tempestad se auguraba feroz, en su condición, el muchacho podría morir ahogado, urgía salvarlo, en cuanto llegué a la casa se soltó el aguacero, la lluvia arreció, me asomé al portón, torrentes caían desde el tejado y los arroyos arrastraban ramas y piedras, entre la borrasca distinguí una figura acercándose, reconocí a Merrick, férreo, avanzaba sobre el resbaladizo terreno, tomé un sobretodo y me apresuré a taparlo, para un hombre de su edad empaparse podría significarle una dolencia grave, sus estropeadas calzas y sus roídos pantalones se encontraban cubiertos de barro, nunca imaginé respondiera con tal prisa, «a su servicio», me dijo, chorreaba agua, le traje ropas para cambiarse, en su cuerpo ajado y escuálido mi camisa le quedaba como un camisón de noche, aun así, en su porte se delineaba un pasado de fuerte musculatura, le propuse laborar para mí, «será un honor, señor William», respondió, «¿cuánto conoces los entresijos de la finca?», inquirí, Merrick me observó con asombro, «disculpe, señor, no entiendo», «me refiero a si sabes de los secretos en Evergreen», le dije, el viejo trató de eludir una respuesta directa, «hay muchos secretos en Evergreen, señor», respondió, «¿estás al tanto de la gente extraña en la propiedad?», lo cuestioné, «hay personas raras en todos lados, señor», contestó, evasivo, «me refiero a los monstruos nacidos de mujer», Merrick guardó silencio por unos instantes, «¿aún viven?», preguntó, «¿sabes del muchacho en los establos o de la mujer en los gallineros?», pregunté, asintió con pesadumbre, «sí, señor, pero los pensaba muertos», «¿cuántos espantajos conociste antes de ser despedido por mi padre?», meditó su respuesta, era notorio cuánto le inquietaba el tema, «eran seis, señor, el más deforme moraba en una bodega, nunca vio la luz, era el ser más horrible de cuantos he visto, me da escalofrío aun recordarlo», debía ser el engendro descrito por mi padre, el más misterioso, el habitante de las ciénagas morales de la propiedad, le planteé cuál sería su trabajo: ir a rescatar al muchacho de los establos y traerlo con nosotros, le ofrecí un sueldo razonable y aceptó con gusto, le entregué dinero para comprarse ropa nueva y comida, «recupera tus fuerzas, te necesito en buena condición, te contrataré para éste y para otros menesteres», en la botica preparé remedios para combatir la pulmonía del muchacho, una cocción de pimientas con semillas de sésamo y de linaza combinadas con miel para aflojar las mucosidades y un té de raíces de regaliz con ajos para combatir las inficiones, en un cofre guardé las epístolas para Louise, sin revelarle su contenido le pediría a Merrick enterrarlo en un sitio predeterminado, luego le haría llegar a ella un mapa para hallarlo con la condición de quemar las cartas después de leerlas, estuve a punto de purgar aquéllas donde relataba mis amoríos con Beth, no apropiadas para una joven mujer, me resolví a incluirlas, mi hermana merecía saber a cabalidad quién era yo y cuáles mis vicisitudes, arribó Merrick temprano a la mañana siguiente, ataviado con nuevos ropajes, verlo así trajo a mi memoria el claro recuerdo de su persona, gentil, paciente, remembré sus instrucciones, «aprieta las piernas», «balancea con las caderas», «guía al caballo», había sido un espléndido maestro, mi caída la ocasionó mi necia desobediencia a sus órdenes, le indiqué ir primero a esconder el cofre en la cima de una loma, la cual Louise y yo solíamos recorrer en nuestros paseos a caballo y, de inmediato, ir a atender al muchacho, darle de beber las pociones cada dos horas y una vez mejorada su salud, librarlo de sus cadenas y traerlo consigo al granero. Por prescripción del señor Wright limité mi trabajo en la botica a no más de una hora al día, «el cerebro es una especie de músculo, William, y lo tienes irritado, si te esfuerzas nunca te vas a curar, tantos incidentes te hicieron segregar humores y tu cerebro lo resintió, si te afanas puedes recaer, evita las emociones fuertes y da prioridad a las distracciones», su consejo trajo resultados, los largos recorridos, el aire puro, el sol, me brindaron energía y si alguna substancia tóxica anegaba mi cabeza, se diluyó al paso de los días, me sentí más fresco, pude pensar con mayor perspicuidad y, por primera vez, mi futuro lo vislumbré transparente, luminoso, la sensación de bienestar fue pasajera, a la semana volvió Merrick, tan sólo verlo bajarse del caballo anticipé malas nuevas, no me equivoqué, el muchacho había muerto, según relató, por un par de días pudo suministrarle los medicamentos, el jovencito comenzó a recuperarse, la tos desapareció y la fiebre disminuyó, una mañana los padres lo descubrieron mientras le administraba los brebajes, «déjelo en paz», le reclamó la madre, «éste no es asunto suyo», Merrick alegó atenderlo como un acto de caridad, «no hay caridad para los animales», refutó el padre, «no era un animal», me dijo Merrick, «quizá tampoco un ser humano, parecía un ángel roto, perdido, ignorado», Peter fue avisado por los padres y se presentó al día siguiente a zanjar el asunto, le extrañó la presencia del viejo caballerizo en los establos y lo confrontó, Merrick justificó su proceder como un acto cristiano, ambos se conocían bien y a Peter no le convenció el argumento, «lo tuyo nunca ha sido la piedad», le preguntó si actuaba bajo mis órdenes, mi leal empleado se aferró a motivos misericordiosos y no desveló trabajar para mí, Peter no se tragó la mentira y le instó a retirarse de Evergreen so pena de expulsarlo de la comarca para siempre, Merrick no se amilanó, «vine a hacer el bien, no puedes desterrarme por ello», Peter le advirtió no volver a traspasar las trancas de los establos, le comisó los brebajes y le pidió a los guardias escoltarlo fuera de la propiedad, varias veces intentó volver con el engendro, pero en cada una fue atajado por los vigilantes, al quinto día, Michael le dio la noticia, «el espantajo ha muerto esta madrugada», Merrick atestiguó cómo se lo llevaban en una carreta, ni siquiera lo habían cubierto con una sábana, iba tirado entre las tablas como si de una bestia se tratara, «¿adónde lo llevan?», inquirió, «lo van a quemar», respondió Michael sin emoción, «eso va contra la ley de Dios», alegó Merrick, el jefe de escoltas ya no le contestó, al poco rato, a unos cientos de yardas, el viejo vio levantarse una humareda: estaban incinerando el cuerpo, ni aun en la muerte se le había dispensado respeto, con el cadáver reducido a cenizas Wright y yo perdimos la oportunidad de disecarlo y así penetrar los intrincados secretos de su peculiar figura, Merrick tenía razón, el muchacho parecía un ángel extraviado, un ave cuyo sentido de dirección se ha confundido por un espejismo y termina desbaratándose al estrellarse contra el suelo. A su regreso el fin de semana siguiente Sean trajo más noticias infaustas, por orden estricta de mi padre todos los engendros fueron conducidos a un recinto cerrado cuya ubicación sólo sabían los trabajadores de más confianza y su acceso era vigilado con celo, advertido de la presencia de Merrick, mi padre, para ahorrarse averiguaciones, prefirió esconderlos y así cortar por lo sano, lo tomé como una señal más para decretar mi partida, invité a Wright a tomar una cerveza en la taberna, necesitaba confiarle mi resolución de viajar a Edimburgo al día siguiente de la boda de Ryan y Trisha, por primera vez aceptó ir conmigo, apenas entró en el local, los parroquianos, siempre ruidosos, callaron, su presencia impuso respeto y moderación, nos sentamos en una mesa pegada a la ventana, a Wright le gustaba ver cuanto pasaba afuera, le revelé mis planes, me miró con una tristeza nunca antes manifestada, «hijo, es la decisión correcta, nunca osaría desalentar tus planes, pero debes saber cuánto me pesa tu partida, cada mañana me despertaba con la ilusión de tu llegada, desde la noche anterior preparaba la lección, no te digo esto con ánimo de cambiar tu parecer, sólo quiero dar constancia de cuánto cariño profeso por ti, me harás falta, pero celebro tu audacia», nunca imaginé esa veta sentimental en él, la pensaba clausurada por su espíritu práctico y su aparente desapego, cuán equivocada era mi apreciación, en enseñarme había encontrado un propósito y debía serle difícil volver a la solitud, conmovido por sus palabras estuve cerca de revocar mi decisión y quedarme a su lado, pero apenas empecé a bosquejar esa posibilidad Wright me atajó, «no volveré a hablarte si te retractas, no estás para confortar mi vejez, tu destino se halla lejos de este pueblo y más te vale cumplirlo».

Fue una boda sencilla, pero plena de alegría, Ryan y Trisha se veían radiantes y cundió entre los asistentes un ambiente festivo, como regalo, Wright y yo les ofrecimos un banquete, se asaron ocho corderos y corrió cerveza al por mayor, Ryan bailó algunas canciones irlandesas con gracia y destreza, jamás imaginé tal donaire en alguien de su tamaño, sorprendía la coordinación exacta de sus pies y nadie de quienes trataron de rivalizar con él consiguió opacarlo, pasé el festejo al lado de Wright, a menudo llegaban a saludarlo pacientes suyos, quienes le mostraban afecto y agradecimiento, en la mesa contigua una anciana le lanzaba miradas furtivas, con discreción se la señalé, «esa mujer no cesa de verlo», le advertí, él volteó y sonrió, «es la señora Beck», explicó, «atendí a su marido aquejado por una prolongada enfermedad y cuando murió, ella comenzó a frecuentarme, visitaba la botica a menudo con el pretexto de una "sincera amistad" hasta por fin revelarme su interés, ambos éramos viudos y era conveniente unirnos para cuidarnos uno al otro, pero me negué, no me hallaba preparado, ni creo estarlo, para cohabitar con otra mujer, Susanne fue mi todo y lo seguirá siendo por el resto de mis días», charlé un rato con un par de amigas de Trisha, aun siendo bellas y simpáticas no mostré mayor interés, el futuro me aguardaba y no podía lastrarlo con amoríos sin esperanzas, la fiesta se prolongó hasta la noche y requería volver al granero para arreglar mi partida, me despedí de mi maestro, «suerte, te visitaré pronto en Edimburgo, más te vale tenerme una buena habitación», dijo y sonrió, no pude saberlo en ese momento, pero no lo volvería a ver, moriría unos meses más tarde, «no dejes de escribirme», exigió, fui a darles mis enhorabuenas a los recién casados, un poco ebrio, Ryan me estrechó hasta levantarme del piso, «te veo mañana», aseguró, el alcohol le hizo olvidar mi inminente mudanza, «buenas noches y felicidades», le dije y me escurrí del evento con prisa, Sean y Merrick me esperaban en el granero, en dos carrozas habían guardado mis enseres y los baúles con mi ropa, el ajedrez y las talegas con el dinero los había ocultado dentro de unos sacos, después del incidente con Colton no quise dar tentaciones de ningún tipo, Nicholas, el alguacil, dispuso una escolta con sus hombres para custodiarme hasta la frontera con Escocia, donde me esperaría un contingente de guardias contratado por Merrick, no me arriesgaría a ser víctima de salteadores de caminos. Amaneció nublado y chispeaba, los hombres del alguacil se presentaron puntuales y apenas unos minutos después, sin esperármelo, arribó Ryan, «te prometí venir», saludó con una sonrisa, lo suyo era un despropósito, su primera noche nupcial y se apersonaba con el único afán de despedirse de mí, «estás loco, no puedes dejar a tu mujer en este día», dije, «tienes razón», respondió, «pero ella misma me alentó a venir y aquí estoy», con su ayuda terminamos de subir mis pertenencias a los carruajes, el granero quedó despojado de muebles y por ende, de cualquier sentido de «hogar», sólo permaneció como vestigio de ello la chimenea construida por Ryan, volvería a su función primordial, almacenar granos, nadie en el pueblo quiso alquilarlo como vivienda, así vacío provocaba la sensación de ser un sitio inhabitable, un solar techado y polvoso y nada más, con nostalgia eché un último vistazo y cerramos el portón, Ryan me abrazó con cariño, «te veo pronto, de mí no te vas a librar», monté en el carruaje y seguidos por la escolta echamos a andar, en la cabina viajaron conmigo Merrick y Sean, al antiguo caballerizo lo había mandado a Edimburgo unas semanas antes a investigar casas de alquiler, seleccionó cuatro de ellas, las cuatro con excelente ubicación y prestas para ser habitadas de inmediato, Sean me ayudaría a establecerme y, en cuanto terminara, volvería a la propiedad a concluir el periodo de trabajo solicitado por Peter, le encargué entregarle a Louise, con absoluta discreción, el sobre lacrado donde le especificaba dónde se hallaba el cofre con mis cartas, Merrick me describió a detalle cada una de las casas y aun sin conocerlas me incliné por un caserón con ocho habitaciones y un ala de viviendas para la servidumbre, rodeada de jardines y un amplio establo en la parte posterior, colindaba con la campiña, pero eso lo consideré una virtud y no un defecto, no sabía si después de vivir por años en lugares alejados podría manejar con morigeración la bulla del centro de la ciudad y sus consecuentes tentaciones, llegamos a la frontera con Escocia sin contratiempos, la escolta de escoceses nos esperaba en los linderos de su país, por su gallardía y su sobriedad se notaba en ellos instrucción militar, requería de gente conocedora de la región, capaz de responder con prontitud a cualquier amenaza, «buenas tardes, señor Burton, mi nombre es Seathan», se presentó el líder del grupo, «estamos a su disposición», se concretó el relevo de escoltas, cruzamos el río Tweed y nos guiaron por el ondulado paisaje escocés, a Sean aún le preocupaba un atentado por cuenta de Colton, «no dudo se oculte en un recodo con una gavilla con el afán de atacarnos, es capaz de cualquier locura con tal de satisfacer su ansia de venganza», no descartaba tal peligro, pero bastaba asomarse por la ventana para sabernos bien protegidos, los guardias escoceses se conducían con oficio, en ninguna ocasión rompieron la distancia de diez pies entre un caballo y otro, lo cual mostraba no sólo gran habilidad para cabalgar, sino también una disciplina marcial, Escocia, aun siendo nación hermana, no dejaba de ser un territorio desconocido y a pesar de la acreditada amabilidad de sus habitantes recelaban de nosotros, los ingleses, siglos de batallas, entre las cuales fueron partícipes mis feroces antepasados, mellaron la confianza entre los habitantes de uno y otro país, calculé mal el tiempo de recorrido, había pensado en diez horas de viaje, pero se acercaba la noche y aún faltaba trecho por avanzar, Seathan sugirió pernoctar en una posada a unas leguas de distancia de Edimburgo, «los caballos necesitan descanso, mi señor, y no conviene transitar por estos caminos a obscuras, adelante hay un sitio seguro donde pueden alojarse, nosotros podemos acomodarnos en el cobertizo y si no le importa sólo le pediría cubrir los gastos de nuestra cena, el dueño es un hombre industrioso y con su mujer y sus hijas mantienen limpio y en orden el lugar y nos tratarán con liberalidad», su tono serio brindaba certidumbre, acepté y nos desviamos en una senda hacia el mesón sugerido, arribamos cuando el sol comenzaba a declinar en el horizonte, fuimos recibidos por el propietario, tal y como lo auguró Seathan, era un hombre proclive a la prodigalidad, el lugar contaba con ocho habitaciones, suficiente para recibirnos a nosotros tres y a los doce miembros de la guardia, no era caro y pese a la resistencia de Seathan, quien insistía en dormir a sus hombres en el cobertizo, les pagué el hospedaje, el señor Lockart, el mesonero, me albergó en la habitación principal en la parte superior del edificio, me asomé, un espeso bosque se extendía bajo la ventana y al final, en el horizonte, vislumbré la línea azul índigo del mar iluminada por los últimos rayos del día, sopló la brisa y trajo consigo un aroma salino, en lontananza se oía cómo reventaban las olas, sólo había divisado el mar en dos visitas previas a Edimburgo, pero siempre a lo lejos, nunca lo había tocado y me propuse levantarme temprano para ir hasta la orilla y meter la mano en sus aguas, la cena fue espectacular, nos sirvieron sopa de mejillones, langostinos asados, ostras y salmón, un absoluto agasajo, Seathan no se había equivocado, fuimos atendidos con hospitalidad sin par, mis guardias se negaron a beber alcohol, tomaban a pecho su trabajo y se traslucía su instrucción al más alto nivel, Merrick, por el contrario, aprovechó la cuantiosa dotación de whisky y acabó dormido sobre su silla, fue necesario cargarlo hasta el cuarto mientras balbuceaba agradecimientos por la «extraordinaria amistad», no lo reprendí en ese momento, lo haría cuando se hallara sobrio.

Me levanté horas antes de despuntar el sol, salí de puntillas para no perturbar el sueño de nuestros anfitriones, cerré la puerta y eché a andar hacia el mar, una ligera bruma cubría el sendero, avancé entre sombras hacia el este, entre los árboles se escuchaba el aleteo de las becadas espantadas por mi paso, amaneció, los rayos solares de frente me deslumbraron, para no caer en la marisma continué por la orilla, docenas más de becadas y un buen número de lagópodos volaron en los prados, un paraíso para la caza, por fin arribé a la playa, cubierta por infinidad de guijarros, un ligero viento provocaba diminutas olas en cuyas crestas centellaba el sol, sólo se oía el sonido del ir y venir del agua, ni una voz humana ni un ladrido de perros ni un chillido de aves, me acerqué a la orilla hasta donde mojaban las lenguas de mar, caprichosos rombos se dibujaban al replegarse, me incliné sobre las ondas y toqué el agua, era fría y arenosa, me la llevé a la boca, no la imaginaba tan salada, «el agua de mar posee virtudes medicinales», aseguraba el señor Wright, «tiene propiedades cauterizadoras en heridas de la piel y del cuero cabelludo y ayuda a curar infecciones, más vale no tomarla sino en pequeñas cantidades, su exceso provoca severos malestares estomacales», eran recurrentes las historias de náufragos, quienes desesperados buscaban conjurar la sed bebiéndola y sufrían el efecto contrario, ahuequé la mano y recogí una poca, la sorbí e hice buches para paladearla, «ayuda a borrar el mal aliento y cura las úlceras de la boca», la pasé entre los dientes y meneé la lengua para cubrir la cavidad bucal, luego la escupí, recolecté otra poca y esta vez la tragué, sentí una quemazón al llegar al estómago, me quedé de pie mirando el interminable espacio con la esperanza de avistar un barco o ver a un pez romper la superficie, nada, sólo calma y el rumor de las olas, en su libro Robert Black describió cómo una vez, mientras recorría la playa del frío mar de Siberia, descubrió a un enorme tigre contemplando el océano tempestuoso, «imperturbable, la mirada fija en el oleaje, copos de nieve caían en abundancia y dejaban albo su lomo, no se movió por un largo rato, luego, como si nada, se alejó por la playa, dejando su rastro en la arena nevada», me sobrecogió la imagen de un animal tan noble y tan fiero concentrado en el paisaje marino, «el mar suscita una atracción ambigua», contó una vez un almirante invitado por mi padre a cenar en el castillo, «tras meses navegando se añora el momento de pisar tierra, pero a la semana de estar en puerto te entra una comezón por volver a embarcarte, se echa en falta el vaivén de los navíos, observar a lo lejos las tormentas eléctricas, ver peces voladores remontar el vuelo junto a la quilla, escuchar los resoplidos de las ballenas, padecer un huracán en medio del océano, a algunos el mar les parece un páramo monótono y aburrido, quienes no lo han surcado ignoran cuánta belleza, cuánta emoción, cuánta variedad encierra», me vi navegando hacia lugares remotos en aras de hallar ingredientes desconocidos para formular nuevas medicinas, enfrentar casos complejos y extraños, curar a enfermos desahuciados, aprender lenguas desconocidas, visitar ciudades nunca antes vistas por europeos, ahí, frente a mí, en ese vasto espejo de agua se encontraba parte fundamental de mi destino, debía guardar en mi memoria este momento, serviría para impeler mi pasión, para no olvidar las razones por las cuales había sufrido tan doloroso exilio, no tendría a nadie para motivarme ni para guiarme, me hallaba solitario en el mundo y sólo contaría con mi disciplina y mi ardor para salir avante. Continuamos el viaje, al llegar a Edimburgo fuimos sin dilación a ver las casas seleccionadas por Merrick, a quien por la mañana le advertí lo despediría si volvía a beber, el viejo prometió no volver a probar gota de alcohol, le creí por la sincera compunción con la cual se disculpó, a decir verdad, había elegido las casas con buen gusto, contaban con amplios espacios, techos altos y los grandes ventanales las hacían luminosas, una diferencia notable con el castillo, donde prevalecía la penumbra, una de las residencias se ubicaba en una concurrida calle, pregoneros daban anuncios en voz alta, agricultores vendían en carretones los productos de sus cosechas, carniceros colgaban reses en canal y cortaban la carne a petición del comprador, había peleterías, abacerías, bodegas de granos, tiendas de textiles y de ropa y, no podían faltar, numerosas tabernas, alrededor de las cuales pululaban prostitutas y mendigos, era un lugar seductor y estaba tentado a arrendarla para gozar del bullicioso barrio, al ver mi dubitación, Merrick, en un intento por congraciarse conmigo, me persuadió de no alquilar ahí, «señor, se lo digo por experiencia propia, es fácil caer en una existencia disoluta, el alcohol y las mujeres instigan los peores vicios y más para un hombre joven como usted, si el estudio es su prioridad, le recomiendo la más apartada», el propietario de la vivienda quiso convencerme de lo contrario, «señor, todo aquí se encuentra al alcance de la mano, basta caminar un poco para encontrar un bodegón donde comer, la universidad está a tiro de piedra, aquí abundan las muchachas bonitas, tan sólo en la casa de al lado moran cuatro lindas vecinas, honestas y decentes, hijas de un hombre recto, con quienes podría entablar una relación encaminada al matrimonio, no venga usted a una ciudad tan vivaz como ésta para irse a enclaustrar como un monje», no eran los suyos argumentos fáciles de desechar, durante años permanecí aislado en el castillo y mi época en el granero fue de recato y de aprendizaje, claro, si excluía los placenteros encuentros con Beth, pulsaban dentro de mí dos deseos contradictorios, el de dedicarme a los placeres de la vida y el de concentrarme en mi educación, mi exilio era una carga difícil de sobrellevar, quizás unos meses libertinos me permitirían aligerarla, pero también era consciente de la trampa, cuántos habían entrado en ella y nunca habían podido salir, yo no sabía si relajar mi carácter terminaría por conducirme a una existencia licenciosa y, por supuesto, divertida, pero, ¿de verdad deseaba convertirme en un borracho sin oficio ni beneficio cuyo objetivo fuera fornicar con prostitutas a diario?, no, no podía perder de vista mis metas, sería un yerro grave, seguí el consejo de Merrick y alquilé la casa en el campo, ésta superaba en espacio y en comodidad a las otras tres, además, por no hallarse en el centro el arriendo era más barato. Los guardias escoceses nos ayudaron a mudar el menaje a las distintas habitaciones y por la tarde, ya instalado, retribuí su esfuerzo con una buena propina, la recibieron abochornados, «lo hicimos con gusto, no era necesario, pero la aceptamos agradecidos», dijo Seathan en nombre de ellos, antes de retirarse pidió hablar conmigo, «deseo hacerle una propuesta, yo moro en un apartamiento próximo al centro y vi cuánto le gustó la zona, mi hogar es pequeño y nada lujoso, pero cuento con un cuarto adicional, puede usted ir los fines de semana y así experimentar el barrio y, señor, no le cobraré un centavo por hospedarse con nosotros, será un honor recibirlo», su gesto lo enalteció ante mis ojos, «le tomaré la palabra sólo si cada vez me permite llevarle un obsequio», me anotó su dirección y acordó regresar a media semana para llevarme a conocer la zona, decidí no elegir la recámara principal, cuya vista daba hacia el magnífico castillo, emblema de la ciudad, sino otra con vistas hacia una pequeña huerta, la casa estaba rodeada de jardín y de silencio, sólo roto cuando empezó a caer una fina lluvia, de tan fina, parecía apenas mojar los prados, Sean se aprestó a volver a Evergreen, le faltaban aún días para cumplirse el acuerdo con Peter, antes de partir le solicité llevarle mi nota a Louise y entregársela con prudencia, nos quedamos solos Merrick y yo, a él le permití habitar en la casa principal, en un cuarto en la planta baja y por fortuna lo hice, el lugar, de tan solitario, adquiría un tono lúgubre y aprecié su compañía, ninguno de los cocheros aceptó quedarse a trabajar conmigo, se hallaban arraigados con sus familias en Shields y una mudanza a una ciudad del tamaño de Edimburgo los asustaba, Merrick empezó a laborar de facto como mayordomo, confié en sus aptitudes para contratar al personal y para el manejo de la casa, fuera de su fortuita borrachera el hombre se comportaba con decoro y era hacendoso y cumplidor, enumeró los trabajadores necesarios para conservar la propiedad en óptimo estado, desde jardineros a caballerizos, me pareció una lista excesiva, «debemos funcionar con la mitad, cuidaremos cada penique», Merrick se notó desconcertado, «señor, alquiló la más grande de las propiedades, tan sólo para mantenerla limpia necesitamos de cinco empleadas, requerirá usted de un coche para ir a la universidad, se precisan al menos dos cocineras para atender a los empleados, desbrozar los jardines es una tarea de tiempo completo», estaba en lo cierto, pero no podía darme el lujo de malgastar mis caudales, «habrá sólo una cocinera, dos sirvientas, un cochero, y quien se haga cargo de las caballerizas también podará la grama y los vergeles, las tareas faltantes se las repartirán entre tú y Sean, tú eres de mi absoluta confianza y cedo en ti la buena administración de nuestro hogar», Merrick sonrió, agradecido, «le cumpliré, señor», por la mañana me dirigí a revisar los caballos, eran robustos y saludables, pero ninguno se comparaba con Sam, ¿quién de mis hermanos se lo habría quedado?, ¿mi potro me echaría de menos?, al montarlo era total mi compenetración con él, parecía leerme el pensamiento, giraba hacia derecha o izquierda con un suave jalón de las riendas, rara vez era necesario tirar del freno, me bastaba apretar las piernas, a estos caballos ni siquiera les había dado un nombre, elegí a un alazán para ir a dar una vuelta por la ciudad, deseaba investigar la ruta más corta para llegar a la universidad, me presentaría con el pastor de la iglesia más cercana, comería en un buen mesón y exploraría el rumbo donde se ubicaba el domicilio de Seathan, la universidad se encontraba a una corta distancia, a pie me llevaría, a lo más, media hora, apenas vi su fachada el estómago se me encogió, era una construcción majestuosa, por ser domingo no había nadie en sus alrededores, pero imaginé a las mentes más preclaras de este país entrar por sus puertas, por ese frontispicio habían cruzado hombres de la talla de John y de William Hunter, de Michael Fitzgerald, de Iván de Gregorio, de Miguel Backal, de Braulio Mantovani, de Cedrick La Martine, y por supuesto, Robert Black, mi futuro residía en el interior de esa mole de piedra, los exámenes para ser admitido se realizarían en dos días y yo estaba confiado en aprobarlos gracias a mi intensiva preparación previa, al lado de la universidad se hallaba una pequeña parroquia, desmonté y entré, estaba vacía, me disponía a retirarme cuando alguien me llamó, «¿se le ofrece algo?», un hombre regordete, de cejas prominentes, me observaba, «soy nuevo en la ciudad y venía a presentarme», le respondí, «soy el capellán McClure», saludó mientras extendía la mano, «William Burton», respondí, me miró con fijeza, «varios sabemos quién es usted, corrieron pronto los rumores de su venida, no siempre recibimos a un descendiente de nuestros adversarios», la palabra me hirió, yo no era adversario de nadie, habían sido famosas las disputas territoriales entre mis antepasados y los escoceses, numerosos muertos resultaron de las incursiones de los míos, imaginaba enterradas esas rencillas, pero al parecer en Escocia aún no las olvidaban, al percibir mi desabrimiento el capellán intentó rectificar, «como sea, bienvenido a estas tierras», ¿de dónde habían surgido las hablillas sobre mi llegada a Escocia?, le había prohibido a Merrick pronunciar mi nombre cuando viajó a buscar las casas para el alquiler, pero alguien debió enterarse de mi emigración y se esparció la voz, me despedí con amabilidad y salí del lugar con mal sabor de boca, perder el carácter de anónimo y ser señalado consumieron mi ánimo, mas no me descorazoné y decidí continuar con mi plan del día, llegué al barrio de Seathan, una zona popular adyacente al centro, no había compostura ni urbanidad en sus pobladores, hablaban en voz alta, casi a gritos, con un acento inentendible, a pesar de ser día del Señor, no cuidaban su vestimenta, era raída y sucia, ropas y sábanas colgaban de palos salientes de las ventanas, vagabundos y perros erraban por las callejuelas, aun cuando era un sitio vulgar había un aire de autenticidad en esos seres mal ataviados y groseros, le pregunté a un tipo sobre algún establecimiento donde se sirviera buena comida, con una gran sonrisa me guio hasta un figón, «si no es el mejor lugar donde haya almorzado jamás, me busca para reclamarme, me llamo Jonathan y vivo en aquella esquina, si alguna vez requiere un carpintero no deje de buscarme», el trago amargo provocado por el capellán trastocó en agrado por el comedimiento y el talante alegre del hombre, el local estaba lleno, apenas entré me sacudió una penetrante vaharada a sudor, una señora gorda me recibió amable, «¿come usted solo o viene con alguien?», «solo», le respondí, «sígame», me condujo hacia ocho largas mesas, en ellas podían caber con comodidad doce personas por lado, pero de tan apretadas debían sentarse veinte en cada banca, nunca había conocido un mesón de esas dimensiones y con tal cantidad de gente, «acomódese donde pueda», me dijo, examiné la compacta masa de cuerpos frente a mí, imposible sentarme, un viejo, al verme patidifuso, ordenó a los comensales de la banca de enfrente «ábranle un lugar al caballero», con sólo referirse a mí en ese tono entendí cuán fuera de lugar me hallaba, mi ropa debía marcar una distinción evidente, una familia con hijos se arracimó y con esfuerzo pude colarme, aquéllos a mi alrededor me saludaron cordiales, la mesonera trajo un potaje donde flotaban, entre papas y zanahorias, pedazos de cangrejos, «adelante», dijo, me quedé mirando el platón sin saber cómo proceder, el viejo sonrió y desde su sitio, sin pedirme permiso, metió la mano en mi sopa, tomó un caparazón de cangrejo, se lo llevó a la boca y comenzó a sorberlo, «así se come», explicó, luego con los dientes tronchó la coraza y escupió sobre la mesa los sobrantes, observé a los demás, procedían igual, cogí uno de los cangrejos y lo chupé, un caldo con hebras del marisco se deslizó en mi boca, no era la mejor comida de mi corta existencia, pero sí bastante sabrosa, después de absorberla decidí masticar la concha, más jugos brotaron del cangrejo, éstos más delicados y con mejor dejo, di una mordida más y, como si fuera una navaja, un cacho de la coraza se me clavó entre los molares, dejé escapar un gemido de dolor y quienes me rodeaban rieron como si les hubieran contado el mejor de los chistes, comencé a sangrar, hice un intento por sacarla, pero fue imposible, estaba enterrada en mis encías, un hombrón con unas manazas se levantó y vino hacia mí, «abre la boca», ordenó, metió sus dedos gordos y tiznados, tentó hasta sentir el segmento incrustado, apretó el índice y el pulgar y jaló hacia abajo, «listo», dijo y me mostró la tajadera, «aquí la llamamos "la venganza del cangrejo", debes masticar el centro, nunca los bordes», regresó a su lugar, quedó en mi paladar un resabio a suciedad y sangre, continué mi lucha denodada con los caparazones y después de unos minutos aprendí la técnica necesaria para desmenuzarlos y hallar dentro la tierna carne, según me enteré la sopa de mariscos era el único plato servido en el local y su fama atraía masas de obreros y de campesinos llegados desde lugares tan remotos como Perth o Dundee, a varias horas de distancia. Salí del local exaltado, por un lado la vivacidad de los parroquianos me llenó de contento, pero por el otro me abrumó la barahúnda, la cercanía de los cuerpos, la peste a transpiración, los efluvios de eructos, la humanidad se me presentó en su faz más descarnada, gente ruda, básica, rupestre, con manos terrosas y encallecidas, con mugre en las uñas, con aliento de bestias, con facciones toscas, dedos anchos de quien hace trabajos manuales, pero en quienes prevalecía el buen humor y un amplio sentido de la hospitalidad, en la taberna del pueblo tuve contacto con obreros y campesinos, pero nunca vi a más de quince juntos, aquí pululaban, se iban unos y llegaban otros, cuando las bancas parecían desbordarse por el exceso de carnes nos apiñábamos aún más y otros tres o cuatro se unían al corro, frente a mí se desplegó una legión de bárbaros, las antípodas de mi mundo circunspecto, según contó Wright, de esa masa informe de seres incultos y vulgares habían surgido los médicos más connotados, lo pude comprobar la mañana siguiente, cuando, entre quienes nos presentamos a los exámenes de admisión en la universidad, hallé a tres muchachos concurrentes en la comilona de la sopa de cangrejos, se les veía apocados, la cabeza gacha, la mirada perdidiza, el estudio debía ser la única oportunidad para romper con el sino de generaciones empobrecidas, a pesar de su engañosa timidez competirían con fiereza, sin contemplaciones, no perseguían, como en mi caso, un llamado de la vocación, la suya era una cita con una potencial prosperidad, John y William Hunter provenían de una familia de campesinos pobres de las regiones rurales próximas a Glasgow, como debían serlo esos tres retraídos jóvenes cuyas ropas desteñidas y rostros requemados evidenciaban años de trabajo en el campo, alrededor de setenta nos agolpamos en las puertas de la universidad en espera de ser llamados para el severo interrogatorio, eran pocas las plazas y subsistirían quienes los jueces consideraran, no sólo por el nivel de conocimientos, sino también por el empuje y la pasión por la medicina, lo cual a mí me sobraba, llamaron a varios antes de mí, la espera comenzó a ponerme nervioso, a muchos de quienes salían del examen se les apreciaba derrotados, luego de tres horas por fin anunciaron mi nombre, fui guiado por largos pasillos hasta un aula, detrás de un escritorio de madera tallada aguardaban tres profesores, me indicaron sentarme en una silla frente a ellos, «¿William Burton?», inquirió uno de ellos, asentí, los catedráticos se notaban hartos, antes de mí debieron interrogar a no menos de veinte aspirantes, me preguntaron mi edad y mi lugar de origen, respondí con la mayor seguridad posible, al escuchar el nombre de Evergreen uno de los jueces levantó la mirada, escrutó mi rostro por un instante y comentó con el de al lado en voz baja, me pidieron exponer a detalle las razones por las cuales deseaba estudiar medicina, describí mis encuentros con el muchacho de los corrales y con la muchacha desnuda en los gallineros y cuán resuelto me hallaba en encontrar una cura a su condición, les conté sobre la pugna con mis padres y mi subseqüente exilio de la familia, sobre mis reuniones con Los Racionales, de la amistad con Ryan y cómo con él había aprendido el valor del pensamiento crítico, de las valiosas enseñanzas del señor Wright sobre farmacéutica y anatomía y de mi interés por algún día colaborar con el doctor Black, rematé manifestando mi inclinable voluntad de convertirme en médico, «si esta vez no apruebo el examen no cejaré en mi empeño y compareceré cuantas veces sean necesarias hasta ser admitido», me escucharon atentos y, al terminar, se dirigió a mí el más veterano de ellos, «su vehemencia es notable y apreciamos el enorme esfuerzo para llegar aquí, pero sus sacrificios nada significan si no nombra cinco enfermedades pulmonares y los tratamientos más adecuados para curarlas», mencioné la tisis, la pulmonía, las gripes mal cuidadas, los problemas por la constante aspiración de humo de chimeneas y las serias afecciones de los mineros de carbón, hice un sumario sobre las virtudes de los vapores de hierbas como tomillo, orégano, regaliz y eucalipto para limpiar las serosidades pulmonares, ponderé los beneficios del polen, de la miel y del polvo de abejas trituradas para lubricar la garganta y liberar obstrucciones, proclamé cómo la ponzoña de escorpiones y el venino de cobras, en dosis adecuadas, ejercían efectos sanadores en inficiones serias, me interrogaron sobre el número de raíces nerviosas en la región del pescuezo, sobre las partes del cerebro, sobre la ubicación de la vesícula, sobre los tipos de humores del cuerpo, sobre los nombres de los músculos en espalda y pecho, sobre fracturas de huesos y los procedimientos más adecuados para soldarlos, me machacaron con preguntas cada vez más complicadas y de difícil resolución, luego de una hora terminó mi suplicio, los maestros me pidieron aguardar afuera mientras deliberaban, pasados unos minutos me pidieron volver, «señor Burton», me dijo el juez al centro de la mesa, «soy el decano de la Facultad de Medicina, conozco bien a su mentor, el señor Wright, a quien le profeso gran admiración, aun cuando no siempre estoy de acuerdo con sus experimentos, aprecio su ímpetu y su anhelo profundo por ser médico y cirujano y, le confieso, me sorprende hallarme frente a un noble inglés sin ser sujeto de sus altivas formas, ya sabíamos de su arribo a nuestra ciudad, lo confirmó el capellán de la universidad, sus conocimientos, maguer poco ortodoxos, son extraordinarios y a decir verdad ningún candidato con quien hemos hablado se le acerca en ese respecto, es usted, sin duda alguna, el solicitante más calificado, pero un asunto nos inquieta, usted es un hombre con peculios ilimitados, no queremos malgastar tiempo y recursos en instruirlo para luego verlo abandonar la profesión, caudales como los suyos son una distracción de peso, por tanto, señor Burton, rechazamos su solicitud de ingreso y esta negativa se extenderá a cuantas veces se presente a los exámenes, nuestro dictamen es definitivo, permanente e inapelable, buenas tardes», de momento no logré asimilar cuanto me dijeron, quien me guio al aula me pidió acompañarlo, lo seguí hasta la salida, todavía antes de irme, me volteé hacia él, incrédulo, «¿se me rehusó la entrada a la universidad de por vida?», el hombre asintió, «así es, usted no fue considerado como un candidato factible», dijo, se dio la vuelta, caminó hacia la fila de muchachos y voceó un nombre, no podía creer la denegación del jurado, me había capacitado durante meses para este momento y sólo por mi linaje me relegaban, ellos no podían ni debían juzgar la firmeza de mis convicciones, había abierto un cadáver y estudiado cada uno de sus órganos, había pasado infinidad de noches en vela estudiando las propiedades de miles de substancias, junto a mi mentor visité infinidad de pacientes enfermos, los valoré y los traté con éxito, nada de eso les importó, regresé a casa furioso, mis metas aniquiladas por un trío de hombres de mentalidad pedestre, regidos por prejuicios y, muy probable también, por resentimientos, la medicina al servicio de sus rancias visiones del mundo, me pregunté si los hermanos Hunter o el doctor Black procederían así en caso de ser ellos quienes determinaran el ingreso a la universidad de una persona como yo, para colmo, Merrick citó en la casa a los posibles empleados para reunirse conmigo y autorizar su contratación, aun cuando mi estancia en Edimburgo perdió sentido decidí hablar con cada uno, la primera fue Marion, una mujer robusta propuesta como cocinera, había atendido una casa noble en el norte de Escocia y según Merrick, sus referencias eran impecables, decidí aprobarla, luego comparecieron dos muchachas, Ailis y Ciordstaidh, ambas hermanas, para el trabajo de mozas, pensaba elegir sólo a una, pero, para no separarlas, sancioné la contratación de ambas, como caballerizo se presentó un hombre maduro de apellido Hanton, por su marcado acento rural no le entendí una sola palabra, de acuerdo con Merrick ostentaba un gran dominio de las artes ecuestres y del cuidado de los caballos, además sabía de jardinería y había laborado como cochero, lo cual me ahorraba pagar otro salario, a los cuatro les advertí de cuán efímera podría resultar su contratación si decidía irme de un día para otro de Edimburgo, los insté a buscarse otro empleo si eso les significaba un problema, decidieron quedarse y, sin saberlo, mi vida trocaría de manera radical gracias a ellos.

El cambio de planes me dejó perplejo, había dado por hecho mi ingreso a la universidad e ingenuo no había contemplado otras opciones, podía regresar a Shields a incorporarme de nuevo a la botica, terminar de aprender su manejo y, con el tiempo, quedarme a cargo, me negué a volver y resolví quedarme en Edimburgo, pensé en levantar un acta de protesta frente a las autoridades universitarias por la arbitrariedad del jurado y pelear con denuedo hasta ser aceptado o usar mi fortuna para convertirme en patrono de la universidad, donar sumas considerables y forzarlos a admitirme, hasta fantaseé con fundar un hospital con mi dinero y contratar a John Hunter, o al mismo Black, bajo la obligación de instruirme, rechacé cualquiera de estas opciones, mi apellido y mi posición se habían convertido en un manto nocivo para mis aspiraciones y no los utilizaría para perpetuar su raudal deletéreo, si avanzaba en el campo médico sería por mis méritos, me encontraba abstraído en mis pensamientos cuando Merrick tocó a la puerta, «la cena está lista, señor», mis nuevos empleados estaban formados en fila en el comedor para recibirme, «buenas noches, señor», saludaron en coro al verme y se retiraron en una ordenada fila, sin duda mi mayordomo los instruía bien, la extensa mesa para doce convidados acentuó mi soledad y mi desaliento, debía verme diminuto sentado a la cabecera, Ailis me sirvió de un tazón de sopa, le pregunté de dónde era, con timidez nombró un caserío a varias leguas de la ciudad, regresó a la cocina y volví a quedarme solo, aún no anochecía y en la ventana tronaron goterones de lluvia, tragué la sopa con desgano maquinal y devoré un estofado de ciervo, sin aprecio por los esfuerzos de Marion por guisar una suculenta cena, mi paladar se hallaba tan adormecido como mi cerebro, el abatimiento cobraba tributo, el chubasco me impidió dar un paseo para aclarar la mente, ordené prender la chimenea y me senté a leer el libro del doctor Black, recorrer sus páginas me hizo acordarme de las razones por las cuales deseaba estudiar medicina, en las historias de los monstruos, de los fenómenos, de los engendros, encontré de nuevo la motivación para seguir el camino trazado, no recularía, el revés en la universidad no me haría dar un solo paso atrás. Temprano, solicité a Hanton trasladarme en el carruaje hacia casa de Seathan, requería con apremio de los servicios de un guardia y Sean tardaría aún en incorporarse al trabajo conmigo, las calles de la ciudad se hallaban todavía despobladas y en menos de veinte minutos arribamos al edificio donde moraba, subí una escalera de piedra y toqué a la puerta, me abrió una mujer, me presenté y le pedí hablar con el oficial Seathan, pareció extrañarle mi visita a deshoras, me pidió aguardar, después de un breve momento, Seathan se apersonó, «buenos días», me saludó, vestía impecable, ni una arruga en su traje, el calzado lustroso, los botones bruñidos, «no deseaba importunarlo», le dije pensándolo listo para partir, Seathan sonrió, «no, señor William, sólo pensaba realizar unas diligencias más tarde, ¿ya desayunó?», negué con la cabeza, «Dinah, tenemos invitados», dijo y abrió la puerta para darme paso, era una morada pequeña, tan pulcra y arreglada como el mismo Seathan, contaba con dos cuartos, una cocina minúscula y una mesa, la mujer nos sirvió un plato de avena con leche, un desayuno exiguo para un hombre de la reciedumbre de Seathan, su esposa resultó en extremo amable y se desvivió por atenderme, «señor William, lamento lo sucedido en la universidad», me dijo de la nada, al parecer las murmuraciones circulaban rápido en Edimburgo, «¿cómo supo?», inquirí, «me lo reveló mi primo, es amigo del doctor Richards, el decano de la facultad, a Richards lo conozco bien, mi familia y la suya vienen de la misma aldea», por primera vez escuché el nombre de quien ahora consideraba mi adversario, Seathan me contó sobre él, quedó huérfano de padre y madre antes de cumplir los diez años, ambos por enfermedades pulmonares y por esa razón se dedicó a la medicina, fue contemporáneo de William Hunter y desde jóvenes se ayudaron uno al otro para escalar en el ámbito de la medicina, sin embargo, Richards carecía del talento de Hunter para descifrar casos y para cursar tratamientos, tampoco gozaba del carácter temerario de John para experimentar en su propio cuerpo, siempre a la busca de métodos novedosos para acometer las enfermedades, consciente de sus limitaciones Richards se refugió en la docencia y en la vida académica, era un profesor severo, pero querido por los alumnos, veneraba a la medicina como una vocación sagrada y quien se dedicara a ella debía sacrificarse de por vida, «no tome personal su rechazo, señor William, el doctor Richards vive cegado con el juramento de Hipócrates», le pregunté si Richards podría retractarse y darme otro oportunidad, «no lo creo, es un hombre tozudo y un poco venático», mi única alternativa era presentar una queja al comité académico y esperar su resolución, pero ello tomaba meses y no había garantía de reconsiderar mi caso, en otras palabras, las puertas de la universidad estaban clausuradas para mí, Seathan aceptó gustoso mi oferta de trabajo, le conté sobre Colton, describí su facha y lo puse al tanto de sus amenazas, «no se preocupe, tomaremos precauciones», me reiteró su oferta de alojarme en su apartamiento cuantas veces lo deseara, «aquí podrá conocer las entrañas de esta extravagante ciudad», me dijo y convino en alcanzarme más tarde en mi casa, cuando regresé, hallé a Ciordstaidh en la sala hojeando el libro de Black, me detuve a observarla, sin percatarse de mi presencia recorría las páginas con curiosidad, sus facciones eran agradables y su cuerpo fuerte y delgado, «¿sabes leer?», le pregunté, ella dio un brinco asustada y dejó caer el libro y, sin responder, salió deprisa de la estancia, el volumen cayó bocabajo, lo recogí, quedó abierto justo en la lámina de una mujer de piernas gruesas, llenas de protuberancias y tumores, «mujer elefante», la describía Black, «apenas puede moverse, parecen dos seres distintos en un solo cuerpo, de la cintura para abajo es una, de la cintura para arriba es otra, la parte inferior da la impresión de una textura arbórea, pareciera un tronco cubierto de nudos, algo vegetal se adivina en ella, su condición la tulle para funciones básicas como defecar y orinar, a menudo escurren por sus piernas trozos de mierda y meados, ano y vagina se hallan obstruidos por racimos de excrecencias», lo insano debió atraer a mi joven empleada, la perenne seducción de lo extraño, por la tarde, Seathan arribó a la casa para incorporarse a sus labores, apenas llegó revisó puertas y ventanas, determinó cuáles eran las más vulnerables por carecer de pestillos, sugirió las habitaciones donde debía resguardar valores, propuso depositar la mayor parte de mis caudales en un banco y planeó rutas de escape en caso de sufrir un atentado, decidió pernoctar durante la semana en la casa y sólo regresar a la suya los fines de semana, actuaba con prestancia y con eficacia, las preocupaciones por mi seguridad quedaron conjuradas.

Dos días después, al volver de un paseo, descubrí de nuevo a Ciordstaidh hojeando el volumen de Black, esta vez junto con su hermana menor, cuchicheaban entre ellas, la mayor apuntaba a algo en la página y la otra miraba azorada, me deslicé hacia la estancia sin hacer ruido, voltearon sobresaltadas cuando carraspeé, «buenas tardes», saludé, «perdón», musitó Ailis, era más bonita y de rostro más agraciado, ojos verdes, piel en extremo blanca, se adivinaba un largo cabello obscuro debajo de la cofia, diferente del rojizo de su hermana, les pedí me entregaran el libro, otra vez estaba abierto en la lámina de la «mujer elefante», me giré hacia Ciordstaidh, «¿te llama la atención?», le pregunté, agachó la cabeza, «lo siento, señor», manchas bermejas comenzaron a aparecer en su cuello, «no importa, entiendo su curiosidad», levantó los ojos para mirarme y, de inmediato, volvió a bajarlos, «con su permiso, señor», se disponían a retirarse y las atajé, «no, no se vayan», parecían dos animales asustadizos, les pregunté la razón por la cual, del conjunto de ilustraciones, se fijaban en ésa, se miraron una a la otra y Ailis contestó con la barbilla clavada el pecho «conocemos a una mujer así», «¿dónde?», inquirí, de nuevo cruzaron miradas, la respiración de Ciordstaidh se agitó aún más, se giró y sin detenerse salió de la estancia, Ailis se quedó petrificada frente a mí, «Ailis, ¿dónde encuentro a esa mujer?», tragó saliva, volteó hacia la puerta por donde había huido su hermana, «lo siento, señor», dijo y deprisa corrió para alcanzarla, llamé a Merrick y le pedí interrogar a las hermanas, «necesito saber de dónde conocen a esa mujer», regresó al cabo de un rato, «las muchachas se mostraron reacias a revelármelo, señor, y me pidieron no despedirlas si me contaban», dijo, «¿despedirlas?», pregunté, «es un tema sensible, señor, y le ruego comprensión», el tono de mi mayordomo me preocupó, «aclara», Merrick tomó aire, «son buenas cristianas», respondió, «¿y?», hizo una pausa, «la frecuentaron en el hogar de conversión», nunca había escuchado el término, «¿hogar de conversión?», le pedí ahondar, «estas dos muchachas eran prostitutas, señor, y fueron convencidas por almas bondadosas de entrar a una casa mantenida con limosnas donde se les incita a corregir el rumbo y en donde también se atiende a meretrices enfermas», no imaginé a jovencitas tan ingenuas y tan tímidas lucrar con la fornicación, «son muchachas honradas», continuó Merrick, «están arrepentidas de sus hechos y han abrazado a Cristo, reniegan ahora de su execrable oficio y me pareció oportuno ofrecerles el trabajo», «no profeso ninguna animadversión por mujeres como ellas y me alegra hayan rectificado su camino», manifesté, «pero debiste consultarme antes de emplearlas, no las despediré para honrar tu promesa, pero a la próxima a quien despediré será a ti». Leí una y otra vez los pasajes referentes a la «mujer elefante», según Black, esta enfermedad se desarrollaba en países del trópico y rara vez en lugares templados, en algunas zonas de la India y de Tailandia, a quienes sufrían esta enfermedad se les consideraba seres «especiales», en cuya sangre, por razones divinas, corría semen de elefante, animal sagrado para varias culturas locales, «los creen hijos e hijas de Ganesh, el dios de la abundancia y de la sabiduría», las mujeres «elefante» eran sujetas de deseo y fornicar con ellas suponía un privilegio, «ayuntar con una mujer cuyos volúmenes se han desbordado no sólo excita a los hombres sino también los acerca a lo sagrado», Black no se explicaba el origen de la enfermedad, «puede deberse a un mal congénito o en las aguas vive un bicho capaz de infectar a los pobladores desde el nacimiento», la prostituta en el hogar de conversión hubo de crecer en una de las colonias británicas y regresó a Escocia a ejercer en uno de los burdeles, juzgué imposible penetrar la vagina de la mujer representada en la lámina del libro de Black, las piernas rollizas y túmidas lo impedirían, la de aquí no debía padecer una condición tan avanzada, revelé a Seathan el pasado de mis dos empleadas y le pregunté si sabía acerca de los llamados «hogares de conversión», sonrió, «empieza a saber de los secretos de nuestra ciudad», dijo, había dos de estos hogares en Escocia, uno en Glasgow y otro en Edimburgo, los había fundado un pastor con una férvida vocación por rescatar almas descarriadas, allí también residían mujeres con enfermedades venéreas graves, había quienes llegaban al hogar en estado terminal con la vana esperanza de ser curadas por su renovado amor a Cristo, «las hay ya ciegas o dementes, algunas con llagas purulentas, otras se caen a pedazos, son piltrafas humanas», pregunté si alguien las atendía, «nadie de fijo, sólo en escasas ocasiones van médicos a revisarlas, Richards se niega a enviar a los alumnos de la universidad para no inmiscuirlos con mujerzuelas», me contó sobre la «mujer elefante», «escuché de oídas sobre ella, se dice la frecuentan marineros, los únicos capaces de estimularse por una mujer deforme, usted lo sabe, años navegando océanos, sin cópula con féminas, transforma la psique y despierta excéntricas fantasías sexuales, según relatan, una de sus piernas es más gruesa y su piel es rugosa y dura como la de un rinoceronte, se rumora es holandesa, nacida en las Antillas», eso explicaba la razón de su enfermedad, el clima ardiente debía ser caldo de cultivo para bichos o bien la humedad se trasminaba al cuerpo y terminaba por hincharlo, si contaba con suerte muy pronto podría tener frente a mí a una «mujer elefante» y la estudiaría para determinar un curso de acción, si lograba curarla, algo en lo cual Black no obtuvo suerte, mi prestigio crecería y le daría bofetada con guante blanco al presuntuoso de Richards, le pedí a Seathan organizar una visita al hogar de conversión, «no sé si el pastor Logan lo apruebe, señor William, es reacio a aceptar forasteros en las instalaciones de la casa y celoso con las mujeres a su cuidado», «¿algo oculta?», pregunté, Seathan sonrió con malicia, «todos ocultamos algo, pero algunos ocultan más», dijo e hizo una pausa, «se murmura es su harem privado, pero no lo puedo asegurar, deberá preguntarle a Ailis y a Ciordstaidh si esas habladurías son ciertas», al parecer sus intenciones no eran por completo benevolentes, «vaya con él y pídale una cita para recibirme, si se niega ofrézcale en mi nombre una donación de cuatro libras esterlinas», cuatro libras era un anzuelo perfecto, un monto nada desdeñable para un refugio de prostitutas menesterosas, suficiente para alimentar a cien almas durante un año o, en su caso, para enriquecer los bolsillos de un hombre codicioso.

Por conducto de Merrick cité a las dos empleadas en el jardín, por fin escampaba y la tarde soleada facilitaría la confianza, los espacios cerrados causan recelos cuando un hombre habla con una mujer o, en este caso, con dos, decreté también la presencia de Marion, no deseaba comidillas ni malas interpretaciones, Merrick guio a las tres mujeres a mi mesa, a Marion le pedí sentarse en una banca distante a unos pasos de nosotros y a las muchachas a mi lado, pedí al mayordomo retirarse, Ailis y Ciordstaidh se notaban ansiosas, para serenarlas les invité a hablarme de su vida, al principio se mostraron renuentes, pero poco a poco comenzaron a explayarse, la suya no había sido una infancia pavorosa como fue la de Beth, hijas de una familia de agricultores con cierta fortuna las había instruido su madre, quien descendía de aristócratas en desgracia y poseía una biblioteca modesta, pero de buen gusto, ella les contagió su amor por los libros y las convirtió en lectoras asiduas, «leíamos hasta dos libros por semana, nos apasionaban las novelas», contó Ailis, la madre murió en un accidente al caer de un carruaje, el padre, un hombre atrabiliario y volátil, sin saber cómo educar a un par de adolescentes comenzó a golpearlas por cualquier infracción y, para colmo, les prohibió leer, «ésa es una actividad para mentes ociosas y sin beneficio alguno», mandó quemar los libros, pero ellas lograron rescatar algunos y los leían a escondidas por las noches, para hacerlas «útiles» y alejarlas de «tonterías» el padre resolvió ocuparlas en la granja, las despertaba a las cuatro de la mañana a ordeñar las vacas, alimentar a los becerros, acarrear la pastura, ejercitar los caballos, fabricar quesos, además de preparar las comidas y cumplir con las tareas hogareñas, quedaban exhaustas, con las manos ampolladas y los músculos adoloridos, con cualquier pretexto el padre las azotaba con una fusta hasta hacerlas sangrar, contaban con dieciséis y con quince años de edad, cuando no soportaron más el despotismo paterno y decidieron huir, ingenuas y poco mundanas, toparon con un ambiente hostil en el cual, por su condición de fugitivas, eran vistas con suspicacia, deambularon por meses, nadie les daba trabajo y quien se los procuraba lo hacía con la intención de abusar de ellas, sólo una viuda las contrató, pero bajo penosas circunstancias, su pago se reducía a alojarse en un cobertizo y el derecho a una comida al día, cansadas de tantos atropellos las hermanas decidieron dirigirse a Edimburgo en busca de oportunidades más propicias, fue aún más duro, en las calles del puerto el empleo escaseaba y la economía no era boyante como para dar cabida a las jovencitas, pronto terminaron hambrientas y andrajosas, para subsistir mendigaban limosnas y hurgaban en basureros, una mañana una mujer vestida con ropajes refinados y con modales garbosos se detuvo frente a ellas, «buenos días, señoritas», las saludó, ellas, acostumbradas al desprecio de los transeúntes, no respondieron, «¿son mudas o les comió la lengua un gato?», inquirió la mujer con afabilidad, las dos muchachas agacharon la cabeza avergonzadas de sus faldas en hilachas y sus medias embarradas de lodo, «¿quisieran vivir en un lugar con chimenea, comida abundante, ropa linda, donde se les trate con respeto y tengan un trabajo con buena paga?», ambas alzaron la mirada, la propuesta era extraordinaria para ser cierta, «¿sí o no?», preguntó la doña con una sonrisa, las hermanas asintieron, la mujer las condujo a un caserón en el centro de la ciudad, se encontraron con muchas otras jóvenes como ellas, bien vestidas y bien alimentadas, pensaron en una sociedad de caridad cuya misión era dar refugio y comida a adolescentes prófugas, llegó ante ellas una simpática y rubicunda mujer, «les presento a Molly», les dijo la señora emperejilada, «ella las llevará a lavarse y les entregará sus vestidos», Molly las condujo a una habitación, les llenó una tina con agua caliente y las instó a bañarse, «las quiero muy limpias», dijo y salió del cuarto, las hermanas se miraron entre sí y sonrieron, la suerte estaba de su lado, sin desnudarse del todo entraron al agua, en la gran bañera cupieron ambas, se enjabonaron y se tallaron con estropajo el cuerpo para desprender la mugre acumulada, mientras se encontraban enjuagándose Molly y la mujer distinguida entraron, les pidieron secarse, despojarse de la ropa y caminar desnudas alrededor de la habitación, ellas obedecieron sin saber las razones de tan extraña petición, la mujer las hizo detenerse frente a ella, «¿son vírgenes?», les preguntó, ellas no comprendieron la pregunta, al verlas confundidas, Molly intervino, «¿alguna vez ha entrado un hombre en ustedes?», negaron con la cabeza, la mujer sonrió, «podremos hacer un buen negocio», pronunció con ambigüedad, dio vuelta y salió, Molly les explicó el «negocio», «no se requiere hacer mucho, sólo ser amables con un hombre, desnudarse para él y hacer cuanto les pida, es algo sencillo», a las hermanas les resultaba cualquier cosa menos sencillo, no sólo eran tímidas sino remiradas, no concebían despojarse de sus vestidos frente a un extraño, «no, señorita Molly, nosotras no podemos hacer eso», contestó Ciordstaidh, «eso decimos todas al principio, chiquilla, aquí tendrán un lugar donde dormir, comida abundante, un sueldo decoroso, ropa de la más alta calidad, pero si no quieren las devolvemos a la calle, ustedes elijan», Ailis despreció la oferta, prefería la calle a la deshonra de ser poseídas por extraños, Ciordstaidh no fue tan altiva, nunca había estado en una residencia de ese tamaño y de ese lujo, no contemplaba volver a la granja familiar y en la calle podían pasar cosas peores, ser violadas, golpeadas, torturadas y hasta asesinadas, después de debatir en voz baja las dos muchachas aceptaron, les brindaron una alcoba privada a cada una y sobre sus camas encontraron vestidos de su medida, esa misma noche fueron desfloradas, a Ciordstaidh le tocó un hombre mayor, «casi un abuelo», según sus palabras, quien la trató con cariño y delicadeza, a Ailis le tocó un jovenzuelo apresurado, quien la penetró con ímpetu y en pocos minutos terminó, la experiencia no les pareció tan escabrosa como imaginaron, obligadas a convivir con hombres en la sala del prostíbulo su timidez resultó atractiva, los tipos se desvivían por llamar su atención y eran las primeras en ser abordadas por los clientes, contrario a Beth, a quien le deleitaban los placeres carnales, ellas alegaron jamás disfrutar de la intimidad con desconocidos, una de las veteranas, al saberlas carentes de goce, les sugirió ir al hogar de conversión del pastor Logan Johnson, un domingo fueron a verlo, el pastor las recibió solícito, les prometió la purificación de sus pecados y colocarlas en empleos decentes, a cambio, les pidió acostarse con él, «es el medio más efectivo para sacar de ustedes los resabios del demonio», a ellas les dio igual, no era un hombre desagradable como muchos con quienes habían copulado y además sólo debían hacerlo con él y no con la ristra de pervertidos del burdel, valía la pena intentar un retorno a la «pureza», las albergó en el ala de la casa donde moraban las jóvenes saludables, en la otra, de donde a menudo provenían aullidos de dolor, se hallaban internadas las «enfermas», llevarles a éstas medicinas y comida se convirtió en parte de sus deberes, se toparon con mujeres en estados lastimosos, algunas con los ojos blanquecinos de cuyas comisuras escurrían fluidos purulentos, otras sin nariz o con úlceras en el rostro, unas más con las piernas llagadas, el lugar «olía a muerte y a podredumbre», describió Ailis, y ahí, en ese cúmulo de carne viva en descomposición, convergieron con Nelleke, el monstruo de piernas voluminosas, nacida en Holanda por ser hija de un mercante naviero, había crecido en el sur del África Negra, era una prostituta codiciada por marineros por ser lo más cercano a una sirena, mitad cuerpo de ballena, mitad una hermosa mujer, «su rostro y sus pechos son en verdad lindos», agregó Ailis, «y es dulce y comprensiva», accedieron a acompañarme al hogar a conocerla en caso de ser admitido por Logan.

Tras solicitar una donación bastante más jugosa «para alimentar y mantener con dignidad a estas pobres almas descarriadas», la respuesta del pastor fue afirmativa, la visita se llevó a cabo el sábado siguiente, vinieron conmigo Seathan, las dos hermanas, Merrick y Hanton, el pastor nos recibió en la puerta, era sí un hombre atractivo, de facciones armónicas, cabellos luengos y ojos azabaches, saludó a Ailis y a Ciordstaidh con afecto y le pedí llevarnos a conocer a la «mujer sirena», Nelleke moraba en una habitación al fondo de un corredor, al entrar la hallé desnuda sobre la cama, era, como la describieron las hermanas, una mujer de rostro bello, pero sus muslos y sus pantorrillas eran un cúmulo de turgencias y de grumos, de tan abultados sus pies parecían el cuerpo de un lechón, contrario a lo dicho por Seathan sus dos piernas eran igual de voluminosas, como hombre no me suscitó atracción alguna, pero como estudioso de la medicina celebré el hallarme frente a ella, Logan me presentó como «el doctor Burton, un alma generosa y caritativa», le pedí dejarnos a solas, me senté en una silla para conversar con ella, en su peculiar inglés me contó cómo a los cinco años de edad empezaron a deformarse sus extremidades, inició como una hinchazón leve, pero al paso de los años sufrió un crecimiento desmedido, los médicos europeos, radicados en la pequeña ciudad africana donde creció, no supieron cómo detener la progresión de la enfermedad, mes con mes sus piernas adquirieron un tamaño descomunal, en un esfuerzo desesperado los padres recurrieron a los médicos brujos de las tribus vecinas, los curanderos dieron como perdida la causa, un espíritu maligno había penetrado en el cuerpo de la niña y no había exorcismo capaz de expulsarlo, se sabía de casos similares en otras aldeas también sin atisbo de mejoría y se consideraba una dolencia insuperable, cuando cumplió once años la enviaron a casa de sus abuelos maternos en Ámsterdam, quienes nunca imaginaron al monstruo por llegar, repugnados, la llevaron de mala gana con un afamado farmacéutico quien ordenó emplastes de sales de epsom, frotaciones con alcohol combinado con vinagre de manzana y dormir con las piernas elevadas, era una indicación lógica para desinflamar la hinchazón, pero luego de seis meses de intentarlo desistieron, la abuela aseguró con suficiencia «esta niña sólo es gorda», y resolvió ponerla en una estricta dieta, «me mató de hambre», me reveló Nelleke, «sólo me permitía beber caldos», tampoco funcionó, su semblante se tornó cadavérico y le sobresalieron las costillas, pero las piernas se mantuvieron túmidas y regordetas y de éstas empezaron a emanar humores flemáticos, los abuelos sospecharon una enfermedad contagiosa y temerosos de ser infectados despacharon a la estrambótica nieta de regreso a las obscuras entrañas del continente africano, en la larga travesía fue encerrada en un camarote por advertencia de los abuelos quienes avisaron a la tripulación de la pestilencial enfermedad de la adolescente, los marineros le dejaban la comida en la puerta y durante el viaje sólo le permitieron salir tres veces a tomar el sol por cinco minutos en la cubierta del barco, recargada en la baranda, me contó Nelleke, pensó arrojarse al mar para terminar de una buena vez con sus penurias, arribó a su destino, el distante puerto del Cabo, después de cuatro meses de un agitado viaje, sólo para recibir la noticia de la reciente muerte de sus padres por causa de la malaria, la joven mujer regresó a su antigua casa, después de esculcar varios armarios halló los exiguos ahorros de sus progenitores escondidos en una caja, insuficientes para subsistir más allá de un mes, los vecinos se horrorizaron al verla, aun escondiendo su volumen bajo un faldón, alcanzaron a ver cómo la niña, incapaz de ocultar sus informes pies y sus tobillos ásperos, se había desfigurado en extremo, el rechazo no se hizo esperar, las antiguas familias con quienes ella mantenía una relación cercana le negaron el saludo y se rehusaron a ayudarla, desesperada por la falta de recursos remató por poco dinero los muebles y los enseres, desmoralizada guardó sus escasas pertenencias y sus peculios en una valija y se dirigió al puerto a ofrecer sus servicios como criada o lavaplatos en algunos de los barcos con la esperanza de así sufragar su viaje de regreso a Holanda, era temporada de huracanes y los capitanes aguardaban la mengua de los vientos para poder zarpar, Nelleke rentó una sucia habitación en una posada para marineros, como no podía pagar el total del alquiler lo completaba trabajando en la cocina, un día, al regresar de abastecerse en el mercado, fue seguida por un marino de rasgos árabes, el hombre caminó detrás suyo de modo sospechoso, en una esquina la rebasó y la abordó, «es usted muy linda», le dijo, Nelleke se sonrojó, nunca la habían piropeado, le preguntó si era prostituta, en la zona de los muelles, donde ella moraba, la mayor parte de las mujeres se dedicaban a venderse, muchas de ellas, viudas de marineros perdidos en alta mar, Nelleke lo negó, el hombre le sonrió con amabilidad y le mostró un fajo de billetes, «señor William, en mi circunstancia era una propuesta atrayente, por mi deformidad me pensé virgen de por vida, además, ese dinero me caía muy bien», o yo era un sonsacador de verdades o las mujeres galantes padecían una compulsión por relatar sus historias, Beth, Ailis, Ciordstaidh y ahora Nelleke me confiaban sus episodios como rameras, «acepté y el hombre me llevó a un pequeño bote anclado junto a los desembarcaderos, me desnudó y, lo juro, no mostró el más mínimo asco, ni por mi piel endurecida ni por el tamaño de mis carnosidades, al contrario, no dejó de acariciar mis posaderas, aun cuando me dolió su penetración, me sentí por fin una mujer cabal, son curiosos los caminos de Nuestro Señor para llenarnos con su gracia», acotó risueña, con Rashid, el marinero argelino quien la había desvirgado, copulaba al menos tres veces a la semana, le pagaba bien y ahorró una buena suma, los compañeros del árabe se enteraron y le propusieron ayuntar con ellos también, así inició su larga carrera de meretriz, por fortuna nunca se contagió de una enfermedad venérea, tiempo atrás aún gozaba de movilidad y podía trasladarse de un lugar a otro, pero en últimas fechas la intumescencia había llegado a grados severos y sólo era capaz de dar unos cuantos pasos al día auxiliada por dos personas, al terminar su narración le pedí permiso para revisarla, «haré mi mejor esfuerzo por curarte», le dije, ella sonrió, «no me ha preguntado si eso quiero», al notar mi sorpresa volvió a sonreír, «nada anhelo más en el mundo, si logra aliviarme de esta infame condición se lo agradeceré cada segundo de mi vida», palpé sus muslos, la textura era rugosa, entre algunas de las tumefacciones escurría un líquido pegajoso, le pedí abrir las piernas, aun cuando los labios se hallaban abultados, el resto de los genitales presentaba una configuración normal, le pregunté si aún podía mantener relaciones íntimas, «sólo con hombres de mástil grande», respondió divertida, di por terminado el examen y prometí volver al día siguiente, al salir Logan me preguntó si la «bella» Nelleke podía ser sanada, «no lo sé», respondí, el pastor podía parecer, a primera vista, un tipo taimado, cuya intención al establecer el hogar era sólo una artimaña para aprovecharse de quienes se fiaban de él, pero su tarea llevaba tras de sí nobles intenciones, incluso Ailis y Ciordstaidh se referían a él como un «hombre bondadoso», acordé con él atender también a las mujeres enfermas de gravedad e intentaría frenar el progreso del morbo gálico y de la gonorrea, las dos infecciones más extendidas entre ellas, el hogar de conversión se tornaba así en mi aula personal, mi aprendizaje ahí resultaría insuperable, Seathan me brindó una valiosa información: la biblioteca de la universidad era pública y de libre acceso, y aun cuando la de la Real Sociedad de Médicos era para uso privado se otorgaban permisos especiales para quienes deseaban consultar los volúmenes si se justificaba la pertinencia de la solicitud, esa misma tarde me dirigí a la colección universitaria, había, por supuesto, trabajos de Black, de los hermanos Hunter y de un doctor para mí desconocido, pero de renombre entre la comunidad científica: Ajitpal Singh, connotado médico indio y, para mi felicidad, un experto en la «elefancia», el nombre correcto para designar la afección de Nelleke, al parecer, el sur del continente asiático, donde habitaba Singh, era propenso al mal y abundaban los casos, además, había estudiado a esclavos provenientes de la tribu Bubal, originarios del oriente africano, entre los cuales algunos ostentaban escrotos inmensos, «los testículos de estos negros llegan a remolcarse por el suelo como dos pesadas botijas», aducía el fenómeno a una «particular manifestación de la elefancia», sus cuerpos, aclaraba en el tratado, eran de dimensiones normales excepto por esa visible anomalía, Singh analizaba también a mujeres como Nelleke, cuyas desproporciones afectaban, tal y como lo había sostenido Black, «la capacidad de defecar, orinar, mantener relaciones sexuales e, incluso, caminar», sus tentativas por aliviarlos habían sido en vano, llegó a amputar los testículos de un par de esos esclavos, pero no resistieron la cirugía y murieron a los pocos días, en sus textos los hermanos Hunter no hacían referencia a personas con elefancia, no obstante, en un capítulo, mencionaban las diversas sendas para atenuar la hinchazón, entre ellas, el uso intensivo de sanguijuelas, «estos gusarapos parasitan a otros seres chupándoles la sangre, su utilización en procesos inflamatorios, como las equimosis y los edemas, brinda excelentes resultados, así como para disminuir los vahídos y los síncopes en personas aquejadas por males del corazón, la saliva de las sanguijuelas evita la coagulación, por lo tanto, permite el desagüe de la mala sangre y de los malos humores, como la cólera, la flema y otros humores melancólicos», era útil también para las várices, los problemas renales y hasta para la gangrena, releí a Singh y en ningún pasaje nombraba a estos parásitos como medio para curar la elefancia, quizás ahora yo había descubierto el sendero para remediarla, topé con un libro espléndido escrito por Arash Salmani, un médico persa del siglo XII, y redactado en latín, *De curatione morburon animalium*, en éste describía cómo algunas especies de animales vivos eran capaces de curar enfermedades graves, «la picadura de un enjambre de abejas alivia los dolores de las articulaciones y las jaquecas, es necesario ser cuidadosos, los piquetes en exceso pueden causar la muerte», en otro capítulo hablaba de los beneficios de los peces, «en pueblos ribereños del Tigris los habitantes recolectan unas pequeñas carpas llamadas Gel-Cheragh o "piscis lapis", las guardan vivas en estanques y cuando se ven afectados por ciertos desarreglos de la piel, nadan en sus aguas y los peces los muerden quitándoles las excrecencias y los pellejos sobrantes», para combatir el cáncer en brazos, piernas o senos, sugería insertar dentro del tumor la larva de un gusano hallada en las fosas nasales de las cabras monteses, «la larva crecerá alimentándose de los nudos malignos hasta desaparecerlos», también mencionaba al mirlo de los cipreses, un ave de la región, adiestrada para picotear abscesos y liberar de fluidos purulentos las heridas infectadas, una de las prácticas más extravagantes descritas por Salmani consistía en tragar un pequeño pez vivo, el cual, al descender por el esófago, limpiaba los conductos de fluxiones y curaba males pulmonares diversos, como el asma y las pulmonías, quizá la cura contra la elefancia se hallara en el uso de insectos y de animales, probaría las sanguijuelas en Nelleke, podían corregirse algunos de los síntomas, atemperar las irritaciones entre los muslos, suavizar la rugosidad de la piel, mejorar la circulación, nada garantizaba un posible alivio, mucho menos una cura definitiva, pero valía intentarlo, los tratamientos con sanguijuelas eran muy populares en Escocia y conseguirlas una tarea difícil, los médicos pagaban a los campesinos por pescarlas en los ríos y en los humedales, habían arrasado sus poblaciones nativas al grado de importarlas en grandes números desde

Francia, me pareció rara la poca inclinación, tanto de Black como de Singh, de tratar la elefancia con estos gusanos, sobre todo cuando se sabía de sus considerables beneficios, le pregunté a Seathan si podía conseguir algunas, «son codiciadas en estos rumbos, señor William, y un lote de diez de ellas se vende en precios onerosos, muy por encima de su valor real, pues no dejan de ser cucas de agua, pero buscaré cómo hallarlas», le di dinero para adquirir cuantas encontrara. Por las mañanas me dediqué a visitar a las internas en el hogar de conversión, las había desde obesas a delgadas, adolescentes y viejas, unas habían sido prostitutas callejeras, otras finas «acompañantes» en burdeles de alcurnia, la mayoría eran escocesas o inglesas, pero también las había procedentes de otros países, como Giovanna y Giulia de Cerdeña, Cathy de los Estados Unidos, y Paula, una mulata de ojos azules originaria de la colonia portuguesa de Brasil, algunas estaban decididas a abandonar por siempre el meretricio, otras salían por las tardes con el propósito de ganar unos peniques comerciando con su cuerpo y volvían puntuales a las nueve de la noche, hora de cierre de la puerta, deprimía entrar en el ala de las enfermas, algunas babeaban mientras proferían majaderías, unas miraban con los ojos en blanco, resecos ya por el morbo gálico, a otras las llagas y las pústulas las enloquecían de dolor y de comezón, a través de sus heridas era posible ver la carne viva, era incomprensible cómo su terrible estado no disuadía a quienes se afanaban en seguir prostituyéndose, una conducta suicida, por suerte un buen número de internas, como era el caso de Ailis y Ciordstaidh, había rectificado el rumbo, no todas procedían de hogares pobres o sufrían el maltrato de los padres, como sucedió con las dos hermanas, unas cuantas, sin ninguna necesidad económica y pertenecientes a familias de bien, habían resuelto prostituirse sólo por el placer de trasgredir, sin prever las graves consecuencias a su salud, en el ambiente liberal y permisivo de Edimburgo, a una meretriz no se le veía con malos ojos e incluso podía ser susceptible de respeto y prestigio, la elegante dueña del prostíbulo donde trabajaban Ailis y Ciordstaidh, la «princesa Valerie», nombre de batalla pues nadie sabía el real, era una mujer poderosa e influyente, en sus salones se reunían célebres escritores, prósperos hombres de negocios, reputados profesores e insignes políticos, versada en temas diversos, de personalidad carismática, Valerie despertaba asombro y arrebato, Logan, por temporadas miembro asiduo de su cohorte, le profesaba admiración, «domina la literatura, la política, el arte y puede conversar desde teología hasta de pesca de trucha, nada se le escapa, cualquier asunto le suscita curiosidad y su memoria es portentosa, basta asistir una vez a su local para acordarse de tu nombre y de la fecha exacta de tu visita», la pertenencia de los clientes de Valerie a las altas esferas de la sociedad no evitó el contagio de enfermedades, un general llegado de Francia, infecto del morbo gálico sin saberlo, lo esparció al fornicar con varias de las muchachas, de ahí se regó a quienes ayuntaron con ellas, en menos de seis meses la mitad de las prostitutas y de los concurrentes presentaban bubas y supuraciones, por fortuna Ailis y Ciordstaidh no se contaron entre las damnificadas, a las infectas se les trató con vapores de mercurio para desecar los furúnculos, un tratamiento riesgoso, de hecho unas cuantas murieron envenenadas por los gases, pero era el único a la mano, para algunas fue útil y lograron restablecerse por completo, sin embargo, el mercurio era eficaz hasta cierto punto, en etapas avanzadas del morbo era infructífero, el daño se tornaba irreversible y las dolientes sucumbían en medio de sufrimientos espantosos.

Las conversaciones con Nelleke eran amenas y su carácter, tal y como me lo adelantaron Ailis y Ciordstaidh, era alegre y dulce, sin asomo de amargura ni de conmiseración por sí misma, su rostro era de una hermosura clásica, similar al de la Venus pintada por Botticelli, los ojos color esmeralda, la nariz afilada, los labios delgados, su modo de mover las manos atraía de inmediato, si alguna parte del cuerpo de una persona llamaba mi interés eran las manos, me parecían sobrevalorados el corazón y las entrañas, con las manos la humanidad había levantado pirámides y castillos, había construido puentes y caminos, había creado obras de arte, con las manos se acariciaba, se abofeteaba, se podía cargar a un bebé, con las manos se podía curar, levantar un peso, jalar una cuerda, escribir un libro, si contase con el talento necesario, habría dedicado un poema a las manos, a todas las manos, a las callosas de los campesinos, a las tiznadas de los mineros, a las astilladas de los carpinteros, a las alargadas de los pianistas, a las toscas de los marineros, a las hábiles de las cocineras, a las fuertes de las segadoras y consagraría un capítulo especial a las manos de esa mujer mitad monstruo, mitad reina, las manos de Nelleke trazaban palabras, cortaban el aire para darle contundencia a una frase, maravillaban al deslizarse en el breve espacio de su cama, su notoriedad como meretriz apetecida por decenas de rudos marinos debía fundarse no sólo en el deseo animal despertado por su insólito cuerpo sino en el embeleso de sus manos, de tan cautivo por ellas estuve tentado a detenerlas en pleno giro para besarlas, mas no estaba ahí para galanterías cursis ni para encandilarme con la seductora charla de los sucesos de su vida, pregunté sobre su salud, sobre sus síntomas más recurrentes y si con algún tipo de alimento sentía mejora, según respondió, sus molestias se agudizaban al despertar, la piel supuraba más y la tumescencia crecía, algún desequilibrio de sus fluidos internos debía darse mientras se hallaba inmóvil al dormir, en teoría las molestias debían agravarse al ponerse de pie, los líquidos al descender debían hincharla mas no sucedía así, le expuse mi tratamiento, «las sanguijuelas pueden ayudar a disminuir tus edemas y brindarte descanso, no sé cuánto logren desinflamar tus piernas, pero mi objetivo es devolverte cuanto antes la movilidad», Nelleke sonrió y agitó sus manos, ¡oh, sus manos!, ¿cuántos como yo debieron generarle falsas esperanzas?, «nada pierdo», respondió, «además, me gusta verte, eres muy guapo», me dijo con una descarada coquetería, debí abochornarme pues soltó una carcajada, «al señor William lo avergüenzan los halagos», dijo burlona, «te veo mañana», contesté con total seriedad y salí de la habitación. Busqué en la biblioteca literatura sobre el morbo gálico y otros males venéreos, Guy de Chauliac, en su *Chirurgia Magna*, insistía en el uso del mercurio para la cura del mal francés, «las lesiones cierran y la enfermedad se retrae», sin embargo el metal contaba con una infinidad de detractores, «el mercurio envenena y a la larga es letal», afirmaba Tobías Burso, «el genio de Locarno», en su tratado *Morbus Gallicus*, favorecía el uso del guayaco, una planta traída desde el continente americano cuyas propiedades facilitaban la expulsión del sudor y, por tanto, de la enfermedad, ambas substancias tuvieron defensores y opositores, la primera se consideraba más eficaz, pero agresiva, y la segunda, no tan potente, pero más amable con el cuerpo, a mí ninguna de las dos me convencía, fue Salmani quien me dio la pista y cuyo enunciado con facilidad Wright podía asumir como propio, «destruir el venino con venino», ésa era la tesis detrás del uso de la ponzoña de los escorpiones, del arsénico y del venino de la cobra, me pregunté si una combinación de ingredientes tóxicos en bajas dosis podría ayudar a esas pobres mujeres, si los veninos podían fulminar a una persona debían actuar igual sobre los gérmenes causantes del morbo gálico y quizás, en un golpe de suerte, curar la elefancia de Nelleke. Por la noche convoqué a mis tres empleados, le pedí a Hanton llevar a Merrick a la botica de Wright, «en este pergamino he escrito una serie de substancias y de ingredientes, pregúntenle cuánto cuestan y paguen el monto solicitado sin chistar, es un cargamento peligroso y frágil, debe ser tratado con el mayor cuidado, por eso los envío en el carruaje y no a caballo, su mal manejo puede provocarles la muerte, envío también dos cartas, una al señor Wright y otra a mi amigo Ryan, asegúrense de depositarlas en sus manos», en las misivas les confesaba a ambos la denegación de mi ingreso a la universidad por cuenta del tribunal de catedráticos, les relataba sobre el hogar de conversión y sobre el nuevo derrotero de mi existencia, les pedía consejo y les prometía una visita en un lapso cercano, Seathan aseveró conseguir pronto un lote numeroso de sanguijuelas, «escasean y sus propietarios, entre ellos la universidad y la sociedad de médicos, las atesoran y se niegan a venderlas, pero mandé a mis hombres a pescarlas en los ríos de las tierras altas y en un par de semanas estarán de vuelta», asombraba la iniciativa de Seathan para resolver los problemas, Merrick era un buen mayordomo, pero carecía del decidido brío del otro, camino a mis aposentos crucé en el pasillo con Ailis, «son altas horas de la noche, no hay razón para seguir despierta», le dije, contrario a ocasiones anteriores, esta vez no bajó la mirada, «vine a ver si se le ofrece algo», su respiración se percibía agitada, sentí la mía acelerarse, su aplomo la hacía ver aún más guapa, no estaba ahí por casualidad, con certeza se presentó en ese momento para interceptarme, «buenas noches», dije, un resabio de su timidez asomó y se sonrojó, «buenas noches, señor», subí las escaleras, en el descanso volteé atrás, ella seguía en el mismo lugar sin dejar de mirarme, sus años en el burdel hubieron de enseñarle los trucos para inquietar a un hombre, con decisión recorrí los últimos peldaños, mi corazón latía acelerado, desde la baranda vi hacia abajo una vez más, ahí estaba ella, aún mirándome, Ailis entorpeció mi sueño, sus ojos observándome con fijeza se repitieron una y otra vez en mi mente, sería una estupidez mayúscula prestarle atención, no sólo era mi empleada, sino además fue prostituta y copuló con decenas de fulanos, sin embargo, el efímero encuentro me dejó sacudido y me provocó no sólo deseo sino también emoción, lo cual tornaba en patético el episodio, acaso no hubo en ella ningún intento de seducirme y yo estaba confundido, lo cual era poco probable, ninguna mujer jamás me había mirado como ella, si deseaba obtener dinero o posición a través de mí estaba equivocada, en adelante antepondría un muro de frialdad y exigiría a Marion y a Merrick impedirle entrar a las estancias mientras yo estuviera presente.

A la mañana siguiente, al realizar mi acostumbrado recorrido a pie rumbo a la casa de conversión, un escalofrío cruzó por mi espalda, a lo lejos avisté a un tipo parecido a Colton, iba yo solo y con facilidad podía ser víctima de una agresión: un balazo disparado en la nuca o una puñalada artera por la espalda, el sospechoso se perdió entre la muchedumbre y aun cuando aceleré mis pasos para corroborar su identidad no logré llegar a él, con el ánimo perturbado arribé al hogar, nuevas internas me miraron con curiosidad y cuchichearon al verme pasar, las volteé a ver con enojo creyéndolas burlonas, más en ellas percibí ingenuidad y no maledicencia, al proseguir mi camino me interceptó Logan, su semblante sombrío anticipó malas nuevas, «una de nuestras internas está grave», dijo con pesadumbre, «y está sufriendo, ¿podría hacer algo por ella?», asentí, me encaminé hacia el ala de la casa donde se hallaban las enfermas, pero me detuvo del brazo, «no está ahí, se encuentra en el cuarto obscuro», no había escuchado de tal lugar, Logan aclaró «es donde se hallan las mujeres con la salud más deteriorada», si a quienes atendí antes se veían en condiciones deplorables, ¿quiénes eran estas otras?, el hogar se hallaba en las instalaciones de un antiguo cuartel militar, Logan lo había adquirido con generosas donaciones efectuadas por antiguos clientes de los burdeles de la ciudad ansiosos por despojarse del aura de pecadores a través de obras de caridad, se había construido en piedra en el siglo XIV, contaba con dos edificios, uno, donde se hallaban las habitaciones de las internas sanas, rodeaba el patio central, el otro, donde se asilaba a las enfermas, circundaba los jardines, un portón separaba ambas construcciones y evitaba se mezclaran entre ellas, el «cuarto obscuro» era en realidad un torreón, subimos la escalera de caracol, en un área vacía de cualquier mobiliario se hallaban cinco mujeres, su aspecto horrorizaría al más templado, el morbo gálico les había desfigurado el rostro, el cráneo, la piel y los huesos mostraban orificios ulcerados, habían tapiado las ventanas para evitar la entrada de luz y no se vieran unas a otras, sólo una lámpara de aceite se encontraba prendida en una esquina y la flama apenas iluminaba el espacio, si alguien quisiera describir las penurias del infierno, ese lugar lo mostraba en su faz más descarnada, tres de ellas habían perdido el oído y una, además, era ciega, una de las dos restantes, Rhonda, aquélla a quien Logan pintó como grave, se hallaba recargada en una pared, la enfermedad le había carcomido las mejillas y asomaba la hilera de los dientes superiores, las llagas penetraban hasta el fondo de su frente y asomaban las meninges, «buenos días», saludé con estupidez, nada de bueno podría tener para ellas, la moribunda se giró hacia mí, Logan era cándido si pensaba en una cura para su inminente final, «ayúdame, por favor, doctor», murmuró la mujer, «no puedo ya con estos dolores, una aguja entra por mis ojos y taladra mi cabeza», la única opción era sedarla con continuas dosis de whisky, en voz baja se lo propuse a Logan, pero recusó, «no, el alcohol está prohibido aquí, es pecaminoso», si no fuera por las siniestras circunstancias habría soltado una carcajada, vaya involuntario sentido del humor poseía el pastor, le preocupaba embriagar a las pobres moribundas, pero no se cuestionaba si copular con las sanas era o no inmoral, la otra posibilidad era el láudano, adormecerla cuanto fuera posible para mitigar los latigazos de dolor, se lo prescribí a pesar de la resistencia del pastor, «contiene vino y opio», alegó, lo jalé a una esquina del lugar, «embrutecerla es nuestra única opción», le dije, «ya está en las últimas», con la escasa luz de la lámpara percibí un gesto de desaliento, «¿no puede aliviarlas sin llevarlas a pecar?», inquirió con una candidez limítrofe en lo infantil, «no», contesté tajante, «hagamos terso su tránsito al más allá». Abatido por el cúmulo de conmociones, reunirme con Nelleke me aligeró el día, la encontré bromista y de buen humor, a pesar del frío, la chimenea no calentaba lo suficiente, se mantenía desnuda la mayor parte del tiempo, la ropa le irritaba la piel y hacía insoportable la picazón, al notarme compungido me preguntó los motivos, «transpira dolor esta casa», le dije, Nelleke sonrió, «pero también alegría», lo afirmaba ella, quien había sido rechazada, rehuida, repugnada,

187

un engendro con quienes decenas de marineros fornicaron sólo por curiosidad, le conté sobre las cinco enfermas en el «cuarto obscuro» y cuánto me frustraba no poder curarlas, «son mis amigas, con tres de ellas compartí aventuras y hombres, llegamos a navegar juntas cuando unos marineros nos contrataron para hacerles compañía hasta Canadá, nos divertimos, señor William, vimos ballenas, parvadas de aves cubriendo el cielo, manadas de focas amontonadas en las rocas, osos blancos cazándolas con sagacidad, divisamos auroras boreales, cruzamos al lado de gigantescos témpanos de hielo de un azul jamás visto, copulamos desnudas en la cubierta de la nave a la vista del resto de la tripulación mientras las ventiscas nos congelaban el trasero, durante cinco años recorrimos bosques exuberantes, tundras heladas, mares tempestuosos, no se lamente por ellas, su vida fue superior a la de muchas», Wright me advirtió no sentir lástima por los enfermos, «la enfermedad, en la mayoría de los casos, la determina el cómo se lleva la vida, ya sea por nuestra propia elección o por el arrastre de las circunstancias, es consecuencia de nuestros actos», en esto le sobraba razón, ellas decidieron conducir su existencia en esa dirección y como resultado sufrían del tremendo morbo gálico, revisé los sitios con menor espesor en la piel de Nelleke para colocar las sanguijuelas, era necesario avenar los líquidos atrapados en las piernas, con frecuencia supuraba un flujo transparente, era como si una presa se llenara y por las rendijas escurriera agua, en las fisuras de su piel crecían colonias de hongos, la peste provocada era semejante a la de los quesos añejos, le hablé de las bondades del venino de cobra y del arsénico para atacarlos, propuse aplicárselos y ella aceptó, me pidió ayuda para levantarse, le di la mano y con esfuerzo se incorporó, esta vez pude apreciar la real dimensión de su volumen y de su deformidad, tiró de una campanilla y aparecieron dos jóvenes prostitutas, «necesito cagar», dijo sin cortapisas, sus senos deleitables eran de una redondez en perfecta sintonía con la de sus hombros, su abdomen era delgado y se delineaba hasta el principio de sus caderas, pero bastaba bajar la mirada para tropezar con la monstruosidad, sus jamonas piernas se entorpecían una con la otra, sus pies, dos mazacotes sobre los cuales colgaban pellejos de carne fofa cubiertos de postillas, las nalgas desparramadas, «me voy a tardar, señor, es mejor despedirnos», con su mano de mariposa apretó la mía y con pasos de tortuga, recargada en sus dos ayudantes, marchó hacia el retrete de tablas colocado en un rincón del cuarto.

Cuando arribé a la casa descubrí con sorpresa, amarrado al poste de entrada, a Sam, mi caro potro, corrí hacia él, me recibió cauteloso y al reconocerme mordisqueó con suavidad mi mano y pegó su testuz a mi frente, increíble cuánto se puede querer a una bestia, salió a la puerta Sean, a quien también me dio gusto ver, «me adelanté, señor, Merrick y Hanton traen consigo los encargos, durmieron en la posada, pero me pidieron entregarle estas cartas de parte de Ryan y Wright», las tomé con emoción, me alegraba saber de mis amigos, enseguida puso en mis manos un fajo, «y éstas se las manda Louise», mi contento creció aún más, cenamos en el comedor, al principio se notó incómodo, pero tomó confianza cuando le pedí contar las razones por las cuales logró traerme a Sam, las hermanas nos sirvieron los platillos, la cercanía del brazo de Ailis al colocar la carne en la mesa me alteró, admiré su mano, era grande, fuerte, fibrosa, mas no por ello menos bella, al quitar el brazo rozó el mío, casi le exijo cesar sus devaneos, pero apenas se había retirado deseé volviera a hacerlo, no una, diez, veinte, miles de veces, tal y como lo preví, Peter, viejo zorro, adivinó las razones por las cuales Sean había renunciado a su trabajo, «llévale su potro a William, tu nuevo patrono», dijo, «yo me hago responsable si el señor Burton se molesta», mi padre confiaba en las decisiones de su administrador y rara vez lo cuestionaba, restituirme a Sam no violentaba los acuerdos, era un hijo desterrado, no un enemigo, me narró su encuentro con Louise, «aproveché cuando ella volvía de uno de sus paseos y se dirigía a solas al castillo, su rostro se tornó lívido cuando le entregué su nota, una noche, al final de mi jornada, ella apareció de entre la obscuridad y me dio el atado de cartas dirigidas a usted», me dijo ignorar el paradero de los engendros, «sólo Peter, Michael y sus padres saben dónde se hallan», por mi culpa los habían enclaustrado, me esperancé en creerlos en mejores condiciones, al menos la muchachita de los gallineros ya no sería abusada por los jóvenes del pueblo, advertí a Sean sobre la fugaz e incierta aparición de Colton y le pedí se cerciorara si merodeaba por la ciudad, al término de la cena me despedí de él y me retiré al salón a leer las cartas, la de Ryan resultó divertida, me reveló la insaciabilidad amatoria de Trisha, «Beth parecía una monja comparada a los apetitos de mi mujer, me levanta a media noche para hacer el amor y al despertar, exige más, la verdad, disfruto mucho su presencia en mi vida», respecto a mi rechazo en la universidad, sus palabras espolearon mi rabia, «te precaví, es una jungla donde prevalecen la vanidad y el engreimiento, ahí sobreviven no los más fuertes, sino quienes están dispuestos a aplastar a los demás, sigue tu camino y a la larga les demostrarás cuán equivocados estaban al excluirte», al final de la carta, Ryan prometía visitarme pronto, las líneas de Wright fueron francas, «conozco a Richards desde hace años, un imbécil pretencioso aún cautivo de su mentalidad campesina, no me explico su duración como decano de la escuela, no aprueba mis métodos de trabajo, ni mi búsqueda por innovar en la preparación de remedios, pero él no ha conseguido nada nuevo, es un pazguato cuyo único mérito es apropiarse de los logros científicos de otros y divulgarlos como si fueran suyos, si es posible busca quedar bajo la égida de algún médico de prestigio, si por acaso deseas volver, aquí tienes un amigo dispuesto a recibirte», en un pliego aparte, Wright me advertía sobre los veninos, «el arsénico úsalo sólo en casos extremos, procura no rebasar una pizca, disuélvelo en un vaso con agua y no prescribas más de cuatro gotas, el venino de la cobra matízalo con extracto de valeriana y dalo a beber en pequeños sorbos cada seis horas, también puedes untarlo en la piel lesionada, si me necesitas iré adonde me indiques», de nuevo Wright deslizando gentileza en cada una de sus palabras, dejé el mazo de cartas de Louise al final, tenerlas entre las manos me estremeció, las había envuelto con un listón rojo, símbolo de nuestro amor fraterno, las abrí con un nudo en el estómago, eran tres y venían acomodadas en orden cronológico, «me haces falta, desde tu partida el ambiente de esta casa se ha enrarecido, como si te hubieses llevado el aire y quedara aquí una permanente sensación de ahogo, en el rostro de nuestro padre se dibujan las marcas del duelo, su carácter se ha tornado más voluble y su espíritu más taciturno, nuestra madre esconde su pesar acentuando su tono enérgico, intenta parecer de piedra, mas se nota su dolor, nos prohibieron hablar de ti, como si ello fuera suficiente para anular tu recuerdo, en incontables ocasiones me pregunté cuál sería tu destino, hoy descanso al saber dónde te encuentras, yo daría cuanto fuera por alcanzarte y llenarte de besos, pero no estoy preparada para ser enterrada en vida en el corazón de nuestra familia», en la segunda carta reveló la existencia de un prometido, «mis padres me llevaron a un baile en Leicester, ahí me presentaron a un muchacho, hijo de una familia noble, dueña de una propiedad en la frontera con Gales, después de cuatro citas sus padres vinieron al castillo a hacer oficial una propuesta de matrimonio, es un joven agradable y de buen ver, hemos acordado casarnos en la primavera, con certeza lo aprobarías como mi marido, mis padres están satisfechos con el arreglo y ambas familias piensan desarrollar negocios de explotación minera o de comercio naviero en algunas de las colonias de ultramar, mi prometido se llama John Cook y es sobrino de James Cook, el famoso explorador asesinado en las islas del Pacífico, mi futuro esposo desea seguir sus pasos y lanzarse a la mar a descubrir nuevos territorios para el imperio británico, al menos me casaré con un hombre valiente y aventurero y no con uno de esos muchachillos timoratos y aburridos pertenecientes a nuestra clase», sabía quiénes eran los Cook, los conocí en un baile en Manchester, mi madre se refería a ellos como «los advenedizos

Cook» por el dudoso origen de sus títulos nobiliarios, habían forjado una enorme fortuna y eso bastaba para ser considerados como candidatos a alianzas matrimoniales, yo admiraba a James Cook, no por sus múltiples expediciones, sino por llevarle una ballena al doctor John Hunter para disecarla, la última carta me provocó gran dolor, «le pedí a Sean no revelarte la noticia y permitirme ser yo quien te lo contara, el cobertizo donde encerraron a los engendros fue consumido por un incendio, no subsistió ninguno, según Peter un rayo le cayó encima y prendió fuego al techo, Sean sospecha de un atentado, yo ruego a Dios no haya sido una orden de mi padre, me duele en el corazón, sabía cuánto te importaban», adjuntos a sus cartas venían dos dibujos en cartoncillo, uno del muchacho en los establos, el otro de la muchacha en los gallineros, contemplé los retratos, los dos se hallaban desnudos, él, un perro flaco y hambriento, ella, una fierecilla sucia y con ojos torvos, los demás debieron vegetar también en una existencia miserable, si Dios les había privado de la posibilidad de ser normales era obligación de la ciencia hallarles una salida digna, brindarles la oportunidad de ser aceptados y queridos, de ser útiles y productivos, de poder erguirse y caminar con pasos firmes, de poseer un lenguaje, Nelleke sufría un mal de pesadilla, pero al menos podía relacionarse con otros, disfrutar de viajes y de encuentros sexuales, estos pobres seres habían muerto encadenados como animales, la carta de Louise concluía, «seamos cuidadosos al contactarnos, buscaré cómo saber de ti, te pido quemes tú también estas cartas para no dejar rastro, quédate las ilustraciones y sobre todo guarda en tu corazón mi amor de hermana», releí cada carta y luego, con profundo pesar, las arrojé al fuego, cuando hube terminado me encaminé a mis habitaciones, entre la obscuridad descubrí a Ailis mirándome, se podía escuchar con claridad su respiración y, me imagino, la mía, la negrura en la estancia enmarcaba su pálida belleza, sentí mi corazón perder su compás, como si su mirada me despojara de una pulsación por cada tres latidos, quise pronunciar un «buenas noches», me fue imposible, los vocablos se fueron hacia adentro como si una mano los hubiese jalado a lo profundo de mis entrañas, crucé frente a ella y subí las escaleras, esta vez no quise voltear a ver si todavía se hallaba ahí, seguí de largo y al llegar a mi recámara me senté en mi cama y exhalé el aliento contenido.

Temprano por la mañana arribaron Merrick y Seathan, cada uno por su cuenta, Seathan se notaba excitado, llevaba en sus manos un frasco grande de cristal, lo levantó y me lo mostró, «atraparon ciento cincuenta», dijo con orgullo, con esa cantidad de sanguijuelas podíamos no sólo atender a Nelleke sino a las demás internas enfermas, Merrick dispuso sobre la mesa la colección de substancias enviada por Wright: mandrágora, raíz de abetos, goma de amapola, ralladura de meteoro, plata y cobre en polvo, láudano, abejas y avispas resecas, extracto de orín de mofetas, corteza de cedro, valeriana y mucho más, en pequeños botes venían guardadas dosis de arsénico, de venino de cobra y escorpiones vivos, con tal cúmulo de ingredientes estaba convencido de elaborar los remedios necesarios para curar las etapas tempranas de las mujeres con morbo gálico y de disminuir el edema de las piernas de la holandesa, «es necesario mantener las sanguijuelas en un frasco de agua recogida de los ríos y cambiarla a menudo, debe alimentarlas con gusanos o con huevos de rana», me aleccionó Seathan, quien consultó a expertos, me dio instrucciones de cómo utilizarlas en los procedimientos terapéuticos, «debe privarlas de alimento al menos una semana antes de su empleo y humedecerlas con frecuencia mientras actúan sobre el paciente, no les permita avanzar hacia donde ellas quieran, jálelas con delicadeza y guíeles hacia el lugar elegido, una vez llenas de sangre, retírelas y espolvoréelas con cúrcuma para hacerlas vomitar la sangre tóxica, una vez vaciadas puede volver a colocarlas sobre la piel, es indispensable mantener bien nutridas a las pacientes para evitar el empobrecimiento de su sangre», las miré por el cristal, eran en verdad repugnantes, pero sus beneficios para la salud eran extraordinarios, no quise esperar una semana para el tratamiento de Nelleke y con prontitud me dirigí al hogar de conversión, esta vez escoltado por Seathan y por Sean, cuando llegamos, la holandesa aún dormía, era de hábitos nocturnos y abría los ojos alrededor de las nueve de la mañana, pedí despertarla y cuando entré a su cuarto la encontré somnolienta y un poco de mal humor, «mi sueño es sagrado», murmuró entre dientes, para animarla levanté el frasco con los gusanos, «las conseguí», le pedí desayunar con abundancia y en cuanto acabó le di de beber cuatro gotas del agua con arsénico y coloqué cincuenta sanguijuelas en los lugares predeterminados, los bichos chupaban la sangre con movimientos cadentes, en media hora su cuerpecillo engruesaba hasta cinco veces su tamaño, una vez saciada su hambre se separaban y rodaban a un lado, en la piel quedaba un orificio del cual manaban hilos de sangre, una vez desprendidas las colocaba en un recipiente para empolvarlas con cúrcuma, regurgitaban la sangre recién absorbida, al principio el color era rojo brillante, luego, sanguaza, eso, a mi juicio, indicaba la extracción de los líquidos atrapados en las piernas de Nelleke, después de tres horas de desangrarla resolví parar, quedó en las sábanas un manchón bermejo mientras de las heridas no cesaba de brotar un flujo sanguinolento, vacié alcohol sobre ellas para evitar una infición y luego unté el venino de la cobra con valeriana entre los intersticios de sus muslos con la esperanza de acabar con los mohos, «necesitarás bañarte todos los días mientras lleve a cabo este régimen», le ordené, pasaron tres días y las piernas de Nelleke no se deshincharon como lo esperaba, pero comenzó a moverse con un poco más de ligereza, al notar palidez en su rostro disminuí el número de sanguijuelas de cincuenta a treinta y reduje el tiempo de chupadura de tres a dos horas, al cabo de dos semanas la holandesa logró levantarse sin necesidad de ayuda, «está funcionando», dijo contenta, actué igual con las mujeres afectadas por el mal francés, a diario las exhortaba a tomar cuatro gotas de arsénico y sorbos pequeños de venino de cobra, en las bubas colocaba sanguijuelas para chuparles la sangre repleta de pus y en las llagas untaba una mezcla de arsénico con nitrato de plata. Cada noche, al volver del hogar de conversión, se repetía con Ailis el mismo ritual, después de la cena me sentaba frente a la chimenea a leer, en la penumbra ella me observaba, la frecuencia no extinguía los estremecimientos de ninguno de los dos, no era necesario acercarme para escuchar cómo tragaba saliva y, si ella pusiese atención, habría oído el repicar incesante de mis latidos, varias noches me masturbé pensando en ella, mas no predominaba el deseo sino el sentimiento, ¿me estaba enamorando?, recurrí a mi ajedrez en espera de responder a ésa y a muchas interrogantes más, ¿debería dar rienda suelta a mis emociones?, ¿cometía un error al fijarme en ella?, dispuse las piezas en sus escaques y observé el tablero durante varios minutos, como si en éste pudiese encontrar la salida a mi laberinto, decidí jugar las blancas con un intento metódico, osado con las negras, si las blancas ganaban era preciso suprimir cualquier asomo de enamoramiento, si triunfaban las negras entonces valía correr el riesgo de amarla, las blancas apalearon a las negras, les dieron jaque mate en menos de veinticinco jugadas, la señal fue prístina, el orden debía imperar, la máxima de la nobleza, «no te relaciones con plebeyas», tenía una razón de ser, embaucadoras acechaban en caza de posición social y de privilegios, Ailis bien podía ser una de éstas pero, a pesar de las señales en contra y de una inminente catástrofe, me resistí a desertar de mis sentires hacia Ailis, algo dentro de mí obligaba a reconsiderar, como a la usanza de los aríolos de la antigüedad, quienes leían en el vuelo de las aves los agüeros del futuro, decidí salir al campo, si aparecía un pájaro negro corroboraría el pronóstico del ajedrez de cuán erróneo sería vincularme con Ailis, si era de color claro me imponía a abrir la caja de Pandora, durante varios minutos, como si el futuro se negara a revelarse, ni un pájaro cruzó frente a mí, «los agoreros son gente de mal», me había advertido Johann, «aléjate de ellos y de sus prácticas, retan los designios de Dios», yo no intentaba desafiar a Dios, sólo no lo creía interesado en mis devenires amorosos y me era urgente una señal, se avecinaba una tormenta y me apresuré a volver a casa, justo cuando caían las primeras gotas una torcaza pasó frente a mí, su vuelo errático y veloz me brindó la respuesta: era un ave de color claro. Esa noche, luego de la obligada relectura de *Los otros casos, una disertación filosófica y médica sobre la diferencia y los fenómenos*, me levanté del sillón para ir a la cama, Ailis, como en las últimas semanas, me velaba desde la zona umbra de la sala, en esta ocasión, en vez de pasar de largo, me detuve frente a ella, sin decir palabra estiré el brazo y con el dorso de la mano apenas acaricié su cara, inclinando la cabeza Ailis la atrapó contra su hombro y la estregó con su mejilla, cerré los ojos, jamás anhelé tanto a una mujer, me besó los dedos con un leve roce de los labios, sentí una gota caer en mi muñeca, le alcé la cara, lloraba en silencio, enjugué sus lágrimas y nos quedamos mirándonos uno al otro, «buenas noches», dije y le besé la frente, a esa corta distancia me pareció aún más hermosa, «buenas noches», musitó, di la vuelta y subí las escaleras con un ardiente deseo de volver a ella y besarla en la boca, pero proseguí mi camino, entré a mi habitación y cerré la puerta, sí, no existía la menor duda, me había enamorado de Ailis.

La inflamación de las piernas de Nelleke disminuyó y logró moverse con más facilidad, caminar favoreció su condición, los fluidos atrapados circularon y se generó un círculo virtuoso, por las mañanas salía a pasear por el patio, avanzaba con pasos lentos hasta completar dos vueltas, las infecciones de hongos comenzaron a ceder y a pesar de no cerrarse las llagas alrededor de los pliegues se notó una ligera mejoría, nada apuntaba a una curación total, algunos líquidos dentro de sus piernas debieron endurecerse y ordené masajes para intentar disolverlos, Nelleke se rehusó al baño diario, como una cría caprichosa alegó el frío imperante, era indispensable lavarse para desprender los restos de sangre y evitar su pudrición, «no soy rana para estar metida en el agua», rezongaba, pero yo no me iba hasta verla por completo limpia, evolución más promisoria presentaron las enfermas de morbo gálico en sus etapas tempranas, las úlceras cicatrizaban, el apetito se incrementaba, se restablecía el color de las mejillas, los diviesos se secaban, los lobanillos disminuían su tamaño, unas cuantas de ellas, aun cuando aseveraban abrazar a Cristo y arrepentirse de sus pecados veniales, aguardaban deshacerse del último vestigio del mal francés para volver a las calles a practicar su oficio, «Dios es bondadoso, pero no nos da de comer», dijo una de ellas con absoluto sentido práctico, deseaban aprovechar sus carnes antes de convertirse en jamonas arrugadas, unas para incrementar sus ahorros, otras añoraban su agitada vida como prostitutas, las más rudas echaban en falta la trasgresión, «el placer del dolor», aseveró Giovanna, una meretriz italiana avezada en prácticas perversas con fustas, látigos y flagelos, «no hay goce sin sangre ni pasiones verdaderas sin azotes», para demostrar su experiencia como guerrera de lo prohibido me exhibía las huellas de laceraciones en su espalda, sólo una minoría, entre las cuales ansiaba se hallara Ailis, buscaba retornar a una vida honorable, ¿y si ella era sólo una prevaricadora?, ¿sería una hipócrita mosquita muerta cuando su deseo era revolcarse en la cama con otros?, era imperioso cortar los lazos con ella, no había futuro alguno entre nosotros dos y no era sano alimentar ilusiones. Como era mi costumbre por las tardes, partí a la biblioteca universitaria, estar rodeado de libros me colmaba de tranquilidad y al mismo tiempo insuflaba mi mente de un soplo eléctrico, cada autor parecía rajar la realidad en dos para mostrar un cosmos oculto a simple vista, ya fuese para abrir el cerrojo de ciertas enfermedades, para demostrar la potencia curativa de algunas substancias, para enunciar vocablos novísimos necesarios para describir con precisión síntomas o para desvelar la inmundicia de teorías elaboradas por falsarios para asombrar incautos, así como en los estantes hallé textos vigorosos, leí a tipos deplorables, como Gerhard Gruber, un célebre anatomista, quien abría cuerpos de hombres y mujeres en perfecto estado de salud con el único propósito de ver cómo se enroscaban los intestinos al paso del alimento, cómo se hinchaban los pulmones al inspirar, cómo se bamboleaba el corazón dentro del pecho, cómo brotaban chisguetes de sangre al perforar una arteria, «nadie puede considerarse un anatomista de verdad si nunca ha abierto en canal a un hombre vivo», escribió con descaro, para él era inútil explorar cuerpos muertos, en su libro *Lecciones de anatomía y reacciones de los órganos vivos* hablaba de la importancia de contener las hemorragias durante la cirugía, «lo cual no se puede estudiar en cadáveres, es fundamental hacerlo con personas vivas y así determinar la presión de la sangre», para sus «investigaciones», Gerhard Gruber utilizaba «seres menores», como nativos del sur del continente americano, negros traídos de las costas africanas o aborígenes de las islas del Pacífico, «por su cercanía con los animales, estas razas resisten más, algunos soportan hasta cuatro disecciones», asimismo desprendía partes de los órganos para observar cómo reaccionaba el sujeto, le cortaba un pedazo de hígado o le extraía el páncreas o le perforaba una determinada parte del cráneo hasta llegar al cerebro, el austriaco no se cuestionaba, ni por un segundo, si esos individuos eran conscientes del maltrato provocado, morían ocho de cada diez y al cínico de Gruber esto le parecía poca cosa, «su sacrificio no es en vano, gracias a ellos la ciencia avanza a grandes zancadas», Kader, autor egipcio, me pareció más serio y respetuoso, en su *Tratado de las ausencias del cuerpo* indagaba sobre las «sensaciones fantasma» en personas con extremidades amputadas, «queda un limbo de sensibilidad intacto, los amputados continúan sintiendo comezón en los pies o dolor en la muñeca, le he pedido a un manco coger un objeto con la mano amputada, si uno mira con cuidado verá en el muñón temblores de músculos y actividad nerviosa, en la orilla del apéndice perdura una memoria de lo tangible», según Kader, los impulsos indeliberados eran el sendero para crear piezas substitutas con capacidad de ejercer funciones similares, «si logramos conectar el flujo vital del segmento restante con un reemplazo artificial, regalaremos a estos infaustos personajes la posibilidad de retornar a una vida habitual», en su tratado, *Estudio sobre lo extraño y lo inaudito*, H. J. Kaminski, un misterioso cirujano polaco, relataba sus viajes al cordón montañoso de Tatras, confinante con los Cárpatos, con el objeto de comprobar la existencia de «hombres lobo», cuya leyenda corría entre los pobladores de aquellos parajes boscosos y casi inaccesibles, «se habla de individuos cuya fisonomía se transforma en la de un lobo durante la fase de luna llena, los llaman *wilkolak*, les achacan ataques a las aldeas y raptos de las doncellas más hermosas con las cuales se alimentan», el gremio científico lo consideraba una patraña inventada por aldeanos ignorantes, pero quienes aseguraban haberlos visto lo hacían con profunda convicción, un día, uno de estos aldeanos, para demostrarle cuán verdaderos eran estos míticos seres, lo llevó a su choza y le mostró el cuerpo embalsamado con torpeza de un hombre cubierto de pelo de la cabeza a los pies, «aquí la prueba, señor, lo matamos entre varios cuando, desnudo a medianoche, se aproximó a las casas con el objeto de robar y alimentarse con una de nuestras hijas, al rodearlo con antorchas nos acometió con una ferocidad nunca vista, por fortuna nos prevenimos y forjamos lanzas con cuchillas filosas, yo logré clavarle la mía justo en el corazón, vea ahí la cicatriz y aun herido de muerte siguió luchando», el peludo cuerpo se hallaba en un catre, su pecho lo cubrían un sinnúmero de crucifijos, Kaminski lo examinó, fuera del vello excesivo parecía un ser humano común y corriente, sus músculos no denotaban una fuerza descomunal y su dentadura no mostraba colmillos de fiera, Kaminski pidió juntarse con otros de los participantes de la matanza, la mayoría contó la historia con mínimas variantes, algunos exageraron la brutalidad de la batalla o alargaron su duración a varios días, uno de ellos se mantuvo callado y al final le pidió a Kaminski hablar a solas, temeroso de ser escuchado por el resto lo condujo por un sendero hasta adentrarse en el bosque, «es mentira», le confesó el tipo, «no fue una batalla sangrienta ni arremetió contra nosotros, llegó a buscar sobras de comida al caer la noche y cuando alguien dio la voz de su presencia trató de huir hacia los pinares, demasiado tarde, lo rodearon y ya no pudo escapar, los hombres del pueblo lo lancearon y cayó muerto en menos de un minuto», el delator además conocía a una familia con las mismas características, «viven en lo más remoto de una cañada, donde casi nadie puede llegar, yo los encontré por casualidad, son pacíficos y se comportan como cualquiera de nosotros, hasta emplean nuestra misma lengua», Kaminski le pidió llevarlo con ellos, el otro accedió si juraba jamás revelar la ubicación del sitio, el científico aceptó y aun así hubo de caminar vendado por varias millas, la familia la componían dos hermanos, ambos cubiertos de pelo, y sus esposas, mujeres comunes sin ningún atributo sobrenatural, de los vástagos, cinco de ocho presentaban una pelambre abundante, fuera de ello, a Kaminski le parecieron gente como cualquier otra y en su libro concluye, «algún antepasado de estos hombres y mujeres debió aparearse con un lobo, desde entonces existe en ellos la sangre de la bestia, su proceder es normal y no hallé en ellos el espíritu violento narrado por los aldeanos, una cirugía no resolverá su problema, pero un boticario experimentado quizá lograra fabricar un ungüento para eliminar el vello», investigué sobre Kaminski y hallé poco, quizás era un nombre falso para ocultar su verdadera identidad, después de la publicación de su libro desapareció y no volvió a saberse más de él. Salí de la biblioteca con pesadez en el alma, las constantes en el trato con los fenómenos eran la humillación, el abandono, el castigo y, a menudo, el asesinato, ¿cómo detener la barbarie contra esos seres inocentes?, a los hombres lobo, sólo por ser disímiles al resto de nosotros, se les condenaba a una muerte atroz, el primer paso de la medicina debía consistir en cambiar la percepción de la gente sobre quienes se alejan de los patrones de lo normal y demostrar cómo, dentro de los engendros, de los fenómenos, de los monstruos, palpita con potencia lo humano, al salir de la biblioteca descubrí una caravana de carretas y carruajes, reconocí a Ahmad y a Yusef y me acerqué a saludarlos, al principio no me identificaron, cuando les recordé dónde los había conocido se desvivieron en mostrar su agrado, «claro, es usted el discípulo de nuestro querido amigo, el señor Wright», recién arribaban a Edimburgo y se aprestaban a mostrar las novedades al doctor Whitney y demás investigadores universitarios, «¿y cuál es su labor acá?», me preguntó Yusef, a grandes rasgos les conté sobre mi trabajo en el hogar de conversión, me escucharon con interés y al finalizar sonrieron, «Alá no cruza a las personas por casualidad, siempre hay un plan, traemos ingredientes poderosos para la cura de diversos males, nadie, se lo puedo asegurar, los conoce en este lado del mundo», con certeza me ofrecerían substancias inéditas y a sabiendas de su rareza se encajarían con el cobro, mas aprendí de Wright a negociar para obligarlos a un acuerdo justo, Ahmad me llevó a una carroza de dimensiones semejantes a las de una alcoba real, nunca imaginé tal lujo dentro de un habitáculo, contaba con taburetes y sillones, con alfombras coloridas y, en una mesa al centro, una jarra de plata con té, Ahmad me sirvió una taza y me pidió sentarme en el más cómodo de los sofás, ponderé el exquisito sabor de la bebida, «es té de regaliz, calma el cuerpo y alienta el espíritu», tomó una bolsa de seda, en su interior venían varas cortadas en trozos, «es un obsequio como muestra de nuestro afecto, basta poner una rama en agua hirviente para obtener el té», cada gesto suyo cumplía con la intención de crear un clima propicio para la venta, un par de empleados subieron al carruaje y en medio de nosotros colocaron sacos y cajas, «será usted el primero en Gran Bretaña en conocer estas substancias, han sido recolectadas en los lugares más apartados de la tierra», con un ademán, Ahmad ordenó a uno de sus subalternos abrir uno de los sacos y extrajo pétalos resecos, «es Rosa de la Montaña, flor obtenida en lo alto de la cordillera de los Andes, ayuda a curar la destemplanza del hígado y limpia al cuerpo de los humores melancólicos, tan proclives en mujeres infectas con enfermedades del sexo», desplegó las corolas y luego pedazos de corteza, «los emplastos de su cascarilla remedian heridas de la piel y extraen la pus», los colocó a un lado y tomó una pequeña bolsa de cuero, «en la remota Siberia habita el más grande y feroz de los tigres, son difíciles de hallar y más aún, de cazar, desde hace milenios la medicina tradicional china halló propiedades sin par en sus huesos y en sus colmillos, combinados con raíces de peonía blanca, de escabiosa y de una planta llamada "ginseng", curan desde la debilidad sexual en los hombres hasta los males más agudos de la sangre», abrió la bolsa, dentro se entreveía una molienda de polvos blancuzcos con pedazos de dientes y para comprobar su autenticidad, cosieron en la bolsa un pedazo de piel del tigre, me mostraron decenas de piedras, cada una con cualidades curativas particulares, la turmalina, frotada en la piel para atenuar dolores, el cuarzo, para ayudar a cicatrizar heridas, la calcedonia, para mejorar las funciones del hígado, el jaspe, para combatir las inficiones, la amatista, para disminuir las cefaleas, la cornalina, para problemas del páncreas, el jade, para estados nerviosos, el berilo, útil para las pulmonías, manifesté mi interés sólo por las flores de la Rosa de la Montaña, por el cuarzo y por el berilo, los más idóneos para mi práctica médica en el hogar de conversión, negociantes astutos, no estaban dispuestos a dejarme ir sin comprarles un lote importante, me mostraron hierbas, minerales, menjurjes, bálsamos, partes de animales, frutos, semillas, insectos, veninos de diferentes víboras, polvos volcánicos, anochecía y los egipcios seguían empeñados en presentarme más y más productos, yo anhelaba regresar a casa para reencontrarme con Ailis, quien dominaba ya mi corazón, al ver mi falta de interés Muhammad usó su táctica más meliflua, «querido amigo, no le hemos mostrado la joya de nuestro catálogo, la pieza más interesante y, por supuesto, la más cara, pero es aquélla con más propiedades medicinales, querrá llevársela de inmediato, venga con nosotros», los seguí hasta un carruaje al otro extremo de la caravana, entramos, al fondo, en una mesa, se hallaba un recipiente de vidrio cercado de velas, en su interior, unos guijarros y unas ramas en un dedo de agua, Muhammad

202

me pidió acercarme, «mire con atención», dijo, descubrí cuatro pequeñas ranas amarillas, «está usted mirando al animal más venenoso de la tierra, basta tocarlo para morir en un brevísimo tiempo», me agaché a observarlas, imposible, los diminutos anfibios no podían superar el venino de las cobras, «no se deje engañar por las apariencias», continuó Muhammad, «pueden matar a un toro de mil libras de peso, provienen de los territorios selváticos de Nueva Granada, en la Sur América, los indios de allá rozan las puntas de sus flechas en sus lomos para recoger el venino y cazar», las pequeñas ranas se miraban por completo inofensivas, si no me hubiesen advertido, habría estirado mi mano para coger una, «para extraer su venino se envuelve un pedazo de algodón en una punta de fierro, se talla en sus dorsos cinco veces, luego se introduce el algodón en una botella con una pinta de agua y se deja reposar por tres días, para aplicarlo se hace una pequeña incisión con navaja entre la vértebra siete y ocho, se humedece otro algodón y se coloca sobre la herida, el venino entrará en el torrente sanguíneo y atacará el mal, después de una semana se logrará el alivio total», según ellos, el venino de la rana dorada podría convertirse en la panacea universal, capaz de aliviar todos los males, desde el cáncer hasta el morbo gálico, del sarpullido a la constipación, curar el tifo, la melancolía, los hongos en los pies, las inficiones pulmonares, purificar la linfa, cortar las gripes, despejar el cerebro de viscosidades, atajar la epilepsia, suspender el dolor, devolver el movimiento a los paralíticos, no supe si las suyas eran maniobras de mercachifles o si eran verdaderas sus palabras, y si lo eran, la humanidad había topado con el hallazgo más importante en la historia de la medicina, pregunté por su precio, los tres se miraron entre sí y soltaron una suma exorbitante, sonreí por su desvergonzada propuesta, «nada de lo dicho por ustedes se ha comprobado, no he visto a una sola persona curada por estas ranas, confiaría en ustedes si estos animalitos costaran cien veces menos, pero así, sin certezas ni noción de ensayos previos, me niego a desembolsar tal cantidad», como era de esperarse los tres se mostraron indignados, «somos hombres de acreditada honestidad, jamás hemos engañado a nadie y usted puede inquirir con su amigo Wright si alguna vez lo timamos, si usted desea pasar de esta ocasión no habrá problema por parte de nosotros, pero por favor no demerite nuestros esfuerzos por traer a estas tierras lo más valioso de la medicina en el mundo», protestó Yusef, esta vez sí los percibí molestos, traté de mantener la calma, «toda negociación», me había advertido Wright, «debe contentar a ambas partes», «carezco de la fortuna necesaria para pagar por ellas, lo haría con gusto si la poseyera, si reducen el precio a algo más razonable podría hacer un esfuerzo por comprarlas», manifesté, después de parlamentar entre ellos en árabe me propusieron una cifra cinco veces menor, aún excesiva a mi juicio, planteé mi oferta y pactamos un monto por el lote, «las ranas no pueden ser tocadas jamás con la mano desnuda, significaría una muerte inmediata y dolorosa, use siempre guantes gruesos de carnaza al cambiar el agua o cuando quiera extraerles el venino, sólo deberá darles de comer este tipo de hormigas», me dijo y en otro recipiente de vidrio lleno de arena me entregó una colonia de estos bichos rojos, a pesar de ser pequeños ostentaban mandíbulas filosas, «les llaman "quemadoras", también tenga cuidado con ellas, muerden y dejan ámpulas», avisó Yusef, «las ranas necesitan comerlas para seguir produciendo venino, cualquier otro alimento debilita su poder tóxico», tanto los anfibios como las hormigas provenían de lugares cálidos y debía colocarles velas alrededor para mantener una temperatura adecuada y evitar su muerte. Cité a los empleados en la habitación destinada a laboratorio, coloqué en una mesa el receptáculo donde venían las ranas y expuse cuán peligrosas eran, «está prohibido acercarse a ellas y sólo Seathan podrá entrar a alimentarlas, quien rompa esta regla será despedido», se dieron por enterados y les ordené retirarse, pero solicité a Ailis aguardar, «en esa bolsa vienen pequeñas ramas de regaliz, toma una, hiérvela en una jarra y cuando la infusión esté lista la llevas al salón junto con dos tazas», escuchó atenta y partió a cumplir con mi pedido, prendí la chimenea en el salón y al poco rato llegó Ailis con el té, colocó la bandeja en la mesa frente al sillón y se dio media vuelta para volver a la cocina, «espera», señalé el sillón de al lado, «siéntate», serví el té en las dos tazas y le entregué una, «me lo acaban de obsequiar, proviene de Egipto», ella bebió un pequeño sorbo, «es delicioso», le pedí quitarse la cofia, dudó un momento, la desprendió de su cabeza y la puso sobre su regazo, su cabello suelto la hacía ver aún más bella, nos quedamos en silencio, sólo se escuchaba el chisporroteo de los leños quemándose, a sabiendas de su pasión lectora le pregunté cuáles eran sus libros favoritos, *La vida, las aventuras y las piraterías del capitán Singleton* y *Las fortunas e infortunios de la famosa Moll Flanders*, respondió sin titubear, para ser una prostituta devenida en empleada doméstica conocía bien la obra de Daniel Defoe, los libros se los había prestado James Boswell, a quien según relató conoció en el burdel de la princesa Valerie, «llegaba temprano a beber con nosotras, con él conversaba de diversos temas, defendía a muerte la independencia de Córcega de Francia y estaba en contra de la esclavitud, él también me prestó *Interrogantes sobre la naturaleza y causas de la riqueza de las naciones*, de su amigo Adam Smith», James Boswell era una figura señera de la cultura y la política de Edimburgo, famoso por su estilo polémico y su inteligencia aguda, pero también por su conducta libertina y por ser proclive a asistir a prostíbulos donde se supo contrajo gonorrea y otras enfermedades venéreas, al parecer fue una de las víctimas de la epidemia desatada por el general francés en el local de la princesa Valerie, con absoluta inocencia Ailis me narró sobre cómo Valerie las instaba a instruirse y para ello contaba con una biblioteca bien dotada, «deslumbren a los clientes y recibirán mejor propina», solía decirles, «aquí vienen los hombres aburridos de sus tontas y blandas esposas, ofrézcanles algo distinto y para eso están los libros», la dama obligaba a sus pupilas a leer al menos un ejemplar por semana, empezó a corroerme una emoción jamás experimentada: los celos, odié pensarla desnuda en brazos de otros, era demasiado cándida, demasiado joven y demasiado bonita como para ser poseída por tipejos cuyo único mérito era contar con los chelines suficientes para pagar por sus servicios, ella continuó con su lista de lecturas favoritas, *La vida y opiniones de Tristram Shandy* y *Una jornada sentimental a través de Francia e Italia* del connotado Laurence Sterne y libros de autores menos conocidos, fue una sorpresa saberla docta en temas variados, guardamos silencio, en mí peleaban dos sentimientos encontrados, amarla o repelerla, ¿dónde demonios tenía la cabeza para ir a enamorarme de la menos indicada de las mujeres?, la observé iluminada por el fuego de la chimenea, había gravedad en ella, una elegancia natural, sus movimientos parecían estar en sintonía con el espacio, lo dominaba con sutil fluidez, sus manos denotaban firmeza, su talle erguido le daba un aire garboso, sus espaldas anchas y sus piernas fuertes, remanente de sus años como campesina, no chocaban con el conjunto, en su mirada verde se traslucía un aire melancólico, estiré la mano y le pedí darme la suya, ella me contempló por unos segundos y con lentitud la acercó, la tomé, pasé mis dedos por su dorso, las venas sobresalían en su piel suave, volteó la mano y comenzó a acariciar mi palma, entrelazamos los dedos, rozamos yemas con yemas, como la vez anterior, noté una lágrima escurrirse por su mejilla, le pregunté la razón, se la enjugó y sonrió con tristeza, «por primera vez un hombre no me exige acostarme con él», retiré mi mano, cuán romántica hubiese parecido la escena, ella la quebró con sus palabras, me retrajo a sus noches fornicando con tipos desconocidos, a otras manos sobre sus nalgas, a bocas lengüeteando sus pezones, a semen escurriendo por entre sus muslos, no, no podía hacerme el tonto, sólo de imaginarla me lastimaba, me puse de pie, «es tarde y necesito levantarme temprano», ella agachó la cabeza, «lo siento, señor», dijo y se apresuró a partir, la vi perderse entre la obscuridad, ahora quien quiso derramar una lágrima fui yo.

Tallé los lomos de las ranas amarillas de acuerdo a las recomendaciones de los egipcios, temeroso de cometer un error y de afectar a alguien con el venino decidí hacerlo solo, imponían los diminutos anfibios, su aspecto poco amenazante los hacía aún más terríficos, las cobras abultaban sus capuchas para avisar su ataque, las ranas podían saltar y rozarme la cara, Yusef me advirtió repetidas veces de su peligro, «el más leve contacto te matará y también a quien trate de ayudarte si toca la zona donde te impregnaron el venino», rasqué con suavidad la espalda de una de las ranas, el algodón se humedeció de un flujo pegajoso, lo introduje en el frasco con agua, lo agité, la segregación se diluyó y lo dejé reposar, falto de aliento tapé el recipiente y me senté a recuperarme de los nervios, «una gota aniquila cinco elefantes», me narraron la muerte de un imprudente comprador, quien no creyó en su historia, el tipo, experto en serpientes venenosas y versado en el manejo de áspides, consideró inofensivas a las ranas, metió la mano en el recipiente, cogió una frente a los atónitos egipcios y la alzó a la altura de sus ojos, «ven, lo de ustedes son vulgares cuentos para engañabobos», dijo con suficiencia, dejó la rana en el cuenco de cristal y cuando volteó su rostro se tornó pálido, trastabilló unos pasos e intentó detenerse de un mueble, los egipcios se hicieron a un lado, si él los tentaba caerían muertos, el hombre trató de pronunciar una frase y le brotó espuma por la boca, cayó al piso, comenzó a estremecerse y, en menos de un minuto, expiró, «debió padecer dolores insoportables, su espalda se arqueó y sus dedos quedaron agarrotados, como si hiciese un intento por aferrarse a un último soplo de vida», al pobre diablo le cortaron la mano con la cual cogió al reptil y la incineraron, al resto del cuerpo le amarraron piedras y lo arrojaron al fondo del Nilo, deduje la acción a tomar en caso de un roce con una, cercenar de inmediato el dedo, la mano, el brazo, con la esperanza de detener la marea del venino, guardé la pócima en un cajón con candado y me apresté a realizar mi recorrido diario. Nada pude hacer por las enfermas del «cuarto obscuro», les administré arsénico en dosis superiores y tratamientos con sanguijuelas, de tan podrida y de tan contaminada su sangre, los infelices bichos sucumbieron, sin necesidad de espolvorearlos con cúrcuma arrojaron un esputo denso y rojizo para luego estremecerse y quedar inertes, hube de someter a las desventuradas mujeres a cantidades extremas de láudano, Rhonda, la mujer con el deterioro más severo, entró en estado de delirio, señal de cuánto la enfermedad había carcomido su cerebro, sus pavorosos alaridos retumbaban entre los muros del hogar y varias de las internas se arrodillaban pidiendo a Dios, no sólo por Rhonda, sino por ellas mismas, «como se ve, te verás, si no abrazas a Cristo, esa suerte terrible te espera», las aleccionaba el desquiciado Logan, quien debía creerse inmune a los males venéreos pues ayuntaba a diario con varias de ellas sin importar si estaban infectas o no, luego de una horrenda agonía, sin potestad alguna sobre su defecación, murió Rhonda, batida de excrementos, la piel cubierta de lesiones maculosas, los ojos grises, los labios y la lengua destrozados por sus propias mordidas, si no fuera delito leso de orden divino, a las otras les untaría el segregado de las ranas para terminar de tajo con su eternal calvario, ningún cementerio admitió el cadáver de Rhonda, tan sólo atisbarlo en su féretro causó repugnancia en quienes habrían de enterrarla, su rostro corroído, sin mejillas, con los dientes de fuera, suscitaba un horror rayano en lo sobrenatural, «aquí yacen los cuerpos de gente de bien, no permitiremos la putrefacción del camposanto con su carne pecadora y corrupta», fue necesario inhumarla a escondidas en un paraje solitario, sin cruz para no llamar la atención, pensé en abrirla para observar cuán adentro de sus entrañas había penetrado la enfermedad, determinar si su cerebro había quedado esponjoso y con cavidades, si sus pulmones se desbarataban al tacto, si su corazón se había convertido en un coágulo latiente, si su estómago, lleno de orificios, aún era capaz de mantener la comida dentro de su contorno o si se desparramaba hacia otros órganos, no fue posible, su cuerpo se pudrió con celeridad y era imposible saber cuán dañinos podían ser los gases emanados por el cadáver, recordé al chimpancé, el suyo me pareció un sacrificio inútil, cuál había sido el objeto de inocular al pobre mono para corroborar los efectos del morbo gálico si en el hogar de conversión sobraban ejemplos de su devastación, ¿habría padecido síntomas similares a los de Rhonda?, ¿se corroyó su rostro de hombre viejo y cansado?, ¿sus órganos se licuaron hasta quedar convertidos en un caldo espeso y hediondo?, ¿alguien elevó una oración por él? Me asombraron los avances de Nelleke, el desangrado debió aligerar la presión de los fluidos y eso le permitió andar con más viveza, influyó también el ejercitarse al aire libre, mover las carnes facilitaba el desagüe y contrarrestaba la lasitud provocada por los meses en postración, el carácter de Nelleke contribuía, animosa y de buen humor, se levantaba de la cama y jovial cumplía con la mayor parte de mis indicaciones, su salud iba viento en popa, excepto por un signo de alarma: en una de las heridas provocadas por las sanguijuelas asomó un brote de infición, al principio insignificante, luego se formaron pústulas y de la zona emanó un aroma fétido, la ungí con un aceite de enebro, mezclado con arsénico y con limaduras de plata para detener el proceso infeccioso, ella no le dio mayor importancia, «me pasa de vez en cuando», dijo, «cuando camino se me rozan los muslos y ahí, donde se raspa la piel, sale pus», era cierto, a menudo se presentaban en Nelleke excoriaciones supurantes, pero esta nueva se expandía con rapidez, limité las sanguijuelas a ocho y la insté, enérgico, a cumplir con el baño, «no puedes dejar la sangre escurrir por tus muslos, debe lavarla», ella rezongaba, «cuando tengo la menstruación también me escurre y no pasa nada, a veces usted es muy exagerado», y sonreía, el buen humor de esa mujer no cesaba de maravillarme. Decidí pasear por la ciudad al salir del hogar de conversión, era una tarde soleada y debía aprovecharla, el atosigador cielo plomizo conducía a estados de tristeza y de melancolía, una caminata para absorber la luz solar era el mejor remedio para contrapesarlos, avanzaba por el mercadillo, escoltado por Sean y Seathan, cuando a la distancia descubrí a Marion y a las dos hermanas realizando la compra de la semana, las espié oculto entre los tendejones, los pasillos se encontraban atestados de compradores y los marchantes pregonaban a gritos sus productos, Ailis sobresalía entre la muchedumbre, su bizarría, su seriedad, marcaban la diferencia, si no supiera quién era, podría pasar con facilidad por una mujer proveniente de la nobleza, ninguna de las jóvenes de linaje con quienes mis padres pretendieron emparejarme contaba con su garbo y, mucho menos, con su finura, mas no podía caer en engaños, una relación con ella significaría el rompimiento total con mi familia y dar la espalda a mí mismo y a los valores inculcados en mi crianza, pero al mirarla me percaté de cuánta revoltura avivaba dentro de mí, si por mí fuera, apresuraría el paso, la tomaría del brazo para sacarla de entre el vulgar gentío y llevarla conmigo, me limité a contemplarla mientras se perdía entre los pasillos, no quise ir a cenar a la casa, no valía la pena torturarme más con su presencia, pregunté a Seathan por un buen lugar para comer e invité a mis dos guardias a acompañarme a la mesa, recomendó un mesón al final de una callejuela escura, si no fuera por él, jamás lo habría descubierto, similar al otro restaurante, se servía sopa de cangrejos, pero también productos frescos, como ostras y mejillones, la conversación giró en torno a la preparación militar de Seathan, había sido en extremo rigurosa y se llevó a cabo en las tierras altas, donde el terreno yermo y el clima implacable fortalecía el carácter, perteneció al Real Regimiento Escocés de Dragones, conocido entre el pópulo como los «dragones grises» por montar caballos de ese color, Seathan llegó al grado de coronel y participó en varias batallas en la Guerra de los Siete Años, la más encarnizada, la de Bergen, donde los británicos perdieron y los escoceses, famosos por su valentía, protegieron su retirada, «en la batalla de Wilhelmsthal vencimos y fuimos nosotros quienes obligamos a los galos a huir», luego de la conflagración, Seathan y sus hombres fueron enviados a una fortaleza marítima al norte de Edimburgo con la orden de vigilar incursiones enemigas, «nadie nos atacó, acostumbrados al salvaje vaivén de la guerra, nuestra nueva actividad nos aburrió», luego de un año Seathan renunció y con él, los soldados a su mando, al no hallar acomodo en empleos tradicionales decidieron alquilarse para escoltar caravanas de mercaderes o como guardias al servicio de miembros de familias nobles, le pregunté si era falsa la historia de médicos capaces de operar en plena obscuridad, «en absoluto, con los dedos de la mano izquierda taponaban las arterias, mientras con la derecha cortaban las partes dañadas, vi a uno amputar una pierna destrozada por una granada a la luz de la luna», la destreza de los cirujanos en el campo de batalla no sólo era prodigiosa, sino también plena de coraje, «se concentraban en la cirugía sin importarles la metralla, ni las explosiones a su alrededor, su temple no lo poseía ni el más resuelto de los soldados», a media cena desabotonó su camisa y mostró una larga cicatriz en el pecho, «una bala se me incrustó en el pulmón izquierdo, a menos de media pulgada de la aorta, no creí sobrevivir, pero un joven cirujano, Bart McDoughall, intervino de inmediato y logró extraer la bala, salvó la vida de decenas de nosotros y para su mala fortuna, justo por cumplir treinta años, murió de un bombazo en la última hora del último día de la batalla de Wilhelmsthal, la última de la Guerra de los Siete Años, en su honor me marqué con un cuchillo hirviente sus iniciales», dijo y acto seguido mostró su antebrazo herrado con una B y una M, a Sean la guerra le parecía en suma atrayente y deseaba con fervor intervenir en una, máxime si se peleaba para defender valores supremos como la libertad, la patria o el honor, Seathan estimó ingenua su postura, «uno cree pelear por valores supremos, amigo, todo se reduce a intereses políticos, si vas algún día a la guerra, no lo hagas bajo falsas creencias», para Sean, guerra equivalía a arrojo por las grandes causas y no esperó toparse con la visión cínica del viejo soldado, Sean me puso al tanto de sus investigaciones sobre Colton, «recorrí cada posada, cada albergue de la ciudad, para indagar si se había hospedado alguien con las características de nuestro enemigo, pero no hay registro de un hombre parecido», me alegró se hubiese

211

referido al execrable tipejo como «nuestro enemigo», «continuaré en su búsqueda, no cesaré hasta confirmar si se halla o no aquí», agregó, al terminar la cena, Seathan le ordenó apostarse en la puerta para velar nuestra partida, aun cuando no era su jefe, Sean no cuestionó su autoridad y se aprontó a cumplir con la exigencia, pagué la cuenta, cuando me disponía a levantarme de la mesa, Seathan me detuvo del codo, «espere, quisiera hablar con usted», el local comenzaba a vaciarse y él no se veía con prisa por salir, cuando no hubo gente a nuestro alrededor tomó aire para hablar, «señor, deseo confesarle algo personal, sólo le pido la promesa de jamás revelar lo aquí dicho, Dinah, mi esposa, es una buena mujer y ha sido una extraordinaria compañera, juntos criamos hijos decentes, justos y honorables, ha estado conmigo en las etapas más álgidas y la mejor decisión de mi vida fue casarme con ella», dijo y se mantuvo pensativo unos segundos, como si lo próximo implicara transparentar un acto de extrema gravedad, «Dinah, mi amada esposa, fue prostituta», expresó con contundencia, debió notar mi azoro, «sí, mi esposa se prostituyó por varios años, incluso algunos de mis compañeros de armas fueron sus clientes», Seathan hablaba con pasmosa sequedad, «cuando la conocí sabía a la perfección cuál era su trabajo, la sabía deseada y poseída por amigos, pero también adiviné en ella bondad y un anhelo hondo por cambiar de vida, la frecuenté unos meses y sin un barrunto de duda le pedí matrimonio y, sépalo, señor William, en ningún momento he desconfiado de ella, ni la creo capaz de serme infiel, ambos dejamos atrás su pasado y resolvimos construir nuestras vidas con la mira en el futuro», no necesitó mencionar mis escarceos con Ailis para demostrar su punto, con su sabiduría de viejo, o quizá con la experiencia de quien ha visto los peores horrores y ha encontrado consuelo en brazos de la mujer amada, supo descubrirme, en el instante preciso, su propia historia.

Determiné probar sobre mí los efectos del exudado de la rana, habían transcurrido ya los días indicados por los egipcios para disminuir su letal potencia y consideré necesario experimentar sus consecuencias en mí antes de emplearlo en alguien más, por supuesto temía por mi vida, si el venino no se había diluido fenecería en unos cuantos segundos, si por el contrario el preparado se hallaba ya en su correcta proporción me adentraría en el arcano universo de la sagrada substancia de la selva, por si acaso, escribí cartas de despedida a mis padres, a mis hermanos, a Louise, a Wright y a Ryan, explicándoles lo sucedido y descargando de culpa a terceros, supuse, por equivocación, menor virulencia del venino si me zampaba un desayuno abundante, comí una hogaza de pan, varias onzas de queso, jamón, tocino y revoltillo de huevo, Ciordstaidh me sirvió y cuando le pregunté por su hermana justificó su ausencia por hallarse indispuesta, «dolores de mujer», en el fondo deseaba fuese ella quien me aplicara el líquido ponzoñoso, por prudencia se lo solicité a Seathan y pedí a Merrick y a Sean estar presentes en el laboratorio en caso de una emergencia, me despojé de mi abrigo y de mi camisa y me acosté sobre un catre situado en medio del laboratorio, «procede», le ordené a Seathan, «primero haz una incisión con un filo entre las vértebras siete y ocho contadas del cuello para abajo, luego remoja el algodón en el líquido, airéalo para disipar los primeros vapores, restriega la borra en el tajo durante un minuto y luego, con una cerilla, préndela hasta convertirla en cenizas», Seathan cortó en cruz, cerré los ojos, después de unos segundos sentí cómo frotaba el venino sobre mi espalda, apenas entró en contacto con la herida me estremecí, la garganta se me cerró, experimenté falta de aire, vi negro, mis músculos se engarrotaron y perdí imperio sobre ellos, mi corazón amenazaba con explotar, luego, como si una fuerza invisible lo contuviera, se frenó y pulsó cada vez más despacio, me apagaba, «la muerte», pensé, mientras mi cuerpo se despeñaba hacia una creciente languidez escuché voces lejanas, mi cerebro embotado apenas pudo discernir cuanto sucedía a mi alrededor, Seathan cesó de friccionar, mis brazos cayeron a un lado del catre, inertes, cuando el vértigo de muerte arreciaba, sentí un oleaje de arcadas proveniente del centro de mis vísceras, los espasmos aumentaron y con un rugido expulsé una masa amarillenta por nariz y boca, los jugos quemaron mi garganta, regurgité por un largo rato mi nutrido desayuno hasta vaciarme, «¿está bien, señor?», interrogó Seathan, exangüe, no atiné a responder, se agachó a verme a los ojos, «se le dilató la pupila y no deja de sudar», advirtió, «llevémosle al jardín, necesita aire», ordenó, sufrí una arcada más y arrojé residuos de bilis, mientras intentaban cargar el catre levanté mi mano y los detuve, «déjenme», musité, poco a poco me fui recobrando y al cabo de media hora mi respiración y mi pulso retornaron a sus frecuencias normales, exhausto, pedí a Sean me pasara mi ropa, con su ayuda logré vestirme, subí hasta mi cuarto y me desplomé sobre la cama. Desperté al día siguiente al escuchar ruidos en la habitación, Ailis me había subido el desayuno y la hallé acomodando la bandeja sobre la mesa, «buenos días, señor», dijo, cruzamos una mirada, ella se mordió el labio y salió deprisa sin darme oportunidad de hablarle, me levanté renovado, pleno de energía, la mente lúcida, los músculos vibrantes, gocé de una sensación de bienestar jamás antes alcanzada, por lo visto el venino había depurado mi cuerpo de substancias nocivas acumuladas durante años, el vómito y el sudor debieron limpiarme de podre, si un paciente se sentía así de bien como yo entonces podía dar por descontados los innumerables beneficios del tóxico del anfibio, la substancia codiciada durante siglos por los alquimistas por fin había sido hallada, ahora sí veía esperanza para las enfermas más graves en el hogar de conversión, el venino les ayudaría a desinfectar sus deteriorados órganos y, con suerte, revertir los daños más severos, pues según los egipcios también contaba con propiedades regenerativas, lo probaría primero con Nelleke, a quien me urgía reducirle la extensa infección en su muslo, cuando llegué a verla la encontré disminuida, «¿cómo te sientes?», inquirí, «con ganas de bailar», bromeó, revisé la herida purulenta, con las dos manos la oprimí por los costados y brotó pus, examiné el resto de sus piernas, eran notorias las perforaciones ocasionadas por los dientecillos de las sanguijuelas, algunas de éstas aún sangraban, era patente, también, cuánto había rebajado la hinchazón, fuera de la zona infectada, el tratamiento había sido el acertado, me fie en la eficacia del venino para abatirla, «esta misma tarde te traeré una medicina asaz benéfica, en tres días te pararás a bailar, te lo garantizo», le expliqué cada paso del proceso, de dónde derivaba el venino, los síntomas padecidos por mí mismo después de emplearlo y el posterior torrente de energía, «nunca me he sentido mejor en mi vida», agregué, ella aceptó de buena gana, transportamos la pócima en una caja acolchada, yo aún me sentía brioso por sus efectos y esperaba con ansia el momento para aplicármela de nuevo, arribé al hogar escoltado por mis cuatro empleados, entramos a la habitación donde Nelleke se hallaba acostada desnuda sobre la cama, Hanton, Sean y Merrick se quedaron turbados al verla, ella se percató y me miró con picardía, «la belleza aturde a los incautos», dijo, no pude evitar una risotada, con un arabesco de su grácil mano le hizo la seña a Sean de acercarse, mi joven trabajador dio dos pasos hacia ella, «bésame», ordenó, él se giró hacia mí en busca de mi aprobación, me encogí de hombros, Nelleke insistió, «bésame», Sean recorrió con la mirada su bello busto, luego se agachó sobre su boca, ella lo cogió de la nuca, le acarició el mentón y lo besó, luego de un rato ella lo empujó hacia sus senos, «bésalos», exigió, él pasó su lengua por encima de los pezones, Sean se percibía excitado, su pierna derecha temblaba, Nelleke sonrió, lo quitó de su pecho y se volvió hacia mí, «lista», con el auxilio de las internas, Nelleke se volteó bocabajo, con la mirada le indiqué a Seathan ejecutar el procedimiento, con el índice derecho recorrió su columna, contó las vértebras y entre la séptima y la octava hizo el tajo, un hilo de sangre resbaló hacia el costillar, envolvió el algodón en la punta de fierro, lo mojó con el venino diluido y lo refregó en la cisura, Nelleke soltó un par de risitas, «me hace cosquillas», dijo, de pronto su enorme cuerpo comenzó a vibrar, «¡ay!», exclamó, «va a pasar, Nelleke, no te preocupes», dije con ánimo de tranquilizarla, los estremecimientos de su cuerpo se hicieron más intensos, de los orificios causados por las sanguijuelas manó sangre sin cesar, puse la mano sobre su espalda, su corazón latía acelerado, su respiración se tornó convulsa, manchas violáceas aparecieron en sus piernas y en sus glúteos, al haber experimentado antes el torbellino del venino sabía de lo adverso de los malestares, «tranquila», dije, mientras le sostenía la cabeza, Seathan continuó friccionando, Nelleke se arqueó, sus músculos se contrajeron y vomitó un bolo café, denso y maloliente, después expelió ráfagas de bilis, los ojos en blanco, la lengua de fuera, pálida, de las grietas en su piel emanó un flujo acuoso, se orinó y defecó, sin duda el venino expulsó cuanta substancia dañosa la viciaba, ordené lavarla con un trapo húmedo y cambiar la sábana manchada por una limpia, Nelleke comenzó a roncar, «dejémosla dormir», dije y salí con mis empleados, en el patio apenas hablamos, Sean, el más perturbado, «señor, ¿podré contagiarme de su mal?», inquirió con preocupación, lo negué, vehemente, «ella ayuntó con decenas de hombres, ninguno mostró indicio de una enfermedad similar», le aseguré, pero él permaneció cariacontecido, después de un par de horas, una de las internas nos llamó, «ya despertó», me senté junto a Nelleke y le tomé el pulso, se había regulado a su ritmo normal, «¿cómo te sientes?», le pregunté, «como si me hubiera arrastrado una marejada», respondió, «pero empiezo a sentirme bien», conforme avanzó la tarde recobró su buen humor, se burló de la seriedad de Sean, «muchacho, ven todos los días a repetir la dosis de besos», bromeó, abochornándolo. Esa noche dormí profundo, una tormenta marina había tocado tierra, las ventoleras azotaban las contraventanas y cimbraban las paredes, relajado aún por los efectos del venino, no perturbaron mi sueño, pero en la madrugada me despertaron insistentes golpes en la puerta, los achaqué al viento y traté de volverme a dormir, los toquidos se hicieron más frecuentes, me levanté a abrir, hallé a Ailis en camisón, despertarme en la madrugada vestida así era una acción impropia, «buenas noches», dije con sequedad, ella me miró, demudada, la luz de la veladora permitía ver en su semblante un gesto ansioso, «¿pasa algo?», le pregunté cuando percibí en ella motivos graves, «vino a buscarlo Becky, una de las internas del hogar de conversión», reveló, «¿y»?, pregunté, «malas noticias, señor, hace una hora murió Nelleke», imposible, la había dejado en buenas condiciones, el venino había surtido un efecto purificador, debía ser una equivocación, «despierta a los demás», ordené, «voy de inmediato para allá», cuando bajé ya me aguardaban mis cuatro empleados prestos a salir conmigo, en la puerta nos alcanzaron Ailis y Ciordstaidh, «señor, ¿podemos ir con usted?», Nelleke había sido su amiga y era justo permitirles venir con nosotros, Sean decidió viajar con Hanton en el pescante, los demás nos acomodamos en la cabina del carruaje, Ailis viajó a mi lado, su pierna rozaba la mía, aun cuando era tiempo de duelo sentirla cerca me provocó una dulce excitación, su hermana no cesó de observarnos, pendiente de cuanto hacíamos, el fallecimiento de Nelleke me pegó en lo más hondo, me dolía no haber sido capaz de abatir su mal y brindarle una mejor calidad de vida, antes de llegar, Seathan me susurró al oído «prepárese para lo peor, lo culparán de su muerte», no había considerado la posibilidad de ser acusado por homicidio, saberme causante de la muerte de un ser humano despertó en mí un tremebundo sentimiento de culpa, si no le hubiese administrado el venino quizá Nelleke seguiría viva, cómo explicarle al alguacil mis buenas intenciones, cómo justificar el uso de una substancia desconocida en una paciente como ella, arribamos cuando los gallos comenzaban a cantar y entre el cielo encapotado despuntaban los primeros rayos del sol, tocamos al portón y nos abrió la guardiana, contrario a las veces anteriores, no me permitió pasar, Logan apareció seguido de tres de las internas más viejas, «imbécil», me dijo una de ellas, con un gesto el pastor la hizo callar, «adelante», me dijo y se hizo a un lado para franquearme el paso, «imbécil», volvió a insultarme la mujer, con instinto protector

Ailis y Ciordstaidh se colocaron a mi lado, en el hogar ellas funcionarían mejor como custodias y no los hombrones a mi servicio, como antiguas huéspedes dominaban los códigos del lugar y podían predecir un ataque, según contó Logan en el camino, las piernas de Nelleke no cesaron de supurar, «aun muerta sigue brotando de ella un líquido pegajoso y fétido», a punto de entrar al cuarto, sentí un escupitajo en la cara, «asesino», me espetó una de las cuidadoras de Nelleke y me lanzó un golpe, con fiereza poco previsible Ailis le propinó una bofetada, «no se te ocurra volver a tocarlo», la otra muchacha se hizo hacia atrás, pasmada, «él la mató», alcanzó a balbucir con la mejilla enrojecida, Ailis volvió a pegarle un manotazo, «cállate», advirtió, Logan se atravesó en medio de las dos para apaciguarlas, acción innecesaria, ya una se había impuesto a la otra. Nelleke yacía sobre la cama en una extraña postura, como si hubiese intentado levantarse, la pierna derecha casi apoyada en el piso, la otra volteada en la misma dirección, el rostro se le había congestionado de sangre, señal de una muerte por ataque al corazón, tal y como había descrito Logan las piernas se hallaban embarradas de un flujo hediondo, me resultaba un misterio la razón por la cual feneció, el venino había expelido la podredumbre acumulada entre sus tegumentos, quizá la liberación de las substancias tóxicas llegó hasta los ventrículos cardíacos, paralizándolos, me acerqué a revisarla, la mano derecha la tenía pegada al pecho, los dedos crispados en la otra como si hubiese intentado aferrarse a una última brizna de vida, la pus aún se derramaba de la herida infectada, «los muertos tardan en morirse», solía decir Wright, «pasan cosas raras con ellos, se mueven, expulsan gases, vomitan, como si algo suyo deseara permanecer aún en este mundo», el cuerpo inerte y amoratado mostraba con mayor crudeza la deformidad de Nelleke, la frontera entre su parte superior e inferior se hallaba delimitada con claridad, su rostro agraciado, aun con la máscara de la muerte, no correspondía al fárrago de carnosidades y de grietas, a la piel rugosa y a los volúmenes tumefactos de sus piernas y de sus nalgas, cuántos misterios se ocultaban debajo de sus muslos colosales y gelatinosos, descubrí a Sean recargado en una pared, lívido, observando el cadáver con fijeza, «¿estás bien?», le pregunté, negó con la cabeza, su semblante amarillento denotaba un estómago revuelto, lo saqué para tomar aire, yo mismo necesitaba también un respiro, afuera se agolpaba una decena de las internas, me miraron con recelo y disgusto, «la besé, señor», me dijo Sean de la nada, «¿perdón?», inquirí, «señor, apenas la conocía y hoy de ella sólo quedan despojos, pero siento aún sus labios calientes», me conmovió verlo compungido, ser el último en besar a alguien debía suponerle una carga insostenible, «no pienses en eso», dije, «descansa un poco», el pobre hombre fue a sentarse a una banca, abatido, permanecimos en el patio, Ailis y Ciordstaidh a mi lado, cuidándome de las demás, Seathan pidió a Logan no llamar a la policía y declarar su muerte como natural, «las mujeres dieron su veredicto y culpan al señor William de su deceso, ya se dio aviso al alguacil, no tardará en llegar», indicó el pastor, me perturbaba ser imputado por asesinato y purgar una larga condena, cuando el afán de mis acciones era salvar vidas, no terminar con la de nadie, minutos más tarde, el alguacil se presentó con sus hombres, para mi infortunio venía acompañado por Richards y otros dos médicos a quienes convocó para determinar las causas de la muerte de Nelleke, notificado de mis «fraudulentos métodos médicos», Richards me miró con desprecio, «lo sabía, muchachito, tu vanidad se notaba desde el día del examen, mira ahora el horror cometido por tu soberbia», era obvia su intención de humillarme en público, «según me dijeron quienes denunciaron el homicidio», al pronunciar «homicidio» alzó la voz para saberse escuchado por todas, «aplicaste en esta pobre mujer el mortal venino de un anfibio, por tu estólida intervención ahora lamentamos su muerte, ¿quién te creíste para administrar tratamientos experimentales sin autorización de quienes sí estamos versados en medicina?, por eso tu mentor, Wright, es un vulgar boticario de pueblo y no un médico de prestigio», Seathan entró en mi defensa, «mira, Thomas, mi patrono», dijo con deferencia a mi persona, «no es un improvisado, con mesura toma decisiones con la pretensión de aliviar a quienes sufren desventuras de salud, esa "pobre" mujer, a quien por lo visto no conociste antes, mejoró su vida gracias a los remedios propuestos por el señor William, un vistazo a su cadáver te permitirá apreciar cuán grave era su condición antes de continuar con tus inicuos juicios», a pesar de su aridez militar, Seathan arguyó como lo habría hecho un diestro abogado, el alguacil se disponía a intervenir cuando a nuestras espaldas apareció un hombre gigantesco vestido de negro, Richards y los otros dos médicos asumieron una postura sumisa, «hola, Thomas», saludó a Richards con familiaridad, su cabeza rozaba las ramas de los árboles, sus cejas pobladas enmarcaban unos ojos azules casi transparentes, sus manos podían abarcar con facilidad una cabeza y exprimirla como una naranja, las anchas espaldas denotaban años de trabajo físico, debía provenir, como Richards, de un entorno campesino, su estatura rebasaba, por mucho, la de Ryan, «voces indiscretas me han hablado de una mujer con elefancia quien falleció anoche», dijo, «y no tuviste la cortesía de avisarme», Richards intentó balbucir una respuesta, pero el hombre pasó a su lado y, agachándose para librar el travesaño de la puerta, entró al cuarto, seguí detrás de él, se detuvo a contemplar a Nelleke, «la sirena de los muelles de Edimburgo», murmuró para sí, «la creía una leyenda forjada por marineros con imaginación febril, pero hela aquí, de carne y hueso», rodeó la cama y con la mirada la examinó de arriba abajo, se volvió hacia Richards, quien, anonadado, observaba el corpulento cuerpo, señaló las marcas en sus piernas, «¿aplicaron tratamiento por sanguijuelas?», inquirió, «no sé», respondió Richards, «sí», intervine, «supuse líquido acumulado y traté de desaguarlo», expliqué y proseguí, «administré arsénico en pequeñas cantidades para combatir las infecciones y…», me detuve antes de confesar mi culpa a quien supuse perito médico de la policía, «¿y?», preguntó ansioso el hombrón, «… estregué venino de rana

220

dorada diluido en agua en un tajo realizado en su espalda», el tipo me miró, inquisitivo, «¿rana dorada?, nunca había oído hablar de tal anfibio, ¿cuáles beneficios ofrece?», preguntó, «lo probé en mí mismo, causa una sensación de pleno bienestar, brinda energía, posee propiedades purgantes, depura la sangre, elimina bichos virulentos, disminuye la segregación de pus y ataca diversas causas morbíficas», el gigante pareció interesado en mi explicación, «¿es usted alumno del doctor Richards?», inquirió, «no», respondí y me giré a ver a mi némesis, «de hecho, no me aceptó en la facultad, soy discípulo del señor Wright, quien me enseñó cuanto sé», el hombre sonrió, «Wright, uno de los magnos sabios de la farmacéutica, conocedor como pocos de los secretos de las substancias y además, buen amigo mío, ¿cómo se encuentra?», preguntó, «no lo he visitado en semanas, pero hasta donde sé, bien», le contesté, luego se dirigió a Richards, «¿cuál razón te llevó a impedir el ingreso de nuestro amigo a la universidad?», el decano, aún turbado por la monstruosidad de Nelleke, respondió con dramatismo, «he aquí el motivo», dijo el muy imbécil y señaló el cadáver, «es un muchachito presuntuoso, por su engreimiento esta mujer…», el gigante hizo caso omiso de cuanto decía y apuntó hacia los múltiples orificios en la piel de Nelleke, «¿cuántas sanguijuelas colocabas por día?», interrogó, «comencé con cincuenta y las reduje cuando ella empezó a recuperar la movilidad», le expresé, «¿la movilidad?», preguntó el hombrón, Logan, quien hasta ese momento se había mantenido al margen, se apresuró a contestar, «ya no podía desplazarse, apenas podía ponerse en pie y necesitaba ayuda para ir al baño, el señor William la ayudó en demasía, de estar echada en esta misma cama durante cuatro años logró salir a pasear por el patio y bastarse por sí misma», su testimonio abonaba en mi favor, el jayán dio vueltas alrededor de la cama, «conocí un par de casos semejantes en los márgenes del sur del Nilo, por razones desconocidas en estas personas se suscita un cambio radical dentro de sus cuerpos, se desbordan sus carnes, su salud merma y tienden a morir jóvenes, rara vez pasan de los treinta, esta mujer duró un poco más, no culpes al muchacho, Thomas», al escucharlo, quedé sin resuello, no se trataba de un simple perito judicial, «¿usted viajó a Egipto?», le pregunté, «sí», respondió, «pero ambos casos los descubrí en aldeas cercanas al poblado de Dongola, en el norte del Sudán», no me cupo duda de quién se trataba, «¿es usted el doctor Robert Black?», el hombre me volteó a ver desde su altura y sonrió, «hasta hace unos segundos así me llamaba, pero uno nunca sabe», palidecí, «doctor Black, desde hace tiempo ha sido mi meta conocerlo», confesé con rubor juvenil, «mi meta ha sido conocerme a mí mismo y sigo sin tener idea de quién soy», aseveró con sarcasmo, «he leído y releído varias veces su obra completa, usted se convirtió en un ejemplo y en un faro, mi ferviente deseo es quedar un día bajo su tutela y aprender a su lado», Richards sonrió, socarrón, «Robert no recibe aprendices», Black se volvió a verlo sin decir nada, el alguacil interrumpió, «¿cómo procedo con el muchacho?», Richards se adelantó a responder, «arréstenlo hasta deslindar responsabilidades», pidió sin miramientos, los otros dos médicos lo miraron azorados por la dureza de su solicitud, la cárcel era el último sitio donde pensé parar algún día, desconocía los motivos de la animadversión de Richards contra mí, debía ir más allá del resentimiento contra los de mi clase, el alguacil dio órdenes a sus subordinados de detenerme y Black, quien parecía ajeno por completo a cuanto sucedía, lo cuestionó, «¿va a prender a alguien por una suposición de culpa?», el policía se notó confundido, «el doctor Richards lo ordenó», se excusó, «¿y el doctor Richards es su jefe?», lo confrontó Black, «antes de apresarlo se requiere determinar las causas de muerte, el doctor y yo haremos las pesquisas necesarias y más tarde le haremos llegar el dictamen», la incontestable autoridad del gigante desanimó a Richards a continuar exigiendo mi aprehensión, «espero el informe», dijo el alguacil y me advirtió, «vaya a su domicilio y no salga hasta nueva orden».

Al llegar a casa, ordené a Marion cocinar comida para ocho y pedí me prepararan el baño, quería deshacerme de cualquier traza de los efluvios del cadáver, como si hacerlo me liberara del gravamen por su muerte, ya refrescado ordené a Merrick llamar a los empleados a comer a mi mesa, incluida nuestra cocinera, desde niño mi madre me enseñó la importancia de la disposición del sitio de cada comensal, una pequeña geografía de poder, quién a la derecha del anfitrión, quién en la contracabecera, quién en medio, quién en la esquina más alejada, llegaron mis trabajadores, nerviosos por mi solicitud, me encontré a punto de acomodarlos de acuerdo a este precepto, pero los dejé ubicarse a su libre albedrío, «siéntense donde quieran», les dije y señalé las doce sillas del comedor, se notaron perdidos, Marion dio varias veces vuelta a la mesa sin decidirse, Merrick miraba una silla tras otra, Ciordstaidh observaba a los demás esperando su selección, Sean se colocó de pie detrás de mí, Seathan, sabedor de las jerarquías militares se colocó a mi izquierda, cediendo la derecha a quien considerara poseía una mayor cercanía conmigo, Marion se relegó a una esquina, demostrando sentirse la más baja en el escalón, Merrick se sentó en medio y Hanton recaló a un lado de Merrick, Sean terminó por sentarse a mi derecha, lo cual se dio con naturalidad, pues a diario era el único autorizado a acompañarme a la mesa, Ciordstaidh se sentó al lado contrario de Marion, Ailis, tímida como era, titubeó, y cuando se sintió rezagada y los demás ya ocupaban sus sitios, optó por la contracabecera, no sé si fue una mera casualidad o conocía a fondo los sofisticados protocolos, pero terminó por ocupar el segundo lugar de honor de la mesa, me agradó cómo se organizaron sin mediar acuerdo entre ellos y me ayudó a entender la índole de cada uno, una vez sentados, les dirigí unas palabras, «pende sobre mí una injusta amenaza de condena por homicidio, los he reunido en esta mesa para agradecerles su trabajo y sus atenciones, les garantizo su sueldo por dos años en caso de ser apresado», Merrick intentó alentarme, «señor, con certeza lo exonerarán, las personas buenas no van a la cárcel», veía difícil librar una sentencia, quizá benigna por ciertos atenuantes, pero no menor a cinco años, la prisión de Edimburgo, una fría y húmeda estructura de piedra, fue construida a un costado de una ciénaga salina repleta de alimañas, de ésta emanaban exhalaciones malsanas, además, por los barrotes se colaban ventiscas provocadas por las tempestades marítimas, los presos quedaban empapados y su piel y sus pulmones se llenaban de hongos, pocos terminaban el plazo de su condena, la mayor parte fenecía antes de cumplirlo. Por la tarde mandé llamar a Ailis, «acompáñame a dar un paseo por la huerta», le propuse en cuanto quedamos a solas, «sí, señor», «dime William, por favor», pedí, «sí, señor», contestó y no pude evitar reírme de su exceso de urbanidad, ella misma rio de su torpeza, «está bien, William», caminamos en silencio, ese día, estaba convencido, sería mi último en libertad, topamos con un río, en uno de los árboles ribereños cantó un ruiseñor, «mi ave favorita», dije, la ligera brisa proveniente del arroyo agitó sus rizos dejando ver su largo y albo cuello, me acerqué y pasé el dorso de mi índice por su piel, cerró los ojos, el ruiseñor volvió a cantar, «todavía no es de día, era un ruiseñor, no una alondra, quien hirió tu aprensivo oído, de noche canta en ese granado, créeme, amor, era el ruiseñor», dijo citando el famoso pasaje de *Romeo y Julieta*, nos quedamos mirando por un instante, la cogí del rostro con ambas manos y la besé en la boca, se mantuvo con los ojos cerrados, devolvió el beso pasando su lengua por mis labios, «William», dijo, «William, William, durante meses repetí tu nombre entre duermevelas con la esperanza de algún día decírtelo», nos besamos de nuevo, «me importas», le dije, «y me gusta tenerte cerca», recargó su cabeza en mi hombro, «quisiera pedirte algo», alzó la cara para verme a los ojos, «quizá mañana entre a la cárcel y no salga en varios años… me gustaría pasar la noche contigo», se negó, «no sería lo correcto, William, no puedo ser ahora quien fui antes», sentenció, «si me dejas, quiero ser otra para ti, la mejor versión de mí misma», nunca una frase me conmovió tanto, pero no estaba preparado para recibirla y con tontera la asumí como un rechazo, me di vuelta para regresar a la casa, preso de una falsa sensación de orgullo, me alcanzó cuando había avanzado unos pasos, «no», pronunció con voz suave, «no te vayas», dijo, comenzó a temblar, cuánto debió pasar dentro de ella para suscitarse esa convulsión, cuánto de su pasado irrumpió para mostrarse tan frágil, volví a besarla, esta vez con mayor intensidad y, sin buscarlo, nos encontramos los dos desnudos tendidos sobre nuestras ropas, era bellísima, besé su cuello, sus hombros, cuando bajaba hacia su vientre descubrí una oquedad entre sus costillas, un pedazo de carne hubo de ser arrancado, ella tapó la cicatriz con su mano, con delicadeza retiré sus dedos, «mi padre», dijo, para ahorrarse explicaciones levantó mi cara y me besó, no hicimos el amor, me bastó sentir su desnudez, su piel invitaba a ser acariciada de tan lisa y tersa, nos quedamos abrazados mirando cómo los rayos del sol penetraban entre las ramas de los árboles, el ruiseñor continuó piando por encima de nosotros, escuchamos unos ruidos entre los arbustos, Ailis se incorporó sobresaltada y, pudibunda, se cubrió con su vestido, docenas de ovejas asomaron, debían pacer por el río rumbo a sus apriscos, las borregas se detuvieron a observarnos y luego continuaron su camino perdiéndose por entre los meandros, antes de declinar el sol resolvimos volver, pintaba para una noche nubosa y sin luna, «sé predecir el clima», me dijo, «¿dónde aprendiste?», le pregunté, «me enseñó mi padre», respondió, «la clave es la dirección del viento, el clima será uno si sopla del norte, otro si viene del este o si proviene del mar, cada uno arrastra humedades y sequedades diferentes», sabía nombrar cada tipo de nube, denominaciones en latín con hermosa sonoridad, me enseñó a distinguirlas de acuerdo a la altura donde se hallaban, «las *nimbostratus* son obscuras, tapan el cielo, son signo de lluvia o de una probable nevada, las *cumulonimbus* recorren todos los niveles, desde el bajo, hasta el alto, se elevan como montañas, las *cumulus* parecen bolas de algodón, las *cirrus* están en lo más alto, parecen plumas flotantes, ésas indican frentes fríos, un cielo arrebolado puede indicar una posibilidad de tormenta», fue un paseo memorable, si con

Beth descubrí el remolino silvestre de la pasión sexual, con Ailis empecé a hallar el apacible camino a la intimidad, no sólo gocé de la cercanía de su desnudez, sino también de su charla, de su conocimiento de la naturaleza, de su vasta cultura literaria, no era una mujer cuyo destino fuera ser criada, y mucho menos prostituta, ella se planteaba anhelos, una búsqueda indeclinable por ir más allá de sus horrorosas circunstancias, no percibí en ella intenciones de utilizarme para trepar de posición social, su afinidad por mí parecía genuina, al arribar a casa por la huerta encontré a Sean aguardándome con Sam, ensillado, presto para cabalgarlo, se me acercó y me susurró, «señor, al frente lo aguarda el alguacil con sus hombres, tengo listo su caballo para apresurar su huida», mi destino llegaba con mayor prontitud de lo pensado, era tentadora la posibilidad de fugarme y dejar en manos de un legista competente la tramitación del asunto, pero no, no escaparía, no estaba en mi carácter evadir mis débitos legales y morales, «no, Sean, iré a hablar con ellos, desensilla a Sam y llévalo de vuelta a las caballerizas», entré a la casa, fui directo a las arcas donde guardaba mi dinero, extraje unas monedas de las talegas y se las entregué a Seathan, «aquí tienes dinero suficiente para los sueldos de los siguientes treinta meses y sobra para cubrir incidentes, los empleados pueden permanecer en la casa, cuida de Ailis y de Ciordstaidh, a Merrick no le quites el empleo, si es necesario, entrégale un sueldo vitalicio», terminé de darle órdenes y salí a entregarme, «contravino el decreto de permanecer en casa», me dijo el alguacil, «debería encerrarlo por desacato», «sólo fui a dar un breve paseo, aquí estoy, a su disposición», mi temor a ser detenido se disipó pronto, «el doctor Richards y el doctor Black examinaron a la difunta», dijo e hizo una larga pausa, parecía disfrutar de mantenerme en ascuas, «¿y?», pregunté, «y…», volvió a quedarse callado con una mueca burlona, «la mujer se atragantó con un bocado de carne, se sofocó…», eso explicaba su cuerpo de lado, la mano izquierda crispada, la derecha en el pecho, pero algo no cuadraba, había cenado lo habitual: pan con chocolate caliente, ¿de dónde había salido la carne?, «¿cuál es mi situación legal ahora?», pregunté, «se han desestimado los cargos, el caso fue sobreseído y se le exime de purgar pena alguna», declaró y me entregó el dictamen médico, «deceso por ahogamiento», rezaba la causa de muerte y lo validaba la firma de ambos doctores, le pregunté sobre el destino del cadáver, «se lo llevaron a la universidad», indicó sin dar mayores explicaciones y acompañado de sus hombres, partió, una paradoja la muerte de mi amiga, tan severos problemas de salud para fenecer por un pedazo de filete mal masticado, me acució hallar a Black, ¿cuánto tiempo más transcurriría para toparme de nuevo con él?, empeñado en reencontrarlo mandé a mis hombres a recorrer posada por posada, a Sean, cubrir aquellas al sur de la ciudad, a Seathan, las del norte, a Hanton, las del este y a Merrick, las del oeste, «toquen en cada una hasta dar con él», yo recorrería las calles y las salidas de la ciudad por si había decidido marcharse en un viaje nocturno, los cité a las diez en la catedral de San Gil para ver si alguno de nosotros había contado con suerte, a Seathan le preocupó mi seguridad, la amenaza de Colton pendía en el aire, «a estas altas horas de la noche, hasta los asesinos duermen, llevaré una faca por si acaso», él objetó, «no, señor, me ha contratado para protegerlo y, aun a su pesar, cumpliré», me rehúse, no perdería valioso tiempo por un vago riesgo, «en estos momentos, Seathan, mi prioridad es hallar a Black, y deberá ser la suya también», salieron los hombres a ensillar sus caballos, en el quicio de la puerta me aguardaba Ailis, preocupada, sopló el viento y un mechón de pelo le cubrió la cara, se lo acomodé con delicadeza y me incliné a besar sus labios, pudibunda volteó hacia un lado y otro para cerciorarse de no ser vistos, me dio un beso y dio un paso hacia atrás, «mejor será irme», estiré mi mano y acaricié su rostro, «espérame esta noche, procuraré no tardar», dije y entré a la casa por mi abrigo.

Circulé por las principales avenidas y vías, escudriñé cada esquina, cada callejón, me detuve en las entradas de prostíbulos a revisar la salida de los clientes, nada, no apareció, Ailis acertó en su pronóstico, sopló viento del norte y enfrió la temperatura, ráfagas sacudían las llamas de la antorcha, ventoleras corrían a ras del suelo, hojas y ramas volaban por los aires, esperanzado con recibir buenas nuevas me encaminé hacia la catedral, las ventiscas se estrellaban contra las altas torres de piedra produciendo un rugido constante, a las diez en punto llegaron los demás, no hubo éxito, ninguna posada lo tenía registrado, Black debió partir de Edimburgo durante el día, fui preso de una honda frustración, tan cerca y tan lejos, una llovizna nos empapó y llegamos a la casa ateridos, sólo Seathan, impuesto a las durezas de la guerra, parecía inmune a las condiciones del clima, hallé a Ailis dormida en uno de los sillones del salón con un libro en su regazo, era un libro de Edmund Duvignac, el poeta maldito censurado por los párrocos, leí un párrafo en la página en la cual lo dejó abierto, «la sangre de soldados mancha la piel de sus caballos blancos, su corazón en flor por arte de la bayoneta enemiga, entre dientes mascullan, antes de caer muertos, Dios, ¿a cuál de los dos bandos elegiste para la victoria, a quiénes traicionaste?», el pasar de las hojas la despertó, me miró aún sin espabilarse, «buenas noches», le dije, se levantó de golpe y se alisó el vestido, «calma», le susurré, «estás empapado», dijo, con la mano estregó mi cabello para sacudir el agua y enjugó mi rostro con los dedos, «necesitas cambiarte, te puedes resfriar», en sus acciones había solicitud y ternura, acaricié su cara, la tomé de la mano y la guie por las escaleras hacia mi habitación, me siguió en silencio, entramos y cerré la puerta, se dirigió a un armario por una toalla, me despojó de la camisa y pasó el paño por mi espalda, besé su cuello mientras desabotonaba su vestido, sus pechos quedaron al descubierto, con la boca rodeé sus pezones, deslicé su vestido hacia abajo hasta desnudarla y jalándola de la mano la conduje a la cama, acostumbrado a las abundantes redondeces de Beth, a su golpeteo furioso contra mi pubis, a su olor acre y penetrante, a sus jadeos impúdicos, hacer el amor con Ailis fue por completo distinto, sus gemidos apenas fueron susurros, con mi brazo podía rebasar la totalidad de su tronco, su cuerpo desprendía un vago olor a manzana, al besarla quedaba en mi boca un resabio afrutado, no osciló sus caderas con brusquedad, ni forzó movimientos, con ella fue quietud, un remanso en medio de la noche, se quedó dormida encima de mi pecho, cabía entre mis brazos, como si ambos estuviésemos hechos uno a la medida del otro, dormíamos cuando escuché fuertes golpes en la puerta, abrí los ojos, Ailis seguía acostada sobre mí, a pesar del frío los dos sudábamos por el contacto piel con piel, la cubrí con el cobertor y fui a abrir, «señor, lo buscan», me dijo Sean, «¿quiénes?», pregunté en plural, temiendo la presencia del alguacil y sus oficiales, «el doctor», respondió, «¿Richards?», inquirí, «no, el otro, a quien buscamos», dijo, adormilado, tardé en colegir de quién se trataba: Robert Black, «pásalo a la sala, bajo en un momento», Ailis dormía, profunda, le toqué el hombro para despertarla, «necesito ir a arreglar un asunto», ella se giró para tenerme de frente, «¿pasó algo malo?», cuestionó, «no, no te preocupes», acarició mi cara, «aquí voy a estar, esperándote», Black me aguardaba de pie ojeando uno de sus libros, «buenas noches», lo saludé, «¿esta mansión es tuya?», preguntó sin más, «no, doctor, la arriendo», le contesté, «dos cosas pienso cuando llego a una casa desconocida, cuándo se construyó y cuánta gente ha muerto en ella», con la mirada escrutó las paredes y los techos, algo de felino se traslucía en cada uno de sus movimientos, «por los materiales, este edificio debió construirse hace ciento treinta y cinco años, por tanto, la habitaron cinco generaciones distintas, cinco generaciones de muertos», miré el reloj colgado en la pared, marcaba las dos de la mañana, le ofrecí sentarse en el sillón de honor, el gigante se desplomó sobre el asiento, la mitad de su espalda sobrepasaba el respaldo, parecía un adulto en una silla para niños, señalé su obra encima de la mesa, «como podrá advertirlo, tengo todos sus libros, los he leído varias veces», a la mitad de mi entusiasta confesión, me interrumpió, «antes de continuar con tanta cháchara, necesitas saber algo, tu venino sí mató a la sirena», me quedé frío con su revelación, «entonces, ¿no murió ahogada?», inquirí, «no», respondió Black con franqueza, «la mujer sufría una severa infección, común entre quienes padecen este mal y, debilitada por esta causa, no soportó los latidos acelerados por efecto del venino», le pregunté el motivo por el cual dictaminó una sofocación con carne, «tu razonamiento fue el correcto, el tóxico diluido estuvo bien indicado para atacar el proceso infeccioso, corriste un riesgo y fallaste, pero aplaudo tu audacia», le pregunté cuál había sido la reacción de Richards, «es un pedante sin ningún aporte significativo a la ciencia, es un timorato, él jamás habría tomado una decisión como la tuya, la ciencia avanza por gente como tú, no como él», se inclinó hacia mí, «yo embutí el pedazo de carne en su garganta cuando estuve a solas con el cadáver», su aliento apestaba a alcohol, hasta ese momento noté su embriaguez, a pesar de sus buenas intenciones el falso ahogo no ocultaba un hecho incontrovertible: yo la había matado, se agitó dentro de mí un borbotón de náusea, Black miró a su alrededor como si se le hubiese extraviado algo, «¿hoy es miércoles?», preguntó, yo había perdido la noción de los días, «no lo sé», le respondí, Black rebuscó entre sus bolsillos y sacó un reloj, «dos con doce», dijo, «un día más en esta nebulosa llamada vida», me volteó a ver con su mirada transparente, nunca había visto ojos más claros, parecían dos hielos azulados, «¿debiste ir a la cárcel?», preguntó, su mudanza me confundió, hacía apenas un par de minutos me había confesado el engaño para salvarme de la acusación de homicidio y ahora preguntaba si debía ir a prisión, era como si dos personas diferentes habitaran dentro de él y discutieran entre sí, me aprestaba a responderle cuando se puso de pie, «vine a ver las ranas, ¿dónde están?», su digresión me pasmó aún más, saltaba de un tema a otro sin ningún orden, «las resguardo en mi laboratorio», le respondí con acento en la palabra «laboratorio», «llévame», las ranas podían observarse a través del cristal, iluminadas por las veladoras para calentarlas, «no las creí tan pequeñas», dijo, se agachó para mirarlas de cerca, «¿te las vendieron los musulmanes?», por primera vez escuché a alguien llamarlos «musulmanes», para los demás eran los «egipcios» o los «árabes», asentí, «esos tipos me han visto la cara un par de veces, pero éstas son joyeles», dijo, «yo puedo costear un viaje a Nueva Santander para traer más», me miró con sorna, «¿a cambio de?», preguntó, «ya le expliqué antes, deseo aprender de usted», contesté, «quiero un extracto de su venino», dijo, «le veo usos promisorios», de una bolsa en su chaqueta extrajo una pequeña botella plateada, la abrió y le dio un largo trago, flotó en el aire el aroma de una bebida embriagadora, no supe distinguir cuál, no olía ni a whisky ni a ginebra, mucho menos a vino, destilaba notas dulzonas, pero no semejaban a ningún licor conocido, Black soltó un ruidoso eructo, «dime, muchacho, ¿me regalarías un poco de ponzoña a cambio del pedacito de carne?», propuso con descaro, «cuanta necesite», respondí, «el tuyo es un laboratorio bien montado», dijo, esta vez arrastró las palabras, prueba de cuán fuerte era el licor, «de Wright aprendí lo indispensable», le expuse, «esto va más allá de lo indispensable, muchacho», dijo con la mirada cada vez más perdida, ¿cuál sería el contenido de la botella para pegarle tal golpe de ebriedad?, se tambaleó un poco, «¿se encuentra bien?», le pregunté, sacó la lengua seis veces seguidas, de felino pasó a reptil, «sí, sí…», contestó, sacó la botella de nuevo y bebió un interminable trago, «doctor, ¿disecaron el cuerpo de Nelleke?», inquirí, escondió la botella entre sus ropas, «sólo lo necesario para dictaminar probable origen de muerte», ansioso, pregunté, «¿va a abrir la parte de abajo?», se notó acalorado, una gota de sudor resbaló por su cuello, sus ojos se movieron con rapidez de un lado a otro, «¿hoy es miércoles?», reiteró su pregunta, «sí, es miércoles», afirmé con seguridad, «un día más en esta nebulosa llamada vida», recitó otra vez, le ofrecí un pan con jamón, un poco de alimento le vendría bien para contrarrestar los efectos nocivos del alcohol, Black dio dos pasos hacia mí y me clavó su mirada azul, «¿quieres venir?», inquirió, «¿adónde?», «a la universidad, a rajar a la elefanta», la bebida en definitiva empañaba su juicio, brincaba de una idea a otra, cortaba las frases y ahora ofendía a una muerta, dejé pasar su comentario e insistí en ofrecerle de cenar, no me respondió, tomó su sombrero de la percha y se lo acomodó en la cabeza, «vámonos», salió del laboratorio y se encaminó hacia la puerta, Sean nos vio pasar junto a él, «síguenos», le ordené. Black emprendió la marcha a pesar de las ráfagas de viento y de su ebriedad, su única precaución fue quitarse el sombrero y llevarlo en su costado, su zancada equivalía a una y media mía, no era fácil seguirle el paso, bajamos la cuesta y nos incorporamos a las calles de la ciudad, no había luna y la mayoría de las teas de los faroles se hallaban apagadas, en medio de la negrura Black avanzó sin vacilaciones como si supiese de memoria cada tramo, yo choqué con postes y tropecé con adoquines sueltos del empedrado, con su estatura colosal, su traje negro y su andar seguro, daba la impresión de un ser salido de las tinieblas, luego de recorrer varias calles, se detuvo, sacó la botella plateada y volvió a darle un trago, las ventoleras ululaban por encima de nuestras cabezas y creaban remolinos en torno nuestro, «¿hoy es miércoles?», preguntó de nuevo, «sí, sí es miércoles, otro día más en esta nebulosa llamada vida», le respondí, anticipándome a su dicho, «ingeniosa frase», me dijo, «muy ingeniosa, la usaré en el futuro», arribamos a la universidad, por supuesto se hallaba cerrada, ello no medró en el ánimo de Black, quien se puso a golpear el portón, «abran», gritó sin cesar, al cabo de unos minutos un lagañoso cuidador abrió, se le notaba el mal humor por haber sido despertado, «¿quién molesta a estas horas?», preguntó altanero, pero al encender el velador y descubrir al gigante con mirada torva, su actitud cambió, «¿puedo servirle en algo?», Black lo rebasó y entró al recinto con potestad de amo y señor del lugar, «vamos a la sala de disección, alúmbranos», mandó, el pobre hombre ni siquiera se atrevió a cuestionar quiénes éramos, con mansedumbre nos condujo por los pasillos, nuestras pisadas provocaban ecos y retumbaban por entre las paredes, cruzamos frente al aula donde Richards y sus comparsas me interrogaron en el examen, sentí una dulce revancha pasar por ahí acompañando al legendario Black, descendimos por unas escaleras hacia una galería subterránea hasta llegar a la sala de disección, bloques de hielo, cubiertos con telas y rociados con sal, se hallaban a los lados sobre camas de paja, encima de una plancha se hallaba el cadáver cubierto por una sábana, «enciende las teas», decretó Black, sumiso, el guardia acató, era un hombre regordete cuyo color de cabello se confundía con el de las llamas, resoplaba en cada esfuerzo y su docilidad indicaba su pertenencia a generaciones dedicadas a obedecer a otros, «¿has realizado alguna disección previa?», me interrogó Black, asentí, «bien, muy bien, no soporto almas frágiles», apenas dijo esto y descorrió la sábana, quedó expuesto el cadáver de Nelleke, rígido, con los ojos semiabiertos, las mejillas y el cuello violáceos, el vientre se le había inflado, sus manos, sus gráciles manos, se habían agarrotado y ahora parecían ganchos, una incisión la recorría de la base de la barbilla hasta el ombligo, el viento se colaba por entre los resquicios y hacía agitar las flamas, los cambios de luz provocaban muecas grotescas en el rostro de la holandesa, «prepara el instrumental», me ordenó Black y se dirigió al pobre hombre quien contemplaba estremecido el cuerpo, «y tú vete», éste obedeció y con discreción abandonó el lugar, dispuse los materiales en una mesa mientras Black examinaba el cuerpo, «vamos a excavar en esta mina», dijo y señaló las piernas de Nelleke, sacó la botella, intentó beber, pero ya no quedaba líquido, con la lengua lamió el pico para absorber las últimas gotas, «pásame el bisturí», pidió, lo busqué entre la docena de instrumentos y se lo extendí, «¿por dónde empezamos, joven amigo?», inquirió, «sería conveniente explorar la zona infectada», le propuse, «buena idea», expresó con entusiasmo juvenil, cortó alrededor de la lesión, a pesar del tamaño de sus manos, Black se manejaba con una habilidad asombrosa y separaba los pliegues con delicadeza, penetró la piel y salió expulsada una densa cantidad de pus, «estaba podrida por dentro, la infección estaba carcomiendo los músculos», explicó, esta vez serio y concentrado, «nota la erisipela», dijo y señaló la inflamación alrededor de la herida, «quedó oculta entre los dobleces de sus carnes», siguió escindiendo, apareció una gruesa capa adiposa en la cual abundaba líquido, «algo debe producir esta acumulación excesiva», comentó, me fascinó el procedimiento, el interior de su cuerpo era muy distinto al del hermano de Colton, en ella la grasa formaba grumos y era escaso el riego sanguíneo, Black continuó hendiendo el filo, de pronto, bajo la tenue luz de las antorchas, descubrí una intumescencia, tomé unas pinzas y sin pedir permiso las metí dentro de la pierna y traté de jalarla, la sentí dura, «éste es un nudo linfático, ¿verdad?», inquirí, «sí», respondió, «al parecer es una escrófula, déjame examinarla», con el bisturí lo cortó y logró extraerlo junto con una serie de vasos, «su sistema linfático debía sufrir de esclerosis y por ello ha doblado su tamaño», conjeturé, «la esclerosis debió provocar la hidropesía, como la linfa no encontró cauce, se derramó», Black coincidió, «tu teoría me parece acertada, la pregunta es, ¿cuál es la causa?», algo taponaba los nudos linfáticos hinchándolos, podía ser su propia grasa, una reacción de su cuerpo a un estímulo externo o algún bicho, apuntó hacia la pierna abierta, «sigue tú», volteé hacia él, dudoso, «nunca vas a aprender si no lo haces», me entregó una lanceta y seguí cortando, el filo era más pequeño al del bisturí, pero me permitía maniobrar con más facilidad, mis manos y mis muñecas se impregnaron de grasa, de serosidades y de sangre espesa, seguí el curso de los vasos linfáticos y unas cuantas pulgadas más allá encontré otro nudo igual de prominente, éste incluso triplicaba su tamaño, lo corté y lo coloqué a un lado de la plancha, era de consistencia dura, sólida, con la textura de una cáscara de nuez, no era flexible como los del cadáver del hermano de Colton, partí a la mitad uno de los endurecidos quistes, con unas pinzas empecé a desbrozarlo, entre los tejidos aparecieron unos filamentos gruesos, esperaría la luz natural para examinarlos a través del microscopio, escuché un sonido gutural, me asusté, lo creí un ruido proveniente del cadáver, volví a oírlo, busqué su origen, descubrí a Black despatarrado en una silla, dormido con la boca abierta, absorto en la disección no me percaté cuando se retiró de la plancha, lo sacudí varias veces del hombro para despertarlo, no podía perderse ni un minuto de la exploración, era una oportunidad única y no debía desperdiciarla, además, si se presentaba Richards o uno de sus acólitos podía armarse un escándalo, un joven a quien se le negó el ingreso a la universidad abriendo un cadáver mientras el prestigioso doctor bufaba desmadejado como borracho de taberna, bonito espectáculo para esa caterva de resentidos, como no logré despertarlo tranqué la puerta y continué, exploré a mis anchas el piélago insondable del cuerpo de Nelleke, frente a mí se desplegaron, uno tras otro, sus enigmas, los riñones parecían dos frutas resecas, la orina dentro de su vejiga presentaba un color lechoso, el corazón aparentaba ser más grande de lo normal, no tuve los arrestos para abrir su cráneo, quizás ahí se hallaran las respuestas a sus males, pero escudriñar el cerebro de quien fue mi amiga rebasaba mi límite moral, con certeza Black lo estudiaría más tarde hasta desenterrar los signos de la enfermedad, me hubiese gustado gozar de su asesoría mientras realizaba la disección, inferir tal o cual causa, embeberme de sus conocimientos, discutir puntos de vista, quizás al salir del recinto jamás volvería a verlo. Amaneció, la habitación se inundó de luz, se escucharon voces, pasos de quienes se apresuraban a llegar a clases, intenté de nuevo despabilar a Black, luego de menearlo un largo rato abrió los ojos y se me quedó mirando, confundido, «¿dónde estamos?», preguntó, le expliqué el lugar y le hablé sobre el examen del cuerpo de Nelleke, «¿es tarde?», inquirió, «no, doctor, son las siete de la mañana», revisó la sala, «¿cómo llegamos aquí?», le recordé su visita a mi casa y le agradecí lo del pedazo de carne en la tráquea de Nelleke, «ignoro de cuanto me hablas, muchacho», dijo, se levantó y se acercó al cadáver disecado, «¿algún hallazgo importante?», inquirió, le conté sobre la coloración de la orina, sobre la textura de los riñones y sobre la multitud de nodos alrededor del cuerpo, «lo suyo no debe ser producto de una sola enfermedad sino de un conjunto de ellas», concluyó mientras con la mano separaba el panículo, «¿sabes desde cuándo sufre elefancia?», inquirió, «según me contó, empezó a padecerla desde los cinco años», se mantuvo pensativo un momento, «su edad no elimina la posibilidad de una enfermedad venérea, muchos pervertidos gozan de placeres carnales con menores», me horrorizó sólo de pensarlo, ¿quién en su sano juicio podría ayuntar con una pequeña?, «¿sabes dónde vivió de niña?», «en el sur de África», contesté, «eso explica muchas cosas», según él, África presentaba la mayoría de los casos de elefancia, «aun cuando hay quienes la desarrollan en la misma Gran Bretaña, escapan a la razón las causas, pero ella», dijo y señaló el cadáver descuartizado, «nos dará las pistas necesarias», adujo jaqueca para no continuar con la investigación, «tapa el cadáver con la sábana y acompáñame a casa, muchacho, luego volveremos», le solicité permiso para traer muestras de tejidos, «llévatela toda si quieres», dijo y sonrió burlón, recogí las láminas y las guardé en el bolsillo del saco, «vamos», dijo y echó a andar hacia la salida, constaté la jerarquía de Black al caminar por los pasillos de la universidad, profesores y alumnos lo saludaban reverenciales, al dejarlo atrás, de inmediato, cuchicheaban, anhelé un día ostentar un prestigio como el suyo, ser respetado y suscitar envidias, como seguro las levantaba entre sus colegas por realizar un trabajo riguroso y a la vez pleno de riesgo, Nelleke, «la sirena de los muelles», podría parecerles a varios sólo una prostituta con una obesidad poco común, para mí era un pasadizo a un mundo inexplorado y atrayente, cuánto hubiera dado por estudiar al muchacho de los establos o a la muchacha de los gallineros, abrir sus cuerpos contrahechos para extraer sus secretos, me resistía a creer en su deformidad como un laudo de Dios, «Dios, ¿a cuál de los dos bandos elegiste para la victoria, a quiénes traicionaste?», los engendros ¿habían sido traicionados por voluntad divina?, ¿tan graves eran sus pecados al ser concebidos como para merecer el puñetazo de Dios?, si la humanidad deseaba progresar era imperioso no dejar a nadie atrás, a nadie, nunca condenar a los «extraños» al confinamiento, ni relegarlos como bestias, ésa parecía la noble misión de Black. Dejamos la universidad y nos encaminamos hacia el norte, nunca lo habríamos encontrado en una posada, Black rentaba un céntrico apartamento, «mi guarida», la llamó, me invitó a pasar, era un espacio amplio y acogedor, ahí, me confesó, acostumbraba refugiarse cuando se hartaba del bullicio de Londres, para sus expediciones prefería embarcarse en el puerto de Leith contiguo a Edimburgo, «los muelles londinenses son un desastre, es más fácil zarpar desde acá», encima de la mesa del comedor se encontraban varias botellas con un contenido verdoso dentro del cual flotaban ramas con hojas, el doctor abrió una, «¿quieres probar?», me dijo y me la extendió, emanó el mismo aroma dulzón de la pequeña garrafa metálica, sólo olerlo me provocó una sensación de mareo, «dale un trago, es medicinal», me incitó, di un sorbo, el líquido poseía un sabor agradable, pero me abrasó la garganta, «es fuerte», dije, «en un minuto sentirás su poder», no erró, de las entrañas comenzó a irradiar calor hacia el resto del cuerpo, mis músculos se relajaron, «toma más», sugirió Black, libé otro poco, el efecto era potentísimo, pronto me produjo un estado de ensoñación, «es absenta, lo elabora para sus pacientes Pierre Ordinaire, un doctor francés, amigo mío, este licor vivifica el cuerpo y expande la mente, mi colega me surte dotaciones suficientes para dos años», la absenta se fabricaba con alcohol de alta graduación y una mezcla de hierbas, entre las cuales predominaba la *Artemisia absinthium*, «llamada ajenjo entre el pópulo, una planta usada en medicina desde tiempos de los egipcianos», me explicó, bastaron dos tragos más para hacerme tambalear, sufrí un estremecimiento de una magnitud no experimentada en una borrachera común, mi percepción se vio alterada, los colores más vibrantes, los sonidos desencadenaban ecos en mi cabeza, imaginaba mi cráneo como una cueva donde rebotaban cientos de pensamientos, un pasaje obscuro iluminado de pronto por rayos esclarecedores, las frases de Black se desdoblaron dentro de mí en uno, dos, tres, cuatro sentidos distintos, él no cesó de ingerirla, a cada sorbo cerraba los ojos y murmuraba oraciones para sí en una homilía personal y secreta, se me extravía el momento en el cual decidimos salir de su apartamento, entre brumas rememoro haber vuelto a la sala de disección y atasajar el resto del cadáver sin ningún pudor ni metodología alguna, volvieron a aparecer los filamentos al abrir los nódulos linfáticos, «gusanos», pensé, quizá la respuesta al misterio de la deformidad de Nelleke, hoy lamento no haber estado sobrio cuando continuamos la exploración, esa misma tarde, como buen buitre, Richards se apropió de los despojos y los resguardó bajo llave, no importaba, llevábamos con nosotros gran parte de sus misterios. No sé cómo, ni las razones, pero regresamos a mi casa, sólo soy capaz de recordar algunos pasajes deshilvanados, terminamos bocabajo, semidesnudos, en el suelo del laboratorio, mientras Seathan y Sean nos aplicaban sobre las espaldas el venino de las ranas, un vómito ácido y prolongado me permitió, por fin, desembarazarme de los tóxicos efectos de la bebida verde, la substancia se había apoderado de mi voluntad y durante horas deambulé sin certeza de mí, con lentitud recobré el sentido del tiempo y del espacio, Black regurgitó un interminable río de espuma amarilla, ambos quedamos tumbados en el piso, exhaustos, «en un rato más», le expliqué, «el venino le levantará el ánimo y le producirá una sensación honda de bienestar», al cabo de un par de horas nos hallábamos vestidos y limpios, sin el sopor y los delirios provocados por la absenta, hambrientos, devoramos cada uno un pescado entero, al terminar Black se recostó en un sillón de la sala y se quedó dormido, busqué a Ailis, la hallé con Ciordstaidh en la puerta de la cocina, llegaban del mercado y depositaban los fardos en el piso, «buenas tardes», las saludé, Ailis devolvió el saludo con la cabeza gacha, le pedí acompañarme al cuarto, ella cruzó una mirada con su hermana, pude notar en Ciordstaidh un gesto de desaprobación,

238

«necesitamos acomodar las compras, señor», respondió, hablar conmigo frente a su hermana debía avergonzarla, «te espero», dije, me di media vuelta y me dirigí a mis aposentos, en el camino le advertí a Sean avisarme en cuanto despertara el médico, «y bajo ningún motivo puede irse sin mi anuencia», aguardé a Ailis durante casi una hora, no quise bajar a reclamarle su tardanza, significaría darle poder sobre mí y quedar en entredicho con los demás empleados, sin embargo, me asaltaba el temor de perderla, podía desaparecer y no saber de ella nunca más, minutos después tocó a la puerta, al abrir intenté disimular mi molestia, «pasa», le ordené, ella se quedó en el quicio, «William», dijo seria, «usted no necesita de mí, no entiendo los motivos por los cuales me quiere a su lado», me hallaba por responderle y me interrumpió, «puedo continuar mi labor como criada, según tengo entendido, para eso fui contratada», le hice saber cuán especial había sido para mí la noche anterior, «señor, no quiero, nunca más, quedarme sola en cama ajena», no volver por la mañana la había herido, con certeza se hizo objeto de comidillas, su hermana debió reprenderla, acostarse con el patrono y salir solitaria de la recámara significaba una regresión a su pasado como meretriz, «poseo sentimientos hacia ti», le dije con la finalidad de sosegarla, ella se notó aún dolida, le narré sobre la fortuita aparición de Black y cuanto aconteció después, «jamás volverá a suceder», prometí, pero eso no bastó para tranquilizarla, «¿cuántas noches pasaremos juntos antes de ser desechada?», preguntó, no me resignaba a perderla pero, con ánimo realista, tampoco me veía entablando un compromiso formal con ella, para colmo Sean llegó a avisarme, «el doctor despertó», Ailis y yo nos miramos por unos segundos, «acompáñame», le pedí, la tomé de la mano y la jalé hacia la escalera, al vernos, Black se puso de pie, dentro de mi sala sus dimensiones adquirían una proporción aún más colosal, su frente rebasaba los cristales de la lámpara del techo, su espalda ancha cubría la luz entrante por la ventana, sin las secuelas del licor su carácter adquiría un tono circunspecto, «estabas en lo cierto, muchacho», manifestó, «el venino de las ranas me ha hecho mucho bien», le presenté a Ailis, él sonrió, «la recuerdo, estaba en el hogar de conversión, imposible olvidar a una jovencita tan bella», ella se sonrojó agradecida por el gesto del gigante y se disculpó para retirarse, «requiero volver a mis faenas», dijo y aun cuando intenté detenerla se zafó con gracia y se encaminó hacia la cocina, Black la siguió con los ojos, «nada como una campesina bien formada», comentó con un dejo irónico, «siéntate», ordenó, como si él fuese el señor de la casa, «trae té», mandó a Sean, «de preferencia, negro, necesito avivarme», se apoltronó en mi butaca favorita, con otro hubiese protestado, no deben cederse los tronos simbólicos de una casa, pero Black entendía con perfección su ascendente sobre mí, «sé quién eres, William Burton», me temí una diatriba sobre mi origen privilegiado, «admiro tu valor, el noventa y nueve por ciento de los habitantes de esta isla mataría por gozar de cuanto pudiste heredar», me pidió explicarle mi interés en la gente «extraña», le describí los engendros de la propiedad y las horrorosas condiciones a las cuales eran sometidos, mi promesa por ayudarlos y la epifanía resultante de leer *Los otros casos, una disertación filosófica y médica sobre la diferencia y los fenómenos*, Marion llegó con los tés y nos sirvió a ambos, Black endulzó el suyo con cinco terrones de azúcar, «lo dulce brinda energía», dijo para justificarse, entrecerró los ojos para sorber la bebida, «mi hermano pequeño», relató, «nació con un severo defecto en la columna, su espinazo dibujaba una "s", lo cual lo obligaba a caminar torcido y parecía carecer de cuello, los niños en el vecindario lo apodaron "el jorobado diabólico" y lo tundían sin ningún motivo, varias veces requerí entrar en su defensa, mi tamaño y mi fuerza me permitían ganar los pleitos con facilidad y aprendieron a respetarlo, en cuanto me sabían lejos volvían a apalearlo, varias noches regresó con la nariz rota, "no soy un monstruo", solía decirme mientras lloraba, mis padres decidieron mudarnos a otro barrio, un lugar donde no se supiera de nosotros, los muchachos de este nuevo villorrio fueron más agresivos, no sólo les bastaba pegarle de puñetazos, le asestaban golpes con palos y le arrojaban piedras, a los responsables los buscaba para hacerles pagar sus osadías y a varios dejé tendidos en el pavimento, inconscientes, el alguacil advirtió encerrarme si continuaba golpeando a estos imbéciles, pero no amonestó a ninguno de ellos, lo cual propulsó aún más mi furia, Arnold, mi hermano, se refugió en la casa y se negaba a salir si no iba con él, su andar era lerdo, no sólo por la condición de su espina, sino por consecuencia de las brutales golpizas, una tarde, mientras yo ayudaba en un trabajo a mi padre, por motivos desconocidos Arnold resolvió pasear a solas, una anciana lo halló tirado en la acera, muerto, le habían explotado los sesos con una roca, cinco muchachos lo asesinaron justo una semana antes de cumplir los trece años, entiendo cuánto horror sentiste al descubrir el maltrato a los engendros, yo crecí con ello», apretó la mandíbula, los músculos de su cuello se contrajeron, la rabia debía aún correr por sus venas, quedé conmovido por su narración, un breve asomo a la injusticia y la perversidad humana pero, lo supe tiempo después, la historia era falsa, la había elucubrado Black para barnizar su leyenda personal con un designio superior, meneó la taza como si en su contenido se encontraran los hilos de la conversación, un gesto impostado, infinidad de veces lo escuché cambiar las versiones, en ocasiones se trataba de su hermana, en otras de su madre o de su padre, a veces el mal era la espalda encorvada, en otras el idiotismo asiático, su capacidad para fantasear era inagotable, ese día me tragué el cuento y le reiteré mi afán de trabajar con él, «nunca he tenido a un aprendiz a mi lado, a lo más he tenido asistentes temporales, soy un león solitario, sin amarras ni compromisos de ningún tipo, en ti veo hambre de conocimiento, propensión al riesgo, un palpitar por la aventura, cualidades fundamentales para ser médico, si tan grande es tu anhelo de instruirte a mi lado, preséntate en ocho días en mi despacho en Londres, te ofrezco laborar conmigo, ahora, si retrasas un solo día tu llegada, lo consideraré como falta de interés y retiraré mi propuesta», le pregunté sobre la dirección, «ésa será tu primera prueba, si es serio tu interés, lo averiguarás por ti mismo», pidió la botella con el venino diluido de las ranas y mandé a Sean por ella, «me la llevo, nos será de mucha utilidad», el hablar en plural me complació, di por descontado ser parte de su equipo, «te espero en ocho días», dijo y sin despedirse, salió por la puerta.

Tantos meses deseé la convocatoria de Black y ahora, cuando ya era un hecho y contaba con una fecha de arribo, me sentí abrumado, Londres se hallaba a cuatrocientas millas de distancia y era un largo viaje a caballo y, aún más, en carruaje, debería adelantarme con Seathan y Sean y despachar el menaje después, cuando estuviera listo para ser transportado, mas ignoraba quiénes de mis empleados estarían dispuestos a mudarse conmigo, a Black, lo aprendería al correr de los meses, le gustaba presionar a quienes se hallaban a su alrededor, gozaba del perverso placer de empujar a los demás a los extremos, pero eso sí, nunca conocí a alguien más brillante ni con su formidable capacidad de análisis, por desgracia, moteada por el descaro y la irreverencia, nadie con tan acentuadas sombras ni con destellos tan luminosos, entendí las reservas de Wright cuando me habló de él con admiración, pero con un asomo de difidencia, emplacé a Sean, a Seathan y a Merrick a reunirse conmigo, les planteé la exigencia de Black y les pregunté cuán factible era cumplir con tan perentorio plazo, Sean contempló al menos seis días para llegar a Londres, «señor, podemos recorrer, en jornadas agotadoras, setenta millas diarias, pero no creo a ningún caballo capaz de soportar tal trote, si quisiera cumplir con el plazo deberá partir a Londres cuanto antes y aun así lo veo difícil», con seguridad Black partió de inmediato, sólo ello explicaba el citatorio tan ajustado, debí negociar con él un plazo menos severo y hacerle ver lo riguroso de su petición, en ese momento no reparé en ello, ahora requería actuar con rapidez, daba por sentado la permanencia en el trabajo de Merrick y de Sean, dudaba de Marion, Hanton y el mismo Seathan, los tres rebasaban los cuarenta y cinco años de edad y no sería fácil convencerlos de abandonar a sus familias y querencias para adaptarse a una ciudad tan grande y tan caótica como Londres, a mí, sólo pensar en enfrentarla, me atribulaba, le pregunté a Seathan si estaba dispuesto a quedarse y viajar conmigo alrededor del mundo, «soy un militar, señor, y he sido desplazado a diversos lugares a lo largo de mi vida, estoy viejo y cansado, me aproximo a los cincuenta y mi mujer ya no es proclive a mudanzas, pero lo consideraré en aras de mi profundo afecto a su persona», al menos la suya no fue una negativa categórica, Hanton manifestó su deseo de quedarse en Edimburgo, «contrate a alguien más joven», se disculpó, «devengará un año de sueldo, como se lo prometí y tendrá las puertas abiertas por si acaso decide trasladarse a Londres», Marion palideció al escuchar mi propuesta, «esto es imprevisto, señor, no contaba con ello», dijo, sus mejillas se tornaron rojizas e hilos de sudor brotaron de su labio superior, la pensé al borde de un soponcio, «señor, no puedo perder el empleo, nadie contrataría a una mujer de mi edad, tampoco puedo irme, aquí tengo a mi marido y a mis hijos», me dio pena la pobre mujer, «le ofrezco venir conmigo a Londres por tres meses, si se siente a gusto con el trabajo, le doy cabida junto con su familia, ¿está de acuerdo?», la mujer sollozó, «gracias, gracias», se limpió las lágrimas con la manga del vestido y, aún temblorosa, abandonó el salón, faltaba resolver la situación de Ciordstaidh y Ailis, la hermana mayor, estaba convencido, seguiría los pasos de la menor, aquí surgía un dilema, pedirle a Ailis venir a trabajar como mi empleada o llevarla como mi concubina, no me hallaba en posición de acorralarla para aceptar esta segunda opción, lo sensato sería resignarme a perderla, un amor intenso, pero fugaz, necesitaba seguir el ejemplo de Black, «sin amarras ni compromisos de ningún tipo», dejarla ir me llagaría por dentro, un dolor intolerable por meses o quizás años, más después de nuestro encuentro pleno de intimidad, pero no había sacrificado familia y posición para enredarme en un romance efímero con la persona equivocada, cité a Ciordstaidh a solas en el jardín, «con seguridad escuchaste las nuevas», dije, ella asintió, «si les parece conveniente, pueden venir conmigo», meditó su respuesta y se volvió a verme, «ésa, debe usted saberlo, no será mi decisión sino de Ailis», dijo, «Ciordstaidh, dejen de actuar como si fueran una sola, resuelve tú, no dejes tu futuro en otras manos, el trabajo no es malo, tampoco la paga, en Londres podrás iniciar una nueva etapa, en algún momento una de las dos tomará otro camino y éste es el tuyo, piénsalo», mis palabras debieron confundirla, esta vez se tomó más tiempo para contestarme, «donde vaya Ailis, iré yo», se alistaba para retirarse y le pedí llamara a su hermana, Ailis llegó luego de diez minutos y me saludó con una ligera inclinación de cabeza, de nuevo el aleteo en mis entrañas, el golpe provocado por su presencia, «vayamos a dar una vuelta», dije, ella me miró, indecisa, estiré mi mano y tomé la suya, «vamos», la impelí, echamos a andar, conforme avanzábamos por el sendero empezó a crecer en mí la más disparatada idea de mi vida, no podía perder a esa mujer de talle fino y andar de cierva, significaría perderme yo mismo, le ofrecí mi brazo aun con el riesgo de su desdeño, había sido humillada la noche anterior y podría rechazarlo, lo tomó y recargó su cabeza en mi hombro, rondamos por entre las arboledas en silencio hasta arribar al sitio donde nos desnudamos por primera vez, le volteé el rostro para vernos a los ojos, ella desvió la mirada, le levanté la barbilla y le di un beso en los labios, «debes venir conmigo a Londres», le dije, ella se negó, «quisiera, pero no puedo», sobrevino entonces la frase definitiva, aquella cuya contundencia me haría romper por siempre con quien había sido, atrás quedarían siglos, castillos, linajes, las palabras bulleron desde mis entrañas hasta mi lengua, «cásate conmigo», ella dio dos pasos hacia atrás, azorada, «¿estás bromeando?», «no», respondí decisivo, «lo digo con absoluta seriedad», «no te creí tan tonto», expresó, «se te olvida quién soy», «quizá sí, olvidé quién eras, pero no quién eres ahora», reviré, «William, no soy para ti, ni tú para mí, vamos a terminar muy mal», se notaba afectada, «sí, es posible», le contesté, «y quizás es una locura y una estupidez, pero no mayor a dejarnos ir, sólo pensar en tu ausencia me consume», nunca preví se invirtieran los papeles, ella tratando de demostrarme cuán inadecuado era mi ofrecimiento y yo de persuadirla de tornarnos en pareja, «¿sabes cuántos hombres en el prostíbulo me pidieron casarme con ellos?», un golpe por lo bajo, un navajazo directo al pecho, yo deseando dejar atrás su pasado y ella tirando tarascadas para disuadirme de mis intenciones, «¿necesitas traerlo a colación?, ¿no es tu objetivo rehacer tu vida?», la cuestioné, «no así y no contigo», respondió con fiereza, en su rostro se reflejaron la calle, la miseria, el hambre, el maltrato del padre, las noches desnudándose para tipejos anónimos, el desamparo, el miedo, el rechazo, bien pudo aceptarme y librarse de aquello, convertirse en una mujer adinerada, sujeta de respeto y cortesanías, en cambio me brindó una lección de pundonor y honestidad, «¿es un no irrevocable?», le pregunté, caviló por un largo minuto su respuesta, «estoy enamorada de ti, William, lo estoy desde el primer momento, nunca, escucha esto, nunca quisiera separarme de ti, pero hay un abismo imposible de remontar, así lo anhelemos los dos con toda el alma, tú me hieres con facilidad, yo te hiero con facilidad, nosotros somos la herida», la suya me pareció la sentencia más brutal para dos jóvenes ansiosos por amarse y sí, la más mínima mención a su pasado me dolía, saberla recostada con fulanos encima de su cuerpo desnudo me provocaba náusea, pero no pensaba doblegarme, Mary había sido la medida de mi amor, a cada muchacha la comparaba con ella, a su lado, la mayoría de las mujeres me parecían insípidas, Ailis sobrepasaba no sólo mi atracción por Mary, sino también las emociones suscitadas, Ailis me estrujaba, me revolvía, me estremecía, sí, éramos la herida, pero también la cura, el deseo, el enloquecimiento, haberle propuesto matrimonio no había sido un capricho, ni un disparate, era la consecuencia de cuánto había crecido dentro de mí a lo largo de las semanas, una de esas certezas sólo encontradas un par de veces a lo largo de la vida, no incumbía cuán opuestos éramos, sino los secretos vértices de encuentro, ¿Ailis me lastimaría?, sí, cien, miles de veces, pero su ausencia sería aún más horrenda, la deseaba en mi vida, no cabía en mí la menor vacilación, «no aceptaré un "no" como respuesta», le advertí, su resistencia pareció desarmarse y comenzó a cejar su actitud retadora, «mañana por la tarde nos casaremos, ve con Ciordstaidh y Marion y elige el vestido de tu agrado, Seathan nos ayudará a encontrar la parroquia indicada», le dije, «será un error, el error más grave de nuestras vidas», comentó, «sí, pero será "nuestro error" y asumiremos las consecuencias, si las hay», regresamos de vuelta en silencio, traslucía en ella un aire a luto, no a celebración, al arribar a la casa se tornó aún más seria, «te veo después», dijo y se apresuró a entrar, me quedó la impresión de su inminente partida, con pesadumbre me apresté a resolver los temas más urgentes, Seathan conocía bien Londres y me sugirió buscar una mansión en las zonas de Kensington o de Bloomsbury, lejanas al Támesis, en donde se derramaban aguas negras y eran causa de enfermedades varias, conocía algunos antiguos camaradas de armas a quienes recomendaba para substituirlo, Colton era, y seguiría siendo, una amenaza a pesar de nuestro pacto y no debíamos descuidarnos, «las venganzas de sangre», expuso Seathan, «jamás terminan por zanjarse, es una inacabable espiral de odio», acordamos dejar a Merrick y a Hanton a cargo de embalar los muebles y los enseres y contratar los carromatos necesarios para transportarlos hasta Londres, Merrick trasladaría a Marion y a Ciordstaidh, si ése era el caso, y yo y Ailis, si ella decidiera casarse conmigo, viajaríamos a caballo protegidos por Seathan y su escuadrón, Sean se desviaría en el camino para llevar cartas a Louise, a Wright y a Ryan, le conté a Seathan sobre mi oferta de matrimonio a Ailis, «no me respondió, pero por si acaso, te pido busques una iglesia donde mañana podamos pronunciar nuestros votos, te pido discreción», «señor, cuanto usted me revele jamás saldrá de mi boca,

246

hoy mismo buscaré una capilla», durante el resto de la tarde extraje venino de las ranas y lo diluí, era importante salvar lo más posible por si no sobrevivían el viaje a Londres, le había encargado a Merrick trasladarlas con sumo cuidado y no permitir su enfriamiento, revisé bajo el microscopio las láminas obtenidas del cadáver de Nelleke, hallé más filamentos blancuzcos en los tejidos de los nudos linfáticos, podían ser fibras del mismo órgano, parásitos o una fina extensión nerviosa, nada susceptible de brindar un dictamen concluyente, guardé las laminillas en un cajón para llevármelas a Londres, quizá Black, con su ojo experto, podría determinar si esos filamentos habían sido o no la causa de la elefancia de Nelleke, me fui a acostar temprano, me esperaba una agitada jornada y debía madrugar, me hallaba en vías de conciliar el sueño cuando se abrió la puerta, tomé el cuchillo sobre mi mesa, «¿quién es?», pregunté en voz alta, la persona se acercó, empuñé el arma, listo para asestar un tajo, reconocí el aroma de Ailis, con la escasa luz de la luna trasminándose por entre las cortinas la vi sentarse en el borde de la cama, comenzó a desnudarse, escuché el roce de los vestidos al deslizarse por sus hombros, su olor inundó la pieza, se metió entre las sábanas sin decir nada y me abrazó, hicimos el amor sin descanso, esta vez no fue suave como la anterior, exploramos nuestros cuerpos hasta no dejar una pulgada intacta, monté sobre ella, se montó sobre mí, ella culminó varias veces, yo culminé varias veces, antes del alba me besó en la boca, «te amo, William», dijo, se vistió y desapareció como había entrado, en silencio y a obscuras, temía ésa fuese su despedida y jamás volviera a saber de ella, pero esa tarde, catorce días antes de cumplir los diecinueve años, a las cuatro, en una parroquia situada en una aldea próxima a Edimburgo, Ailis y yo nos casamos.

Apenas salimos de la boda, Seathan propuso partir si quería llegar puntual a la cita con Black, en casa ya nos aguardaba la escolta, las bestias de carga con el equipaje sobre los lomos y nuestros caballos aparejados, me despedí de Hanton, a quien ya no vería más, y acordé con Ciordstaidh, Marion y Merrick reencontrarnos más tarde en Londres, la travesía fue ardua, recorrer a caballo distancias tan largas fue demoledor, en varias ocasiones fuimos sorprendidos por tormentas, los campos tornaban en tremedales, los caballos a duras penas podían avanzar, las patas se les atollaban a menudo y, de tan exhaustos, se rehusaban a continuar, sólo Sam, mi poderoso potro, daba ejemplo a los demás, denodado, remontaba el atascadero y apremiaba a los otros a continuar, mi esposa se comportó serena y sonriente a pesar del frío y de los abrigos empapados, se mantuvo a la par del grupo y no se quejó ni una sola vez, cuando hubo de desmontar para salir de los lodazales, ella lo hizo sin queja y sin pedir trato deferente, por las noches, en la intimidad de nuestras habitaciones, calentaba agua en un perol y luego tallaba mi cuerpo con una toalla caliente hasta hacerlo entrar en calor, gozábamos del amor sin freno y sólo dormíamos a intervalos, la falta de sueño cobró estragos, yo empecé a alucinar, en medio de los aguaceros descubrí un tigre, lo vi rugir y luego perderse entre los árboles, más tarde avisté a un caballero andante trotar en su caballo blanco, no hubo nada, ambos fueron producto de mi imaginación, una mañana Ailis cayó de su yegua sobre un charco, corrimos a rescatarla y la encontramos dormida, al despertar ni siquiera se percató de cuándo se desplomó, atarantada y llena de barro volvió a montar sólo para caer de nuevo más tarde, ni mis alucinaciones ni sus accidentes moderaron nuestro furor amatorio, al contrario, el cansancio parecía atizarnos el deseo, aprendimos a dormir sobre las cabalgaduras, el bamboleo de la silla y el sonido de las pezuñas al golpear contra el fango nos arrullaban y, por algún sofisticado proceso mental, despertábamos cuando las bestias paraban, nosotros íbamos al centro del grupo, dos hombres al frente, tres a cada lado de nosotros y Seathan en la retaguardia, el estruendo de la lluvia impedía escucharnos al hablar y eran necesarios varios gritos para entendernos, eso nos hizo marchar en silencio la mayor parte del tiempo, sólo relámpagos rompían la melodiosa cadencia de la lluvia, en las proximidades de

Londres abundaban las ciénagas, en algunos sitios, el agua les llegaba a los caballos hasta el pecho y cruzábamos entre cieno verdoso y pestilente, nunca me había sentido tan miserable como en esa travesía, pero tampoco tan vivo, las puñaladas del frío, el agua escurriendo por mi nuca hacia mi espalda, el lodo manchando mi cara, las laceraciones causadas en las piernas por las cabalgatas, mezclados con los besos y la desnudez de Ailis por la noches, me condujeron a un estado de conciencia de mi propio ser como pocas veces experimenté, la penúltima noche paramos en un castillo ruinoso adaptado como posada, aun cuando era mucho más pequeño al de mi familia, compartía varias características: paredes húmedas y caliginosas, muros derruidos, niebla penetrando por los corredores, para colmo la habitación asignada era casi igual a la mía, hasta la cama se hallaba dirigida al norte, pernoctar ahí me provocó una dolorida regresión a mi pasado, no por una nostalgia de tiempos perdidos, nunca más quisiera regresar a quien fui, sino por el recuerdo de los lazos familiares rotos para siempre, mi padre bien pudo expulsarme sin necesidad de cancelar los vínculos con los míos, era como si la familia entera hubiese muerto en un accidente y sus fantasmas aún deambularan entre los vivos, decidí contarle a Ailis sobre mi antigua vida, de la cual ella sabía poco, nunca imaginó mi mundo, me sabía con fortuna, pero no la dimensión de la propiedad ni el peso del abolengo, ni cuán cuantiosa era la herencia de la cual fui despojado, le conté sobre mi familia, del origen de mi apellido, me preguntó las razones de mi exilio, le relaté sobre los engendros y mi profundo anhelo de convertirme en médico, «quiero aliviar a la gente extraña de sus males», expliqué, «ahora entiendo quién eres», dijo, «y por tus valores te admiro más», preguntó si alguien con taras se incluía en el concepto de «gente extraña», «sí», le respondí, «a quienes salgan de los cánones de lo considerado normal», me narró acerca de un muchacho feísimo de su aldea, la mandíbula prominente, los dientes torcidos, los ojos separados como los de un sapo, cabello ralo, flaco, con un andar torpe, cuyo lenguaje se limitaba a balbuceos ininteligibles, sus padres lo arrojaron de la casa cuando niño por la vergüenza de haber procreado a un abrojo de ser humano, en la creencia de ser sólo sujeto de una punición temporal el pequeño rondó la casa durante semanas en espera del permiso para volver a entrar, los padres lo rechazaron en cada intento, el niño, de apenas siete años, no comprendía las razones para ser echado sin haber cometido una falta, para ponerle en claro lo definitivo de su expulsión el padre lo amarró de manos y pies, lo montó en una carreta, recorrió un par de leguas y, sin desatarlo, lo abandonó a la orilla del camino, según Ailis, el miserable berreó por días, los transeúntes se negaron a auxiliarlo, les provocaba repulsión a pesar de ser sólo un chiquillo, cuando exánime boqueaba sus últimos alientos, un alma caritativa, quien se mantuvo anónima para evitar represalias de los vecinos, le desanudó las amarras, le dio de beber y de comer por varios días y, al verlo recuperado, desapareció para dejarlo a merced de sí mismo, el pequeño erró por la comarca sin nadie dispuesto a apiadarse de él, Ailis era más o menos de su edad cuando lo descubrió una tarde vagando por las parcelas de su padre, llevaba la ropa rota y sucia, desenterraba papas, las estregaba para quitarles la tierra y las comía con ansia, ella avisó a su madre, quien se apresuró a rescatarlo, el padre no se hallaba en casa y aprovechó para bañarlo, coserle la ropa rota, darle una sopa caliente y agua limpia para saciarle la sed, el muchachito, a pesar de parecer estúpido, comprendía con perfección cuanto se le decía y en su lengua de pájaros intentaba, sin éxito, comunicarse con ellas, al llegar el padre por la noche y descubrir al gnomo, le gritó a su mujer y tomando al niño del cuello lo lanzó fuera bajo la advertencia de jamás regresar si quería permanecer vivo, varias veces Ailis lo vio en los sembradíos escarbando papas o comiendo brotes de coles, al toparse con ella el adefesio le sonreía, agradecido, años después un vecino lo asesinó acusándolo del robo de sus hortalizas, al homicida ni siquiera se le aprehendió, «fue como si hubiera matado un perro», no se molestaron en sepultarlo y dejaron su cadáver a la intemperie, «terminó secándose como un insecto, el sol, la lluvia y el viento pulverizaron su esqueleto, quedaron sólo astillas, después de unos años volvieron a labrar donde cayó muerto, me alegra y me conmueve, esposo, tu deseo por ayudar a estas pobres criaturas». Mis guardias, magros y nervudos, vieron sus ánimos y sus fuerzas mellados por las inclementes condiciones de la travesía, cada noche se turnaban para velar la puerta de los mesones donde nos hospedábamos, resistían de pie vigilantes y no chistaban cuando, por la mañana, sin descansar ni un solo minuto, era hora de proseguir, en algunos de ellos se evidenciaban cicatrices en sus rostros o en sus cuellos, cortes de bayoneta, heridas de metralla o balazos, eran hombres gallardos y leales, sin asomo de duda podía poner mi vida o la de mi esposa en sus manos, obedecían a Seathan sin cuestionar una sola de sus decisiones, los nueve eran expertos en esgrima y se les había instruido para conservar el temple aun lesionados de gravedad, a James, uno de los veteranos, le rajaron el vientre con un sable, sus vísceras se desbordaron hacia fuera, sin perder la calma, mató a su adversario, recogió sus tripas, las empujó dentro de la cavidad y, sin dar la espalda, se retiró paso a paso hasta las líneas de su ejército y se recostó durante horas en espera de ser atendido, no me explico las razones por las cuales mi padre no dio prioridad al adiestramiento militar a sus hijos varones, mucho nos habría ayudado para curtirnos el carácter, a mí me hubiese placido una reciedumbre como la suya, pedí a Seathan consintiera el descanso del grupo, no ordenara a ninguno de ellos custodiar la entrada del mesón y les autorizara despertarse tarde, «señor, a pesar de hallarnos en las proximidades de la ciudad, aún falta un largo trecho y debemos cruzar por humedales de difícil tránsito y además, favorecidos por este clima, los salteadores podrían acometernos, acostumbran colocar trampas en los caminos o disparan escondidos entre los árboles, no les importa matar a alguien con tal de agenciarse unos peniques, lo indicado es salir temprano para avanzar con la luz del día y no ser sorprendidos por la noche», negocié con Seathan salir a las nueve, la tormenta arreciaba y no daba indicios de parar, con seguridad amanecería con un tupido aguacero y no me apetecía en lo más mínimo partir en medio de un vendaval. Nuestros cuerpos resintieron la fricción de las monturas empapadas, al desnudarnos, otra vez con ansias amorosas, descubrimos, uno en el otro, profundas llagas en las piernas y, sorpresa, en nuestros muslos venían adheridas sanguijuelas, tan complicado conseguirlas en Edimburgo y ahí estaban, chupando nuestra sangre con singular alegría, Ailis tomó una en sus manos, «tiene la consistencia de una culebra», dijo, «¿cómo me la quito?», inquirió, «tómala de la cabeza y tira despacio, no la jales de súbito, puede desgarrarte con sus fauces», desprendió varias y hebras de sangre se derramaron hacia su empeine, me agaché y lamí su sangre, ella metió sus dedos entre mi cabello, besé sus pies y subí hasta su rodilla, «te amo», dijo, con la yema de mi índice acaricié una de sus llagas, «¿te duele?», pregunté, ella asintió, seguí la llaga hasta su terminación, casi en la ingle y con delicadeza introduje mi dedo entre su vello púbico, ella soltó una exclamación de placer, lo metí y saqué repetidas veces, humedecido me lo llevé a la boca y lo saboreé, excitada, ella se tumbó sobre la cama y abrió las piernas, cuando traté de penetrarla no pude, una cortadura ascendía desde el perineo, pasando por los testículos hasta el dorso de mi pene, la mera erección me resultó dolorosa, el roce de mis partes en el húmedo borrén debió ser la causa de la herida, intenté de nuevo, no lo logré, sentía la carne viva y un ardor insoportable, al verme imposibilitado ella me examinó, otro tajo corría a lo largo de mi cadera derecha y bajaba hacia mi muslo y una incisión cruzaba de la parte alta de mi rodilla hasta detrás de mi pierna, a ella se le habían llagado las nalgas, la parte baja de la espalda y las entrepiernas, al revisarla me topé con el hueco en su costado, la cicatriz se hendía en la carne, una moneda de un chelín podía caber ahí, «¿me vas a contar lo sucedido?», la interrogué, «mi padre», volvió a repetir sin agregar nada más, «¿algo aconteció con él?», tomó aire, con certeza le pesaba hablarlo, «me hallaba en el campo mullendo la tierra con la piqueta, mi padre me había mandado a hacerlo desde temprano, hacía frío y una costra de hielo cubría los suelos, llevaba semanas ejecutando esa tarea y las manos se me habían ampollado, mi padre me quería lejos de la casa para quedarse a solas con Ciordstaidh, mi madre apenas llevaba seis meses de muerta y mi padre ya hacía de las suyas con mi hermana, no la penetraba, sólo la quería para chuparle los senos y forzarla a satisfacerlo con la mano, esa mañana mi padre llegó al sembradío, había bebido y se notaba fuera de sí, me pidió abrirme la blusa, me negué, mis senos eran apenas dos pequeños brotes, quiso forzarme y me defendí, me tiró al suelo, cogió la piqueta y, con saña, me la clavó entre las costillas, luego se me fue encima y me golpeó hasta quedar inconsciente, la herida de la piqueta afectó mi pulmón izquierdo y cuando desperté tosía sangre, regresé a la casa a rastras, ahogándome, en cuanto entré mi padre me ordenó preparar la cena, cuando me senté en una silla para descansar, otra vez me pegó, volví a desmayarme, desperté entre los brazos de Ciordstaidh, ella lloraba, «te creí muerta», mi padre no me llevó a atenderme y me recuperé sola, nunca más me tocó, pero a partir de ahí me trató con gran desprecio», el mapa de quién había sido mi esposa empezaba a dibujarse con claridad, su huida del hogar estaba justificada, prometí buscar a su padre para cobrar revancha, «no te alimentes de mis dolores, aliméntate de mis alegrías», dijo, un signo de fortaleza de quien venía de los sótanos de la malevolencia, por una u otra razón, compartíamos un mismo sino, huérfanos de padres con vida.

Trajinar entre tormentas también lesionó a los caballos, Sam presentaba severas excoriaciones, se le había pelado el cuero por el roce de la montura, la carne se notaba rojiza, al percatarse Seathan de la herida de mi potro salió de la caballeriza y en medio de la lluvia juntó un puñado de barro y regresó a embadurnárselo, «esto lo aliviará por unas horas», expuso, «la capa de lodo amortiguará el frote de la silla», la yegua de Ailis presentaba una hinchazón con una extensa equimosis y no aceptó la silla sobre su lomo, Seathan tomó su daga, midió el centro de la tumefacción y picó, la yegua dio un salto, uno de los hombres la controló deteniendo las riendas, de la puntura brotó sangre coagulada, con ambas manos Seathan apretó para desalojar el resto de la sufusión, cuajos sanguinolentos se derramaron por el costillar, estregó lodo sobre la parte lesionada y entonces fue posible colocarle la cabalgadura, partimos bajo un denso chubasco y al poco tiempo granizó, los pedriscos nos golpeaban como si fuesen balines y temimos descalabrarnos, se desató una tormenta eléctrica, desmontamos y nos acostamos pecho tierra para evitar el latigazo de un relámpago sobre nosotros, nuestros guardias dejaron sus armas a unas yardas y obligaron a los caballos a echarse, luego de una hora por fin menguó la granizada, los caminos quedaron cubiertos de una capa blanca y eso los tornó más deslizadizos, hubo de recorrer a pie varios tramos jalando a los caballos de las riendas, en terreno tan blando les era imposible andar con nosotros encima, ese día la lluvia no cedió, la única ventaja fue no toparnos con salteadores, ¿quién en su sano juicio viajaría bajo tan infames condiciones?, los únicos desquiciados éramos nosotros, marchando en medio de la tempestad con el único fin de acatar el categórico plazo de Black, este trecho fue el más dificultoso, debimos finalizar la jornada con anticipación, los caballos dieron de sí y ya no pudieron moverse más, los dorsos les sangraron, a las pezuñas se les abrieron grietas, el pecho y las ancas se les llenaron de sanguijuelas, nosotros mismos quedamos destruidos, las llagas se extendieron para dar paso a profundas tajaduras, la espalda y las caderas, abrasadas, los dedos de los pies engarrotados por el frío y los de las manos lacerados por el roce con las riendas, paramos en el primer mesón, no era el ideal para un contingente como el nuestro, sólo tres habitaciones pequeñas, sin camas, un puñado de paja húmeda y escasa nos separaba del piso de tierra, de cena sólo pudieron ofrecernos hogazas de pan reseco y un jamón agusanado, Ailis y yo preferimos irnos a dormir sin probarlo, una diarrea en el tramo final sería una catástrofe y no valía la pena arriesgarnos, nos dieron un cuarto para nosotros dos, sin puerta, los demás se amontonaron en los otros, Seathan volvió a insistir en salir al alba, su enjundia era admirable, una fuerza física y mental como pocas veces vi en mi vida, me encontré a punto de renunciar al viaje, no podía del dolor en las posaderas y del malestar del cuerpo, mi esposa me alentó, admiré su coraje y su disposición, la había sometido a una paliza y ella, sin lamentos, montó en la yegua con una sonrisa, arrancamos en medio de una espesa neblina y, como si fuera un anuncio providencial, al poco tiempo levantó la bruma, escampó el cielo y brilló el sol, entramos a la ciudad al mediodía de la fecha límite establecida por Black, Seathan nos conminó a quedarnos en una posada en el centro de la ciudad mientras él y sus hombres averiguaban la dirección del despacho, nos hospedamos en una lujosa pensión, la recámara contaba con mullidas camas, cobertores, chimenea y una tina, nos bañamos con agua caliente, tiras sangrantes cruzaban nuestros cuerpos, temí resultáramos ambos con cicatrices indelebles, sobre todo ella, quien ostentaba una desnudez agraciadísima, digna de quedar sin marcas, comimos un substancioso almuerzo y dormitamos un par de horas, a las tres llegó James, «encontré dónde se halla el despacho», avisó, «está lejos, señor, en Covent Garden, necesitamos salir ya para llegar antes del cierre», alquilamos unos caballos, los nuestros no podían más, y nos dirigimos hacia allá, el día soleado y la emoción de reencontrarme con Black me hicieron ver Londres bajo otro prisma, las avenidas se veían esplendorosas, los paseantes vestidos con elegancia, percibí la ciudad más amable, más señorial, menos maloliente de como la recordaba, al aproximarnos a Covent Garden volvió a mí la reminiscencia de ese Londres decadente y sucio de cuando lo conocí de niño en un viaje con mis padres, el gigantesco mercado de productos agrícolas en el corazón del barrio olía no sólo a verduras y granos sino también a carne y a sangre de animales, a vísceras de pescados, los mercantes tiraban las sobras al caño y eso provocaba la efervescencia de aromas desagradables, un numeroso grupo de personas concurría desde varias calles aledañas y se agolpaba frente a los puestos, las transacciones se realizaban a gritos y la vocinglería podía escucharse a gran distancia, me pareció un lugar excéntrico para ubicar un despacho médico, después entendí las razones de tal decisión, arribamos, un letrero anunciaba arriba de la puerta «se atiende a personas extrañas o con características diferentes o raras» y abajo en grandes letras «Doctor Robert Black, horario 7 a.m. a 5 p.m.», toqué a la puerta con enorme ansiedad, afanoso en demostrarle a Black mi puntualísima llegada una hora antes de cumplir el plazo, nadie abrió, insistí, nada, debajo de la puerta se amontaban decenas de papeles solicitando una cita, el dueño de la abacería vecina se asomó al vernos, «¿buscan al doctor Black?», inquirió, asentimos, «lleva meses sin aparecer por aquí», informó, «¿no se presentó hace dos días?», pregunté con ingenuidad, «no, han venido pacientes suyos a buscarlo, pero ninguno con suerte, así es él, va y viene», volteé a mirarme con Ailis, nuestro esfuerzo había sido mayúsculo y Black ni siquiera se hallaba ahí, no entendía las razones para tan cruel apremio, quizás un incidente en el camino lo había retrasado o el brutal clima jugó en su contra, le pedí al tendero un papel y una péndola para escribirle un mensaje, lo deslicé debajo de la puerta, «me llamo William Burton, si ve al doctor Black, por favor, acredite frente a él mi presencia aquí este día», le dije y le extendí unos chelines, Covent Garden no sólo era sitio del mercado sino también de teatros, de espectáculos y, para mi infortunio, de burdeles, al parecer estaba destinado a toparme con el mundo del meretricio como si la vida conspirara para recordarme la profesión de mi mujer, una singular mezcla de personas habitaba la zona, desde mendigos medrando entre los basureros del mercado hasta gente de la alta nobleza quien construyó ahí sus mansiones para estar cerca del «meneo nocturno», abundaban las posadas baratas y de baja categoría, había tabernas por doquier, proliferaban los artistas callejeros: bufones, saltimbanquis, músicos, acróbatas, actores y por esto comprendí la razón por la cual el despacho se encontraba aquí, abundaban carpas donde personas deformes y fenómenos eran exhibidos sin pudor a un público con curiosidad malsana, decepcionados y frustrados, nos retiramos, volvería cada mañana a buscarlo hasta encontrarme con él, camino al mesón pasamos a la botica a comprar pomadas para secar nuestras llagas, le pregunté al farmacéutico, un tipo verboso, si conocía a Black, «¿en serio me lo pregunta, señor?, todos aquí conocemos a esa eminencia, lo he visto curar casos imposibles y ha aliviado hasta las más graves enfermedades de las monjas», no comprendí, «¿las monjas?», inquirí, el hombre sonrió de buena gana, «ustedes no son de por aquí, ¿verdad?», negué con la cabeza, «pronto sabrán quiénes son», dijo con sorna. Sin escatimar gastos, alquilé cuartos para mis guardias en el Regency y los regalé con una cena espléndida, a cada uno le entregué pomadas y emplastos para atenderse las heridas y, en un sobre, el doble de sueldo de cuanto habíamos pactado, se merecían eso y más, por la noche pregunté al mesonero quiénes eran «las monjas de Convent Garden», sonrió con picardía, «así les llaman a las rameras de la zona, señor», y a continuación me expuso un sofisticado catálogo de apelativos para denominarlas, a quienes se apostaban a la salida de los teatros y del mercado las llamaban las «hechiceras», a las mujerzuelas callejeras se les conocía como las «pajaritas» o «pachonas», a quienes ejercían en prostíbulos finos las denominaban «damas», a las dueñas de los burdeles se les conocía como las «abadesas», «abotonada», a una prostituta embarazada, a las enfermedades venéreas las titulaban como «las fiebres de Covent Garden», había también un repertorio para nombrar a los criminales del área, «pelos de terrier» a los exconvictos a quienes habían pelado al rape, «víboras» se nombraba a los ladronzuelos capaces de colarse por ventanas y rendijas para robar casas, un «trabajo capital» era aquél susceptible de merecer la pena de muerte, un «pichón» designaba a cualquier persona susceptible de ser robada, un «zoquete» a quien vendía objetos robados, un «roba picos» a quien sustraía aves de corral de los gallineros, un «caza insectos» a quien buscaba incautos para robarlos, se le llamaba «camándula» a la jerga de los malandrines, por la concurrencia de variadas clases sociales Covent Garden era ideal para practicar hurtos y para establecer negocios obscuros y clandestinos.

Dormí mal, me punzaba el mero roce de las sábanas en mis piernas, no así Ailis, cayó profunda apenas posó la cabeza en la almohada, la observé por largo rato, su respiración suave se interrumpía en ocasiones por un breve jadeo, debía soñar, ¿cuáles mundos habitaban sus sueños?, ¿aparecería yo en ellos?, ¿alguna remembranza de un hombre de su pasado?, sufrí de pensar en los varios motes endilgados a las prostitutas en Covent Garden, a ella ¿cómo la llamarían?, ¿una pajarita, una pachona, una monja, una dama, una hechicera?, ¿saberse cerca de meretrices le removería algo por dentro?, Ailis me había jurado fidelidad y me pidió amarla por su presente y por la promesa de un futuro juntos, su comportamiento no sólo había sido intachable sino solidario, se ganaba día a día mi respeto, no podría amarla de verdad si la conservaba atada al grillete de su pasado, me vestí en silencio para no despertarla, le dejé una nota sobre la mesa de noche y salí a la calle sin avisarle a mis guardias, aún no amanecía, pero ya iniciaba el trajín en la ciudad, frente a la posada aguardaban carruajes listos para ser alquilados, monté en uno y pedí ser conducido a Covent Garden, arribé cuando los mercaderes instalaban sus puestos, decenas de trabajadores descargaban las cajas y los sacos con los productos, perros callejeros olfateaban alrededor en busca de sobras y junto a ellos, mendigos desharrapados con quienes peleaban por mendrugos, después de días de tormentas, el sol resplandecía, decidí rondar por entre los pasillos del mercado, algunas ratas cruzaban raudas de un lugar a otro, muchachos armados con palos se ocultaban detrás de los postes en espera de cazarlas, los administradores del mercado les pagaban un penique por cada una muerta, los roedores eran hábiles y lograban esquivar los golpes serpenteando entre las cajas, uno de los chicos por fin logró acomodarle un palazo a una grande, la rata dio unos pasos atarantada y luego se revolvió para saltar sobre su agresor, el pobre muchacho apenas pudo librar los furiosos mordiscos, por fortuna uno de sus compinches soltó un garrotazo y la rata cayó fulminada, un penique más a la cuenta, en una esquina se hallaba una de las carpas donde se presentaban «fenómenos», un letrero anunciaba «venga a conocer al temible hombre lagarto, al feroz hombre lobo y a la mujer más diminuta del planeta, un chelín la entrada», me dio pesar saberlos explotados por empresarios sin escrúpulos, dispuestos a enriquecerse mostrando sus miserias, y así como ésa, en la zona se hallaban desplegadas otras dos o tres carpas, lo raro como espectáculo, la afirmación de lo normal versus lo diferente, saber feos y deformes a otros aliviaba a la mayoría, varios carromatos se hallaban detenidos en las calles colindantes, en ellas debían pernoctar, las posadas negaban el hospedaje a personas «extrañas», quise conocerlos, sin empacho, y aun con certeza de despertarlos a deshoras, toqué a la puerta de uno de los carruajes, luego de varios intentos abrió en ropa interior un hombre malhumorado, «dígame», inquirió con brusquedad, «quisiera hablar con sus artistas», le dije, sin idea de cómo llamar a los fenómenos, «¿para eso nos molesta?, pague su chelín por la noche y ahí podrá verlos», espetó con fastidio, se disponía a cerrar la puerta cuando le hice una oferta, «le pago una libra por desayunar con ellos», ni con un lleno total en su carpa podrían juntar esa suma, «cuatro libras», reviró de inmediato, «por su exigencia desmedida rebajo mi oferta, le ofrezco ahora doce chelines y si no acepta, iré con su competencia», advertí, «está bien, deme dos libras», dijo el hombre, «no, sólo doce chelines y si no los quiere, buenos días», el tipo se tomó un tiempo para meditar su respuesta, «acepto, pero no podemos mostrarlos en público, usted entiende, perderían el misterio, tenemos una carroza donde pueden encontrarse», media hora más tarde llegué al punto acordado, en esa carreta habitaban los «fenómenos», la habían estacionado lejos para evitar el entremetimiento de curiosos y, el enigma era la médula del espectáculo, esconderlos hasta la hora de su aparición en la arena, abrieron la puerta y me invitaron a pasar, era una carreta espaciosa, los tres estaban tapados con embozos, Stanley, el empresario, entró conmigo y cerró la puerta, «aquí los tiene», dijo, «quisiera verles el rostro», pedí, «usted solicitó hablar con ellos, no verlos, para destaparse necesitará pagar dos libras», me di la vuelta dispuesto a salir, «buenos días, me retiro», le dije, Stanley se cruzó para evitar mi partida, «ni usted ni yo, deme la libra ofrecida desde el inicio», volteé a ver a los tres «fenómenos», mi curiosidad ganó, «está bien», acepté, «con la condición de hablar con ellos a solas», Stanley lo pensó por un momento, saqué las monedas y las coloqué sobre la palma de su mano, «y mande traer un buen desayuno para los cuatro», me quedé a solas con los tres, «por favor, desembócense», les solicité, permanecieron en silencio, «trabajo para el doctor Black», les dije, «vengo a ayudarles», uno de ellos levantó la cabeza, «nadie ha pedido ayuda», respondió, «por favor», insistí, el más alto se quitó el velo, era el hombre lobo, ningún epíteto pudo describir mejor su condición, su rostro, sus manos, su cuello, estaban cubiertos por pelo, a pesar de mi intento de mostrarme impasible, algo debió reflejar mi expresión, «¿me teme?», inquirió con un marcado acento extranjero, «no, no le temo», respondí tratando de aparentar compostura, el de al lado se destapó, su cara estaba cubierta por excrecencias, sus ojos apenas se adivinaban bajo una capa verdosa, «¿y yo, le provoco miedo»?, preguntó, también con mal inglés, era un ser horrible, de sus manos y de sus muñecas brotaban carnosidades como si fueran parte de un arbusto, parecía un reptil presto a atacar, «tampoco», le dije, el tipo, consciente de su aspecto fiero, mostró los afilados colmillos y silbó como una serpiente, «debería», dijo, amenazante, sin medir los riesgos me había encerrado con esos tres seres, pero lejos de intimidarme me sentí atraído, la última en quitarse el manto fue la diminuta mujer, de los tres, ella me impresionó más, debía medir un pie y medio, aun adulta semejaba una muñeca, una niña de dos años de edad era más alta, le pregunté su nombre, «Joy», dijo en un inglés limitado, ella fue quien menos resistencia mostró para hablar conmigo, provenía de un remoto pueblo de la India, había sido descubierta por un explorador inglés quien, sin ningún prurito moral y como si se tratase de un objeto, se la compró a sus padres cuando ella contaba con quince años de edad, fue vendida y revendida varias veces hasta llegar a manos de Stanley, no le molestaba ostentar tan diminuto tamaño, gracias a ello había recorrido el mundo y ganaba lo suficiente para llevar una vida modesta lejos de la pobreza infame en la cual creció, al notar mi interés genuino los otros dos relataron sus historias, Mircea, el hombre lobo, había nacido y crecido en Rumania, sus rasgos correspondían a los descritos por H. J. Kaminski en su *Estudio sobre lo extraño y lo inaudito*, él también había morado en los Cárpatos, lo cual indicaba cierta propensión hereditaria en la comarca, varias veces los aldeanos intentaron asesinarlo, al cumplir once logró escapar de las montañas viajando sólo de noche y cuando se apareció por las calles de Bucarest causó estupor entre los habitantes, no intentaron matarlo, pero sí se aterraban al verlo, un filántropo compasivo le permitió morar en su mansión y lo educó bajo la guía de los más ilustres preceptores rumanos, al morir el viejo, Mircea quedó desamparado, un empresario austriaco lo descubrió, le ofreció un contrato y lo llevó a Viena, donde, desnudo dentro de una jaula, le gruñía a quien pasara frente a él, «por el día era un animal, por las noches era invitado a la mesa de los nobles, donde se me trataba como una celebridad», de inteligencia sofisticada, culto y con oído para los idiomas, aprendió a hablar francés, alemán, italiano, español e inglés, en público sólo emitía gruñidos, en privado se desenvolvía con elegancia, varias mujeres ayuntaban con él cautivadas por su miembro de gran tamaño y esperanzadas en preñarse por quien llevaba en sus venas sangre de lobo y así procrear hijos bravíos y dominantes, al llegar a Inglaterra, Mircea fue invitado a almorzar con el rey, el monarca se asombró de su sofisticación y de lo animado de su charla y lo convirtió en un invitado predilecto de la corte, el hombre reptil se llamaba Karim, era originario de Ceylán, su catadura repugnante no cesaba de causarle problemas, como a Mircea a él también trataron de asesinarlo en un caserío y sólo por la oportuna intervención de un sacerdote la masa no lo quemó vivo, el predicador se las arregló para sacarlo de la región, monjes lo hospedaron en un monasterio e hicieron un esfuerzo por convertirlo al catolicismo, fue en balde, «imposible creer en Dios cuando uno carga con esta apariencia», a partir de su pubertad las carnosidades en sus manos y en sus pies comenzaron a aumentar, actos básicos, como comer con las manos o caminar, se le dificultaban, escapó del monasterio con la intención de colgarse de un árbol, ni siquiera eso logró, sus dedos fueron incapaces de atar el nudo, buscó un precipicio para arrojarse, en el camino topó con otro misionero, éste, un vividor amparado por la sotana, con falsedad le prometió aliviar sus males, lo montó en una carreta y por semanas lo llevó por senderos extraviados entre la selva hasta arribar a un pueblo, ahí lo permutó por quince vacas, Karim fue enjaulado y exhibido junto con otros fenómenos en caravanas trashumantes, lo exponían como un ser resultado de la cópula entre un lagarto monitor y una mujer, con él viajaba una muchacha en cuya nuca asomaba el rostro incompleto de otra, un hombre con brazos y piernas diminutos y un tipo carcomido por la lepra, sin dedos, sin labios y sin nariz, «fueron meses de una vida infame, en las aldeas nos golpeaban con palos afilados, nos escupían, nos bañaban en orines, nos injuriaban», su calvario acabó cuando otro sacerdote los rescató con la ayuda de hombres conversos, los liberaron, pero ninguno de los tres sabía adónde dirigirse, el misionero les consiguió pasajes hacia Málaga, en España, no llegaron a Europa, piratas turcos secuestraron el barco, al descubrirlos se horrorizaron y los abandonaron en una playa desierta, días después fueron capturados por unos lugareños, otra vez jaulas y humillaciones hasta ser vendidos a piratas ingleses quienes, a sabiendas del interés de Stanley por seres extraños, los trocaron por cajas de whisky, «a decir verdad, Stanley me ha brindado una vida digna, me alimenta bien, me cuida, me paga un salario decente, nosotros tres nos apoyamos, Joy me da de comer en la boca, no puedo hacerlo por mí mismo», le pedí mostrarme las manos, las colocó frente a mí, imposible distinguir los dedos en esa masa arbórea, quise revisarlas y Karim las retiró, asustado, «déjame verlas», lo insté, renuente, volvió ponerlas sobre la mesa, las palpé para examinarlas, él me observaba atento, «algo puede hacerse, estoy seguro de ello», le dije, en su rostro de serpiente se dibujó una expresión infantil, «¿sí lo cree?», asentí, «en cuanto llegue el doctor Black analizaremos su caso», llegaron los alimentos, me enterneció ver a Joy, parada sobre la silla, darle de comer a Karim, ¿cómo una mujer normal, como era su madre, dio a luz a un ser de esas dimensiones?, no era como los enanos, de cabeza grande y brazos y piernas cortas, ella poseía una figura armónica y proporcionada, al terminar el desayuno les estreché las manos incluida la masa de zarzas de Karim, y les ofrecí mi ayuda, «si me lo permiten, vendré pronto a visitarlos», el primero en consentir fue el horrendo hombre lagarto, «por favor, será bienvenido», salí de la carroza, por algún extravagante mecanismo del cerebro, los caballos, las personas, los carruajes, me dieron la impresión de ir a una velocidad no concordante con la mía, desfasada mi mente del tiempo del mundo, la conversación con ellos me inscribió en otra lógica, en una perspectiva inédita de ver las cosas, como si en sus frases viniera consignada otra realidad, se encontraban distantes de sus lugares de origen, obligados a hablar una lengua foránea, sujetos al escrutinio de desconocidos, quienes noche a noche se espeluznaban con ellos, me pregunté si alguna vez Karim había copulado con una mujer, si besó a alguien con su boca cubierta de verrugas, si sus manos de raíces acariciaron un día una piel, me pregunté si Joy era capaz de recibir a un hombre, si sus minúsculos órganos sexuales le brindaban alguna clase de placer y, más importante aún, si podía gestar. Me dirigí al despacho de Black con ilusión por hallarlo, nada, seguía cerrado, entré a la abacería y le pregunté al dueño si el doctor había aparecido, respondió con un rotundo «no», escribí otro mensaje para Black y lo deslicé debajo de la puerta, regresé al mesón, allí me aguardaba Seathan, se le notaba molesto, «señor, no puede irse sin ser escoltado por uno de nosotros», le sobraba razón, no sólo por la amenaza de Colton, Londres era madriguera de pillos de diversa ralea, si alguno de ellos se enterase de quién era yo, me arriesgaba a ser raptado para pedir rescate por mi liberación, práctica común en las ciudades populosas de Inglaterra, «no quise despertarlos», dije, «merecían una mañana de asueto, saldré hasta las tres de la tarde», los caballos, me anunció, aún se hallaban en malas condiciones y sugirió no usarlos hasta su total recuperación, decidí ir a revisarlos, a Sam lo hallé echado y lánguido, su espinazo pelado cubierto por gruesas costras, lo llamé, hizo un esfuerzo para incorporarse, pero apenas logró levantar la cabeza, los otros caballos se hallaban en igual o en peores condiciones, a uno de ellos, manifestó el albéitar, quizá fuera necesario sacrificarlo, me despedí de Sam como quien se despide de un ser querido, acordé con el establero pasar más tarde y le pedí alimentarlos con los mejores piensos, Ailis tampoco se encontraba bien, el viaje le había ocasionado un resfriado, el dolor de garganta le dificultaba hablar y su tos era persistente, le prescribí té de manzanilla endulzado con miel para aliviar la irritación de la garganta y en un caldero hervir hojas y semillas de eucalipto para descongestionar los pulmones, las llagas de ambos se cerraban, con excepción de aquélla en mis genitales, rogué a Dios se curara pronto, no quería perderme más los deleites con mi mujer, por la tarde volví a buscar a Black, Covent Garden se encontraba en su apogeo, en el mercado, al borde de cerrar, los menesterosos peleaban por las sobras, la rebatiña provocaba pleitos, unos y otros se arrebataban la verdura menos dañada o el desecho de pellejos de cerdo sin importarles si se hallaba impregnado de moscas, a esa hora los pudientes comenzaban a llegar a la zona, algunos para acudir a los burdeles, otros para comer antes de la función de teatro o para presenciar los espectáculos callejeros, no hallé a Black y volví a introducir un mensaje por debajo de la puerta, en la plaza topé con un círculo de gente, en medio, un hombre en harapos, de fisonomía hindú, se acostó sobre una cama de clavos y pidió al más obeso de los curiosos pararse sobre su pecho, varios cerraron los ojos o soltaron un alarido en la creencia de ver al hombre atravesado, fuera de unas diminutas gotas de sangre, su espalda se mantuvo intacta, más tarde acudí al espectáculo de Stanley, la carpa se hallaba atestada, me senté en una banca en la quinta fila, el acto comenzó, Stanley salió a la arena con un pequeño bulto entre los brazos, «señoras y señores, el mundo esconde en sus entrañas secretos cuyo origen es inexplicable, he recorrido la tierra de polo a polo en busca de los seres más enigmáticos para traerlos a ustedes, entre mis brazos cargo a Joy, la mujer más diminuta del mundo», retiró la manta y apareció Joy, maquillada, con un vestido rojo, saludó al público agitando la mano, «es una niña», comentó alguien a mis espaldas, «no, mírala bien, tiene cara de mujer», arguyó otro, Stanley la bajó al piso, ella sonrió, el vestido resaltaba su busto, «canta, Joy», le pidió Stanley, ella asintió, hizo una reverencia y bien entonada comenzó a tararear una canción de moda, al terminar, los espectadores aplaudieron y los más entusiasmados arrojaron monedas, con cortos pasitos, Joy recorrió las hileras al frente, haciendo caravanas recogió las numerosas monedas y agitó el brazo para despedirse, retornó Stanley, «señoras y señores, ruego mantengan la compostura y no teman, presentaré a ustedes una de las criaturas más exóticas de nuestro planeta, el vástago bastardo de una mujer violada por un lobo, sí, así como lo oyen, un lobezno humano, señoras y señores, Mircea, el hombre lobo», entró a la arena Mircea, desnudo, su cuerpo musculoso se hallaba cubierto por una espesa pelambre, lo sujetaba una cadena de la cual tiraba un fornido mulato, miró al público y gruñó con fiereza, varios entre los asistentes soltaron un grito de espanto, fintó atacar a los de las primeras filas y el mulato lo jaló de la cadena para «evitarlo», una mujer, luego supe era parte de la troupe de Stanley, fingió un desmayo, varios hombres se apresuraron a atenderla, Mircea les mostró los colmillos, los tipos se agarrotaron al verlo y recularon a sus asientos, Karim, encadenado de manos y pies, entró al escenario, su mirada intimidó al gentío y varios huyeron en tropel, despavoridos, cuando se aproximó a ellos, Stanley se volvió a verme y sonrió: su función había sido un éxito, al salir, escuché a la muchedumbre alabar el espectáculo, se habían cumplido con creces sus expectativas, los extraños seres eran aún más terríficos de lo esperado, Seathan y James habían entrado conmigo para vigilarme y se apostaron en las orillas de la carpa, me preguntaron si esos seres eran de verdad, «sí, lo son, sufren de condiciones raras, pero piensan y sienten como nosotros», «el tipo peludo, ¿en verdad es hijo de un lobo?», preguntó Seathan con inocencia, «no», respondí terminante, «es imposible la procreación entre distintas especies», a Seathan no le satisfizo mi respuesta, «los burros y los caballos son especies diferentes y aun así engendran mulas», su razonamiento controvirtió mi argumento, «son semejantes, pertenecen al mismo género», contesté, «Rómulo y Remo fueron alimentados por una loba», alegó, «no, una mujer no puede ser fecundada por un lobo», argüí sin estar seguro, ya le preguntaría a Black, si alguna vez lo volvía a ver, su teoría al respecto. A mi regreso al Regency, encontré a Ailis dormida, me desvestí a obscuras para no despertarla, la escuché toser, le toqué la frente, la temperatura había disminuido y la infección pulmonar cedía, tomé la lámpara e iluminé mi cuerpo desnudo, la herida en mis genitales parecía empeorar, como si fuera una tela se había desgarrado aún más, el deseo por hacerle el amor a mi mujer estaba vivo, vivísimo, pero la rigidez de mi miembro me resultaba en extremo pungente, temí lo peor, quedar inhábil por una lesión perenne, detestaría a Black de por vida por obligarme a partir con prisas y en el peor clima en décadas para no personarse el día de la cita, a la mañana siguiente me despertó un tosido, abrí los ojos, Ailis se hallaba sentada junto a la ventana, caminé hacia ella y la abracé, ella me besó la mano y se recargó en mi pecho, nuestra habitación se ubicaba en un segundo piso y desde ahí podía contemplarse un pequeño parque, unas mujeres paseaban con sus críos, «algún día pasearás con nuestros hijos en esos jardines», le dije, ella volteó a verme, «algún día…», repitió mis palabras con un dejo de tristeza, decidimos descansar el resto del día en espera de recuperarnos, mandé a Seathan a hacer guardia en el despacho y le pedí me avisara de inmediato si Black llegaba a presentarse, lo cual, a estas alturas, dudaba, más tarde arribó Sean, se le veía maltrecho, había protegido del temporal, envuelto en varias bolsas de cuero, su valioso cargamento: las cartas, me las entregó como si se tratasen de un tesoro, le alquilé la mejor habitación disponible y ordené a las empleadas del mesón alistarle un buen baño, me apresuré a leer la correspondencia, leí primero la de Ryan, Trisha se hallaba embarazada, lo cual los llenaba de felicidad, «si es niño, te prometo ponerle tu nombre, querido William, como honor a nuestra amistad», la propuesta me llenó de orgullo, el irlandés colaboraba a diario con Wright, a quien, a pesar de mantenerse vital, los años comenzaban a notársele, «camina más despacio y, a veces, cuando le preguntas algo, tarda en responder o contesta sobre otra cosa», finalizó expresando cuánto me echaba en falta, la carta de Wright me produjo una honda nostalgia, sus saludos rezumaban cariño, «me acostumbré a tenerte a mi lado y a veces converso con el espacio vacío de tu presencia, me descubro explicándote algo o pidiéndote vayas a la bodega por tal o cual ingrediente, viniste a alegrarme la vida, muchacho, y aun cuando yo te incité a perseguir tus metas, extraño recibirte por las mañanas, fuiste mi mejor discípulo», abrigaba la ilusión de vernos de nuevo y me felicitaba por mi próximo matrimonio, al leer la carta de Louise me temblaban las manos, «me caso el sábado, hermano querido, todo plazo termina por cumplirse y el mío ha llegado a su punto, tú y yo somos los primeros de la familia en casarse, causa emoción haber optado ambos por el matrimonio en fechas semejantes, con seguridad elegiste a la mujer correcta, John es un buen hombre y además un experto jinete, su espíritu de aventura me seduce y a pesar de los recelos de mi madre por el linaje de los Cook, ambas familias se han integrado bien y los negocios comunes corren viento en popa, ahora cuéntame tú, ¿quién gozó de la fortuna de desposar a mi hermano favorito?, ¿a cuál familia pertenece?, ¿la conocí en alguna fiesta?, cuenta, William, cuenta, me come la curiosidad», ¿cómo respondería Louise si le revelara la profesión pasada de Ailis?, ¿sería capaz de aceptarla o los prejuicios la harían rechazarla?, difícil, incluso, asimilarlo yo mismo, prosiguió la carta con referencias a la familia, «en Frank la timidez prevalece y no atina a conciliarse con su papel de futuro patrono, tampoco se le nota interés en buscar una mujer, a quienes mis padres le presentan, las rechaza de inmediato», de las gemelas escribió «ya no son las niñitas consentidas de antes, ahora, te confieso, me caen mejor», de Helen dijo «es la más animada en las fiestas, decenas de hombres la pretenden, ella los entusiasma sin decidirse por ninguno, Stewart y Lloyd no cambian, siguen siendo divertidos e irresponsables, no se toman nada en serio, nuestro padre ha considerado reclutarlos un año en el ejército», coincidía con mi padre, la disciplina castrense le haría bien a ese par, remató su carta ponderando el carácter de su futuro marido, «con John encontrarías decenas de temas de conversación, si se conocieran con seguridad serían amigos, como me imagino, tu mujer podría ser también mi amiga, ojalá el tiempo nos reúna, te quiero, Louise».

Después de contarle sobre Mircea, Karim y Joy, Ailis me rogó acordar una cita con ellos para conocerlos, a través de Seathan arreglé un encuentro después de la función, a pesar de haber pactado antes un pago, al llegar a los carruajes, Stanley hizo gala de sus manidas excusas, «lo siento, será necesario cancelar, se hallan agotados del espectáculo y...», lo interrumpí, no era necesario escuchar más su parloteo para saber lo obvio, saqué cuatro chelines y se los entregué, me volteó a ver en espera de más, ya Seathan le había dado antes una libra, «con eso es suficiente», dije, sonrió y dio orden a los guardias de dejarnos pasar, nos esperaban los tres, vestidos con elegantes trajes, prestos a recibirnos, nos invitaron a sentarnos, Karim, cuyo semblante a la luz de las velas se tornaba aún más tétrico, señaló la silla frente a él, «por favor, señora», le dijo con cordialidad, sin soltarme la mano mi esposa tomó asiento, cortés, Mircea le acercó una taza de té, «¿azúcar?», preguntó sonriente, «una cucharada, gracias», el gesto le ayudó a entrar en confianza, directa y sin ánimo de hurgar de más en sus vidas, Ailis hizo preguntas cándidas a cada uno de los tres, su naturalidad desbarató cualquier tipo de recelo y ellos brindaron detalles iluminadores de su condición, los cuales a mí, como médico y científico, me parecieron valiosísimos, en un punto de la velada Mircea trajo a colación mi apellido, «señor William, no lo sabía un Burton», según contó, entre las reuniones con miembros de la aristocracia, a menudo nuestra familia salía a relucir, «me narraron las hazañas de sus antepasados en la construcción de este país», dijo, antes de despedirnos, casi a la medianoche, Mircea nos convidó a acompañarlo a una cena con lord Bates, un conocido duque y miembro prominente de la nobleza, muy cercano al rey Jorge III, y a quien traté una noche en un convite ofrecido por mis padres en el castillo, Bates era dueño de una propiedad casi de las dimensiones de la nuestra y su influencia en la toma de decisiones del rey era de sobra conocida, no siempre con fortuna, cometió errores graves de perspectiva en el conflicto con las colonias americanas, fue él quien recomendó la fallida alianza con Alemania para conjurar las iniciativas de secesión de los rebeldes, Bates era un hombre serio y circunspecto, un poco pagado de sí mismo, sin embargo afable y, de acuerdo con Mircea, un anfitrión de primera línea, «ha sido generoso conmigo, atraído por mi aspecto me invitó a charlar una tarde, luego de saberme versado en literatura, música y política, me convoca con frecuencia a sus eventos, ojalá puedan venir», Ailis aceptó entusiasmada, «con gusto», le respondió sin esperar mi aprobación, «los veo mañana», dijo

Mircea, «la cita es a las siete», convenimos pasar por él la noche siguiente. Como salimos tarde de la reunión, alquilé habitaciones para nosotros y para mis guardias en un mesón en Covent Garden, no valía la pena arriesgarse a un asalto en el camino de regreso, mientras en los alrededores del Regency todo era silencio, aquí el ruido era insoportable, desde temprano se escucharon las voces de pregoneros anunciando sus productos, paso de carretas, trote de caballos, griterío, desde la ventana se contemplaba a lo lejos el mercado, varias prostitutas se hallaban apostadas en los pasillos en busca de clientes, el «coito del perro» le llamaban a gozar del sexo antes del almuerzo, una cópula pronta y «nutritiva» como la denominaban sus practicantes, me pregunté si en realidad deseaba ir a la cena en casa de lord Bates, no me apetecía volver al mundo de normas y formalidades de la alta nobleza, además, mi apellido llamaría la atención y no estaba de humor para explicar las razones de mi exilio familiar, me hallaba tentado a cancelar, pero el entusiasmo de Ailis me hizo reconsiderarlo y acepté ir, aun cuando esa noche había función en la carpa Stanley autorizó a Mircea ir a la cena, le parecía conveniente el roce de una de sus figuras con las clases privilegiadas de Londres, no sólo le permitía el acceso a las esferas de decisión económica y política de Inglaterra sino también al codiciado mecenazgo, fundamental para un empresario como él, recogimos a Mircea, salió embozado del carromato, portaba una fina casaca roja y una camisa cuya factura evidenciaba la mano de un sastre de primer orden, escoltados por Seathan, Sean y James, nos dirigimos hacia el palacio de Bates en Kensington, al llegar a la explanada comencé a sentirme aprensivo, numerosos carros se hallaban en fila en espera de turno para descender a los pasajeros, llegaron a mí las imágenes de mi pasado, la pompa del recibimiento, la presunción de los invitados, la gala suntuosa, decenas de comedidos sirvientes, los coqueteos, las aburridas charlas, para Ailis debía ser una novedad, para mí un lugar común, entre las asistentes, con certeza, se hallarían varias de las muchachas a quienes mis padres

270

me impelían a pretender, hijas malcriadas de hombres ricos, de una belleza helada e insubstancial, imaginé las murmuraciones entre ellas al verme llegar con una plebeya, «¿esa flaca es la novia de William Burton?, se le nota lo campesina a la pobre» y demás gentilezas, se detuvo el cochero frente a la puerta y descendimos, Mircea dio nuestros nombres al mayordomo, éste revisó la lista de invitados y con un gesto nos permitió el paso, al entrar al vestíbulo mi amigo se despojó del embozo y los presentes, al verlo, comenzaron a aplaudir, Mircea inclinó la cabeza en agradecimiento y avanzó hacia lord Bates, quien le esperaba al fondo del salón, Ailis miraba a su alrededor con ojos de asombro, ese lujo y ese boato jamás lo había presenciado, era, como me dijo, un mundo sólo imaginado por relatos leídos en novelas, un sinnúmero de ojos la escrutaron a detalle, el vestido, los zapatos, el peinado, la mayoría de los concurrentes debían saber quién era yo y estaban al tanto de mi destierro, nuestra presencia los incitaría a la comidilla, Bates me recibió con los brazos abiertos, «William, joven amigo, éste es un verdadero milagro, no te esperaba», fingía, nadie entraba al palacio de un hombre de su influencia sin su venia, le agradecí la invitación y le presenté a Ailis como mi esposa, le besó la mano y volteó a verme con picardía, «elegiste bien, querido William», Mircea era el centro de atracción, lejos de causar repulsa, era sujeto del interés de varias mujeres, algunas lo seducían con absoluto descaro, Mircea las capoteaba con donaire, se sabía codiciado y, como me advirtió susurrándome al oído en el carruaje, terminaría la noche acostándose con una o dos, «y quizás hasta tres», a sabiendas de ello Bates le facilitaba una recámara donde el hombre lobo se escurría con una de sus amantes casuales para fornicar deprisa, máxime si era una mujer casada y el marido rondaba por el palacio, paradoja la de Mircea, repudiado por sus vecinos, exhibido como monstruo al populacho y venerado por la aristocracia, no concordaba su imagen desnuda en la carpa con la de quien ahora convivía con las clases altas londinenses, debían ser al menos cien los comensales convidados a la cena, se habían dispuesto varias mesas en el salón y sólo a los invitados especiales, entre quienes nos encontrábamos Mircea y nosotros, se les reservaba un asiento en la de Bates, a las ocho en punto uno de los criados tocó un bombo para señalar el inicio de la cena, fuimos conducidos por un camarero a un apartado, Bates, viejo zorro, me sentó con gente a quien yo no conocía para evitarme contrariedades, mientras el encargado de protocolo nos presentó unos con otros, me percaté de la intensa mirada de un hombre sobre Ailis, quien sin notarlo, departía con la joven esposa de un duque, me molestó su insistencia, pero no lo confronté para no crearle un problema a nuestro anfitrión, por suerte, nos ubicaron en el extremo opuesto del tipo y al lado de dos parejas jóvenes, el mencionado duque y su mujer, y un príncipe húngaro y su hermana, Mircea se desenvolvía con gracia, con habilidad cambiaba del inglés al alemán y del alemán al francés, quienes hablaban el idioma hacían notar su dominio de la lengua y su buena sintaxis, había algo de grotesco en su presencia en ese fastuoso lugar, no sólo se trataba de su rostro y de su cuerpo hirsuto, despedía un fuerte tufo a almizcle, el cual, lejos de alejar a las mujeres, parecía atraerlas, su apariencia animal, su musculatura, aunadas a su encanto, lo convertían en una fuerza de gravedad, al término de la cena se anunció un concierto con un cuarteto austriaco, mientras nos levantábamos de la mesa para dirigirnos al salón, quien obstinado miraba a Ailis se acercó a nosotros, «hola, Ailis, ¿cómo estás?», ella musitó un «bien, señor, gracias», y bajó la cabeza, «¿se conocen?», intervine, el hombre, algo ebrio, sonrió, «Ailis, ¿desde cuándo acompañas a tus clientes a cenas en Londres?, después de rehusarte tantas veces a ir a una conmigo», Ailis alzó la mirada para verlo y luego la desvió, «me hiciste sentir un tonto», dijo el hombre, sus palabras me ofendieron, «deje en paz a mi esposa», le advertí, el tipo me volteó a ver, «¿esposa?, es una broma, ¿verdad?», «no, señor, no lo es, por favor, deje de molestarla», el mequetrefe se giró hacia los demás y la señaló, «¿saben de la profesión de esta muchachita?», dijo burlón, «cállese», le advertí, «Ailis, cuéntale a tu "marido" de cuanto hicimos, ¿sabe de cuando nos satisficiste a cuatro hombres a la vez?, ¿o de cuánto te gusta ser golpeada en las nalgas con una fusta o cuánto disfrutas la sodomía?», no aguanté más y le propiné un puñetazo en la nariz, salpicó sangre y manchó el mantel, apenas el hombre se enderezó y volví a golpearlo en el rostro, le abrí la ceja y un pómulo, Mircea y el príncipe húngaro se interpusieron, mientras Ailis, pálida y asustada, se recargó en la pared, «basta, basta», dijo Mircea mientras me agarraba de los brazos y me retiraba de la escena, Bates me encaró, «¿sabes a quién acabas de pegarle?», no me importaba, así fuera el mismísimo rey de Inglaterra lo tundiría de nuevo, me mencionó un nombre rimbombante, pero me dio igual, había afrentado a mi mujer y no se lo iba a perdonar, escurriendo sangre, el tipo se acercó a nosotros, «la vas a pagar, Burton», su advertencia no me amedrentó, «atrévete a acercarte a ella y verás quién la paga», y entonces declaró la guerra abierta, en voz alta, para ser escuchado por todos, gritó «lárgate y llévate a tu puta al burdel de donde la sacaste», me solté del abrazo de Mircea, le lancé un último golpe y lo tumbé rompiéndole un diente.

Fui sacado a rastras por la guardia de Bates, no sólo me había cerrado por siempre las puertas de la nobleza londinense, se había esparcido el secreto de mi esposa y de nuestro matrimonio, en cuestión de días mi familia y sus allegados sabrían de la antigua profesión de Ailis y no tardaría en llegar la reprobación de mis padres, si hubiese partido de la fiesta sin prestarle el menor caso al mamarracho habríamos librado la estocada mortal, pero ya era tarde para ello, no me arrepentía de haberlo golpeado, impensable permitir los agravios a Ailis, pero entre nosotros dos se avecinaba una cascada de consecuencias, la más grave, haber descubierto sin tapujos quién era en verdad mi esposa, era distinto imaginarla con un tipo fornicando sobre ella, lo cual de por sí me costaba digerir, a saberla dando placer a cuatro fulanos a la vez, mi enemigo asestó su golpe más certero al develármelo, «somos la herida», había dicho Ailis, ella era ahora la mujer cuchillo, el filo capaz de abrir un tajo en mi aorta y desangrarme, al subir al carruaje vomité mis dudas, «cuanto dijo ese hombre, ¿es cierto?», la confronté, ella estiró su mano para acariciar mi cara y me quité, «¿es cierto, sí o no?», insistí, ella respiró hondo, «la persona de la cual ese hombre habló ya no existe, William, por favor», nada podía tranquilizarme en ese momento, cuatro tipos a la vez, sodomizada, era demasiado para asimilar, en mi mente la había pensado como una mujer recatada, quien abría las piernas para otros por no contar con otros medios para sobrevivir y copulaba sin ganas y sin deseo, las revelaciones del tipo me dibujaron a otra por completo distinta, una mujer entregada al gozo sin límites, «¿cuánto más hiciste?», inquirí furioso, «¿orgías?, ¿con otras mujeres?, ¿con animales?», ella me miró a los ojos, «ya me humilló bastante el imbécil ése, ¿ahora tú también?, ¿quieres saber la respuesta?, ¿estás preparado para recibirla?», me cuestionó, me quedé callado, «dime de una vez si te interesa saberlo», volvió a la carga, no pude dejarme intimidar por mi mujer, «sí, dime», la alenté, por estúpido, «cumplí las fantasías de mis clientes, cada una de ellas, sí, forniqué con varios a la vez, sí, ninguno de mis orificios se mantiene virgen, sí, besé y lamí los genitales de varias mujeres, sí, estuve en orgías y no, jamás hice, ni haría nada con un animal, te aclaro de una buena vez, no queda dentro de mí ni una pulgada de quien fui, ni una, te hice una promesa de amor y la cumpliré así sea necesario morir por ello, si aún me quieres a tu lado, dímelo, si no, esta misma noche me desapareceré de tu vida por siempre y, por si acaso llegas a pensarlo, jamás volveré a ayuntar con ningún otro hombre, te amo y no existe nadie más para mí, te seré fiel hasta el día de mi muerte», me vi atrapado en una disyuntiva, no veía mi futuro sin ella, había sido una compañera y una amante sin igual, valerosa, entregada, dulce, culta, sin embargo me escoció conocer detalles de su pasado, en mi primera noche «oficial» en Londres había incendiado mis naves, por mi torpeza ahora media ciudad sabría el anterior oficio de mi esposa, seríamos objeto de ludibrios y de befas, correrían los motes, seríamos vilipendiados, mi agresión al desconocido provocador me luciría como un hombre colérico y destemplado, al entrar a algún lugar público se nos conminaría a retirarnos, no nos servirían en ninguna mesa y dudaba nos arrendaran una casa después de la fama ganada esa noche, seríamos una pareja apestada en la ciudad, encima, se desplomaba el frágil trenzado de mi matrimonio. No nos dirigimos la palabra por varios días, cada uno rumiando lo suyo, yo salía temprano de la posada y me dirigía a Covent Garden a buscar a Black quien, para variar, seguía sin aparecer, estuve tentado a meterme en un burdel para ver cómo era el mundo de mi mujer, hablar con las meretrices, preguntarles sobre los excesos en su oficio, saber si ellas gozaban al copular con desconocidos, si eran proclives a la sodomía, si «atendían» a varios clientes a la vez, si habían ayuntado con otras mujeres, esas preguntas me abrumaban, necesitaba coger un hilo para desenredar poco a poco la madeja y entender dónde me hallaba parado, si bien las llagas en mis partes privadas se habían cerrado y por fortuna no dejaron cicatrices, las llagas de adentro supuraban corroídas por la ponzoña de los celos, dentro de mí crecía una protuberancia maligna, ¿me había apresurado al pedirle a Ailis casarse conmigo?, sí, era un hecho, nos casamos sin conocernos, sin indagar a fondo quiénes éramos, pero los días sin hablarnos me pesaron, sí, sí la amaba, no debía ni quería separarme de ella, y si deseaba amar a la de ahora, debía amar a quien fue en su pasado, así me doliera al grado de sentirme roto, Seathan se refirió a su esposa como la mejor mujer, ¿se habría enterado de sus perversiones sexuales?, ¿lo habrían consumido las dudas como me consumieron a mí?, al regresar a la posada le pedí a Ailis salir al parque a hablar, ella debió pensar en un rompimiento, «Ailis…», le dije y me quedé callado, aun cuando iba convencido de cuanto pensaba decirle hubo un asomo de incertidumbre, sin duda llegarían a mí más y más chismes sobre ella, algún insolente me echaría en cara las incontables gestas de mi mujer en la cama y varios aprovecharían la oportunidad para recordarme su condición de puta, había en mi esposa un pozo obscuro en el cual debían habitar alimañas venenosas capaces de herirme una y otra vez, quedaba en mí tapiar ese hoyo y cimentar una casa para los dos, «Ailis», repetí, ella me miró, ansiosa y, necesario decirlo, con una honda tristeza, «te quiero en mi vida», volteó a verme, sorprendida, «¿cómo?», inquirió, «como mi esposa», le respondí con seguridad, «nunca superarás mi pasado», dijo, «menos podría superar estar sin ti», respondí, ella sonrió, melancólica, «no puedo hacer nada por cambiar lo sucedido», le tomé la mano, «se avecinan momentos difíciles», le dije, «debemos afrontarlos juntos», oprimió mi mano, «¿juntos?», cuestionó, «juntos para siempre», aseveré, «¿es un juramento?», asentí, «lo es», regresamos a la habitación e hicimos el amor como nunca antes, el deseo se había incrementado y lo salpimentaba el profundo anhelo de enmendar nuestro amor, acabamos exhaustos, sudorosos, enamorados. La primera tarea, lo decidimos entre los dos, sería reparar los puentes destruidos en casa de lord Bates, sin su bendición no podríamos remontar la malquerencia de la alta sociedad, debía excusarme con él por mi exabrupto, no por haber golpeado al miserable tipo, merecía eso y más, sino por deshonrar la confianza depositada en mí al abrirme las puertas de su casa, mandé a Seathan a su palacio a solicitar una cita con él, después de hacerlo esperar por casi seis horas, en él se cobró su enojo, me convocó a un té a las cinco de la tarde para diez días después, señal de no darme preferencia alguna, Ailis se mostró en exceso dulce, el aceptarla, a pesar de conocer sus facetas más obscuras, hizo relucir su lado más luminoso, no cesaba en prodigarme cariños y en la cama encontramos cada vez mayor intimidad, varias veces me acompañó a Covent Garden a buscar a Black y juntos soportamos las miradas de reprobación, las sonrisas cargadas de ironía, los cotilleos a nuestras espaldas, para la plebe éramos sólo unos aristócratas, para la nobleza, parias, el rechazo se presentía despiadado, pero no me arredraría, podríamos cimentar otros caminos, tal y como lo preví, se nos negó entrada a varios lugares, se rehusaron a alquilarnos una casa y en los bancos me pidieron retirar mis fondos, pactar con Bates me permitiría romper esa espiral y, con su ascendente sobre la nobleza y las clases altas, conseguir, si bien no firmar la paz con ellos, sí alcanzar una tregua, llegó el momento de reunirme con él, me presenté escoltado por mis guardias, Sam se había recuperado de sus heridas, era un corcel de estampa majestuosa y me brindaba prestancia, desmonté frente a la puerta donde me aguardaba el mayordomo, me hizo pasar y me condujo al salón, «espere un momento, lord Bates no debe tardar», me dijo, apareció dos horas después, una muestra más de su profunda molestia conmigo, se sentó al otro extremo, marcando así su distancia, «¿cuál tema deseas hablar?», me preguntó, pude darle vueltas al asunto, irme por la tangente, implorar un encuentro con el agraviado para allanar el asunto, pero preferí hablarle con total franqueza, «lord Bates, Ailis, mi esposa, la encantadora mujer a quien conoció, fue meretriz, trabajó en el prostíbulo de la princesa Valerie en Edimburgo y ahí conoció a su amigo, él fue su cliente, en la cena nos lo estregó, aviltó a quien ahora es mi esposa y no pude consentir la ofensa, aun cuando no me arrepiento de haber puesto en su lugar a ese tipo, me equivoqué y lamento haber arruinado su fiesta, vengo a disculparme con usted y espero me ayude también a excusarme con el resto de sus amistades», Bates me miró sin parpadear, «casarse con una prostituta es una bajeza para un Burton», sentenció, me dispuse a objetarlo, pero me contuvo con un gesto de su mano, «admiro tu valentía para confesar con tal candor tu relación con tu esposa y celebro cuán bien te expresas de ella, la de lord Ramsey fue una hostilidad innecesaria mas sus dichos no fueron falsos, eres joven y posees elementos suficientes para pedir la anulación de tu matrimonio, así podrás rehacer tu vida, ahora bien, si a pesar de ello decides continuar con Alice», dijo y lo corregí, «Ailis», sonrió y continuó, «ponderaré tu decisión como la de un hombre cabal y viril, con los arrestos necesarios para mantener íntegros sus votos nupciales y con humildad para reconocer sus errores, acepto tus disculpas, William, e intentaré cambiar el sentir de los demás por ti y presentarte como una persona honorable, las puertas de mi hogar estarán siempre abiertas para ustedes dos», salí aliviado, había logrado apagar uno de los fuegos, el apoyo de Bates sería fundamental para revocar el desabrimiento en contra nuestra, lord Ramsey, cuyo nombre deploré, era, según Bates, un hombre poderoso de quien debía cuidarme, «si aún permanecieras con tu familia no se atrevería a atacarte, no es tonto, no buscaría un enemigo del tamaño de tu padre, pero al saberte degradado por los tuyos buscará perjudicarte donde más te duela», sumé a Ramsey a mi lista de enemigos, éste no trataría de asesinarme, como Colton, intentaría enlodar mi prestigio, mancillar mi nombre, suscitar inquinas y destruir nuestra reputación como matrimonio, «hablaré con él, no garantizo nada, pero haré el esfuerzo por atenuar su enojo», las gestiones de Bates surtieron efecto, logramos arrendar una hermosa casa en Bloomsbury, cercana a Covent Garden, los bancos aceptaron de nuevo mis depósitos, disminuyeron las miradas de reprobación y cesaron las murmuraciones a nuestras espaldas, quedaba saber si lograríamos salvarnos de la inquina de Ramsey.

Seathan decidió renunciar al empleo y volver a Edimburgo, extrañaba a su mujer y a sus amigos, lamenté su partida, su afabilidad, su sencillez, su compromiso con el trabajo eran virtudes poco comunes, hice un último intento por persuadirlo de quedarse conmigo, lo invité a cenar a un afamado mesón y lo obsequié con los mejores platos, ofrecí traer a su mujer, alquilar para ellos dos una casa cómoda y duplicarle el sueldo, para mi infortunio no aceptó, «añoro mis rumbos, señor, echo en falta a mis camaradas, deseo volver a mis rutinas del día a día, pero sólo recuerde algo, en Edimburgo siempre será acogido en mi casa», se levantó de la mesa y nos dimos un largo abrazo, lo gratifiqué con liberalidad y le deseé la mejor de las suertes, lo substituyó James, más reservado y más frío, pero con igual disciplina y eficiencia, una vez instalados en la nueva casa, arribaron Merrick y Ciordstaidh con el menaje y los demás enseres, me alegró contar con mis antiguos muebles, en el camino se rompieron un par de matraces, un termómetro y un alambique, pero el resto de mi instrumental no sufrió daños, destiné uno de los cuartos a montar el laboratorio, por desgracia, una de las ranas llegó muerta, pero las demás se veían saludables, las coloqué junto a una ventana para permitirles un baño de sol y se recuperaran del largo viaje, Ciordstaidh quiso continuar como sirvienta, no lo consentí, era mi cuñada y debía gozar de privilegios, acondicioné una habitación para ella en la planta superior y la eximí de cualquier trabajo doméstico, ella se comprometió a realizar las compras de los abastos, disfrutaba recorrer los mercados y el de Covent Garden le parecía un paraíso, Merrick entrevistó a varias mujeres para los puestos vacantes, eligió a Sally, una rubicunda mujer con experiencia en la cocina de la casa real y, para el servicio, seleccionó a Margie, cuya madre laboraba al servicio de lord Bates, una vez instalados en la casa empecé a descubrir las variadas ofertas de la gran ciudad, Londres contaba con innumerables bibliotecas provistas con una vasta selección de libros sobre medicina y ciencia, abundaban los museos con variadas temáticas y por doquier se hallaban farmacias donde descubrí nuevos ingredientes, por intercesión de Bates logré visitar la legendaria colección de John Hunter, había especímenes animales de todo tipo, huevos de diferentes aves, cadáveres embalsamados de fenómenos y de engendros, fetos humanos en diversas etapas guardados en frascos de cristal, huesos, larvas, dientes, órganos, extremidades, si por mí fuera me habría quedado un mes explorándola, sólo me permitieron ingresar por una tarde, el doctor Hunter se encontraba en una expedición y no era adepto a mostrar sus tesoros a desconocidos, consolidé mi amistad con Mircea, Joy y Karim, a través de ellos penetré los subterráneos de lo extraño y logré entender con mayor profundidad los linderos de lo monstruoso, atendí en un asilo para mujeres trastornadas, ahí pude atisbar los abismos de la locura, algunas de las internas mordisqueaban sus muñecas hasta arrancarse los tendones en un afán inútil de zafarse de sus cadenas, otras mutaban de voces, como si dentro de ellas habitaran una infinidad de seres, o se daban de topes contra las paredes hasta reventar los huesos de su frente, unas más aullaban como animales y defecaban en donde fuera, como no había tratamientos capaces de curarlas mi tarea consistía en tranquilizarlas, probé con la flor de la valeriana, con extractos de lirios, con corteza de arce y sólo con la mandrágora y con la pasta de opio logré más o menos calmarlas, los cuidadores reían de mis esfuerzos, «necesitan exorcismos, no medicinas», tampoco los esmeros de los sacerdotes católicos irlandeses, expertos en combatir al demonio, habían dado resultado con ellas, al contrario, sus rezos azuzaron sus peores instintos y los atacaron a mordidas. Durante semanas me personé con frecuencia en el despacho de Black, nada, bajo su puerta se acumulaban no sólo mis notas sino también las de desesperados pacientes quienes veían en él la única opción para salvarse, dejé de ir diario, mis nuevas ocupaciones me lo impedían y lo limité a una vez cada ocho días, una mañana, cuatro meses después de su ruda citación, me asombró ver una fila formada en la puerta del despacho, estaba abierta, me apresuré a entrar, una mujer se hallaba sentada frente a un escritorio en el vestíbulo, «¿se encuentra el doctor Black?», inquirí, «sí, señor», respondió, adusta, «¿necesita algo?», preguntó, «verlo», contesté, ella señaló la fila, la mayoría de las personas iban embozadas, «espere su turno», indicó, «soy su nuevo colaborador», ella me miró con incredulidad, «no fui avisada de tal cosa», aclaró, «dejé decenas de notas bajo la puerta, el doctor me convocó a venir a verlo hace meses», ella me miró con desaprobación, «casi no pudimos abrir la puerta por el montón de pliegos atorados, ¿cuál era su propósito atiborrándola así?», dijo y de nuevo apuntó hacia la hilera de pacientes, «haga el favor de formarse, ya le tocará», no hubo ni un resquicio para negociar con ella, salí y me paré al final de la línea, quienes aguardaban lo hacían en silencio, cubiertos con tantos trapos era difícil determinar cuáles eran sus males, al otro lado de la acera un nutrido grupo de curiosos, entre ellos varios niños, observaban en espera de descubrir a uno de los monstruos, no era necesario pagar por verlos en las carpas, ahí en la calle el espectáculo podía ser gratuito, me armé de paciencia, por cada persona, Black se tomaba al menos media hora y delante de mí venían otros nueve, algunos de los chiquillos gritaban para provocar a quienes se hallaban en la línea, «dan asco», «largo de aquí, mugrientos», «fuera, seres endemoniados», de este lado, silencio total, ni siquiera volteaban a verlos, debían estar acostumbrados a los insultos y al odio, traté de adivinar la condición de cada uno de los «extraños», uno debía ser un jorobado, se notaba el bulto en su espalda, otro u otra debía sufrir de huesos torcidos, por debajo de su capa se notaban dos tobillos estevados y los pies hacia adentro, uno más ocultaba sus manos, quizás escamosas, a las cinco de la tarde, sin haber probado alimento desde el desayuno, Black me recibió por fin, lo hallé sentado en una silla frente a un escritorio, a un lado, sobre una ancha mesa, había cinco botellas de absenta, cuando entré se encontraba pegándole un trago a una, «buenas tardes», saludé, Black se volvió a verme, su mirada denotaba embriaguez, «¿puedo ayudarlo en algo?», preguntó, «soy William Burton», le dije, aguzó los ojos, «¿nos conocemos?», inquirió, le refresqué la memoria, detallé dónde y cuándo nos habíamos topado, durante un rato pareció rebuscar en su mente, «¿eres el de las decenas de notas?», preguntó, «sí, doctor, me citó hace cuatro meses y me advirtió no llegar ni un solo día tarde si no perdería mi oportunidad de trabajar con usted», Black soltó una carcajada, «¿eso dije?, cuántas tonterías inventa uno», no lo podía creer, el enorme esfuerzo invertido en llegar puntual había sido en balde, «me dio apenas unos días para venir desde Edimburgo, viajé en medio de un clima atroz para llegar a tiempo», reclamé, «no me acuerdo», insistió, «juntos abrimos el cadáver de Nelleke, la mujer con elefancia, y le regalé una botella con venino diluido de rana dorada», le dije, ésa pareció ser la clave para recordar, «cierto, muchacho, ya sé quién eres y, ¿cuál es la razón para venir a verme?», su falta de memoria debía radicar en el líquido verdoso a sus espaldas, «para trabajar con usted», reiteré, si conmigo sufría esas lagunas mentales, ¿cómo podía lidiar con los antecedentes de cada paciente?, se quedó pensativo y asintió, «muy bien, preséntate mañana a las ocho», le pedí escribiera en un papel esa solicitud, «¿para?», cuestionó, «para estar seguros los dos», respondí, en un pliego garrapateó, con mano temblorosa, unos rasgos imposibles de descifrar, «listo», dijo, salí de su oficina, la mujer en el vestíbulo me interrogó, «¿le dio cita?», como respuesta le mostré el papel, «muy bien, lo esperamos mañana a las ocho», cómo hizo la mujer para comprender las líneas borroneadas fue un misterio para mí. Le conté a Ailis mis vicisitudes con Black, se indignó, «murieron dos caballos y nosotros acabamos destruidos, ¿para olvidar su compromiso?», exclamó, por primera vez desde la curación de nuestras llagas, no hicimos el amor, deseaba estar temprano en el consultorio de Black, demostrarle mi interés y mantenerme fresco y atento a sus indicaciones, dormimos abrazados, hacía frío y el fuego de la chimenea no calentaba lo suficiente el cuarto, para acrecentar nuestra intimidad habíamos acordado la desnudez cada noche sin importar si helara, a momentos, en la obscuridad, se me presentaba la repugnante imagen de Ramsey manoseándola con sus sucios dedos y la hacía a un lado sin decirle nada, ella no me hacía reclamo alguno, permanecía acostada con la mirada en un punto vago de la penumbra mientras yo superaba el acicate de los celos y volvía a sus amorosos brazos, dormité apenas un par de horas, la emoción de colaborar con Black trastornó mi sueño, a las cinco de la madrugada me levanté, callado, me vestí en silencio para no interrumpir el descanso de Ailis, en la cocina me aliñé un rápido desayuno, desperté a Sean y a James para acompañarme y a las seis me hallaba frente al establecimiento, para mi sorpresa, a pesar del frío y las ventiscas, ya había pacientes formados, hasta adelante iba una mujer quien le daba la

mano a un pequeño, supuse un niño, su cuerpo se hallaba
por completo cubierto dejando sólo libres los ojos, otro, con
el rostro al descubierto, ocultaba algo en la parte inferior y
una, con una evidente cojera y las manos envueltas en gruesos
guantes, «soy el nuevo colaborador del doctor Black», le dije a
la mujer al frente de la fila y me coloqué junto a la puerta en
aguardo, otros pacientes se fueron agregando a la cola, diez
minutos antes de las ocho arribó la desmirriada asistente, entró y volvió a cerrar sin darme oportunidad de hablar con
ella, daba la impresión de estar siempre malhumorada, supe
cómo se llamaba cuando, al abrir de vuelta, una mujer en la
fila la saludó con acento extranjero, «buenos días, Vicky»,
la otra ni siquiera se dignó en contestar, «¿puedo pasar?, hace
mucho frío y temo enfermarme», solicitó, «no», respondió
cortante la tal Vicky, cuando intentó cerrar la puerta lo im-
pedí con la mano, «vengo a trabajar», le dije, «sí, cuando llegue el doctor, aguarde con los demás», atisbé la chimenea
prendida, un soplo de calor emanó del interior, «deje al menos entrar a algunos», dije, y señalé la larga fila de pacientes,
«no pienso escuchar sus lamentos, ni sus quejidos, bastante
tengo ya en mi vida diaria», espetó, dio un portazo y cerró
con llave, hora y media tarde vi a Black aproximarse, su figura
imponía, la mayor parte de las personas no le llegaban ni al
pecho, mujeres jóvenes lo miraban embelesadas, su presencia,
su porte, su tamaño le brindaban una apostura sobrenatural,
los mirones al otro lado de la acera se dispersaron al verlo
acercarse, como si un rebaño de ovejas huyera ante el mero
olor del lobo, al llegar saludó de mano a cada uno de quienes
lo esperábamos, «perdón la tardanza», se excusó con una gentileza inesperada, «pronto los atenderé», dijo y se giró hacia
mí, «no entienden, la mayoría no habla inglés», explicó, «¿tú
eres William?», inquirió, «sí, hablé con usted ayer», le mostré
el papel con su letra manuscrita, sonrió al verlo, «no com-
prendo mis garrapatos, pero por favor, pasa a la oficina», sin
el influjo de la absenta Black parecía otro, se le percibía cuer-
do, atento, hasta caballeroso, «nos entenderemos, William,

y si nos va bien, en el futuro podrás sucederme», emocionado, ingresé al vestíbulo bajo la mirada escudriñadora de Vicky, «espéralo ahí», me ordenó la mujer y me hizo entrar a la sala de revisión, el lugar desprendía un tufo a encerrado, motas de polvo flotaban a la luz del ventanal, entró Black después de unos minutos y se sentó en una silla, tomó una de las botellas de absenta y bebió un trago, limpió sus labios con la lengua, «por cierto», me dijo, «el diluido del venino de las ranas brindó grandes resultados a una decena de enfermos», sonreí, pidió a Vicky traer a la mujer con el menor, «son austriacos y sólo hablan húngaro, pero se dan a entender», ya en la sala, la madre desenvolvió el rostro de un niño de cinco años de edad, sufría una severa deformidad ósea, los ojos bizcos, la boca torcida, los dientes sin concierto, jetudo, la quijada prominente se inclinaba hacia la derecha, su semblante era espantoso, un pequeño adefesio, según me explicó Black lo habían ido a ver antes y les recomendó esperar un año para ver la evolución de la enfermedad, «empeoró», me susurró, «pero diseñé un sistema en específico para él y creo poder ayudarlo», se levantó de su asiento y caminó hacia una gaveta, extrajo un marco de madera con prensas a los lados, Black palpó la cara del niño y con ambas manos le movió la mandíbula de un lado a otro, tronó con un chasquido y el niño se quejó de dolor, «es necesario detener este proceso», me explicó, cogió el cuadro de madera y girando tuercas y tornillos le dio forma triangular, lo colocó alrededor del cráneo del paciente y fue apretando, la quijada comenzó a centrarse, el niño intentó quitársela, Black no cedió y, al terminar, el rostro desencajado cobró un perfil más uniforme, pidió a la madre acercarse, «por las noches, deberá dar una vuelta a la derecha a estas dos piezas», le indicó, «no se lo puede quitar ni un minuto, ni para dormir, ni para comer, ni para el baño, en dos meses empezará a presentar un aspecto más simétrico», la mujer hacía esfuerzos por captar cada palabra de Black, me senté a su lado y con señas hice hincapié en cada una de las instrucciones, ella asintió, «son tres libras», le dijo Black, la mujer lo miró pasmada, era un monto exorbitante, «señor, esperando usted meses aquí, muchos gastos», expuso balbuciente, Black se mantuvo firme, «me llevó semanas diseñar ese aparato, señora, si quiere se lo quito a su hijo y cuando tenga para pagar, regresa», la señora se giró hacia mí en busca de mediación, se le notaba angustiada, Black se disponía a desmontar el marco cuando la mujer lo detuvo, sacó los billetes y se los entregó, «gracias, señora», le dijo, mortificada la mujer salió con su hijo de la mano, «es millonaria», aclaró Black en cuanto cerró la puerta, «una de las fortunas más grandes del imperio austriaco y quiere abaratar nuestros servicios», con el tiempo descubrí la habilidad de Black para cobrar de acuerdo a la condición económica de cada paciente, a continuación, tocó turno a uno de los casos más desagradables de cuantos fui testigo, era un hombre de origen lituano, delgado, con un ralo bigote, de extremidades largas y finas, se expresaba en un inglés correcto, era su primera cita y de tan tímido esquivaba la mirada, cuando el doctor le preguntó sobre el motivo de su visita, el tipo se resistió a mencionarlo, con insistencia me veía de reojo, «este muchacho, ¿necesita estar aquí?», inquirió, Black asintió, «sí, me ayuda en las revisiones», el hombre tragó saliva, se le notaba nervioso, «es un asunto delicado», dijo con voz meliflua, «mire, mis honorarios son altos y cobro por consulta, usted decide si me revela o no su morbo», el otro volvió a pasar saliva, el índice de su mano derecha no cesaba de temblar, se mojó los labios y tomó aire, «no sé si soy hombre o mujer», dijo, «¿se refiere usted a su inclinación sexual?», preguntó Black, «no, es mi cuerpo», expuso, «desnúdese», le ordenó Black, «necesito examinarlo, vaya detrás de aquel biombo y póngase el camisón ahí colgado», el desdichado dudó en hacerlo, ahora su barbilla empezó a agitarse sin control, «no puedo», aseveró, «me da vergüenza», Black se exasperó, «el señor y yo hemos visto de todo, o acata mi mandato o váyase de una vez», manso, el tipo se dirigió hacia la mampara, Black aprovechó para darle un sorbo a la botella de absenta, apuró casi un tercio, «el hada verde», musitó mientras un escalofrío recorría su cuerpo, el hombre salió de detrás del biombo y Black le pidió recostarse sobre la mesa, sin delicadeza jaló el camisón hacia arriba, el otro, en un afán pudibundo, se tapó los genitales con ambas manos, «quítelas y abra las piernas», rugió Black, el hombre apartó las manos y con lentitud separó los muslos, frente a nosotros aparecieron genitales de mujer, pero de la parte superior brotaba un pene, los labios semejaban testículos, el tipo estaba en lo cierto, no se sabía si era un ente masculino o uno femenino, «he visto esto antes», me susurró Black, «es un hermafrodita», jamás había escuchado de semejante aberración, el doctor empujó las rodillas del paciente hacia fuera para mostrar aún más las partes íntimas, confundía lo fragoso de los órganos sexuales, con razón el hombre se mostraba abochornado, sin mostrar la menor repulsa, Black tentó los genitales, alzó los pliegues, manipuló el pene, pasó sus dedos por el orificio de la vulva, desvié la mirada, era una vista chocante, Black me obligó a ver, «muchacho, presta atención», me reconvino, «pocas veces verás algo así», siguió explorando, minucioso, al finalizar le pidió vestirse, cuando salió de detrás del biombo Black lo contempló de arriba abajo, «siéntese, por favor», el otro, por alguna razón, limpió el asiento y se acomodó en la silla, «según la Biblia y otros textos religiosos, de Adán surgió Eva, en él habitaba también lo femenino, la inteligencia de Dios consistió en separar uno del otro, según afirman algunas culturas del Medio Oriente, cada número de años vuelve a nacer un Adán en cuyo cuerpo aún conviven hombre y mujer, es un retorno al ser original enviado por Dios para recordarnos nuestra procedencia, son Adán y Eva a la vez, padre y madre, hijo e hija, hermano y hermana, en estas culturas, quienes gozan de esta condición, he usado la palabra "gozan" y no "padecen", están lejos de avergonzarse, al contrario, se consideran elegidos por Dios, ayuntar con un andrógino significa hacerlo con el origen sagrado, tal privilegio se reserva para los príncipes herederos, cuando son jóvenes y se hallan listos para perder la castidad se les lleva a copular con el divino cuerpo de un hermafrodita, al penetrarlos, penetran la historia profunda de lo humano, decida usted si lo supone como una maldición o como un privilegio», escuché atónito la argumentación de Black, jamás imaginé en él tal sensibilidad, el hombre se notó conmovido, «soy administrador de un puerto, convivo con marineros cada semana, temo por mi vida si alguno de ellos me descubre», dijo, Black rumió su respuesta, «¿marineros»?, musitó, «¿le teme usted a una muletada de sodomitas?», el otro se mostró desconcertado, «¿perdón?», Black cogió una botella de absenta y le dio un sorbo, luego se la pasó al hombre, quien también bebió una buena cantidad, «¿con quién desfoga sus ansias sexuales un marinero cuando navega en altamar?, ¿con una foca, con un pulpo?, no, señor, se dan placer unos a otros, temerles o no, no es lo relevante, la pregunta fundamental, querido amigo, es muy sencilla, ¿se acepta como es?», el otro negó de inmediato, «no», una lágrima colgó de su barbilla y luego cayó sobre su pantalón, Black continuó, «usted, ¿se cree hombre o se cree mujer?», el otro caviló, «me criaron hombre», sentenció, «ésa no fue la pregunta, conteste "hombre" o "mujer"», de vuelta, el tipo tomó su tiempo, «a veces lo uno, a veces lo otro», contestó, «aquí en Covent Garden varios pagarían muy bien por acostarse con alguien como usted, ¿ha pensado en una opción como ésa?», la propuesta de Black sonaba impropia, incitaba a un paciente a prostituirse, además, ¿a quién de verdad podía placerle copular con una mujer con pene o con un hombre con vagina?, «no me gustan los hombres», aseguró el tipo, «es posible ayudarlo si se decide por ser mujer, puedo mutilarle el pene y quitar los sobrantes de virilidad», ofreció Black, «si me presentara como mujer, me despedirían de mi trabajo y no puedo darme ese lujo, mantengo a mi madre», alegó el tipo y se llevó los dedos a la comisura de los párpados para contener el llanto, con razón Vicky no permitía el ingreso a los pacientes al vestíbulo, debía ser un fastidio aguantar lamentaciones como las de él, «entonces, le sugiero asumir su condición y tratar de manejarla lo mejor posible», le espetó Black con frialdad, el hombre se volvió hacia mí, «ayúdeme», imploró, lagrimones resbalaban por su rostro, «yo lo veo como mujer», dije sin pensarlo, algo en él denotaba una inclinación a lo femenino, «lo mismo piensa mi madre, pero mi padre…», dijo y no pudo más, se derrumbó sobre la silla y se tapó la cara mientras sollozaba, «siempre he querido ser otra persona», balbuceó, Black me volteó a ver y meneó la cabeza en un gesto de desaprobación, colocó una mano en el hombro del andrógino, «lo opero el día último del mes, el procedimiento le costará una libra, por ahora, me debe cinco chelines», el tipo levantó la mirada, nos vio a ambos, sacó las monedas de su bolsillo, las colocó sobre la mesa y se dispuso a partir, «venga sin comer el día del procedimiento», le advirtió, el hombre asintió y salió.

Sólo atendimos a cinco pacientes, las largas filas eran un mero artificio de Black para ganar notoriedad, le pagaba a actores secundarios de las compañías de teatro por envolverse en trapos y aguardar en la acera por horas hasta ser recibidos, también él contrataba a quienes al otro lado de la calle merodeaban como fisgones y espoleaban a la muchedumbre a curiosear, «aprende esto, muchacho», me dijo, «la gente ama lo inescrutable y adora el éxito», la práctica la había aprendido de los burdeles, las dueñas alquilaban a una veintena de tipos para amontonarse a la entrada y así dar la impresión de una concurrencia ávida por ingresar, «donde se para una mosca, se paran varias», dijo a carcajadas, aún no era la hora del almuerzo y Black ya se hallaba borracho, ello no menguó, he de reconocerlo, su capacidad de análisis y de diagnóstico, y además recurría a su vasta cultura y a su experiencia para explicarles con detalle a los pacientes sus padecimientos y los pasos a seguir para aliviarlos, dos de quienes atendimos eran recurrentes y venían a una tercera o cuarta revisión, uno de ellos, agradecido con Black por haberle extirpado unos tumores gigantescos en la cara, le regaló una cuadrilla de finos corceles, «su anterior aspecto era espantoso, las carnosidades no le permitían ver y apenas podía comer por una rendija en la boca»,

288

explicó Black, Vicky, quien además de recibir a los pacientes los dibujaba, mostró el retrato del hombre antes de la cirugía, imposible reconocer facciones humanas entre tantas hinchazones, ahora, a pesar de los rojizos surcos de las cicatrices en su frente y en sus mejillas, podía distinguirse la figura de una persona, sin llegar a los alcances realistas de los carboncillos trazados por Louise, Vicky no lo hacía nada mal, quién pensaría en los talentos ocultos de esa mujer malencarada y propensa al refunfuño, para el almuerzo cada uno tomó su camino, Black se dirigió a una posada, lo seguí con la mirada a la distancia, en la puerta lo esperaba una joven mujer, ella lo tomó del brazo y entraron juntos, «es una de sus novias», dijo Vicky a mis espaldas, volteé y me topé con su dura mirada, «no creo conveniente espiarlo», recriminó, con balbuceos intenté remendar mi acto, «fue una casualidad», le expliqué, no dijo más, me rebasó y se perdió por la calle. Cada día al lado de Black se convirtió en una cátedra, era prodigiosa su habilidad para operar, su certeza en los diagnósticos, su tino para determinar los tratamientos, su inteligencia para alentar a los pacientes, también campeaba su cinismo y sin chistar cobraba sumas desmedidas, prestaba oídos sordos a reproches sobre lo caro de su consulta y se limitaba a decir «hay otros treinta médicos como yo, vaya con ellos», se sabía la máxima autoridad en la materia y su fama llegaba hasta los más remotos países, cada día se zampaba al menos dos botellas de absenta, me asombraba su resistencia y su ebriedad no mermaba sus aptitudes presuntivas, yo procuré alejarme del «hada verde» o, como la llamaba también Robert Black, «los ojos de princesa», no siempre resistí la tentación y en ocasiones acepté el ofrecimiento de Black por beber con él, «los efectos del ajenjo abren la mente», solía decir, aun cuando después de tomarlo sentía mi cerebro más alerta y mis sentidos más aguzados, al tercer trago mi locución se tornaba deficiente y me sobrevenía un agudo dolor de cabeza, me esforzaba en recordar cada minucia con el interés de contárselas a Ailis, disfrutaba sentarme a la mesa a cenar con ella y cada uno relatar su día, con prudencia, Ciordstaidh hacía mutis en cuanto yo arribaba a la casa para respetar nuestro espacio, luego de acompañarme un par de veces a la biblioteca, Ailis se hizo asidua usuaria, se pasaba horas devorando un tomo tras otro, leía de temas diversos, no sólo literatura sino también tratados médicos, compendios filosóficos y narraciones históricas, era un placer dialogar con ella y, cada vez más, el brillo de sus virtudes opacaba la obscuridad de sus defectos, pero una noche una revelación suya nos sumió en el más severo trance de nuestro matrimonio, acabábamos de hacer el amor, «si tuviéramos una niña, me gustaría llamarla Marianne, y si fuera un niño, Jack», dije, ella se quedó callada, «¿estás bien?», pregunté, ella se mantuvo en silencio, insistí, «¿estás bien?», me abrazó y colocó su cabeza sobre mi regazo, «soy una mujer seca», confesó, al principio no logré comprender, «¿seca?», ella suspiró hondo para darse valor, «a pesar de mis precauciones uno de los clientes me embarazó, yo no deseaba tener un hijo, se arruinaría mi cuerpo y perdería la oportunidad de continuar trabajando, la señora Valerie mandó traer a un médico, el hombre me dio a beber tres vasos de whisky, luego insertó una cuchara en mi vagina, raspó durante varios minutos, manó un borbotón de sangre y expulsé al niño, días más tarde una severa inficción dañó mis órganos y me inhabilitó para procrear, ese trágico evento me indujo a presentarme en el hogar de conversión, sólo Cristo podía perdonarme, si acaso mi acto podía perdonarse, no sólo le quité la vida a mi hijo, se la quité a quienes venían tras de él, en otras palabras, a nuestros hijos, si es tu deseo, esta misma noche me voy», mientras me decía esto no cesó de zollipar, se percibía en ella un dolor profundísimo, irreparable, si la esterilidad era, por sí sola, una causa grave para anular el matrimonio, el aborto, un pecado de primer orden, era suficiente, no sólo para derogar nuestro enlace, sino para encarcelarla a perpetuidad, apenas terminó su confesión sentí una rajadura en el estómago, no contemplaba una vida sin hijos, de nuevo manaba pus del pasado de mi amada, pareciese un vertedor inagotable de inmundicias, «¿cuánto más ocultas?», le pregunté enojado, ella sollozó, se incorporó, la luz de luna trasminándose por la cortina iluminó su cuerpo desnudo, su cuerpo seco, incapaz de dar un solo fruto, un cuerpo susceptible de llagarme el alma una y otra y otra vez, «no oculto más», dijo mientras hipaba, «debiste decírmelo antes de casarnos», le reclamé a gritos, ella comenzó a vestirse, «lo sé, nunca más volverás a verme», me paré frente a ella y la cogí con fuerza de las muñecas, no pude pronunciar palabra, la rabia y la tristeza me estrujaban las sienes, tanto amor vaciado en un arca repleta de alimañas, ese nosotros construido con aceptación, con cariño, con voluntad, comenzó a resquebrajarse, casi podía escucharse cómo caían los pedazos al suelo, la solté cuando sentí lastimarla, ella me miró a los ojos, terminó de vestirse y salió por la puerta, deprisa fui a los aposentos de Sean y lo desperté, «Ailis está por irse de la casa, tu obligación es seguirla adonde vaya», a pesar de mi furia, aún quedaba en mí un hondo amor y no quería dejarla desamparada, tampoco estaba en condiciones de perderla, una vez saliendo de Londres sería imposible dar con ella en el vasto territorio de estas islas y no me hallaba listo para no verla más, le entregué a Sean unas monedas, «usa este dinero para cualquier imprevisto, ve tras de ella así viaje al fin del mundo», se aprestó para cumplir con mis órdenes, me paré frente a la ventana, salieron de la casa Ailis y Ciordstaidh, las seguí con la mirada hasta verlas dar vuelta en una esquina, detrás de ellas, como un sabueso, Sean. No dormí el resto de la noche, me lo impidió una turba negra de incertidumbres y de perplejidades, de los subterráneos del pasado de Ailis se había dictado el veredicto de muerte de nuestro matrimonio, ¿cómo remontar este escarpado secreto si cada una de sus aristas era una cuchilla afilada?, su útero cerrado como una ostra, sin ningún resquicio para la vida, sin un solo poro por donde pudiera colarse el latido de un nuevo corazón, por violar la santidad de una vida arrancó de cuajo las otras, las múltiples vidas por venir, de las entrañas de su caja de Pandora brotaría una y otra y otra sorpresa hasta hacer de este amor un páramo yermo, me levanté de la cama sin deseo de nada, su ausencia era mi ausencia, una parte mía se había trasmutado en ella, al irse quedé escindido de mí mismo, con pesadez me dirigí al despacho, en cuanto llegué, eludí la fila de pacientes y toqué a la puerta, fastidiada Vicky la abrió, «aún no llega el doctor…», dijo y la interrumpí entrando por la fuerza, no me quedaría como un estúpido aguardando en la fría mañana, «no puedes estar aquí», dijo, «sáqueme si puede», la reté y me repantingué en un sillón, al verme decidido a no irme regresó a su escritorio a continuar con un dibujo a carboncillo de quien, supongo, era un paciente, la observé, retrataba de memoria, movía la cabeza de un lado a otro, parecía recordar algo y trazaba una línea, detrás de ella había varias botellas del hada verde, me levanté a tomar una, ella no hizo intento alguno por impedirlo, siguió guiando el carbón por el papel sin prestarme la menor atención, destapé la botella y le di varios tragos, embotarme ayudaría a mellar el filo, me disponía a beber otro poco cuando reparé en el dibujo realizado por Vicky, me quedé pasmado, bosquejaba a un muchacho idéntico al de los corrales, incluso debía tratarse del mismo, «¿lo conoció?», pregunté, la mujer no me hizo caso, como si yo fuese un ente invisible, le detuve la mano para obligarla a responderme, «¿lo conoció?», repetí, mi corazón acelerado por la imagen, «por supuesto», respondió, «lo trae a consulta su abuela», con un movimiento brusco se zafó de mi mano, «pero ya está muerto», dije, ella rio burlona, «le pondremos Lázaro, entonces», examiné el retrato, el niño se encontraba en la misma posición, desnudo, enjuto, las extremidades contraídas, una mueca en su boca, «¿de dónde viene?», inquirí, Vicky dejó a un lado su tarea y se volteó a mirarme, «hoy está citado, debería preguntárselo», me costó sobrellevar el día, ni siquiera la expectativa de volver a ver al muchacho consoló mi abatimiento, entre paciente y paciente apuré lapos de absenta, adormecerme era mi única esperanza, mas fue inútil, el alcohol sólo realzó mi tristeza, Black tronaba los dedos para alertarme, «William, espabílate», y me hacía atender cuanto le decía a los pacientes, los casos debieron ser interesantes, olvido ahora quiénes eran y cuáles sus deformidades, sólo recuerdo un brumoso y confuso pasaje de horas, entendí a cabalidad la frase de Black, «un día más en esta nebulosa llamada vida», como solía sucederle a él, perdí noción del día, «¿hoy es jueves?», inquirí, a mal árbol me arrimaba para saberlo, «no tengo idea», contestó, los dos atarantados por la savia verde del ajenjo, justo después del almuerzo, cuando entre Black y yo nos habíamos terminado tres botellas de absenta, llegó una viejecilla con un coche de niño, el interior oculto por una cobija, «buenas tardes», saludó la anciana, «buenas tardes, señora Calloway», devolvió el saludo Black, «traje a mi ángel», dijo la mujer con un tono sentimental, destapó el carro y envuelto en una frazada se hallaba el muchacho, podía jurar era el mismo de los corrales, casi me voy de espaldas cuando al verme, me sonrió, «hola, George», lo saludó Black, la abuela, una mujer recia y robusta, metió las manos dentro del coche, cargó al muchacho, lo depositó sobre la mesa de revisión y lo despojó de la frazada, George quedó desnudo en la misma postura de can flaco del otro, pregunté de dónde procedían, «Dover», respondió ella, «¿nunca han ido al norte?», inquirí, deseoso de resolver si coincidía con el muchacho del gallinero, «no, jamás», respondió la anciana, según contó, al nacer el niño los padres lo rechazaron, habían sido buenos cristianos y no merecían un castigo de tal magnitud, ella se hizo cargo de él y en ningún caso se cuestionó adoptarlo, «¿cómo estás, George?», le preguntó Black, para mi sorpresa, el muchacho contestó «bien, doctor», «habla», exclamé pasmado, «por supuesto», contestó, «su cerebro está intacto, George, ¿cuánto da ocho por ocho?», el muchacho contestó de inmediato, «sesenta y cuatro», «¿cuál es la capital de España?», «Madrid», «¿y la de Francia?», «París», parte del tratamiento propuesto por Black consistía en educarlo como si se tratara de un niño cualquiera y en estirar sus brazos y sus piernas para hacerlos más flexibles, la abuela había seguido por años las instrucciones del doctor Black, aun atrapado en su cuerpo contrahecho, George podía relacionarse con los demás, en un momento dado fue inscrito a la escuela, duró sólo un mes por causa del horror provocado entre sus condiscípulos, la abuela contrató preceptores privados, así el niño aprendió de geografía, matemáticas, historia, química y hasta algo de filosofía, saberlo con esa habilidad mental avivó mi pena y mi rabia por lo sucedido con el muchacho de los corrales, debió serle terrible saberse reducido a la condición de un animal, de George me asombró su sentido del humor, sus comentarios irónicos, su rapidez para contestar preguntas, para evitar la contracción severa de sus extremidades, Black diseñó un aparato semejante a un potro de tortura, una plancha de madera, con cuatro cuerdas y cuatro tornos, la idea era amarrar a George de brazos y piernas y dar vuelta a los tornos para irlos estirando con suavidad, «George, ¿podrás aguantar dos horas diarias de esto?», preguntó Black, «necesito probarlo», contestó el muchacho, acostado boca arriba sobre el armazón, atado de las muñecas y de los tobillos, la abuela le dio dos vueltas al cilindro, el cuerpo de George comenzó a alargarse, «duele un poco», musitó, «aguarda unos minutos y dime si puedes soportarlo», indicó Black, la idea era alargar los huesos y los ligamentos para devolverles algo de movilidad y también para permitir el buen funcionamiento de los órganos internos, «al abrir el tronco, se te facilitará la digestión y tus pulmones tendrán más espacio para respirar», la inventiva de Black no tenía parangón, extraía ideas de cuanto se cruzaba en su camino, si Wright era el genio de las substancias, éste lo era de los aparatos y de las cirugías, cuando la abuela quiso pagar la consulta, Black se negó a cobrarles, cariñoso, despidió a George sobándole la cabeza, le pregunté si el muchacho de los corrales, en otras circunstancias, hubiese alcanzado los logros de George, «no todos son iguales, he visto casos donde no pueden pronunciar una sola palabra y ni siquiera son capaces de voltear la mirada hacia una voz, sin importar su estado, siempre haré mi mayor esfuerzo por devolverles el sentido de lo humano», su última frase, «devolverles el sentido de lo humano», condensó mi propósito de vida, la razón por la cual trastoqué mi mundo.

No me hallaba listo para volver a casa y encontrarla sin Ailis, al terminar las consultas invité a Black a una taberna, se rehusó, «no confundas el trabajo con la amistad, no me interesa convivir contigo», ir con Vicky pintaba para un chasco, su amargura acentuaría la mía, también era impropio compartir tragos con James, mi fiel y serio guardián, quien a la distancia me vigilaba hora por hora, emborracharme con un empleado mermaría mi autoridad, al salir oculté una botella de absenta entre mis ropas y deprisa me perdí entre la gente, vagué por las calles con una honda sensación de extravío, me senté en una banca a contemplar el bullicio de Covent Garden, muchedumbres se agolpaban en la entrada de los teatros, las «monjas» se pavoneaban frente a posibles clientes, carruajes atestaban las plazas dificultando el tránsito en las avenidas, mendigos andrajosos pedían limosnas en las esquinas, ladronzuelos rondaban a sus víctimas, la fauna humana era diversa y manifiestos los contrastes, bebí la mitad de la botella, a lo lejos escuché los pregones de Stanley invitando a los espectadores a presenciar «los fenómenos más insólitos del mundo», decidí ir allá, me formé en la fila como cualquier otro y pagué mi entrada, tambaleando por los efectos del hada verde, me senté en las gradas de la última fila, contemplé ebrio la falsa ferocidad de Mircea, la exhibición amenazadora de Karim y la fingida simpatía de Joy, las reacciones del público me parecieron ridículas y exageradas, dramas baratos para ocultar lo miserable de sus existencias mediocres, risible su huida en estampida cuando Karim les gruñó, no supe de mí sino hasta el día siguiente, cuando desperté en un sitio desconocido, me incorporé con latidos acelerados y revisé el lugar, poco a poco reconocí dónde me hallaba, en el carromato donde habitaban los fenómenos, en una cama contigua dormía Mircea, percibí un olor acre, eran residuos de vómito en mi camisa, un reloj de pared marcaba las diez y media, era tarde para presentarme en el trabajo, con seguridad Black me reprocharía mi falta y me despediría, no estaba listo para perder mi trabajo, no podía despeñarme aún más, intenté ponerme de pie y, mareado, tropecé y tiré una jarra, rodó por el suelo y se estrelló contra una pared, el estruendo despertó a Mircea, se sentó en la cama, me impresionó ver su pecho desnudo, todo él era pelambre, sus ojos amarillos refulgían entre los obscuros mechones de su rostro, «vives», me espetó, burlón, «no lo sé aún», le respondí, una bola ácida oprimía mis vísceras, «no vayas a vomitar otra vez aquí», advirtió, «¿hoy es jueves?», pregunté, Mircea sonrió, «averígualo tú mismo», intenté armar lo sucedido la noche anterior, no lo logré, fue necesaria la versión del hombre lobo, «te quedaste sentado solo en las gradas al terminar la función, cuando te pidieron retirarte agrediste a los guardias y si no fuera por la intervención de tu escolta te hubieran tundido, te bebiste completa una botella de un líquido verdoso, no podías ni caminar, devolviste el estómago varias veces, luego te desmayaste, te montamos en un carruaje y te trajimos aquí, donde de nuevo vomitaste y te quedaste dormido», de nada de eso me acordaba, me sentí avergonzado y pedí una disculpa, «no importa, somos amigos», se limitó a responder, mientras dormía, James fue a la casa a buscarme una muda de ropa, inadmisible salir a la calle apestando a alcohol y a comida regurgitada, me lavé el cuerpo con una palangana, estregué mi cara para quitar los residuos amarillentos, me senté en una silla y comencé a llorar, una daga filosa me atravesaba sólo de pensar en Ailis, la habría perdonado de saber su secreto antes de casarnos, de tal magnitud era mi amor por ella, pero no soportaba más este dolor destilándose gota por gota. Ailis decidió volver al Regency y ello me tranquilizó, al menos habitaría en un buen lugar y no en un cochitril, Sean y James pagaron al hospedero tres meses de alquiler anticipados, aprobé ése y cualquier otro gasto derivado de su manutención, al regreso a la casa, James me entregó unas cartas, «señor, llegó este paquete al Regency, las vino a traer Sean», le ordené dejarlas en el salón, no me hallaba en condiciones de leerlas, necesitaba depurar mis órganos de las perniciosas secuelas de la absenta, resolví someterme al venino de las ranas, le pedí a Merrick instruir a James sobre el procedimiento, me quité la camisa y me tendí en el suelo, con un hierro al rojo vivo me quemaron en los puntos indicados, luego aplicaron el diluido con un algodón, a los segundos del contacto mi cuerpo se estremeció con una virulencia nunca antes experimentada, desterrar de mi cuerpo los residuos del hada verde me provocó sacudidas y un flujo imparable de vómito, James se asustó, «se nos muere», gritó y se agachó a tratar de ayudarme, Merrick, acostumbrado a los brutales espasmos, lo detuvo, vacié mi estómago y acabé empapado en sudor, si bien desalojé de mi cuerpo la absenta, penetró hasta el fondo la nostalgia por Ailis, extenuado, me quedé dormido, desperté por la madrugada tumbado sobre la alfombra, James, de pie, se había mantenido alerta junto a mí, pendiente de mi estado, aun después de dormir por más de trece horas seguidas, el cansancio me dominaba, «vete a descansar», le dije, «¿se encuentra bien, señor?», preguntó, «sí, estoy bien, buenas noches», se retiró y quedé a solas, me senté en el salón a leer las cartas, una era de Wright, en tono festivo me contaba de sus nuevos descubrimientos, «estudié con afán los caracoles de jardín, al picarles el cuerpo con un palillo, soltaron una baba espumosa, con una espátula recogí una poca y la unté sobre quemaduras y otras excoriaciones de mi propio cuerpo, debías de ver, querido William, cómo se cierran las heridas de la piel sin dejar cicatrices, quisiera probarla en lesiones profundas como las del cáncer para ver si es igual de eficaz», admiraba su incesante curiosidad, siempre a la búsqueda de nuevas substancias, contó sobre algunos de sus pacientes y hablaba con alegría de su recuperación, «muchacho, ojalá pronto te des una vuelta por acá, sabes bien cuánto gozo de tu compañía», escribió al despedirse, la siguiente carta era de Ryan y no pudo llegar en peor momento, «querido William, lamento ser yo el portavoz de esta mala noticia, nuestro amado señor Wright, a quien tú y yo queríamos como un padre, falleció hace unos días, fue una muerte inesperada, tan sólo la tarde anterior habíamos charlado en la botica y lo noté entusiasta y vigoroso, a la mañana siguiente lo encontré frío y tieso sobre su mesa de trabajo, la muerte le llegó haciendo cuanto más le placía en su lugar favorito, nunca cesamos de hablar de ti y ambos coincidíamos en cuánto te echábamos de menos, las exequias te habrían conmovido, se presentaron todos los habitantes del pueblo, cada uno agradecido por sus servicios y por su bondadoso trato, nunca escuché a alguien hablar mal de él, su generosidad, nos consta a ambos, era ilimitada, es necesario reunirnos para determinar el manejo de la botica, mi plan es dejarla como está y trabajarla con su mismo ímpetu, prometo dividir las ganancias contigo o laborar a tu lado si decides regresar, como tú prefieras, aprovecho para anunciarte la llegada venidera de mi hijo, es curioso cómo la vida cubre los huecos dejados por aquéllos a quienes quisimos…», no pude leer más, por esa infantil propensión de pensar inmortales a nuestros viejos, jamás pensé en la posibilidad de su muerte, me prometí visitarlo en los próximos meses y ahora sólo me quedaba ir a llevar flores a su tumba, las cartas venían fechadas con sólo tres días de diferencia, sin saberlo, la muerte acechaba ya en el cuerpo de mi mentor mientras me escribía y quizá fui yo el destinatario de sus últimas líneas, no podía viajar a Shields a honrarlo en un futuro próximo, después de años de querer colaborar con Black, alejarme por tres semanas podría significar la pérdida de mi empleo, prepararme a conciencia y convertirme en un médico comprometido sería el mejor homenaje a mi maestro. Resolví dormir en otra habitación, los aromas de Ailis saturando las sábanas y las almohadas debilitarían mi voluntad y me harían correr tras de ella esa misma noche, era necesario mantenerme firme, no me cuestionaba la bondad y las nobles intenciones de mi esposa, pero deploré su falta de sinceridad y haber disimulado tan negra información, aún presa del desánimo me presenté temprano al despacho, el día anterior sería el último en faltar al trabajo, así estuviese embrutecido de alcohol como solía estarlo Black, cuando arribé se habían formado ya más de quince pacientes, Vicky me recibió con desdén, «ayer no vino», dijo, «hoy sí», le respondí, entramos y cerró la puerta, sobre su mesa atisbé un dibujo de un hombre con un penacho de plumas, unos collares y un atuendo de cuero en tiras, «es un apache», señaló sin esperar mi pregunta, «un nativo de América, trabaja en una carpa cercana», me acerqué a mirarlo, sus facciones eran pétreas, como si hubiese sido tallado en granito, membrudo, la mirada bravía, sin duda un guerrero, revisé su imagen y no noté ninguna deformidad, pregunté cuál era, Vicky forzó una mueca de ironía, «cualquier médico la hubiera apreciado en cuestión de segundos», dijo, volví a escudriñar el dibujo, nada saltaba a la vista, «hoy viene a cita, veamos si te percatas o no», señaló con sarcasmo, Vicky poseía la habilidad de captar las emociones de quienes bosquejaba, había en el indio el gesto rebelde y montaraz de quien ha sido arrebatado a la fuerza de su tierra, con el hacha colgante en su cintura, bien podía cortar en pedazos a quien se cruzara en su camino, según relató Vicky, fue capturado en el norte de la Nueva España por cazadores franceses y llevado a Francia como una *rara avis*, la gente se remolinaba para verlo dentro de una jaula, «nadie reparó en su deformidad, sólo la percibió un empresario de Manchester, quien lo adquirió para traerlo a Inglaterra», «¿cuál deformidad?», pregunté al pasar la vista una vez más por la estampa del bronco indio, Vicky se negó a revelármela, «ya la descubrirás», dijo con aire de suficiencia, al llegar Black no me amonestó por mi falta del día anterior, su censura se limitó a una abstrusa frase, «nada ni nadie debe amarrarte», por la mañana revisamos a dos pacientes, ambas mujeres, una de ellas era una obesa de desbordadas dimensiones, de tan inmensa no pudo ingresar a la sala y hubo necesidad de examinarla en el vestíbulo, originaria de Gales había viajado hasta Londres en un transporte especial, ninguna silla, ninguna cama soportaba su peso descomunal, adinerada, contaba con cuatro sirvientes dedicados a moverla, llevaban consigo una banca de piedra, el único mueble capaz de aguantarla, «¿cómo podemos ayudarla?», inquirió Black, «soy prisionera de esta gordura, doctor, quítemela», sus piernas eran del grueso de un barril de cerveza, cada seno suyo debía pesar dos piedras, el piso se cimbraba con sus pasos, Black le pidió contar sus antecedentes, «empecé a engordar a los once años, a los veinte casi no podía caminar, mi peso se incrementa día con día», Black le preguntó cuánta comida ingería diario, «lo normal», dijo, cuando describió la cantidad parecía una lista de provisiones de un regimiento, «señora, no va a bajar de peso si no limita cuanto entra a su cuerpo», le advirtió Black, «mi hermana come casi lo mismo», explicó, el «casi lo mismo» equivalía a diez veces menos, había en ella una percepción tergiversada de la realidad, recordé un tratamiento creado por Wright para combatir la gordura, se lo prescribí, «en la farmacia, compre hojas de tilo, de abedul e hilos de la mazorca de maíz, hiérvalos, el resultado mézclelo con aceite de hígado de bacalao y bébalo ocho veces al día, luego venga para introducirle una solitaria en el estómago, el gusano le quitará el hambre, después de la cena, tome agua con sal y granos de mostaza y métase el dedo hasta el fondo de la garganta para producir vómito», Black me contempló con dureza, «las instrucciones las doy yo, muchacho, pero por esta vez, señora, siga las indicaciones dadas por mi ayudante», por primera vez me catalogó como «ayudante» y no como «colega», para resaltar su disgusto, en cuanto salió la mujer, Black me reprendió, «no somos botica, Burton, éste es un despacho de cirugía», Vicky sonrió burlona ante el regaño, desconocía el motivo de su animadversión, pero lo descubrí con el tiempo, era una misántropa por naturaleza, «murió Wright», le revelé a Black, «lo siento mucho», respondió, «era ilustre en su área, nunca pude convencerlo de mudarse a Londres, hubiese sido un hombre célebre, no pudo despegarse del recuerdo de su mujer», ahora entendí la frase proferida antes, «nada ni nadie debe amarrarte», Wright y yo quedamos atados a una mujer, él a la suya muerta, yo a la mía, a punto de matarme, por la tarde pasó a revisión el indio americano, lo suponía de baja estatura, resultó ser casi tan alto como Black, su figura broncínea intimidaba, la nariz aguileña, la boca una raya, líneas hendidas en su frente y alrededor de los ojos, no observé nada extraño en su persona, Black lo invitó a sentarse, pero el nativo decidió quedarse de pie, su abrigo olía a sudores de bestias, se llamaba Kuruk, cuyo significado literal era «oso», a él lo llamaban «loco», así, en español, fue hasta ver sus manos cuando reparé en su anomalía, contaba con seis dedos en cada una, no sólo se le exhibía en la carpa como un ser exótico, un salvaje venido de tierras lejanas, sino como un fenómeno con veinticuatro dedos, pues también en los pies contaba con seis, había cedido en sus intentos de volver a su tierra, los pasajes eran caros y se resignó a permanecer en Inglaterra, venía a ver a Black con el deseo de amputar los dedos sobrantes, detestaba ser sujeto de un espectáculo sólo para ver sus dedos extras, en una consulta anterior Black lo persuadió de no hacerlo, los seis dedos le brindaban mayor habilidad manual y sus músculos, tendones y articulaciones funcionaban en conjunción con su particular circunstancia, en un inglés quebrado el apache insistió, estaba harto de ser considerado un fenómeno y si no se los arrancaba él mismo era por razones religiosas, en su tribu se prohibía atentar contra el cuerpo, «¿está seguro?», le preguntó el médico, el indio confirmó, «prepara el instrumental», me ordenó Black, ésa sería la primera cirugía al lado de él y tan sólo saberlo destempló mis nervios, coloqué tijeras, bisturís, cuchillos, agujas, hilo, gasas, sobre la mesa, mientras Black le ofrecía a Kuruk un trago de absenta, «para relajarlo y para anular el dolor», el apache se negó, él no bebía alcohol y, con respecto al dolor, él resistiría, en una batalla contra otra tribu una flecha atravesó su pecho de lado a lado, no se quejó ni una sola vez mientras el médico brujo se la extraía, no contaba esto con petulancia, como lo haría un inglés, lo hacía como una simple observación, «yo me lo tomo por usted», dijo Black con cinismo y le pegó un lapo, sentó a Loco frente a la mesa de operaciones y roció su mano derecha con absenta, «¿cuál dedo quiere perder?», inquirió, «el de en medio», Black me señaló un armario, «allá hay un martillo y cincel, pásamelos», azorado no atiné a actuar con prontitud, ésos eran instrumentos para romper piedras, no huesos, «martillo y cincel», repitió, se los entregué, alineó la punta con la articulación de la primera falange y soltó un martillazo, el dedo se desprendió, un chisguete de sangre empapó mi cara, el indio no se quejó, impertérrito vio su dedo escindido como quien ve un objeto cualquiera, Black oprimió la muñeca de Kuruk y poco a poco la hemorragia fue cediendo, «siguiente», indicó, en menos de tres minutos el nativo había perdido los dos dedos, quedaron huecos espantosos entre sus manos, «¿también los pies?», inquirió Black, el indio negó, le bastaba ostentar manos de cinco dedos, me limpié la cara con un pañuelo, la tela blanca quedó manchada de escarlata, Black vertió pólvora sobre la herida y la prendió para cauterizarla, «son diez chelines», el indio metió su mano sangrante dentro de un morral y saco un collar de cuero del cual colgaban colmillos y garras, «esto vale una vida, quien lo traiga estará protegido por el espíritu del oso», Black lo cogió y lo sopesó, «yo mismo lo cacé con mi lanza», dijo Kuruk sin jactarse, «acepto», dijo Black y le vendó ambas manos, el apache se puso de pie, de las personas a quienes conocí era el único tan imponente como Robert Black y a decir verdad uno se veía tan salvaje como el otro, «por la noche, quítese las vendas, lávese la herida y póngala a reposar en nieve, le ayudará a aliviar la hinchazón», se atufó la oficina con una mezcla de olor a sangre, a cuero curtido, a sudores, Black contempló el collar y me lo arrojó, «quédatelo tú», señaló luego las botellas de absenta, «no necesitas robarlas, puedes llevarte cuantas quieras», montado en Sam de regreso a la casa me puse el collar, los colmillos y las garras producían un peculiar sonido al chocar entre sí, los transeúntes se desconcertaban al verme con tan extraño ornamento, según explicó Loco, el espíritu del oso habitaba en esas piezas de marfil y cuidaba a quien las portaba, le pregunté si el oso no estaría enojado por haber sido cazado y revirtiera su coraje contra quienes lo llevaran puesto, «no, los osos entienden, no lo mató mi lanza, fue la naturaleza», respondió.

Un carruaje con la insignia de la propiedad se hallaba detenido frente a la casa y numerosos guardias de la escolta aguardaban afuera, me acerqué receloso, «buenas noches», me saludó una voz en la obscuridad, «buenas noches», devolví el saludo, Michael apareció de entre las sombras, «¿cómo está, William?», inquirió, su aparición me pareció sospechosa, «bien», contesté con frialdad, «Peter vino a hablar con usted», dijo, había olvidado la grandilocuencia de aquello vinculado a mi familia, James se colocó a mi lado, la mano en el mango de su espada, estiré el brazo y lo toqué con suavidad, «no hay problema», susurré, se abrió la puerta del carruaje y descendió Peter, «buenas noches, William», a pesar del intenso frío, no vestía abrigo, como siempre se veía jovial y fuerte, señaló el collar en mi cuello, «¿la nueva moda londinense?», inquirió, «un regalo de un paciente», contesté y recalqué «paciente» para señalar mi trabajo como médico, «ahora mando preparar comida para todos», dije, «no te preocupes, sólo danos de cenar a mí y a Michael, los demás irán a buscar una posada», los invité a pasar, ordené a Margie preparar comida y le pedí a Merrick traer una botella de absenta con vasos escarchados con nieve, «probarán un extraordinario licor, con propiedades medicinales sin igual», la potencia de la absenta los despojaría de sus máscaras y podría saber cuáles eran en realidad sus intenciones, Merrick escanció los tres vasos de acuerdo a mis instrucciones y ambos apuraron el suyo, mandé a Merrick a servirles de nuevo y otra vez lo bebieron como si de whisky se tratara sin saber de los poderosos efectos del diablo verde, «¿se puede saber cuál es el honor de su presencia en esta casa?», inquirí, «en cumplimiento del acuerdo con tu padre, traemos los caudales prometidos a tu nueva morada», al parecer mi matrimonio no había destruido las bases de nuestro convenio, «no te hubieras molestado en venir hasta acá», expresé, «vengo *motu proprio*, William», más falso no podía sonar, no podría visitarme sin la autorización de mi padre, «algo está podrido en Dinamarca», pensé o bien yo era Dinamarca y el olor de mi podredumbre empezaba a corromper a la familia y enviaban a su persona de mayor confianza a tantear las aguas, ingirieron un trago más, tal y como lo preví la absenta ejerció sus poderes y transparentó los ocultos motivos de su viaje, «lord Ramsey enteró a tus padres de tu matrimonio», la venganza de Ramsey iniciaba donde más me dolía, «así es, me casé hace unos meses», le respondí, «¿y tu esposa?, me gustaría conocerla», inquirió Peter, el tono auguraba una tensa conversación, «no se encuentra, salió», respondí, «¿a estas horas de la noche?», preguntó con un sarcasmo raro en él, la embriaguez lo desnudaba, decidí no caer en su juego y no le contesté, Margie nos interrumpió en el momento apropiado para anunciar la cena, «vamos en cuanto terminemos de arreglar unos asuntos», dijo Peter, me molestó su licencia de decidir en mi casa, «no», pronuncié resuelto, «vamos ahora», me puse de pie, me paré en la puerta del salón y con la mano les mostré el camino, «por favor, síganme», Margie había colocado las plazas de los invitados una a cada lado mío, le pedí a Peter sentarse a mi izquierda, una clara exhibición de potestad de mi parte, lo pertinente por su posición en la familia sería situarlo a mi derecha, el viejo entendió de inmediato la señal y en su cara se notó disgusto, Michael, ignorante de las sutilezas del orden en la mesa, se dirigió a mi derecha, Peter tomó su lugar con una afectada sonrisa, Sally debió pensarlas personas distinguidas y se esmeró en cocinar platillos sofisticados, pero de rápida preparación, sopa de langostinos, pechuga de pato silvestre en salsa de setas y un alfeñique de coñac, la absenta continuó aflojando su planta y a media comida florecieron sus modales campesinos, comían con la boca abierta, eructaban sin mediar perdón, salpicaban el mantel, Michael, quien más gusto le tomó a la absenta, fue el primero en deslenguarse, hablando en voz alta, expuso cuán desastrosa era la conducta de Frank, lo poco aceptado por los pobladores y la preocupación creciente de mi padre ante el futuro de la propiedad, «y sus otros hermanos no se toman nada en serio, se comportan como unos chiquillos malcriados», Peter intentó atajarlo varias veces, sin éxito, harto de oírlo hablar mal de los míos golpeé la mesa con el puño y le ordené callar, Michael obedeció de inmediato, musitó un perdón y no volvió a pronunciar palabra el resto de la cena, Peter, aun bajo los severos efectos de la absenta, fue más mesurado mas no por ello menos hiriente, «¿dónde tienes la cabeza, William?, sólo a ti se te ocurre casarte con una puta», a eso lo había mandado mi padre, a hollarme, «es una buena mujer», la defendí, Peter sonrió, la bebida lo tornó más cáustico, «a tu padre no le importa cuanto hagas con tu vida, para él eres un cadáver y si ese cadáver se casa con una meretriz o se infecta de gonorrea o procrea hijos tarados, no es su problema… eres tú quien arrastrará esa cruz», parecía disfrutar de sus dicterios, me mantuve impasible, no sacaría de mí una sola onza de encono, mandó a Michael a traer las talegas con el dinero, regresó con cuatro de ellas cargadas por los guardias, «pónganlas sobre la mesa y salgan», les ordenó, después del incidente con Colton me pareció un desatino meter desconocidos a mi casa sólo para alardear, «ahí viene lo de este año y lo del siguiente», dijo, «y traigo encomienda de tu padre de ofrecerte tres veces esa cantidad por año si renuncias al apellido y dejas de ensuciarlo con tus estúpidas decisiones», no era una mala propuesta, perder el Burton en aras de convertirme en un hombre poderoso y rico en extremo, «me gusta cómo suena "William Burton", ¿a ti no?», repliqué, «hace algunos años forniqué con una prostituta de apellido Hill», dijo Peter, «una mujer zafia capaz de copular con varios a la vez, no suena mal "William Hill", a tu esposa le encantará el detalle», no toleré más su grosería, «hagan el favor de retirarse», exigí, «tengo orden de no irme hasta recibir tu aceptación, William Hill», la absenta había sacado su lado más insolente, si no hubiese sido un viejo y alguien a quien prodigué cariño por años le habría partido la cara ahí mismo, «puedes esperar una eternidad, si así lo deseas, no pienso quitarme el Burton, ni ahora ni después», Michael nos miraba, pasmado, «arriesgas la furia de tu padre», me dijo, «él arriesga la mía», rebatí, «él no es dueño de mi apellido, ni de la historia de mis antepasados, en mí confluyen las sangres de todos ellos y ni él ni nadie podrá borrar el hecho de ser el primogénito y, si bien he decidido llevar la fiesta en paz, me asisten razones jurídicas para pelear por mi derecho a la propiedad y a mi herencia, no cometí ningún crimen leso y fui desheredado sólo por aspirar a mis intereses, si me casé con una prostituta, si me hundo en una existencia repleta de vicio y desenfreno, lo cual, por cierto, no es el caso, será mi decisión y exijo el máximo respeto, les permití un sinnúmero de iniquidades a mis padres y no consentiré ni una sola más, aquí en Londres decenas de abogados salivarían por la mera idea de representarme y demostrar cuán injusto fue mi exilio sólo por querer dedicarme a la medicina, no mataré al mensajero, Peter, pero recuerda bien estas palabras y no las olvides en la fosca de tu beodez, para no ejercer mi legítimo derecho a reclamar la posesión de la propiedad exijo se me duplique la suma antes convenida, a cambio yo acataré la regla de no morar en los límites contiguos a la propiedad, de no intervenir en los asuntos familiares y de no dificultar a futuro las atribuciones de mi hermano Frank, por si no te quedó claro, jamás renunciaré al Burton», terminé mi alegato y Peter me miró, demudado, «Michael y yo hemos escuchado tu mensaje y lo reproduciremos tal cual a tu padre, el alcohol no me hará olvidar ni una sola de tus palabras», alcé la copa con absenta, a la cual no le había dado un solo trago, «salud, queridos amigos, ésta será siempre su casa y si hoy no tienen dónde pernoctar, aquí hay cuartos de sobra para ustedes», en Peter se delineó una expresión de desprecio, «tenemos mejores lugares donde dormir», respondió, «buenas noches, William Hill», dijo el muy ruin y salió seguido por Michael, mi matrimonio con Ailis debió representar un desafío mayúsculo para mi familia al grado de enviar a Peter con ese número de escoltas, también era una admisión subrepticia de los problemas en la propiedad, la sucesión con

Frank naufragaba y deseaban quitarme el apellido para no convertirme en una amenaza a su autoridad, cambiar mi nombre anulaba posibles demandas legales en su contra y mi preeminencia como primogénito, ellos no podían saberlo, pero no cabía en mí el menor deseo de procurar esa herencia, no cambiaría ni un minuto de mi profesión por una vida rigiendo la propiedad, aun con su cargamento de heridas y de filos, prefería a alguien como Ailis a las fatuas y codiciosas mujeres de mi clase, no regresaría jamás a la teatral existencia de mi pasado. Sean llegó a traerme nuevas de mi esposa, «no sale del mesón, sólo Ciordstaidh a comprar víveres», pendía sobre mí la decisión de continuar con ella, cada segundo de su ausencia me laceraba, no procedería con premura como lo hice con mi boda, dejaría transcurrir un lapso razonable para asentar mis sentimientos, traté de descansar lo más posible, al día siguiente operaríamos al hermafrodita y, de acuerdo con Black, sería un proceso complicado, no sólo le cercenaríamos el pene y los residuos de testículos, también repararíamos los genitales con formas femeninas, no logré dormir, la pedregosa reunión con Peter me dejó inquieto, habría consecuencias serias, mi padre podría desertar de nuestro acuerdo y cancelar los montos pactados o, peor aún, enviar a un ejército de legistas a confiscar lo ya entregado, como fuera, pelearía contra cualquiera de sus medidas, insomne, releí el libro de Black, en sus páginas se traslucía un hombre diferente: docto, serio, ordenado, cuando en persona era caótico y marrullero, su genialidad bordeaba la locura, un majestuoso demente cuyas sombras eran disipadas por chispazos brillantísimos, me asombraba su erudición, su agudeza, su capacidad de traducir logros y conceptos de antiguas civilizaciones en tratamientos o cirugías, su lectura de las pasiones humanas, la absenta era, a la vez, su perdición y venero de sus enloquecidas y lucientes ideas, en algún momento de su vida, estoy convencido, debió hallarse en la encrucijada de convertirse en criminal o en médico, saltaba a la vista su sapiencia callejera, por alguna razón, escondida entre los meandros de su biografía, encauzó su rabia adolescente a la medicina, de acuerdo a versiones de quienes lo escucharon en conferencias, su elocuencia e intensidad provocaba entusiasmos épicos, daría mi reino por acceder a su mente y saquear sus conocimientos, su intuición, su inteligencia, su astucia, su cultura hasta saciarme, leí con atención aquellos pasajes donde Black citaba operaciones complicadas, según relataba, abrir un ser vivo, contrario a disecar un cadáver, suponía explosiones, chorros, descargas, una violencia inaudita, «toda cirugía entraña un desorden, una imposición con la cual se quebranta la naturaleza», escribió, fracturar la naturaleza para arribar a un nuevo equilibrio, a otra naturaleza determinada por nosotros, cuando arribé al despacho, hallé al lituano en el vestíbulo, Vicky lo había dejado pasar al notarlo tan nervioso, saludé a ambos, la agriada ni siquiera volteó a verme, el otro apenas pudo balbucear una respuesta, la barbilla le temblequeaba y no cesaba de menear las piernas, «el señor Antanas Grigas llegó desde las seis de la mañana», señaló Vicky, por primera vez escuchaba el nombre del hermafrodita, se había vestido lo más varonil posible, su última oportunidad para hacerlo, y no se había rasurado la escasa barba ni el bigotillo, intenté verlo como mujer, no sería fea, su nariz era recta, un mentón simétrico, su cuerpo delgado, eso sí, era menester arrancarse los pelos faciales para parecer una fémina, ¿cambiaría su nombre y apellido?, ¿buscaría casarse con hombre o sólo ayuntaría con mujeres?, la suya no era una situación fácil, en aras de terminar con la discrepancia de su sexo, enfrentaría impedimentos legales, sufriría el baldón de la gente, padecería el desprecio de sus familiares, perdería el empleo, «a diferencia de otros cirujanos, no ha muerto uno solo de los pacientes a quienes he operado, eso incluye amputaciones, extracción de tumores en el cerebro, corrección de problemas de la espina», presumía Black en el prólogo de uno de sus libros y ofrecía datos y filiaciones a quienes quisieran viajar a exóticos sitios para confirmarlo, Pierre Joseph Desault, afamado cirujano francés, quien disputaba con Hunter y con Black el puesto del médico más insigne de su era, sufragó una expedición a Frank von Miller, un científico alemán, para visitar los lugares citados por Black con el afán de demostrar sus «charlatanerías», Von Miller se adentró en selvas y desiertos, recorrió ríos y sierras para hallar a los pacientes operados por Black, encontró vivos y sanos a cada uno de ellos, él y su equipo certificaron los procedimientos y profesaron su admiración por el médico inglés, como buen alemán, Von Miller se negó a la solicitud del médico francés de falsear su reporte para disminuir los logros de Black, lo publicó en Francia, en Inglaterra, en Holanda y en Alemania, lo cual acrecentó el prestigio de mi mentor, como no pudo contra Black, Desault se lanzó a desacreditar a John Hunter pintándolo como un ladrón de cadáveres y denostando sus teorías sobre la curación de heridas de guerra, se amplificó su guerra personal y, aun cuando suene paradójico, se benefició la ciencia médica, en su esfuerzo por ser cabecilla del gremio, ambos tomaron riesgos y, casi a la vez, los dos repararon un aneurisma en la arteria principal de una pierna, Black se mantuvo al margen del pleito y sólo de vez en cuando mandaba pullas encubiertas al francés en sus conferencias, con Hunter mantenía una boyante amistad y su competencia, la había en grado mayúsculo, era más sutil, Black, cosa rara en él, llegó puntual a las ocho de la mañana, saludó a Grigas con afecto, «¿listo, querido amigo?», la temblona del otro se acentúo sólo de verlo, Black me llamó aparte, «en la vitrina hay botellas de vino tinto, hazlo tomar cuatro copas lo más rápido posible, cuando se halle relajado, le pides desnudarse, lo acuestas sobre la mesa y le rasuras el vello púbico, necesito el área limpia», ni en mis más trastornados ensueños como médico imaginé afeitar las partes íntimas de un andrógino, el buen Antanas, a pesar de ser un habitante del Báltico, donde se supone se ingiere vodka como si fuera agua, empezó a adormitarse apenas a la segunda copa, le pedí desvestirse, obedeció con mansedumbre y se recostó en la mesa, rendido ante su inevitable transformación, apresuró la tercera copa y cerró los ojos, tomé la navaja y me dispuse a trasquilar el negro enjambre de pelos, me tardé media hora en desbrozar aquello, cuando estuvo listo le avisé a Black, entró y revisó mi trabajo, «bien hecho, William, podrías dedicarte a esto», dijo bromeando, «¿tomó las cuatro copas?», inquirió, «cayó a la tercera», le respondí, «espabílalo y fuérzalo a tomarse la cuarta», le di un par de suaves bofetadas y el tipo abrió los ojos, le sostuve la cabeza, le puse la copa en los labios y se la di a beber, dos veces tosió al atragantarse y no cedí hasta verlo finiquitar la última gota, Antanas desfalleció y lánguido dejó caer los brazos a un lado de la mesa, Black se paró frente al hermafrodita, le abrió las piernas y estudió durante un momento los genitales, se giró a beber de una botella de absenta y vertió algo del contenido sobre el pubis rapado, el lituano ni siquiera se movió, «pásame la cuchara para raspar», me ordenó, se la entregué y con el canto empezó a rebanar el escroto, pequeñas gotas de sangre empezaron a manar, «una gasa», pidió y con ella limpió la zona, rascó hasta casi quitar el sobrante «masculino», dio un paso hacia atrás y contempló su trabajo, «empieza a semejar mujer», dijo, «bisturí», llegó el momento crucial de la cirugía, cercenar el pene para luego restaurar el órgano y darle forma de vulva, empezó a cortar y aquí sí, saltó la sangre a raudales, Black y yo quedamos rociados, no perdió la calma y aun con las pestañas empapadas en sangre continuó su labor, cortaba de nuevo cuando Grigas soltó un alarido pavoroso y comenzó a incorporarse, «detenlo», mandó Black, me apresuraba a cogerlo de las muñecas cuando, aún borracho, se levantó de la mesa y, bañando de sangre la oficina, intentó huir, desnudo, abrió la puerta, Vicky gritó al verlo, el hermafrodita musitó algunas palabras en su idioma y al intentar salir, resbaló y cayó de nalgas, «atrápalo», brinqué sobre él, pero logró esquivarme, saltó y corrió hacia la puerta de salida, con decisión Black caminó hacia él y le pegó un puñetazo en la barbilla, el tipo cayó desmayado ante el horror de Vicky, «ayúdame a llevarlo de vuelta a la mesa», lo cargamos de brazos y piernas, su pene botando chisguetes de un lado a otro, sin dilación, Black rebanó cuanto quedaba y metió un dedo en el orificio para contener la hemorragia, después de tres horas, Black terminó con la cirugía, no había vuelta atrás, Antanas Grigas, administrador de muelles en el puerto de Klaipeda, se había convertido en mujer o, más bien, había eliminado la ambigüedad de su sexo. Al despertar, varias horas después, no recordó nada de lo sucedido, se quejó de dolor en la mandíbula y en la parte baja del abdomen, aún desnudo, volteó a mirarse, contempló su hinchado pubis sin pene y lejos de lamentarse suspiró un «al fin», le sobrevenía una cuesta dura de remontar, según Black, al desprender los restos de glándulas masculinas, su cuerpo poco a poco adquiriría la figura de mujer, le crecería el busto, la grasa rellenaría sus angulosas caderas y el vello facial se tornaría más tenue, yo no lo creía, tantos años de pasar como hombre le habían marcado actitudes, muecas, comportamientos, ni siquiera imitando las poses femeninas llegaría a ser del todo una mujer, un modo de construir una frase, un apretón de manos, lo traicionarían, «necesita permanecer en Londres en reposo absoluto», dictaminó Black, «no podrá montar a caballo ni caminar por dos semanas, cuando la herida haya cerrado usted podrá regresar a su país, si se presenta una hemorragia y no logra contenerla, venga a verme de inmediato», prescribió, luego se giró hacia mí, «vigila su estado y cada diez minutos vierte sobre las heridas una taza de vino caliente», ordenó, «voy a comer, regreso en un rato, deja la sala limpia», el pene amputado se hallaba mustio en el suelo, lo recogí, lo envolví en una de las gasas y lo arrojé a un basurero en la calle, ahí se pudriría la hombría de Grigas junto a los restos de cebollas, naranjas, pellejos de res y cabezas de gallinas, Grigas se mostró locuaz, «quisiera preñarme, ser mujer de verdad», me dijo, los suyos no debían ser anhelos recientes, Black supo reconocer esta ansia profunda de Antanas y por eso él aceptó con tal docilidad su conversión a mujer, calenté el vino en una hornilla y lo vacié en la herida, el lituano, o lituana, no cesó de hablar, «a veces menstruaba», me confesó, «no era regular, unas cuatro o cinco veces al año», me narró sus escarceos con

311

mujeres y de las dos únicas ocasiones en las cuales intentó copular con ellas, de sus noches disfrazado como mujer a escondidas de su familia, de los pleitos entre sus padres a causa de su anfibología, del cuidado extremo de no ser visto desnudo por sus hermanos, su vida era una maraña de paradojas, de mentises refutando previos mentises, la sangre manchó varios de los volúmenes en el librero, necesité limpiar uno por uno, en algunos fue imposible quitar las macas, los lomos y unas páginas quedarían por siempre teñidos de rojo, pasaron las horas y Black no volvía, Grigas debió cansarse de perorar y dormitó un poco, Vicky se asomó y me avisó de dos pacientes quienes aguardaban al doctor desde la mañana, me preguntó si yo podría revisarlos, no era mi intención saltarme la autoridad de Black, pero si Vicky, renuente como era a darme mi lugar, lo propuso, debía considerarlo, «esperemos una hora más», le dije, comenzó a atardecer y Black seguía sin presentarse, Vicky volvió a tocar a la puerta, «insisten en ser atendidos, William, no les importa si eres tú quien los examina», como la lituana seguía dormida, los recibí en el vestíbulo, entró el primer paciente, como la mayoría, tapado del rostro y del cuerpo, entre su capa, a la altura de su pecho, unos ojos escondidos resaltaban entre los trapos, «buenas tardes», saludé, el manto se abrió, en un cabestrillo colgante del cuello venía Joy, «hola, William», saludó con su fuerte acento, el otro se destapó con aprietos, era Karim, «¿puedo sentarme?», dijo apenas se desveló el rostro, «no aguanto los pies, llevamos horas allá afuera», tropezándose, caminó hasta una silla y se dejó caer, la masa de raíces de sus pies, por lo general de color verdoso, había adquirido un tono violáceo por consecuencia del frío, al mediodía, me explicó Joy, los había dejado un carruaje frente al despacho, la fila era corta, sólo dos pacientes antes, quienes ante la tardanza decidieron retirarse, nunca imaginaron el largo tiempo de espera, era su día libre y no querían perder la oportunidad de atenderse con Black, ambos necesitaban consultarlo, a Joy le punzaban las articulaciones y el frío agravaba la dolencia, «una rata roe mis huesos», explicó, las excrecencias en las manos y en los pies de Karim crecían aún más con el destemplado clima, no podía ejecutar las funciones más básicas y cada vez le costaba más trabajo mantener el equilibrio, «prometiste ayudarme, por favor, haz algo», imploró, «imposible, sólo el doctor puede realizar la cirugía indicada», Karim rogó de nuevo, «no soporto un minuto más», dijo y levantó sus zarpas nudosas, «te lo ruego, quítame esto», le pedí calmarse, «voy a examinar primero a Joy y luego a ti», buscaba tiempo para aguardar el regreso de Black, no me sentía con la habilidad suficiente para atenderlo, a la diminuta mujer se le habían hinchado las coyunturas, su tamaño no se ajustaba con el largo de sus huesos, provocando tiesura en los ligamentos, le prescribí una pasta de hojas de eucalipto mezclada con yerbas de menta, fósforo y arcilla roja, «debes aplicarla apenas despiertes, a media tarde y antes de dormir», Black no llegó y Karim se hallaba al borde del soponcio, me vi obligado a actuar, a Vicky, quien se había mantenido al margen, acobardada por la pavorosa figura del fenómeno, le demandé ayudarme, «¿yo?», inquirió, sorprendida, «sí, usted», ella se negó, «venga a mi lado en este mismo momento», mandé, para mi asombro acató, «facilíteme el instrumental cuando se lo requiera y si sale sangre, limpie con el apósito», coloqué una botella de absenta en la boca de Karim, «bebe cuanto puedas», vacié un prolongado trago y al terminar, me senté frente a él, tomé su mano, «páseme la faca», Vicky me la entregó, aspiré profundo y comencé a rascar sobre su mano derecha, la consistencia del tejido era semejante a la de una uña, se desprendía en escamas y, por ventura, hubo escaso sangrado, conseguí quitar una buena parte del sobrante, después de hurgar un rato aparecieron los dedos, apenas visibles entre las callosidades, corté alrededor con cuidado de no rebanarlos y luego de una hora liberé parte del índice y del dedo medio, Karim los abrió y los cerró con rigidez y sonrió, «tenía años sin poder hacerlo», estiró el brazo y acarició la cabeza de Joy, no hubo en el ademán nada amoroso, era una muestra genuina de cariño y de amistad, limpiar sólo esa mano me llevaría dos días y le pedí a Karim venir en otra ocasión para continuar con el procedimiento, como le era arduo caminar, el cochero de su carruaje entró para ayudarlo, Joy lo acompañó tomada de los dedos recién liberados, en cuanto salieron, Vicky me advirtió sobre un último paciente, «viene acompañado de una mujer, suplican ser atendidos», anochecía y me hallaba agotado, tampoco me sentía seguro de revisar a alguien más sin la vigilancia de Black, «pídales volver mañana», le dije, «se niegan, aseguran provenir de muy lejos», cerré los ojos y giré la cabeza en círculos para aminorar la tensión, «está bien, hazlos pasar», entraron a la antesala la mujer con el paciente, el cuerpo y el rostro cubiertos en su totalidad, el tronco se percibía más ancho de lo normal, les invité a tomar asiento, «¿cómo podemos ayudarlos?», le pregunté a la mujer, ella me miró con imploración, «¿podría prender la chimenea?, llevamos esperando horas a la intemperie y estamos congeladas», me levanté para encender el fuego y le ordené a Vicky prepararles un té, «ella es mi hija», explicó la mujer y señaló a la paciente sentada frente a mí, «¿cuál es su problema?», inquirí, «ellas son... extrañas», contestó, me sorprendió el uso del plural cuando antes había hablado de «ella», «¿extrañas?», pregunté, la mujer se tomó un momento antes de responder, las pausas eran constantes entre los «fenómenos» o sus familiares, la vergüenza les dificultaba expresarse, «necesitamos una solución», dijo, fuera cual fuese la deformidad pocas superarían a la de Karim o a la de Grigas, un puñado de escamas del «hombre reptil» se encontraban dispersas en el piso, pero la mujer no pareció notarlas, «el doctor Black resuelve los casos más complejos, intentaremos ayudarla», la mujer respiró hondo, «son un monstruo, se lo puedo asegurar», la segunda constante es un sofoco de palabras justo antes de describir la deformidad, la mujer hablaba de «ella» o de «ellas» como si no estuvieran presentes, «no puedo explicarle su mal, doctor», me dijo, «necesita usted verlo por sí mismo», se giró hacia su hija o hijas, «ponte de pie y descúbranse», ordenó en un confuso empleo del singular y plural, la paciente dejó caer la capa, «el doctor necesita ver todo», se despojaron del velo, de un mismo tronco aparecieron dos cabezas, cada una con su propio cuello, Vicky ahogó un grito, me quedé turbado, «bajen la blusa», dictó la madre, ellas desnudaron su pecho hasta el nacimiento de los senos, no había duda, era una mujer con dos cabezas, excedía los límites de lo sobrenatural, ni la doble sexualidad de Grigas, ni el minúsculo tamaño de Joy, ni la pelambre de Mircea me impresionaron tanto, «queremos una hija normal», dijo la madre, «su padre y yo no podemos más», decenas de blasones ostentaban leones o águilas bicípites, jamás escuché de dicha condición en seres humanos, «me puede explicar, por favor», solicité, ella se volvió a ver a su hija o hijas, «deseamos sea como cualquier persona común y corriente», le pedí abundar sobre su pretensión, «con una sola cabeza», respondió, me volví a verlas, ambas mantenían la mirada gacha, «hola», las saludé, levantaron la cara, por unos breves segundos pude contemplarlas, sus rostros diferían, una era trigueña con ojos color miel, la otra de pelo obscuro, ojos verdes, ambas con el pelo suelto a la altura de los hombros, el mero pensamiento de decapitar una de esas dos cabezas me horrorizó, «¿entienden nuestro idioma?», pregunté, «sí», respondió la madre, «y no sólo eso», explicó, «las educaron en casa preceptores del más alto nivel, además tocan el piano y el arpa», el padre, maestro de latín, a menudo mudaba de residencia para enseñar la antigua lengua a nobles o políticos, la pareja decidió suspender la intimidad para no procrear otro «monstruo», los profesores les impartían clases detrás de un bastidor y sólo contadas personas las habían visto descubiertas, pedí permiso para auscultar su corazón, las dos permanecieron calladas, la madre fue quien me autorizó, «adelante, proceda», coloqué mi oreja en su pecho y escuché un solo latido, ¿cómo estaría conformado su cuerpo por dentro?, retiré mi oído y me dirigí a ellas, «¿ustedes desean ser separadas?», susurraron entre ellas en una jerigonza impenetrable, al terminar, la morena respondió «acataremos cuanto decidan nuestros padres», la resolución abarcaba problemas

315

de índole teológico, científico e incluso legal, cortar la cabeza de una de ellas podía ser catalogado como asesinato, «una cirugía como ésta sólo puede realizarse si la convienen ellas dos», manifesté, la madre me miró con severidad, «como padres nosotros también hemos sufrido las consecuencias, bastante hicimos al criarla entre sombras y no dejarla morir al nacer o entregarlas a un convento», lamenté la ausencia de Black, el caso imponía consultar con él, les pregunté su nombre, la madre intervino cuando la trigueña se prestaba a responder, «se llama Greta», respondió, «¿y la otra?», inquirí, la madre puso un alto, «así se llama, ¿entendido?», no me iba a doblegar y volví a la carga, «¿quién de las dos es Greta?», con el brazo izquierdo, la morena señaló con discreción a la otra, la madre volvió a interrumpir, «por favor, doctor, no haga esto más difícil», no quise alterarla más, «está bien, señora», le dije con ánimo conciliador, «¿podría operarla pronto?», preguntó, «sólo el doctor Black puede decidirlo», mi respuesta pareció decepcionarla, «contamos con una buena cantidad de dinero producto de una herencia, la tenemos apartada y no la tocamos con la esperanza de terminar con este problema», dijo, me molestaba la manera de expresarse de sus hijas, «insisto, esa conclusión deben tomarla ellas», reiteré y la madre se exaltó, «no me importan sus sentires, jovencito, ellas harán mi voluntad», no valía la pena implicarme más, Black juzgaría la situación con más tino y, bajo su experiencia, determinaría si la cirugía era dable o no, «esperemos el dictamen del doctor», le respondí, «vengo mañana», manifestó con evidente enojo, «cúbrete, niña», les dijo, «y alístense», no cesaba de asombrarme su paso del singular al plural, las mujeres obedecieron y se pusieron la capa, era de admirar la sincronía de sus movimientos, ¿una cabeza mandaba sobre el cuerpo o cada una regía un lado?, cuando comían, ¿el alimento masticado por ambas pasaba por un mismo esófago o sólo una de ellas era quien podía deglutir?, ¿cuál de las dos cabezas decidía adónde ir?, ¿soñarían lo mismo?, ¿pensarían igual?, ¿se hartaría una de la otra?, ¿dormirían a la vez o una de ellas podría hacerlo y la otra no?, ¿quién de las dos decidiría cuándo y cómo defecar?, las interrogantes me surgieron en cascada, «estoy por dejar de creer en Dios», pronunció Vicky en cuanto salieron, ella, siempre fría, distante, por cuya mirada habían cruzado decenas de fenómenos y engendros, se había estremecido, concordé, mas no hallé sentido a liarme en un diálogo fútil, «los misterios de Dios o de la naturaleza nos sobrepasan, sólo queda la ciencia como único recurso para comprenderlos y, en lo posible, corregirlos», en sus ojos brillaron lágrimas, quizá lo suyo no era mal humor sino una coraza para protegerse frente al diario desfile de seres deformes, contrahechos, raros, la mujer de dos cabezas marcaba para ambos un antes y un después, en mí trastocó mi visión de la vida, del mundo, de lo humano, no sólo por lo inaudito de cuanto ellas desplegaban ante nosotros sino también por la despiadada y salvaje solicitud de la madre, sin mayor preámbulo, Vicky se levantó y entró por una botella de absenta, bebió dos tragos y me la pasó, «el tipo está despertando», dijo, ingresé al despacho, «Antanas, ¿te encuentras bien?», ella se incorporó y me vio con ojos suplicantes, «me duele mucho, ¿puede ayudarme?», al no contar con corteza de arce, opio o algún otro narcótico contra el dolor, le di de beber del diablo verde, eso la tumbaría por horas, «recuerde, no puede caminar, no intente bajar de la mesa, se quedará aquí por la noche», la otra asintió y después de beberse un tercio de la botella, cerró los ojos y comenzó a roncar.

Decidí pernoctar en la oficina para vigilar su estado, la temperatura se desplomó y se desató una intensa nevada, los viejos hablaban de ésta como la temporada más helada de sus vidas, alimenté con leña las chimeneas y tapé con una manta a Antanas, tratar fenómenos y engendros era, sin duda, una labor loable pero, a la vez, me confrontaba con lo más sombrío de la condición humana, no entendía cómo Black podía soportarlo y permanecer indemne o, quizá, resentía el daño y por ello lo atenuaba con galones de absenta, me acomodé para dormir en el sillón del vestíbulo, extrañé como nunca a Ailis, eché en falta compartirle cuanto había visto, pedirle su punto de vista, ser consolado por sus besos, abrazarla desnuda, pensé en Greta, excéntrica decisión usar un nombre germánico para ella, ¿cuál sería el nombre de la otra?, se suscitaron decenas de preguntas, ¿cuántos anos poseerían?, ¿cuántas vaginas?, ¿serían capaces de copular?, ¿podrían concebir?, ¿podría una de ellas no comer y aun así, ambas subsistir?, ¿se pelearían?, ¿quién de las dos, al caminar, decidía cuál pie iba primero?, ¿las dos poseerían la misma inteligencia, el mismo carácter?, si se llegaran a enamorar, ¿lo harían de la misma persona o cada una con otra?, ¿si se enfermaba una, la otra también?, ¿tendrían ambas la misma capacidad de aprendizaje?, ¿cuáles eran las intenciones de los padres al educarlas si vivirían ocultas el resto de sus vidas?, ¿cómo fue el parto?, ¿cuál fue la reacción de la partera y de la madre al ver a una bebé de dos cabezas y un solo cuerpo?, la petición de la madre por cortar una de las cabezas, ¿era producto del amor o de la desesperación?, resultaba fácil juzgarla, su actitud era reprobable, sin embargo, como ella dijo, no las dejaron morir ni tampoco las criaron entre las bestias, muy distinto a como habían actuado los pobladores de la propiedad, las extrañas se veían sanas, bien alimentadas, vestidas con prendas de calidad, sólo los padres sabían cuán duro fue enfrentarlo, una de las primeras enseñanzas de Black fue «nunca sabes cuántos monstruos se hallan detrás del monstruo», me cuestioné si el padre comulgaba con la madre en el deseo de hacerla «normal», si se seguía adelante con la operación el riesgo de muerte sería alto a pesar de la prodigiosa habilidad quirúrgica del doctor Black, cortar las venas yugular y subclavia y escindir el árbol de nervios requeriría de presteza y precisión, ¿cuántos nervios de la cabeza amputada determinaban cuáles movimientos del cuerpo?, ¿cómo saber cuál de los dos cerebros era el dominante?, ¿o ambos cerebros actuaban coordinados?, ¿cómo cubrir el orificio resultante en el cuerpo?, ¿cómo evitar una infección?, ¿con cuál procedimiento cercenarla?, ¿un certero golpe de hacha para de inmediato tapar las arterias?, ¿o ir desprendiendo parte por parte con el bisturí y luego terminar de separarla con la sierra?, ¿quién elegiría cuál de las dos cabezas debería cortarse?, ¿el padre?, ¿la madre?, ¿ellas?, ¿no era en el fondo un deseo de la madre acabar con las dos bajo el pretexto de convertirla en una persona común y corriente?, en caso de resistir la operación, quien quedara viva, ¿no se abatiría por la culpa?, las interrogantes rodaban una tras otra y me impedían el sueño, tomé varios tés de valeriana con la intención de adormecerme y sólo hasta entrada la madrugada surtieron sus efectos. Al amanecer, escuché ruidos en la oficina, me desperté y fui a revisar a Antanas, la hallé parada a mitad de la estancia, un hilo escarlata escurría por su entrepierna, con certeza el esfuerzo rompió un vaso y se desató una hemorragia, le pedí quedarse quieta y me arrodillé para revisar la herida, había cicatrizado conforme a lo esperado y sólo se desgajó una pequeña parte, suficiente para ocasionar la sangría, la recosté de nuevo en la mesa y le coloqué compresas frías para atajarla, «Antanas, debe seguir las indicaciones del doctor, no puede caminar, ¿recuerda?», me observó, avergonzada, «me desperté confundida, no recordé dónde me hallaba y me asusté», se excusó, «soy una mujer ahora, ¿verdad?», preguntó, «sí, lo es», respondí, «ahora necesita retornar a casa, descanse y vuelva a revisión en quince días», se hallaba hospedada en un mesón cercano y como una cortesía la despaché con mi cochero, Vicky llegó y preparó té negro para ambos, «no dormí», confesó, «tampoco tú, imagino, el té nos avivará», no era una mujer de fácil confidencia, pero las extrañas debieron mellar su temple y necesitaba ventilarlo, «¿vive sola, Vicky?», pregunté, su respuesta no pudo ser más escura, «vivo con mis fantasmas», apuró su té y se puso de pie, «¿pasamos al primer paciente?», inquirió, «¿y el doctor Black?», le pregunté, contestó con una mueca de disgusto, «no tengo idea dónde esté, ¿recibes o no al paciente?», accedí, entró un hombre cargando un bulto pequeño cubierto con una sábana, «buenos días», saludó con cortesía, le ofrecí asiento, el hombre se acomodó en una silla, examinó el cuarto y señaló una ventana, «¿le molestaría si cerramos los postigos?», solicitó, «no da a la calle», le dije, pensándolo preocupado por gente entremetida, «por favor», insistió, me levanté y los cerré, el hombre se apostó junto a mí, «me permite», dijo y trancó los postigos hasta tapar cada haz de luz, su proceder empezó a inquietarme, dejé la puerta entreabierta, «podría cerrarla, por favor», pidió, su celo extremo me puso en alerta, desconfiado, la cerré, «no puede entrar nadie», advirtió, cogió una silla para obstruir la puerta y la aseguró para evitar la apertura de la manija, «soy viudo, él es todo para mí», dijo mientras señalaba el bulto, «no puede pasarle nada», sus palabras denotaban verdadera aflicción, «¿cuál es el problema?», le pregunté, «a mi hijo le hace daño la luz diurna», bajó al niño de sus piernas y lo descubrió, extensas llagas y ampollas cubrían su rostro, su cabeza, sus brazos, parecía como si lo hubiesen quemado con fuego, prendí una vela y la acerqué para ver con mayor claridad, «¿esta luz lo afecta?», pregunté, «no, nada más la del sol», las lesiones eran profundas, «sólo puede salir de noche, los vecinos sueltan rumores malintencionados, lo juzgan como una criatura nocturna vinculada a Satanás, rompen las ventanas, desgarran las cortinas para permitir la entrada de la luz y mire cómo queda», en el rostro del hombre se dibujó una expresión afligida, «es sólo un chiquillo, a nadie le ha hecho mal», el niño nos observaba, callado, cuántas inquinas, escudadas en una perversa idea de Dios, desataban los seres como él, si los rayos solares causaban tal perjuicio al niño, la rotura de los cristales era un acto homicida, digno de la ralea más vil, amparados por una caterva de autoridades igual de ignara, ninguno de ellos sería enjuiciado, su caso era grave, podía prescribirle una pomada para secar las quemaduras y promover su cicatrización, pero desconocía cómo curar su sensibilidad a la irradiación solar, debía existir una pócima para proteger su cuerpo de adentro hacia afuera, le receté una pomada de vinagre de manzana con patata machacada y ajo molido para cicatrizar las quemaduras, «si por acaso el sol lo quema, póngale de inmediato compresas de agua fría y embárrele pulpa de cebolla sobre las áreas afectadas», me arrodillé para quedar a la altura del niño, «te vamos a ayudar», le dije y con cuidado acaricié su cabeza pelada y enrojecida, «¿te gusta jugar?», pregunté, «sólo puedo jugar de noche», respondió, «¿una de estas semanas me invitas a jugar contigo?», el niño sonrió, «¿y no te importa no dormir?», inquirió, «no, jugaremos por la noche y descansaremos en el día», el niño sonrió, el hombre volvió a envolver a su hijo, cuidadoso de no dejar un solo pedazo de piel expuesto, preguntó cuánto era de la consulta, «nada», le dije, partió agradecido y yo me quedé con un amargo sentimiento, decepcionado una vez más del género humano. El próximo paciente debía su deformidad, no a una falla de nacimiento, sino a un horroroso acto de los padres, a una mujer, proveniente de un remoto territorio en el Oriente, cuando niña, sus padres le amputaron brazos y piernas para resaltar la belleza de su rostro, un grotesco y penoso disparate, su marido la llevó con la ingenua esperanza de hacérselos crecer de vuelta, le expliqué la imposibilidad de ello, él se resistió a creerme, Black había operado con éxito a varios en poblados aledaños al suyo y corría la leyenda de su destreza milagrosa, el hombre había vendido sus propiedades y su ganado con tal de traer a su mujer a Inglaterra a verlo y no se hallaba dispuesto a ceder, «el doctor sabrá cómo hacerlo», dijo, envolvió a su mujer en una manta azul, la cargó entre sus brazos y aseguró volver para escuchar su opinión, las extrañas y su madre aguardaban en el vestíbulo a pesar de la ausencia de Black, la señora exigió hablar conmigo, «mire, jovencito, la decisión está tomada, tanto nosotros como ellas», dijo y señaló a sus hijas embozadas, «deseamos la operación», su tono era imperativo y nervioso, «el doctor Black necesita decretar si la cirugía es factible, no basta la mera voluntad», la madre les ordenó descubrirse, a la luz del día lo anárquico de su figura se hizo más evidente, lo terso de su piel, el bien formado busto contrastaban con la brutal ramificación de sus cuellos, la mujer notó mi pasmo, «imagine vivir como ellas, verse en el espejo, temer salir a la calle, discuten en su idioma inventado, pelean, llegan a detestarse una a la otra, no se dirigen la palabra por días, si usted se molesta con alguien, bien puede irse a otra habitación, si usted tiene sueño, se va a dormir, ellas no, ¿usted las cree felices?», la madre tenía un punto a favor, yo desconocía la situación de ellas dos en su vida diaria y no me hallaba en posición de juzgarlas, pero quizá la mujer le daba un cariz dramático a las acciones de ambas bajo el prisma de su propia frustración, «¿están de acuerdo?», les pregunté a las extrañas, consciente de suscitar la ira de la madre, las dos susurraron un par de frases en su jerga, cuando una de ellas se disponía a decir algo, la madre la interrumpió, «mi marido y yo estamos dispuestos a pagar sesenta libras por la cirugía, ¿escuchó bien?», ésa era una fortuna, suficiente para adquirir una residencia de gran tamaño, gastar esa cantidad hablaba de cuánto la hería la condición de sus hijas, «señora, no es cuestión de dinero, es…», de nuevo la mujer interrumpió, «hágale saber nuestra oferta al señor Black», dijo, «cúbranse», mandó a sus hijas y salió sin despedirse, no tuve más energía para ver pacientes y a las tres de la tarde eché a andar a casa, las extrañas se posesionaron de mi mente, parecían construidas con otra argamasa, modeladas al margen de la comprensión humana, cualquier persona sensible se preguntaría los motivos de Dios para sentenciarlas a perpetuidad en esa cárcel de carne y hueso, la solicitud de la madre de cercenar una de las dos cabezas no cesó de rondarme, sufrí pesadillas despierto, a mi mente venían en ráfagas visiones del hueco dejado por la testa degollada, un hueco obscuro, tenebroso, de donde brotaban murciélagos y otras sabandijas voladoras, las alucinaciones se tornaron vívidas, me sobresaltaban como si las hubiese experimentado de verdad, las extrañas reventaron mi cordura, germinó en mí un deseo mórbido por tenerlas cerca, por hablar con ellas por días, por contemplar la inverisímil hermosura de sus rostros, deseaba penetrar los recovecos de su cerebro y de su corazón, indagar si dentro de ellas anidaba una clave capaz de explicarnos su misterio.

Black no apareció, le pregunté a Vicky dónde podía hallarse, «a veces le da por desaparecer», explicó, «es caótico, no se puede predecir cómo actuará», inquirí si sabía su domicilio, «nadie sabe dónde mora», respondió, «él decidirá cuándo regresa», le pedí cancelar las consultas para los próximos días, no atendería mientras Black no se apersonara, el caso de las extrañas había corroído mi ecuanimidad, a pesar de no asistir, espiaba la columna de pacientes desde una esquina hasta verlos dispersarse a las diez de la mañana, desencantados por no ser recibidos, en ocasiones, Vicky salía a pedirles sus nombres, direcciones y descripción de sus males para poner al tanto al doctor cuando retornara, era una incógnita esa mujer, hosca y malencarada con destellos de bondad y preocupación genuina por los pacientes, a la semana cesó de presentarse, como yo, debió cansarse de esperar a Black, una mañana bajó de una carroza una mujer de espaldas angulares, ataviada con un vestido ampuloso y con una peluca rubia, al apearse lo hizo con suma precaución, con pasos cortos se aproximó a la puerta del despacho, tocó repetidas veces sin éxito, cuando nadie respondió se dio vuelta para partir, se me hizo conocida y crucé la calle para ver de quién se trataba, era Grigas, maquillada con espeso polvo blanco para ocultar la sombra de su barba rasurada, la boca pintada de bermellón, pestañas postizas y un tocado de grecas verdes para ajustar la peluca, la intercepté cuando se disponía a montar en la carroza, «¿Antanas?», la saludé, «sí, soy yo», respondió, le pregunté cómo se sentía, «no aguanto los dolores y sangro de vez en cuando», se quejó, «no está abierto el despacho», dije, «pero puedo revisarla en la carroza», subimos, cerré las cortinas dentro del cubículo, le pedí subirse el vestido y abrir las piernas, la herida supuraba un poco, pero había cicatrizado bien, el problema era el crecimiento del abundante vello afeitado, por lo visto tendía a enterrarse y proliferaban los forúnculos, la real causa de sus malestares, le receté un compuesto de azufre con flor de lavanda y ralladuras de plata, «lave cinco veces al día sus partes con sebo de vaca y alcanfor y al terminar seque

bien y unte la pomada», antes de bajarme del carruaje, Grigas
me tomó del brazo, «mis ahorros se están agotando, si sabe de
algún trabajo para una dama, por favor no deje de avisarme»,
por la tarde pasé a ver a Karim para continuar con el procedimiento, me recibió de buena gana, para su desdicha las
verrugas habían empezado a cubrir de nuevo los dedos liberados, lo senté frente a mí, tomé su mano derecha y con un
bisturí empecé a remover el tejido escamoso, era una tarea
agotadora, a menudo brotaban perlas de sangre, Joy me ayudaba a limpiarlas con un trapo empapado en vinagre, después
de largas tres horas logré quitar la rebaba de las falanges superiores, Karim miró sus dedos con asombro, los dobló y los
estiró repetidas veces, se notó feliz cuando pudo coger una
taza, «mira, Joy, podré comer solo», aun exhausto continué
con la mano izquierda, por alguna razón, en ésta las escamas
eran más duras y la piel más sensible, apenas rescaté parte del
pulgar, para él fue un logro mayúsculo, pudo asir objetos
pinzando su pulgar contra la áspera masa en el resto de sus
dedos, «Black lo haría mejor», dije, «no tendrá tu paciencia,
ni lo hará con tanto cariño», respondió con una sonrisa apenas visible entre las capas verdosas de su cara, por la noche, al
regresar, James me advirtió de un caballo amarrado frente
a uno de nuestros postes, «parece tener visita», no reconocí la
bestia, «¿todo bien?», le pregunté a Merrick apenas entré a
la casa, del interior del salón escuché una voz rasposa, «sí,
todo bien, apúrate a venir, me estoy aburriendo», hallé a Black
apoltronado frente a la chimenea hojeando uno de sus libros,
cuatro botellas de absenta se encontraban encima de la mesa
de centro, «buenas noches», lo saludé, «me muero de hambre», rugió, «y tus cocineras no se han dignado a ofrecerme
algo de comer», si supiera, las pobres estaban aterrorizadas con
su presencia, Merrick sabía de quién se trataba y, por ello, le
permitió entrar, pero eso no les quitó el espanto, ordené una
cena maridada con los mejores vinos de la cava, Black sonrió,
«tú sí sabes tratar a tus invitados», no me atreví a preguntarle
sobre sus andanzas, ni cómo había dado con mi domicilio,

eso no impidió hacerle un leve reproche, «han vuelto varios de sus pacientes a consulta, están desesperados», Black hizo caso omiso, «el mundo es vasto y nos espera con el fragor de sus aventuras», respondió con su característica ambigüedad, «no le entiendo», respondí, Black sonrió, «esto te ayudará a entender», dijo, abrió una botella de absenta y me la extendió, me zampé una buena cantidad, me hizo efecto inmediato, en unos segundos me sentí relajado, «bien, William, ya estamos en la misma escala armónica», me solté a perorar sobre las extrañas, se las describí a detalle y confesé cuánto me horrorizaba la pretensión de la madre por desmochar una de las cabezas, Black me escuchó con atención y en cuanto terminé, comenzó a disertar, «se conocen doce tribus israelitas, de ellas se habla en los libros sagrados, en otros textos se mencionan diez tribus perdidas, expulsadas de los territorios semitas, migraron a países tan lejanos como China, en donde una decena de familias fundó una comunidad judía en el poblado de Kaifeng, Antonio de Montezinos, un navegante converso a la religión hebraica, aseguró hallar remanentes de culturas judías entre los nativos de la América del Sur, los "falasha" en Etiopía aseguran ser descendientes directos del rey Salomón y de la reina de Saba, en estas tribus levíticas, desperdigadas por el mundo, se hallan registros de cinco personas bicípites, hay un recuento escrito en Kaifeng sobre una mujer de dos cabezas, frescos en Pune, en la India, retratan a un hombre bicípite, Montezinos recogió testimonios en las culturas andinas de una deidad de dos testas y los falashas hablan de un ser mítico de dos cabezas parlantes en el cuerpo de una sola persona, lo creía leyendas, fantasías de mentes ociosas, pero resultó cierto y ahora tenemos entre nuestras manos un caso único, arrebatador, histórico, cuando volvamos de nuestro viaje indagaremos sobre ellas, las estudiaremos a profundidad, trataremos de desentrañar cada uno de sus misterios y determinaremos si la cirugía, si por acaso decidimos realizarla, es factible», su relato sobre seres bicípites en la antigüedad me pareció extraordinario, pero no supe si el golpeo de la absenta me permitió entender a cabalidad el «cuando volvamos de nuestro viaje», pronunciado así, casual, le pregunté al respecto, «el mundo es vasto», volvió a repetir, no aclaró nada durante la cena, se dedicó a ponderar lo sabroso de los guisos y a catar un vino tras otro, al final se giró hacia mí, «me aburro, William», dijo, la suya debía ser la vida más apasionada del planeta, «¿se aburre?», asintió mientras paladeaba el enésimo vino, «es hora de viajar», sentenció, era entendible, no habría escrito esa obra magna sin recorrer los lugares más apartados y las culturas más exóticas, sus conocimientos de medicina no sólo provenían de su experiencia sino también de la generosidad de médicos y de curanderos de diversas regiones, él agradecía a cirujanos hindúes, persas, turcos, chinos por cuanto le habían enseñado y, con seguridad, ellos también fueron retribuidos por los aportes de Black, ahora se presentaba un caso único, quizá necesitaran pasar otros tres siglos, o hasta milenios, para ser testigos del nacimiento de otro ser humano bicípite, irnos de Londres, aun por un corto tiempo, significaba perder la oportunidad no sólo de estudiarlas sino de ahondar en el vórtice de la diferencia, si Nelleke, Mircea, Joy, Grigas, Karim eran suma de estupor y de fascinación, las extrañas representaban la cúspide, imposible escapar a la gravitación de su monumental deformidad, «maestro, sé cuánto desea desplazarse a otros lares, en esta ocasión vale la pena cancelar los viajes y concentrarnos en esta original rareza, noté a la madre enajenada, casi al borde de la locura, terca en cercenar la cabeza de una de ellas, puede matarlas y nosotros perderíamos la ocasión de profundizar en quien, sin duda, es el fenómeno más extraordinario de los últimos quinientos años», Black paladeó el octavo vino, un burdeos de sofisticado añejo, y se lamió los labios, «deberías ser político, querido William, lo tuyo es la pomposidad», dijo, socarrón, «sí, debe ser el caso más original de mi vida, pero he aprendido algo, los pacientes saben esperar, la madre no las llevará con otro médico, regresará día tras día hasta escuchar mi veredicto, ¿no te sucedió igual cuando te cité?, durante meses dejaste notas por debajo de la puerta, desesperado por encontrarte conmigo, supe, William, de tu partida inmediata de Edimburgo, me llegaron noticias de tu travesía, ojos y orejas sobran en este país, supe de cada una de tus peripecias, me dilaté para probar tu temple y ve, aquí estás, trabajando conmigo en los casos más interesantes de la tierra, aprende esto de una buena vez, muchacho, somos la única llave para abrir los candados de la deformidad, no hay nadie más en todo el globo terráqueo, los demás médicos se acobardan, titubean, en ti descubrí arrestos, decisión, fuerza, has pasado cuanta prueba te he puesto y además llegaste repleto de la sabiduría heredada de Wright, el idiota de Richards lo reconoció, eras superior a él, con seguridad lo hubieses puesto en entredicho una y otra vez, los enanos detestan y, a la vez, envidian a los gigantes, muchacho, podemos irnos el tiempo necesario, las extrañas y los demás fenómenos volverán a nosotros, te lo aseguro, si no vienes conmigo a este viaje, te advierto, tendrás vedado de por vida el ingreso al despacho y nunca más te dirigiré la palabra, si vienes, regresarás siendo otro, trae a tu esposa prostituta si quieres, también de tu matrimonio he escuchado los detalles, o bien aprovecha para alejarte de ella y así estimarás si en verdad la amas o no, yo te aconsejaría no traerla, te extrañará aún más y cuando volvamos estará loca de amor por ti, además, cuando nos conocimos me propusiste costear mis viajes, es tu oportunidad de demostrarlo, requerimos alquilar un barco con tripulación para recorrer el Nilo, si no puedes sufragarlo con tus caudales ve a pedir ayuda a Bates, le encanta sentirse mecenas de aventureros como nosotros, para quedarte tranquilo averigua los datos de las extrañas, su domicilio y sus planes futuros, dales cita para dentro de seis meses, serán las primeras en la fila, apuesto a ello cuanto tengo ahorrado, te agradezco la cena, pero más te agradeceré me brindes una habitación donde dormir, el sueño me vence y no quiero ir hasta mi casa», quedé helado con la propuesta de Black, no me apetecía en ese momento un viaje cuando la posibilidad de tratar el caso más inverisímil se hallaba frente a nosotros, «un viaje no puede estar por encima del interés científico», le espeté con el urgente afán de hacerlo recapacitar, su respuesta no pudo ser más rotunda, «no es un viaje, William, es una expedición para recoger conocimientos y experiencias y estar en verdad preparados para afrontar el caso de la muchacha de dos cabezas, no podemos improvisar, Egipto, lo verás, no sólo es un país, es un estado mental, ahora, si no te importa, ¿me podrías indicar mi habitación?», le pedí a Merrick conducirlo al cuarto de visitas y me quedé a solas en la mesa rumiando sus palabras, nunca había salido de la isla, si Londres se había convertido para mí en un «estado mental», una muesca definitiva en mi concepción del mundo, explorar un sitio distante de mi restringida geografía, como el norte de África, con seguridad se convertiría en una sajadura reveladora y contundente, pero también las extrañas entraban en la categoría de «estado mental», examinarlas nos aventuraría en un territorio ignoto, volcánico, brindaría material para decenas de discusiones metafísicas, escolásticas, científicas, teológicas, Egipto estaría ahí por los siglos de los siglos, el cuerpo humano es frágil y, lo había aprendido, basta un segundo para cruzar la línea de la vida y la muerte, si las extrañas fenecían durante nuestro viaje, no podría perdonarle a Black el habernos ido, y menos me perdonaría a mí mismo haber cedido, Wright me hubiese impulsado a ir, por las tardes, mientras preparábamos medicamentos, me narraba sus ansias por recorrer el mundo, por ir él mismo a extractar veninos de víboras sigilosas, a escalar montañas para encontrar codiciadas plantas, a navegar mares para coleccionar jibias, limazas, cangrejos, caracoles, a descender a las galerías de minas en busca de preciados minerales, bullía en Wright sangre aventurera, por su viudez, por su anhelo de convertirse en un padre presente, las canceló y, desde su apacible morada, se convirtió en uno de los farmacéuticos más importantes del mundo, Black personificaba lo contrario, el hombre libre, sin vínculos, sin compromisos, quien se negó a casarse y a procrear hijos para rondar a sus anchas, sin lastres, el científico nómada y deslumbrante, rebelde, teatral, grandílocuo y, a la vez, truculento, matrero, mi carácter se apegaba más al de Wright, sosegado, diáfano, pero algo dentro de mí me atraía a la luz cegadora de Black, a su espíritu sublevado y cínico.

Después de unas pesquisas, hice cuentas, alquilar una nave para ir al Nilo costaba una fortuna, Black se opuso a viajar en un barco de línea, «hacen innumerables paradas y tardaríamos mucho en llegar, corremos el riesgo de perder a las extrañas», por supuesto, deslizó la mención de la mujer bicípite para presionarme, si viajábamos en nuestro propio navío llegaríamos a Egipto en un mes, de otro modo nos tomaría al menos cuatro meses, el plan de Black era trasladarnos un mes a la ida, otro al regreso y pasar allá entre dos y cuatro meses, «o podemos alargarlo a diez, doce meses», dijo con descaro, claro, como no se trataba de su dinero, él no ofreció aportar unas libras o, al menos, conseguir a quien ayudara a pagar el viaje, insistió en no llevar a Ailis, «estorbará, no queremos quien nos retrase ni nos limite, además, allá toparás con mujeres cuya sabiduría sexual no vas a encontrar en ningún otro lado», me negué a serle infiel a mi mujer, Black rio de buena gana, «muchacho, ni siquiera sabes si ella desea volver contigo», era cierto, no había hablado con Ailis desde su partida de la casa, no podía determinar si aspiraba a venir al viaje o si entre sus planes se hallaba reanudar nuestra relación, faltaba, también, convencer a la madre de no pedirle a otro médico, con menor experiencia y pericia, la amputación de una de las cabezas de su hija, el afán de lucro o la oportunidad para vanagloriarse podían llevar a un cirujano sin escrúpulos a atreverse a una operación compleja, más allá de sus límites, esto no parecía perturbar a Black, «vámonos ya, William, el tedio me está matando», su urgencia determinó un plazo, «zarparemos en ocho días, ni uno más ni un menos», ocho días parecían ser la medida de sus exigencias, el mismo lapso arbitrario de cuando me pidió llegar a Londres, no supe si tomarlo al pie de la letra o considerarlo una más de sus ocurrencias, concluí no cubrir la expedición sólo con mis medios, fui a visitar a lord Bates, quien me recibió con afecto, adorné los propósitos del viaje para darles un cariz de investigación científica y académica, de permutar conocimientos con los médicos y los farmacéuticos más connotados de esos países y de adquirir valiosas substancias, Bates me escuchó con atención, era celebrado por sus múltiples patrocinios, fungía como mecenas para escritores y artistas y sin empacho costeaba aventuras marítimas como la nuestra, era obligación de quienes recibían sus favores compartir con él los méritos de las empresas y exigía una compensación si el viaje significaba un éxito económico, a los artistas les pedía cuadros a cambio y a los escritores les dictaba pasajes de su vida con la intención de compilar los textos para publicar su biografía, a mí me puso una sola condición y me la susurró al oído, «he escuchado de maravillosos polvos, de venta entre los mercaderes de los bazares, capaces de revertir la odiosa impotencia y devolver el vigor sexual, si los consigues y funcionan, en adelante te proporcionaré cuanto dinero requieras para subseqüentes viajes», me comprometí a buscarlos y traerle varias bolsas de la milagrosa substancia, Bates acordó pagar hasta el último penique de la travesía y me dio una talega como adelanto, respiré tranquilo, al menos no se tambalearían mis finanzas. Ignoraba cómo conducirme con Ailis, no habíamos hablado en semanas, ello no significaba una disminución de mi amor por ella, pero me hallaba confundido, lo suyo había sido una sucesión de engaños y dobleces, siempre supo cuánto ansiaba tener hijos, no por el vetusto concepto de mantener vivo mi linaje, sino por el mero goce de verlos crecer, deseaba hijos criados en libertad, sin imponerles la esclerosis de rancias prosapias, al mismo tiempo me preguntaba si la paternidad era la única vía para unir a una pareja, el viaje podía ser la coyuntura propicia para reflexionar sobre mi matrimonio, determinar si la fertilidad marchita de Ailis bastaba para separarnos y si había entre nosotros un anhelo por construir una vida juntos, me dirigí al Regency a hablar con ella, en cuanto arribé Sean apareció de detrás de unos árboles, no me interesaba vigilar a mi mujer, mi intención era cuidarla y asegurarle medios para una subsistencia cómoda, me narró los pormenores desde su partida de la casa, Ailis sólo había paseado un par de veces por el parque de Saint James, «no ha salido más, señor», le agradecí el informe y sin más me encaminé a la habitación de mi esposa, abrió la puerta Ciordstaidh, «vengo a hablar con tu hermana», dije, mi presencia la desconcertó, «sí, sí...», respondió, entrecerró y la oí cuchichear, «pase, por favor», dijo, tomó un manto y se dispuso a marcharse, «los dejo hablar a solas», entré al cuarto, Ailis estaba sentada frente a una mesa con un libro entre las manos, se puso de pie para recibirme, se notaba macilenta y ojerosa, «no te esperaba», dijo, aun así, decaída y ajada, no había perdido su belleza superlativa, «de hecho», agregó, «no creí verte más», ni por un momento había pensado en no volver a ella, «eres mi esposa», le dije, como si mencionar nuestro estado civil fuese suficiente para conjurar los abismos, levantó la cara y me miró a los ojos, en su gesto se condensaron dolor e incertidumbre, «en unos días pienso hacer un largo viaje al norte de África, ven conmigo», no era práctica común entre los exploradores llevar a sus mujeres, excepto cuando se trataba de colonizar un territorio o mudarse para ocupar un cargo, en un viaje de investigación era impensable, un estorbo, como lo había planteado Black y, además, un grave riesgo, «William, nuestro matrimonio es un desastre, más bien yo soy un desastre», dijo, «quizá lo fuiste, ya no lo eres», le respondí, yo no estaba forjado de la materia solitaria y huraña de Black, yo sí necesitaba de una persona a mi lado para departir, para contarle las incidencias de mis días, para compartir el lecho y amanecer con su piel cálida a mi lado, «errar está en la médula de mi espíritu, no te convengo», su alma se hallaba maniatada a las secuelas de su aborto, ser una mujer seca la trastornaba, ya no bastaba mi perdón, hacía falta el más importante: el suyo, «déjame decidir si me convienes o no», sentencié, «no hay puente alguno entre tú y yo», dijo, ignoraba

331

si su ánimo había resbalado hacia un pozo irremontable, «los puentes se construyen», dije, estiré mi mano para tomar la suya, «regresa hoy a casa», le pedí, cogió mis dedos y los acarició, una lágrima cruzó su rostro, «William, tarde o temprano aparecerá un hecho más de mi pasado y luego otro y otro…», Ailis se desbarataba frente a mí bajo el peso de sus culpas y de su desesperanza, no podía permitirle deshacerse más, «recoge tus pertenencias y las de Ciordstaidh, en una hora un coche pasará por ustedes», decreté, me di media vuelta y salí de la habitación, en la antesala me topé con mi cuñada, «hoy vuelven a casa», indiqué, «no quiero ni una sola excusa para no hacerlo, ¿entendido?», Ciordstaidh acató con docilidad y subió la escalera rumbo a su cuarto, ordené a Sean preparar la partida de mi esposa y su hermana y a James lo mandé a buscar una carroza para ellas, esa noche de nuevo dormimos juntos en el lecho matrimonial, durante un largo rato no nos dirigimos la palabra, absorto cada uno en sus pensamientos, para romper el hielo resolví contarle de las extrañas, ella mostró curiosidad, me preguntó si hablaban una con la otra, si deseaban separarse o daban por hecho su condición indivisible, y lamentó la discriminación derivada de su rareza, «deberían ser aceptadas por los demás tal cual son», propuso con ingenuidad, «si aparecen sin embozarse a la luz pública», aclaré, «de inmediato serían vilipendiadas y quizás hasta las lapidarían», a Ailis la petición de la madre le parecía correcta, una obra de amor para brindarle a una de ellas la oportunidad de ser «normal» y no vivir por siempre entre las sombras, «la mayoría de mis pacientes viven escondiéndose», dije, «quisiera conocerlas», pidió, me negué, hacerlo comprometía el delgado hilo de confidencia entre paciente y médico, su solicitud podía interpretarse como un interés malsano, «no quiero verlas con ese afán, pretendo ser su amiga», me conmovió la candidez de mi mujer, para penetrar la coraza afectiva de un fenómeno no bastaban las buenas intenciones, se requería de un intrincado proceso para crear hilos de confianza, demostrar una genuina propensión a ayudar y no un enfermo apetito por contemplar su deformidad, «al regresar de Egipto buscaré la ocasión propicia», le prometí, en mi interior rogué por la cancelación del viaje, no deseaba abandonar a las extrañas ni, por supuesto, separarme de mi mujer cuando las cosas pintaban para mejor, a pesar de los besos, de los abrazos y de las caricias, Ailis amaneció con un talante taciturno, «deseo regresar al Regency», dijo, traté de convencerla de quedarse, hablé de la posibilidad de aplicarle el venino de las ranas y de cómo podía ayudarle a expulsar los humores melancólicos, «nada de cuanto hagamos me devolverá la capacidad de ser madre», sentenció, «ve de viaje», me instó, «a tu regreso determinaremos si deseamos o, más bien, si podemos seguir juntos, te amo, William, eso no lo dudes, pero en nombre de este amor requiero alejarme de ti, de nosotros, no somos la herida, yo soy la herida y preciso curarla a solas, pediré a Dios cuidarte y protegerte en tu travesía, no traicionaré tu confianza, en ese respecto tienes mis garantías», la vi partir en el carruaje, me carcomió la tristeza, otra vez debía contender contra la soledad.

Por capricho o por meras ganas de complicar los planes, Black se negó a zarpar de Edimburgo o de Londres y exigió partir de Dover, eso implicaba viajar allá a buscar la nave y la tripulación adecuada, en ese puerto no debían sobrar los barcos para alquiler, además, no cualquier capitán aceptaba dirigirse a zonas convulsas como lo eran las costas africanas, abundantes en piratas, le expliqué a Black lo insensato de su petición, en Londres y en Edimburgo se hallaba marinería experta en travesías riesgosas, insistió en Dover, me rehusé, el plazo dictado por él mismo se cumplía en seis días y hallar una embarcación disponible era complicado, «perfecto, si no puedes, se lo encargaré a alguien más competente», dijo e hizo el amago de retirarse, «lo haré yo, sólo prorrogue el plazo», pedí, «¿cuándo se cumple?», vaya, ni siquiera tenía en mente la fecha, «en nueve días», le respondí, empezaba a aprender lo endeble de su sentido del tiempo, «está bien, partiremos en trece, arriesguemos a la mala suerte», trece días me brindaban un margen razonable, no sólo para ordenar cuanto requería tan largo viaje, sino para ponerme en contacto con nuestros pacientes y otorgarles ayuda en caso de ser necesario, no me parecía justo abandonarlos a su suerte sólo por el afán necio de Black de largarse del país, me apresté a resolver mis prioridades, les entregué a Merrick y a Sean una lista exacta de cuanto consideraba necesario para el bienestar de Ailis y Ciordstaidh, los carruajes de la casa debían estar a su entera disposición y si mi esposa decidía volver al hogar los empleados deberían obedecer sus órdenes, deposité en manos de Sean caudales suficientes para saldar los sueldos de todos, para el mantenimiento de la propiedad y para pagar el sustento y las rentas de mi mujer y mi cuñada, me presenté en el despacho con la ilusión de hallar a las extrañas en la fila de pacientes, me encontré formada a la madre, a solas, me acerqué a saludarla, su respuesta fue apagada, incluso mansa, «llevo días esperando al doctor Black y no cejaré hasta hablar con él», sentenció, «va a ausentarse por un largo tiempo», expliqué, «vine sólo a pedir sus datos, no necesitará volver aquí, nosotros la buscaremos cuando regrese», la idea de una demora pareció golpearla, «¿cuánto tiempo será eso?», preguntó, «no lo sé, pueden ser seis, ocho meses», cerró los ojos, «ayúdeme», imploró, «por mis hijas», pude vislumbrar la genuina aflicción materna de la cual habló Ailis, no era crueldad cuanto bullía en ella sino una corrosiva sensación de fracaso, algunos pacientes, al reconocerme, me hostigaron con preguntas, pedí a la madre esperarme, respondí a las consultas de los pacientes con tanto detalle como fue posible, a algunos pude tranquilizarlos, otros requerían del punto de vista de Black, luego de una hora logré zafarme y le propuse a la madre tomar té en un local cercano, para mi sorpresa aceptó, uno no puede aquilatar cuánto representa para los padres la brega cotidiana con sus vástagos deformes hasta escucharlos de viva voz, la madre hizo un recuento de las peripecias de criar a sus hijas, Greta y Daniela, por primera vez oí cómo se llamaba la otra, los nombres los había elegido el padre, uno de origen hebreo, el otro, germánico, Greta, confesó la madre, era mandona, se imponía a menudo sobre la hermana y dictaba rumbos y quehaceres, Daniela era de temperamento más dulce, pero a la vez más decidida, le pregunté si peleaban con frecuencia, «rara vez, pero cuando sucede se dejan de hablar por largas temporadas, con el tiempo terminan por contentarse y como si nada», habían creado un idioma propio basado en el latín y, de tan compleja la gramática y la sintaxis, el padre no era capaz de desentrañar una sola de sus frases, «¿la consideran una o dos personas?», inquirí, «no lo sé», respondió con franqueza, «ni lo sabremos nunca», no sabía quién de las dos manejaba el cuerpo, ellas aseveraban manipular cada una su lado, Greta el derecho, Daniela el izquierdo, «¿a quién sacrificaría de las dos?», le pregunté, se derrumbó en llanto, los demás parroquianos voltearon a vernos, intrigados, con la mano hice un gesto de «todo bien» y regresaron a sus asuntos, «al azar», contestó entre balbuceos, me sorprendió su respuesta, ¿quién tomaría tal decisión?, ¿Black al momento de operar?, ¿los padres unos minutos antes de la cirugía?, ¿ellas?, ¿arrojar una moneda al aire?, la situación me horrorizó aún más cuando la madre confirmó mis sospechas: se trataba de dos personas distintas, cada una con su privativa visión del mundo, con caracteres diferenciados, le hice entonces la pregunta más cruel, «¿a quién preferiría usted?», otra vez sollozos, «deseo lo mejor para ellas, ¿me entiende?», discurrí si «lo mejor» en realidad le significaba liberarse del peso de cargar con ellas, insistí «¿Greta o Daniela?», detrás de mi cruel cuestionamiento se hallaba una trampa: obligarla a verlas como dos personas inseparables, ahogada por el llanto no pudo pronunciar palabra, «la decisión está tomada, será una de las dos», farfulló, le pregunté dónde se hallaban sus hijas, «están aguardando en el carruaje, no quise exponerla más», otra vez cambiaba del singular al plural y viceversa, le pedí me llevara con ellas, en cuanto me vieron entrar se taparon las cabezas en un movimiento simultáneo, si cada una dominaba un lado del cuerpo la coordinación era perfecta, la madre las conminó a descubrirse, «es el doctor Burton», susurraron entre ellas en su impenetrable idioma y con lentitud desvelaron sus rostros, «buenas tardes», las saludé, ambas se mantuvieron calladas y miraron a la madre en busca de su permiso, ella consintió con la cabeza, «buenas tardes», contestó Greta, verlas tan de cerca provocaba fascinación, las expresiones de ambas variaban, el ceño de Greta era adusto, las dos cejas a menudo arqueadas, la boca una línea, Daniela entreabría los labios, posaba su mirada con suavidad, no era escrutadora como la de su hermana, «*quomodo valetis?*», les pregunté en latín, «*bene sumus*», respondió Daniela, le pedí a la madre dejarme a solas con ellas, se rehusó, no era apropiado, «es parte del procedimiento médico», le expliqué, «le doy cinco minutos», advirtió, se apeó del coche y cerró la puerta, las dos bajaron la mirada, era obvio cuán incómodas se sentían conmigo, «necesito entender algunas cuestiones de su cuerpo», les dije, ambas me miraron, inquisitivas, «Daniela, respira hondo, por favor», ordené, necesitaba saber quién de las dos determinaba la respiración, obedeció, el pecho se insufló, «ahora suelta tú el aire, Greta», la instrucción pareció confundirlas, pero igual exhaló, ¿cada una contaba con su propio par de pulmones o compartían dos?, difícil determinarlo, «¿pueden aplaudir?», cuestioné, ambas soltaron una risilla, «sí podemos», respondió Greta y dieron tres palmadas, «¿quién de las dos decidió chocar las manos?», «*ubi concordia, ibi victoria*», contestó Daniela, «donde hay unidad, hay victoria», el antiguo lema de las legiones romanas, una respuesta sofisticada para dos seres enclaustrados, «Greta, ¿consideras algún día enamorarte?», era una pregunta grosera dada su condición, pero era imprescindible aguijarlas, Greta debió tomarla como una ofensa, «*noni sap badais, nossu curpia u nosso sparit noni sand posit amarúa, sai doba seu e um ambasala*», contestó en su jerga inentedible, mi imprudente cuestionamiento mereció la ironía de su réplica «*abusus non tollit usum*», le dije a manera de excusa, el abuso no anula el uso, «*dai sabit gora us cuai domande noni vainu*», expresó Greta, una advertencia para no rebasar ciertos límites, intenté recomponer mi error, «cierren los ojos», les pedí, me observaron sin cumplir mi solicitud, «por favor», imploré, dialogaron en su jeringonza y accedieron a cerrarlos, pellizqué el dorso de la mano izquierda, me interesaba saber quién de las dos lo percibía, ambas abrieron los ojos, «¿quién sintió el pellizco?», inquirí, sobrecogido por la reacción concurrente, «*etiam capillus unus habet umbram*», hasta un solo cabello tiene su sombra, respondió en latín Daniela con desgaire, con frases enigmáticas se protegían del escrutinio forastero, se sabían vulnerables y hacer huidizos los significados impedía a los otros penetrar sus secretos, sin tocar a la puerta la madre entró al cubículo, «ya pasaron los cinco minutos», solicité a la mujer me diera los datos exactos de su domicilio, «le prometo buscarlas en cuanto volvamos de nuestro viaje, le ruego no consulte con otros médicos», morarían por un tiempo en Bath por el trabajo de su marido y prometió dejar indicaciones de dónde hallarlas en caso de mudarse.

La experiencia de hablar con ellas esos breves instantes reiteró mi empeño en cancelar nuestro viaje, debía encontrar a Black y relatarle justo cuanto había pasado, Greta y Daniela eran dos personas en una, no me cabía ya la menor duda, no podíamos desperdiciar la propicia y única coyuntura para examinarlas, ellas podían constituir la base para comprender la vorágine de los accidentes de la naturaleza, me urgía contarle sobre la agudeza de sus respuestas, de su dominio del latín, de su elaborada jeringonza, la travesía al Nilo era riesgosa, podíamos zozobrar en el océano y naufragar y, aun sobreviviendo, llegar tarde a ellas, era apremiante persuadir a Black de verlas en persona, se asombraría tanto como yo, mientras eso sucedía no podía soslayar su encomienda de alquilar una nave, muy a mi pesar me dirigí a Dover acompañado por James, no fue un viaje dificultoso, salimos a las seis de la mañana y para las dos de la tarde llegamos al puerto, la consideré una pérdida de tiempo, en Londres sobraban las naves en arriendo, la repulsión de Black por los muelles londinenses la juzgaba absurda, de Dover zarpaban expediciones para traficar esclavos o para cazar ballenas, las tripulaciones de dichas flotas no eran gente fiable, abundaban malandrines y forajidos, mercenarios dispuestos a contratarse al mejor postor, algunos jóvenes inocentes con bríos de aventura y fortuna se convertían en carne fresca para el desahogo de ansias sexuales en altamar, si eran hábiles para defenderse con la faca se ganaban el respeto de los tripulantes, cesaban de molestarlos y eran aceptados en las cofradías marineras, y si no, eran abusados sin contemplación, las dársenas apestaban a pescado podrido, a esperma de ballena, a sangre mezclada con agua de mar, a whisky barato, en el puerto se hallaban ancladas galeas de diversa eslora, fragatas, urcas, goletas, bergantines, galeones, carracas, Black fue preciso en su instrucción, un barco cómodo, con camarotes amplios para él y para mí, no muy pequeño para no sufrir bamboleos en alta mar ni muy grande para desplazarnos con agilidad, después de examinar embarcaciones en los muelles me decidí por una fragata con pinta ballenera, la nave contaba con eslora de ciento veinte pies y un velamen distribuido en cuatro palos, lo cual le permitía surcar rauda los mares, una multitud de hombres subía y bajaba del navío, solicité a uno de los marineros hablar con el capitán, tardó una hora en regresar, venía con él un hombre regordete con barba espesa, «o sus asuntos son urgentes o usted es un hombre poderoso, nadie osa distraer a un capitán cuando su nave se halla al borde de partir», expresó con prepotencia, «soy William Burton y estoy aquí con el interés de alquilar su barco», el capitán sonrió con mofa, «no se alquila, amigo», hice como si no hubiese escuchado, «lo necesito para navegar a El Cairo y penetrar por el río Nilo hasta donde dé el calado de su nave», expliqué, «no se alquila», repitió molesto, «lo requiero por un periodo de entre tres a ocho meses», antes de permitirle declinar, le hice una oferta substanciosa, su tono altanero cambió, «¿cuál es el objetivo de su viaje?», inquirió, «el doctor Black y yo deseamos explorar esa zona», la expresión del capitán mutó en enojo, «ese cuervo borracho nunca paga y es una pesadilla llevarlo a bordo, no me importa cuánto ofrezca, mi respuesta es no», se disponía a marcharse y lo detuve del hombro, sacudió mi mano con desdén, «no vuelva a tocarme», amenazó, de reojo observé a James llevarse la mano a la cintura donde guardaba una pistola, «yo soy responsable del pago y le daré un adelanto generoso», propuse, «un adelanto no garantiza nada, por falta de pago de su amigo Black he sufrido motines a bordo», James terció, «el señor Burton es un hombre cabal, no caerá en débitos», el gordo se abismó en cálculos mentales, en sus labios podía leerse cómo sumaba y restaba cifras, «doble el monto ofertado y mi barco y mi tripulación estaremos a sus órdenes», dijo, «no», objeté, «ésa es mi oferta final, si no la acepta buscaré otra embarcación», no pensaba regatear, aun cuando no fuera mi dinero me parecía justo manejarlo como si lo fuera, «nadie le va a alquilar a sabiendas de quién es su compañero, amigo Burton», quizás ésa era la razón por la cual a Black no le gustaba el puerto de Londres, arrastraba una negra fama de deudor, aparecerse por los muelles debía suponerle un riesgo de golpizas y aun de muerte, una arista más en su extravagante personalidad, en mala hora se lo mencioné al capitán, luego de una intensa negociación acordamos un adelanto del treinta por ciento pagadero un día antes de levar anclas y me comprometí a abonar un diez por ciento cada primer día de mes y a adquirir cuanto hiciera falta para la manutención de la marinería, nos estrechamos las manos y quedamos en partir en diez días, él aprovecharía el tiempo para pescar atunes en las aguas circundantes.

Como ni James ni yo éramos expertos en travesías marítimas, consultamos con un amigo suyo quien había hecho carrera en la armada, el tipo alistó cuántos víveres debíamos adquirir para una tripulación de cien personas, los animales vivos por llevar en la nave, las armas y municiones requeridas para enfrentar a los piratas tunecinos y los cítricos indispensables para evitar el escorbuto, insistió en contratar una guardia de seis a diez hombres para dominar a los marinos en caso de una insurrección, «no los esbirros de Dover, ésos son la escoria de los puertos», explicó, «la mayoría pasa de la cárcel a los barcos», no quise incurrir en gastos hasta hablar con Black, aún me esperanzaba en convencerlo en revocar la excursión, a pesar de las ausencias suya y de Vicky, por las mañanas me presentaba en el despacho, me negaba a dejar a los pacientes al garete, una mañana encontré las luces encendidas, me sorprendió hallar a Vicky, «¿viene el doctor?», inquirí, deseoso de una respuesta positiva, «no», contestó, «vine por unas botellas de absenta, se le acabó el combustible al jefe», ella aseguraba no saber dónde encontrarlo, ¿cómo había dado con él?, la cuestioné al respecto, «fue a mi casa», contestó, «¿sigue ahí?», la interrogué, ella sonrió, «es posible», la convencí de ir a buscarlo juntos, moraba a unas cuantas calles y llegamos pronto, y sí, ahí aguardaba el gigantón, dormitaba cuan largo era en un diván de la sala, abrió los ojos cuando carraspeé, «muchacho, me alegra verte», se incorporó, tomó una de las botellas de absenta y se empinó un largo trago, no daban aún las ocho de la mañana y Black estaba urgido de su brebaje, le conté sobre mi visita a Dover y de las difíciles transacciones con el capitán de la fragata, «al parecer usted goza de nombradía por sus múltiples deudas», me pidió describirle al tipo, «ése es Shearing, un trasquilador, un rufián, como lo es toda la cáfila de propietarios de barcos», dijo, molesto, «él lo considera a usted un bribón», Black rio de buena gana, «este delincuente, cuando estás por arribar a un puerto extranjero, inventa gastos de último momento para sacarte unas monedas de más y no atraca si no le pagas, como no me he prestado a sus trampas se ha dedicado a manchar mi nombre, ya lo comprobarás», quizá sí, Shearing era un pillo, pero Black no debía quedarse atrás, le urgí reconsiderar el viaje, «si conociera a las extrañas con certeza lo cancelaría», lo mío sonaba a súplica, «jamás toparemos con un ser tan extraordinario, véalas al menos una vez», Black me miró con seriedad, «las conozco», dijo, «¿cómo?», lo cuestioné, «ven conmigo», ordenó y salimos sin despedirnos de Vicky, caminamos de prisa en dirección del despacho, la gente le abría paso a Black, su aspecto fiero, sus ropas negras y su inmenso tamaño obligaban a los transeúntes a mostrarle respeto y, en algunos casos, miedo, nos aproximamos al despacho, pero lo pasó de largo, dio vuelta a la izquierda en la siguiente calle, sacó unas llaves y abrió una puerta, «adelante», dijo con gentileza, era un apartamento amueblado con buen gusto, varias pinturas de artistas reconocidos adornaban las paredes, Black se quitó el abrigo y lo colgó de un perchero, «¿aquí vive?», le pregunté, «es una de mis moradas», respondió, «pero ésta es mi favorita», me pidió mi abrigo y lo colocó junto al suyo, en definitiva, Black sabía vivir bien, alguien debía ayudarle en la limpieza, el lugar se veía impecable, «acompáñame», ordenó y caminó al fondo de una habitación, de manera inusitada tres sillas se encontraban mirando hacia la pared, «este muro conecta con el despacho», explicó, me hizo sentarme en una de las sillas, giró una tapadera en la pared y dejó al descubierto un orificio, «asoma el ojo», la sala se veía completa y, desde la otra silla, podía mirarse el vestíbulo donde Vicky trabajaba, luego me hizo subir unas escaleras, me pidió observar desde una ventana, abajo se extendía la calle en la cual se formaban los pacientes, «tienes razón, las extrañas estremecen como nadie jamás he visto antes, me quedé sin aliento cuando las vi por primera vez», me sentí vulnerable, frágil, Black me había espiado por días y yo sin saberlo, «fue brillante cómo manejaste a la madre, es una situación complicada, pero estoy de acuerdo con ella, no pueden vivir encerradas, es una existencia atroz», le conté sobre mi reunión con las extrañas en el carruaje, sobre cómo habían abierto los ojos las dos cuando pellizqué el dorso de la mano izquierda, «están conectadas, no sé si hender una de las cabezas rompa su equilibrio», Black me hizo la confesión más íntima, aquélla donde pude, por fin, vislumbrar sus debilidades, «no sé cómo proceder en este caso, como bien señalas ignoramos las ligazones entre los dos cerebros y ese único cuerpo, cercenar una de las cabezas puede crear una inestabilidad severa, por eso deseo hacer ese viaje al Nilo, quiero consultar con médicos y sabios egipcios y luego descender a Abisinia en donde residen los falashas y estudiar su mítica momia bicípite, quizás ahí hallemos rumbos para tratar esta formidable anomalía, estoy de acuerdo contigo, pasarán siglos antes de la aparición de un ser semejante y no debemos desaprovechar la oportunidad, pero no quiero emprender una acción sin un respaldo riguroso, no juzgues mi ambición por esta travesía como un acto tornadizo, vamos a acopiar conocimientos y experiencias, por el momento carezco aún de perspectiva suficiente para decidir si la cirugía es factible», me asombró su humildad para reconocer sus limitaciones, «vayamos a Abisinia, descifremos juntos los profundos laberintos de este cuerpo singular».

Iniciamos nuestro viaje en el Neptuno el jueves a las siete de la mañana en punto, la noche anterior dormimos en una ruidosa posada para marineros en Dover, los gritos de borrachos, los gemidos de mujeres en las habitaciones contiguas, el ulular de las ventiscas colándose por los resquicios de las ventanas, el bullicio y la agitación de la partida me impidieron dormir, aun así me presenté al muelle con ánimo y regocijo, como era de esperarse Shearing y Black no se dirigieron la palabra, Black se refería a él como «el cara de culo de cerdo», la descripción era certera, una boca pequeña y redonda asomaba entre sus encarnados mofletes como si fuese el trasero de un marrano, el capitán se limitaba a llamarlo «el carcamal hediondo», no precisaban amicicia entre ellos, ni siquiera cordialidad, el acuerdo era transportarnos al Nilo, navegar el río hasta donde la fragata tuviese riesgo de encallar y aguardarnos en puerto hasta el final de nuestras excursiones, mientras Shearing cumpliera lo demás no importaba, bajo consejo de Black obligué al capitán a firmar un convenio donde se comprometía a no cobrar de más, el pago debía cubrir el total del recorrido y cuantas maniobras de puerto se requirieran, los días previos a la partida fueron frenéticos, me faltaron horas para desahogar las decenas de asuntos, pasé a la carpa a despedirme de mis amigos y a darle seguimiento a sus males, continué con el proceso de descarnar las costras parásitas de las manos de Karim y revisé las coyunturas de Joy para descartar una inflamación grave de las articulaciones, Mircea me presentó a su «novia», una muchacha de buen ver, quien abandonó a su marido después de comprobar las proezas sexuales del hombre lobo, según ella misma confesó, «vale la pena cada segundo a su lado», debía serlo también por su cultura y por su amena charla, compré ajuares adecuados para los diversos climas a los cuales nos enfrentaríamos, Black me había advertido de calurosos días, heladas noches y de bichos agresivos, como mosquitos y moscardones, cuyas picaduras y mordiscos causaban dolorosas irritaciones en la piel, sin dejar atrás la abundancia de escorpiones, víboras y otros animales ponzoñosos, visité tres veces a mi esposa, en la última dormí con ella en la posada, lloró sobre mi hombro, juró recibirme a mi vuelta con cuanto amor cupiera en su cuerpo, acordó mudarse a la casa y prometí escribirle a menudo, la falta de tiempo impidió reunirme con hombres confiables para organizar una guardia, en el puerto de Dover se ofrecieron para tal trabajo exsoldados italianos y corsos, James receló de ellos, después de preguntar aquí y allá descubrió sus verdaderos intereses, estaban coludidos con piratas del norte de África y se las arreglaban para avisar a sus compinches las rutas de las naves en el Mediterráneo, los piratas berberiscos actuaban sin contemplaciones, mataban a quienes se opusieran a su abordaje y si había mujeres en el bote las raptaban para destinarlas a la esclavitud sexual y rara vez volvía a saberse de ellas, me alegró no haber traído conmigo a Ailis, no me hubiese perdonado si por acaso la secuestraban, en el sur de España, me aseguró James, podríamos contratar guardias católicos cuyo odio a los árabes impedía pactos vituperables con los bandidos, pronto hallé cuán erróneo fue viajar sólo con James para protegerme. Me emocionó abandonar tierra, apenas la nave se hizo a la mar los marineros jalaron las drizas, las velas flamearon hinchadas de viento, mientras el barco rompía contra el oleaje plomizo, cientos de gaviotas nos rondaron graznando por encima de nosotros, la isla se perdió a lo lejos y las gavinas se rezagaron poco a poco, todo cuanto era yo quedó a la distancia, la aventura había comenzado, Black diseñó un itinerario de acuerdo a sus caprichos, el primer puerto de parada fue El Havre, apenas cruzando el canal de la Mancha, en los muelles lo aguardaba el doctor Ordinaire, su amigo y su proveedor de absenta, le había preparado trescientas botellas del exclusivo brebaje, suficientes para embriagar a Black por cinco meses si considerábamos dos botellas al día, Pierre Ordinaire era un reputado farmacéutico, su mezcla de alcohol de alta graduación con ajenjo, díctamo, melisa y otras hierbas sólo se la proporcionaba a pacientes selectos y aún se encontraba en fase de experimentar la fórmula perfecta, eso no parecía importarle a Black, quien hallaba en la absenta la vía ideal para traspasar las «sagradas puertas del conocimiento», pretexto barato para justificar su embriaguez, Shearing ancló el barco frente al puerto, Black, James y yo montamos en el esquife y dos marineros remaron para llevarnos a tierra, Ordinaire era un hombre enjuto, de bigotes engomados en manubrio, pelo crespo, cejas rubias y perilla, al contrario de Black, cuyo carácter era inescrutable, el de Ordinaire era transparente, franco, con candor le suministraba la absenta creyéndola administrada a pacientes graves, el objetivo del francés fue crear un brebaje medicinal, no una bebida embriagadora, como una galantería arregló un almuerzo para nosotros en una posada cercana, en el camino me reveló su admiración por Black, «este hombre cambia a diario la faz de la medicina», dijo con entusiasmo, comimos delicias de la costa francesa, una variedad de ostras cuyos sabores pasaban del delicado al intenso, quesos normandos madurados en cuevas, foie gras con pan campesino, liebre a la pimienta, trucha con almendras, apenas habíamos cruzado el canal y un mundo de manjares diferentes y refinados se abría frente a mí, nos despedimos agradecidos, Black finiquitó el pago de las cajas de absenta, los marinos nos ayudaron a subirlas al esquife y regresamos al Neptuno, levamos anclas al caer el sol, un cielo arrebolado se extendió a lo largo del horizonte, pocas veces vi en tierra un atardecer tan espectacular, el sol descendió hasta fundirse con las olas, las aguas se tornaron carmín por unos instantes y luego dieron paso a un azul grave, me disponía a retirarme a mi camarote en el primer sollado del alcázar cuando entre sombras distinguí a un hombre barbudo, me observaba con fijeza detrás de la vela de mesana, agucé la mirada para ver si lo reconocía, pero desapareció entre las sombras, no le di importancia y me fui a dormir, las paredes de mi camarote daban hacia el mar, durante la noche se tornó tempestuoso, se oía el oleaje golpear cada vez con más violencia, el barco se bamboleaba de un lado a otro, nada me preparó para el vértigo y la náusea, las sensaciones físicas más detestables a las cuales me había sometido, «te llevará varios días, pero te acostumbrarás», me adelantó Black, fue una tortura, la deliciosa comida francesa brotó del fondo de mi estómago hacia mi boca en un amasijo pestilente y amargo, vomité hasta la última ostra, cuando ya no hubo alimento por devolver expulsé bilis sin parar, mi lengua, mis fosas nasales se escocieron por el ácido, por consejo de James, junto a mi almohada coloqué una daga, nunca se sabía con una tripulación repleta de criminales, desesperado, estuve a punto de clavarla en mi abdomen en el afán por frenar la sucesión imparable de arcadas, las cobijas de mi cama chorreaban restos mal digeridos, en la duela se formaron fétidos charcos amarillentos cubiertos de grumos, por fin, luego de horas, la tempestad amainó, zangoloteado, exánime, desprovisto de energía, no tuve fuerzas para levantarme de la cama y dormité un poco arrullado por el ahora suave golpe de las olas contra el maderamen de la popa, las voces de la marinería se escuchaban a lo lejos, órdenes para girar la aleta de babor, para aflojar las escotas o para relingar las velas en dirección de barlovento, términos antaño desconocidos empezaron a cobrar sentido para mí, Black se apersonó en mi camarote y sonrió al verme tan batido, «nunca nadie había hecho una protesta tan aparatosa en contra de la cocina francesa», sentenció burlón, «ahí adivino un pedazo de trucha, más allá, el pernil de la liebre», dijo y señaló los restos diseminados por el piso, caminó con cuidado de no mancharse los botines, «deberías de ver cómo quedó nuestro compañero James, no está muerto de milagro», con el propósito de velarme, mi guardia durmió en una hamaca afuera de mi camarote, si el brusco meneo me había afectado con severidad, él debió columpiarse aún más, en una de las sacudidas se estrelló contra una de las paredes, descalabrándose, «se desmayó y está recuperándose en la enfermería», James era un hombre recio, hazañoso, pero su cuerpo, como el mío, no estaba hecho para las tempestades marinas, Black le había cosido la herida y poco a poco volvía en sí, me sentí con el deber de visitarlo, traté de incorporarme, las piernas me flaquearon y casi caigo de bruces, «necesitas comer para reponerte, pediré te traigan un caldo de gallina», el capitán envió a un grumete a limpiar mi camarote, me dio pena verlo levantar mis asquerosidades y me disculpé con él, el muchacho no debía rebasar los dieciséis años, sonrió, «no se preocupe, necesito hacer méritos», con brevedad me contó un poco de su historia, había escapado de su casa, no por maltratos, sino por no soportar la aburrición de trabajar en el negocio familiar de talabartes y fornituras para el ejército del rey, quería hacerse a la mar por ánimo aventurero, me recordó a mí cuando me expulsaron de la propiedad, dejé al grumete limpiando mis aposentos y subí a cubierta, la fragata avanzaba en el espejo azul del ahora calmo océano, a pesar de lo soleado, a lo lejos se vislumbraban negros nubarrones, una tempestad salvaje se avecinaba, preví otra pavorosa noche, un vigía oteaba el horizonte desde lo alto de la cofa de la verga mayor, «¿le gustaría subir?», me preguntó una voz a mis espaldas, volteé, un tipo fornido y de tez bronceada estiró su mano, «Harrison, contramaestre», su apretón fue firme, pude percibir una cordillera de callos en sus manos, reconocí su voz, era él quien bramaba las órdenes por la mañana, «William Burton», correspondí a la presentación, «todos en este barco sabemos quién es usted», dijo, fuese adonde fuese no había manera de ocultar quién era, me reiteró su invitación a escalar por los temblorosos flechastes hasta el trinquete, no me apeteció en lo absoluto, «quizás otro día», le respondí, «a muchos, ser enviado a ese puesto les parece un castigo, varios han muerto por subir con descuido, pero para mí ése y la roda son los mejores lugares de un barco, ahora, si le gustan las emociones fuertes, no hay nada como ir amarrado al frente del bauprés en la persecución de una ballena, se siente el mar en su esencia más pura, las olas revientan en la cara y el agua salada penetra por la boca, no pierda la oportunidad de hacerlo», Harrison navegaba desde los diez años, era hijo, nieto y bisnieto de marinos, se le veía amable y de finas urbanidades, una fachada, a la hora de comandar a la marinería se transformaba en un león y más en medio de una tormenta, era él quien comunicaba a los tripulantes los mandatos del capitán, no gozaba de margen de error, si no se maniobraban con precisión las jarcias, las ráfagas de viento podían desgarrar las velas y el barco quedaría a la deriva, «su guardián cometió un grave error, ató la hamaca junto a una pared, es necesario hacerlo lejos de cualquier superficie dura y es preciso amarrarse a la red para no salir volando, por eso se partió la cabeza, nosotros dormimos en hamacas, se mecen con las oscilaciones del navío y así se evita el mareo», me sugirió colgar una en mi cuarto, justo en el centro para no golpear contra los muros, me despedí de él y me dirigí dos niveles más abajo a ver a James en la «enfermería», el lugar era un asco, lo delimitaban unas barracas de cervezas y unos tablones, no lejos de las pocilgas donde mantenían cerdos y cabros y de los corrales donde encerraban gallinas, gansos y pavos, decenas de ratas y de cucarachas corrían entre las patas de los animales, a un costado se hallaba una hilera de hamacas destinadas a los tripulantes de más bajo rango, grumetes, pinches, bodegueros, cargadores, apestaba a estiércol y a humores, el peor sitio para atender a los enfermos, hallé a James dormido, la herida en su testa corría del entrecejo a la coronilla, Black la había cosido con treinta puntadas, según mi maestro debía de sufrir problemas con el azúcar, sólo eso explicaba la severidad de su lesión, era imperioso sacarlo de ese inmundo cochitril y llevarlo a un área más salubre, regresé a cubierta, un cierzo agitaba el mar y no se veía la línea de tierra, sólo la inmensa llanura de agua, un marinero me alcanzó, «señor William, el capitán lo busca», me guio hasta Shearing, «¿ya supo de los ridículos de su amigo el carcamal?», preguntó, no tenía idea, «mire», dijo y señaló hacia la cofa del mástil mayor, Black había trepado al puesto de vigía y ebrio se había enredado con el flechaste, ahora colgaba de cabeza a sesenta pies de altura, de tan grande, una decena de marineros realizaba esfuerzos denodados por destrabarlo, Black se balanceaba de un pie y si llegaba a zafarse, su muerte sería segura, eso parecía no importarle, reía solazado del esfuerzo de sus rescatadores y meneaba los brazos como un ave mientras profería una letanía de incoherencias, sólo mirarlo me produjo vértigo, yo no era afín a las alturas, desplomarme al vacío y dejar mis sesos desparramados en la duela no entraba en mi categoría de muertes preferidas, a pesar de mis miedos resolví encaramarme hasta donde se hallaba mi maestro, la vista desde allá arriba me arrobó, una grímpola ondulaba a mi lado, los rayos del sol se colaban por entre los farallones de nubes y cubrían de plata el mar azulado, las olas se estrellaban contra el casco de la nave dejando atrás una estela de ondas espumosas, allende se respiraba calma, tranquilidad, el mar en su esplendor, mientras aquende un hombre se mecía entre la vida y la muerte, Black no cesaba de moverse, complicando su rescate, «Robert, por favor, estese quieto», imploré, aun cuando por el viento era difícil escuchar las voces, pareció reconocer la mía, «William, un día más en esta nebulosa llamada vida», gritó, me hizo sonreír, algo de complicidad destilaba esa frase, dejó de agitarse como un buitre atrapado en un orzuelo, por instancias de Harrison amarramos una cuerda al pie sujeto a la red y el cabo lo atamos al trinquete, si resbalaba al menos quedaría guindando, izarlo ponía en riesgo nuestras vidas, podríamos irnos hacia atrás y nosotros sí precipitarnos hacia la muerte, el único sistema para hacerlo con seguridad era tirar de él desde abajo con una polea, Harrison, experimentado en los aparejos náuticos, lo resolvió con un intrincado mecanismo comprendiendo el obenque, los estayes y la oscilación de la botavara, el dispositivo funcionó y Black fue alzado hasta devolverlo al flechaste, todavía tomó una larga hora ayudarlo a bajar sin tropezarse, al momento de tocar suelo mi maestro se volvió hacia mí, «tengo hambre», dijo, sin agradecer el valeroso esfuerzo de quienes lo habíamos salvado, sin más, se encaminó hacia su camarote, fui yo quien estrechó la mano de cada uno para reconocer su arrojo, «de saberlo tan ingrato lo hubiese dejado ahí colgado», bromeó Harrison, me hubiese gustado ser como Black, tan dueño de sí mismo, descarado, atrevido, años de educación noble me inculcaron una actitud medrosa frente a lo aventurado, por eso envidiaba su insolencia, su carácter libre y temerario, cuánto hubiese dado por ser yo, no él, quien quedara meciéndose en el vacío, con el viento en la cara, sin importarme un bledo la muerte o cuanto opinaran los demás.

Hacia la tarde, el cielo se encapotó, las olas cobraron más ímpetu, ante la inminencia del temporal, Harrison dictó órdenes, «tiren de la bolina de mesana», «orcen a estribor, estiren las trapas», «levanten las brazolas», los catavientos tremolaban y presagié una tempestad aún más violenta a la de la noche anterior, observaba absorto las faenas cuando a lo lejos y entre las sombras vi otra vez al tipo barbudo espiándome por entre las jarcias, cuando se percató de mi mirada se escurrió bajo los pujámenes y desapareció, caminé unos pasos para ver si volvía a avistarlo, pero el enjambre de marinos alrededor de las velas lo impidió, en cuestión de minutos el cielo se tornó opaco y el barco se envolvió en tinieblas, gruesos pedriscos comenzaron a caer produciendo estrépito al golpear contra la cubierta, altas olas surgieron en el horizonte y sacudieron la nave, la proa se alzaba unos metros y luego descendía para hundir parte del mascarón en el mar, las redes erigidas alrededor de las barandas impedían la caída de los hombres a las aguas, yo contemplaba maravillado el espectáculo del encrespado océano con el contraste de las diminutas figuras humanas luchando por mantener la nave con rumbo, necesité aferrarme a las jarcias para no ser arrojado al suelo y a trompicones y empapado me encaminé a mi camarote, casi ruedo por las escaleras cuando descendí al sollado, por fin, logré entrar a mi aposento, las vigas y los muros rechinaban, la hamaca se mecía de un lado a otro, imposible dormir en ésta, me despojé de la ropa mojada, me sequé y me cubrí con cuanto abrigo tuve al alcance, ni siquiera el calor de la estufa logró calentarme, el barco empezó a moverse cada vez más, sobrevino la náusea y el primer vómito, aterido y mareado me até a la cama, la fragata trepidaba, expulsé un chorro verdoso, una parte se me fue a los pulmones, la bilis me quemó por dentro y estallé en un ataque de tos, los espasmos me impedían respirar, la peor de las muertes debía ser ésa, morir ahogado en el propio vómito, luego de varios intentos por fin pude respirar, descargué más alimento y más fluidos quemantes, por la escotilla se percibía el golpeo de las olas, de tanto crujir el barco, no debería tardar en hundirse, se elevaba para luego caer con fuerza, de pronto la puerta de mi camarote se abrió y una ventisca penetró en el cuarto, pensándola desatrancada por las sacudidas me disponía a quitarme las amarras para cerrarla cuando entre sombras pude vislumbrar una figura humana, atado como estaba no logré incorporarme, sentí un golpe en el hombro y luego otro más, como pude empujé al tipo y tomé la daga de debajo de mi almohada, alcé el filo y lo clavé en mi atacante, herido, reculó dos pasos, se recompuso y volvió a acometer, no me había propinado golpes sino cuchilladas, la sangre comenzó a manar de mis rajadas, las sacudidas del barco lo hicieron caer, con prontitud corté mis sujeciones y me abalancé sobre el bulto en el piso, nos trenzamos en una pelea furiosa y nos asestamos varias puñaladas, disminuido por los numerosos tajos rodé por el vaivén de la nave y quedé inerte junto a la puerta, mi enemigo comenzó a gemir, escuché pasos de gente aproximándose, blandí mi arma creyéndolos cómplices de mi agresor, se detuvieron frente a mí y me iluminaron con una veladora, «¿está bien?», preguntó uno, eran grumetes, entre ellos quien se había hecho cargo de la limpieza de mi habitación, intenté responder, pero sólo logré emitir un gruñido, a gritos llamaron a los demás, pronto me vi rodeado de marinos, volteé a mi izquierda, entre la luz de las antorchas vi tumbado bocabajo a mi rival, resollaba, de su espalda brotaba sangre, un hilo carmín se deslizó hacia mí, me asqueé cuando llegó hasta mi mano, quise quitarla, pero exangüe no pude, sentí una última vibración del barco y no supe más de mí. Desperté en la habitación de Black, gracias a su extraordinaria habilidad, cosió las heridas e impidió una hemorragia mortal, según me dijo, ninguno de los piquetes afectó un órgano principal, pero sí rebanó arterias, el otro también había quedado malherido, le perforé múltiples veces el vientre y lesioné uno de sus pulmones, Black lo salvó a pesar de su renuencia, Shearing lo exhortó a hacerlo, deseaba conocer a fondo las razones por las cuales me había atacado, «los muertos rara vez confiesan», argumentó para persuadir a Black, «¿saben su nombre?», inquirí desde mi debilidad, «Joe Crow», respondió mi mentor, «¿lo conoces?», no, no había escuchado de él, ignoraba la razón de tan virulento asalto, «debió enterarse de tu fortuna y quiso robarte», dedujo Black, no me lo parecía, la embestida había sido directa, sin mediar una sola palabra, su motivación debía ser otra, acaso me confundió con alguien más, «a esta piara de asesinos disfrazados de marineros a menudo se les trastorna el cerebro, los he visto matarse por tonterías, averiguaremos cuando despierte cuáles eran sus intenciones y debes enterarte de algo más, durante la tormenta James no chocó contra la pared en la hamaca, este tipo lo golpeó con un madero en la cabeza, hallaron el palo ensangrentado debajo de su litera, lo inhabilitó antes de atacarte», no quedó duda, el ataque había sido premeditado. Dada la gravedad de nuestras heridas, Shearing decidió recalar frente al puerto de La Rochelle, ancló a la distancia para evitar el pago de derechos de los muelles y para sortear inspecciones de las autoridades navales, si alguno de nosotros dos empeoraba podía mandarnos en una falúa a recibir atención hospitalaria sin sujetar a la nave a pesquisas judiciales, no pude levantarme de mi lecho por días, no sólo era preso de un descaecimiento creciente, el dolor me asaltaba apenas moverme, Black vigiló de cerca mi evolución, sin su pericia como cirujano y como médico no hubiese salido avante, mi fallido asesino no recobró la conciencia en una semana, alternaba entre la vida y la muerte, gracias a los oficios de mi maestro logró salvarse, cuando regresó en sí se rehusó a contestar el interrogatorio de Shearing, el tal Joe Crow ingresó al Neptuno como miembro de la tripulación cuando lo alquilé, según Harrison, llegó a Dover con cartas de referencia de un teniente del ejército real en cuya finca había trabajado como labrador, no sabía el contramaestre su lugar de origen ni datos de sus trabajos anteriores, sus compañeros lo consideraban un tipo callado y responsable, ¿quién era Joe Crow y cuáles habían sido sus motivos para atentar contra mí?, en cuanto me repuse, subí a pasear a cubierta, no me autorizó Black cruzar hacia La Rochelle, juzgó contraindicado el viaje en la falúa, los brincos provocados por el oleaje podrían abrirme las suturas, a lo lejos me pareció una ciudad fascinante, dos enormes torreones se divisaban en lontananza, un facero de casas antiguas corría a la orilla de puerto, decenas de barcazas de pescadores salían a la mar en la madrugada alumbradas con faroles, envueltos en gabanes para combatir el frío, los pescadores remaban a contracorriente hasta alcanzar los valles marinos más profundos, dependiendo del tipo de pez, o colocaban redes pasivas con corchos para hacerlas flotar o lanzaban anzuelos con carnada para coger a las especies más voraces, al regresar por las mañanas, cuando vadeaban cerca de la costa, arrojaban atarrayas o esparveles para atrapar sardinas, trataba de distraerme viendo sus artes para no pensar en mi intento de asesinato, roba el aliento saberse cerca de la muerte por voluntad de otra persona y más cuando se desconocen los móviles, anhelaba la total recuperación de mi enemigo para verle a la cara y reprocharle su cobarde acción a mitad de la noche, el capitán, como máxima autoridad en el barco, era el único capaz de zanjar el asunto, sería un juez imparcial, aseguró, según él, su experiencia de cuarenta años como navegante lo avalaban y presumía un conocimiento a fondo de las leyes marítimas, «he visto todo tipo de atrocidades, asesinatos, motines, robos, violaciones, sé cómo y cuándo decretar una sentencia correcta», estas leyes, afirmaba, eran implacables y hacían ver como blandas a las terrestres, «la vida de una tripulación depende de la disciplina y el orden, una mala semilla puede dar origen a raíces dañinas, se requiere eliminarla de tajo, aun cuando la mitad de estos marineros son exreos, entienden a cabalidad estos principios por una sencilla razón, el mar no perdona, si Joe Crow es culpable y no existen atenuantes, lo colgaremos, si hay alegatos a su favor, se le perdonará la vida sin eximirlo por ello de duros castigos, ahora, señor Burton, si usted lo enardeció durante la navegación se le aplicarán también los correctivos indicados», aseveré no haber alternado jamás con ese hombre, «esperaremos su versión», sentenció Shearing, me enfureció su tufo derechero cuando él mismo era un truhan, sobre sus espaldas debía cargar una mole de delitos, pero no podía oponerme a su potestad, su sentencia debía cumplirse al pie de la letra y quien desobedeciera se arriesgaba a un castigo de igual magnitud. Mientras yo convalecía, Black se dio la gran vida en La Rochelle, a diario viajaba al puerto donde gastaba a lo grande el dinero de Bates en espléndidas comidas regadas con vinos de la mejor clase, varias veces no llegó a dormir al barco por quedarse a pernoctar con alguna damisela, una noche retornó con un hombre de rostro afilado, nariz aguileña, músculos tensos y duros como alambre, «te presento a tu nuevo guardia, Jean-Baptiste Alarie», era, como James, un militar retirado, de carácter semejante, seco, de pocas palabras, una larga cicatriz le cubría el rostro desde la base de la mandíbula izquierda hasta la sien derecha, cruzaba por el puente de su nariz y por la órbita ocular, un espadazo debió cortarlo de arriba abajo, de milagro no había perdido la vista, Alarie me extendió la mano y la estrechó como si quisiera romper la mía, «a sus órdenes», me dijo con marcado acento francés, la tajadura en su rostro, me enteré después, no la había sufrido en batalla sino en un duelo, un gentilhombre, creyéndose impune por su privilegiada condición social, abusó de su hermana, Alarie no dejó pasar la ofensa y lo retó a muerte, el noble se preciaba de ser un dotado esgrimista y aceptó con gusto, se vieron al amanecer en una de las playas, al inicio del duelo, el tramposo noble le arrojó a Alarie arena en los ojos y aprovechó para cortarle el rostro, aun cuando la sangre le impidió ver del lado derecho, el militar se rehízo y haciendo gala de una técnica más depurada logró atravesarlo justo a la altura del corazón, su rival se llevó la mano al pecho, lo miró con sorpresa mientras la sangre rodaba entre sus dedos, cayó de hinojos, murmuró una frase y murió, al enterarse del duelo los altos mandos deshonraron a Alarie despojándolo de las diversas medallas e insignias al mérito en combate y lo expulsaron de las fuerzas armadas, Black lo conoció por ser primo de un compañero de juerga, quien se lo describió como el hombre más probo y recto de la región, con vasta experiencia en travesías por el mundo árabe, hugonote, no era bien visto por la comunidad católica de La Rochelle y sufría de problemas para encontrar trabajo, por eso cuando Black le ofreció laborar para mí, aceptó de inmediato.

Diez días después de hallarnos anclados frente a las costas francesas, cuando Black me dio de alta y mi enemigo se hallaba en franca recuperación, Shearing decidió zarpar, por fortuna, navegamos hacia un mar sereno, cansado de los bodrios servidos en la fragata, Black, con dinero de Bates, no sólo repostó la cocina con viandas y bebidas de excelente calidad, sino también alquiló los servicios de un cocinero, «la mente se enloda cuando la alimentas con basura», argumentó para justificar el extravagante gasto, a decir verdad, fue una óptima decisión, yo tampoco soportaba más los pestilentes platillos, en la cena Black sacó del bolsillo de su abrigo una pieza de ajedrez y me la mostró, era la torre negra perdida, se la pedí y la acaricié entre mis manos, «¿dónde la obtuvo?», le pregunté, «la traía Joe Crow en una bolsa», respondió, «es mi nuevo amuleto», agregó, «esta pieza pertenece a mi ajedrez, me la robaron hace un tiempo», objeté, la posesión de la pieza por Crow invalidaba cualquier asomo de casualidad en el ataque, «los ajedreces se parecen», sostuvo, narré la historia del mío, de cómo un artesano florentín lo labró para Da Vinci y de cómo llegó a mis manos, «es mi propiedad más preciada», conté sobre el hurto, sobre la muerte del ladrón y de las trágicas consecuencias provocadas por el hermano mayor del ratero fallecido, «ese juego vale una fortuna, si Crow hubiese empeñado la pieza con un conocedor, hoy sería rico», expliqué, «quizá la ganó en una partida de cartas o la trocó por algo», dijo Black, podía ser, pero sólo había una forma de averiguarlo, salí en búsqueda de Shearing, toqué en su camarote y me abrió vestido con camisón de dormir, «es tarde para molestar», se quejó, «exijo ver a mi atacante», demandé, al tipo lo habían encerrado en una ubicación secreta para impedir mi venganza, «lo verá cuando se haya restablecido», reviró, «no, ahora mismo», clamé, le mostré la torre, «esta pieza me la robaron, él la llevaba entre sus ropas, quiso asesinarme por una razón», me pidió calma, «se hará justicia, se lo aseguro», no podía aguardar más, «déjeme batirme en un duelo con ese protervo», exigí, «los duelos están prohibidos en alta mar, señor William, quien rompe esta regla es condenado a la horca», no entendía los motivos por los cuales Shearing no mandaba de una vez a Crow al patíbulo, «mañana temprano, si las circunstancias lo permiten, iniciaremos el juicio, me comprometo a resolver con equidad», su talante a lo rey Salomón me desquiciaba, un desconocido me había atacado y él, en lugar de brindar un castigo ejemplar, premiaba al imbécil con un «juicio», al día siguiente, por la mañana, Harrison y cuatro marineros tocaron a la puerta de mi camarote, al abrir, en un acto humillante, me ataron las manos por detrás y me condujeron al sitio donde se llevaría a cabo el proceso, como si hubiese sido yo quien cometió el atentado y no Crow, me acompañaron Alarie, Black y James, quien, aún aturdido por el golpe en la cabeza, se presentó también como agraviado, me llevaron a un peñol de pertrechos en la sentina, sobre una banca, también atado de manos, se encontraba mi enemigo, cambiamos miradas de desprecio, como testigos de su parte se presentaron dos marinos, para mi satisfacción, el pecho y el abdomen de Crow estaban cubiertos por vendas sanguinolentas y su respiración se entrecortaba, signo de tener los pulmones afectados, Shearing dio comienzo al litigio, «señor Crow, ¿conocía usted de antes al señor Burton?», inquirió el juez, el otro respondió con decisión «sí», su respuesta me confundió, jamás lo había visto, «no tengo idea quién es», rebatí, Shearing hizo caso omiso de mi comentario y continuó, «¿de dónde lo conoce?», le preguntó, el otro se volvió a verme, desafiador, «él sabe de dónde», aseguró, examiné sus facciones, no, no lo recordaba, «juro ante Dios no conocerlo de antes», Crow soltó una risa sardónica, «me la debías, estúpido, y lamento no haberte matado», dijo, debía creerme otro o era una martingala para acriminarme, la indignación bullía dentro de mí, «capitán Shearing, yo no le debo nada a este hombre, su ataque fue gratuito y cobarde, no entiendo las razones por las cuales le concede defensa, debería estar ya en las manos del sayón y no aquí, calumniándome», Shearing se giró hacia Crow, «díganos, ¿cuál fue el motivo para atacar al señor William Burton?», en el rostro de mi enemigo se dibujó un gesto de odio profundo, «él asesinó a mis dos hermanos», aseguró, lo refuté de inmediato, «yo jamás he matado a nadie», Crow viró su cuerpo por completo hacia mí, «eres un hipócrita, Burton, y un mentiroso, primero mataste a mi hermano menor y luego, con saña, mataste a mi hermano mayor», el «juicio» se complicaba, ahora era a mí a quien querían acusar de homicidio, uno de sus dos testigos pidió la palabra, «Joe me contó la terrible y nada cristiana guisa en la cual fue despedazado su hermano menor y cómo el mayor fue cosido a puñaladas por sicarios pagados por este hombre», Shearing cuestionó si él había presenciado tales hechos, el marinero negó, pero adujo percibir el dolor genuino de Crow, «eso no basta», manifestó el capitán, «para acreditar la veracidad de la versión», Crow se volvió a verme, retador, «¿de verdad no sabes quién soy?», inquirió, negué con la cabeza, «mi apellido original es MacEnchroe, primero desnucaste a mi hermano menor y si ello no te bastase lo tajaste en canal para vaciar sus tripas, luego amenazaste de muerte a mi hermano Colton y lo desterraste al sur, donde tus esbirros lo persiguieron hasta darle muerte», debí suponerlo desde un inicio, MacEnchroe, el hijo de Crow, el cuervo, se había cambiado el sobrenombre para no ser vinculado a los rufianes de su familia, él había perpetrado el hurto en el granero junto con los otros dos y ahora me achacaba la muerte violenta de Colton, a quien con certeza lo apuñalaron miembros de su misma calaña, «con razón traías la torre de mi ajedrez, tú y tus hermanos entraron a robar a mi casa, no una, sino dos veces», dije y me volví hacia Shearing, «es verdad, su hermano menor murió a las puertas de mi hogar, pusimos una trampa contra ladrones y cuando intentaron saquear de nuevo mi casa un costal de trigo cayó sobre su cabeza, matándolo, fuimos absueltos por las autoridades locales, su hermano mayor, Colton, me traicionó, pertenecía a mi guardia personal y en él confié mi vida y mis pertenencias, la codicia lo hizo hurtarme, se vengó de la muerte de su hermano degollando a una dulce y querida amiga, ajena a cuanto sucedió, sí, amenacé con matarlo si no se largaba a cien leguas, pero juro por Dios nunca mandé matar a Colton, Joe Crow debió seguirme por meses y se empleó en este navío cuando me supo dispuesto a alquilarlo, yo no conocía su nombre ni jamás vi antes su rostro», afirmé, «lo sabía ladrón, Crow, y no me importaba, pero atacó con alevosía al señor Burton y ése es un agravante serio», expuso con seriedad, «este tunante, a quien de tan pérfido hasta su misma familia expulsó de su seno», rebatió Crow, «no sólo cometió el sacrilegio de profanar el cuerpo de mi hermano Liam, lo dejó con las vísceras esparcidas como si se tratara de un animal», por primera vez conocí el nombre del muchacho muerto al pie del granero, «tampoco tuvo el valor de enfrentar a mi hermano Colton y lo mandó despachar por otros», esta acusación infundada nos emparejaba en la misma categoría moral y validaba su intento de asesinarme, eso mitigaría la sentencia e, incluso, la revertiría en mi contra, el otro testigo de Crow solicitó la palabra, «por el bien de mi conciencia, obscura por años y ahora en sereno reencuentro con Cristo, quisiera esclarecer los hechos, Colton era un apostador empedernido, dominaba cuanta fullería había en el juego de baraja y con facilidad desplumaba a los demás, pero se topó con uno más mañoso, Colton perdió el total de sus ahorros y, encima, quedó a deber una enorme suma, como corrían los meses y no pagaba, Jack Butcher, a quien adeudaba, lo emboscó con sus compinches y lo cosieron a puñaladas, ésa es la realidad», nunca vi a alguien mirar con tanto odio como Crow miró a su amigo, Shearing, en su afán por presentarse como un juez imparcial, dictaminó, «la verdad es esquiva y cada quien detenta su propia versión, señor Crow, usted no sólo violentó los aposentos del señor Burton con la pretensión de matarlo sino también golpeó con alevosía en la cabeza al señor James, como ignoro cuán legítimos eran sus motivos, dejaré en manos de Dios su destino, esta tarde lo abandonaremos en un bote de remos en altamar, con agua y víveres suficientes para subsistir una semana, si Dios decide permitirle llegar a tierra firme y salvar su vida, ésa será Su voluntad», vaya Poncio Pilatos resultó Shearing, para no provocar protestas entre la tripulación, se lavó las manos y le asestó a Crow una condena a muerte aún más cruel, herido como estaba, no cabía ni una sola posibilidad de resurgir del mar victorioso, quedaría a merced de la inclemencia del sol y de las tempestades, antes de retirarme me volteé hacia él para hacerle una última pregunta, «¿dónde quedó la pieza blanca de mi ajedrez?», mi enemigo sonrió, «si lo supiera, no estaría aquí», respondió enigmático, a las tres de la tarde se cumplió la sentencia, la marinería en su totalidad se hallaba alineada junto a las barandillas de cubierta para dar fe del acto, Crow al centro, libre de ataduras, no se le notaba nervioso y, es menester reconocerlo, en su parado y en su actitud se traslucía dignidad, el capellán del barco le dio la bendición y puso un crucifijo en sus manos, luego el prisionero fue conducido a la amura de babor, lo subieron en un pequeño bote, colocaron dentro garrafas con agua y un saco con provisiones y con una grúa lo descendieron al mar, no hubo en él muestras de flaqueza ni tampoco profirió insultos, lo cual lo tornó admirable a mis ojos a pesar de su ruindad, alzó la mano para despedirse de sus camaradas y con un cuchillo Shearing cortó los amarres, en cuanto el bote se alejó unos pies dio orden de izar las velas para remontar hacia el sur, la fragata avanzó a gran velocidad y en pocos minutos el bote se vislumbró a lo lejos como un diminuto punto a la deriva, dos días después el testigo de Crow desapareció del barco, según escuchó James, un grupo de tripulantes, agraviados por su delación, lo arrojó por la borda a altas horas de la madrugada, el hombre se defendió a puñetazos y a patadas, arguyó su inocencia a gritos con la finalidad de convencer a otros de rescatarlo, nadie intervino, lo ataron de manos y de pies y, en la noche sin luna, lo aventaron al mar, no tardarían los tiburones en dar cuenta de él, mi vida en el barco cambió, la animosidad de cierta parte de la tripulación en mi contra por el castigo a Joe Crow fue evidente, no me dirigían la palabra, me miraban desdeñosos y murmuraban a mi paso, como la recuperación de James se complicaba cada vez más por su enfermedad del azúcar, Black le ordenó reposo absoluto y hube de confiar mi seguridad en Alarie.

Los dolores en mis heridas tardaron en ceder, Black me exhortó a ejercitarme, posición contraria a cuanto sugería el común de los médicos, «la circulación de la sangre te ayudará a cicatrizar y a fortalecer los músculos», para acelerar el proceso me planteé alzar repetidas veces una enorme piedra por encima de la cabeza y lanzar una cuerda pesada tan lejos como pudiese y recogerla con rapidez, en ocasiones, el esfuerzo reventaba las suturas y las heridas volvían a abrirse, Black no se inmutaba, me colocaba una cataplasma de menta y de hierbabuena para desinflamar y me instaba a proseguir con mis rutinas, Alarie me brindó lecciones de esgrima, su técnica y su habilidad eran sobresalientes, manejaba la espada con naturalidad y sus acometidas eran fulminantes, en nuestras prácticas colocaba corchos en las puntas para no lastimarnos, a menudo sus veloces ataques tocaban el área de mi corazón, «el secreto no está en las manos, como muchos creen, sino en los pies y en la cadera», era seguidor de las teorías de Gérard Thibault, quien, basado en la «proporción natural» de Da Vinci, planteaba el «misterioso círculo», el espacio cuyo radio se determinaba por la longitud de los brazos y de las piernas y el largo de la espada, Thibault hacía énfasis en el parado, en los ángulos de los pies y los hombros, nunca imaginé tal disertación filosófica, geométrica y estética en el mero acto de empuñar un trozo de metal, Alarie estudió el libro de Thibault, *La academia de la espada*, cuando recibió el rasgón en el rostro se preparó por años y terminó convertido en un experto, en tres duelos subseyentes atravesó el pecho de sus rivales, demandé practicar en cubierta cada mañana al primer albor, no sólo para refinar mi técnica sino para mostrar a la tripulación mi habilidad con la espada, Alarie era riguroso y me hacía repetir una y otra vez los lances, pronto pude batirme al tú por tú con él, una rueda de espectadores comenzó a observarnos, mi plan por hacer público mi adiestramiento brindó frutos, gocé del respeto de los marinos, máxime por combatir aun con las heridas frescas, mi camisa se teñía de sangre y, bravato, me la quitaba para ostentarla como blasón, Alarie se enteró de quiénes azuzaban a los demás en mi contra, sugirió expulsarlos al tocar el próximo puerto, «William, usted paga los sueldos y no puede permitir malevolencias, ordene a Shearing desembarcarlos», el grupo de los «podridos», como los denominó, consistía en once tipos comandados por Bob, el otro testigo de Crow, y se hallaban al fondo de la jerarquía náutica, Shearing aceptó despedirlos y los obligó a descender en la siguiente parada.

Arribamos al puerto de La Coruña, esta vez sí atracamos en los muelles y pagamos los derechos, era preciso repostar provisiones para el resto del viaje y subir animales vivos: cuarenta cabras, veintiséis cerdos, ochenta gallinas, cuatro gallos, veinte pavos, ocho caballos, diez vacas y seis bueyes, el clima en la ciudad era voluble, se pasaba de una mañana soleada a una tormenta en cuestión de minutos, Black y yo decidimos dar una vuelta por las calles, abundaban las mujeres hermosas, de talle fino, rostros pálidos, cabellos castaños, su lengua era dulce y melodiosa, varias me recordaron a Ailis, por supuesto, mi esposa aún más bella, le había escrito varias cartas donde le relataba mis experiencias en la travesía, las llevé a la aduana para pagar por su envío a Londres, el encargado me advirtió de una larga demora, «quizá llegue usted antes», insistí y pagué el porte, después del intento de asesinato temía no volver a verla y estas cartas eran testimonio de mi amor por ella, esa noche Black me pidió acompañarlo, «la carne sufre de sus exigencias», me dijo, y deseaba aliviarlas, en La Coruña no había prostíbulos como tales, era una región conservadora y no se toleraban disipaciones, se castigaba con cárcel el oficio de meretriz e igual se apresaba a quienes solicitaban sus servicios, existían las llamadas «casas de citas», moradas particulares donde los encuentros eran conducidos con secreto para no llamar la atención de los espías de la Iglesia, la principal interesada en encarcelar a los descarriados, un absurdo, pues los principales clientes eran clérigos, al contrario de los céntricos burdeles en Edimburgo estas «casas de citas» se hallaban en barrios apartados, los servicios eran caros y eso sí, afirmó Black, las mujeres eran las más atrevidas de cuantas había conocido, «no presumen remilgos, hacen cuanto les pidas sin reparos, su piel es de porcelana y es un placer pasar la mano por sus lomos y por sus nalgas», lo encaminé hasta la puerta y a pesar de su oferta de pagarme «una noche entera de níveas pieles y vulvas ardientes», me negué, le había prometido fidelidad a mi esposa y pensaba cumplir sin pretextos, zarpamos con retraso por culpa de Black, quien con una sonrisa y sin disculparse se presentó a las diez de la mañana, apenas puso pie en cubierta se levaron los puentes y navegamos rumbo a Cádiz, adonde recalamos después de ocho jornadas, el calor seco y abrumador anunció la proximidad del continente africano, aun a las seis de la mañana los adiestramientos con Alarie me dejaban empapado en sudor, para las doce del día el hervor era insoportable, los marineros se despojaban de sus camisas y subían y bajaban de los mástiles a medio vestir, a algunos de ellos se les quemaron los hombros y las espaldas, ampollas del tamaño de un puño brotaron en su piel enrojecida, el cuerpo de los ingleses estaba hecho para los fríos y para las lloviznas, no para este sofoco ardiente, me emocionó saberme cerca de entrar a la cuenca del Mediterráneo, la cuna de la civilización humana, el mar navegado por griegos, romanos, fenicios, turcos, egipcios, para conquerir territorios lejanos. Cádiz era un puerto histórico, desde ahí las flotas españolas remontaron el Atlántico para domeñar las tierras americanas, entramos a la bahía gaditana en medio de decenas de navíos, ahí desembarcaban la mayoría de los productos venidos de las colonias de ultramar, apenas poner pie en la ciudad se respiraba riqueza, en los muelles iba y venía un hormiguero de ganapanes y de cargadores, las construcciones eran señoriales, los ropajes de sus habitantes estaban confeccionados con las mejores telas, las avenidas arboladas, entre las naves ancladas se sucedía un trajín de góndolas, algunas para ofrecer servicios de transporte para los marinos, otras para vender viandas o para llevar barriles de agua potable o de vino, Alarie y James, bastante recuperado ya, se dieron a la tarea de reclutar al grupo de guardias, Alarie conocía a algunos antiguos militares y como masticaba el español pudo darse a entender con ellos, alquilamos también dos goletas con sus respectivos soldados para escoltarnos por las peligrosas costas marroquíes y argelinas y defendernos de las saetías piratas y de los bandoleros en el

Nilo, salimos de Cádiz por la noche y para la mañana nos encontramos frente al estrecho de Gibraltar, me emocionó ver ambos continentes a la vez, al norte, Europa, al sur, África, Harrison me señaló a la izquierda el gigantesco peñón, «custodio de nuestro imperio en las narices de nuestro enemigo más rabioso», ordenó tirar las jarcias del velacho y del trinquete para girar hacia estribor, la idea era bordear la costa africana para cubrir el flanco de la playa en caso de un rebato corsario, las dos goletas avanzaron una de cada lado, para comunicarse con ellos, Shearing dispuso a dos hombres para mandar señales con banderas, era un espectáculo verlos alzarlas y bajarlas para trasmitir mensajes, rodeamos Marruecos y entramos a la zona más peligrosa, aquella dominada por los piratas argelinos, fue un recorrido tenso, a menudo, por las noches, escuchaba voces, bastaba ver una embarcación en las cercanías para alarmar a la tripulación, por suerte las naves sospechosas daban vuelta al vernos resguardados por las goletas españolas, el litoral bereber era desértico, algunas palmeras se adivinaban a lo lejos y grandes farallones destacaban detrás de las playas, en una ocasión me tocó ver una larga caravana de camellos montados por hombres vestidos con túnicas blancas y azules, «son los "imushaqs", comerciantes nómadas», me explicó Alarie, con un telescopio los observé hasta verlos perderse en el horizonte arenoso, con botella de absenta en mano, Black gustaba de pararse en la baranda de cubierta a contemplar el mar, hablaba para sí y en un pergamino escribía anotaciones, se dejó crecer la barba y me sugirió hacer lo mismo, «es costumbre de estas tierras», dijo, hirsuto se veía todavía más intimidante, los marineros, aun los más rudos, no eran capaces de sostenerle la mirada, no había en la nave alguien tan imponente, ni con manos de su tamaño ni con su musculatura, Black debía tratar fenómenos por ser él mismo casi uno de ellos, una noche lo hallé en su camarote mirando absorto unas ilustraciones, eran diez dibujos de las extrañas realizados a detalle por Vicky desde diversos planos, de cuerpo entero, de espaldas, de perfil, de los cuellos, de las dos cabezas, Black los examinaba, pensativo, y hacía apuntes al margen, las suyas eran reflexiones teóricas, filosóficas y éticas sobre la condición de las extrañas, Black en su máxima expresión, la navaja de su mente separando cuantas posibilidades quirúrgicas se requerían en caso de tomar la medida de cercenar una de las dos cabezas, me sentí privilegiado por atestiguar el proceso mental de un visionario y de un genio. Shearing temía a los bereberes y, en general, a los musulmanes y decidió no hacer escala en ningún puerto árabe, no paramos sino hasta arribar a Alejandría, el primero de nuestros destinos, cuando las provisiones y el agua dulce estaban por agotarse, mientras ejecutábamos las maniobras de atraque, Black me señaló la ciudad, «fue fundada por Alejandro Magno, de ahí su nombre», según contó, el elegante trazado del puerto era distinto al de la generalidad de las ciudades árabes, plenas de caóticas y laberínticas callejuelas, Alejandro le encargó a Dinócrates, arquitecto responsable de la ampliación de Rodas, llevar a cabo el proyecto, el resultado fue una metrópoli ordenada, de limpio diseño griego, con anchas avenidas, edificaciones sobrias, en donde convivían personas de diversas culturas, judíos, cristianos, musulmanes, persas, otomanos, en ella convergían los más brillantes y afamados pensadores, intelectuales y médicos del Medio Oriente, a ellos deseaba consultar Black antes de dirigirnos a El Cairo para después viajar hacia Abisinia, eran médicos con sapiencias diferentes a las nuestras y cuyas fuentes se remontaban a milenios atrás, Jesucristo, se rumoraba, había viajado a Alejandría a reunirse con los sabios de la época, de ellos, se decía, aprendió el arte de curar con la energía de las manos y el poder balsámico de las palabras, Black buscaba abrevar de los herederos de aquella refinada erudición para comprender el hondo misterio de las extrañas. Desembarcamos al amanecer, el sol doraba los edificios y desde esa primera hora se notaba intenso movimiento en los muelles, sonaban toscas las voces de los porteadores egipcios, como si hubiese enojo en sus frases, lo contradecían sus abiertas sonrisas al saludarlos,

Black descendió del barco con una carpeta donde portaba los apostillados dibujos de las extrañas, Alarie, James y dos de los guardias españoles nos escoltaron, por primera vez vi de cerca camellos y dromedarios, me sorprendió su formidable tamaño y su curiosidad, uno de ellos se acercó a olfatearme, «son animales cariñosos», explicó Black, «acarícialo», pasé mi mano por su cuello y el dromedario recargó su cabeza sobre mi hombro, rasqué sus carrillos y cerró los ojos mientras se refregaba contra mí, «se enamoró de ti», bromeó Black, nos dirigimos a un bazar y me instó a comprar túnicas y turbantes para ambos, «nos vestiremos como locales», dijo, me puse la túnica por encima de mis ropas, por mi falta de habilidad el turbante hubo de enredármelo el mismo vendedor, Black ató el suyo con destreza y me sorprendió cuando cambió algunas palabras con él en árabe, entre los pasillos Black buscó a Omari, un traductor cuyos servicios había contratado en anteriores viajes, de treinta años de edad, había vivido un tiempo en Inglaterra, al volver se convirtió en intérprete para forasteros y dominaba por igual el inglés, el francés y el portugués, era afable como pocos y de una discreción absoluta, junto con él nos encaminamos a un ágora a un costado de la zona céntrica de la ciudad, bajo la sombra de unas altísimas palmeras veinte sabios se reunían a estudiar y a discutir variedad de temas, la mayoría eran hombres venerables, les gustaba convivir al aire libre y estar a la mano de quienes desearan consultarlos, los cinco médicos a quienes veníamos a visitar se encontraban sentados en unas bancas debajo de un frondoso árbol de moras, reconocieron a Black y lo saludaron con afecto, excepto uno, a quien por padecer de ceguera hubo necesidad de explicarle de nuestra llegada, al saberlo se puso de pie y abrazó a mi maestro, Fareed Mansour era un experto en medicina de las mujeres, por su falta de vista los hombres le confiaban la salud íntima de sus esposas o de sus hermanas y fungía también como matrón para asistir en los partos, nos sentamos en círculo, sobre una de las bancas Black extendió los dibujos de las extrañas, los otros cuatro médicos se acercaron, mientras al ciego un asistente se los describía, «¿este ser vive?», preguntó Adom El Sayed, el más joven de ellos y quien debía aproximarse a los cincuenta años, «sí», respondió Black, «y la madre quiere sacrificar una de las cabezas para darle vida normal a la otra», los médicos dieron vuelta alrededor de las ilustraciones, «¿cuántos senos tienen?», preguntó el ciego, «no lo sé, no las conozco de cerca, pero mi colega, William Burton, quien las atendió, podrá darte razón de ello», me cohibí, no quería pasar por un joven inexperto, «a mi entender sólo cuentan con un par», respondí, «mas no podría asegurarlo», Mansour se quedó pensativo por un momento, «si sólo poseen dos senos, con certeza sólo poseen una vagina y un solo corazón», Black preguntó si ellos sabían de algún caso semejante, Abdías Abenhadar, médico judío, confirmó lo antes escuchado, «se sabe de un ser semejante entre los falashas, quien vivió hace siglos y cuya impresión aún subsiste entre los suyos», Black preguntó si era cierta su momificación, «hasta donde sé, sí, el cadáver fue embalsamado de acuerdo a las antiguas tradiciones egipcias, contraviniendo la ordenanza de la halajá de no violentar el cadáver», habló de un lugar en el Sudán donde crecían cabras bicípites, «gocé el privilegio de ver a un par de ellas, las habían traído a El Cairo para ser ofrendadas en un ritual de los dioses prohibidos, se habla de la existencia de algunas más, te aconsejo visitar el lugar donde nacen, mas no lo olvides, para esa tribu las cabras son sagradas», a Black le pareció buena idea ir a la aldea mencionada y preguntó por su nombre, «Al Hamerib», contestó Abenhadar, «a un costado del río Atbara», en opinión de Tarik Salem, el más anciano, la cirugía debía cancelarse, «quienes debemos cambiar somos nosotros, no ellas, todos somos hijos de Alá y a cada quien, aun al más deforme, le ha dado vida con un propósito, es nuestra prelación develarlo», sostuvo, «déjalas en paz, Robert, es lo justo», mi maestro lo refutó, «no soy yo quien persigue este objetivo, querido Tarik, es la madre quien, acorralada por tan caprichosa rareza, es capaz de pedirle la cirugía a médicos menos preparados, necesito argumentos más sólidos para convencerla de lo contrario, ella exige respuestas prontas y no esperará por una sociedad más respetuosa de la desemejanza», explicó, «si vas a ejecutar la cirugía, debes de poner suma atención en cuanto atañe a la sangre», agregó Rashidi Hamdy, el único negro entre ellos, no sabemos si tienen uno o dos corazones, donde posea dos, al cortar una arteria el flujo de sangre será imparable y se te morirá entre las manos, al escindir la cabeza, corta la carne hasta los huesos sin tocar una sola arteria o vena, sierra la columna y al final, corta una por una las arterias y cose de inmediato», Nassar Salem, el más callado de los sabios, tomó uno de los dibujos y lo examinó, «veo ambas manos del mismo tamaño y con la misma forma, lo más importante es determinar cuál de las dos cabezas guía cada una, lo mismo debe decretarse con los pies, quizá si cortas una cabeza dejes inútil un lado y lejos de llevar a la sobreviviente a una vida normal, la condenes a arrastrar una mitad fenecida», me alegró coincidir con él, les narré el ejercicio del pellizco en la mano izquierda y cómo ambas abrieron los ojos al mismo tiempo, «eso habla de dos cerebros conectados a los nervios del cuerpo, el resultado de amputar una de las cabezas puede brindar dos resultados distintos, o la cabeza sobreviviente compensa la falta de la otra o bien se rompe el circuito nervioso, será necesario ahondar en los experimentos y concluir si es posible el dominio del cuerpo al comando de una sola cabeza», a pesar de ser un hombre de edad, Mansour formuló las preguntas más provocadoras, «sería interesante investigar cuál de las dos cabezas goza de los placeres sexuales, quién de las dos recibe los estremecimientos del orgasmo, las mujeres son, como nosotros, proclives al disfrute propio, me lo han confesado muchas, quienes, preocupadas por su estado de salud, atribuyen sus males a tocarse en demasía, en los harems es común la práctica de ayudarse unas a otras a culminar, deberán dejar de lado cuestiones morales y timideces y preguntarle a la mujer bicípite si se induce ella misma delicias y si es así, cuál cabeza recibe la satisfacción, a ojos de indoctos pueden parecer cuestiones vulgares, impropias, pero nosotros debemos estar por encima de estos prejuicios, el sexo es la llave de la vida y resolver estas interrogantes añadirá datos valiosísimos para establecer en cuál cabeza se centra el circuito nervioso», me pareció brillante explorar esa veta para llegar a una conclusión acertada, «Robert, estás frente al reto más grande de la medicina de nuestros tiempos, si eres exitoso, cambiarás el rumbo de cómo concebimos el cuerpo», añadió Adom El Sayed, «les propongo unos cuantos experimentos en los cuales implicar los sentidos, quizás eso les ayude a resolver sus hesitaciones, venden los ojos de las dos cabezas y partan una naranja, estudien cuál de las dos responde con mayor rapidez al olor, toquen una campana y aguarden a ver cuál de ellas voltea primero en esa dirección, descubran a una y háganla ver un cuadro, pidan a aquella con los ojos tapados describir cuanto ha visto su hermana, si no lo logra se demostrará la separación de una con la otra, pero si lo consigue estaremos frente a un fenómeno de absoluta conexión nerviosa entre ambas», apenas terminó de traducir Omari, sentí un escalofrío, la posibilidad de existir un enlace entre las dos cabezas significaría un giro en cómo miramos la vida, mientras la madre se empeñaba en darles a sus hijas una vida «común», ellas encerraban dentro de sí enigmas insondables, mucho más allá de lo normal, decapitar una de las cabezas nos llevaría a perder el pozo más profundo de a cuantos podía asomarse la ciencia, ellas eran un delicado y frágil sistema cuya singularidad debíamos estudiar a fondo antes de osar fragmentarlo. Hubo de terminar la reunión con los sabios cuando a mediodía el calor arreció y forzaba a resguardarse, yo no pude quedar más feliz con la experiencia, ignoro si en la universidad contaran con profesores de este grado de excelsitud y de agudeza, al llevarme Black me había brindado un caudal de saberes, los sabios me dispensaron un trato de iguales y callaban para escucharme cuando yo tomaba la palabra, «nos han ofrecido su sabiduría y ningún regalo podrá superar su valor», dijo Black al despedirnos, «por favor tomen este modesto

obsequio como una manera de recompensar su generosidad»,
Black sacó cinco monedas de oro de cinco guineas cada una,
de aquéllas acuñadas en 1701 por William III, una pequeña
fortuna, los sabios las rechazaron, «los favores no se cobran»,
dijeron con derroche de humildad, Black insistió, «la ciencia
no avanza si quien la practica no goza de tiempo libre para
pensarla, ojalá este pequeño presente les ayude a sobrepasar
los malos tiempos», los sabios agradecieron llevándose la
mano derecha al corazón y cada uno tomó para su lado, cuando nos alejábamos, le pedí a Black me aguardara un momento, volví con Mansour acompañado de Omari, por dentro
me acuciaban aprensiones y debía aprovechar la oportunidad
para ventilarlas con él, le pedí a Omari vertiera al árabe cada
una de mis palabras lo más literal posible, «maestro, perdone,
pero necesito escuchar su veredicto sobre un asunto de suma
importancia para mí», le dije, el ciego se detuvo y le pidió a
su asistente le ayudara a sentarse, «dime, ¿cómo puedo servir-
te?», inquirió, «mi mujer me ha confesado estar seca, no hay
dentro de su vientre posibilidad alguna de procrear un hijo»,
me preguntó si conocía las razones, pronunciar el secreto de
Ailis me parecía una traición, pero acaso el sabio podría indicar el camino para poder curarla, «ella era prostituta, maestro, ayuntó con decenas de hombres, uno de tantos la preñó y
como no deseaba al hijo le pidió a un médico inducir un aborto, éste le prescribió brebajes de hierbas e introdujo una cuchara en sus adentros, no quedó rastro del bebé, pero pronto
le sobrevino una inficíon y...», no pude continuar, sólo de
recordar el pasaje avivó el dolor, Omari me miró estupefacto
por mi revelación, con una seña de mi mano lo insté a seguir
adelante, me miró a los ojos, tomó aire y tradujo con gran
nerviosismo, al finalizar el ciego alzó sus ojos vacíos hacia mí,
«sólo un hombre de gran corazón se desposaría con una mujerzuela, no la juzgaré yo, eso implicaría usurpar las atribuciones de Alá, tú la amas y por obra de ese amor te responderé
con el anhelo de darte esperanzas, el cuerpo femenino cuenta con dos ovarios, de los cuales se desprenden los huevos

para ser fecundizados por las semillas del hombre, si ambos fueron extirpados no recuperará sus probabilidades de ser madre, pero si sólo fue uno, se mantiene abierta la oportunidad de ser fértil, hay dos tubos llamados "trompas de Falopio", uno por cada ovario, cuyo cauce remata en el útero, por ahí es donde desciende el semen femenino hasta el *ostium abdominale*, en las fimbrias se fija el óvulo para ser preñado, si no extirparon los dos ovarios alguien instruido puede decretar si en los cilios de las fimbrias hay movilidad suficiente para facilitar la concepción, a veces las infecciones en las tubas uterinas crean cicatrices y obstruyen el descenso del óvulo, cirujanos de diversos países me han descrito procedimientos en los cuales retiran estas cicatrices y han obtenido buenos resultados, te deseo fortuna y ojalá Dios te bendiga con hijos», aun sin él poder verme me llevé la mano derecha al corazón y le agradecí, el viejo sonrió, se levantó con dificultad y, guiado por su asistente, se alejó de la plaza, de regreso al barco escuché cánticos desde las torres de las mezquitas, nuestro traductor se disculpó para ingresar a una, «esos cantos son el *adhan*, la llamada al *salah*, el momento de orar, lo oirás cinco veces durante el día, todo mahometano debe rezar con la cabeza dirigida hacia La Meca, aprende los nombres de cada hora del rezo, *Fajr*, por la mañana, *Zuhr,* la de ahora, al mediodía, *Asr*, a media tarde, *Maghrib*, al atardecer, e *Isha* por la noche», me explicó Black, «los mahometanos son tan religiosos como los ingleses, si aprendes sus costumbres y las respetas, si pronuncias algunas palabras en árabe y lees el Corán, serás apreciado por ellos».

Zarpamos por la madrugada luego de entablar arduas negociaciones con las autoridades egipcias para permitir el acceso de nuestras naves al Nilo, parte del acuerdo fue contratar a un capitán local, quien señalaría el rumbo a tomar, pues según los administradores del puerto en el delta se formaban bancos de arena y nuestra fragata podría encallar, sugirieron mantenerlo con nosotros a lo largo del viaje, «el río es engañoso, su corriente da la impresión de ser tranquila, pero de un momento a otro puede tornarse turbulenta», Shokri, el navegante egipcio, era un tipo esmirriado, de piel marrón y dentadura prominente, hablaba inglés y francés, una ventaja sin duda, y conocía a la perfección los meandros de la gran serpiente de agua, demostró sus destrezas náuticas pilotando el Neptuno entre el nutrido tránsito de embarcaciones, al amanecer, Shokri decidió ingresar por el ramal de Rashid y pasamos a un lado del puerto del mismo nombre, el sol apareció por detrás de los edificios y un sinfín de destellos brillaron en las pacíficas aguas del río, decenas de falucas pululaban frente a nosotros, el aire del norte nos permitió navegar con velocidad y pronto dejamos atrás la agitación de la dársena, la zona era plana con abundosos cultivos, altos juncos crecían en las orillas, «son los papiros», expuso Omari, con quien había decidido conversar en cubierta para instruirme en las tradiciones de la región, «los antiguos los remojaban para sacar láminas y de ahí fabricaban pergaminos», vi con otros ojos esas cañas delgadas y frágiles, desde hacía siglos amanuenses plasmaron en esos tallos los conocimientos y los saberes de su tiempo, la civilización avanzó gracias a los documentos ahí escritos, «le enseñaré a fabricar pergaminos», prometió, Omari representaba bien el carácter de los hombres de estas tierras, bondadoso, solícito, alegre, pero, en ocasiones, desconfiado, Egipto había sido un país invadido por griegos, persas, macedonios, otomanos, los extranjeros les causaban suspicacia, mas no por ello disminuía su talante generoso y hospitalario. Cruzamos entre inmensas llanuras, varias aldeas se extendían en las orillas del Nilo, «la gran arteria de África», la llamó Black, al aproximarnos a El Cairo la navegación volvió a congestionarse, decenas de lanchas de pescadores, de veleros, bajeles y falucas atestaban el caudal, a lo lejos empezó a escucharse el murmullo de voces, la ciudad-mito, la ciudad-leyenda, la ciudad de las infinitas lenguas, apareció majestuosa frente a nosotros, «necesitas empaparte de cuanto bulle en este lugar», me aleccionó Black, «en este país han confluido las más potentes culturas de la historia, lejos de anularse, se han complementado unas con otras, pero también han convergido sus vicios y por eso es tan fascinante», el objetivo primordial de Black en El Cairo era visitar a Ahmad, Muhammad y Yusef, a quienes respetaba no sólo por ser proveedores de substancias y productos para la farmacéutica sino por ser asimismo ínclitos conocedores de la medicina, no eran para él meros mercaderes sino estudiosos con un criterio tan loable como el de los sabios, y podían ayudarnos a afrontar el caso de las extrañas, desembarcamos al atardecer, el momento más vital de la ciudad, a mi nariz llegó un tropel de olores: de tabaco, de especias, de sudores humanos y de animales, de perfumes, de tés, de café, de limo, de majadas de camellos y de burros, acompañados por Omari, James, Jean-Baptiste y cuatro guardias españoles, Black y yo nos adentramos en la ciudad, recién había acontecido el rezo del *Maghrib* y cientos de hombres salían de las mezquitas, la gente tomaba las calles como suyas y cualquier sitio era propicio para reunirse, escalinatas, aceras, plazas, fuentes, decenas de perros y, más aún, de gatos, deambulaban entre la gente sin ser molestados, vendedores tendían sus productos en el suelo sin orden ni concierto, era necesario poner atención por dónde se caminaba para no pisar las mercancías, la greguería se elevaba en la proximidad de los bazares, hatos de cabras cruzaban por los estrechos callejones y en las plazas rebaños de camellos rumiaban pastura con las sillas de montar sobre las jorobas, Black obligó a cada miembro de la comitiva a vestirse a la usanza egipcia, «es una muestra de respeto», dijo al oír refunfuñar a nuestros guardias españoles, a quienes usar ropa de moros les parecía indigno, no todos los extranjeros se ataviaban como los locales y lo hice notar, «ellos vienen a hacer negocios, nosotros a obtener secretos», sentenció Black, estaba en lo cierto, la búsqueda de conocimientos en pueblos ajenos entrañaba la observancia de costumbres y de reglas, «ésta es una ciudad civilizada donde se acepta al extranjero y sus groseros modos, espera a llegar a los lugares remotos donde una falta de consideración a las tradiciones o a las creencias puede significar la muerte, calla y observa, William», me costaba trabajo unir las dos versiones de Black, una desparpajada, libre, insurrecta, cínica y ésta, reverencial, obediente, subordinada a hábitos y prácticas foráneas, en el fondo era parte de la misma actitud rebelde, Black se fabulaba una personalidad para conseguir cuanto perseguía, lo de los ropajes era simulación, artimaña, él iba por saberes y con saberes regresaría.

Al día siguiente nos dirigimos al local de Ahmad, Muhammad y Yusef, sin saber si se hallarían ahí o cumpliendo con una de sus múltiples rutas, afuera de la tienda se agolpaban comerciantes de diversos orígenes, de sikhs a persas, de rusos a sudaneses, cada uno llegaba a ofrecer sus mercancías desde los sitios más lejanos, los tres egipcios eran quienes mejor pagaban en la zona y por tal motivo los mercaderes se peleaban por su atención, poseían un agudo olfato para decretar cuáles de esos productos gozaban de cualidades curativas especiales, su almacén se hallaba cerca de los bazares, en la parte de atrás se situaban sus moradas, tres palacios conectados por amplios jardines, donde, en diversas fuentes y acequias, corría el agua día y noche, por suerte hallamos a los tres negociantes despachando, cada uno en su propio puesto dentro del establecimiento, los distintos vendedores disponían sus efectos sobre alfombras y peroraban sus virtudes, quien fuera de los tres escuchaba atento y luego hacía una oferta, el mercader protestaba con el afán de elevar el precio, ellos se mantenían en su postura, «somos justos», alegaban, «pagamos en oro, tú dirás si aceptas», era difícil conseguir una mejor propuesta y los vendedores terminaban por acceder, a Ahmad, Muhammad y Yusef los custodiaban guardias armados con cimitarras, prontos a usarlas contra quien intentase robar o agredir a sus patronos, eran exsoldados del ejército sirio, pueblo piadoso y gentil, pero bravo en cuestiones de guerra, según Alarie, en el Medio Oriente eran reconocidos como los más bravos y resueltos, «pelean hasta propinar la herida fatal o hasta recibir un tajo de muerte», mientras atendía a vendedores Yusef me divisó entre el gentío y aguzó la mirada, «¿William Burton?», exclamó dubitativo, era difícil identificarme vestido a la usanza egipcia, asentí, se levantó para darme un abrazo, luego descubrió la inmensa figura de Black en el quicio de la puerta, «querido amigo», pronunció en voz alta, los mercaderes estiraron el cuello para ver de quién se trataba, al advertirnos Ahmad y Muhammad se unieron a los saludos, se les notó genuino agrado en vernos, pidieron media hora para resolver unas transacciones y al terminar nos condujeron a los jardines de sus palacios, nadie podía imaginarse la belleza del sitio, mientras afuera pululaba gente, ahí se transpiraba calma y paz, nos sentamos en una mesa bajo la sombra de un nogal, un grupo de sirvientes se apresuró a ofrecernos viandas y bebidas, Black les planteó el caso de las extrañas, les preguntó si conocían la momia bicípite resguardada por los falashas y si sabían cómo adormecer el cuerpo de la mujer en caso de ser necesaria una cirugía para cercenarle la cabeza, «la momia existe y es sagrada entre la gente del Beta Israel, eviten llamar "falashas" a estos descendientes de la reina de Saba, en idioma de los abisinios significa "forastero" y lo consideran despectivo, según describían pergaminos de la época, las dos cabezas conversaban entre sí en un idioma indescifrable y en esa lengua se comunicaban con Jehová, razón por la cual la llamaban la "gran sabia", si quieres estudiarla deberás dirigirte al poblado de Wef Argif en el noroeste abisinio, enfrentarás la resistencia de los sacerdotes, deberás usar tu afilada labia para convencerlos y llevarles presentes de valor, nosotros poseemos productos capaces de conmover sus almas, tenemos ámbares de los países del norte en cuyas gotas quedaron atrapados insectos, al pasarlas por la piel de un enfermo recogen los males y los anulan, contamos también con existencias de una papaya traída por los indios del Canadá, combate los tumores cancerosos y los elimina, los Beta Israel tienden a sufrir los achaques del cangrejo y una cura será bienvenida, si eso no basta para persuadirlos tenemos momias de la época de Moisés y de Salomón, los antiquísimos profetas de Israel, imagina cuántos misterios deben hallarse en esos cuerpos embalsamados, no lo olvidemos, cada cadáver es un libro, quien sepa leerlos descifrará el espíritu y los enigmas de aquellos tiempos, las momias fueron extraídas de tumbas milenarias ocultas en el desierto, cuentan con sarcófagos nuevos para transportarlas pues los suyos son obras de arte y conllevan un precio aparte», era prodigiosa su habilidad para vender, pero Black contaba con un preciado artículo para trocar: la absenta, no era fácil hallar bebidas embriagadoras en el Medio Oriente, las estrictas leyes mahometanas condenaban su consumo y eran muy codiciadas, Muhammad habló de una substancia usada en el Lejano Oriente con efectos somníferos y calmantes del dolor, «la trajeron desde el Japón, allá unos médicos combinaron los frutos y las hojas del estramonio con angélica china y lirios cobra, arriesgaron la vida quienes sacaron de contrabando esta mezcla, en aquella isla es delito serio, la probamos nosotros mismos y confirmamos sus buenos resultados, se la dimos a beber a un esclavo, se mostró somnoliento y cuando no respondió a nuestras voces, abrimos su vientre, exploramos sus intestinos y luego cerramos la herida, el hombre se mantuvo sin conciencia por varias horas y despertó hasta la noche sin recordar nada de lo sucedido y sin dolores», Black se interesó por el lote, negoció con los egipcios la compra de cinco ámbares, de seis botes del extracto de papaya, de cuatro frascos de la mezcla para adormecer y de tres momias, hubo de pagar diez libras y entregar quince botellas de absenta, les pregunté sobre los polvos milagrosos para devolver a los hombres la potencia de su miembro, los tres egipcios rieron de buena gana, «es el producto más vendido», al parecer eran miles quienes sufrían la merma de su sexo, de terror sólo de imaginar una vida con el pene lánguido, incapaz de entrar en mujer, mandaron a uno de sus criados al almacén por una bolsa, «es yohimbé, una molienda de la corteza de un árbol, la traen desde lo más profundo de África, quien la tome deberá hacerlo con precaución, precisa disolverse una pizca en agua caliente y beberlo sólo dos veces al día, hay quienes con el afán de durar más sobrepasan esta dosis y mueren envenenados», advirtió Yusef, me entregaron la bolsa con dos libras del polvo, «eso le sirve a veinte personas por el resto de su vida», explicó, «y guarda un poco para tu vejez, te lo digo por experiencia», remató con una carcajada, hube de pagar tres libras, una pequeña fortuna, pero Bates no me perdonaría volver a Inglaterra sin el mágico remedio, Black salió satisfecho de la reunión, conseguir los ámbares, la papaya canadiense y la mezcla somnífera le parecieron logros importantes, pero, del lote, apreció a las momias como el premio mayor, cada vez había menos disponibles, encontrarlas enteras y en buen estado era difícil, con frecuencia se saqueaban tumbas para sustraer los objetos funerarios y rematarlos en bazares, las momias habían suscitado un interés, podría decirse, retorcido, entre la comunidad farmacéutica, Wright me narró cómo algunos boticarios le atribuían al polvo extraído de huesos y de la carne reseca de las momias beneficios para la salud, tomarlo mezclado con té renovaba los pulmones, limpiaba las arterias, fortalecía el corazón, desaguaba las linfas, «es un horror», comentó mi maestro, «canibalismo con seres humanos muertos hace siglos», Black no era de ésos, podría estar loco, pero no lo veía zampándose un té de momia, para evitar la congestión provocada por las falucas, Shokri determinó salir a la medianoche. La fragata remontó el río y nos alejamos de la bulliciosa ciudad iluminada por la luna, pronto se hizo un silencio y sólo se escuchaba el rumor del agua, a mitad de la travesía Black ordenó atracar en la ciudad ribereña de Luxor, «te voy a cambiar la vida», me dijo, «necesitas conocer esto», me condujo a las ruinas del templo de Karnak, las colosales dimensiones de las columnas, de los obeliscos, de las estatuas no cesaron de impresionarme, me preguntaba cómo habían hecho los antiguos egipcios para trasladar tan gigantescas piezas, el fasto se hallaba por doquier, inscripciones, pinturas, avenidas, plazas, edificios, los guardias españoles, desdeñosos de los nativos, quedaron maravillados frente a la majestad de los vestigios, Black examinó por largo rato los jeroglíficos tallados en las columnas de granito y en los muros con el afán de desentrañar su sentido, en cada cartucho había representaciones de escarabajos, buitres, halcones, serpientes, hipopótamos, además de elementos geométricos, barras, ondas, espirales, las inscripciones iniciaban en los frontispicios y se prolongaban a lo largo de las paredes hasta rodear los edificios, pareciese una biblioteca esculpida en piedra, hacia donde se mirara había escritura, «ignoro si los egipcios deseaban comunicar algo a sus coetáneos o si este alarde fue realizado para nosotros, los hombres del futuro», nos pidió a Harrison, Shearing, Alarie, James y a mí aventurar una tesis, no logramos coincidir, algunas versiones de tan disparatadas nos echaban a reír, el ejercicio me permitió entender cómo el origen de cada uno matizaba la interpretación, en la cena lo discutimos Black y yo, los fallos de la ciencia se debían al vicio de limitar las elucidaciones a nuestra experiencia personal y a nuestra estrecha visión del mundo, «viajar, William, es la única disyuntiva con la cual contamos para hacer sólidos nuestros argumentos, sin el contacto con el otro y con lo otro somos presas de nuestras pequeñas mentes y de nuestros mayúsculos prejuicios». Una noche lo hallé en su camarote frente a una de las momias, había desenvuelto la cabeza y el tronco, me escuchó entrar y volvió su mirada al quebradizo cadáver, «masculino, le calculo cuarenta años de edad, bien alimentado, dientes firmes, con las piezas íntegras, calvicie incipiente, contracción en el rostro, debió morir con grandes dolores, la boca abierta indica el deseo de tratar de decir una última palabra, debió ser rozagante, observa el grosor de los músculos de sus hombros, quizá se dedicó a labores manuales o remaba a menudo en el cauce del río, mas debió ser un noble, cuelga un collar dorado en su cuello», ¿cómo era el orbe cuando lo habitó?, ¿cuáles fueron sus preocupaciones, sus alegrías, sus miedos, su idea de la felicidad?, pregunté a Black si podía saberse cuál había sido su último alimento, «no, a los cadáveres se les extraían las vísceras y también el cerebro, dentro los rellenaban con hierbas y cortezas para conservar el cuerpo, yo no me atrevería a explorar los huecos de sus vientres, no quisiera echar a perder la perfección de esta momia», según explicó a los distintos órganos los colocaban en diversos recipientes, «se les llama "vasos canopes", los pulmones los guardaban en aquéllos con tapa de una cabeza de mono, el estómago en los de cabeza de chacal, los intestinos en el de cabeza de halcón y el hígado en el de cabeza humana, la falta de humedad en el desierto y las técnicas para embalsamarlos permitieron reconocer estas entrañas, mi esperanza es encontrar los vasos canopes de la momia bicípite, debemos saber con cuántos corazones contaba, con cuántos pares de pulmones, si poseía uno o dos estómagos».

Continué con mi rutina diaria, despertaba temprano a las clases de esgrima con Alarie, las heridas provocadas por Joe Crow no terminaban por curarse y Black me alentó a continuar con el ejercicio físico, «si no lo mueves, puedes sufrir de opilación o de apostemas y eso puede tornarse grave», para fortalecerme comencé a ayudar a la marinería con las jarcias y con las velas, no era un trabajo exigente, navegar en un río era distinto a capotear temporales en el mar, pero hacerlo, junto con las fatigosas clases de esgrima, me ayudó a mantenerme en buena forma, por las tardes me sentaba en cubierta a escribirle cartas a Ailis, me cautivaba observar el paisaje, las llanuras pegadas a los márgenes eran fértiles, pero detrás de ellas se adivinaba un desierto cruento, montañas sin árboles, rocosas, de inclementes arenas, a lo largo del recorrido pude avistar diversidad de animales, cocodrilos echados al sol en las orillas del río, chacales desvanecerse entre los juncos, halcones planear por encima de nuestro barco, ibis pescar en las riberas, Omari me ayudaba a traducir al árabe cada animal, cocodrilo era *altimash*, halcón, *alsaqr*, ibis, *abu minjal*, chacal, *abn awaa*, el árabe me parecía una lengua imposible, la pronunciación era gutural y con una cadencia por completo distinta a la del inglés, aguardaba la hora de la cena con auténtica fruición para departir con Black y escuchar no sólo sus teorías y conocimientos médicos sino también las historias de su vida, a través de cada anécdota se me revelaban piezas nuevas para interpretarlo, mi deseo era penetrar su genio, entender cuáles mecanismos mentales lo convertían en un hombre tan ingenioso, tan preciso, tan erudito, ¿el genio se construía a partir de las circunstancias particulares de cada individuo?, ¿enfrentar la pobreza desde la niñez propulsó su inteligencia?, ¿la necesidad de sobrevivir lo incitó a decisiones rápidas y a la vez profundas?, si la adversidad lo tornó en un hombre perspicaz, hábil para unir cabos sueltos y para apreciar sutilezas, entonces yo estaba perdido, mi crianza y mi educación no bastaban para aprehender el quid hondo de las cosas y me arriesgaba a elaborar puntos de vista ramplones, le compartí a Black mi teoría y soltó una carcajada, «el talento igual surge en quien come con cucharilla de plata como en quien lleva las manos sucias de tierra, nunca se sabe dónde saltará la liebre, deja ya de elucubrar tonterías y concéntrate, vienen pasajes difíciles», río arriba cruzamos con barcazas impulsadas por remeros semidesnudos de piel obscura, encadenados unos a otros de los pies y vigilados por guardias con vestidos a la usanza árabe, «son traficantes de esclavos», explicó Shokri, armados incursionaban continente adentro para atraparlos en redadas, destruían sus poblados y se llevaban familias enteras para venderlas al mejor postor, en Asuán, nuestra próxima parada, se hallaba el mayor mercado de esclavos, los adquirían egipcios quienes los conducían a El Cairo donde los revendían a compradores europeos para ser llevados a trabajar a las colonias, Black había sido testigo de pujas, «los mercaderes buscan a los jóvenes más fuertes, a las mujeres con caderas más anchas para procrear más hijos, incluso niños con promisorio físico, mi interés en atracar en Asuán es presenciar una de estas subastas, entre los hatos de esclavos se hallan seres interesantes, dignos de estudio, he comprado algunos para, luego de examinarlos, liberarlos», así había dado con hombres y mujeres con elefancia, enanos, niños con idiotismo asiático, engendros y una variedad de fenómenos, «los traficantes se llevan a todos los pobladores de una aldea, entre ellos se encuentran esas joyas de la anomalía». Arribamos a Asuán, la última ciudad egipcia antes de entrar a territorio nubio, saberme próximo a encontrarme con un mercado de esclavos hizo decaer mi ánimo, me parecía repugnante una subasta de seres humanos con el propósito de dedicarlos a una vida de bestias, al día siguiente, sábado, se llevaría a cabo una venta masiva, habían atracado en el puerto varias barcazas con cargamentos humanos y compradores se remolinaban en las calles, anhelantes por conocer las «mercancías», al cenar en un puesto callejero podía percibirse el entusiasmo entre ellos, Omari traducía, avergonzado, «Abu dice traer diez adolescentes fuertes y sanos», «Abdul presume la calidad de las hembras», «Naguib está dispuesto a venderlos por lotes», apenas comí algo, asqueado por cuanto escuchaba a mi alrededor, a las ocho de la mañana comenzó la subasta, a los esclavos los habían metido en una alhóndiga cercana y los traerían por grupos, un gentío se había apiñado en torno a la plaza en donde se realizaría la subasta, me impresionó ver entre los curiosos personas de piel tan morena como aquéllos a quienes venderían, como si se tratara de seres diferentes sólo por provenir de regiones interiores, un rumor nos hizo alzar la cabeza, como una recua, con cadenas en los pies, atados de manos, los troncos desnudos y sudorosos, eran acarreados ocho hombres jóvenes, sus caras y sus pechos escarificados, caminaban con altivez, un último acto de resistencia ante la degradación e ignominia a la cual se les sometía, los apostaron en medio de la plaza, la gente charlaba animosa mientras señalaban a uno y a otro, el vendedor palmeaba sus espaldas como muestra de la reciedumbre y fortaleza del esclavo, los obligaban a abrir la boca y a enseñar los dientes, una buena dentadura mejoraba el precio, si se rehusaban a abrirla eran azotados con un látigo, rajas de sangre brillaban en sus pieles obscuras, sin quejarse, aguantaban de pie el ultraje, un tipo hizo una oferta por los ocho y un apretón de manos cerró la venta, el siguiente lote eran mujeres y niños, algunos de ellos no sobrepasaban los cuatro años, el espectáculo me parecía cada vez más repugnante, no podía creer tal bajeza del género humano, quise retirarme, la manaza de Black me lo impidió, «si quieres combatir esto, primero necesitas entenderlo», con el horror escociendo mi garganta soporté la venta infame de las mujeres y de los pequeños, no hubo la menor compasión, la muchedumbre sonreía y comentaba sin ningún asomo de culpa o de vergüenza, entre ellos se encontraban varios de los guardias españoles, a quienes no parecía incomodarles tan despreciable acto, continuó la venta en el transcurso de la mañana y, ya casi por terminar, uno de los traficantes anunció el más preciado de los lotes, Omari me tradujo palabra por palabra, «éste es un grupo especial, cuyas características atraerán a quienes gustan de lo exótico, el marfil africano más puro y raro», voceó el tipo, se empezó a escuchar un creciente murmullo, a lo lejos apareció un grupo de rehenes blancos, me confundí, suponía sólo la venta de esclavos negros, Black se volvió hacia mí, «cómpralos», ordenó, le pregunté los motivos, «cómpralos», repitió, esta vez con aire más urgente, «son albinos», nunca había escuchado la expresión, el grupo se aproximó, eran cinco hombres y dos mujeres de variadas edades, «los encontramos escondidos en cuevas, son la presea más valiosa», tradujo Omari las palabras del gordo, los rasgos, el contorno de los cuerpos y lo ensortijado de sus cabelleras eran de negros, pero su color era albo y rubios sus pelos, bien podían pasar por campesinos escoceses, apenas empezaba el remate del valioso «lote» Black levantó su mano y gritó en inglés «veinte libras por todos», volteé a verlo, ésa era una fortuna, si yo debía pagarlo se menguaría nuestro presupuesto, otro hombre elevó la propuesta, «veinticinco», «treinta», gritó en árabe Black, el otro no ofertó y se nos adjudicó el lote, debimos pagar la suma propuesta en la casa del ignominioso traficante, quien con amabilidad inusitada nos obsequió con té de menta, dátiles y mazapanes mientras a los esclavos se les mantenía bajo el sol quemante, con las cadenas sangrando sus tobillos y sin ser autorizados a sentarse en el piso, «hicieron una extraordinaria compra», dijo el gordo, «podrán revender a cada uno en diez veces más», Omari tradujo y Black alzó la taza de té para brindar, a esas alturas no sabía si mi maestro celebraba ser propietario de siete esclavos o era sólo un gesto para agradar a nuestro anfitrión, «les salvaron la vida», agregó el gordo, le pedí a Omari repetir la frase, el tipo sonrió al notar mi desconcierto, «a éstos los matan sus propias tribus, los desmiembran y con sus partes fabrican talismanes para la buena suerte, al nacer las madres los esconden y los llevan a las cuevas donde otros albinos los crían, sus pieles se achicharran con facilidad», mientras Omari me traducía pensé en los miserables aguardando nuestro regreso bajo la inclemencia de los rayos solares, «en las colonias americanas son muy solicitados, trabajan como negros, pero su apariencia blanca no disgusta a sus dueños y les permiten ejercer labores de servidumbre dentro de sus casas», le pagué lo acordado y agradeció con afabilidad, «serán siempre bienvenidos a mi casa», dijo y se llevó la mano derecha al corazón, «si quieren más de éstos no dejen de buscarme, yo sé dónde hallarlos», apenas refrené el deseo de pegarle un puñetazo, Black adivinó mi indignación y me puso una mano sobre el hombro, «ha sido un placer tratar con usted», expresó en su mal árabe, en cuanto salimos, Black se volvió hacia mí, «si le hubieses pegado, en menos de diez minutos nuestros cuerpos serían alimento para los perros, aprende a disimular, William», me corroyó el malestar moral de no poseer valentía suficiente para confrontar a esa runfla de malnacidos cuyas fortunas prosperaban al amparo del sufrimiento de seres inocentes, sólo en cabezas enfermas podía caber la desmesura de vender niños y mujeres como si se tratara de reses, odié las risas de los guardias españoles, el silencio de Alarie y de James, rumiaba furia, con ganas de declararle la guerra a cada uno de los traficantes, «sería inútil pelear contra ellos», pronunció Black, «con o sin nosotros, esto va a seguir mientras siga siendo negocio», con los papeles de propiedad, las autoridades del puerto nos permitieron embarcar a los albinos, en cuanto pisaron la cubierta ordené liberarlos de sus cadenas, los grilletes les habían magullado los tobillos y las muñecas, algunos sangraban, no fue posible comunicarnos con ellos, su lengua era distinta al árabe y Omari no la comprendía, de antemano Black había pensado en contratar a alguien capaz de traducir lenguas nubias o abisinias para continuar el viaje río arriba, le pidió a Alarie y a Omari darse a la tarea de conseguir a quien las dominara, mandé traer agua y comida para nuestros huéspedes, pedí a la tripulación llamarlos así aun cuando ellos no nos entendieran y prohibí llamarles «esclavos», los albinos estaban hambrientos y yantaron cuanto se puso en sus platos, «son fascinantes», expresó Black, «había oído rumores de su existencia, pero jamás tuve uno frente a mí», le intrigaban sus pieles jaspeadas de pecas y de manchas, anhelaba descifrar las razones por las cuales en descendientes de negros predominaba el blanco, «debemos liberarlos tan pronto se pueda», le dije, «no sería buena idea, si los soltamos aquí ese mismo día los venderían de vuelta, si los abandonamos a su suerte tierra adentro los otros negros los matarán para cortarlos en pedazos, ni siquiera sabemos dónde se encuentran sus cuevas», los albinos navegarían con nosotros, si por fortuna encontrábamos traductor de su dialecto, les preguntaríamos de dónde provenían para acercarlos lo más posible a sus hogares, pero bajo ninguna circunstancia seguirían cautivos, la albura de su piel variaba de uno a otro, en algunos era de un blanco casi transparente, las venas marcadas con claridad, en otros adquiría un matiz crema, las horas expuestos al sol les habían quemado el rostro, la nuca, las orejas y los hombros, pequeñas ámpulas brotaron en algunos, las mujeres eran delgadas, de pechos amplios y pezones rosados, sus muslos y caderas presentaban mayor anchura con relación al tronco, tanto en los hombres como en ellas los vellos eran rubios, casi imperceptibles, con señas Black les pidió bajarse los vestidos para ver el color de su pubis, el vello de ellos era abundante, el de ellas, ralo, en ambos casos, rizado y rubio, en unos podía percibirse un temblor continuo en los ojos, la línea de los párpados era de tonos encarnados, las cejas y las pestañas también blondas, la luz del sol parecía molestarles la vista y a menudo se cubrían los ojos con la mano, Black les pidió sacar la lengua, también era pálida, no como la de los negros, de carmesí intenso, los labios los tenían resquebrajados por el sol, se les notaban grietas resecas y se los relamían con asiduidad para humedecerlos, su dialecto no era tajante como el árabe, era más acompasado, con una cierta modulación melancólica, el borde superior de sus orejas lucía excoriaciones por el sol, uno presentaba un crecimiento irregular de manchas, Black dictaminó cáncer de piel, lamentó no contar con Vicky para hacer dibujos de ellos, preguntó a Shearing si entre sus hombres se hallaba alguien capaz de retratarlos, el capitán llamó a un jovencito tímido y apocado, se llamaba Seamus, no debía rebasar los quince años, como otros de los grumetes había huido de la casa paterna, después de un breve interrogatorio Black le permitió bosquejarlos, trajeron carbón de las calderas de la cocina y en un pliego comenzó a ejecutar los trazos, no poseía el talento de Louise, pero su calidad equivalía a la de Vicky, Black le pidió imágenes de frente, de perfil, de cuerpo entero, de pie, sentados, serios, sonrientes, mientras Seamus dibujaba mi maestro se empinó un sorbo tras otro de absenta hasta acabarse dos botellas, ebrio y balbuceante revisó los pliegos y los aprobó con un «muy bien, muy bien», cuando se puso de pie, resbaló y cayó de boca, le sangró la nariz y sin darle mayor importancia se dirigió a su camarote, cuando lo alcancé para ayudarlo sólo murmuró entre dientes «somos unos cobardes», se zafó de mi brazo y, tambaleándose, prosiguió su camino.

Omari encontró a tres traductores, Anwar, un pescador con dominio del fadicca, del dongolawi y del árabe, Berhan, un viejo, residente desde hacía años en Asuán y originario de Abisinia, cuya lengua materna era el amárico, pero hablaba también el agau, la lengua de los falashas, y Hadji, un negro proveniente del África profunda quien había servido de guía a árabes y egipcios en sus incursiones para capturar esclavos, después de darles de beber té y bien venir a nuestros nuevos compañeros los llevé con los albinos, les pedí les preguntaran si sabían de dónde eran, los siete hablaban el dialecto swahili, Hadji le tradujo a Omari y éste a mí, los albinos moraban en un remoto macizo montañoso, lejos de las aldeas, en una comunidad con doce de ellos, vivían ocultos entre las grietas y cuevas, criaban cabras para su sustento y sembraban cereales en los valles húmedos, hacía un mes cerca de treinta hombres armados los sorprendieron en una noche sin luna, tres de ellos lograron escapar, a dos los mataron cuando huían y los siete, ahora en nuestro barco, fueron sometidos, en el pasado el grupo llegó a contar con cerca de veinte miembros, había sufrido repetidos ataques de gente de su mismo pueblo, los sacrificaban sin piedad después de atraparlos, luego eran entregados a los médicos brujos, quienes los cortaban en pedazos para fabricar los amuletos, los albinos se resistían a creer en la maldad de los suyos, en muchos casos eran parientes, incluso hermanos, quienes encabezaban las gavillas, las persecuciones a veces duraban semanas y sólo el conocimiento de los recovecos de las serranías los salvaba de ser asesinados, agradecían nuestro trato y tenían fe en nuestra protección. A la media tarde, después de abastarnos de comestibles y de subir a la fragata burros y camellos, se soltaron las amarras, se adujaron los cabos y marchamos con viento a favor, el aire transparente acentuó los colores, el río y el cielo se vieron más azules, las palmeras recortadas contra las colinas doradas realzaban su verde, un vigía montó en serviola para avistar posibles bancos de arena, a menudo tiraba al agua el escandallo para medir la profundidad y evitar vararnos, Shokri advirtió de un estrechamiento del río unas millas más adelante y de cascadas y rápidos un tramo más al sur, en cierto punto maniobrar el Neptuno para dar vuelta de regreso sería imposible, navegaría hasta donde pudiera, luego retornaría a Asuán, donde esperarían nuestro regreso, el viaje lo continuaríamos en las goletas españolas y, de ser necesario, alquilaríamos barcazas, Shokri calculó un día para llegar al recodo del río donde la fragata no podría avanzar más, ordené darle alojamiento a los albinos en los sollados, Alarie me llamó aparte, «perdone por molestarlo, pero, ¿dejará a merced de la marinería a las dos mujeres?», no entendí la razón de sus preocupaciones y le pedí abundar, «son blancas, de buenos cuerpos y están semi-desnudas, los hombres de este barco no son palomas inocen-tes, son perros fieros con el deseo ardiéndoles en las entrañas, si uno de ellos no se aguanta, los demás seguirán su ejemplo y violarán a estas dos de forma tumultuaria», ni por un se-gundo me pasó por la mente tal horror, «¿cómo sugiere proce-der?», inquirí, «llévelas a dormir a su camarote», sugirió, «de ninguna manera, soy un hombre casado y no quiero habla-durías entre la tripulación», dos mujeres, casi sin ropa, dur-miendo en mi mismo espacio, me parecía inconcebible, Alarie insistió, «sólo tres personas comandan respeto entre la mari-nería, usted, el doctor Black y el capitán, sólo en esos tres ca-marotes estarán a salvo», el capitán no las aceptaría, detestaba a los negros, así fueran blancos de piel, Black se había rema-nido en su camarote, donde continuaba embriagándose, sólo quedaba yo, no podría sentirme en paz abandonándolas en medio de un hatajo de rufianes, «les dejaré mi camarote, yo buscaré dónde dormir», Alarie se opuso, «no, señor, sin usted adentro, los tunantes irrumpirán en su habitación para apro-vecharse de ellas», no me quedó más alternativa y, como con-dición para recibirlas, pedí vestirlas con decencia, las dos mujeres arribaron, se notaban nerviosas y no dejaban de cu-chichear entre sí, las habían ataviado con mantos, con un velo en la cabeza y las habían perfumado pues hedían con un olor penetrante, ellas dormirían en la hamaca y yo en la cama, Hadji tradujo mis indicaciones y ellas lo escucharon con aten-ción, cerró la puerta al salir y las mujeres permanecieron de pie, les señalé la hamaca, se aprestaron a desnudarse y con la mano les hice el gesto de detenerse, sin comprender una de ellas prosiguió y fue necesario levantarme de la cama para im-pedirlo, «no», les dije en tono alto, la mujer me miró con vergüeña y trepó a la hamaca sin decir más, apagué el quin-qué, las mujeres se durmieron con prontitud, una de ellas debió padecer de pesadillas, mascullaba en su idioma y se movía de un lado a otro, sus vidas debieron ser infames, llenas de sobresaltos, prestas a salir huyendo a la mitad de la noche, temerosas de ser masacradas con el único objetivo de transformarlas en amuletos, estuve despierto un rato, vigilante, hasta escucharla de nuevo suspirar entre sueños, al amanecer las encontré sentadas en el piso, me llegó un fuerte olor a mierda, habían defecado y orinado en una de las esquinas del camarote, abrí la puerta y las saqué a gritos, James y Alarie aparecieron espada en mano, les expliqué lo sucedido, ambos apenas contuvieron la risa y mandaron llamar a uno de los grumetes para limpiar la porquería, por la mañana la nave atracó en un lugar despoblado, el último recodo donde el Neptuno podía dar vuelta, salí a cubierta a ver las maniobras, entre varios hombres plegaron las velas y las aferraron a los mástiles, contemplaba las labores cuando un marino me pidió acompañarlo al camarote del capitán, hallé reunidos a Black, Shearing, Shokri, Harrison, James, al capitán de los guardias españoles y a los cuatro traductores, «necesitamos tomar decisiones del viaje», me informó el capitán, «calculé mal la distancia para llegar hasta los falashas», comenzó Black, «nos falta aún recorrer seiscientas millas», eso era tres veces más de lo esperado, abortar el viaje para Black era impensable, «si los traficantes egipcios penetran hasta lo más recóndito de las selvas africanas a buscar esclavos, con mayor razón nosotros llegaremos a nuestro destino», sentenció, Berhan planteó dos alternativas para llegar a Wef Argif, poblado abisinio donde se hallaba la momia bicípite, la primera era bajar por el Nilo hasta el río Atbara, de ahí seguir su cauce hasta llegar a Etiopía y en el camino parar en el caserío de Al Hamerib, donde nacían las cabras de dos cabezas y adonde peregrinaban a verlas creyentes de diversas religiones, Shokri señaló los riesgos de ese trayecto: desiertos abrasadores, tribus recelosas de los forasteros, tormentas de arena, bandas de ladrones, para él convenía más la otra ruta, cruzar el desierto hacia el Mar Rojo, alquilar una nave a los traficantes árabes en el puerto de Shakaleen y entrar a Abisinia por las costas, esta propuesta sufría la desventaja de no tocar Al Hamerib, Black y yo la desechamos, para nosotros era fundamental estudiar las cabras de dos cabezas, además, a Black las rutas del Mar Rojo le parecían vulgares, sólo abiertas para el saqueo de riquezas y para el tráfico de esclavos, Berhan calculó entre cincuenta y sesenta días de viaje si avanzábamos a buen ritmo, eso nos llevó a cuestionar si seguíamos o no adelante, habíamos pensado regresar a Londres en un máximo de seis meses y llevábamos tres, sólo llegar a la tierra de los falashas nos suponía dos meses, el viaje podía alargarse de más, no sólo enfrentábamos serios riesgos, se agotarían nuestros caudales y además, la madre de las extrañas, al no saber de nosotros, podría desesperarse y llevar a sus hijas a otro médico, Black ordenó continuar el viaje, Shearing lo confutó, «usted no es quien paga este viaje, es el señor Burton, yo y mis hombres acataremos su disposición», el desafío irritó a Black, ya de por sí briago a esas tempranas horas, «William hará cuanto yo le mande», dijo con arrogancia, Alarie se inclinó hacia mí, «señor, haremos cuanto usted indique, pero use el sentido común y cancele esta travesía», Black arqueó las cejas en un notorio desplante de contrariedad, quedó en mí la decisión final, jamás, en mis años formativos, cuando innumerables preceptores me educaban para convertirme en patriarca, me imaginé sentado en la cabina de una fragata en medio del Nilo, zanjando si debíamos continuar con la aventura, lo sensato sería dar por terminada la expedición, existía una alta posibilidad de regresar con las manos vacías y ponía en peligro la vida de todos, por la ventana vi el vasto desierto, el gran río extendiéndose frente a nosotros, en ese momento entendí el peso de en dónde me hallaba y con quiénes, no me hubiese perdonado jamás llegar a ese punto y retroceder, «adelante», dije con seguridad, «sigamos con el viaje», Black alzó su botella de absenta, «salud, nuestro pequeño príncipe no se ha acobardado», los hombres rieron y Black se giró a verme con una mueca socarrona, al salir lo intercepté, «nunca más vuelva a provocarme y menos en público, si lo hace aténgase a las consecuencias», le advertí, «¿es una amenaza?», inquirió en tono burlón, «no», le respondí, «es sólo una vía de entendimiento, lo respeto como a nadie, pero no vuelva a provocarme», Black dio dos pasos hacia mí y me clavó su mirada azul, aun cuando un golpe suyo bastaría para mandarme fuera de la borda, no pensé recular, «por menos de eso le he fracturado cada hueso de la cara a quien se ha atrevido a enfrentarme, yo también te respeto, William, y por esa mera razón seguirás teniendo los pómulos y la nariz en su lugar, prometo no denigrarte más, ésa es tu victoria y guárdala en tu corazón», siguió mirándome a los ojos con fijeza, «somos equipo, William, y sólo quiero lo mejor para ti», estiró su mano, palmeó mi hombro y partió, Black, me quedaba claro ahora, no se había forjado su prestigio en la medicina sólo por sus conocimientos y por el éxito de sus cirugías, la verdadera lección fue ésta: se necesita también ser pugnaz, estar dispuesto a llegar a los extremos para lograrlo.

Descargamos la fragata y trasladamos los animales y los víveres a las goletas, los españoles viajarían con nosotros hasta la primera catarata, ahí las dos naves, con un mínimo de hombres, volverían a Asuán a esperar nuestro retorno junto con el Neptuno, por consejo de Alarie acordamos llevar dos contingentes de treinta guardias, uno para protegernos y el otro para cuidar la retaguardia, los albinos también vendrían, su experiencia en caza y en supervivencia en el monte nos sería de gran utilidad, diez marinos nos acompañarían para guiar las barcazas alquiladas, los traductores aceptaron venir bajo un significativo aumento de paga, Black y yo nos mudamos a una de las goletas, cada uno contaba con una cabina, no eran amplias como los camarotes de la fragata, pero la mía con espacio suficiente para darle cabida a las albinas, le pedí a Hadji les explicara el uso de las bacinicas, no quería un incidente como el de la vez pasada, ellas, me aclaró el traductor, no habían salido esa noche por miedo a ser castigadas, no sabían si eran o no prisioneras cuando las hospedé en mi camarote, ahora prometían no cometer otro desbarro, Black siguió bebiendo sin parar, la altura de la baranda de cubierta de la goleta era menor a la del Neptuno, temí resbalara y se ahogara en el río, su provisión de absenta disminuía con rapidez, de acuerdo a mis cuentas no alcanzaría para el final del viaje, sin absenta, aseveraba, su capacidad de juicio y su agudeza se degradarían, mandé la mitad de las botellas a los sollados de la otra nave, cuando él bajara a buscarlas a las bodegas de la nuestra y viera pocas quizá regularía su consumo y así durarían hasta la última etapa de la travesía, Shokri nos advirtió de los piratas del Nilo, «en la parte nubia abundan, son conocidos por su crueldad, no les basta robar, degüellan a la tripulación entera, coloquen vigías en ambas goletas, si de noche ven una embarcación acercarse y no lleva linterna prendida no duden en cañonearla», declaró, «¿y si por error hundimos una barca con personas inocentes?», lo cuestioné, «la gente buena navega con teas al frente, no se ocultan, están a la vista y siguen su camino, las intenciones de los piratas se revelan a la distancia». Gracias a una inusitada temporada de lluvias, el caudal del Nilo creció como nunca antes, se tornó más anchuroso y profundo, bajo sus aguas quedaron las rocas y las islas de granito causantes de la primera y de la segunda catarata, con tan favorable circunstancia las goletas atravesaron sin problema la zona de rápidos, sin embargo, deberían apurar su retorno para evitar el descenso de las aguas, una noche más tarde, mientras dormía, escuché estruendos y gritos, de inmediato me vestí, tomé mi daga y mi espada y salí a cubierta, los soldados bombardeaban con ferocidad hacia el obscuro río, los cañonazos despedían chispas en cada disparo, no había luna y apenas se distinguían siluetas en la negrura de las aguas, «son barcazas piratas», me dijo uno de los marinos, quienes navegaran en esos botes debían estar despedazados por la intensidad de la metralla, de pronto paró la artillería, escuché risas y luego regaños en español, un vigía vio unas sombras moverse frente a popa, corrió la alarma y en cuestión de segundos inició el cañoneo, cuando las supuestas

390

barcazas pasaron a un lado de las antorchas de amura el comandante descubrió tres islotes flotantes de légamo ribereño desprendidos por las crecidas, en el delirio de toparse con piratas y azuzado por el miedo el joven vigilante alertó a sus compañeros e inició el bombardeo, no fue gracioso, se habían desperdiciado valiosos aprestos de defensa, le pedí a Jean-Baptiste reprenderlos y volví a mi cabina, el fragor de los cañones me aceleró el corazón y me provocó jaquecas, tembloroso aún, con los oídos zumbándome por el estruendo, me senté sobre la cama y me llevé las manos a la cara, me encontraba absorto cuando sentí unos dedos sobre mi cabeza, respondí con violencia, desnuda, una de las dos albinas me había acariciado para conhortarme, tomé la túnica y se la arrojé, «vístete», le grité, ella me miró con congoja, se la puso y fue a recostarse en el suelo junto con la otra, fue excesiva mi dureza, el suyo había sido un gesto de humanidad, no un intento de seducirme. Dos días después arribamos adonde se originaba la tercera catarata, Shokri apremió la vuelta de las goletas a Asuán, «las aguas pueden bajar de un momento a otro», advirtió, nos impelió a descargar cuanto antes el matalotaje y bajar a los animales, en Kerma, un poblado unas leguas más adelante, podíamos alquilar barcazas para continuar nuestra travesía por el Nilo, apenas poner pie en tierra, los albinos se mostraron aprensivos, daban vueltas de un lugar a otro y sus ojos denotaban miedo, no era para menos, caminar por la orilla del río los exponía, contaban con pocos lugares donde esconderse de los traficantes, solicité a Hadji los tranquilizara, me comprometía a protegerlos y cuidarlos hasta nuestro regreso a Inglaterra donde les otorgaría plena libertad, no se calmaron, la palabra «Inglaterra» no les significaba nada y, además, trasladarlos a la civilización podía entrañarles aún más infelicidad, Black me persuadió de mantenerlos con nosotros, para él encontrarlos equivalía a topar con una veta de oro, mandó a Seamus a seguir dibujándolos, en cada bosquejo Black escribía notas al margen, «los penes de los hombres son de gran tamaño, también rosados», «las nalgas de ellas son redondas, con amplias caderas», «huelen a negros, no a blancos», «ellos poseen músculos definidos, sus narices son anchas», no quiso transportar consigo los pliegos, conllevaban datos valiosos y extraviarlos sería una pérdida inconmensurable, dio órdenes a James, quien regresaría a Asuán con las goletas, de entregar las ilustraciones a la sociedad médica de Londres y explicar cuanto había presenciado si acaso nosotros moríamos en el viaje a Abisinia, «mantén en tu memoria los rostros, la piel, los cuerpos, los olores de estos hombres y mujeres, son una variación extraordinaria del género humano, no sabemos si en el futuro aparecerán más como ellos», James colocó los dibujos en una carpeta y juró entregarlos a sus finales destinatarios, Shokri retornó a Asuán en las goletas, Anwar, quien no era tan experto navegante como él, pero poseía un conocimiento profundo de los tramos nubios del río, se quedó a guiarnos, Black me convenció de portar conmigo dos pistolas, dos facas escondidas entre las botas y una daga al cinto, como amuletos me colgué al cuello la torre negra y el collar apache, los españoles me miraron con reprobación, «lo consideran herejía», me explicó Alarie, quien había sufrido el acosamiento de los católicos por ser un hugonote, «para ellos sólo debe prodigarse la suerte destinada por Dios», en ningún momento cruzó por mi cabeza descreer, pero ese territorio vasto y árido lo sentía lejos de la mirada del Altísimo, como si fuesen otros númenes, más salvajes y más crueles, quienes gobernaran esta tierra mítica y feroz, el ajedrez era una alegoría de tácticas bélicas, precisaba cerca de mi corazón la fuerza de esa torre, la atalaya desde donde todo se mira, las garras y los colmillos del oso traerían a mí la fuerza de un animal fabuloso, no hice caso de las murmuraciones de mis guardias, al fin y al cabo cada quién llama la fortuna a su entender, Black y yo nos transportamos en cadiras en los lomos de camellos, mientras los demás se trasladaban en mulas o burros, las sillas estaban acolchadas con pieles y telas gruesas, pero luego de tres horas del cadente trote de estas nobles bestias dolía la espalda, las cabras y las reses nos seguían lazadas en hatajos, en los espinazos de las mulas iban amontonadas en jaulas las aves de corral, gallinas, patos, pavos, precavidos, los albinos rechazaron montar los burros y optaron por caminar junto a nosotros, en caso de un ataque, preferían huir a pie, nuestra caravana se alargaba casi un cuarto de milla y nuestra entrada a Kerma atemorizó a los lugareños, los niños y las mujeres corrieron a resguardarse a las chozas mientras los hombres se plantaron con sus escasas armas a recibirnos, su recelo se justificaba, a menudo transitaban por ahí partidas de traficantes de esclavos y aun cuando no eran dados a capturarlos, saqueaban las casas y violaban a las muchachas del pueblo, Anwar los bendijo en su lengua, alzó ambas manos en señal de paz y explicó nuestra intención de arrendarles barcazas, los hombres, pescadores y criadores de cabras, bajaron sus armas, para demostrar nuestra buena voluntad le pedí a Anwar ofrecerles tres cabras y diez gallinas, aceptaron el regalo con agrado y se calmaron los ánimos, Alarie, Black y yo nos reunimos con los principales bajo la sombra de altas palmas datileras, en cubetas habían colocado los frutos para obsequiarnos y sobre lajas de piedra cocinaban filetes de pescado, los aluviones, nos explicaron, habían destruido la mayoría de sus barcazas y las cuatro sobrevivientes no alcanzaban para transportar a las cerca de ochenta personas de nuestro grupo, nos llevaron a verlas, eran desvencijados botes de remo con velas rasgadas, la madera al borde de pudrirse, si en las goletas apenas cupieron los camellos, los burros, las mulas, las reses y las cabras, en éstos no podríamos viajar ni una cuarta parte de nosotros, los barqueros ofrecieron rentarnos siete falucas usadas para la pesca, aun pequeñas, podrían acomodar de cinco a ocho hombres, pagamos el alquiler y, como se acercaba la noche, dispusimos zarpar a la mañana siguiente, los lugareños, con la generosidad característica de esas tierras, nos ofrecieron hospedarnos en sus casas, Black, Anwar y yo fuimos alojados en la morada del pescador más próspero, era una casa amplia construida con el lodo de las riberas, dentro descubrimos tres estatuas de hombres hechas con barro negro en tamaño natural, preguntamos a nuestro anfitrión si eran obras suyas y negó con una sonrisa, las había desenterrado en las ruinas de una antigua ciudad erigida en adobe llamada Deffufa, a un día de viaje, las estatuas mostraban cuerpos estilizados y expresaban el glorioso pasado de una civilización arcaica, «éste era el país de Kush, el pretérito territorio nubio», aseveró Black, sólo unos cuantos europeos se habían aventurado a viajar a estas tierras, en su mayoría atraídos por la posibilidad de saquear oro y reliquias valiosas de las pirámides, templos y criptas, a Black, por el contrario, le seducía embeberse de la historia de estos pueblos y ser de los primeros hombres blancos en entrar a la Abisinia profunda por las serranías del oeste y no por el Mar Rojo.

El abordaje fue un fracaso, una de las carracas comenzó a hundirse apenas subir los camellos, Alarie se mostró preocupado, «señor, esto pinta para un desastre, lo exhorto de nuevo a cancelar el viaje», me negué, vehemente, ésa no era una opción, nos reunimos con Anwar, Hadji y Berhan para estimar nuestras alternativas, Anwar propuso transportar la mitad del grupo y algunos de los animales en las barcas hasta Dongola y el resto partir por tierra para encontrarnos cuatro días después, estaba convencido de alquilar allá embarcaciones más grandes y seguras para luego proseguir juntos hasta Atbara, Berhan fue quien planteó la solución idónea, reducir nuestro contingente, le parecía innecesario un tropel de ochenta personas, el tamaño de la caravana podía llamar la atención de los ejércitos nubios y ser atacados, los traficantes árabes eran exitosos por prácticos, viajaban en pequeños grupos y contrataban personas de acuerdo a las exigencias de cada terreno, para evitar la «gran curva», una desviación severa del Nilo hacia el norte, sugirió cruzar por el macizo rocoso entre Merowe y Atbara, un tramo de veinticinco jornadas hacia el este, «entre las rocas queda atrapada agua y hay un oasis a mitad del camino», a Alarie le preocupaba separar al grupo, «nos coloca en desventaja frente a un ataque de bandoleros», alegó, «mata más el hambre y la sed», respondió Berhan, Black y yo nos inclinamos por esta propuesta, ahorrábamos gastos y podíamos movernos con mayor agilidad, Alarie le comunicó la decisión al capitán de los guardias, quien seleccionó a veinte de sus mejores soldados para acompañarnos, además vendrían con nosotros seis de los marinos y los traductores, decidí traer con nosotros a los albinos, no confiaba en los españoles para llevarlos a Asuán, con seguridad los revenderían en el mercado de esclavos y yo estaba dispuesto a cumplir con mi palabra de protegerlos, de los veinte soldados españoles elegidos, trece se negaron a continuar, nuestro viaje les parecía improvisado y sin un designio manifiesto, como militares estaban acostumbrados a rigurosos planes y a claras jerarquías, no al vaivén volátil entre un borracho y un hombre joven, quienes sí se comprometieron a seguir fueron los soldados más viejos, habían salido avantes de batallas encarnizadas y les seducía ser los primeros hombres blancos en pisar comarcas desconocidas, quizás en ellas se hallaran yacimientos de oro o vastos territorios por conquerir, y éste fuera el principio de una vida de riqueza y de gloria, dos de los marineros desistieron, lo suyo eran los mares, no un río rodeado de cerros áridos sólo navegable en barquitas endebles, las renuncias en cascada redujeron nuestro grupo a veinticinco miembros, siete españoles, cuatro marineros, entre ellos Seamus a quien le pedimos, con muy buena paga, venir con nosotros para dibujar, los traductores, Alarie, Black, yo y los siete albinos, con tan reducido grupo pudimos acomodarnos en las cuatro barcazas y en las falucas, con algunas de las bestias, el matalotaje, un lote de morteros y seis cañones. Remontamos el río, los navegantes nubios eran hábiles para esquivar los cada vez más numerosos bancos de arena, Black y yo pedimos a los albinos nos contaran las historias de sus vidas, según relataron, leyendas de su tribu achacaban su blancura a ser concebidos durante la media noche en luna llena, cuando los pequeños demontres de la selva salían a ejecutar sus fechorías, de acuerdo a sus tradiciones ninguna mujer debía ayuntar después de caer el sol, los malignos seres se disfrazaban de sus esposos y si copulaban con ellos, terminarían impregnadas con rayos lunares, por ser hijos bastardos de demonios y de mujeres desobedientes, los albinos ofendían a los dioses, usar sus huesos como amuletos protegía a sus portadores de la ira de las deidades, no podía explicarse el color de su piel a través de fábulas, se precisaba de una tesis científica, quizá pululara dentro de ellos la sangre de algún antepasado de raza blanca, un judío, un sirio, hasta un vikingo, le compartí a Black mi teoría, pero la descartó, había visto animales albos de ojos rosados, como ciervos, conejos e incluso cuervos, «esto no es el producto de un cruce de razas, la fuente debe de ser otra», sostuvo, los albinos relataron historias de sus encuentros con leones y con hienas, pero le temían más a una especie de perro salvaje, «atacan en jaurías y se comen a tarascadas a quienes sufren la mala fortuna de toparse con ellos», tradujo Hadji, África no era sólo un continente, era un espíritu, como bien dijo Black, «sólo de estar aquí se aprende». Una tarde los barqueros me mostraron unas naves a la distancia, «los corsarios», me tradujo Anwar, con las banderas dimos aviso a las demás barcazas para prepararnos contra una incursión, los soldados se apostaron en las amuras, listos para disparar, yo me atrincheré detrás del timón con dos pistolas, los piratas navegaban en tres botes pequeños con cuatro hombres en cada uno, sería suicida acometernos, apenas los avistamos Alarie les apuntó los cañones, los piratas semejaban pescadores de la región, los mismos cuerpos enjutos, los rostros morenos, el cabello crespo, pero su mirar era diferente, sus manos aferraban dagas o cimitarras en vez de redes, no escondían su oficio de bandidos, al contrario, lo hacían notar con ostentación, debían cohonder a las autoridades para poder realizar sus felonías sin ningún disimulo, ésta era una bandería exigua para perpetrar un asalto contra naves bien pertrechadas, debían ser parte de una camarilla mayor o habían salido a robar barcas pesqueras, nos miraron pasar sin hacer la mínima tentativa de agredirnos, los vimos alejarse y continuamos nuestro camino. La cuarta catarata iniciaba en Merowe, justo donde el Nilo daba vuelta hacia el norte, desembarcamos para desde ahí, como había sugerido Berhan, cruzar el desierto de Bayuda, si con ochenta habíamos calculado veinticinco jornadas de viaje, reducidos casi a una tercera parte podríamos avanzar con más velocidad y llegar en diez jornadas, montamos el campamento en las afueras de Merowe, Alarie propuso sacrificar las cabras, su paso lento y la necesidad de pastorearlas nos retrasaría, ordené a los españoles degollarlas, espeluznaba oírlas balar aterrorizadas mientras les rebanaban el cuello, dos días llevó despacharlas, tendieron las carnes al sol para acecinarlas, las tripas fueron cocinadas y los cueros curtidos para fabricar odres para transportar agua, la sangre regada atrajo nubes de moscas y de tábanos, no podía creerse cuántos surgieron de los palmares, fue necesario espantarlos con abanicos para evitar la contaminación de la carne con sus asquerosas trompas, la plaga de insectos llegó hasta nuestras tiendas, los tábanos propinaban dolorosas mordeduras, Black y yo, de piel más delicada, sufrimos de infinidad de ronchas, ni rascándonos repetidas veces pudimos eliminar la comezón, mandé echar arena sobre los coágulos para taparlos, pero no ahuyentó el hervidero negro, nos embarramos una pasta de menta y mirra para repelerlos, funcionó a medias, los infames moscardones mordían aquellos lugares no protegidos, con el sol a plomo la carne de las cabras secó rápido y el número de bichos comenzó a declinar, Merowe era una aldea de fértiles campos de trigo y de sorgo, de almácigas donde crecían vegetales y de prados donde pacían docenas de cabezas de ganado, contaba con un surtido bazar, donde se podían hallar granos, carnes, pescados, legumbres, especias, hasta paramentos diversos, tanto para adornar vestidos como para engalanar monturas de camellos, mientras recorríamos los pasillos un hombre nos alcanzó y excitado nos habló con rapidez en su idioma, Anwar nos tradujo, vendía «sobras», esclavos a quienes los árabes desecharon por considerarlos defectuosos o de baja calidad, Black se entusiasmó, era en esos lotes donde podía descubrir engendros y fenómenos únicos, el tipo nos condujo hacia un alfolí, ahí, entre costales, se encontraban encadenados varios negros, la mayoría niños, famélicos, ventrudos, con los ojos hundidos, las pieles macilentas, las argollas en sus cuellos les habían provocado llagas, estaban tirados sobre sus heces, desnudos, sus penes, pellejos resecos, las dos únicas mujeres, más flacas aún, los senos dos sacos vacíos, parecían cadáveres sacados de una tumba, el hombre ponderó el «potencial» del lote, «si los ceban bien por unos meses, tendrán esclavos trabajadores y dedicados», sin ningún empacho, Black caminó entre los esclavos y se acuclilló para examinarlos, no tropezó con nada especial, eran sólo tipos escuálidos y marchitos, sin fuerzas para ejecutar labores, deseé comprarlos para darles libertad, sería inútil, no podían ni siquiera levantarse del piso, para recuperarse debía alimentarlos por lo menos dos meses, me negué a adquirirlos, el hombre, en su desesperación por vendérnoslos, bajó el precio a cifras ridículas, al final, costaban el equivalente a una bolsa de dátiles, si lo pagaba, ¿dónde los metería?, aun liberándolos, su muerte estaba asegurada, «será un desperdicio de dinero», me susurró Black al oído, afligidos por la segura muerte de los desdichados, nos retiramos del lugar bajo las protestas y, luego, los insultos del dueño, «sólo me hicieron perder el tiempo, imbéciles».

Arrancamos de madrugada para evitar los calores, el plan diario consistía en levantarnos a las cuatro, caminar a obscuras guiándonos por las estrellas y parar cuando el sol subiera, como a las diez, dormitar bajo las lonas y a las cinco proseguir el viaje hasta las ocho de la noche, caminar con el sol en su cénit era peligroso, no sólo por las quemaduras, sino por cuanto significaba perder agua al sudar, contratamos a diez aldeanos como porteadores y como guías, ellos sabían de aguajes escondidos, de cuevas donde guarecernos y de atajos, escasos arbustos y hierbas crecían en el páramo arcilloso salpicado de montículos de rocas, a menudo topamos con esqueletos de camellos o de burros, bestias abandonadas a su suerte cuando las caravanas agotaron sus reservas de agua y la poca restante la dedicaron al consumo humano, para prevenirnos llenamos odres suficientes para cada uno de nosotros y para darles de beber a los animales, a pesar de sugerencias en contra, me empeñé en llevar a las aves de corral, pesaban poco y eran fáciles de cocinar, a los tres días sobrevinieron las consecuencias de mi yerro, ninguna soportó el intenso calor, jadeaban con el pico abierto y la cabeza se les iba de lado, fallecieron de a poco hasta no quedar ninguna, perdimos una mañana entera desplumándolas y las asamos colocando sus carnes en las lajas ardientes, de eso nos alimentamos la primera semana de la travesía, para sobrevivir me obligué a superar mi repulsa a las aves de corral, al principio me costó trabajo, vomitaba nada más tocar sus plumas, poco a poco logré dominar mi asco y pude, por fin, acostumbrarme a comerlas, de tan caliente el aire, los pulmones parecían incendiarse, el ardor del suelo arenoso nos abrasaba los pies a través de los botines, las reverberaciones del sol en la arena nos cegaban, a pesar de nuestros cálculos empezó a escasear el agua, los guías hallaron secos los aguaderos y cuando encontraron un pozo bajo un cúmulo de piedras apestaba a podrido, beber de esa ciénega infecta sería como beber venino, por causa de una carne en mal estado varios sufrimos de diarreas, me sentí morir, no podía caminar ni dos metros sin sufrir cólicos y vaciarme aun de pie, comencé a delirar, veía figuras monstruosas, me sentaba a hablar con mis padres para reclamarles mi expulsión, imaginé a Ailis besándome desnuda, a Nelleke reírse de mí, a Beth mirarme mientras de su cuello escurría sangre, a pesar de sentirse igual de enfermo, Black nos curó mezclando hierbas y semillas de dátiles, sus pociones funcionaron como astringentes, poco a poco las evacuaciones aguadas cedieron y toleramos el alimento, todos nos recuperamos excepto Clive, uno de los marineros, a sus diarreas se unió un vómito imparable y a pesar de los esfuerzos de Black, sucumbió una noche mientras alucinaba, su muerte me confrontó con la mía, la expedición en búsqueda del conocimiento pintaba, tal y como lo advirtió Alarie, para una catástrofe de proporciones mayúsculas, quizás acabaríamos muertos en un charco de heces líquidas mascullando improperios a espectros, depositamos el cadáver en una fosa escarbada en la arena, amontonamos piedras sobre el sepulcro para marcar su ubicación por si acaso un día, algo improbable, un pariente suyo decidía venir a rendirle honores, fue un momento triste, la suerte de Clive pudo ser la de cualquiera de nosotros, no era un hombre viejo, debía rondar los treinta, se hallaba en plenitud y se le veía fornido y con buena salud, «la muerte es caprichosa, a quién elige es siempre un misterio», solía decirme Wright, y aquí la señora Muerte segó la vida de quien menos lo esperábamos, esa noche le escribí largas cartas a Ailis y a Louise, seguía inquietado con mi fin, más ahora, después de la defunción del marino, en mis líneas traté de mostrarme alegre y animado, les pinté el desierto de Bayuda como uno de los lugares más hermosos en los cuales había posado mis ojos, una falsedad, era un sitio yermo, vacío de vida, donde el calor embrutecía los sentidos y aun cuando adelantábamos daba la impresión de permanecer en el mismo sitio, a Ailis le expresé cuánto anhelaba tenerla de nuevo a mi lado, no le mencioné mi acelerada pérdida de peso ni le compartí mis íntimas dudas sobre nuestro viaje. Ahincamos el paso para recobrar la semana perdida por nuestras diarreas, forzamos a los camellos a marchar con más rapidez, los burros sufrían de nuestra premura, les costaba mantener el ritmo y a menudo se quedaban rezagados, los albinos, quienes por una extraña resistencia no se envenenaron con la carne, seguían negándose a montar las bestias y andaban a pie entre las piedras puntiagudas y, a pesar de cortarse las plantas y los dedos, continuaban sin quejarse con los rostros cubiertos de ámpulas y las manos enrojecidas por el sol, yo sufrí también los embates de los rayos solares, aun protegido de pies a cabeza, el rebote de la luz en las arenas me cuarteó los labios y me provocó una llaga debajo del ojo izquierdo, una mañana, después de diecisiete días de cruzar el desierto, por fin divisamos el Nilo, lo celebramos como una conquista, nuestras reservas de agua estaban por agotarse y sabernos cerca del río elevó el ánimo del grupo, montamos el campamento en una llanura en los márgenes del caudal, nadamos para refrescarnos y con el limo cubrimos nuestras quemaduras, pocas veces dormí tan profundo como esa noche, al día siguiente no hallamos ni a Hadji, el traductor, ni a los albinos, habían huido, a mi juicio cometieron un error, nosotros los íbamos a proteger y contábamos con medios para defenderlos, dejaron atrás las túnicas y los turbantes, indispensables para soportar la inclemencia del sol, Black lamentó su fuga, «no los estudié lo suficiente», dijo, «no pude observar cómo progresaban sus lesiones solares, tampoco analizar los efectos de esta luz cegadora sobre sus débiles ojos, ni medir cuánto tiempo requerían para cicatrizar sus cortaduras, no lo saben, pero bien pudieron brindarnos elementos para salvarle la vida a decenas como ellos», no hicimos esfuerzos por ir tras sus pasos y resolvimos dejarlos en paz, yo elevé una oración por su ventura, abominaría saberlos asesinados para ser convertidos en talismanes o capturados de nuevo por los traficantes, Black, en su honor, se zampó una botella de absenta.

El último pueblo donde podríamos abastecernos era Atbara, se hallaba en la confluencia del río del mismo nombre y el Nilo, la juntura de ambos cauces atraía a infinidad de peces y en los mercados era posible encontrar una amplia variedad, percas, carpas, bagres y hasta carne de cocodrilo o de hipopótamo, me sorprendió ver colgado de unos ganchos el cadáver enorme de un león macho, le habían dejado la cabeza intacta para garantizar la autenticidad del felino, un carnicero cortaba pedazos a solicitud de los clientes, había quienes pedían filete y otros, la bola de la pierna, Black se interesó en el proceso y con ayuda de Berhan y de Omari pidió el solomillo, el matarife tajó el costillar de adentro con el jifero y le entregó la carne, Black la sopesó con su mano y sin importarle mancharse de sangre se la llevó a la nariz para aspirar su olor, agradeció con un gesto de la cabeza y ordenó a Berhan pagarle, ya los egipcios me habían ofrecido carne de león cuando visitaron a Wright, le atribuían un incremento de la potencia sexual, pensé llevarle a Bates una poca y le compré al tablajero unas tiras delgadas de filete para curarlas al sol. El Atbara era un caudal traicionero y nos sugirieron no navegarlo, abundaba en rápidos y bien podíamos acabar ahogados, abastecidos, partimos por la madrugada hacia el sur siguiendo el curso del río, no debíamos desviarnos de su cauce, este desierto superaba en inclemencia al de Bayuda y sólo toparíamos con caseríos dispersos, no había lugar donde aprovisionarnos y dependíamos de la caza y de la pesca, éste era el tramo más brutal de toda nuestra travesía, los primeros días nos cruzamos con caravanas de tribus nómadas, viajaban a pie y construían chozas temporales con ramas y palos, se alimentaban de cabras, de plantas del desierto y de leche de camello, no eran agresivos y nos ofrecían sus escasas viandas, no las aceptábamos y como agradecimiento les obsequiábamos cecina, Al Hamerib, nuestro próximo destino, se hallaba a medio camino, los nómadas lo describían como un lugar sagrado y nos felicitaban por venir de tan lejos a visitarlo, ahí hallaríamos las cabras bicípites mencionadas por el sabio Abenhadar, la idea de Black era conseguir una para disecarla y explorar sus entrañas, si bien una cabra era diferente a un ser humano esperábamos hallar en ellas claves para comprender la enzarzada configuración de las extrañas, lo difícil sería conseguir permiso de los sacerdotes para abrirlas, Black se sabía capaz de hurgar entre las vísceras sin matarla, coserla de vuelta y devolverla viva, faltaba saber para cuáles propósitos se les usaba en Al Hamerib y con respeto y con tacto pedir permiso para examinarlas. Una noche, un lejano concierto de relámpagos anunció una violenta tempestad, fue uno de los espectáculos naturales más hermosos de cuantos haya sido testigo, por momentos se formaban telarañas de rayos y el horizonte se iluminaba de naranjas, rojos, violetas, blancos, los chaparrones en el desierto, nos advirtió Berhan, provocaban súbitos golpes de agua y era importante no acampar a las orillas de arroyos o de cañadas o en medio de una planicie, armamos las tiendas en una colina para evitar ser arrastrados por los torrentes, el aire sopló y pronto diluvió, debajo de la colina se formaron corrientes, era posible escuchar en la obscuridad cómo bramaban atronadoras, por la mañana fuimos testigos de los estragos, los escurrimientos crearon hondos canales en la arena, decenas de charcos se esparcían en la vasta llanura, miles de aves aparecieron de la nada, descendían a beber para luego remontar el vuelo, flotaron mariposas, se escucharon croares de ranas, luego salió el sol y la humedad comenzó a evaporarse, para la tarde, ya casi no quedaban charcas, sólo lodo y costras por las cuales, en los días posteriores, empezaron a germinar diminutas plantas, el desierto se pintó de un verde tenue, al aproximarnos a Al Hamerib vimos varias tiendas y chozas de nómadas, «los peregrinos», dijo Anwar, Al Hamerib era un villorrio de treinta casas construidas con adobes, la construcción más grande fungía como mezquita, sin embargo, la religión de sus pobladores no era, en términos estrictos, mahometana, sino una mezcla acomodaticia de símbolos y deidades del pasado con normas del islam e incluso con algunas pizcas de cristianismo, acampamos en las inmediaciones, al anochecer los peregrinos prendieron decenas de hogueras, se sahumaban mientras proferían rezos, ni Anwar ni Berhan sabían de esos ritos, criados ambos en una versión del islam más ortodoxa, Black pidió a Anwar, Berhan y Omari solicitaran en nombre suyo y mío una reunión con quien fuese el principal o el sacerdote de la aldea, se perdieron en la obscuridad y volvieron una hora después, nos autorizaron a reunirnos con el imam supremo, nos aguardaba en su casa, Black llevó los ámbares y una botella de absenta como obsequios, presentarse sin regalos sería una ofensa, la absenta la ostentaría como una bebida sagrada, no como un vulgar alcohol, un líquido capaz de conducir a quien lo bebiera a estados contemplativos en los cuales la comunicación con Dios se hacía más abierta y profunda, un riesgo entregarle la botella cuando la religión mahometana prohibía el consumo de licores embriagadores, una orden del imam en contra nuestra podría significar una condena a muerte para todos nosotros, Black no le dio importancia a mis reparos, «nunca nadie lo ha rechazado», dijo, la morada del imam, como el resto de las casas, la delimitaba una tapia, un hombre nos aguardaba en la puerta y nos condujo al interior, el imam se hallaba sentado en el piso junto con otros varones de piel escura vestidos con trajes de algodón y sandalias fabricadas con cuero cabruno, a pesar de hallarse en un lugar desolado y remoto, se apreciaba riqueza y ciertos lujos, un quinqué de aceite iluminaba la estancia, nos invitaron a sentarnos, el imam, de nombre Mahmoud, mandó servirnos el té en unas tazas de barro, agradecimos el honor y me llevé la bebida a la boca, no la escupí para no mostrarme grosero, su sabor era intolerable, me asomé al interior de la olla, en la cocción flotaba una capa espesa, luego supe, se trataba de boñigas de camellos, después de las cortesías de rigor, Black le entregó al imam los regalos y con la ayuda de los traductores expuso las virtudes medicinales de los ámbares y lo sacro del líquido verde, el imam los recibió, miró las piedras a la luz del quinqué, un escarabajo se traslucía en una de ellas y la contempló admirado, «esta piedra guarda una vida, con seguridad volverá a caminar en cuanto lo libremos de esta prisión, debe ser muy milagrosa», expresó, luego colocó la botella de absenta bajo la llama de la lámpara, dentro descubrió la raíz de ajenjo, «también en esta botella va guardada la vida, ustedes deben ser hombres sabios para lograr esto», el primer paso para ganar su confianza estaba dado, «por tener vida en sus entrañas, estos objetos poseen alma, en ellos abundan curas a diversas enfermedades», agregó Black, «nos han traído bendiciones desde sus tierras», prosiguió el imam, «y estamos agradecidos», por supuesto, no sabía nada de Europa y menos de Inglaterra, sus conocimientos geográficos se reducían a Atbara al norte y a la región de Amhara al sur, Black preguntó sobre las cabras bicípites, «son mandadas por los dioses», dijo, «en ellas podemos leer el porvenir», expuso, «si no le importa», pidió Black a través de Anwar, «¿podría explicarnos cómo lo hacen?», el imam volteó hacia los demás hombres, sonrieron cómplices, como si la pregunta fuese obvia, «en sus vísceras está escrito el futuro», manifestó, Black le pidió explayarse, sólo nacían una o dos cabras bicípites por año, en ese momento, criaban a cuatro de ellas y sacrificaban una en la sexta luna llena del año, la abrían viva y tentando las entrañas leían las señales divinas sobre cuanto acontecería en años venideros, si habría lluvias, si vendrían o no forasteros, si alguien de la aldea moriría, según Mahmoud, tres años antes los signos anticiparon nuestra venida, «llegaron justo cuando los esperábamos», pregunté si el anuncio nos definía como gente de bien o como personas de mal, «de bien», respondió Mahmoud, «si se hubiese profetizado lo contrario, ustedes estarían ahora muertos», sentí un estremecimiento, bastaba una interpretación errónea para ser asesinados, en un acto atrevido Black les pidió nos cedieran una de esas cabras, «he venido desde lejos, después de meses de travesía, a conocer los augurios para mi pueblo, necesito averiguar cuanto está escrito en sus vientres, volver a mi tierra a comunicarle a mi gente cuanto viene en el futuro y así prepararnos», el imam clavó la mirada en Black, «esas cabras son sagradas», decretó, Black no se vio amedrentado, «le he traído objetos sagrados», respondió con calma, «objetos en cuyos interiores aún late vida, objetos capaces de curar y de revelarle los misterios más hondos, se los entregamos con cariño y buena voluntad, puedo abrir la cabra, explorar sus entrañas, cerrarla y devolvérsela como si nada le hubiese sucedido», si algo me admiraba de Black era su habilidad para adecuar su discurso a las circunstancias, el imam se opuso, «una cabra de dos cabezas sólo puede presagiar el futuro cuando se encuentra en la delgada línea entre la vida y la muerte, de sus convulsiones agonizantes provienen las claves, reconocemos el valor de sus presentes, sabemos cuán caros son para ustedes y para su pueblo, beberemos su elixir y usaremos sus piedras, si resultan beneficiosas, como nos lo han dicho, abnegaremos y podrán abrir una de nuestras cabras, si nada sucede, se les considerará falsos profetas, les quitaremos cuantos bienes y cuantos abastecimientos posean, los dejaremos desnudos y los expulsaremos al desierto», no hubo en el semblante de Black la más mínima muestra de temor, «hace tres años los dioses les anunciaron nuestra llegada, lo hicieron con un objetivo, ustedes lo descubrirán y pedirán disculpas por ofendernos al dudar de nosotros, Alá invita a perdonar y eso haremos», Anwar tradujo con voz trémula, un error podía provocar nuestra ejecución, al salir el doctor afirmó convencido, «tendremos una cabra de dos cabezas».

Los peregrinos eran en extremo pobres, desharrapados, de cuerpos flacos, los huesos sobresalientes, los ojos hundidos, las piernas cubiertas de llagas y vejigas, poseían pocas piezas dentales y al sonreír se les notaban los huecos, en jarras de barro cocinaban las majadas de los camellos, no para hacer té, como el ofrecido por Mahmoud, sino para comerlo como si de un pan se tratara, se alimentaban también de sapos, los hervían en cazuelas y los comían sin dejar ni un solo pedazo, con puntualidad cumplían los cinco llamados a la oración, rezaban en susurros y, al finalizar, besaban la tierra, iban armados con lanzas y toscos cuchillos, hablaban una lengua desconocida por nuestros traductores, no obstante, Berhan lograba captar palabras sueltas por ser un idioma similar al agau, acampaban por meses en espera del sacrificio de las cabras, sin importarles si tenían de comer o las condiciones del clima, para ellos valía la pena cada esfuerzo por conocer los agüeros, saber el destino les otorgaba poder en caso de ser venturoso, consuelo en caso de ser sombrío, nada se comparaba a poseer certidumbre del futuro, contrario a ellos, los habitantes de Al Hamerib se veían bien alimentados, brazos musculosos, piernas fuertes, dentadura intacta, vivían no sólo de sus hatos de cabras y de la caza y de la pesca en los márgenes del río sino también de los tributos pagados por los peregrinos, las cabras bicípites se hallaban resguardadas en una casa fortificada con muros altísimos, lejos de la vista de los curiosos, era vigilada día y noche por ocho guardias y eran alimentadas y cuidadas sólo por Mahmoud y dos de sus acólitos, nadie podía explicarse las razones científicas por las cuales entre esos hatos nacían crías de dos cabezas, esa concurrencia llamaba la atención, ¿podría la familia de las extrañas dar a luz a más seres de doble testa?, ¿era por alimentación, por el clima o heredado?, ¿sería una degeneración provocada por lo cerrado del hato, por la cópula entre consanguíneos?, Black encargó a Seamus dibujar las cabras en libertad, «procura hacerlo con discreción, como si estuvieras tomando un descanso en las proximidades, nadie puede ver las ilustraciones», el doctor intentaba determinar si había rasgos distintivos en el rebaño dignos de tomar en cuenta, ya fuera la dimensión de los cuernos, la estructura del cráneo o la medida de las pezuñas, cada dato era importante para crear un perfil, de hecho, me confesó, había ordenado a Vicky hacer retratos meticulosos de la madre de las extrañas para buscar minúsculas discrepancias donde pudiesen revelarse los orígenes de la deformidad, no había encontrado disparidades notorias, pero ello no descartaba defectos ocultos por la ropa o los zapatos, las cabras brindaban una oportunidad única para buscar esos elementos discordantes, establecer si había patrones de excepción. Pasó una semana y no fuimos ni llamados por el imam ni expulsados de la aldea, Black lo tomó como un buen indicio, «si nos consideraran falsarios ya estaríamos muertos, esta gente no se tienta el corazón», para mantener nuestras reservas de alimentos iba a menudo con los guardias a cazar a los márgenes del río, estudiábamos los rastros en las veredas rumbo a los abrevaderos y al amanecer nos escondíamos entre los arbustos al acecho de un antílope o de un mono, cazamos tres antílopes, suficientes para alimentar a nuestro contingente, y una tarde dimos con un cocodrilo gigantesco, a pesar de sendos disparos en la cabeza logró sumergirse en el río, un chorro rojo burbujeó en la superficie y así logramos dar con el sitio adonde fue a fenecer, resultó dificultoso sacarlo del agua, pesaba casi tanto como un buey, en la orilla lo destripamos y lo transportamos hasta el campamento, Anwar lo celebró, su carne era apreciada como un manjar entre los nubios, con largos palos lo asamos en una gran hoguera, convidamos a los peregrinos quienes al ver la posibilidad de comer en abundancia se apiñaron en torno a nosotros, cuando se llevaba a cabo el festín hombres del imam nos mandaron llamar a Black y a mí, nos condujeron a la mezquita, Mahmoud nos esperaba reunido con su gente de confianza, nos quitamos los zapatos y entramos, el imam nos saludó llevándose la mano derecha al corazón, una buena señal, «no hubo fingimiento ni en sus palabras ni en sus acciones, sus piedras sí fueron milagrosas como lo sostuvieron, curaron los males de Abdala, quien sufría de reumas en las rodillas y casi no podía caminar, yo bebí de su elixir, al principio no entendía cuanto pasaba a mi alrededor, la cabeza me daba vueltas y me costaba trabajo caminar derecho, luego de tres días Dios se me presentó en su total magnificencia, lo escuché hablar, sus palabras se deslizaron en mis oídos como hilos de plata, sí, el líquido verde es extraordinario, por eso, amigos, estoy dispuesto a ofrecerles una de nuestras cabras sagradas a cambio de tres botellas más de su bebida, haremos esta excepción sólo por segunda vez en nuestra historia, ustedes entienden el universo de lo sacro y, estoy convencido, sabrán sacar provecho de cuanto yace de arcano en las vísceras, sólo haré una petición, será el hombre joven quien meterá sus manos en el vientre venerable, hemos estudiado la mirada de ambos y la suya denota más pureza, mientras más inocencia se halle en las yemas de los dedos, más capaces serán éstas de desentrañar las presciencias», Black acordó entregarles sólo una botella más, «este brebaje no puede ser bebido a diario sino sólo antes de ceremonias importantes», en realidad, le agobiaba desprenderse de sus cada vez más exiguos inventarios de absenta, el clérigo accedió al trueque y acordamos practicar el rito a las doce de la noche siguiente, cuando la luna menguante se encontrara en su cénit, eso sí, advirtió, «no surtirá el mismo efecto de cuando la luna está llena en el sexto mes, pero algo del futuro resbalará entre los intestinos de la cabra», lo experimentado por Mahmoud con el demonio verde fueron simples alucinaciones provocadas por la alta proporción de ajenjo, su «diálogo» con Dios sólo fue un desvarío alcohólico, al salir del recinto Black sonrió, «te lo dije, lo conseguimos», expresó con tono triunfal, «un día más en esta nebulosa llamada vida». La tarde siguiente fuimos conducidos al vedado corral donde celaban a las cabras bicípites, antes de entrar fuimos sometidos a un prolongado sahumerio para purificar nuestras mentes de malos pensamientos y así no contaminar el limpio corazón de las cabras, verlas me causó impacto, eran animales espantosos, sus cabezas no se hallaban separadas, como las de las extrañas, sino se amontonaba una con la otra, poseían dos bocas, cuatro ojos y un solo par de orejas, tres de ellas eran así, la otra era más monstruosa, ostentaba una sola cabeza con dos cuerpos y seis patas, los vigilantes les brindaban sumos cuidados, al nacer eran delicadas y con facilidad podían morir, les permitían amamantarse de la madre, pero a las ocho semanas eran apartadas y se les alimentaba en la boca, el imam nos señaló la indicada, era de color café, de sus dos cabezas, una pacía y la otra, imposibilitada de agacharla, nos observaba, según explicó Mahmoud nacía una cada año de entre doscientas crías, el año pasado habían nacido dos, otra hacía tres años y la de dos cuerpos y una cabeza, hacía cuatro, esta última era la más venerada y sería la próxima a ser inmolada en la sexta luna llena, nuestro propósito era determinar con las manos cuántos órganos detentaban, si el tamaño era normal o más pequeño, si había dos tráqueas o sólo una, cuántos estómagos, cuántos pulmones, contaba sólo con unos minutos y lo haría con los ojos vendados como lo marcaba la tradición, al terminar me retirarían del sitio y el mismo Mahmoud cortaría y limpiaría las tripas para preparar con éstas una sopa a la cual llamaban elmaraara, la desayunaríamos por la mañana después de ofrendar las dos cabezas a una de sus deidades, comer sus vísceras nos uniría a ellas de por vida, su carne sería parte de nuestra carne, su alma parte de la nuestra, veríamos a través de sus ojos y ellas verían a través de los nuestros, seríamos tumba y edén del animal sagrado, fuimos

409

conducidos junto con Anwar y Omari a la mezquita, de donde
no podríamos salir más para no ensuciarnos ni de tierra ni
de palabras soeces pronunciadas por otros, debíamos llegar a
la ceremonia tan pulcros como fuese posible, Black me aleccionó sobre cómo manipular las diferentes vísceras, yo le conté sobre mi experiencia en la disección del hermano de Colton
y cómo Wright me había obligado a palpar a ciegas cada una
de ellas, repasamos su consistencia, el tejido esponjoso de los
pulmones, el anillado de la tráquea, lo duro del hígado,
lo abultado del estómago, a las once de la noche salimos los
cuatro rumbo a un despoblado, caminamos por alrededor de
veinte minutos y llegamos a una llanura donde se encontraban encendidas cuatro teas dirigidas hacia los diferentes puntos cardinales, en medio se encontraba la cabra, no se notaba
nerviosa, al contrario, se hallaba echada rumiando un pedazo
de hierba, Mahmoud pasó al centro con una daga en la mano,
elevó una oración a la luna y junto con dos de sus hombres se
dirigió hacia la cabra, uno de ellos la tomó por las manos y el
otro por las patas, Mahmoud afiló la daga con una piedra y
procedió a abrirla desde el ano hasta la base del esternón,
un cordón de sangre resbaló por la piel, apareció una delgada
capa de grasa y luego se botaron las tripas, una de las cabezas
comenzó a balar mientras la otra colgaba hacia un lado con
mirada de resignación, Mahmoud separó los pliegues recién
rebanados y ordenó bajarla al suelo, ahí la cabra se remolineó
en un intento vano por zafarse, Mahmoud me colocó una
venda negra sobre los ojos y la ató detrás de mi cabeza, sólo
escuché la voz de Black dándome una última instrucción, «ve
órgano por órgano», el imam me guio hasta la cabra, me hizo
arrodillarme y condujo mis manos al interior del vientre, me
pareció horroroso hurgar entre las entrañas cuando el animal
aún se hallaba vivo, un acto cruel al cual estuve a punto de
renunciar, me temblaban las piernas, el aliento se me cortó,
pensé en Greta y en Daniela, en su congoja crónica, en su
vida escondidas, en la atroz determinación de su madre, acaso ahí, en esos intestinos a flor de piel, se encontraba la pieza

fundamental para decidir sobre ellas, tomé valor y encajé los dedos en la masa caliente, topé primero con el globo del estómago, tenté alrededor para ver si era uno o dos, no descubrí otro, continué hacia los intestinos, podían percibirse en ellos los latidos del corazón, la cabra baló de dolor, me lo había advertido Black en sus consejos de cirugía, «no manipules en demasía las vísceras, el dolor puede matar al paciente», esta cabra no se libraría de morir, decidí revolverlas, sólo encontré un intestino, igual sucedió con el hígado, uno nada más, de los riñones encontré un par, ningún órgano parecía duplicado, para explorar arriba necesitaba clavar la uña del pulgar en el diafragma para romperlo, lo cual causaría un sufrimiento brutal en la cabra, «por favor, necesitan degollarla, está padeciendo dolores insoportables», pedí, Anwar le tradujo a Omari y éste a Mahmoud, «no se debe, si la cabra muere no podrá dictarte el futuro», yo no necesitaba de ninguna predicción, sólo requería contar el número de sus órganos, decidí empujar la tela de músculo entre el vientre y el pecho y después de ejercer presión logré romperla, sentí el chorro hirviente de sangre empapar mis manos, las pulsaciones arteriales se aceleraron, indicación de cuánto estaba padeciendo el pobre animal, el dorso de mis manos rozó los pulmones, se inflaban y desinflaban con cada aliento, los palpé, conté seis lóbulos, tres pulmones, volví a tocarlos para cerciorarme, sí, eran tres, subí los dedos, llegué al palpitante corazón, brincaba de un lado a otro y resbalaba de entre mi mano, seguí explorando y di con otro corazón, éste más pequeño, ambos parecían latir al mismo ritmo, remonté el pecho y me dirigí a la garganta, había dos esófagos definidos con claridad así como dos tráqueas, me aseguraba de ello cuando de pronto empecé a marearme, para no caer me recargué en las húmedas entrañas, podría ser efecto de la sugestión, pero una racha de imágenes comenzó a bombardearme, un niño tomado de la mano de Ailis, Londres en llamas, mi padre golpeándose la cabeza contra un muro, mi madre aullando lamentaciones, Sam muerto en una caballeriza, Greta y Daniela desnudas frente a mí,

411

Mircea asesinado de una cuchillada por la espalda, soldados ingleses yacientes en trincheras, los albinos desollados vivos, preso de una angustia creciente vomité y luego no supe más de mí. Desperté al alba, cuando el calor de la mañana resultaba ya intolerable, abrí los ojos, mis manos se encontraban manchadas de sangre hasta la altura de los antebrazos, Black, Omari, Anwar, Mahmoud y sus asistentes se hallaban sentados a mi alrededor mientras degustaban la sopa cocinada con las vísceras, luego de mi desmayo a Black y a los traductores los retiraron del lugar, le entregaron los restos de la cabra a un carnicero purificado para desollarla, debió hacerlo con los ojos vendados, nadie podía tocar las vísceras sacrosantas y verlas a la vez, era un pecado imperdonable, igual quien las cocinó hubo de hacerlo a ciegas, quienes comían ahora la elmaraara lo realizaban también con antifaces cubriéndoles los ojos, me incorporé, un plato de sopa se hallaba a mi lado, en éste flotaban pedazos de tripas y de bofe, aun asqueado por cuanto había experimentado la noche anterior debía comérmela para cerrar el círculo, la tomé con ambas manos y comencé a sorberla, Mahmoud debió escucharme y comentó algo, Omari me tradujo, «necesita reponer fuerzas, ver el futuro deja a los hombres extenuados», dijo, según explicó, no me vendaron como a los demás para no vaciar el resto de mis fuerzas, «a obscuras uno no cesa de mirar el porvenir, en ti es buena hoy la luz», mastiqué las vísceras, no era malo su sabor, había en ellas un gustillo agradable, estaba convencido de no haber presenciado nada venidero, habían sido meras alucinaciones como las padecidas por Mahmoud cuando bebió la absenta, de tan fuerte la experiencia había entrado en trance y se confundió mi mente, no existía otra justificación, la sopa, alegó más tarde Mahmoud, era especial por cuanto contenía, el dolor de la cabra, los jugos segregados por el cuerpo, los balidos de desesperación, las miradas de angustia de ambas cabezas, los latidos cardíacos apagándose poco a poco, la turbulencia de la vida entregada al caldo y como corolario la comprensión del cosmos y del universo dada al animal por Dios, cuánto daría por traer a Ryan, a Los Racionales, a Louise, a Ailis, a estas tierras, a escuchar, a ver, a sentir cuanto yo escuchaba, veía y sentía, saber si en ellos se sedimentarían los mismos recuerdos, si aprehenderían la misma luz, el mismo paisaje, las mismas ideas, cómo me hubiese gustado apretar en un puño cuanto me sucedía y llevarlo conmigo para siempre, pero la memoria sólo nos permite recoger pedazos, pecios en la playa después del naufragio. Abandonamos Al Hamerib con el tesoro de un saber, con la humildad de entendernos como seres diminutos frente a los grandes misterios y con decenas de dibujos de las cabras bicípites realizados por Seamus a descripciones de Black, adelante, hacia el suroeste, a un mes de recorrido, se hallaba nuestro paradero final, Wef Argif, en el mítico territorio de los falashas, en el camino tropezamos con grupos de nómadas y encontramos refugio en aldeas, no dejaba de sorprenderme la capacidad de los seres humanos para adaptarse a las condiciones más implacables, algunos de estos poblados se hallaban en pleno desierto, donde no crecía ni una sola planta, donde no se veían animales y aun así lograban sobrevivir, de dónde sacaban alimentos entrañaba un enigma, Black era quien de nosotros se comunicaba con ellos con más desenvoltura, con genuino interés los miraba a los ojos y los escuchaba en silencio, sin interrumpirlos, conmovía ver a un gigante hirsuto, con el pelo revuelto, comportarse con tal respeto a los nativos, los soldados españoles, proclives a la petulancia, cambiaron su actitud al seguir su ejemplo, de nada servía en esta tierras yermas actuar como si fueran superiores, si quedaran ahí solos, morirían sin remedio en unos cuantos días, aprendieron a admirar los logros de esos hombres cenceños y obscuros, herederos de una de las culturas más potentes de todos los tiempos, en el camino topamos con antiquísimas pirámides y derruidos templos, muestra de cuán pujante fue su civilización hacía siglos, lo simple de los cementerios estremecía, piedras encajadas en el suelo señalaban las tumbas, no había nombres, sólo una hilera de montículos anónimos, la sentencia bíblica «polvo eres y en polvo te convertirás» cobraba sentido en estos páramos arenosos y rojizos, una parte de mí se desprendió de la realidad, marchaba sobre las veredas con una sensación de extravío, las visiones del futuro se apoderaron de mi alma, maldita la hora en la cual acepté meter las manos en esa cabra sibilina, mi formación científica me hacía recelar de esos augurios, una trampa para mentes simples, pero la viveza de las imágenes me hizo dudar, el desánimo corroyó mi espíritu, escuchaba mis pisadas como si fueran dadas en otra dimensión, temía dirigirme hacia una ventura inevitable e infausta, ésa era la aciaga aprensión de los dramaturgos griegos, saber a sus personajes encaminados a la tragedia prescrita por los dioses, le compartí a Black mis abatimientos, contrario a lo esperado no se burló de mí, escuchó atento cuánto me consternaba el atisbo fugaz del futuro, «según relatan algunos libros antiguos, el mayor peligro de muerte para un místico no eran los enemigos externos ni las obscenas tretas del Maligno, sino carecer de la fortaleza de espíritu para resistir la entrada en su cuerpo del hálito de Dios», dijo, «elude cuanto sendero te conduzca al porvenir marcado por las entrañas de la cabra», su consejo me dejó aún más embrollado, ¿cuáles eran esos senderos?, en mis desvaríos empecé a creer en trucos para engañar al destino, en lugar de caminar de frente, lo hacía de espaldas, tomaba hacia la izquierda en lugar de ir a la derecha, cerraba los ojos, dejaba de respirar, mover una pulgada un paso podía trastocar la concatenación de los sucesos y así cambiar las exactas elipsis del universo, creía con fervor en la posibilidad de modificar el futuro con esos leves cambios, me convertí en un prisionero de un ritual pagano, empecé a hablar solo, a rezagarme del grupo mientras marchaba en reversa, harto Black de mis dislates, me tomó de la nuca con su manaza y oprimiéndome para evitar zafarme me llevó hasta el río, un banco de cocodrilos se asoleaba en la orilla, «¿quieres en verdad trocar tu fortuna, William?», inquirió, no le respondí, «dime, ¿quieres hacerlo?», asentí con un gesto maquinal, sin inquietarse por su propia vida me acarreó en medio de los lagartos, «si estos bichos nos atacan y nos devoran, se acabarán tus problemas, así sí descaminarás la gigantesca rueda del tiempo», uno de los cocodrilos se giró hacia nosotros, en su mirada se notaban intenciones aviesas, no tardaría en embestirnos, había visto el ataque de uno a un antílope, acometió con agilidad y su presa no tuvo tiempo siquiera de intentar huir, la atrapó entre sus mandíbulas, se giró varias veces sobre su propio eje para desgarrarlo y luego se hundió en las aguas con su presa, morir entre sus fauces sería pavoroso, otro cocodrilo se volteó a vernos, el embate parecía inminente, Black no se inmutó y mantuvo apretados los dedos en mi nuca, «trastoca el futuro con nuestra muerte», dijo con voz ronca, un cocodrilo comenzó a acercarse, «tú decide, aquí y ahora», el reptil se arrimó a sólo unos pies de nosotros, su siguiente paso sería lanzarnos una tarascada, «decide», gritó Black, «no quiero morir», murmuré, me jaló de golpe y me alejó con rapidez de los reptiles, «no te haré ni una sola concesión más, en este viaje los caprichos y las manías son mis privilegios, ¿entendido?», asentí, con fuerza me aventó al suelo, se dio media vuelta y se retiró, la lección fue contundente, con o sin un porvenir funesto la vida estaba ahí, anclada en el hoy y en el ahora, eso era lo único a lo cual me podía asir, la única materia tangible de mi existencia, lo demás eran meros supuestos, dejé de lado mis preocupaciones, hiciera cuanto hiciera no podría detener la marcha ineluctable del tiempo y si, por acaso, se cumplían las predicciones, era menester asumirlas y seguir avante con la vida.

Al sur, el río Atbara se bifurcaba en un ramal hacia el este, el Tekeze, su curso se adentraba hacia lo profundo de Abisinia para desembocar en el mar de Eritrea, el paisaje cambió, las planicies áridas y estériles dieron pie a pasturajes y a árboles dispersos, más adelante hallamos campos de cultivo y más arboledas, por consejo de Berhan nos dirigimos a Al Humera, un poblado en los márgenes del Tekeze, donde compramos abastos para afrontar la dura ruta de las serranías, ninguno de los habitantes a quienes preguntamos había escuchado de

Wef Argif, sólo un montañés, de un poblado vecino, supo darnos indicaciones de cómo llegar, no sin antes advertirnos, «la gente ahí es cauta con quien viene de fuera, deben irse con cuidado», los falashas habían resistido ataques tanto de mahometanos como de cristianos, de traficantes de esclavos y de ejércitos irregulares y, por tanto, era justificado su rechazo a los forasteros, habían elegido Wef Argif para resguardar la momia bicípite, primero la mantuvieron en Gondar, al sur, cuando inició la persecución en su contra, se dispersaron y se remontaron a las inaccesibles cordilleras donde nadie pudiese molestarlos, los Beta Israel se consideraban herederos legítimos de la nación judía, descendientes de Bayna Lekhem, quien más tarde fue conocido como Menelik I y nombrado emperador de Etiopía, era hijo del rey Salomón y de Makeda, la reina de Saba, Menelik I visitó a su padre en tierras hebreas y regresó con sabios y sacerdotes para diseminar el judaísmo en tierras de Abisinia, por ser la momia una figura sagrada, los falashas habían organizado círculos de protección, quienes quisieran penetrar el macizo montañoso rumbo a Wef Argif, se toparían con guerreros armados listos para disuadirlos, si se rebasaba ese primer círculo, uno no tardaba en encontrarse con otro y luego otro, veneraban a la mujer bicípite, no por su condición extraña, sino por ser considerada una elegida de Dios, se hablaba de ella como una mujer sabia cuyas dos cabezas dialogaban entre sí los temas más espinosos de la religión, ese coloquio permanente, según fuentes de aquella época, deslumbró a los más encumbrados miembros del señorío falasha y se dictó una orden de protegerlas en vida y de preservarlas en su muerte, por ello llamaron a un experto egipcio en la desecación de los cuerpos, quien aguardó por años el desenlace fatal, de acuerdo a los rituales judíos, al cadáver se le bañó y le aplicaron una mezcla de aceites y especias, luego fue momificado, los órganos se colocaron en diferentes vasijas y el cuerpo en un sarcófago, cuando los falashas fueron sujetos a brutales masacres y se vieron obligados a huir, la momia fue acarreada de un sitio a otro por un grupo, el cual se denominó a sí mismo como los «protectores», después de esconderla en varios sitios fue colocada en la Masgid, la sinagoga de Wef Argif, su morada final, donde el ataúd y las vasijas eran vigilados día y noche. Tres semanas más tarde arribamos a Bircutan, un pueblo en las inmediaciones de la sierra donde habitaba un núcleo importante de falashas y unos cuantos miembros de los protectores, pedimos a Abba, uno de ellos, bajo la promesa de un considerable sueldo, trabajar con nosotros como guía, se resistió, a ningún extranjero se le autorizaba visitar Wef Argif, con su proverbial habilidad persuasiva Black le contó detalles sobre las extrañas y le mostró los dibujos ejecutados por Vicky, «hemos hecho este extenso viaje desde tierras lejanísimas con el único propósito de hallar conocimientos para saber cómo tratarlas», Abba se impresionó por las ilustraciones y pidió llevarse una de ellas para mostrarlas a otros integrantes de su cofradía y, si así lo convenían, guiarnos hasta Wef Argif sin ser confrontados por los guardianes, «garantizamos no realizar actos indignos de los dogmas judíos y seguir al pie de la letra cuanto se nos ordene para cumplir con los criterios morales de los Beta Israel», prometió Black, Abba quedó en volver después de consultar con los demás, podría ser al día siguiente o dentro de un mes, «no intenten llegar a Wef Argif por su cuenta, no sólo deberán subir escarpadas cimas y bordear precipicios, en los páramos abundan realezas de leones y si no conocen los caminos correrán el riesgo de ser devorados, si acaso se acercan al pueblo sin autorización los atacaremos hasta matarlos», advirtió, montamos el campamento en las afueras de Bircutan, me sentí desalentado, frustraba recorrer miles de leguas para hallarnos en tal incertidumbre, Black intentó animarme, «necesitas comprender algo, ningún viaje cuenta con un destino final, el destino es el viaje mismo», estaba en lo cierto, no valía la pena lamentarse, un mundo nuevo aguardaba afuera, ir a conocer leones de cerca nos excitó a Black y a mí, preguntamos entre los nativos dónde podíamos hallar una realeza, nos sugirieron ir a los terrenos donde criaban ganado, unas dóciles reses de cuernos largos, caza fácil para los felinos, a diario salimos a dar largas caminatas con la esperanza de hallarlos, no fue fácil toparnos con ellos, pero me emocionó encontrar sus huellas marcadas en el polvo, restos devorados de reses, rastros de su cola arrastrándose en la arena, huecos en la tierra donde dormían, plastas de excrementos salpicadas de pelos, los hatos los vigilaban dos o tres pastores armados de lanzas y acompañados de perros, topamos con un vaquerizo con el cuerpo cubierto de rajadas lustrosas, en su clavícula había una hendedura profunda, íbamos sin traductor, pero a señas pudimos entender cuanto le había sucedido, un león lo había atacado, lo agarró de sorpresa y le brincó al cuello, el hombre batalló con la fiera en la desigual pelea, no sé arredró, buscó su daga y a pesar de las feroces tarascadas logró encajarla en su pecho, sintió un borbotón de sangre, el filo había llegado hasta el corazón, a pesar de la jasadura mortal el león no se dio por vencido y lo mordisqueó con furia hasta desplomarse muerto, me imaginé ser atacado por un macho con la melena hasta el vientre, sentir sus colmillos penetrar mis músculos, oler su aliento a una pulgada de mí, verlo a los ojos y, a pesar de las heridas, sobrevivir para contarlo, quizá la mayor influencia de Black sobre mí consistió en la voluntad de ir a los extremos, empecé a hacer los recorridos a solas con la esperanza de acercarme a una realeza de leones, salía al amanecer, a esa hora podían escucharse sus rugidos retumbar entre la floresta, escalofriaban, pero a la vez poseían una profunda belleza, a menudo me sentaba a conversar con los vaqueros, aprendí de ellos a reconocer frutos comestibles, a distinguir serpientes venenosas, a leer las huellas de animales, a olerlos a la distancia. Abba reapareció a los seis días, con él venían otros cuatro hombres, Black los invitó a sentarse en una mesa a las afueras de nuestras tiendas, Alarie y los traductores nos acompañaron, no venían a darnos autorización, sino a indagar más sobre las extrañas, Black enumeró particularidades de su físico, de su peculiar idioma, desplegó sobre las tablas cuantos dibujos llevaba y me pidió les describiera las conversaciones y mis experimentos con ellas, Berhan les traducía y los falashas cuestionaban con interés mientras recorrían con la mirada los retratos, uno de los hombres, quien al parecer detentaba un lugar prominente en su jerarquía, inquirió con curiosidad «¿entre ellas discuten de Dios?», Black se encogió de hombros, «no sé, no entiendo su lenguaje», tercié de inmediato, «sí, hablan de y, estoy seguro, con Dios», Eleazar, el de mayor rango, comentó «nuestras sabias también hablaban de y con Dios», Berhan terminó de traducir las palabras de Omari y Black sonrió conmigo, los hombres susurraron entre ellos mientras Eleazar apuntaba a los dibujos, Black le pidió a Alarie traer los sarcófagos con las momias, ayudado por los guardias los alineó junto a la mesa, «a cambio de permitirnos estudiar la momia bicípite, de poder abrir los canopes y acceder a los pliegos donde vienen transcritos los diálogos entre las dos cabezas de las sabias, les entregamos estas momias de personajes contemporáneos del rey Salomón y de su amada reina, Makeda, además, traemos unos frutos medicinales capaces de hacer remiso el cáncer», Eleazar pidió abrir los sarcófagos, los cinco falashas revisaron los cadáveres, dos de ellos aún llevaban sobre sus muñecas pulseras y collares de cobre en sus cuellos, «son momias originales, sustraídas de sus tumbas en Egipto», aclaró Black, los falashas las contemplaron durante un rato y luego volvieron a la mesa, Alarie había ordenado té y unos bocadillos, los hombres agradecieron el gesto de hospitalidad, «hombres y mujeres impuros no pueden ir al pueblo sagrado de Wef Argif, no debe haber ningún tipo de bascosidad, ni de inmundicia, ni en sus almas ni en sus cuerpos, sólo ojos limpios poseen la facultad para contemplar a la gran sabia», ninguno de nosotros ingresaba en esa categoría, mis cópulas con Beth me descalificaban, Black debía ser un fornicador en serie y era un briago consuetudinario, Alarie y los demás tampoco figuraban como ejemplos de rectitud, sólo Seamus, por su juventud, se salvaba, «si acaso en algún momento de nuestras vidas hemos sido víctimas de las debilidades de la carne y del espíritu, este viaje nos ha purgado de cuantas inmundicias morales llevábamos dentro, emprendimos nuestra travesía con el exclusivo propósito de colmarnos de conocimientos para enfrentar las insondables simas de la mujer bicípite, Dios no actúa a capricho, el suyo es un plan perfecto, si Él hubiese querido sólo hombres puros, no habría puesto frente a nosotros el milagro de esta mujer de dos cabezas, en Wef Argif se encuentran las claves para entenderla, de ustedes depende si esta oportunidad milagrosa se vacía en el abismo de la ignorancia o nos comparten sus saberes», sentenció Black, Eleazar y Abba se miraron uno al otro, algo del alegato de Black debió resonar dentro de ellos, «hemos escuchado sus palabras y nos retiraremos para dialogarlo, en unos días volveremos con nuestra resolución», Black rechazó su propuesta, «no, no vamos a aguardar un solo minuto más, si aprueban o niegan nuestra solicitud, háganlo ahora mismo, tengan el valor de decirnos a los ojos su fallo y les recuerdo, Jehová escucha y sabrá del peso de su denegación, a miles de leguas de aquí nos aguarda una mujer bicípite, ha puesto sus esperanzas en nosotros y no pensamos traicionarla, ella es nuestra gran sabia y por esa razón hemos viajado por meses hasta acá, requerimos saber cómo fue quien la antecedió para poder entender sus quisicosas, sólo ustedes pueden ayudarnos», Berhan terminó de traducir y Eleazar clavó la mirada en Black, «mucha gente ha querido engañarnos para ver los restos de la mujer de las dos cabezas, han inventado fabulaciones sólo para curiosear o para robarla, quienes lo han hecho, lo reconozco, han sido personas de este país, enemigos de nuestra fe, ustedes son extranjeros y pasaron penurias para llegar hasta acá, lo cual encierra mérito, no queremos sus momias, no nos son de ninguna utilidad, devuélvanlas a sus sepulcros originales de donde nunca debieron salir, aceptamos los frutos medicinales, algunas de nuestras mujeres sufren de zaratán y nuestros hombres de cánceres en los estómagos, hallarles alivio nos esperanza, mas, para ver los restos de nuestra sabia y poder leer sus textos, pedimos nos entreguen los dibujos de su mujer bicípite, no tenemos referencia de cómo pudo ser nuestra sabia y servirán como modelo para pintar frescos de su figura al interior de la Masgid, así, quien entre, sabrá de su calidad de ser extraordinario, sólo podrán venir tres de ustedes más quienes los traducen, su seguridad dependerá de nosotros y si acaso van con otras intenciones los mataremos ahí mismo, aun cuando eso contravenga el quinto mandamiento de la tabla de Moisés, ustedes entreguen los dibujos y las frutas y partiremos en una hora», Black enrolló los dibujos y se los cedió sin dilación, pero negoció un cuarto participante: Seamus, quien retrataría cuanto viéramos allá.

A la hora señalada, marchamos de Bircutan hacia las montañas, en las faldas los parajes eran más verdes, los escurrimientos de agua mantenían anegadas las tierras, encontramos pozas con numerosas huellas redondas y grandes, «elefantes», explicó Omari, al parecer ahí abrevaba una congregación de estos animales, caminamos por horas por los laderos entre el calor y la humedad hasta arribar a una de las cimas, agotados y sudorosos, levantamos el campamento, los falashas se perdieron en el monte con rumbo desconocido, «ya regresarán», aseguró Berhan, aún maliciaban de nuestros motivos y preferían mantener distancia, dormí con dificultades, de la densa maleza prorrumpió un estrépito, aullidos, rugidos, chirridos, zumbidos, me sentí expuesto al ataque de fieras hambrientas, pero no fueron los leones quienes nos devoraron, sino miles de mosquitos y de garrapatas, amanecimos cubiertos de ronchas, ni aun embarrándonos la preciada absenta logramos mitigar la comezón, los falashas volvieron de entre la selva, no los escuchamos ni los vimos sino hasta tenerlos frente a nosotros, nos ordenaron seguirlos, montamos en las mulas y fuimos detrás de ellos, fue una suerte contar con su guía, entre las frondosidades del follaje no alcanzamos a distinguir el corte repentino de la vereda, sin su aviso habríamos caído por un despeñadero hacia una muerte segura, al tercer día se abatió sobre nosotros una tormenta, el agua corría por las vertientes y de tan impetuosa temimos ser arrastrados hacia los voladeros, no íbamos preparados para tal caudal de lluvia y durante los días posteriores no pudimos mudar de ropa, la humedad triplicó el número de bichos o al menos así lo parecía por los innumerables piquetes, varias veces durante el trayecto nos abordaron grupos de falashas armados, Eleazar explicaba quiénes éramos y nos dejaban proseguir nuestra marcha, arribamos a Wef Argif después de nueve días de recorrido entre cumbres, barrancos, cuestas resbalosas, arroyos, lodazales y vegetación enmarañada, era una aldea con chozas dispersas en una planicie en lo alto de la montaña, contaba con alrededor de trescientos habitantes y decenas de cabras pastaban por entre las casas, la Masgid se hallaba en los límites del villorrio, la habían construido bajo un enorme peñón cuya única entrada era por un estrechísimo pasaje custodiado por ocho guardias, nos mostraron su asiento, pero no nos permitieron entrar, antes era preciso pasar unos días en oración, su observancia religiosa era en extremo estricta, cuando les hablamos de comunidades judías en otros países, se negaron a creernos, ellos se pensaban como los únicos descendientes de los grandes reyes de Judea, de Moisés, de David y de su antecesor directo, Salomón, en Inglaterra los judíos eran personas blancas, de nariz pronunciada y con ojos claros, chocaba su imagen con la de estos hombres morenos, de rostros ariscos y de una fe tenaz, admirable la subsistencia de una religión aislada a lo largo de siglos, a varios de los aldeanos les llamó la atención nuestro aspecto, una pequeña me jaló el pelo para comprobar si era de verdad, los niños a Black lo llamaron *gerb adara*, a Seamus *salo*, a Alarie *bela-a* y a mí *shaya*, alguna vez fui al monte a orinar, los niños me siguieron y al ver mi miembro entre risas gritaron palabras incomprensibles, pregunté por su significado, «pene de mono», tradujo Omari a Berhan, no entendí, quizás era por lo blanco de mi miembro, Black necesitó explicarme, «no estás circundado», no había oído jamás el término, «entre los judíos es obligatorio escindir el prepucio, lo extirpan por preceptos religiosos», me horroricé, ¿cuál podía ser el objeto de una mutilación tan cruel?, los falashas fundaron Wef Argif alrededor de un pequeño lago, las abluciones entre ellos eran constantes y requerían de una fuente de agua para lavarse a menudo, de hecho, Berhan distinguía un abisinio judío de uno común por su olor a «agua», fuimos obligados a bañarnos varias veces como un ritual de purificación, el acceso al lago se hallaba restringido a los hombres cuando lo usaban las mujeres, nos conminaban a encerrarnos en las chozas y no salir en un lapso determinado, de hacerlo, corríamos el riesgo de cometer pecado grave, para los falashas el día de guardar era el sábado, estaba prohibido trabajar, mantener relaciones sexuales e, incluso, enterrar a un muerto, el rabino oficiaba un servicio en la Masgid y hacía lectura de la Torá, dos sacerdotes de menor rango lo asistían y vigilaban el cumplimiento de las ordenanzas religiosas, quien no las siguiera al pie de la letra era amonestado, tres admoniciones ameritaban la expulsión de la aldea, por encontrarse en la parte más alta de las montañas a menudo atronaban tormentas en Wef Argif, los hombres aprovechaban la lluvia para sus abluciones por ser ésa el agua más cristalina, la recogían en sus palmas y con ésta se lavaban con fruición, nosotros procedimos igual, al hacerlo había una sensación de conectar con un espíritu mayor, de ser parte de un todo, por acciones como ésta y debido al respeto mostrado a sus tradiciones, dejaron de portarse reacios con nosotros y comenzaron a aceptarnos, Black se mesuró, no bebía durante el día y procuraba conducirse con decoro, por orden suya Seamus se dedicó a dibujar a los pobladores, era gente con facciones finas, complexión delgada, ojos negros y sonrisas amplias, los retrató de cuerpo entero así como detalles de las manos, de los pies, de los brazos, Black se empeñaba en descubrir constantes capaces de revelar las causas de la anomalía. A la décima segunda noche, Eleazar nos autorizó presenciar a la momia de la mujer bicípite, nos pidió ayunar, realizar una ablución y no salir de la choza sino hasta el momento de dirigirnos a la Masgid, por primera vez en un largo tiempo Black no tomó durante la noche, ansioso por cumplir con las severas normas de los falashas, a las ocho de la mañana una comitiva encabezada por Eleazar, Abba y otros siete de los protectores nos condujo en solemne silencio hasta la sinagoga, recorrimos la aldea ante la mirada curiosa de los demás, luego atravesamos el angosto pasaje hacia las puertas de la Masgid, ahí nos recibió el rabino, nos bendijo y nos cedió el paso, nos despojamos del calzado y penetramos al recinto, el féretro de la mujer de dos cabezas se hallaba al fondo y los cuatro vasos canopes, a un lado, Eleazar caminó al ataúd y nos llamó a Black y a mí, «pueden abrirlo», dijo, levantamos la tapa, ver la momia con dos cabezas me dejó pasmado, ¿se hallarían en ese cuerpo ajado y gris las claves para penetrar el inmenso misterio de las extrañas?, ¿cuán diferentes habrían sido unas de las otras?, ¿compartían características comunes o cada una presentaba una proporción distinta?, contemplé el cadáver yacente a nuestros pies, sus ropas raídas, casi deshechas, habían sido elaboradas con telas de algodón con vestigios de color carmín, sus cabellos largos estaban sujetos por diademas adornadas por piedras semipreciosas sin lustre, la cabeza de la izquierda tenía la boca abierta, como si al final de su vida hubiese realizado un último esfuerzo por jalar aire, la otra la mantenía cerrada y había en su semblante cierta paz, Black conjeturó al respecto, la de la derecha debió morir primero, la de la izquierda empezó a fenecer cuando los órganos de la otra comenzaron a fallar, «los pulmones no debieron ser los suyos, por eso se nota ese esfuerzo desmedido por encontrar aliento», esa primera teoría señalaba una pregunta importante, ¿quién de las dos manejaba la respiración?, ¿cada una respiraba con sus propios pulmones o era el mismo para ambas?, «ve las manos», señaló Black, la mano izquierda se hallaba crispada, en cambio la mano derecha se encontraba distendida, en sintonía con la expresión tranquila de la cabeza derecha, «eso puede indicar quién dominaba cuál mitad del cuerpo», dedujo Black, los signos aumentaban y el ojo experto de mi maestro descifraba uno por uno, «ahora ve los pies y las piernas», en los del lado izquierdo se notaba una coloración más obscura a la altura de los tobillos, «ese cambio de tono

424

revela un estancamiento de sangre, el corazón de la primera falló y al no circular, las arterias se congestionaron, con seguridad murieron mientras estaban sentadas», Seamus dibujaba cada rasgo del cadáver, lo hacía con rapidez y sus trazos, aun apresurados, representaban con exactitud la textura, la forma, las expresiones de la momia, la espalda y el busto correspondían en tamaño a los de las extrañas, un poco más ancho de lo normal y con un pequeño bulto en la espalda, teníamos prohibido tocarla, pero Black, sin importarle la vigilancia, pasó su mano por las nucas con el propósito de determinar si los cuellos se bifurcaban en dos espinas o se prolongaban por la cerviz hacia una sola, de tan atrevida la acción de Black los guardianes no atinaron a reprenderlo, lo hizo de lo más natural, como si ese cuerpo fuese un objeto común y corriente y no la reliquia venerada de un pueblo, «se convierte en una sola», susurró, su mano quedó impregnada del polvo milenario, escamas de una piel alguna vez viva y sudorosa, «estorba la túnica para ver su cadera», dijo, intentó quitarla, pero esta vez uno de los guardias lo detuvo del brazo, Berhan tradujo a Omari y éste a nosotros, «no vuelva a tocarla», fue la advertencia, Black se incorporó, el guardia le llegaba a la altura del pecho, el pequeño falasha dio un paso atrás, luego Black miró a los demás, retador, «lo siento», dijo, en cuanto Berhan tradujo, el ambiente se relajó, «las crestas no están curvadas, debió ostentar un ilion normal, no cabría en ella otro estómago ni otro par de intestinos, los órganos en las vasijas nos dirán», Black continuó su exploración, «los dos rostros miraban hacia el frente, el izquierdo un poco sesgado», igual sucedía con las extrañas, el rostro de Greta se proyectaba más hacia al frente, el de Daniela con una ligera inclinación, «los cráneos son mayores a lo normal, de ahí su inteligencia», comentó, «¿cómo habría visto el mundo cada una de ellas desde su perspectiva?», se preguntó, por la curvatura de la espalda, la de la izquierda podía ver hacia el cielo, la otra no, dos tensiones pugnando una con otra, dos visiones del universo, dos vidas aparte, ninguna de las dos vio jamás el mismo lugar, revisó

425

con la mirada cuanto asomaba de las piernas por entre la túnica, «los fémures se ven fuertes, no presentan porosidad, no murieron de viejas», dijo, «los huesos del pie derecho muestran más desgaste con respecto al izquierdo», explicó, «es como si lo hubiese arrastrado, el lado izquierdo parecía comandar al cuerpo y el derecho resistirse a seguirlo», era cierto, una ligerísima oquedad se presentaba en la parte exterior del empeine, le pregunté si eso no aconteció por un mal manejo de la momia, «no», sentenció, «está desgastada, los golpes resquebrajan», Black no sólo trataba de dilucidar las cuestiones anatómicas o de fisiología sino también si había diferencias de personalidad, de acuerdo a su tesis, hubo una lucha de poder por la tutela del cuerpo, «una de las cabezas decidió morir por voluntad propia, al parecer la batalla final la ganó la mujer de la derecha», en su voz se percibió incertidumbre, «son sólo consideraciones», argumentó, siguió recorriendo el cuerpo con la mirada, «no era un cuerpo carnoso, no hay exceso de tejidos amarillos y las junturas de las rodillas no muestran daños provocados por sobrecarga», volteó hacia Seamus y le pidió dibujar en detalle cuantos huesos sobresalían de la momia, Alarie le pasaba un pliego tras otro para poder mantener el ritmo de las peticiones de Black, «medía alrededor de cinco pies y cuatro pulgadas, alta para estas tierras», continuó, «facciones y color de tez semejantes a las de las mujeres de ahora», a Black el sudor le escurría por el rostro y por el cuello, sacó un pañuelo y enjugó las gotas, su ceño fruncido indicaba absoluta atención, su carácter avenado, tan proclive a excentricidades, trocó en el de un científico riguroso, ¿cómo extraer conclusiones válidas de un montón de huesos y de carnes corrugadas?, Black echó un último vistazo a la momia, se irguió y cerró el féretro, pidió permiso a Eleazar de ver las vasijas, estaban labradas en alabastro, las había llevado el embalsamador egipcio para cumplir con los dictados de la tradición, los falashas aceptaron guardar los órganos en vasos por tratarse de un ser único, merecedor de ser preservado para la posteridad, aun cuando se quebrantara la costumbre

426

judía de enterrar el cuerpo intacto, las tapas de las vasijas plasmaban los símbolos egipcios, la de cabeza de chacal para guardar el estómago, la cabeza de mono para los pulmones, la cabeza humana para el hígado y la cabeza de halcón para los intestinos, no esperábamos hallar gran cosa dentro, a lo más, pedazos con textura cercana a la de un terrón, no importaba, así parecieran huesos de durazno, lo relevante era determinar cuántos estómagos, cuántos hígados, cuántos pulmones, sobre el corazón no había mucho por hacer, los embalsamadores lo dejaban dentro del cadáver y se hubiese requerido romper el costillar de la momia para ver si contaba con uno o con dos, abrimos el primer vaso, el de la cabeza de mono, en cuanto lo destapamos emanó un hedor penetrante, Black me hizo hacia atrás, «no lo respires», ordenó, él había sabido de casos de quienes, al entrar a una cueva de murciélagos, fallecieron a los pocos días por aspirar sus excrementos, nos apartamos y permitimos se aireara la vasija, cuando Black la creyó libre de emanaciones, volvimos a la tarea no sin antes cubrirnos la nariz con un pañuelo, al hurgar encontramos un lienzo de lino, la humedad de la montaña se había filtrado por las rendijas de la tapa y pudrió la parte superior, con cuidado Black desenrolló la tela y al fondo descubrió los restos de los pulmones, estaban pegados al paño y los hongos habían carcomido una parte, no obstante logramos descubrir dos pares, cada uno con su propia tráquea, Black se volvió hacia mí sonriente, «cuatro», dijo triunfal, cerró el vaso y procedimos a abrir el siguiente, en éste hallamos apenas una especie de serrín terroso, «se trata de un solo hígado», concluyó, igual dedujo al explorar la vasija conteniendo el estómago, uno solo, en cuanto a los intestinos, no pudimos precisarlo, aquello era un mazacote polvoso, después de cuatro horas dimos por finalizada la exploración, extenuados, pedimos a Eleazar nos permitiera el acceso a los escritos hasta el día siguiente.

Nos bañamos en el lago apenas salimos de la Masgid, los polvos de la momia y de los órganos podían causarnos problemas de salud si los dejábamos asentarse en la piel, Black me obligó a hacer constantes buches y gárgaras, a introducir agua en mi nariz y sonarme repetidas veces para deshacerme de cualquier residuo dañino, al terminar nos reunimos en su choza para discutir los hallazgos, «conclusiones, William», me dijo, «si esta mujer poseía dos pares de pulmones, con seguridad, las extrañas deben tenerlos también», Black sopesó mi respuesta, «la cabra tuvo tres pulmones, un corazón grande y uno pequeño, ¿cuántos corazones tendrán ellas?», inquirió, «me inclino por dos, uno solo no sería suficiente para bombear sangre a cuatro pulmones», le respondí, «exacto», ratificó, «un corazón sería insuficiente, pero igual deberían de ser insuficientes un hígado y un estómago, la incógnita a resolver es, ¿se trata de una sola mujer con una cabeza parásita o los cuerpos de dos gemelas se fusionaron en uno?, la contestación a la primera interrogante explicaría el dominio de una cabeza sobre el cuerpo, la segunda complicaba el panorama, dos cabezas gobernarían sobre un mismo cuerpo, ¿por cuál tesis te decantas?», responder esta controversia derivaba en dos aproximaciones quirúrgicas distintas, «noté independencia de personalidad y de pensamiento entre ambas, las dos respondieron al mismo estímulo, a mi juicio eran dos personas separadas dentro del útero materno, pero por caprichos de la preñez terminaron conglutinadas y al final el cuerpo de una absorbió el cuerpo de la otra», a Black mi respuesta pareció satisfacerle, «si cercenamos una de las cabezas», dijo, «quitamos una carga a los órganos y el sistema arterial ya no deberá alimentar de sangre los infinitos vasos cerebrales», expuso, «pero si nos equivocamos y en realidad una cabeza es parásita y cortamos la dominante, dejaremos el cuerpo a la deriva, sin mando alguno», sentenció, «necesitamos determinar las razones por las cuales en la momia, en uno de los rostros se apreciaba un gesto de angustia y en el otro, serenidad, ¿falló el corazón de una y dejó sin aire a la otra?, ¿la primera se envenenó y la otra sucumbió en medio de la desesperación?», los indicios revelaban como dominadora a la cabeza izquierda, eso señalaría la lesión en el pie derecho, obligado a dirigirse hacia donde ese lado no deseaba o quizá la interpretación era errónea y la marca era sólo una coincidencia, Black rechazó tal posibilidad, «en la lectura de los cuerpos no hay azares, querido William», le planteé mi oposición a cercenar una de las cabezas sólo para brindarles una vida «normal», «Greta es una persona y Daniela otra, entre ellas se han acomodado, si rompemos esa unión se corre el riesgo de perder la armonía de su cuerpo», Black meditó su respuesta, no lo había descubierto antes, pero por entre su camisa abierta se notaba una cicatriz de lado a lado oculta por lo espeso de su vello, parecía el antiguo tajo de una cuchillada, «la disyuntiva se reduce a las siguientes opciones, dos personas en la cárcel de un cuerpo o una sola en libertad, mientras se conserven bicípites estarán condenadas al encierro, al desprecio social, a la burla y hasta a la muerte», alegué la situación de Joy, de Karim y de Mircea, celebridades en el ambiente de Covent Garden, capaces de trabajar y de generar ingresos para sí mismos, «Mircea estuvo a punto de ser asesinado en su tierra natal, escapó de milagro y goza ahora de cierto prestigio, pero no tardará en aparecer quien quiera liquidarlo, sucede igual con Karim, algún día un fanático religioso podría considerarlo demoniaco y apuñalarlo, no des por sentada su realidad, las extrañas entran en la categoría de monstruos repugnantes, de aquéllos susceptibles de causar odios irracionales», argumenté el caso de la gran sabia, «ella también era bicípite y sin embargo se le brindó trato de reina, podría ser diferente si a las extrañas se les introduce en sociedad», «son diferentes culturas y diferentes prejuicios, no podemos medir con la misma vara, además, desconocemos las circunstancias en las cuales murieron, te resistes a operarlas por pruritos morales, pero nada de cuanto hemos descubierto en este viaje impide la cirugía, no nos ceguemos por nuestras culpas y nuestros miedos, actuemos conforme al beneficio de la paciente y de su familia y créeme, si está en riesgo la vida de ambas, seré el primero en oponerme, le he pedido a Seamus calcar mañana, signo por signo, lo escrito en los documentos, podemos llevarlo con algún experto en lengua agau y no limitarnos a la interpretación de Berhan». Esa noche, Black bebió como nunca, borracho, sin camisa y descalzo, salió de la choza gritando incoherencias y deambuló por entre las casas, a quien se asomó, lo insultó, nadie se atrevió a confrontarlo, ni siquiera los guardias nocturnos de la sinagoga, se metió a nadar al lago sagrado, cruzó varias veces de un extremo a otro, luego de bracear por horas salió del agua y se tumbó inmóvil sobre el lodo, lo creí muerto o desmayado, corrí a verlo, se molestó cuando llegué a él, «no puedo ni siquiera dormir un poco en paz», lo dejé ahí a solas y siguió acostado en la orilla hasta el amanecer, al despertar Black se enjuagó para limpiarse el barro y entró en su choza para no salir más, como era de esperarse Eleazar, Abba y el rabino se mostraron furiosos por el frenético merodear de Black por la aldea, había atemorizado a los pobladores y traicionó los principios de paz, de comedimiento y de buen convivir establecidos por los falashas, se habían retraído en lo recóndito de las montañas para hallar tranquilidad y ahora uno de sus huéspedes la quebraba con actos sacrílegos y con vejámenes, llamaron a los guardias armados y rodearon la cabaña, pregunté cuáles eran sus intenciones, «nadie nos puede ofender así», respondió Eleazar, «lo van a matar», me susurró Omari, la situación pintaba grave, no sólo para Black sino para todos nosotros, cuando se disponían a tumbar la puerta me interpuse, «no fue un agravio con propósito», dije con afán de defenderlo, «quítate si no deseas ser castigado», dijo Abba, Berhan traducía y Omari, sudando por los nervios, trataba de interpretar lo más fiel posible, Alarie se colocó a mi lado, presto a defenderme, «no matarás, viene en las Tablas de la Ley», argumenté, «ningún cristiano se detuvo a defendernos cuando nos persiguieron y aprendimos pronto la lección, lo dicen los textos bíblicos, "ojo por ojo, diente por diente", no vamos a tolerar afrentas de nadie y menos en esta tierra santa», su tono de voz los revelaba zaheridos, para ellos Black, según me explicó Omari, no sólo injurió a la comunidad, ensució de pecado su lago y lo había hecho inútil para la práctica de las abluciones, «matarlo», argüí, «no los tornaría en seres más puros ni serían vistos como justos a ojos de Jehová», nada parecía convencerlos, se les veía decididos a sacrificarlo, sus rostros expresaban auténtica furia, a cambio de la vida de Black me comprometí a entregar los dibujos de la gran sabia y a obligarlo a irse de inmediato, Eleazar pidió los dibujos, Seamus se los entregó, le pregunté si podía rehacerlos de memoria y él asintió, a pesar de recibir los pliegos, Eleazar no dio orden a los guardias de apartarse de la choza, «pido clemencia para mi maestro, quizá no soportó el misterio de la gran sabia o fue rozado por el hálito de Dios y de tan poderosa la experiencia, enloqueció», esta vez mis palabras parecieron repercutir en ellos, sobre todo en el rabino, «saque a su amigo de aquí y váyanse ya», dictó, «él se irá», dije, «pero quisiera quedarme a conocer los textos de la gran sabia», en cuanto tradujo Berhan, Eleazar me clavó la mirada, «el castigo es también para ustedes, no sólo por cuanto cometió *gerb adara*», dijo y nos señaló a Alarie, a Seamus y a mí, «abusaron de nuestra confianza y le permitieron a él ultrajar a nuestra comunidad, si tú no pudiste dominarlo menos podrás manejar las revelaciones de la gran sabia, deberás largarte ya», no por culpa de una borrachera inútil se iba a perder el esfuerzo de recorrer miles de leguas, no pensé darme por vencido, «este viaje no se trata de nosotros sino de la mujer de dos cabezas a cientos de jornadas de aquí, no venimos a recoger saberes con un afán egoísta sino para entender las sinuosidades de nuestra propia sabia, nosotros sólo somos vehículos entre dos seres bicípites separados por las hendeduras del tiempo, nuestra gran sabia también habla un lenguaje incomprensible para el resto de los mortales, sólo conociendo los textos de la suya podremos saber si están conectadas», otra vez el rabino pareció el más receptivo a mis palabras, haciendo uso de su autoridad moral, respondió, «he escuchado tu protesta y puedes tener razón, ignoramos cuántos secretos veneros unen a las dos sabias, te autorizo el ingreso al recinto donde se hallan, sólo podrán hacerlo tú y los traductores, los otros serán expulsados en este mismo momento», agradecí la dispensa y me comprometí a sacar a los demás, Eleazar dio una orden y los guardias se replegaron, pedí a Alarie ir alistando las mulas y entré a la cabaña, hallé a Black sentado sobre su cama, aún con el pecho desnudo, «te escuché», dijo, «lo hiciste bien», se puso de pie, era difícil acostumbrarse a su enorme tamaño, me disponía a recriminarlo, pero me interrumpió, «en tres minutos estoy listo», fue hacia una palangana y se echó agua en la cara, «espérame afuera», demandó, dudé en salir, no podía confiar más en él, me clavó una mirada glacial, «ahora voy», dijo con voz amenazante, me di vuelta y lo dejé a solas, cumplió su palabra y apareció tres minutos más tarde, contempló a los falashas, en su semblante se adivinó un gesto de desafío y sin decir más montó en una de las mulas, quedé con Alarie vernos una legua más adelante y partieron por la vereda. Los pliegos se hallaban depositados en un cofre en una obscura cueva detrás de la Masgid obstruida por un portón de gruesa madera, el rabino encendió cuatro antorchas, abrió el cofre, sacó los rollos y los colocó sobre una mesa, «tienen hasta el mediodía», dijo, salió y nos encerró, desarrollé uno de los pliegos, los textos estaban grabados en pieles de antílopes, por desgracia la humedad había estragado una buena parte, a través de Omari, le pregunté a Berhan si entendía, «muy poco», respondió con sinceridad, los pasajes estaban escritos en qimant, una lengua ya desaparecida con una lejana semejanza al agau, Berhan rescató unos cuantos diálogos, más allá de los debates teológicos, en los cuales discrepaban con acritud, se notaban con claridad dos caracteres distintos, una de ellas, no se mencionaba el nombre por ser consideradas un ente único, era más racional, más precisa, la otra más intuitiva, dada a especular, se advertía un choque de personalidades, fue una lástima no poder copiar los escritos, hubiese ayudado a concluir, con mayor hondura, quién ejercía potestad y si eso se trasminaba al cuerpo, ese lapso examinando los pliegos me convenció del grave error de decapitar a una de las extrañas, era paradójico, pero en un solo cuerpo habitaban dos

432

personas con caracteres disímiles, el rabino abrió el portón y la luz nos deslumbró, «se acabó el tiempo», dijo tajante y sin mediar más palabras nos llevó al camino de salida del pueblo, alcanzamos a los demás dos horas después, ninguno de nosotros sabía cuál camino tomar, como parte de la sanción los falashas se negaron a guiarnos de regreso a Bircutan, le reclamé a Black los riesgos innecesarios por su insensato proceder, «deja a un lado tus rabietas y asume algo de una buena vez, doy primacía a mi libertad por encima de cualquier norma, nadie, ni siquiera esos estirados judíos, me dirá cómo comportarme, estoy dispuesto a pagar el precio por ello», sentenció, «¿se ha preguntado cuál es mi primacía?», refuté, «obvio, aprender a mi lado y, por cierto, te acabo de dar la mejor lección de tu vida». El viaje de regreso a Bircutan fue accidentado, ajenos a los intrincados vericuetos de la montaña varias veces nos perdimos y hubo necesidad de desandar lo recorrido, una y otra vez vinieron a mi mente Greta y Daniela, me aterraba la posibilidad de cometer un homicidio en nombre de una vaga idea de vida normal cuyos resultados no fuesen tangibles, cuánto habría dado por meter de nuevo las manos entre las vísceras de la cabra para preguntar por el futuro de esa operación, atisbar por unos segundos la vida de «ella», quien fuese de las dos, sin la cabeza de su hermana, repetí sus nombres, Greta y Daniela, me prometí nunca más hablar de ellas en singular, después de dar infinidad de vueltas por el laberinto vegetal, de bordear profundísimos abismos, de marchar bajo la inclemencia de tempestades, avistamos Bircutan a lo lejos, al descender por una cuesta las mulas se negaron a avanzar, recularon, nerviosas, las fosas nasales hinchadas, intentamos forzarlas, no se movieron, me apeé y más adelante vi el motivo de su miedo, una realeza de leones, hembras, cachorros, machos jóvenes, caminaban con desgano entre el polvo ardiente, un macho adulto, de abundante melena negra, se plantó a mitad de la vereda, amenazador, Alarie le gritó para espantarlo, la fiera se sostuvo firme en su lugar, su mirada me produjo vértigo, una atracción inexplicable, le pedí su

433

espada a Jean-Baptiste, «señor, es peligroso», me advirtió Omari, decidido, desenvainé la espada y caminé hacia el enorme león macho, Alarie trató de interceptarme, «lo puede matar», lo esquivé y proseguí, el león crespó los pelos del lomo y tensó los músculos, la acometida se presagiaba inminente, no me amilané, al contrario, el león no dejaba de ejercer una inexplicable fuerza de atracción sobre mí, avancé unos pasos más, Alarie hizo un último esfuerzo por detenerme, «se lo ruego, regrese», con gentileza lo empujé del hombro para quitarlo, «no te preocupes», continué hacia delante empuñando la espada, mi mente invadida por un solo pensamiento, sobrevivir a un ataque de león como lo había sobrevivido el pastor, portar cicatrices como insignia de honor, el macho rugió, podían olerse las substancias segregadas por su cuerpo, un intenso olor a almizcle, no me arredré y di cinco pasos más en su dirección, si me atacaba clavaría el filo hasta el fondo de su pecho, el león se agazapó, le grité y el animal se desconcertó, volví a gritarle, el macho dio vuelta y se alejó unos pasos, me invadió una sensación de victoria, me planté retador, el león me había temido, «cuidado a tu izquierda», escuché una voz a mis espaldas, los demás leones se agazapaban en círculo alrededor de mí, preparaban una celada, volteé, Black, espada en mano, se hallaba junto a mí, «ya era hora, William», dijo, sonreí, el aroma de los leones flotaba en el viento, de tan cerca podía escuchar su respiración, las hembras se arrastraban pecho tierra ocultándose entre la fronda, el enorme macho detrás de unos arbustos, listo a embestir, aguantamos ambos a pie firme por varios minutos, cubriéndonos las espaldas, después de un rato las leonas desistieron y se retrajeron al bosque seguidas por sus cachorros, el macho nos observó vigilante y, cuando la manada se halló a salvo, dio media vuelta y las alcanzó, Black me palmeó en el hombro, «no esperaba menos de ti», dijo, enfundó su espada y regresamos con los demás. Arribamos a Bircutan horas más tarde, los españoles y los marineros se hallaban desperdigados por el pueblo y Alarie se dio a la tarea de reunirlos, Black y yo nos sentamos a la mesa con Seamus, quien después de varias horas logró copias idénticas a los dibujos originales, le conté sobre los diálogos de la gran sabia, «eran dos personas independientes, cada una con un punto de vista distinto, se contraponían y no es descabellado pensar en desavenencias serias, en teoría, las extrañas deben semejarse a ellas, es indefectible pensar en Greta y Daniela como dos seres pensantes y sintientes», Black se abstrajo mientras se rascaba la barba, «veremos cuánto de Daniela hay en Daniela, cuánto de Greta hay en Greta, cuánto de Daniela en Greta y cuánto de Greta en Daniela», enunció, se levantó y salió de la tienda rumbo al ardiente sol de Abisinia.

La vuelta no estuvo exenta de peripecias, enfermamos de nuevo y fuimos presos de diarreas y fiebres, por fortuna sin ninguna defunción, llegamos a Asuán agotados y débiles, ahí permanecimos dos semanas y una vez restablecidos zarpamos hacia El Cairo, la corriente a favor del Nilo y los vientos del sur nos permitieron navegar a mayor velocidad, no nos detuvimos más, pasamos de largo la ciudad y sólo recalamos en la embocadura del río para desembarcar a Shokri y a los traductores, se despidieron con afecto y los retribuí con una jugosa compensación, cruzamos el Mediterráneo sin contratiempos, algunas barcas sospechosas nos circundaron, pero la presencia de las dos goletas los disuadió de acercarse, casi por cruzar el estrecho de Gibraltar las existencias de absenta se agotaron, Black casi enloquece de desesperación, ni el vino ni el whisky, mucho menos la cerveza, resolvieron sus penurias, creyó dejar en el barco suficientes botellas para racionarlas hasta Londres, «esos malditos marineros me las robaron», arguyó, no era así, yo realicé un concienzudo inventario antes de dirigirnos hacia Wef Argif y no faltaba ni una sola, no era una bebida apetecible para los paladares simples de los marinos, no logré convencer a Black y no cesó de increpar a Shearing por el saqueo de sus reservas, anclamos en La Rochelle para permitir el descenso de Alarie y para abastarnos, el espadachín rehusó mudarse a Inglaterra donde le ofrecí convertirse en mi guardia y preceptor de esgrima,

435

estaba agotado del viaje y requería descansar por unos meses, prometió avisarme si cambiaba de parecer, no volví a verlo más, apenas unos días más tarde fue agredido por turbas católicas por su condición de hugonote y se vio obligado a emigrar a las Américas, tiempo después me llegó una carta suya desde el pueblo de Santa Fe, en los territorios del norte de la Nueva España, Black recorrió cuantas abacerías y apotecas había en el puerto en busca de botellas de absenta, no las halló, Ordinaire no las vendía al público, aun sabiéndolo Black no se detuvo, «un trago, me basta un solo trago», me dijo con los ojos inyectados de sangre, sólo logró conseguir raíces de ajenjo, las cuales combinó con una mezcla de diferentes coñacs, no lograron substituir la fórmula original pero, al menos, disminuyeron su angustia y su frustración, al ancorar en el puerto de El Havre le esperaba un cargamento de cuatrocientas botellas dispuesto por Ordinaire, poco le faltó a Black para abrazar las cajas, era ridículo atestiguar esa conducta pueril en alguien de su talante bárbaro e indómito, conforme nos acercábamos a Inglaterra empecé a sentirme ansioso, las visiones del futuro me acuciaban y temía no hallar a mi esposa en la casa, perder a Ailis me atascaría en un desencanto insuperable, atracamos en Dover una neblinosa mañana y desalojamos nuestras posesiones del barco, entre ellas, las momias egipcias, pagué a Shearing lo acordado, me congratuló por mantener mi palabra y me deseó suerte con «el loco de Black». Llegamos a Londres diez meses, dos semanas y tres días después de haber partido, para mí equivalieron a diez siglos, las calles de la ciudad me parecieron ajenas, como si pertenecieran a un país extranjero y yo fuese un visitante foráneo, caía una lluvia pertinaz, un contraste con los ardientes días africanos, le pregunté a Black si a él le sucedía lo mismo, asintió, «¿y cuándo logra uno adaptarse de nuevo?», inquirí, «nunca», respondió, condujimos hasta Covent Garden seguidos por los carromatos con la carga, lo dejé a las puertas de su morada y acordamos vernos la semana entrante, «descansa, William, a ver si resistes la aburrición de este país», barbudos, tostados por el sol y con el pelo largo nos veíamos fuera de lugar en ese mar de rostros blancos y afeitados, me dirigí a mi casa, le pedí al cochero detenerse al frente, necesitaba acopiar fuerzas para enfrentar la probable ausencia de mi mujer y, quizás, hasta las de Merrick, Sean y los demás, descendí y caminé a la puerta, me percibí como intruso a punto de vulnerar un espacio desconocido, ¿cómo se habría sentido Ulises al volver a Ítaca luego de su larga odisea?, ¿sufriría del mismo desapego, la misma sensación de estar enajenado ante lo propio?, toqué a la puerta, Merrick me abrió y me revisó de arriba abajo, «¿desea algo?», preguntó sin reconocerme, «soy William», le dije, me examinó de nuevo, aún con duda, «Merrick, de verdad soy yo», se deshizo en disculpas y terminó con una dura frase, «lo pensábamos fenecido, señor», temí consecuencias por la certeza de mi muerte, pensé en no hallar a Ailis en la casa, «aún no sé si sigo vivo», respondí contagiado por el espíritu cáustico de Black, Merrick no se movió de la puerta, como si aún dudara de mi identidad, «ayúdenme con mi equipaje», le ordené, «llama a los demás», se quedó inmóvil en el quicio, no había ayuda, ante mi larga ausencia y a pesar del pago puntual de su sueldo, Sean y el cochero partieron bajo la promesa de darse una vuelta más adelante por si acaso yo reaparecía, Sally y Margie también habían renunciado y a James, al llegar del viaje, lo mandé a su casa en Edimburgo a reponerse de los estragos de la travesía, le hice entonces la pregunta más temida, «¿mi mujer también se fue?», Merrick hizo una larga pausa antes de responder, mis aprensiones estaban a punto de convertirse en realidad, «no, señor, su esposa y su cuñada siguen en la casa», respiré tranquilizado, «¿dónde están?», inquirí, aún con incertidumbre, «su cuñada salió al mercado, su mujer está en su habitación», le agradecí a Merrick por haber permanecido en la casa y no desamparar a Ailis, me sentí traicionado por Sean, le había abierto las puertas de mi amistad y lo consideré mi mano derecha, según me reveló Merrick se fue a los seis meses de mi partida, «Londres me espera», dijo, como si la ciudad fuera la tierra de la gran promesa, subí deprisa a mi recámara, hallé cerrada la puerta, toqué con suavidad, Ailis no respondió, llamé con más fuerza, escuché sus pisadas, abrió, se le veía demacrada y flaca, vestida de negro en señal de luto, me miró unos segundos y sin decir nada estiró su mano para acariciar mi rostro, le besé los dedos, «vives», dijo y me abrazó mientras lloraba, hicimos el amor tan pronto cerré la puerta, hubo una urgencia en ambos de tocarnos, de sentirnos próximos, Ailis me había esperado y aun con barruntos de mi deceso no abandonó nuestro hogar, no cesó su llanto pese a mis caricias, me susurró al oído «me estaba volviendo loca», no habían llegado aún mis cartas y al no recibir noticias de mí en tan largo tiempo dieron por sentado mi fallecimiento, si todavía me arremetían algunas vacilaciones sobre el amor de Ailis, esa tarde se disiparon, mi mujer me amaba y yo a ella, nos habíamos extrañado uno al otro y el reencuentro nos había llenado de felicidad, no titubearía más ni permitiría el asalto de su convulso pasado, cuanto era indispensable perdonar quedó perdonado, regresé del viaje siendo otro, quedó patente cuando me vi en el espejo y hasta yo tuve problemas en reconocerme, mi máscara había trocado, la barba y el rostro requemado me brindaban otra fisonomía, cuando le avisé a Ailis de mis intenciones de ir al barbero me pidió no hacerlo, entendí, ese nuevo William, aquel dispuesto a absolver y mirar hacia el futuro ahora portaba otro semblante, decidí complacerla, en la cena les narré a Ailis, a Ciordstaidh y a Merrick, a quien en adelante senté a la mesa como retribución a su lealtad, los episodios de nuestro periplo, me escucharon con pasmo, las historias les parecieron fábulas legendarias pertenecientes a un universo distante e inaccesible, al terminar convine con Ciordstaidh y Merrick conseguir nuevos empleados, lamenté de verdad la defección de Sean, a quien consideraba un amigo y compañero. Dormí sin parar por días, a veces, entre sueños, veía a Ailis hacer lo suyo en la habitación, coser una blusa, leer, escribir, el roce de su vestido al caminar lo percibía como un dulce susurro, las visiones de la cabra venían a mí en forma de pesadillas, abría los ojos y se disipaban frente a la presencia de Ailis, quien sonreía al verme, luego volvía a sumergirme en el sopor del cansancio, comencé a despellejarme, como si el mudar de piel me devolviera a quien había sido antes, debajo del manto broncíneo reapareció mi palidez, mi cuerpo pareciese transpirar los restos de la travesía y perfilaba un tono más acorde con esta ciudad fría y lluviosa, me pregunté por la suerte de los albinos, aborrecería saberlos muertos por su imprudente fuga, ahora estarían salvos y sanos en mi residencia, dolía imaginarlos colgando de ganchos mientras un médico brujo los despedazaba para hervir sus carnes y sus huesos y labrar con ellos amuletos, según los rumores, John Hunter poseía el cuerpo disecado de uno, si los egipcios momificaban los cadáveres, en Inglaterra se guardaban o en grandes frascos con alcohol o embalsamados para dar constancia de su inexplicable existencia, no lo dudaba, la cabeza cercenada de las extrañas bien podía acabar en una prisión de cristal, flotando en un líquido turbio como testimonio de uno de los casos más insólitos de la historia, conservada así, su rostro mudo podría mantener un diálogo silencioso con científicos nacidos doscientos, trescientos años después, como Black y yo lo mantuvimos con la mujer bicípite de hacía siglos, alguien sacudiría el bote de cristal y entre las partículas flotantes haría el intento por descubrir los secretos de su condición, a los seis días de mi arribo comenzaron a llegar los paquetes con mis cartas, Ailis se sentaba en el borde de la cama a leérmelas, en su voz retornaron vívidas las memorias del viaje, ella leía una tras otra, se detuvo pávida cuando llegó a la misiva donde le relataba acerca de los sabios de Alejandría, trémula recitó cuanto escribí sobre ella, «uno de estos sabios, Mansour, es un médico experto en la salud de las mujeres, le he hablado de tu sequedad, nos da esperanzas, amor mío, me ha hablado de una cirugía con altas posibilidades de éxito, deberíamos intentarla», pude notar en su mirada tristeza y enojo, «nunca te autoricé compartir mi secreto con un extraño, vulneraste mis reservas, sólo tú y aquel antiguo médico sabían de mi fecundidad abolida, me siento avergonzada de cuanto creía ya enterrado», me levanté e hice el intento por abrazarla, me rechazó con vehemencia, «no es justo ventilar mis dolores», expresó molesta, «tus dolores también son míos, a quien me atreví a mencionárselos es un médico anciano, ciego, a decenas de jornadas de aquí, quien no domina nuestra lengua, no escuchó ni tu nombre y estoy seguro apenas recuerda el mío, este amor es de los dos y se enriquecería si procreáramos hijos, si no es tu deseo tenerlos estaré igual de feliz, tu presencia me llena», debí escamotearle esa carta y no traer a colación el asunto, volvió a caer en mudeces, su semblante se tornó sombrío, no quiso leer más las cartas en voz alta, se retrajo y las dejó a un lado, hube de acordar antes con ella cualquier consulta sobre su vientre baldío, no sólo eran cuestiones de su cuerpo, sino además implicaban su pasado, nuestra reconciliación se fue por la borda por unas líneas escritas meses atrás, era claro lo vulnerable de su temperamento, decidí guardar silencio y no tocar más el tema, ella pareció agradecerlo, al cabo de unos días mi prudencia dio resultado, despertó una mañana de un humor menos pesaroso, «pensé en nosotros», me confesó, «necesitaba digerir la carta y he tomado una decisión, vayamos a buscar a quien pueda practicar la cirugía, no estará en mí cancelarnos la oportunidad de ser padres», le besé la frente y las manos, no por resolver lo de un futuro embarazo sino por recuperar su ánimo.

Volví al despacho en el plazo acordado, llegué temprano y desde esa hora la fila de pacientes se alargaba casi media cuadra, los consabidos actores debían entremezclarse con los verdaderos fenómenos, para mi sorpresa Black ya se hallaba ahí, había desplegado los dibujos de Seamus sobre una mesa y Vicky trazaba de memoria en carboncillo los detalles del cuerpo de las extrañas, «delinea los nudillos, los dedos… recuerda la espalda, era delgada o ancha…», así intentaba recobrar las imágenes de Greta y Daniela para contrastarlas con las de la gran sabia, «quedaste de arribar a las siete, son las siete y diez», me recriminó Black, como si él fuese un dechado de puntualidad, Vicky, fiel a su costumbre, me saludó escueta, solicité a Black reunirnos en su oficina, sin dejar de revisar los dibujos me respondió, «cuanto quieras decirme, dilo aquí», volteé a ver a Vicky y luego al doctor, «¿podría ser en privado?», pregunté, Vicky me miró con un gesto de molestia, Black me pidió hablar ahí mismo, «quiero ir a Bath a entrevistar a las extrañas y convivir con ellas por un largo periodo, he meditado algunos experimentos necesarios para determinar su condición y decretar si es factible la cirugía», Black se giró hacia mí, «ésa es mi tarea, William, no la tuya», dijo con acritud, Vicky insinuó una sonrisa, «éste también es mi caso», argüí, «y el más importante de mi vida», agregó Black, «pareces olvidarlo», no cejaría en mi propósito, «no le quedaré mal, al fin y al cabo usted será quien opere», Vicky, a quien nunca consideré se pusiera de mi lado, intervino, «en esta ocasión, apoyo al señor William, al ser de la misma edad de las pacientes podrá obtener la información con mayor soltura», Black volteó hacia mí, «está bien, muchacho, puedes ir», enlisté los puntos cruciales a investigar basados en los hallazgos del viaje y en los consejos de los sabios, lo primero era cerciorarse de su número de órganos y si equivalían a los de la gran sabia, precisar si se escuchaban una o dos fuentes de latidos, le pediría respirar hondo a una mientras la otra aguantaba el aire para establecer si contaban con un par o dos de pulmones, pensé laxar a una de las dos y observar si sólo ella, o ambas, sufrían de diarreas, para estudiar los riñones les daría de beber agua a una y a la otra no y descubrir así si esta última padecía sed, a una le daría comida grasa y a la otra limpia de sebo para estudiar si había respuestas semejantes o disímiles, planteé pruebas de tacto, de olor, de sonidos y reacciones al dolor, consideré importante verlas dormir durante varias noches, investigar si una podía mantenerse despierta mientras la otra descansaba, pedirles me narraran, apenas abrieran los ojos, cuáles habían sido sus sueños y si éstos coincidían o eran diferentes, vería también su actuar frente a distintos estímulos, asustarlas sin prevenirlas, poner un hielo en la mano de una y sondear si la otra mano también percibía el frío, le pediría a Ailis realizarles las preguntas más incómodas, aquéllas referentes a sus cualidades femíneas, averiguar si disfrutaban de placer sexual y, si era así, cuál de las dos cabezas lo apreciaba, inquirir si cometían actos onanistas, si dentro de ellas pululaban ideas románticas, si pensaban besarse con alguien, si deseaban copular, si deseaban procrear hijos y si fuera así, ¿de quién de las dos sería el hijo?, estudiar sus órganos sexuales y decretar si eran normales o presentaban dos distintos, me parecía importante concluir si entre ellas se despertaban celos, si una mandaba y la otra obedecía, si había rivalidades, si el cuerpo lo manejaba sólo una, si existían diferencias irreconciliables, juzgaba necesario entender la dinámica entre ambas, descubrir si se trataba de dos individualidades y si cada una regía sobre diferentes partes del cuerpo, aconsejaría cancelar la operación, Black estimó sensato mi acercamiento y valoró la asistencia de Ailis, «podrá penetrar rincones vedados a nosotros, los varones», aseguró, más tarde, ya a solas, le conté sobre la esterilidad de Ailis, sobre las sugerencias de Mansour al respecto y requerí su ayuda, se comprometió a estudiar el caso y consultar con el doctor Dean Jones, antiguo colaborador de William Hunter y experto en cirugía femenina, si ponderaba como practicable el procedimiento, «veremos si se puede arreglar su problema», me dijo con seriedad, «mientras, alístala para una conjetural cirugía». Por la noche previne a Ailis, le expliqué uno por uno los pasos de la operación, la idea de su vientre abierto y explorado por Black y de su intimidad vulnerada por un hombre cercano a mí, le causó pudor y vergüenza, pero se sometería al bisturí si eso nos brindaba esperanzas para procrear hijos, cinco días más tarde, Black, después de estudiar con ahínco libros de expertos en reproducción femenina y de analizar el caso con el doctor Jones, concluyó como procedente la cirugía y acordaron intervenirla entre los dos, a la mañana siguiente llevé a Ailis al despacho, poco acostumbrada a beber cayó dormida después de administrarle dos cucharadas de la mezcla

sedativa japonesa y un vaso de absenta, a pesar de la oposición de Black, quien consideraba poco apropiada la presencia
de familiares en los procesos quirúrgicos de sus parientes, me
permitió ingresar a la sala, cubrieron con sábanas el cuerpo
desnudo de Ailis y dejaron sólo expuesta la parte baja del
vientre, con el bisturí Black hizo un limpio tajo, con unas tenazas separaron las capas de piel, escurrió un poco de sangre
y Jones la limpió, me dolió ver a mi mujer frágil, durmiendo
profunda sobre la mesa, me pidieron jalarle la lengua con una
pinza durante la cirugía para no atragantársela, después de
explorar sus órganos de reproducción, Black y Jones hallaron
el problema descrito por Mansour, en efecto, la cicatriz había tapado los conductos, con paciencia la removieron y las
trompas de Falopio quedaron liberadas, Black me pidió acercarme y señaló el sitio operado, «el sabio estaba en lo correcto, William, se formaron abultamientos en los pasajes,
pero pudimos extirparlos, aun cuando no hay garantías, su
aptitud para ser madre se ha acrecentado», expuso, con delicadeza Black cerró el corte en el vientre y le vació un vaso de
absenta, esperé a la recuperación de Ailis, cuando despertó, la
besé en la frente, «tenemos esperanzas», aseguré, adormitada
estiró su mano y acarició mi cara, «gracias», dijo y somnolienta cerró los ojos, me puse de acuerdo con Ciordstaidh
para organizar los cuidados de Ailis, Black y Jones le ordenaron guardar cama dos semanas, ella se desesperaba por estar
tantos días acostada, pero era importante no moverse para
permitir la cicatrización de la cisura interna, mientras se restablecía decidí visitar a Bates para ponerlo al tanto de los
logros del viaje, detallar los gastos y entregarle el yohimbé,
con dos días de antelación le avisé de mi visita, me recibió con pompa, convocó a cinco de sus amigos y contrató un
pequeño cuarteto de cámara para amenizar la velada, Bates
me presentó a los caballeros y me pidió hacer un recuento
de mis aventuras, «para este grupo la medicina no sólo es camino para un mayor bienestar sino una oportunidad única
para hacer jugosos negocios, como verás, no estamos exentos

443

de intereses mezquinos, pero es mejor a gastarlo en fruslerías», dijo divertido, conté a grandes rasgos nuestra odisea, por supuesto no mencioné nada de las cabras bicípites ni sobre la gran sabia, hablé de las virtudes del yohimbé y de la carne de león para incrementar el vigor sexual, ninguno se encontraba en la flor de la vida y con certeza Bates los invitó para acreditar las virtudes de los polvos mágicos, si con éstos curaban la laxitud del pene sufragarían cualquier expedición científica para hallar otras substancias capaces de transformar a hombres quincuagenarios, como ellos, en dioses del placer, les di indicaciones de cómo tomar el yohimbé, les advertí de su potencia y de los riesgos de su abuso, presurosos se lo bebieron, el efecto fue inmediato, empezaron a sonrojarse y gotas de sudor perlaron sus frentes, uno de ellos comentó con felicidad, «vuelve, mi muchacho, vuelve», y apuntó hacia su entrepierna, Bates, con las mejillas encendidas y el pulso tembloroso, festejó el endurecimiento de «su mástil», «será un éxito en los burdeles de Covent Garden», afirmó uno de ellos, hicieron cálculos mentales sobre en cuánto podrían vender cada dosis, «ganaremos miles de libras», aseguraron, «con esto me doy por satisfecho por los resultados del viaje», clamó Bates con entusiasmo, pasamos a otros temas, le pregunté si sabía de Mircea, «huyó a Alemania con su amante casada, no te diré el nombre del cornudo, es un noble de alta prosapia, pero ha decidido cazarlos hasta dar con ellos, difícil para nuestro amigo esconderse con tal pelambre», dijo mordaz, sobre el estado de salud de Karim y de Joy, Bates no supo informarme, «sin su peluda estrella, Stanley se llevó el espectáculo al norte de Inglaterra, les perdí la pista», aseveró. Después de dos semanas de convalecencia, la herida de Ailis cerró, Jones la revisó y al advertirla sin dolores ni limitaciones para moverse, la dio de alta, «espero pronto saberla embarazada», dijo, preparamos nuestro viaje a Bath, la aleccioné sobre cuanto requería saber acerca de las extrañas y de los estudios y experimentos por venir, «serás pieza central para responder a varias interrogantes y te necesito preparada

444

para enfrentarlas, desde ahora te lo digo, no será fácil, pero te parecerá fascinante», la idea era convivir con ellas por un periodo no menor a un mes, entre Black y yo elaboramos a conciencia un profuso cuestionario y una lista de pruebas, revisamos los dibujos en busca de detalles sobre los cuales debía poner especial atención y diseñamos un protocolo día por día, acompañados de James, quien se haría cargo de nuestra seguridad, Ailis y yo partimos a Bath, en el camino me afligió el no hallarlas mas, como el padre era requerido en diversos lugares para enseñar latín, pudieron mudarse a otra ciudad o, peor aún, la madre haber tomado la estúpida decisión de llevarlas con un doctor varios peldaños por debajo del genio de Black, su domicilio no se ubicaba dentro de los límites de la ciudad sino en un camino vecinal a las afueras, el nuevo cochero, Stephen, había crecido en la comarca de Somerset y sabía con exactitud dónde se encontraba la casa, arribamos al mediodía, la propiedad se hallaba en un extenso predio demarcado por una barda de piedra, en el solar pastaban una docena de ovejas, era el sitio perfecto para alejar a las extrañas de miradas curiosas, le pedí a Ailis aguardar en el carruaje y me dirigí a la casa, dos amenazantes perros me ladraron al aproximarme, no me atreví a seguir por miedo a ser atacado, los canes me mantuvieron fuera de la puerta hasta llamar la atención del pastor, «¿se le ofrece algo?», inquirió, «vengo a buscar al profesor Sherwood Westfield», respondí, el hombre me revisó de arriba abajo, debía ser también el vigilante, «el profesor sólo recibe gente en su oficina, en Bath», aclaró, con seguridad alertado de las decenas de intrusos deseosos de espiar, aun desde lejos, a la atroz bicípite, «soy William Burton, el médico de Greta y Daniela», me presenté, la actitud del tipo cambió, «¿las conoce?», preguntó con suspicacia, «sí, señor, las he atendido», el hombre desconfió de mis palabras, «demuéstreme conocerlas», le pedí a James traerme el portapliegos guardado en la cabina, lo abrí y le mostré uno de los dibujos realizados por Vicky, «ésta es Greta y ésta es Daniela», me miró estupefacto, «yo jamás las he visto», dijo, «son justo

445

como me las describieron las criadas, con razón el padre impide a los demás verlas», calmó a los perros y me pidió seguirlo de cerca para guiarme a la casa, «no se me separe, son muy ariscos y pueden morderlo», advirtió, los animales me gruñeron durante el trayecto hasta la puerta, «¿están?», inquirí, «sí, la madre sale poco, las niñas casi nunca», toqué la campanilla, abrió una criada, «buenas tardes, vengo a hablar con la señora Westfield», ella también me examinó, «¿para?», preguntó, «soy el médico de Greta y Daniela», cruzó una mirada con el pastor y él confirmó, «espere aquí», ordenó, también debieron aleccionarla a recelar de los forasteros, empecé a vislumbrar la dolorosa situación vivida por la familia, sujeta a rumores y a entremetidos, la madre se sorprendió al verme, «doctor Burton, no lo esperaba, pensé nunca más saber de usted», pregunté si había llevado a sus hijas con otro médico, «estuve tentada, pero creí en su palabra», aseveró, «no se arrepentirá», le contesté, «nos hemos preparado a conciencia para tratar su caso», la mujer no hizo el menor gesto de invitarme a pasar, se quedó de pie en el quicio de la puerta, «llegó en un momento poco apropiado, doctor Burton, mis hijas justo ahora están tomando un baño, regrese mañana por la tarde», me negué, «señora Westfield», al llamarla por el apellido de su esposo en su expresión se dibujó un gesto de asombro, «apenas desembarqué de un azaroso viaje y vine para acá sólo con el expreso propósito de reunirme con ustedes y con sus hijas, mi esposa Ailis ha hecho el favor de acompañarme y me aguarda en el carro, si fuese posible, asígneme una habitación en su casa para mí y mi mujer y consiga una en los apartamientos de los empleados para mi cochero y para mi guardia, no pienso ir y venir a Bath todos los días, esto lo hago sólo por usted y por sus hijas, si me niega hospedaje, volveré a Londres y serán ustedes quienes pagarán hoteles, gastos de alimentación y de traslado, además, si aún desea proseguir con la cirugía, deberá ir a vernos mañana y tarde, hay un largo y fastidioso trabajo preparatorio, puedo hacerlo aquí o allá, usted decida», la amenaza surtió efecto, «le agradezco su esfuerzo por venir, por favor traiga a su esposa, les prepararemos un almuerzo y por supuesto cuenta con una recámara para alojarse con nosotros», me dirigí al coche, «pernoctaremos aquí», le informé a Ailis, se le iluminó el rostro, «es un lugar hermoso», expresó, mi objetivo era estudiar a las extrañas en su medio, verlas actuar entre sí, acompañarlas en sus actividades cotidianas, hacer un intento por descifrar su lenguaje, deseaba plantearles preguntas, conversar con los padres de cosas en apariencia nimias, pero valiosas para el dictamen, pedirle a Ailis dormir con ellas algunas noches, era importante verlas desnudas durante el baño e incluso observarlas mientras evacuaban, no sólo se trataba de recoger datos para la cirugía, sino dejar registro de un caso extraordinario, la señora Westfield nos mostró nuestra habitación, «tómense el tiempo necesario para refrescarse del viaje, en veinte minutos los esperamos a almorzar», nos lavamos, mudamos de ropa y nos dirigimos al comedor, Ailis se pasmó al ver a las extrañas sentadas a la mesa, aun cuando se hallaban cubiertas por un velo era posible distinguir las dos cabezas, «buenas tardes», saludó, las otras dos correspondieron al unísono, «buenas tardes», «les presento a Ailis, mi esposa, ellas son Greta y Daniela», ambas murmuraron un «mucho gusto», la señora Westfield nos asignó nuestro sitio frente a ellas y tomó la cabecera, «Sherwood no estará con nosotros por ahora, regresa por la noche», nos sirvieron un espléndido almuerzo, el profesor debía ganar buen dinero, no era fácil encontrar un preceptor de latín, lengua útil para entender nuestro idioma, impregnado por cientos de vocablos traídos por los romanos, para leer en su versión original a los clásicos y para comprender una diversidad de acepciones científicas, una vez servida la sopa, las extrañas se mostraron dubitativas, para comer, debían quitarse la mantilla frente a una desconocida, con un gesto la madre las exhortó a descubrirse, Ailis apenas pudo disimular su estupor cuando ambas quedaron expuestas, yo mismo perdí el aliento, ellas percibieron nuestra ofuscación y cuando se disponían a taparse de nuevo les solicité no hacerlo, «por favor, no se cubran», voltearon a ver a la madre en espera de su respuesta, ella las instó a continuar sin el velo, cruzaron una mirada con nosotros y el almuerzo prosiguió, les sirvieron un tazón de sopa a cada una, las dos tomaron el suyo con la mano correspondiente, Daniela, con la izquierda, Greta, con la derecha, me concentré en observar sus gargantas, ¿se uniría el bolo en un solo esófago o cada una poseía el propio?, «¿quién de las dos es Daniela?», preguntó Ailis sin malicia, ambas levantaron la mirada, sin responderle, «la trigueña es Greta, la de pelo obscuro, Daniela», esclareció la madre, «¿les gusta jugar cartas?», inquirió de nuevo mi mujer, sus preguntas no llevaban dobles intenciones, se percibía en ella un deseo de agradar, «les gusta el Lanterloo», respondió la madre, el juego de bazas bien podía ayudarnos a romper el hielo, «quizá podamos jugar una partida después del almuerzo», agregué, Greta le susurró a su hermana en su idioma y luego señaló la torre negra colgando en mi cuello, «nos atrae más el ajedrez», sonreí, «a mí me encanta», dije, expliqué el origen de la pieza y, sin entrar en detalles escabrosos, les relaté cómo la había perdido y cómo, tiempo después, la recuperé por casualidad, ellas oyeron interesadas, «¿de verdad Da Vinci fue el dueño de ese ajedrez?», «sí, cuando vayan a Londres les mostraré el juego completo», me quité el collar y se lo pasé, Daniela estiró su mano para recibirlo, palpó sus formas, «es hermosa», dijo, luego se lo pasó a su hermana, Greta lo levantó frente a sus ojos, «quien lo elaboró, lo hizo con amor», dijo, manipuló la pieza por un instante y me la devolvió, «¿le ha traído suerte?», preguntó, «por lo menos, sigo vivo», la broma las hizo retraerse de nuevo, un aire de muerte soplaba sobre ellas, estaba ahí para ver a quién de las dos le cercenaría la cabeza, en adelante debía ser más cuidadoso con mis palabras, Ailis, con mayor sensibilidad, enmendó mi desacierto, «¿les gusta leer?», ambas manifestaron su gusto por las novelas, Ailis les habló de sus favoritas, con ventura coincidían en varias, sin buscarlo, Ailis abría una ventana más hacia su alma y hacia la estructura de sus pensamientos, se animaron cuando, al terminar el almuerzo, les propusimos jugar a los naipes, se levantaron a la vez, ¿quién de las dos decidía cuándo y cómo?, la tesis de un cerebro dominante cobraba fuerza, nos dirigimos a un pequeño salón y nos sentamos los cuatro a jugar bajo la vigilancia de la madre, Ailis barajó las cartas y yo propuse alternarnos para cada quien dotar de su suerte a la repartición, jugamos una primera ronda y ellas ganaron con facilidad, era curioso cómo competían, cada una tomaba su mano y la escondía de la otra, tomé nota mental de ello, cuando barajaron no hubo un solo fallo, las cartas las intercalaban sin errores, ¿cómo lo harían si los cerebros fuesen independientes?, ¿quién de las dos lo ejecutaba?, ¿quién de las dos manejaba las manos?, de vuelta, nos batieron, se sabían cuanto truco había en el juego, estuvimos entretenidos por un largo rato y a la hora la madre nos interrumpió, «es tiempo de estudiar», indicó, las hermanas se disculparon y se dirigieron a su habitación, «cada noche su padre les hace un examen de una materia distinta, hoy les corresponde griego», difícil comprender las razones si jamás salían, debía ser una consigna del padre por su calidad de profesor, «hoy fue uno de los momentos de mayor emoción desde su nacimiento, jamás habían convivido con alguien fuera de mí y de su padre, a ellas no les gusta charlar con nadie, les provoca enorme vergüenza», sin duda, gran parte de ese logro se lo debía a Ailis, quien se portó cálida y afectuosa, acaso hubiese venido solo, romper el muro se me habría complicado, el pastor de las ovejas y las dos criadas trabajaban para la familia desde años atrás, eran de la total confianza de los padres, pero las extrañas nunca cruzaron palabras con ellos, Ailis sonrió victoriosa y me susurró «lo estamos logrando», si continuábamos en la misma dirección pronto ella podría entrar al fondo de su intimidad y revelarme los secretos necesarios para decretar la resolución final, decidimos dar un paseo, esta vez no fuimos acosados por los perros, nos olfatearon por un momento, perdieron interés en nosotros y se dieron vuelta, nos dirigimos a una pradera arbolada, *cirrus fibratus*, dijo Ailis y señaló unas alargadas líneas blancas en el horizonte, «entrará un frente frío», anunció, vagamos por entre el campo lleno de flores, le pregunté sus primeras impresiones sobre las extrañas, «no es fácil entrar en sus mentes», enunció, le pregunté si estaba de acuerdo en amputar una de las cabezas, «quizá fueron ellas, no la madre, quienes lo propusieron», no se me había ocurrido tal posibilidad, la interpretación de Black sobre el deceso de la gran sabia, en la cual una de ellas terminó matando a la otra al matarse a sí misma, cobraba fuerza, a simple vista no se percibía odio entre las extrañas, pero faltaba un largo trecho para determinarlo, «si fueras una de ellas, ¿cuál sería tu decisión?», pregunté, «no podría vivir sin mi hermana, su ausencia me mataría de tristeza», respondió, «¿y si la odiaras?», la cuestioné, «el odio también une a las personas, es una forma disfrazada del amor».

Deshebrar la condición de las extrañas auguraba una tarea aún más compleja de lo esperado, su ánimo era voluble, a veces reñían en su jerigonza, y en instantes pasaban a las risas mediando apenas un instante, a momentos se mostraban entusiastas, y al poco tiempo, pensativas, imaginé más transparente su comportamiento, pero se hallaba lleno de simas, durante la cena Ailis les preguntó si les agradaban los días de campo, las dos negaron al mismo tiempo, «nunca hemos ido», respondió Daniela con tristeza, la madre terció, molesta, «por favor, ese tipo de preguntas primero consúltenlas conmigo», reprochó, «señora», intervine, «no estamos aquí con ánimo de perturbarlas, pero para cumplir con mi trabajo necesito escuchar de viva voz sus respuestas», la llegada del padre a la casa nos interrumpió, lo había imaginado como un hombre viejo y laso, un ratón de biblioteca sin experiencia en el mundo real, me equivoqué, se veía vigoroso y entero, poseía un carácter vivaz, las gafas, lejos de darle un aire de preceptor, le hacían trasmitir autoridad, un contraste con la madre, más apagada y con tendencia a lo dramático, nuestra aparición en su hogar lo desconcertó, confundido no acertó a saludarnos, se volvió hacia sus hijas y cruzó unas rápidas palabras en latín, me fue difícil seguir el ritmo de su conversación, pero logré interpretar algunas frases, les preguntó quiénes éramos y nuestra razón de estar ahí, me puse de pie y me presenté, «soy el doctor William Burton y ella es mi esposa Ailis», Westfield se volteó a verme, «sé quién es, Emily y mi hija me han hablado de usted», de nuevo, en la familia se pasaba de modo indistinto del plural al singular, «no lo esperábamos», dijo, le expliqué el motivo de mi presencia, «si desean llevar a cabo la cirugía el doctor Black y yo requerimos conocer a fondo ciertas cosas», «de ese tema no se habla enfrente de las niñas», dijo con enfado, «es noche, su posada debe encontrarse lejos y amenaza con soltarse un aguacero», la madre se apresuró a contestar, «se están hospedando aquí», «¿con cuál fin?», inquirió el padre, «si quiere hablamos en privado y le doy los detalles, si no está de acuerdo en recibirnos mañana mismo nos retiramos y nos vemos más adelante en Londres», expresé, «no, está bien, ésta es su casa», se adelantó la señora Westfield, por la premura de su mujer en contestar el profesor cambió su tono, «sí, sí, claro, sean bienvenidos, si nos disculpan, Daniela, Greta y yo debemos retirarnos», se dirigieron a un salón para el examen de griego, permanecimos en la mesa con la señora Westfield, «señora Burton», se dirigió a Ailis, «cuando algún día sea madre entenderá cuánto duelen las pullas a los hijos», sin saberlo, la mujer clavaba una daga en su punto débil, Ailis mantuvo la compostura y siguió escuchándola con atención, «a mis hijas las han injuriado, han querido asesinarlas, intentaron prenderle fuego a la casa con nosotros adentro, las mudanzas no siempre han sido por cuestiones del trabajo de mi marido, hemos sido obligados a huir por amenazas o por extorsiones, basta una persona para esparcir rumores y echar a andar los mecanismos del odio, una vez nos atrevimos a llevarla con un párroco, las miró con repulsa y nos advirtió, o salíamos del pueblo esa misma noche o se encargaba de azuzar a la turba para lapidarnos, en varias ocasiones nos hemos visto en la necesidad de escurrirnos en plena madrugada temerosos de ser masacrados y usted, Ailis, les pregunta si alguna vez han ido de día de campo, ¿puede haber pregunta más cruel?, por eso les pido consultar conmigo antes de hacerles preguntas de esa naturaleza, las hieren, nos hieren», la mujer podía parecer apocada, pero debió ser ella quien peleó por mantener vivas a las niñas pese a su seria deformidad, quien insistió en educarlas y en brindarles una cierta noción de decoro, en el fondo debió guardar una vaga ilusión de ver a sus hijas aceptadas por los demás, la mole de la realidad hubo de torcer los endebles andamios y por eso la urgencia por cortar la cabeza de una de ellas, el padre se ausentaba la mayor parte del tiempo, era la madre el sostén de sus hijas, quien mañana a mañana se consagraba a atenderlas, a educarlas, a cuidarlas, el padre poseía una cultura portentosa, no sólo era un preceptor experto en latín y en griego, había traducido a los grandes pensadores y a los más connotados escritores de la antigüedad, si no aceptó un puesto bien remunerado en las universidades de Oxford o de Cambridge fue con el fin de no exponer a sus hijas al oprobio, canceló un futuro brillante sólo por ellas, sin duda ganaba bien, debía pagar sueldos exorbitantes a sus empleados para comprar su discreción, «la lealtad cuesta mucho dinero», manifestó más tarde cuando, al final del examen de griego a sus hijas, se reunió conmigo, por su roce constante con nobles por la índole de su trabajo estaba al tanto del rompimiento con mi padre y de mi matrimonio con Ailis, no hizo ningún comentario, pero deslizó un par de indirectas, suficiente para demostrarme cuánto sabía sobre su pasado, «una riqueza y un poder de esa magnitud no se desdeñan así de fácil, hacerlo requiere una pasión poderosa», se levantó y fue hacia un gabinete, sacó una botella del mismo whisky elaborado por los destiladores de Dufftown y con el mismo añejo, «me lo regaló tu abuelo, cuando yo era joven me llamó a interpretar documentos de su genealogía familiar escritos en latín, era un tremendo hombre», escanció dos vasos, se sentó a mi lado y, como mi padre, agitó el líquido y aspiró el aroma, le narré sobre nuestra arriesgada excursión en busca de conocimientos sobre la gran sabia, «viajamos a Abisinia con el mero propósito de tener más elementos para tratar a sus hijas», agradeció el esfuerzo y me relató sobre ellas, «la llamamos Greta hasta cumplir los cuatro años, las suponíamos una sola persona y, al hablarles, nos dirigíamos sólo a la cabeza de la derecha, se hacía cuanto ella quería, caminaban hacia donde ella deseaba, por años pensamos a la otra cabeza como una mera extensión, apenas hablaba y parecía no entender cuanto le expresábamos, poco a poco comenzó a rebelarse ante los dictados de Greta y mostró más carácter, ahí nos percatamos de sus diferencias y le dimos el nombre de Daniela a mi otra hija, iniciaron las pugnas entre ellas, Daniela develó una personalidad no contemplada y cesó de ser callada y retraída, a los seis años empezaron a desarrollar su peculiar lenguaje basado en cuanto les enseñé del latín, al principio pude dilucidar algún sentido, con el tiempo lo sofisticaron y lo hicieron más hermético, es un misterio, William, cuanto acontece en la mente de mis hijas», le pregunté si él respaldaba la cirugía, «al principio me resistí, pero ellas me convencieron», respondió, «¿sus hijas?», inquirí, «sí, de alguna manera lo dejaron entrever», cuestioné si no había sido moción de su esposa, «hace tres años, cuando ellas sufrieron un agudo periodo de depresión, pensaron en terminar con su vida, fue ahí cuando mi esposa se inclinó por la cirugía», le pregunté si el anhelo de suicidio fue compartido por ambas, «no», respondió rotundo, «para mi estupor, Greta fue quien lo mencionó, decía querer irse a dormir y no despertar más, en esas semanas ella dejó de comer y aun cuando Daniela se alimentaba bien, su cuerpo se adelgazó y enfermaban a menudo, Emily habló con ellas y fue entonces cuando resolvieron someterse a la operación», le hice ver lo complicado de separarlas si cada una poseía órganos propios, me preguntó con cuántos contaba la momia de la gran sabia, «cuatro pulmones, un solo hígado, un solo estómago, un único intestino y no pudimos determinar cuántos corazones», gracias a su trabajo en etimología el profesor había asesorado a diversos médicos y no era ignoto en cuestiones científicas, entendía sobre riego sanguíneo, presión arterial, suturas, falla cardíaca y estaba al tanto de los potenciales daños, «lo prefiero a una muerte lenta y a una existencia sin libertad», declaró, apenas llevaba un día en su casa y mis certezas habían sido cuestionadas, mi oposición a operarlas ya no era tan categórica, había razones de peso para realizarla, pero me horrorizaba la idea de un homicidio asentido, incluso por las mismas extrañas, mi conciencia se inclinaba por la vida y no cejaría de defenderla hasta el último instante.

Fue una fortuna contar con Ailis, su sencillez desarmó a la familia y logró extraer de ellos valiosísima información, por las noches dialogábamos sobre lo obtenido y yo me dedicaba a organizar mis notas, por cada jornada de avances había dos de desconcierto, cuando creía llegar a conclusiones pertinentes, algo saltaba fuera de lugar y trastocaba mis juicios anteriores, al principio las extrañas se mostraron reacias a participar en mis experimentos, con paciencia logré convencerlas y concedieron, les pedí vendarse los ojos y acostarse boca arriba con los pies descalzos, tomé una pluma de ave y con suavidad la pasé por la planta de su pie derecho, «¿quién de las dos siente?», inquirí, guardaron silencio, volví a rozarlas, «¿quién lo sintió?», repetí, «las dos», respondió Daniela sin dubitación, «¿en cuál pie?», pregunté, «el izquierdo», daba la impresión de mentir, «Greta, ¿en cuál pie lo percibes?», se quedó callada, «Greta, respóndeme», después de una larga pausa respondió, «no lo siento», dijo y empezó a respirar agitada, «Greta, ¿estás bien?», le pregunté, las dos se quitaron la venda a la vez, al verme ansioso, echaron a reír, «no pueden bromear en estas pruebas», les dije, «son importantes», Daniela me miró, retadora, «importantes ¿para quién?», ahora fui yo quien se quedó sin palabras, volvieron a reír como si hubiese dicho algo gracioso, en ocasiones, como en ésta, se mostraban taimadas, con un tortuoso sentido del humor, en otras, las más, ingenuas y espontáneas, tendían a formular preguntas cándidas sobre el mundo exterior, ¿cómo era una escuela?, ¿dónde se compraba ropa o adornos?, ¿cómo era un baile?, cultas, conocían a los principales dramaturgos griegos, habían leído las grandes tragedias de Eurípides, de Esquilo, de Sófocles, pero ignoraban cómo era una representación teatral, conocían también a fondo la obra de Catulo, de Virgilio, de Ovidio, de Horacio, podían recitarla en latín verso por verso pero, por su ignorancia de la vida exterior, desconocían la fuente de los tópicos de estos autores, su cuerpo y sus cerebros eran laberintos impenetrables, Ailis me sugería mantenerme ecuánime, por primera vez en su vida gente de «afuera» había penetrado su capullo y arrojaba una luz esplendente sobre sus rincones obscuros, «la luz debe cegarlas», me decía Ailis para animarme cuando me desesperaba por sus huidizas respuestas, estaba en lo cierto, nuestras inquisiciones deberían parecerles relámpagos, violentos haces de luz, la madre se comportaba tolerante y comprensiva, cariñosa les ayudaba a vestirse, a repasar las lecciones, a bañarse, sabía encauzar su mal humor y hacerlas cumplir con sus obligaciones, así como el padre se esmeraba en el aprendizaje de las lenguas clásicas ella las impulsaba a desarrollar habilidades manuales como tocar el piano o el arpa, pintar cuadros, tejer prendas y las obligaba a ejercitar el cuerpo para mejorar su coordinación motriz y su estado físico, les propuse enseñarles esgrima con palos de acuerdo a los tratados de la proporción humana de Thibault, me asombró la destreza con la cual manejaban ambas manos, eran igual de proficientes con una y con otra, la madre observaba complacida nuestras rutinas y aplaudía las habilidades recién adquiridas de sus hijas, una tarde quedamos en jugar una partida de ajedrez, la juzgué como una actividad clave para entender sus procesos mentales y deducir quién de las dos resolvía las encrucijadas del juego, en la primera partida les correspondieron las negras, las tácticas las adoptaron entre las dos, cada jugada la discutían en su idioma, algunas veces colocaban la pieza en el cuadro con la mano derecha, otras con la izquierda, les gané con cierta facilidad, para la siguiente partida les pedí no comunicarse entre ellas, aun cuando exhibieron una buena defensa se notaban titubeantes a la hora de adelantar un peón o atacar un flanco, las vencí de nuevo, pedí a Daniela vendarse los ojos y permitir a Greta ser quien decidiera, la derroté aún más rápido, luego tocó el turno a Daniela, después de sesenta y cinco movimientos me propinó un jaque mate contundente, estiré la mano para felicitarla y ella extendió la izquierda, «*cuius magna momenta?*», ¿a quién pertenecen los grandes momentos?, preguntó, no sabía si detrás de sus palabras intentaba revelarme algo más, si sólo deseaba recalcar su victoria o si con su frase se desmarcaba de su hermana, «*quis ludum vincit?*», inquirí, ¿quién gana el juego?, «*quem no exspectes*», de quien no lo esperas, respondió, enigmática, «son padres extraordinarios de unas hijas extraordinarias», me comentó Ailis por la noche, también calificaba como un grave error el operarlas, «son un ente indivisible», arguyó, admiraba la lucha denodada de los padres por hacer de ellas mujeres cultas, instruidas, sanas, con aptitudes múltiples, preparadas para una sinrazón: la vida en el encierro, sin duda serían una sensación en las carpas, pero a diferencia de Joy, Mircea, Karim, las extrañas cuestionaban, con una fiereza casi iconoclasta, el orden de las cosas, si los otros corrían el riesgo de ser asesinados por fanáticos de la religión, Greta y Daniela provocarían, en mayor grado, a las mentes más zafias e intolerantes, el padre coincidía con la madre: no había vuelta atrás, la operación era inevitable, no hallaba otra salida para sus hijas, cuando en un momento a solas los cuestioné sobre a quién preferían cortarle la cabeza, los dos eludieron responder, «no lo sabemos», contestó el profesor, les hablé de las partidas de ajedrez, de cómo las vencía a ellas juntas, de cómo derroté con facilidad a Greta y de cómo fui aplastado por el brillante juego de Daniela, «compartir el mismo cuerpo no las hace una», insistí, «William, deje de tratar de convencernos, cada frase suya nos estriega el dolor de su condición, usted las ha visto en su día a día, ¿vale la pena mantenerlas prisioneras?», volví a confrontarlos sobre a quién elegirían para ser decapitada, «ya lo dijimos, no lo sabemos», pronunció la madre, se levantó y se fue deprisa, el padre me miró abatido, «estaremos atentos a su recomendación», dijo y partió detrás de su mujer. Una de las pruebas fundamentales consistía en ensayar con ellas la mezcla japonesa, para no interrumpir su sueño lo hicimos de noche, primero le di tres cucharadas a Greta y aguardé, ella comenzó a mostrarse somnolienta y, a los pocos minutos, Daniela también, serví un poco más y se lo administré de nuevo a Greta, en un breve lapso cayó dormida, «Daniela, ¿tienes sueño?», la interrogué, ella asintió y al poco tiempo cerró los ojos y resopló con un ronquido apagado, para determinar cuán profunda era su inconsciencia les piqué con alfileres ambos brazos y ambas piernas, no respondieron, la mezcla funcionó a la perfección, dos días después decidí probar su resistencia a la absenta, esta vez inicié con Daniela, bastó un vaso para emborracharla, su estado de ánimo se aligeró, bromeó y no paró de reír, Greta dio la impresión de hallarse aún sobria, al segundo vaso Daniela comenzó a balbucear incoherencias y Greta a presentar signos de embriaguez, al tercer vaso ambas se desvanecieron, no importaba quién tomara primero el sedativo o la absenta, las dos terminaban por sufrir los efectos, fue un dato revelador, los órganos estaban conectados con el cerebro de ambas, no había independencia total, si entraba una substancia a su cuerpo, no importara por la boca de quién de las dos, tarde o temprano ambas la absorberían, el hallazgo cuestionó la dominancia de una de las dos, una confusión más a la bolsa. Ailis se convirtió en mi caballo de Troya para zambullirse en lo más recóndito de las extrañas: su cuerpo desnudo, las convenció de dormir en su habitación durante una semana, la madre no objetó nuestro plan, lo pensaba como parte del cierre final, cuando la primera noche, después de la cena, las tres se retiraron a dormir, la madre me preguntó, «¿para cuándo debemos prever nuestro viaje a Londres?», sentí un vuelco en el estómago, unos meses atrás la fecha para la cirugía era vaga, abstracta, se acercaba ahora el inaplazable momento, «aún me falta recopilar algunos datos, señora», le dije, «por favor, díganos un día aproximado, mi marido necesita planear su trabajo y también debemos de…», dejó colgada la frase, los ojos se le llenaron de lágrimas, durante las semanas previas se mantuvo íntegra, sin fisuras, ahora se quebrantaba, lloró con dignidad, sin una sola gesticulación, «esperamos lo mejor para quien quede de las dos y, aun cuando mi único deseo es su felicidad, extrañaré a quien de ellas haya de partir», dijo, «primero debemos decidir la factibilidad de la cirugía», le respondí, «no adelantemos vísperas».

La mañana siguiente se presentaron las tres a desayunar, Ailis con huellas de haber pasado mala noche, Greta y Daniela, alegres y locuaces, la madre, después de desahogarse la noche anterior, pareció recobrar el ánimo, al final del desayuno Ailis me tocó por debajo de la mesa, «necesito hablar contigo a solas», susurró, salimos a caminar por el prado, se le notaba compungida, me pidió sentarnos bajo la sombra de un roble, el día soleado contrastaba con la vorágine de cuanto nos suscitaban las extrañas, «William, van a matar a una persona», sentenció, «anoche me desperté a tomar agua, dejamos prendida una veladora para iluminar el cuarto y yo no tropezara por si requería los servicios, Greta suspiraba, sumida en un sueño profundo, me incorporé y sentí una mirada, Daniela estaba despierta y me sonrió, su cuerpo se hallaba relajado, por completo dormido, ella alerta, "tenemos una bacinica en la esquina por si te urge", susurró, la discordancia entre ambas me sacudió, sus misterios se tornan cada vez más hondos», si Greta dormía y el cuerpo también, ello apuntaba a su dominio, faltaba ver si sucedía a la inversa, «no pude cerrar los ojos el resto de la noche, les tuve miedo», le demandé desistir de ese tipo de sentimientos, «no entender sus enigmas no debe suscitarnos temor, al contrario, han de animar anhelos por aclararlos, los temores irracionales levantan ámpulas y conducen al repudio de quienes son diferentes», Ailis me escuchó en silencio, «vienen a menudo a mi mente las imágenes de Perseo levantando la cabeza de Medusa, imagino el cuello sangrante, los coágulos deslizarse por el cuello, los pellejos colgantes y lo más horroroso: la cabeza me sonríe, como me

458

sonrió anoche Daniela», reveló, consternada, «falta aún decidir si las operamos o no, no te angusties», recargó su cabeza en el tronco del roble, «si esto me pasa a mí, cómo se sentirán los padres», se cuestionó, volvimos a la casa a realizarles pruebas de tacto, olfativas y visuales, los resultados se contradecían unos a otros, si pinchaba con una aguja el dedo índice de la mano derecha, ambas con los ojos vendados se quejaban a la vez, si lo hacía en la mano izquierda, sólo Daniela, pero si picaba el anular, entonces sí emitían un quejido, las pruebas de olor eran complicadas por la cercanía de los rostros, además las dos poseían un olfato muy aguzado, podían percibir la llegada del padre por su aroma apenas cruzaba la puerta, ni uno solo de los experimentos me permitió confirmar si sus sistemas nerviosos se hallaban separados o actuaban en conjunto, faltaba recabar datos sensibles, aquéllos referentes a la desnudez, a la micción, a la defecación y al placer sexual, datos decisivos para el laudo final, discutí el tema con ambos padres en presencia de Ailis, la madre se mostró escandalizada por mi solicitud, «me parece un exceso averiguarlo, la suya es una curiosidad enferma», con calma expliqué la importancia de indagar esas cuestiones, la madre impugnó, «¿no lo habrá convencido su esposa?, sabemos de su pasado como...», el padre le oprimió el brazo para callar la obvia referencia a la antigua profesión de Ailis, «señora, yo sólo ayudo a mi marido, no influyo en cuanto se debe pesquisar, esa decisión la tomaron en conjunto él y el doctor Black», el profesor terció para suavizar el conato de discordia, «así lo entendemos, Ailis, en ningún momento mi mujer ha querido ofenderla, como sabrán, la situación de mi hija nos ha desgastado, comprendemos la importancia de cuanto quieren realizar y cuentan con nuestro aval, sólo les pedimos hacerlo con la mayor delicadeza y sin herir sus sentimientos», aun con la justa intervención del profesor Westfield, Ailis quedó herida, pero, con elegancia, dejó pasar el agravio, «prosiga con su esquema, doctor Burton, sólo pida autorización a mis hijas para cumplirlo», cuando les explicamos a Daniela y a Greta cuanto pensábamos hacer, sus padres ya las habían puesto sobre aviso, Greta respondió «nosotras también queremos solicitarles algo», «por supuesto», contesté, «*postea rogabimus*, lo pediremos más tarde», señaló, aceptaron desnudarse y hacer sus necesidades frente a Ailis, me pensé como un ladrón dispuesto a robarles su último reducto de intimidad, pero no había otro camino.

«Su cuerpo es igual al de otras mujeres», afirmó Ailis después de pasar la noche con ellas, «poseen dos senos de tamaño común, dos nalgas, un solo genital, sus piernas son delgadas, su abdomen plano, sus cuellos nacen al final de cada una de las clavículas y no se alargan hacia abajo, su tronco se ensancha en la parte alta y fuera de eso, el resto es normal, orinan y defecan como cualquier mujer», le pregunté quién de las dos había decidido ir al baño, «Greta», respondió, «¿segura?», asintió, «sí, sin duda», inquirí si se habían incomodado, «al principio, pero cuando me quité la ropa entraron en confianza», por primera vez veían otro cuerpo desnudo, «compararon sus pechos con los míos, me voltearon para verme de espaldas, me pidieron abrirme de piernas para examinar mis partes», explicó, «¿viste alguna anomalía en sus genitales o si había dos anos?», la pregunta le sacó una sonrisa, «no a simple vista, William, no me iba a agachar a ver», los dos reímos, al menos algo de humor había en medio de esto, «¿les preguntaste si se masturbaban?», el asunto también a ella le suscitaba escozor, «sí», respondió con sequedad, «¿quién de las dos goza?», pregunté, «no me respondieron, William, no es fácil hablar de esto entre mujeres», espetó con ánimo de cambiar el tema, «debemos investigar cuál de los dos cerebros recibe el placer, nos lo sugirió uno de los sabios, eso determinará en cuál cerebro confluyen los nervios», expliqué, «quieren ir a un día de campo con nosotros», acotó, «sin sus padres», me pareció una solicitud insólita, pero interesante por cuanto querían vernos a solas, hablamos con los padres para obtener su permiso, la madre se mostró renuente, jamás las habían sacado de la casa y no confiaban en nosotros para hacerlo, «tomaremos precauciones», aseguré, Ailis les hizo ver las escasas oportunidades para salir antes de la cirugía, «permitámosles ir», intercedió el padre, «el aire fresco, la belleza del paisaje y la compañía de estos jóvenes les hará bien», al día siguiente nos dirigimos al campo, las hermanas salieron cubiertas con una gruesa capa y montaron deprisa en el carruaje, Stephen conocía bien los rumbos y nos condujo por caminos despoblados, al cabo de media hora arribamos a un paraje solitario, le ordené a él y a James aguardarnos en el coche, las hermanas descendieron sin descubrirse, avanzaron embozadas por los senderos tomadas de nuestras manos y solo cuando estuvieron seguras de hallarse lejos del carruaje se desprendieron del velo, subimos una cuesta y arribamos a un hermoso andurrial atravesado por un ancho río, Greta y Daniela miraron extasiadas el paisaje, aun cuando nubarrones avisaban una tormenta, el día era cálido, Ailis tendió un mantel junto a la ribera y dispuso la canasta con diversas viandas, «siéntense, por favor», pidió, cautas, las hermanas otearon los alrededores en busca de ojos indiscretos, «no se preocupen, no hay nadie por estos lares», aseguré, se acomodaron en el mantel de frente al agua, decenas de caballitos del diablo volaban a ras de la corriente y de vez en cuando las truchas saltaban para atraparlos, «nunca había estado cerca de un río», dijo Daniela, su contacto previo con la naturaleza había sido mínimo, desde niñas sus juegos se reducían a los espacios interiores de las casas, ellas crecieron atemorizadas por la noción de gente mala rondando en el exterior resuelta a hacerles daño, nosotros éramos los primeros en quienes confiaban, «me gusta», expresó Greta al tocar el pasto, «es suave», una bandada de gorriones atravesó la llanura y cruzó por encima de nosotros, Greta alzó la cabeza para verlos, Daniela no pudo, atrapada por siempre en su limitada posición, Ailis desplegó los alimentos en el mantel, tartas de faisán, emparedados de jamón y queso, mantequilla, peras, naranjas y una garrafa de vino, lejos del opresivo ambiente de su casa las hermanas se mostraron agradables, les enseñé a pescar y cogieron una trucha, «tenemos cena», exclamó Ailis, asombradas, las extrañas acariciaron la piel lisa y babosa del pez, al sentir sus dedos la trucha brincó, cayó al suelo y a sacudidas se aproximó a la orilla, las hermanas retrocedieron, «¿nos va a atacar»?, inquirió Greta, «no, pero si no lo atrapamos va a terminar de vuelta en el agua», respondió Ailis, después de perseguirla entre saltos logró apresarla de las branquias, «casi se nos escapa», dijo, paseamos por los alrededores, Daniela y Greta tentaron cuanto arbusto, hierba o árbol se cruzó en su camino, «¿cómo se llama esta planta?», «trébol, son de tres hojas», les explicó Ailis, «según los irlandeses, si hallas uno de cuatro tendrás buena suerte», las hermanas se arrodillaron a buscarlo en el manto verde, cuando dieron con uno, lo levantaron, felices de su hallazgo, un universo nuevo se extendía frente a ellas, sólo visto a través de los cristales de sus casas o por las ventanillas de los carruajes, aquello común para nosotros, para ellas entrañaba una revelación, luego de dar vueltas por el campo pidieron hablar a solas con Ailis, al regresar después de unos minutos, las extrañas se sentaron sobre el mantel, Ailis me pidió acompañarla, cuando nos hallábamos alejados de ellas, se detuvo y me miró, seria, «William, hicieron una petición», la gravedad de la frase me hizo pensar en lo peor, «¿cuál?», tardó en responder, «no sé si tomarla como algo divertido o grave», su tono comenzó a inquietarme, me tomó de la mano antes de continuar, «quieren ser besadas por ti», me pareció una propuesta chocante, «no», respondí categórico, «¿por?», preguntó, «no pienso serte infiel», Ailis las contempló a la distancia, «nadie las ha besado, ni las ha tocado jamás, quieren sentirlo antes de la cirugía, debes hacerlo», dijo convencida, «esto rebasa el interés científico y lo coloca en la esfera de la perversión», aclaré con ánimo de dar por terminado el tema, «una de ellas morirá en la cirugía, o quizás ambas, no tendrán otra oportunidad de ser besadas», no era papel de mi esposa persuadirme de entablar vínculos no apropiados con una paciente, «imposible», aseguré, «será un incentivo para ellas», continuó, me dolió el afán de mi esposa por convencerme, representaba violar mis votos matrimoniales y trasgredir el código ético de la profesión, la naturalidad con la cual veía el acto me remitió a su pasado y el recuerdo me escoció aún más, «deben buscarse a otro, no será conmigo», dije para zanjar de una buena vez el asunto, regresé adonde se hallaban las hermanas, cuando me encontraba a unos pasos de ellas, Ailis me alcanzó, tomó mi rostro con ambas manos y me besó con pasión, intenté rechazarla, el juego podía sobrepasarnos, ella lo impidió y mientras me besaba metió los dedos por entre mi cabello y acarició mi nuca, nos besamos durante varios minutos, al terminar me condujo de la mano a sentarme en el mantel, ahí continuó besándome, pude percibir los suspiros agitados de Greta y Daniela mientras la sangre se me agolpaba en el vientre, Ailis detuvo los besos, me miró a los ojos y pidió con un susurro «bésalas», volteé hacia las extrañas, ambas me observaban, ansiosas, «bésalas», reiteró Ailis, me giré hacia Daniela, ella abrió la boca y cerró los ojos, acerqué mi cara a la suya, la rocé apenas con los labios y me retiré, «no puedo», musité, Ailis me susurró al oído, «un beso, un solo beso a cada una, hazlo por compasión», la palabra «compasión» resonó en mí, entrañaba una virtud cristiana, «es sólo un beso», dijo, volteé hacia las hermanas, inspiraban y exhalaban con notoria excitación, en ese instante descubrí mi preferencia por Daniela, un error grave para un médico sesgarse por una de ellas, su carácter me recordaba al de Ailis, el de Greta, lamento decirlo, al de mi madre, me incliné con lentitud hacia su rostro y la besé, su falta de experiencia fue patente, mantuvo la boca abierta, sin moverla, con los ojos cerrados, Ailis apretó mi mano, una demostración de hallarse a mi lado, cuando intenté quitarme, la mano izquierda de las extrañas detuvo mi cabeza para evitarlo, prolongué el beso y entonces ella sorbió con suavidad mis labios, el beso por fin se hizo beso, fue una sensación rara, sin embargo, placentera, Ailis no cesó de acariciar mis dedos, el beso trastocó en varios besos, cuando por fin me separé de ella, en el rostro de ambas habían aparecido manchas rojizas, «Greta», me murmuró Ailis al oído, me giré hacia la otra hermana, me besó con más decisión, hasta con

cierta rudeza, mientras lo hacía su pelvis comenzó a ondular-
se, cada vez con más intensidad, hasta arribar a un claro clí-
max, Greta gimió, no así Daniela, ¿a quién de las dos había
pertenecido esa cúspide?, ambas jalaron aire, los pulmones se
insuflaron, Greta hizo la cabeza hacia atrás, más motas bermejas aparecieron en su rostro, se llevó la mano derecha a
la entrepierna y su vientre vibró otras dos veces más, Daniela
pareció quedarse al margen de esa culminación, se notaba
también exaltada, maguer nada comparado a la manera de
reaccionar de Greta, de momento quedó expuesto a quién
de las dos obedecía el cuerpo, ésa sería mi observación principal para Black, la mano izquierda me acarició la nuca, Daniela, o quien haya sido de las dos, me atrajo hacia sí para
darme más besos, por la posición de su cabeza debí inclinar-
me, sus besos eran ansiosos, con cierta premura, de pronto
sentí también su pelvis vibrar y después de unos segundos
osciló con fuerza mientras gemía, esta vez Greta dio la impresión de quedarse al margen, mas no por ello menos estimula-
da, después de una racha de sacudidas me separé de ella entre
culpable y excitado, una erección empujaba hacia arriba la
tela de mis pantalones, Ailis puso su mano encima de mi
pene para disimularlo, coloqué mi oído en su pecho, esta vez
escuché con claridad dos corazones palpitando a diferentes
velocidades, me retiré y cerré los ojos, Ailis me recostó sobre
su regazo y acarició mi frente, «hiciste bien, William», murmuró, ninguno de los cuatro habló por un largo rato, cada
uno digiriendo cuanto había sucedido, por mi mente trope-
zaron decenas de pensamientos encontrados, había hallado la
clave para entender lo complejo de su ser, pero a un alto cos-
to, había sido infiel a mi mujer, azucé el deseo sexual de una
paciente y mi ética quedaba cuestionada, el resto de la tarde
fuimos presos de la melancolía, ese estado de ánimo producto de la extenuación, las extrañas se arrodillaron junto al río
y, como Narciso, contemplaron su imagen distorsionada por
las ondas de la corriente, con la certeza de ser separadas, debieron verse por última vez juntas en libertad, retornamos al

carruaje por otro sendero, éste bordeaba la cima de una pequeña colina, decenas de labrantíos podían divisarse a nuestros pies y, a lo lejos, Bath, ellas nos pidieron detenernos para contemplar el paisaje, relámpagos distantes anunciaban la pronta llegada de la lluvia, urgía apurarnos para no quedar varados en los barrizales, las hermanas pidieron unos minutos más, imposible no concederlos, aun si ello significara pernoctar en el carruaje, por fortuna el viento condujo la tempestad a otros lares y pudimos volver sin problemas.

Al tornar a la casa, planteé a la familia juntarnos después de la cena para darles a conocer mi recomendación definitiva a Black, le pedí a Ailis no distraerme y me senté en el escritorio de nuestra recámara a redactar mis notas finales, durante una hora mantuve la mano apoyada en el papel sin lograr escribir una sola línea, decenas de reflexiones contradictorias me arremetían y no pensaba cometer otra falta ética adulterando el informe, era imperativo ser honesto con mi conclusión, después de varios intentos y, cuando por fin pergeñaba un párrafo coherente, fuimos llamados a la mesa, comimos en silencio, Ailis hizo un par de intentos por aligerar la gravedad del ambiente, pero no prosperaron, las hermanas se notaban nerviosas y la expresión de los padres revelaba su ansiedad, probé apenas dos cucharadas de la sopa y un bocado de la trucha cocinada al sartén, siete semanas de convivir con la familia Westfield llegaban a su fin, al término de la cena el profesor nos convocó en el salón para mayor discreción y en cuanto entramos los seis cerró las puertas corredizas, nos sentamos en círculo, pude percibir un ligero temblor en la mano derecha de las extrañas, aclaré la garganta, «antes de pronunciar mi dictamen, Ailis y yo queremos agradecer el cariño prodigado y el esmero por atendernos», Greta y Daniela alzaron la cabeza, percibí impaciencia en su mirada, dilatar más mi sentencia sería cruel, «de acuerdo a mis observaciones y a los datos arrojados por los experimentos y pruebas practicadas, he hallado dos personalidades por completo diferentes encerradas en el cauce de un solo cuerpo, sí, la cirugía es posible,

465

el sistema nervioso de una puede compensar la ausencia del otro, pero, de tan integrado, pueden desatarse consecuencias imprevisibles y, aun cuando la ley no contempla casos como éste, califico a Daniela y a Greta como personas independientes y con capacidad de pensamiento y de raciocinio propia, decapitar a una de ellas podría ser, desde un punto de vista moral y religioso, un homicidio, a mi juicio se cometería un error gravísimo si se lleva a cabo la operación, por lo cual la considero inadecuada, no ha sido un dictamen fácil de tomar consciente de las difíciles circunstancias a las cuales se enfrentan, con seguridad el doctor Black respetará mi indicación y se opondrá a operarlas, sugiero no intentar con otro doctor menos experimentado y con menos pericia», el rostro de ambas hermanas se tornó lívido, en Greta pude percibir un asomo de lágrimas, el profesor se mostró aturdido, sin poder articular palabra la madre se tapó el rostro, Ailis me tomó de la mano y me la oprimió, intenté tranquilizar a la familia, «de acuerdo a cuanto descubrimos en Abisinia, no sería conveniente…», el profesor alzó la mano para detenerme, «está claro», dijo con severidad, el viento ululó afuera, comenzó a llover, los goterones se estrellaron contra los cristales, los truenos hicieron vibrar las paredes de la casa y un relámpago iluminó la estancia, la lejana tormenta avistada desde la colina había alcanzado a Bath, nos quedamos callados por unos minutos, el temblor en la mano derecha de las extrañas se acentuó, la madre dejó escapar una sucesión de sollozos, había librado un pronunciamiento a favor de la vida y, sin embargo, prevalecía un aire a luto, «¿pueden dejarnos a solas?, por favor», pidió Sherwood, Ailis y yo salimos del salón, apesadumbrados, nos fuimos a acostar, las ventoleras y el ruido de la lluvia al caer sobre el tejado ensordecían, Ailis me abrazó y al poco tiempo cayó dormida, a mí me costó trabajo conciliar el sueño, nunca creí provocar tal duelo en la familia con mis palabras, apenas caía dormido al amanecer cuando escuché gritos de horror, me incorporé sobre la cama, Ailis se levantó, asustada, tocaron a la puerta con frenesí, abrí

466

y me topé con la madre, «se envenenaron, están echando espuma por la boca», clamó y dio vuelta deprisa hacia la cocina, la seguí descalzo, el frío aguijó mis pies, las hermanas se encontraban tiradas en el pasillo, se les habían amoratado los párpados y los labios, «escuchamos un fuerte golpe y al revisar la casa las descubrimos desmayadas», dijo el profesor, la madre se abrazó a su marido y lloró mientras observaba el espectáculo de sus hijas moribundas, coloqué mi oído en su pecho, sus latidos se escuchaban débiles, era necesario actuar con prontitud, hallar primero cuál había sido el venino, Ailis arribó, presurosa, «trae leche», pedí, después de rebuscar entre los muebles de la cocina hallé debajo de una mesa el causante del envenenamiento, se habían bebido el frasco del sedativo japonés, lo había olvidado en el salón y ellas, al tanto de sus tóxicos efectos, lo ingirieron con el objeto de matarse, debía inducirles el vómito, para ello requería meter mis dedos hasta el fondo de la garganta, pero, ¿en cuál de ellas dos?, urgí al padre a hacerlo con Daniela mientras yo los introducía en la boca de Greta, «trate de ir más allá de su campanilla», nos arrodillamos sobre ellas y procedimos, después de varios intentos Greta vertió un fluido amarillo y espumajoso, continué con la maniobra y brotó más vómito, empezó a escurrir el mismo líquido de las fosas nasales de Daniela, ¿eso evidenciaba la culpabilidad de Greta?, ausculté de nuevo sus corazones, los latidos, antes apagados, comenzaron a palpitar con más fuerza, el color volvió a su rostro, la respiración se restableció, Daniela volvió en sí primero, «¿me escuchas?», le pregunté, no respondió y volteó la cabeza para no verme, Greta recuperó la conciencia, me contempló azorada, le pedí a Sherwood ayudarme a sentarlas, ellas no se resistieron, Ailis me entregó un cuenco con la leche, me puse en cuclillas para dárselas, ambas la rechazaron frunciendo los labios, tanteé de nuevo y volví a fracasar, era indispensable hacérselas beber para revertir los residuos del tóxico, Ailis tomó la vasija y me pidió ocuparse de ello, «por favor», les dijo, Greta pronunció un categórico «no», en vez de darse por vencida Ailis tomó el mentón de Daniela, «por esta ocasión, decide tú», acercó el recipiente hacia su boca y, de súbito, la mano derecha lo golpeó derramando el contenido, «no», reiteró ahora Daniela, en ambas se proyectó una expresión hosca, el enojo pulsaba dentro de ellas, «preferimos la muerte», pronunció Greta, «a continuar con este infierno», sus palabras me sacudieron, «lo lamento», murmuré en voz baja, los padres las ayudaron a ponerse de pie y, amorosos, las trasladaron a su recámara, me corroyó una sensación de malestar, había dictado mi fallo de buena fe, desoí las señales, eran ellas quienes deseaban afanosas la separación, no los padres, «hiciste bien las cosas», me dijo Ailis con afán de consolarme, una incongruencia, si las hubiese hecho como debía Greta y Daniela no habrían intentado el suicidio, Sherwood salió a hablar conmigo, «lo esperábamos», dijo, «tarde o temprano esto iba a suceder, no se culpe, William, nadie imagina la carga de ser un monstruo, ni tampoco ser los padres de uno», según confesó, había pensado en asesinar a su familia para luego matarse, «aparentamos manejarnos con calma, pero somos cautivos de un espanto perpetuo, dentro de nosotros sólo quedan cavernas a punto de desmoronarse». Las hermanas se negaron a salir de su recámara a hablar conmigo, se hallaban decepcionadas de no haber logrado su objetivo de matarse, la madre también se encerró en su recámara, ante lo complejo del escenario Sherwood mandó a su cochero a cancelar sus clases en Bath bajo el pretexto de sufrir un malestar estomacal, me invadió una congoja profunda, la medicina provocaba duros reveses, la lección me hizo comprender el talante cínico y desparpajado de Black y su pertinaz adicción por embotarse con absenta, la tarascada de realidad también afectó a Ailis, se tumbó sobre la cama y no se movió de ahí en todo el día, era como si una peste hubiese flotado en el aire y su ponzoña nos entumeciera, aguardé hasta la noche para solicitar otro encuentro con Daniela y Greta, Sherwood lo consideró poco conveniente, pero insistí y después de conferenciar con ellas aceptaron, volvimos a reunirnos con la familia, les hice saber cuánto lamentaba lo sucedido y prometí cambiar mi informe a Black, ellas reiteraron su postura, o se les operaba o se suicidaban, no pensaban transigir un ápice, «una de ustedes morirá», les expuse, «ya estamos muertas», respondió Greta, ¿habría sido ella quien bebió el venino o Daniela, harta de su dominio, fue quien lo hizo?, asombraban las semejanzas con el caso de la gran sabia, la madre exigió la cirugía sin importar las consecuencias, acordamos el viaje a Londres para la semana siguiente, yo me adelantaría a notificar a Black sobre los resultados de mi investigación y lo pondría al tanto de lo ocurrido, hice jurar a las hermanas no acometer otra tentativa de suicidio y me comprometí a apoyar la intervención quirúrgica.

Regresamos a Londres bajo un estado de ánimo lúgubre, yo dolido y desconcertado por cuanto aconteció, me encontré dos días después con Black, revisó con atención mi informe y se mostró contrariado cuando leyó sobre el intento de matarse, «¿dónde tenías la cabeza, William, para cometer tal torpeza?», me reprendió por rebasar el ámbito de mis atribuciones, «quien decide sobre eso soy yo, no tú, y de una vez aprende esta máxima: en medicina, la sinceridad no siempre es la mejor opción», temí mi despido, pero matizó sus palabras, «te lo dije, era una trampa sin salida», me sometió a un férreo interrogatorio, mis respuestas quedaban cortas y no hacían justicia a cuanto había atestiguado, «será una operación difícil», dijo, le pregunté cuál de las dos testas se inclinaba a cercenar, «no lo sé», respondió, «¿tú?», inquirió, «tampoco lo sé», le respondí, «ya decidiremos», dijo, estuve horas con él, repasamos el informe varias veces hasta el anochecer, la intensidad de la sesión me agotó, exhausto dormité en el carruaje de camino a casa, cuando nos disponíamos a llegar el coche frenó, James bajó del pescante y me tocó en la ventanilla, «señor, al parecer tiene visitas», me asomé, varios carruajes con la insignia de la propiedad se hallaban detenidos frente a mi puerta, mi corazón dio un vuelco, otra vez debía ser Peter con órdenes de mi padre para exigirme algo y no me hallaba en condiciones para negociar con él, la presencia de Michael y otros guardias confirmaron mis temores, los saludé con propiedad, Michael devolvió el saludo, «buenas noches, señor», dijo reverente, al entrar hallé a Ailis en el salón conversando con una mujer a quien no reconocí, «buenas noches», la mujer se giró hacia mí, «hola, William», contestó, escruté su rostro, «¿no me reconoces?», la voz me sonó familiar, me acerqué a ella, era Louise, sus facciones habían cambiado, ya no poseía la expresión aniñada de cuando la vi por última vez, su semblante había adquirido una belleza serena, me dio un inmenso contento verla, jamás pensé encontrarme de nuevo con ella, si mi padre se enterara de inmediato me retiraría los privilegios estipulados, no me importó, la alegría del reencuentro sepultó cualquier aprensión, nos abrazamos, le pregunté si había cenado algo, «Ailis me atendió de maravilla, hermano, tu esposa es de lo más gentil», a pesar del regocijo adiviné en ella una tribulación, debía ser grave pues se excusó con Ailis y pidió hablar a solas conmigo, Ailis se despidió de ella con afecto y, apenas salió, Louise cerró la puerta, «traigo noticias poco gratas», anunció, le rogué no dilatarse en decírmelas, tomó aire, «Frank no pudo con el peso de sus obligaciones», dijo y se quedó callada, una vena palpitó en su cuello, intentó proseguir, pero no salieron palabras de su garganta, «continúa», demandé, la vena latió con más fuerza, «se suicidó, William, se colgó de una viga», dijo, sin dulcificarlo, sin ningún matiz para prepararme frente a la barbaridad del anuncio, trastabillé y me detuve del borde de un sillón, «era un alma débil», musitó, me abrazó, pude sentir sus mejillas humedecidas de lágrimas, mi exilio cobraba una víctima más, la presión debió resultar insoportable para un ser delicado y tímido como él pero, aun sabiéndolo frágil, ni en mis más descabellados presentimientos imaginé un desenlace de esa magnitud, mientras nosotros nos hallábamos en Bath, nuestro padre la mandó llamar, Louise llevaba unas semanas viviendo en Londres con su esposo y aún no se había embarazado, cuando llegó al castillo encontró a mis padres destruidos, «él envejeció veinte años y ella parece un fantasma», mi padre la llevó a hablar con él al salón de armas, «Stewart y Lloyd carecen de madurez y sentido de la responsabilidad», le dijo, «no puedo entregarles la tarea de gobernar estas tierras a ninguno de los dos, están más preocupados por las fiestas y por las mujeres y nunca se han aplicado a conocer los manejos de la propiedad», les propuso a ella y a su esposo ser quienes asumieran la posición, «ustedes harán mejor trabajo», le expresó, ella pidió tiempo, «necesito consultarlo con John», nuestro padre se negó, era apremiante la decisión, «resuelve ahora», Louise aceptó en nombre de ella y de su marido, mi padre les otorgó un año para ordenar cuantos asuntos tuvieran pendientes y luego mudarse a la propiedad para imbuirse de los detalles de la operación, sin embargo, me aclaró, ni ella ni su marido se sentían con tal derecho, ése, según dijo, me correspondía por ser el primogénito, «te ofrezco lo siguiente», planteó Louise, «a la muerte de mis padres cancelaré cualquier proscripción referente a tu persona, tanto John como yo renunciaremos a la herencia y te devolveremos los privilegios concernientes a tu jerarquía, tú podrás regir la propiedad y gozar de cuantos beneficios genere y cada uno de tus títulos honorarios será restituido, será un acuerdo secreto entre tú, John y yo, no se lo participaremos a mis padres, tu reivindicación será absoluta», era una promesa generosa, me tentaba volver por la puerta grande a sentar mis legítimos reales, «el pasado de Ailis», me dijo con franqueza, «no será obstáculo para nuestro arreglo», a pesar de significar un resarcimiento para mí y para mi esposa no estaba entre mis planes abolir mi libertad, «William, no me des una respuesta ahora», dijo al verme a punto de responderle, «aguardemos cómo se desenvuelven los acontecimientos», me narró el funeral de Frank, nuestros padres encubrieron su deceso como un accidente, los suicidas, por contravenir la voluntad divina, estaban condenados al sufrimiento eterno, si se revelaba la verdadera causa de su muerte la familia se vería sometida al tenaz escrutinio de la nobleza y a una desagradable controversia con las autoridades eclesiales, fue sepultado con honores en el cementerio familiar, Frank ocupó mi fosa, aquélla a la cual mis padres me llevaron a los ocho años, vinieron a mi mente las imágenes de cuando metí las manos en las entrañas de la cabra bicípite, mi madre vociferando mientras mi padre golpeaba la pared con la cabeza, «¿estás bien?», inquirió Louise, sentí desvanecerme, «¿mi padre tenía una herida en la frente?», le pregunté, ella me miró desconcertada, «¿por?», «¿sí o no?», le grité, «no», contestó enérgica, preocupada por mi súbita irritación me demandó explicarle, «nada, sólo quería saber», dije, tomé su mano y se la besé para tranquilizarla, la acompañé a su carruaje, «Michael no revelará mi visita a nuestro padre, ahora trabaja para mí», cambié una mirada con él, «no se atreverá a retarme, sabe quién mandará en la propiedad», me pidió despedirla de Ailis, «te quiere mucho, hermano, cuídala, es una buena mujer», dijo, le ayudé a subir al coche, me entregó una nota donde apuntó su dirección, cerró la puerta y partieron por las neblinosas calles de Londres, apenas dieron vuelta en la esquina quise volver el estómago, al enterrar a Frank en mi fosa se cumplió el símbolo, me substituyó hasta el final, el primer no primogénito en ser sepultado en un cementerio para patriarcas, con él, o más bien conmigo, se rompió la cadena, en cuanto entré a la casa me dirigí a escribirle una carta a Louise, «gracias, querida hermana, por tu próvida oferta, pero no puedo regresar a quien fui, los límites de mi vida se expandieron y no quisiera estrecharlos nunca más, dale mis más afectuosos saludos a John, te quiero», por la mañana siguiente, a primera hora, se la envié con el cochero.

Los días previos al arribo de Greta y de Daniela fueron de intenso trabajo, Black y yo estudiamos a conciencia los dibujos de ellas y los de la gran sabia, pedimos permiso al claustro de profesores de la Facultad de Medicina de Oxford para disecar algunos cadáveres frescos llegados a sus aulas, tajamos músculos, arterias, huesos, ligamentos del cuello, para advertir lo complejo de esa zona, me hizo meter los dedos entre los intersticios de las fascias con el afán de entender cuáles puntos debía presionar para evitar una hemorragia, nos ofrecimos a atender gratis a personas accidentadas en los hospitales de la periferia de Londres, intervinimos a un niño atropellado por un carruaje, a un hombre a quien, con una coz, un caballo le fracturó varios huesos de la cara, a una mujer acuchillada por su marido, a un viejo con el cráneo partido al resbalar desde un techo, en cada cirugía Black me obligaba a fijarme en tal o cual detalle, «lo primero al operar es impedir el sangrado del paciente», en el cuello se hallaban gruesas arterias y venas, debíamos proceder con rapidez para detener las hemorragias, la cirugía de las extrañas marcaría un hito en la historia de la medicina, si lográbamos amputar la cabeza, coser con prontitud las arterias, enderezar la testa de la otra para corresponderla con el resto del cuerpo, el prestigio de Black y, por ende, el mío, se acrecentaría y su fama se exaltaría en los libros de historia, la vanidad también era legítimo motor de la ciencia y de los avances médicos, en la carrera por la gloria Black dejaría atrás a sus contemporáneos y haría ver como nimios sus logros, a la par de su esmero en el caso creció también su propensión a beber, consiguió persuadir a Ordinaire de aumentar la cantidad de ajenjo en la fórmula de la absenta, se transformó en un coloso delirante, por cada frase plena de inteligencia y agudeza pronunciaba cuatro o cinco sin sentido, sólo en ese estado, según él, podía penetrar los enigmas de las extrañas, conforme se acercaba la llegada de la familia Westfield, la presión se acumuló, dejé de comer, sufrí insomnios y cuando lograba conciliar el sueño me asaltaban pesadillas, imágenes de gallinas chamuscadas, del engendro yaciente en el lodo, de Frank colgando de una viga, de Londres incendiado, de la cabeza de la gran sabia parloteando, me convertí en una piltrafa andante, más de una vez me bebí una botella de absenta con el pretexto de asomarme a la lucidez de Black, más bien deseaba adormecer mi conciencia en aras del advenimiento de la operación, la absenta incrementó mis alucinaciones, caminaba por las calles en trance, comencé a hablar solo, Vicky, percatada de mi febril conducta, me aconsejó en tono maternal, «un médico debe guardar la calma, deja el frenesí

473

a los pacientes», le expuse el ejemplo de Black, «delira, se emborracha, comete locuras», «sí, pero su genio termina por imponerse y nunca toma decisiones erradas, confía en él, confía en ti», sentenció, intenté dominar mis emociones, eran un avispero de dudas, de temores, de incertidumbres, me consumía figurarme a quién de las dos asesinaríamos, ninguna otra palabra precisaba mejor cuanto sucedería en un par de semanas: asesinato, me pesaba la posibilidad de sufrir secuelas mentales, si antes de la operación me hallaba al borde de reventar, después de ésta acabaría hecho pedazos, Ailis y yo resolvimos mudarnos, por un corto periodo, a una casa en Covent Garden, en mi lógica no realizar largos recorridos me angustiaría menos, me mentí a mí mismo, acortar la distancia no conjuró la rampante ansiedad, Black y yo permanecíamos hasta altas horas de la noche discurriendo sobre el caso, analizamos su anatomía y su fisiología y las contrastamos con las de las cabras bicípites y con las de la gran sabia, elucubramos diseños de aparatos para alinear la curvatura de la espalda de quien sobreviviera de ellas dos, fue necesario también atender a los incontables pacientes, a momentos los escuchaba como en sordina, como si al relatarnos sus males lo hicieran en una caja cerrada bajo el agua, nuestro estado era deplorable y en multitud de ocasiones sentí el asomo de la locura.

La familia Westfield por fin arribó a Londres, por sugerencia nuestra se hospedaron en unos apartamentos al otro lado de la calle del despacho, Ailis y yo fuimos a recibirlos y los ayudamos a instalarse, las hermanas se mostraron retraídas, Ailis les llevó de regalo libros y chocolates, ellas los recibieron agradecidas, pero sin entusiasmo, para evitarles salir y exponerse a miradas indiscretas Black y yo resolvimos ir a visitarlas, ahí les efectuaríamos las pruebas faltantes, por la tarde repasé con los padres los protocolos de los exámenes, durante el día Seamus, a quien recontratamos al volver a Londres, y Vicky vendrían a realizarles dibujos, para lo cual Black había ordenado posiciones previas, sentadas, de espaldas, acostadas, levantando los brazos, cerrando los puños, con los pies descalzos, más adelante Vicky debería retratarlas desnudas, las últimas ilustraciones antes del procedimiento, Black deseaba estudiar sus reflejos, el ritmo de su respiración en reposo y la frecuencia de sus latidos después de ejercicios agotadores, pincharía también la punta de su dedo índice para medir la velocidad a la cual se cerraba la herida, finalicé la explicación a los padres y pasé a la sala a despedirme de las hermanas, las hallé encogidas en un sillón, susurrando en su lengua, lo suyo parecía un rezo y no un diálogo, había en sus frases la cadencia de un oleaje, «hasta luego», les dije, «*ultimam fortuna tecum est, iamdiu nos deseruit*», «ojalá la fortuna te acompañe, hace mucho tiempo, a nosotras nos abandonó», respondió Daniela, más tarde me reuní con Black, «¿cómo las viste?», inquirió, «mal», contesté, cuando en verdad era yo quien se encontraba mal, tan asustado como ellas o más, «deben de estarlo», dijo y prosiguió, «sólo me opongo a las peticiones de los pacientes cuando son una verdadera estupidez, éste no es el caso, la cirugía significa la manumisión de esta familia, han vivido aprisionados por años, para ellos ésta es su única y su última oportunidad y eso debemos respetarlo», la tarde del día de campo, desde la colina, mientras las hermanas contemplaban el paisaje, Daniela musitó «*memento mori*», no lo olvides, morirás, la frase no fue un exabrupto, era la certeza de su fin, debía saberse la elegida para ser sacrificada, se lo comenté a Black, «no por fuerza será ella, los datos se contradicen, no he resuelto aún a quién le cercenaremos la cabeza», la ambigüedad de la decisión comenzó a corroerme, ¿bajo cuál óptica Black o los padres o quien fuera, lo resolvería?, iniciaron los exámenes y las pruebas, a nuestro lado, Seamus y Vicky registraban en dibujos cuanto acaecía, sí, la familia sería liberada, pero ingresarían a otra prisión, la de la culpa y el remordimiento, Black obligaba a las extrañas a ir y venir por el pasillo, primero caminando, luego, corriendo, sentado en una silla las observaba con atención, las hacía parar de súbito y se levantaba a tomarles el pulso, primero en la muñeca derecha y luego en la muñeca izquierda, en un cuaderno garabateaba notas en una letra ilegible, forzó a las hermanas a trotar de nuevo por varios minutos, al finalizar colocó su oído en su pecho y midió cuánto tiempo tardaban en recuperar el aliento, de vez en vez revisaba los dibujos y daba instrucciones para bosquejar tal o cual detalle, la baba pegajosa, maloliente, pútrida, maldita, de la muerte, impregnaba cuanto hacíamos, aún no llegaba y, sin embargo, podía olerse, palparse, invadía cada espacio, cada segundo, cada gesto, sin ningún miramiento a la familia, Black bebía absenta sin cesar en su presencia, lograba mantenerse entero la mayor parte del día, pero pasada cierta hora la embriaguez comenzaba a notarse, para el anochecer se encontraba por completo briago, inexplicable cómo lograba ponerse de pie y articular frases con coherencia, al salir de los apartamientos de los Westfield nos dirigíamos al despacho, pegaba los dibujos en las paredes o los colocaba a su alrededor en el piso para quedarse abstraído mirándolos, «va a ser una decisión difícil», sentenció una noche, le pregunté si ya sabía si una predominaba sobre la otra, «lo del cuerpo lo tengo más o menos resuelto, no sé aún quién gobierna su espíritu», ése era el quid del asunto, la fuente de mi confusión, la entrada al laberinto, detesté vernos confrontados por su amenaza de suicidarse, debieron ser veneradas como la gran sabia, respetadas, admiradas, pero aun ellas prefirieron infligirse la muerte antes de continuar viviendo como una absurda extravagancia de la naturaleza, su caso acabó por horrorizarme, ya no había fascinación sino una constante náusea, un vómito atorado en mi garganta. Ailis me esperaba a cenar por las noches sin importar mi hora de llegada, no forzaba la conversación ni me acribillaba con preguntas necias, ella sabía bien de mis dilemas irresolubles, había convivido lo suficiente con las extrañas para intuir mis abatimientos, se limitaba a acompañarme en silencio, lo cual le agradecía, una noche, sin yo desearlo, empezaron a escurrirme lágrimas, humedecieron mi camisa y resbalaron hasta mi plato, no lo tomé como un llanto, brotaban por sí solas, como si tuvieran vida propia, seguí comiendo como si nada sucediera, también a Ailis le escurrieron lágrimas, ninguno de los dos hizo un comentario ni intentamos consolarnos, terminamos nuestros platos y, ceremoniosos, nos dirigimos a nuestra alcoba, durante varios días fui incapaz de hacerle el amor, mi miembro no respondía, aun manipulándolo se quedaba laxo y los mágicos polvos de yohimbé no surtieron el menor efecto, pero una noche por fin pude penetrarla, la humedad de su cuerpo me devolvió sentido, propósito, entendimiento de lo genuino, en el semen nadaba la posibilidad de un hijo y sólo pensarlo, por unos breves momentos, me devolvió la cordura, al culminar la abracé por la espalda y otra vez, sin desearlo, no logré contener las lágrimas.

Decenas de pacientes se agolparon afuera del despacho, el abismarnos con las extrañas no suspendía la desesperación y el dolor de otros, madres afligidas suplicaban por sus hijos, hombres se descubrían el rostro frente a Vicky para mostrarle lo terrible de su condición, mujeres aullaban por la tortura de sus padecimientos, ella no se conmovía y seguía las órdenes de Black, no dar cita a nadie, «regrese la semana entrante, por ahora el doctor no puede recibirlo... lo siento, necesita volver en un mes... no se encuentra disponible...», la mujer se vio rebasada por la demanda, dura como era, supo torearlos y mostrarse impávida frente a los insultos, pero por algún resquicio de su sensibilidad se colaron los sufrimientos de los demás y resolvió ya no presentarse por las mañanas, el profesor Westfield y su esposa intentaron barnizar de «normal» su vida en el apartamento, una actitud postiza por donde se le viera, propusieron jugar Lanterloo, competencias de ajedrez con los ojos cubiertos y otros pasatiempos bobos cuya ridiculez sólo enfatizaba cuán aterrados se hallaban los cuatro, una noche nos invitaron a cenar a mí y a Ailis, hurañas, las hermanas apenas pronunciaron palabra, extensas ojeras denotaban su falta de sueño, muestra de insomnio y de pesadumbre, malhumoradas, reñían entre ellas por nimiedades, en tono arrebatado discutían en su lengua y era necesaria la intervención de la madre para calmarlas, las charlas se tornaron triviales, incluso, discutir a los clásicos griegos, pasión de Sherwood y mía, parecía un acto frívolo frente al hálito de derrota flotando entre nosotros, parecíamos miembros de un ejército aplastado por el enemigo y en vías de capitulación, por las mañanas íbamos Black y yo a visitarlos, no había una finalidad clara, ya habíamos agotado la lista de pruebas, cuestionarios y experimentos y sólo nos dedicábamos a observar cómo actuaban entre ellos, flotaba entre nosotros la indecisión sobre a quién de las dos cercenaríamos la cabeza, le recordé a Black cómo Greta era quien decidía descargar las necesidades fisiológicas, «eso no indica nada», anotó, «quizá sea sólo una engañosa manifestación de poder», esa perspectiva emparejaba las posibilidades de ambas, ya no se sostenía la tesis del manejo total del cuerpo por Greta, comenzaban a trazarse líneas cada vez más delgadas entre una y otra, Black pidió a los padres llevar a sus hijas al despacho a las cinco de la tarde, cuando la fila de pacientes ya se había desperdigado, necesitaba dibujos de ellas dos desnudas y alegó la inconveniencia de hacerlo en su hogar, donde podía resultarles embarazoso, después de concienzudas explicaciones sobre la importancia de ello, de garantizarles la máxima discreción, de asegurar sólo la presencia de Vicky cuando se quitaran la ropa y de aclarar cada uno de sus quisquillosos cuestionamientos, terminaron por acceder, puntuales, a las cinco, guiadas por la madre y custodiadas por James cruzaron la calle cubiertas con un tupido manto, al llegar Black les expuso los pasos a seguir, «en ese salón se desnudarán, Vicky les hará retratos de frente, de costado, de espaldas, de sus nalgas, de sus piernas y, si no les importa, de sus genitales y su ano», al ver su expresión de desagrado, aclaró, «estos dibujos sólo los estudiaremos William y yo, serán destruidos apenas finalice la operación, su madre entrará con ustedes a la oficina para vigilar el proceso», en cuanto ingresaron, Vicky cerró la puerta con llave, Black me pidió acompañarlo, salimos a la calle y me condujo a la casa contigua, «¿va a espiarlas?», inquirí, «no, muchacho, espiar suena a perversión, vamos a examinarlas, lo cual es muy diferente», hacerlo me pareció un atentado a su intimidad, «debemos pedirles permiso», «no, William, eso las habría avergonzado, las necesito sin inhibiciones», no podía sentirme a gusto observándolas por el pequeño orificio como si fuésemos unos depravados, nos sentamos en las sillas frente a la pared, Black me extendió la botella de absenta, «toma esto, te quitará las telarañas de la cabeza», le pegué un trago largo, el alcohol y el ajenjo pronto se regaron por mis arterias y sentí su golpe, corrí la cubierta de la rejilla, las hermanas ya se hallaban desnudas, su cuerpo correspondía al descrito por Ailis, sentada en una silla frente a ellas Vicky ejecutaba los trazos en carboncillo, «de espaldas a mí», les ordenó, las extrañas se dieron vuelta y quedaron justo a un lado de nosotros a menos de tres pies de distancia, su tronco sí era un poco más ancho, el resto del cuerpo era delgado y firme, Black se inclinó hacia mí, «una vez desprendida la cabeza, la espalda se ceñirá a un tamaño normal», susurró, «cambien de posición», les ordenó Vicky, sus nalgas quedaron justo frente a nuestros ojos, los cerré, no estaba tranquilo con curiosearlas, Black lo notó, con su manaza me tomó de la barbilla y me jaló hacia él, «déjate de tonterías», me reprendió, «esto es importante», volví a colocar el ojo derecho en la abertura, sus glúteos y sus piernas eran por completo albos, «la espina remata en la parte baja de la espalda, es una sola, no es doble, eso facilitará enderezar su curvatura, el cóccix parece fijo en su sitio», la desafección con la cual Black mencionaba las partes de su cuerpo me hicieron olvidarme de mi malestar moral y comencé, como él, a verlas desde un plano médico, «la cabeza de Daniela está más pegada al cuerpo, su cuello debe hallarse situado por debajo de la clavícula, es engañoso, pareciera ser más corto, pero si te fijas se hunde por presión de la testa de Greta», bajo las disposiciones de Vicky, las extrañas se sentaron, se pusieron en cuclillas, levantaron los brazos, Black se había puesto de acuerdo con la mujer para colocarlas de frente a los agujeros, cuando les mandó abrir las piernas para revisar sus genitales lo hicieron en una silla colocada hacia nosotros, «tu mujer estaba en lo cierto, son de dimensiones normales», me dijo al oído Black, no cerré los ojos, pero sí desvié la mirada, esto cruzaba la delgada línea entre la ciencia y el descaro, Black notó mi recato, pero no me amonestó, terminó la sesión, fue interesante el proceso de verlas vestirse, sobre todo, al ponerse la blusa, a pesar de las dos cabezas fue un movimiento fluido, armónico, como si lo hubiese realizado una sola persona, tapé mi rejilla cuando ellas se aprontaban a salir de la oficina, sudor resbaló de mi frente, Black, por el contrario, no se advertía conturbado, me acompañó a la puerta, al abrirla me tomó del hombro, «llegué a mi conclusión», dijo, «ya sé a quién le cortaremos la cabeza», me quedé impactado por la noticia, «¿a quién?, dígamelo, por favor», Black se negó, «otro día, William, hoy estamos cansados», insistí, pero no cedió, «otro día», «¿cuándo?», le pregunté, ansioso, «quizá mañana, descansa».

Esa noche, la cama me pareció un lugar extranjero, me sentía extraviado, como si los espacios cesaran de pertenecerme y estuviese hundido en un profundo socavón, volteaba a mi izquierda y veía a Ailis dormir, ella era mi verdadero hogar, lo único inmutable de mi presente y de mi futuro, anheloso por escuchar el veredicto de Black a las seis de la mañana ya me encontraba vestido y arreglado, listo para ir a verlo, Ailis bajó a ordenarle a la cocinera subirme el desayuno, regresó y se sentó sobre la cama, debí contagiarle mi ansiedad, ella se veía también mortificada, «¿estás bien?», le pregunté, «más o menos», respondió y sonrió con tristeza, «¿algo está mal?», inquirí, ella me miró a los ojos, «no sé si sea buen momento para compartirte esto», dijo, guardó silencio unos segundos, «durante unos días creí estar embarazada, no menstrué por dos meses y estuve tentada a darte la noticia, pero anoche empecé a desopilar», inmerso en las extrañas, olvidé cuanto sucedía en el entorno de mi familia, Ailis, discreta y mesurada, no tocó el punto en una sola de las cenas, debió comérsela la incertidumbre de si se hallaba o no encinta, sin revelármelo para no agobiarme, solitaria soportó su desilusión al evacuar el menstruo, me levanté a abrazarla, «pronto llegarán nuestros hijos, verás», agachó la cabeza para ocultar un amago de llanto, la cocinera tocó a la puerta, Ailis se rehízo y se levantó a abrirle, la mujer colocó la bandeja sobre la mesa y se retiró, nos quedamos en silencio, me sentí egoísta, «perdóname», ella me acarició el rostro, «desayuna», dijo y señaló el plato humeante, comimos, otra vez callados, ella pensativa, yo con culpa, no me atreví a contarle de cómo espié a las extrañas la tarde anterior, decirle cuán precisa había sido su descripción de la desnudez de ese cuerpo cuasi mitológico, «quisiera convivir con ellas antes de la operación», solicitó, «claro», respondí, «tú has sido parte importante del proceso», en el fondo pedía despedirse de quien fuese a ser decapitada, de nuevo se mantuvo meditabunda, «si por algún motivo uno de nuestros hijos naciera como un engendro o, como ellas, con dos cabezas, ¿cómo procederías?», su pregunta me desconcertó, a unas horas de acercarnos a la decisión final no me hallaba capacitado para responderla e hizo bullir de nuevo mi angustia, «no me hagas esto ahora», rogué, «no pude cesar de pensarlo mientras me creí embarazada», confesó, «se ha convertido en mi mayor miedo», acarició mi cara y me dio un leve beso en los labios, «apura el desayuno, te espera un largo día».

Llegué a casa de Black a las siete, no pude prorrogar más mi urgencia, toqué varias veces a la puerta, pero no abrió, lo comprobé durante la travesía a Abisinia, ni el más estrepitoso ruido perturbaba su sueño, volví a intentarlo quince minutos después, luego a las siete y media, a las ocho, a las ocho y media, no apareció sino hasta las nueve, «eres muy pertinaz», se quejó, «pasa», señaló hacia la cocina, «ahí en la estufa dejé la tetera calentándose por si quieres un té», se dirigió a su cuarto y no regresó durante media hora, lo escuchaba hablar a solas, ir de un lugar a otro, me asomé por la puerta entreabierta, lo hallé observando los dibujos de las extrañas desnudas realizados por Vicky, los había pegado en la pared de su habitación, al advertirme parado en el quicio me invitó a entrar, apuntó hacia el pecho en la ilustración, «nos falta una prueba final», sentenció, su respuesta me desalentó, mis nervios no toleraban más, tomó su abrigo y nos dirigimos a casa de los Westfield, a ellos la irresolución comenzaba a estragarlos, sus rostros se notaban macilentos, los cuerpos enjutos, Black solicitó hablar con las hermanas, ellas se hallaban hartas de uno y otro examen, «tengan paciencia», les pidió Black, «Daniela, respira profundo y tú, Greta, contén el aliento», Daniela inspiró hondo, el pecho se expandió, no se percibió en Greta falta de aire, les pidió hacer lo mismo a la inversa, sucedió igual, Daniela no jadeó, repitieron varias veces el ejercicio, alternándose, luego Black le pidió a Greta inspirar y quedarse con el aire adentro el mayor tiempo posible, los rostros de ambas se congestionaron, «respira ahora tú, Daniela», hizo una larga aspiración y ambas se avivaron, «es todo», decretó el doctor, nos encaminamos al despacho, los pacientes ya se habían retirado, varios habían deslizado solicitudes de citas por debajo de la puerta y un rimero de papeles se amontonaba en el vestíbulo, Black ni siquiera intentó levantarlos, los empujó a un lado con el pie y continuó hacia la oficina, se dejó caer en su sillón y abrió una botella de absenta, se bebió un cuarto sin chistar, «¿me va a revelar su conclusión?», lo interrogué, en respuesta Black me alargó la botella, «toma un poco», sugirió, limpié el pico de la botella y di un pequeño trago, me quemó el estómago, «la tráquea de una se conecta a los pulmones de la otra y viceversa, quien sobreviva no padecerá de problemas de respiración, hay un ligero dominio de cada una sobre el lado correspondiente en el cuerpo, si cortamos cualquiera de las dos cabezas, la nerviosidad y su fisiología se equilibrarán con el tiempo, será largo su recorrido hacia una vida normal, pero lo logrará», determinó, «ahora dime, William, si en tus manos estuviera, ¿a quién de las hermanas le cercenarías la cabeza?», la pregunta me colocó al borde del vértigo, «no lo sé», contesté, «tú y tu mujer convivieron con ellas por casi dos meses, entre ambos pudieron escarbar al fondo de sus almas, descender al pozo de sus miedos, de sus ilusiones, de sus rabias, tú sabes mucho sobre ellas, yo apenas un poco»,

¿me emboscaba?, ¿quería Black eludir su responsabilidad?, sus palabras me confundieron, me palmeó el hombro, «un día más en esta nebulosa llamada vida», dijo y sonrió. Salí con un encogimiento de estómago, la lengua apelmazada, la garganta una gruta seca, mis pulmones inútiles para insuflarme de vida, cada minuto próximo a la cirugía me quebrantaba, no debía implicar ni mis emociones ni mis sentimientos, ésa era la primera regla de la medicina, pero era imposible evitarlo, en el fondo del caso se asentaba un sarro de horror y de consternación, equivalía a romper una pieza única, delicada, sublime, cabía preguntarnos cómo aguantaría la sobreviviente la culpa de ser ella quien permaneciera viva y no la otra, quién de las dos poseía el temple para resistir los embates de ese quemante allanamiento de su cuerpo, quién de las dos en verdad pelearía por subsistir, al regresar a casa esa noche me dirigí a los establos donde manteníamos a Sam, desperté al caballerizo y le ordené ensillarlo, el hombre obedeció sin chistar, monté mi potro, las calles se encontraban vacías, sólo algunos vagabundos dormitaban en las esquinas, hice trotar a Sam unas manzanas para calentar sus músculos, cuando vi una avenida recta, lo azucé para hacerlo correr a toda velocidad, el golpeo de los cascos contra el empedrado rebotaba en los muros, podían escucharse sus resuellos, sus crines cortando el viento, apreté las piernas y lo espoleé para hacerlo avanzar aún más rápido, entramos a unas callejuelas, Sam parecía gozar la cabalgada, se ladeaba para tomar las curvas y al superarlas le imprimía aún más intensidad al galope, lo dirigí hacia Kensington, a casa de Louise, llegaría frente a la reja, desmontaría, tocaría a la puerta, le diría cuán equivocado me hallaba al rechazar su propuesta y le rogaría me devolviera la oportunidad de volver a mi antigua posición, en ese momento me pareció preferible a enfrentar la ominosa decisión de descabezar a una de las hermanas, Louise moraba en una de las zonas más tranquilas de Londres y, con seguridad, el estruendo de nuestra carrera debió despertar a más de un vecino, arribamos a su mansión, un jardín rodeaba el predio, dentro se encontraba el carruaje insignia de los Burton y otro más con el emblema del linaje del marido, Sam resopló al detenernos, en mis corvas podía sentir los latidos de su corazón, cuánto debió anhelar mi potro correr de nuevo por extensas llanuras, subir y bajar colinas, la ciudad extinguía su alma cerril, me quedé contemplando la puerta, bastaba apearme y, armado de valor, expresarle a mi hermana mi cambio de sentir, estuve indeciso durante unos minutos, no pude engañarme, jamás me retractaría de mi decisión de ser médico, jalé las riendas, di vuelta y regresé adonde de verdad pertenecía.

El miércoles temprano avisamos a los Westfield de la cirugía, «las operaremos a las once de la mañana en punto este viernes y para prepararlas las necesitaremos en el despacho antes del amanecer, no deberán comer a partir de las dos de la tarde del jueves y no tomar agua después de las ocho de la noche», explicó Black, los padres se miraron uno al otro, al percibirlos titubeantes, Black les dio una última oportunidad para reconsiderar, «no», contestó de inmediato Daniela, «no hay marcha atrás», aseveró, a ambas les tenía sin cuidado morir en la operación, tampoco les importaba a quién elegiríamos para cortarle la cabeza, eso sí, exigieron un funeral para la testa extirpada, así asistiéramos sólo la familia y nosotros, en la lápida debían grabarse el nombre y las fechas de nacimiento y de muerte, su solicitud alivió un poco mi pesar al considerarse ellas personas diferentes una de la otra, había en las hermanas un componente de hartazgo, a pesar de quererse, de hablar por horas entre sí, de haber inventado un sofisticado lenguaje común, ya no toleraron más estar aprisionadas a un solo tronco, no se trataba sólo de sobrellevar la reclusión o de aguantar amenazas e ignominias, ya no se toleraban una a la otra, la competencia por el dominio del cuerpo, decidir hacia dónde conducirlo, determinar la hora de ir a la cama, elegir el tipo de comida, las desgastó en grado extremo, debió ser un martirio convivir tantos años con quien ya no se congeniaba sin oportunidad de escabullirse, Sherwood tomó de la mano a Emily, ambos temblaban, era muy distinto contemplar a futuro la posibilidad de la operación, a estar ciertos de la hora exacta en la cual se realizaría, «será exitosa», aseguró Black para tranquilizarlos, «en tres meses su hija estará de vuelta en casa y, en menos de un año, podrá vivir como cualquier persona común y corriente», me pareció aventurado su pronóstico cuando por primera vez en la historia se llevaría a cabo una intervención de esa magnitud, pero si algo admiraba de Black era su confianza en sí mismo y su habilidad para contagiarla, los padres nos acompañaron a la puerta, Sherwood se acercó a nosotros, volteó a un lado y al otro para cerciorarse de no ser escuchado por sus hijas y, casi al oído, con voz tenue, nos preguntó, «¿a quién eligió?», «no lo hemos decidido aún», respondió Black, me halagó su uso del plural aun cuando en él recaía la decisión, «¿a quién prefieren de las dos?», preguntó con brutal franqueza la madre, el padre se hizo hacia atrás, horripilado, «no es cuestión de a quién preferimos, sino cuál de las dos posee las mejores posibilidades de resistir», contestó Black, «¿se lo dirán a ella antes de la operación?», «no, Emily», le respondió llamándola por su nombre para crear un lazo de complicidad, «nada ganaríamos con ello». Para ayudarnos con la operación, Black convocó a dos antiguos colaboradores suyos, Gordon, quien trabajaba ahora por su cuenta en Nottingham, y Simon, con quien Black realizó varios viajes por la India y quien lo asistió en varias operaciones bajo las enseñanzas de médicos bengalíes, por la tarde repasamos juntos los pasos a seguir, cortaríamos los tejidos musculares, los tendones y los ligamentos circundando las arterias, una vez ejecutado esto, las cortaríamos con sumo cuidado para coserlas con la mayor rapidez posible, unos segundos bastarían para una hemorragia fatal, la tarea más difícil consistiría en serrar las vértebras del cuello, Black había diseñado unas grandes pinzas para escindir la cabeza con un solo movimiento, en cuanto la desprendiéramos debíamos zurcir el hueco y cauterizar las heridas prendiendo pólvora, por último, con martillos y mazos enderezaríamos la espina y le colocaríamos una prensa para centrarla, Black sería quien tomara las medidas cruciales, yo estaría a su lado para ir cerrando las tajaduras y Gordon y Simon, para vigilar el estado general de las pacientes y para taponar las arterias o las venas en caso de un sangrado abundante, en cuanto terminamos la reunión, Black despidió a nuestros ayudantes, cerró la puerta de la sala y se sentó frente a mí, destapó una botella de absenta y, contra su costumbre de beber del pico, sirvió dos vasos, «necesitaremos cabeza fría», dijo y brindó, «salud», chocó su vaso conmigo y se quedó callado, abstraído en sus pensamientos, me hubiese gustado en esos momentos penetrar su mente y saber a quién de las dos pensaba dejar viva, en el puro sentido médico Greta parecía ser la indicada, la mayor parte del sistema nervioso se conectaba a su cerebro, era voluntariosa y dominante, Daniela era más inteligente, más sutil, ella era quien guiaba en los conflictos más ásperos, aun en su aparente delicadeza, su carácter era más férreo, ¿cuál de las dos ostentaría mayor fortaleza mental para enfrentar su nueva realidad?, entendía las dubitaciones de Black y los motivos por los cuales su elección no era transparente, optar por una de las dos debía atormentarlo tanto como a mí, nos retiramos temprano a nuestras casas a descansar, ambos deseábamos llegar frescos a la cirugía, intenté dormir, pero no lo logré ni por un minuto, Ailis se mantuvo despierta, velándome, a ella le pesaba tanto como a mí el sacrificio de una de las hermanas, desayunamos los dos solos, en silencio, a las cinco y media, todavía a obscuras, decidí partir al despacho, Ailis me abrazó, «ellas lo desean, William», me susurró al oído, pude percibir su mejilla humedecida por lágrimas, salí de la casa con la sensación de dirigirme a un patíbulo, a pesar de una copiosa nevada resolví irme montado en Sam, quería percibir el golpe de las ventiscas en mi cara, llenarme los pulmones con aire glacial, arribar con hielo en las venas, «la cabeza fría», demandó Black, James me siguió a la distancia, podía escuchar el trote de su caballo detrás de mí en la ciudad casi desierta, la nieve crujió bajo mis pies al apearme de mi potro, encañonadas por los edificios, las ráfagas ululaban por entre las calles, a lo lejos vi venir a Vicky, venía a paso firme, casi marcial, «buenos días», ella devolvió el saludo tiritando, «buenos días, William», entramos al vestíbulo, «¿quieres un poco de té?», preguntó, asentí, mientras ella hervía agua en la estufa encendí la chimenea, la estancia comenzó a calentarse, indagué si ella sabía a cuál de las dos Black había considerado dejarla vivir, «si tú no lo sabes, yo menos», contestó, al poco rato llegaron Gordon y Simon, «vaya día escogieron para operar», bromeó Simon, entramos al despacho, Black había mantenido los dibujos pegados en las paredes como referencia durante la cirugía, los dos asistentes los estudiaron con detenimiento, «¿va a ser posible?», me cuestionó Gordon, «¿cuántas veces has visto fallar a Black?», reviré, «ninguna, hasta donde sé, pero esto…», Vicky entró con los tés y nos alcanzó una taza a cada uno, «están cargados, para mantenerlos alertas», volteó hacia las ilustraciones en las paredes: su obra, algún sentimiento debió escocerla al verlas, distinguí en ella un gesto dolido, sin decir más dio vuelta y salió del cuarto, entre los tres dispusimos el instrumental en la mesa contigua a la plancha de operaciones, lo ordenamos de acuerdo a su propósito, hasta adelante, los objetos cortantes, facas, cuchillos, bisturí, en segundo lugar, alcohol, mecheros, pólvora, agujas e hilos para suturas, a continuación, sierras y hachas de diversos tamaños y las pinzas diseñadas por Black, en la última hilera, martillos, mazos, sujetadores y prensas, Black calculó entre ocho y diez horas de cirugía, colocamos vasos y jarras con agua y jugos de frutas para no sufrir de sed durante la intervención y, por supuesto, varias botellas de absenta, las hermanas llegaron al clarear el día envueltas con un paño, venían acompañadas por Emily y Sherwood y escoltadas por James y Stephen, Vicky las hizo pasar y les pidió a los padres aguardar en sus aposentos mientras se realizaba la operación, «queremos estar a su lado», protestó el padre, Vicky le hizo saber lo inconveniente de ello, «en breve empezará su preparación», dijo, se despidieron ambos de sus hijas con la voz quebrada, el profesor se advertía pálido y la madre no cesaba de estremecerse, «suerte, hija», dijo él al cerrar la puerta, una vez más, el uso del singular lo traicionaba, le pedí a las hermanas sentarse en los sillones de la antesala y les presenté a Gordon y a Simon, ellas respondían como autómatas a nuestras solicitudes, si a Black le había parecido cruel anunciarles quién de ellas iba a morir, a mí me parecía inhumano llevarlas al matadero sin avisarles quién había sido la designada, al menos un condenado a la pena capital goza del privilegio de enfrentar su fin, una de ellas, no, sería adormecida para nunca más volver en sí, aun cuando las hermanas intentaban mostrar tranquilidad, las traicionaban temblores en las manos, gotas de sudor cubrían sus frentes, en ningún momento hablaron en inglés, se comunicaban entre ellas en su lengua impenetrable, a las nueve y media de la mañana las pasamos a la sala, Vicky les pidió desnudarse, Greta nos señaló a nosotros tres con la cabeza, «¿es necesario?», Vicky respondió con firmeza, «sí, es necesario», salimos los hombres de la habitación y esperamos durante un rato, «ya pueden pasar», nos informó Vicky, las hallamos cubiertas con una sábana, mandé a Simon a alimentar la chimenea con más leños, «¿están bien?», les pregunté, ninguna de las dos respondió, la mirada clavada en el suelo, le dimos un vaso de absenta a cada una, debían bebérselo a la vez en un lapso no mayor a cinco minutos, al terminar volvimos a servirles y de nuevo obedecieron nuestras instrucciones, ya un poco ebrias, Greta me miró a los ojos, «*in quem nostrum deorum voluntas?*», ¿sobre quién de nosotras ha recaído la voluntad de los dioses?, preguntó, «no lo sé», le respondí, Daniela sonrió con una sonrisa melancólica y triste, debía concebirse ella como la elegida, les dimos un vaso más y empezaron a cabecear, llegó el momento de recostarlas sobre la plancha y de administrarles la pasta sedativa, tomaron dos cucharadas cada una y en unos cuantos segundos cayeron dormidas, oímos la puerta del despacho abrirse y cerrarse y a través de las paredes se escuchó la estentórea voz de Black, «¿ya están preparadas?», le preguntó a Vicky, «sí, doctor», respondió ella en un tono bajo, entró el gigante a la sala, «buenos días, señores», nos saludó, se quitó el abrigo y lo colgó en el perchero, se arremangó la camisa, vació un chorro de absenta en sus manos y se lo estregó entre las comisuras de los dedos, en las palmas y hasta la altura de las muñecas, luego nos pidió hacer lo mismo, revisó a las extrañas desfallecidas sobre la mesa de operaciones y plegó la sábana hasta el nacimiento de sus pechos, tentó primero el cuello de Greta y luego el de Daniela, «llegó el momento, William», dijo y se paró junto a la mesa, «aproxímate del otro lado», mandó, tragué saliva, el corazón me latía en las sienes, contemplé a Greta y a Daniela, su placidez contrastaba con la ferocidad de cuanto iba a suceder, «bisturí», pidió Black, lo tomé del instrumental, vi el filo refulgir con la luz del sol, en esa diminuta navaja se concentraba la suerte de una de ellas, se lo extendí a Black, pero lo rechazó con la mano, «no, William, tú serás quien realice el primer corte», no había contado con ello, mi estómago se revolvió, «¿a quién?», inquirí, Black me clavó la mirada, «tú y yo sabemos a quién, lo sabemos desde hace semanas», me quedé observándolo, mi corazón podía pararse de un momento a otro, la sangre borbotaba en mi cerebro, «procede», ordenó, no había vuelta atrás, acerqué el bisturí al cuello de quien había elegido y en ese instante, justo en ese instante, se decidió mi vida.

FIN

Extrañas de Guillermo Arriaga
se terminó de imprimir en el mes de febrero de 2023
en los talleres de Diversidad Gráfica S.A. de C.V.
Privada de Av. 11 #1 Col. El Vergel, Iztapalapa,
C.P. 09880, Ciudad de México.